民间文学

民间文艺研究论丛

年选佳作

2018

ANNUAL SELECTIONS OF PAPERS ON FOLK LITERATURE AND ART STUDIES 2018:

FOLK LITERATURE

总主编／潘鲁生　邱运华

执行总主编／王锦强

主　编／万建中

副主编／杨李佳

社会科学文献出版社
SOCIAL SCIENCES ACADEMIC PRESS (CHINA)

总　序

新时代民间文艺创作实践和学术研究具有多样性特点，传统的创作的主题、手段和呈现方式已经大大改变。而创作实践的变化，必然带来理论的改变。在这个背景下，系统思考民间文艺理论，就显得十分紧迫。因此，我们每年将整理上年度我国在民间工艺、民俗文化和民间文学方面的研究成果，将其奉献给学术界，以便大家共同思考。

一

“民间文艺”在当下社会是一门显学，这对于一个学科来说，是一件很幸运的事情。之所以说“在当下社会”，是因为进入 21 世纪以来，社会各界都清晰地认识到中国文化建设和发展的基础，离不开传统文化。而传统文化，除了诗书礼义之学、唐诗宋词等，其他的大多都归属于民间文化。离开了民间文化，所谓传统文化，就所剩无几了。毕竟五千多年来，老百姓坚守千百年形成的日常生活方式，不间断传承民族的生活习俗、生存和生产技艺，创造生产工具和生活用具，鼎力拱卫中华民族世代认同的传统价值观，维护传统审美风尚和艺术趣味，将这些民间文化凝聚为世代相传的民间文艺。中华美学里有一个命题叫作“由艺进道”，可以很恰当地指称这个关系。在新的历史时期，作为传统文化中的重要组成部分，民间文艺也成为当下社会关注的热点。

21 世纪之初，中国民协倡导中国民间文化遗产抢救工程，全社会对文化遗产的高度认同，已经预示着一个新的文化高潮的到来。这一文化高潮与 20 世纪八九十年代的“文化热”具有完全不同的性质。20 世纪 80 年代曾经发生以回归和批判为指向的文化热潮，在文化界和思想界产生了巨大影响，它裹挟着形形色色的西学思潮，成为 80 年代启蒙或曰“新启蒙”运动的重要推手。我们可以在当下日渐沉寂的一批思想家、文学家的名字里体味那个时代的思想和艺术。到了 90 年代，则转入了文化反思阶段，有的学者称为“文化保守主义”时代。这个时代诞生了属于我们自己的文化思想，对于 21 世纪的文化走向来说，也许这个十年更具有研究价值。不止是主题转向问题，而是那个“退场”“出场”的口号，实际上把文化独立于其他元素的命题再次提出来，并得到学术圈内外的认同。这是历史给予学术界的机遇。笔者认为，90 年代留下来的众多遗产中，一个是民族文化主体地位凸显，另一个是文化研究（不局限于伯明翰学派意义上的文化研究）独立领域形成，对 21 世纪学术（包括民间文艺的学术研究和创作实践）研究的影响力最为巨大。在这个背景下，我们来看进入 21 世纪以来将近 20 年的学术进展，就能够深刻感受到，一个全民族高度认同的对传统文化的抢救、保护、发掘、利用和研究的局面，是民间文艺成为显学的背景。这是它的幸运。

但是，这也潜含着作为一门学科的民间文艺的不幸。相对全社会普遍关注的这一局面，民间文艺学科体制的格局就过于狭窄。学科体制主要存在于高等教育、科学研究领域，自新中国成立以来，民间文艺的学科地位就分别设置在中国语言文学学科（包括汉语言文学和各民族语言文学）和艺术学科两个学科中，受到学科体制的限制，没有得到整合。知识体系、课程设置、学位点设置、人才培养和科研评价体系等，长期以来分而设之，缺乏整体设计。改革开放以来，随着学位制度体系规范化，民间文艺学科的两翼——民间文学和民间工艺美术各自都得到长足发展。例如，以北京师范大学、北京大学、复旦大学、中央民族大学、中山大学、山东大学、四川大学和辽宁大学等为代表的高等院校系统，以中国社会科学院和各省市自治区为代表的科学院系统，是民间文学学科的代表；以中国艺术研究院、中央工艺美术学院、中央美术学院、中国美术学院和省市自治区所属美术学院、工艺美术学院和师范大学美术学院为主体，是民间工艺美术学科的主体。这两个系统彼此长期独立运行，缺乏相应的融合。这一局面的存在，实际上说明了民间文艺学科建设存在缺陷。

民间文艺作为一门学科，长期以文艺学、民族学、社会学等学科为支撑。进入20世纪90年代以后，西方文化学的影响越来越大，而民间文艺界也越发清晰地认识到民间文艺作为文化生存的特殊形态的重要意义。钟敬文先生因此提出民俗文化研究作为两者的超越，成立了北京师范大学民俗文化研究基地，并被列入了校“985”项目建设重点基地。后来，中国语言文学学科的二级学科序列里就不再有“民间文学”了。民间工艺美术学科的命运随着也发生巨大变化，标志之一是中央工艺美术学院整体并入清华大学，新中国成立初期以传承民族民间工艺为使命的中央工艺美术学院，结束了它50年的办学历史。

二

民间文艺这个术语具有某种暗示性、导向性，使用这个术语，自然就进入另一个传统的“文学艺术”话语体系进行观察、思考、判断，这是20世纪90年代之前中国民间文艺学科的语境。但有些国家学术界并不使用“民间文艺”这个术语，而是使用“民间创作”（如俄罗斯学术界使用“фольклор ”这个词，意思是“民间创作”）来涵盖民间文艺这个术语下的领域。

在20世纪这个更为宏大的背景下，民间文学已经不仅仅是“文学”了，学术界逐渐在民间文学文本存在的时间和空间上发现了更为广阔的世界，民间文学的话语体系发生了以下变化：民间文学日渐脱离“文学作品”的范围，越来越多地成为民族、民间和民俗文化的主要载体，成为民俗文化和民族、区域文化的研究对象；民间文学的“文学性”再一次被弱化，研究民间文学的艺术技巧和艺术手法等，不再作为学界的主要领域；田野调查与民间文学文本的生成关系更为紧密化，与此相应，民间文学的文本性也不再独立为作品，而与相关“传承人”“口述者”“语境”等密切联系。这些新叙事文本的产生，意味着作为传统学科体制下的“民间文学”已经超越了“文学”范围；它从独立的文学作品，变成了文化研究的文本材料构成诸元素之一。

几乎与此同时，文学研究领域也产生了文化研究走向。经典文学作品研究，逐渐“漫出”内容/形式研究，走出内容/形式二元对举的研究范式，超越所谓“内部研究”与“外部研究”的范式，走向两者融合。在20世纪的最后20年到21世纪的最初10多年，单一“内部研究”或“外部研究”的大师们，例如，社会学文学研究、历史主义研究和意识形态研究，以及新批评、形式主义批评，都没有成为主流，而那些以两者相融合的学派，例如新历史主义、女权主义批评、伯明翰学派，却领一时风骚。不能不承认，对于整个学术研究来说，简单以作品为中心的研究范式被文化文本性研究范式超越，是一种研究理念的进步；它更为缜密而宽阔，也更贴近民间文学作为人类文化财富之表征的实质（以当下的学术思维力来看）。

但是，是否就可以或者断然放弃对民间文学作品的艺术特征和艺术模式的研究呢？我以为应十分谨慎。就民间故事而言，华北地区与华南地区的故事既有相同的叙述方式，也存在各自的艺术特点；与其他艺术门类结缘的歌谣、戏曲就更是各擅胜场，叙述方式和艺术特点更鲜明，在叙事学研究方面，大有文章可做。例如，湖北省各地区的叙事长诗，与云南省各地区、各民族的叙事长诗相比，两者在艺术表现方面都各有特色，不能一概而论；在类型学研究和语言学研究方面，也各领风骚。因此，断然取消民间文学的艺术研究，未必是可取的学术思维方向。当然，在民间文学里面有更为丰富的研究领域，这在新的学术思想启迪下被凸显出来，例如，与传承区域文化习俗和传承人的个性相关联的史诗传唱艺术，较之于史诗文本单一研究维度而言，就丰富很多；在民间小戏领域，从传统的文本研究理路（“内容的”或“形式的”），到拓展出的文本演唱、方言、接受者和改编方式等综合研究，两相结合，形成民间小戏研究的新格局，如此等等。

三

由单一文本“内容/形式”二元对举研究范式过渡到文化研究范式，在民间美术和民间工艺领域显得具有更大的合法性。

民间美术和民间工艺领域的实用性作品多是批量制作，如木版年画，同一模版的年画可以印制数千福，甚至可能更多；泥塑、陶瓷、刺绣等门类作品也是如此，它的任何创新若是分布到1000件作品上，就显得重复，成为模式化的符号。单独看一个作品，与前人的作品相比，它的新颖性或许显得很突出，可是与其自身序列相比，就不是这样了。如此看来，民间文艺领域的确存在“同一个作品的复数文本”现象。这一现象的合法性明显区别于文人创作作品的“单一文本属性”。换言之，在职业作家、艺术家创作领域，倘若出现相似（不说雷同或相同）的两部作品，那么，其中一部作品的合法性就会受到质疑；而在民间文艺领域，出现两篇差异在5%的民间故事文本则是极其正常的，出现两幅差异率在5%以内的木版年画、泥塑或陶瓷作品，也极其正常。这是民间创作的基本特点之一。

我觉得，应从三个方面来看待这一现象。

一是民间创作是与区域文化紧密结合的，表现了特定区域文化。民间艺术更多地根植于特定区域民众的日常生活和民间风俗，反映和呈现这一生活和风俗，因此，我们把特定种类民间艺术称为“某一区域”的艺术。例如，年画有杨柳青年画、朱仙镇年画、桃花坞年画；刺绣艺术分有苏绣、潮绣、湘绣、蜀绣、汴绣等；木作家具艺术有广作、苏作，如此等，均与区域密切相关。区域文化既可能体现在主题、题材趣味方面，也可能体现在技法、色彩、材料等方面。比如，相同的主题在相邻区域流传过程中会出现关联性变异，区域其他文化元素会参与主题流传过程之中，主题原型“A”从而演变为“A+”或“A-”。这个增加或减少的元素，就是区域文化元素所致。与此相比，民间创作的个人趣味、爱好等因素，则退到相对次要的位置，不再凸显。

二是民间创作是群体性质的创作，具有群体创作者认同的相对一致性。每一个艺术种类都是独立的群体，与其他艺术种类区别开，在本种类内部对话、交流、影响和比较。例如，剪纸有剪纸的艺术世界，刺绣有刺绣的世界，木雕、石雕、漆艺、陶瓷、泥塑等，各自有独立的艺术空间，每一个空间都有自身的艺术标准和评价方式，自然也都有自己的艺术史。在这里，民间创作本身的特征更加明显：民间创作是在有原型的基础上予以创作，而不是虚构创作。他们的创作是有“本”的创作，不是向隅虚构。因而，他们的创作严格来说是改造和重构。在这个意义上，还需要注意：民间文艺家是以群体的规模进行创作，而非个体独立创作，这使得创作群体的文化多样性、差异性表现得更为鲜明。

三是民间创作是在前辈创作基础上的再创作，具有传承性。特定民间艺术种类都是在继承前辈的过程中前行，在继承和创新、旧与新的辩证关系中发展。民间创作的本质是在传承基础上创新，而非在“无”的基础上创作，这就意味着在这一过程中，对原型的模仿和改造是核心元素。例如，在浙江青瓷的创作中，当代艺术家必然在前人上釉、着色、绘制等技术环节的基础上来制作新的瓷器，从明、清、民国到现在，青瓷的艺术风格方可保持一惯性。当代传唱艺术家在对“格萨尔”的传唱中，在对前辈艺术家模仿中寻求自己的风格，而他们现行的风格也将作为传统，影响和制约后代艺术家。总之，在原有内容和形式的基础上从事创作是民间文艺创作的基本规律，也是它区别于文人创作的基本特征。

民间创作还存在更多与日常生活、日常民俗密切相关的现象，与“文学艺术”研究对象区别更大。

学术界超越作品中心论，进入文化研究和综合研究的趋势，对于一般文学研究来说，属于学术发展趋势而呈现的方法论的变化，而对于民间创作来说，则似乎原本就是其本质。

四

超越作品中心论，拓展了民间创作研究新领域，使之回到了田野和现场，使一些社会学、人类学的社会科学方法焕发了生机。在相当程度上，方法论的变化体现了对本质认识的改变。倡导田野性质，是民间创作研究引进人类学和社会学的表现之一，它从发生学角度很准确地抓住了民间创作的本质，相对于作品中心论研究范式，它更具有前沿性。

“田野”观念的引进，乃是对民间创作性质的重新认识。“五四新文化运动”之初推出民歌收集整理运动，由北京大学率先发起，嗣后各大中小学校开展得风生水起。毛泽东在延安时期回忆，他在湖南学校教书时就有发动学生假期回家收集民歌之举。延安“鲁艺”时期，毛泽东大力倡导民间文学，号召文学家、艺术家到人民中去，运用民间文学形式表现新民主主义内容，成功地赋予五四传统以崭新的面貌，这一先进传统一直延续到20世纪50年代新民歌运动。此后，民间文艺研究多以文本研究为主体，表现为把民间文学“文学化”，寻找其中的“文学性”的研究旨趣。当然，也有先觉者超越这一旨趣，拓展为风俗、区域文化研究。如何进行民间美术和民间工艺的研究，在20世纪50年代也发生过激烈争论，侧重点一直在“平民意识”“民族精神”“装饰”“设计”之间摇摆，最终走向工艺美术创作成为一种实用的倾向。但工艺美术与民间工艺之间最大的差异是前者偏向设计、制作、生产和市场，在这个意义上，工艺美术偏向作品中心；后者是田野、区域文化、传承和原型，强调民间创作生存于日常民俗生活的具体语境中。田野性的现场感、传承人、区域文化差异、时间和空间等，在作品中心论时期多多少少被忽略、轻视。而在当下强调田野的民间创作研究理念下，上述因素都是文本构建过程中的必需要素。

“田野”观念引进民间创作研究，破解了作品中心观念，重新把民间创作放进了具体生活语境之中，使之再语境化，避免民间创作研究脱离文化语境和日常生活流程。但是，田野性并非民间创作本身，而是一种研究方法；在后工业化和城市化趋势越来越严重的时代，呼吁民间创作本身回归日常生活现场、民间创作如何“在（being）民间”，是另一个课题。

在“民间文艺”总名目下，以“民间工艺”“民俗文化”“民间文学”为专题，编选三卷年度论文集，是中国民间文艺家协会（简称“民协”）强调学术立会、引领学术研究服务社会（首先是服务民间创作和研究领域）诸项工作的一个体现，如何把这项工作做得更为得体，必须依靠学术界和创作界的大力支持。

让我们民间文艺界全体同仁共同努力，营建一个“百花齐放、百家争鸣”的良好氛围，为繁荣和发展社会主义文化作出应有的贡献。

邱运华

2018年7月28日初稿、8月3日修改

北京市丰台区万芳园

前　言

2018年恰逢改革开放四十周年，中国民间文学的复兴与重建也已近四十个年头。总体而言，2018年度的民间文学研究成果丰富，涉及神话、传说、故事、史诗研究，以及学术史研究、理论和方法探讨等多个方面，有关时代热点问题的讨论也不断涌现，体现了民间文学研究者们“朝向当下”、探索前沿理论、关注日常生活世界的学术追求。

本集共收入23篇2018年度发表的民间文学领域的论文。其中，神话研究论文3篇，反映了当下神话研究的多视角、多学科趋势。吴晓东《狗与蛙：盘瓠神话分化与演变的语音分析》、周翔《叙事情节与社会功能：盘瓠神话流传与变异辨析》两篇论文既包括传统的神话流变考证、内涵研究，也包括语言学研究，以及对神话在当代社会中形态、功能的探讨，在继承经典研究范式的基础上从不同视角对盘瓠神话展开讨论。杨利慧《世界的毁灭与重生：中国神话中的自然灾害》则从灾害神话叙事的角度对中国古代治水、补天、射日等神话母题进行了分析，关注其道德教诲基调对于当代中国灾害叙事的意义，显示了神话学要“朝向当下”的追求。

在传说领域，传统的类型学研究仍有大量优秀成果出现。祝秀丽、蔡世青的《“五鼠闹东京”传说的类型与意义》就是一例，文中采用丁乃通的类型法、格雷马斯的叙事理论研究当代“五鼠闹东京”故事，归纳出故事的三个亚类型，并对其中潜在的叙事逻辑及叙事意义进行了阐释。此外，“地域性”、“语境”和“主体”等话语在传说研究中也逐渐受到重视，越来越多的学者强调在情景语境下展开动态研究。陈泳超“传说动力学”模型的提出是对传说研究范式的重大突破，关注的是文本之外的人群，重点探讨地方内部、非均质的群体中对于传说讲述的“差异性动力”。本论文集选的《“传说动力学”理论模型及其反思》是对这一模型的理论性总结和反思。而王尧在《传说的框定：全国性神灵的地方化——以山西洪洞地区的杨戬二郎信仰为例》一文中考察了地方传说对于地方民间信仰的影响。她认为，山西洪洞地区的杨戬传说与当地信仰的融合并不彻底，未能摆脱通行叙事的框定。因此，外来信仰传入后需全面建构和发展地方传说，才可能在本地的神灵谱系中占据位置。

民间故事的研究也与类型学的发展紧密相关。在《他山之石与本土之根：故事类型学在中国的译介与研究》一文中，漆凌云系统地梳理了西方故事类型学在中国的译介和研究，并探讨中国学者提出的“故事生命树”“故事文化学”等研究范式，指出未来中国民间故事类型研究还需不断拓展新的研究空间，以克服类型研究的模式化倾向。岳永逸则回溯我国民间故事的研究传统，对燕京大学毕业生的民间文学研究成果进行了梳理与考辨，其中，杨文松的“故事流”概念、李慰祖等的社区－功能论及语境研究，以及郑振铎等注重童话、寓言教育意义的研究都可为当今学界的故事研究提供某些启示。对于民间故事讲述人的研究也仍在继续。高荷红的《“嘴茬子”与“笔头子”：基于满族“民间故事家”傅英仁的建档研究》通过建档研究来厘清傅英仁在满族说部、神话及民间故事三种主要文类方面的传统篇目和个人才艺，展示了傅英仁复杂多元的特殊身份，有助于我们理解和研究满族民间文学传承和发展的动态过程。

史诗是一种复杂的民间文学体裁，它依靠神话和历史加以编织，包含了传说的内容，也包含了英雄故事模式，融合了多种体裁的传统。关于史诗的探讨常常是多学科的。入选的 3 篇论文视角各异，姚慧偏重于文本分析，从史诗的文化意义角度，对比分析了藏、蒙古《格萨（斯）尔》“霍尔”之篇四个版本的汉译本，指出藏、蒙两个民族如何在英雄模式的框架内赋予英雄之死以民族化内涵。而乌・纳钦则从细化语境研究的立场出发，将史诗演述的前提事件分解出来，认为这类“前事件”规定了“这一次”史诗演述的目的、功能和意义。尹虎彬将史诗分为纯粹形式存在的体裁、对象化的作品及具体的讲述文本三个层次，认为史诗作为体裁具有超越史诗作品的意义，而史诗传统及其意义得以延续的条件是创造性的叙述者与史诗受众的个人经验相互作用。

在民间长诗研究方面，语境研究进一步受到重视。萨支山梳理了20世纪50年代对彝族撒尼民间叙事长诗《阿诗玛》的搜集和整理过程，区分了政治话语下改编的《阿诗玛》与当地撒尼民众传承的《阿诗玛》长诗，他指出，大力改编和广泛传播的《阿诗玛》并没有覆盖和扰乱当地长诗的传承生态，传播与传承，走的是互不干扰的两种文化发展之路。孟令法则对浙南畲族长联和“功德歌”演述进行深描，在仪式语境下探析“功德歌”这一口头传统与长联的图像叙事之间的交互指涉关系，认为仪式中舞动的“身势”是连接“图”与“言”的媒介。

语言文字类民间游戏是传统民间文化的组成部分，体现了民众运用语言文字的智慧，具有浓厚的趣味性和娱乐性。王丹在《语言文字类民间游戏的教育功能研究》一文中，从语言表达、思维训练、道德培养、语言传统的传承及文化认同等方面分析了语言文字类民间游戏的文化意义与教育功能，指出语言文字类民间游戏是民族传统和生活文化的历史积淀与现实表达。

学术史研究对于总结成果、反思学科理论与研究范式有重要意义。2018年，有关学术史研究的成果颇丰。入选的4篇论文视角各异，探讨了中西方不同历史时期的民间文学研究传统。安德明的《郑振铎与文学整体观视域中的民间文学》从文学总体的视角评价了郑振铎在民间文学领域的成就，认为其民间文学（俗文学）观的基础是民主性立场与书面文学传统影响下形成的审美观念与艺术标准。毛巧晖则梳理了“十七年”（1949～1966）期间民间文学搜集整理的事件与论争，指出当时民间文学领域构拟批评话语的尝试。王杰文的《格林兄弟的语文学与“口头传统”研究》从语文学与语言学的研究背景理解格林兄弟的民间文学研究，并分析了《格林童话》的国际性影响。他指出，19世纪至20世纪前半叶，在文学的、民族主义的意识形态影响下，几乎所有的民俗搜集物都被掺假或者净化了。重要的问题不是去描述格林兄弟事实上做了什么，而是理解他们当初声称想要做什么。朝戈金则在《口头诗学》一文中以关键词的方式回溯相关学术史，从演述人、文本、传播、接受、语境等不同环节梳理了西方口头诗学的起源和发展，并提出口头诗学研究的几个基本问题。

“理论与方法”一章主要涉及民间文学基础理论方面的探索。万建中的《从文学文本到文学生活：现代民间文学学术转向》认为中国现代民间文学史经历了一个从跳出政治话语到强调文学性，再到民俗文化学，最后归属为民间文学生活的过程，还原民间文学的生存状态，争取学科独立地位是民间文学学科的使命。惠嘉的《文本：具有构境能力的语言事件》则从西方民俗学、人类学、语言学、哲学领域的讨论中获得理论支持，重新思考“文本”的意义，将其视为一种具有构境能力的语言事件（行为）。这些理论思考进一步反映了中国民俗学界近几十年来的研究转向——将民间文学视为民众的文化生活与交流实践，而不是对象化的存在。

随着民间文学学科的几次转向，“朝向当下”成为学科的共识。越来越多的学者进入对民间文学传统在现代社会中的角色与意义的探索之中。“热点话题”专栏收入的两篇论文分别涉及“丝绸之路”和非遗保护，体现了民间文学学者参与现代社会科学对话的可能性。其中，林继富的《路径与方向：“丝绸之路”沿线民间文学研究》主要采用比较研究的方法，分析中国与周边国家文化交流宏阔的历史语境，以及多维的民族关系，考察了“丝绸之路”沿线民间文学的整体性、谱系性知识生产过程。施爱东的《“非物质文化遗产保护”与“民间文艺作品著作权保护”的内在矛盾》讨论了分属于联合国教科文组织（UNESCO）与世界知识产权组织（WIPO）的两种保护公约之间的矛盾，并分析了两种保护观在中国语境中的具体呈现，认为非遗是由基于共享性理念发展出来的保护制度，具有先进性，而著作权保护是将传统民间文艺作品视为特定社区或群体的“私有制财产”，在理论上有较大局限性。

以上所述的 23 篇论文涉及民间文学的各个领域，一定程度上可从中窥见 2018 年度我国民间文学研究的整体面貌。需要说明的是，由于篇幅有限，一些优秀论文被排除在外，在此深表歉意。感谢各位作者的密切配合！

目　录

contents

四 史诗

五 长诗

六 语言类民间游戏

七 学术史

八 理论与方法

九　热点话题

一　神话

狗与蛙：盘瓠神话分化与演变的语音分析*

吴晓东**

摘　要：古人将盘瓠神话的主角附会以日月为原型，从"日月"语音演变出的系列人物名称，包括邦尕、翼洛、盘瓠、伏羲等，而这些名称中的古音与"狗""蛙"古音同音，致使盘瓠神话分化出故事主角为狗和蛙两个类型。也正是"日月"古音在演变过程中与"狗""蛙"偶合，产生了狗或蛙吃日月的神话，这一神话的变异构成盘瓠神话中狗咬敌头颅的情节。

关键词：盘瓠神话；蚕马神话；伏羲女娲

本文涉及的盘瓠神话在艾伯华的《中国民间故事类型》中列为"41. 狗的传说"，他将故事概括为：（1）有个皇帝与敌国打仗，不能战胜敌人。（2）他许诺，谁能斩敌酋首级来献，就把公主许给他。（3）一只狗咬死敌人的头领，将首级献来，并要求纳公主为妻。（4）在公主的催促下，皇帝允婚。（5）她偕狗迁往山区。（6）她的孩子们相互结了婚，他们成为一个家族的祖先。① 与盘瓠有关的神话还有其他类型，本文暂不讨论。

盘瓠神话主角有两种动物出现，即狗和蛙。以狗为主角的文本大家都比较熟悉，而以蛙为主角的文本也有一些。笔者在海南岛调研时便从五指山市南圣镇什拱村访谈村民陈秀兴那里听来这样一个故事：以前两个国家打仗，

---

* 本文为"中国社会科学院登峰战略民族文学研究所重点学科·中国神话学"阶段性成果；国家社会科学基金重大项目"中国少数民族神话数据库建设"（项目编号：17ZDA161）阶段性成果。原载《民间文化论坛》2018 年第 3 期。

** 作者简介：吴晓东，中国社会科学院民族文学研究所研究员。

① 〔德〕艾伯华：《中国民间故事类型》，王燕生、周祖生译，商务印书馆，1999，第 77 页。

其中一个没能打赢，即将被占领，国王出榜悬赏，谁能把敌人首领的头颅砍下来，就把第三个女儿嫁给他。一只蛤蟆揭了榜，它把三篼豆子一撒，全部变成了兵。蛤蟆嘴巴是吐火的，熊熊火焰把那个国家烧了。最后，国王把三女儿嫁给了蛤蟆。[①] 广西天峨县壮族神话《蛙婆节》[②] 也属于这一类型神话。

下文试图从语音来阐释为什么盘瓠神话会出现主角为狗与蛙的现象，以及狗咬敌首情节的来源。

一 盘瓠神话诸名称

蚕马神话的故事情节与盘瓠神话极为相似，笔者曾经撰有《从蚕马神话到盘瓠神话的演变》一文以论证盘瓠神话来源于蚕马神话。早期的蚕马神话，马是没有名字的，在长期的演变过程中，古人将马这一角色改变为人，并与女子一起附会中原神话中最著名的人物，即伏羲女娲，使男女主角各获得一个具体的名字。从目前见到的材料来看，盘瓠神话中的主角除了称为盘瓠之外，还被称为邦尕、翼洛、更狗、伏羲。这些名称都由伏羲女娲名称早期的语音演变而来。以下对此做一些阐释。

伏羲女娲简称羲娲，这是名称的核心词。“伏”“女”是修饰“羲”“娲”的，古无轻唇音，“伏”由“博”演变而来，是“大”的意思，从“榑、傅、缚”等与“博”同声旁的字可以看到由b[③] 变f的语音演变规律。

羲，《说文解字》云：“从兮，義聲。”[④] 说明羲、義（今简化为“义”，方便呈现研究过程，本文使用繁体字形）原来是同音字。“義”以“我”为声旁，现在读wo。娲以“咼”为声旁，“咼”除了读wai、he、wa、gua、guo之外，还可读wo，可见“羲”“娲”具有同一语源，羲就是娲，娲就是羲。那么“羲娲”是什么意思呢？笔者在《中原日月神话的语言基因演变》一文中论证过，“羲娲”是“羲和”的异写，加上汉画像伏羲总是伴随着太

① 陈兴秀讲述，吴晓东记录。采录时间：2012年4月1日；采录地点：海南省五指山市南圣镇什拱村。

② 参见《蛙婆节》，载《中国民间故事集成·广西卷》，中国ISBN中心，2001，第342页。

③ 本文注音时未加括号的为汉语拼音，加括号的为国际音标。

④ （汉）许慎：《说文解字注》（上），（清）段玉裁注；许惟贤整理，凤凰出版社，2015，第362页。

阳，女娲总是伴随着月亮，所以说，“羲娲”是日月的意思。

按照宋金兰的观点，古人将日月视为天的眼睛，“日”“月”都是由“目（眼睛）”一词演变而来。[①] 所以，“羲”“娲”都是眼睛的意思，也具有日和月的意思。再往上追溯，眼睛被古人视为脸上的孔洞，目前“眼”依然具有孔洞、窟窿的义项，如炮眼、泉眼等。所以，无论是眼、睛，还是日、月，都可能是由窟、孔这类词的古音发展而来。正因为如此，早期的日与月都具有眼睛的意思，不严格区分，这导致了“羲”“娲”的神格处于一种不确定的状态，羲保留有太阳神的元素多一点，娲保留有月亮神的元素多一点。不过两者时常有交错的时候，比如有后羿（羲）射日之说，也有女娲射日之说；有伏羲为太阳的说法，也有常仪（羲）为月亮的说法。

从羲娲这两个字的语音，可以看出盘瓠神话为什么主角的名称为伏羲、盘瓠、邦尕、翼洛、更等。笔者在《盘瓠神话源于中原考》一文已经涉及这个问题，这里做进一步补充。

先看看“伏羲”这一名称。“羲”是伏羲的名，“伏”是由表示伟大的“博”演变过来的。蚕马神话将主角附会“羲”这个名称之后，构成了伏羲成为盘瓠神话的主角。在河南淮阳，流传有《伏羲的来历》，说的是淮阳这地方原来叫宛丘，曾经被房黄王侵略。宛丘国的兵死了很多，粮食也快没了，宛丘王很着急，就许诺谁能退敌就把女儿许配给他。第二天，一条大黄狗卧在蔡河里的一只白龟上，它施法刮起大风，把房黄王的兵掀起来都摔死了，挽救了宛丘国。不得已，宛丘王只好将女儿嫁给大黄狗。一个大臣献计说，把黄狗扣在大缸里七七四十九天，就能变成人。公主心急，还差一天的时候，她揭开了大缸，结果狗头已经变成了人头，但身子还是狗身。“这人头狗身的人叫啥呢？半人半狗，狗就是犬，‘人’字和‘犬’字合起来就叫‘伏’吧。他是公主的夫婿，公主就喊他‘伏婿’，时间长了，‘伏婿’成了他的官称，后来人们把‘婿’字念转音念成了‘羲’字，‘伏婿’慢慢变成了‘伏羲’。”[②]

---

① 宋金兰：《汉藏语“日”“月”语源考》，《汉字文化》2004 年第 4 期。

② 参见《伏羲的来历》，载张振犁编著《中原神话通鉴》，河南大学出版社，2017，第 217、218 页。

再看看“盘瓠”这一名称。呙，上古音构拟为［k^{hw}roːl］,① 盘瓠的“瓠”,《说文解字》云：“从瓜夸声”②，而“夸”的上古音构拟为［k^{hw}raː］，说明“呙”与“瓠”原来几近同音，盘瓠实际是庖娲的不同文字记录。这是盘瓠神话中主角被称为盘瓠的缘由。另外，“瓠”目前读 hú，似乎与“呙”的读音有一定差距，如果参考“和”字，就可以发现这一演变是有规律的。“和”字可读 hé，同时也读 hú，打麻将时牌合乎规定要求了，就叫和（hú）牌了，可见 hé 与 hú 音有演变关系。同样，“呙”也可读 hé，那么它演变为 hú（瓠）也就不是孤立的，而是有规律的。由于“瓠”与“护”同音，瑶族有一些《过山榜》文本也用“盘护”来代替“盘瓠”。

“邦尕”这一名称出现在贵州苗族地区搜集到的文本中。“瓠”以“夸”为声旁，“夸”客家话陆丰腔读 kuɑ，宝安腔、东莞腔、沙头角腔都读 kɑ，说明 uɑ 与 ɑ 是可以互变的，而 g－k 的语音演变规律很普遍，比如“咖”既可读 kɑ 也可读 gɑ。所以“瓠”与“尕”是相通的，这就是在贵州苗族地区被记录成“邦尕（kɑ）”的原因。“邦”“盘”以及文献中庖娲的“庖”，都是“博”的变异，是不同的文字记录，都是表示伟大的意思，就像后羿也称为大羿，禹也称为大禹一样。

关于“翼洛”。“呙”的另一条语音演变路线是洛，“呙”目前本身也读 guo［kwo］，以其为声旁的锅、過、埚等字也读 guo。“各”这个字在川方言中读 guo，但以其为声旁的“洛”却读 luo，比如“洛阳”。又由于“羲”与“義”同音，这使“羲”被“翼”通假成为可能。两者合起来，便构成了“翼洛”这个名称。流传在湖南湘西的盘瓠神话《神母狗父》便是将盘瓠称为翼洛：“这样，神农便将公主嫁给翼洛。”③

最后看“更”这一名称。在湖南湘西凤凰搜集到的盘瓠神话，盘瓠的名称叫“更”：“皇帝家里，养有一只狗，取名叫‘更狗’。这条更狗与众不

---

① 除特别说明外，本文的上古音构拟均采用郑张尚芳的构拟。

② （汉）许慎撰；许惟贤整理《说文解字注》（上），（清）段玉裁注，凤凰出版社，2015，第 590 页。

③ 《神母狗父》，载《苗族民间故事选》，上海文艺出版社，1981，第 21 页。

同，很聪明。”① “更”这一名称也没有跳出“咼”的语音演变范围。“更”上古音构拟为［kraːŋ］，而“瓠”的声旁“夸”的上古音构拟为［k^{hw}raː］，其演变关系比较明显。另外，上文已经说明，“羲娲”都来源于日月，而日月来源于“目（眼睛）”一词，三更半夜的“更”原来读 jīng，与“睛”同音。

为了直观，演变过程见图 1。

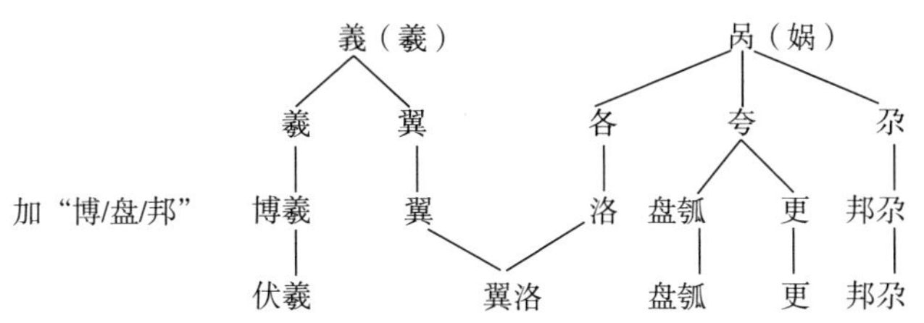

图 1　盘瓠神话名称演变过程

二　蛙、狗形象的形成

上文从“義咼（羲娲）”的语音演变来阐释盘瓠神话中故事主角名称伏羲、盘瓠、翼洛、邦尕、更的来源，这五个不同的名称，都能通过这种演变解释得通，说明它不是巧合，也说明这些名称可以追溯到“義咼（羲娲）”甚至更远的“日月”“目（眼睛）”“孔”等词汇。下文试图证明，是同样的语源在语音演变过程中与“狗”“蛙”的语音雷同，才导致盘瓠神话中的主角被说成是狗或蛙。

语音相同而引起关联，是故事发生演变极为重要的原因。这里引一个嫘祖的故事来加以说明。在湖南的临湘县流传有蚕起源的故事，1987 年搜集到的《蚕茧的起源》与蚕马神话几乎一致，其梗概是：蚩尤抢走了黄帝的女儿，黄帝许诺谁找回他女儿就将女儿许配给谁。结果是黄帝经常骑的一匹骡子把他女儿救回来了。黄帝反悔，将骡子杀了。骡皮飞起裹走黄帝的女儿，变成蚕虫。“黄帝为了纪念这事，就把女儿封为‘骡祖’，也就是嫘祖。”② 嫘祖的

① 《奶国马狗》，载《中国民间故事集成湖南卷·湘西土家族苗族自治州分卷》（上册），内部资料，1986，第 23 页。

② 《蚕茧的起源》，载湖南省文学艺术界联合会编《湖南民间故事集成》（一），湖南文艺出版社，2009，第 52 页。

"嫘"普通话念 léi，但在湖南临湘念 luó，与骡子的"骡"同音。正因为这一同音，致使蚕马神话的主角马变成了骡。

嫘祖的"嫘"是从義呙（羲娲）的"呙"演变来的，从呙（guō）、各（guǒ）、洛（luò）、螺（luó）、嫘（léi）可以看到语音的演变路线。这样的演变不是孤立的，从果（guǒ）、裸（luǒ）、摞（luò）、累（lèi）等字也可以看出这样的演变。按比较流行的说法，嫘祖是黄帝的妻子，临湘《蚕茧的起源》中的嫘祖演变成了黄帝的女儿。黄帝姓姬，"姬"即"義"，从颐和园的"颐（yì）"可以得到证明，"姬""颐"声旁相同。在号称黄帝故里的河南新郑，有一条河叫姬水，也写成沂（yí）水。可见临湘的《蚕茧的起源》正是把蚕马神话主角附会为"義（羲）、呙（娲）"，在"呙"演变为"嫘"的过程中，因为读音正好与"骡"相同，才导致了故事主角演变为骡。

盘瓠神话来源于蚕马神话，蚕马神话主角附会为"義呙（羲娲）"，那么"義"或"呙"的语音演变是否也恰巧与"蛙""狗"相似呢？

"娲""蛙"目前读音本身就相同，都读 wá。那么这两个字是后来才同音还是很早就同音的呢？"呙"，上古音构拟为［k^{hw}rːl］，"蛙"的上古音构拟为［qwraa］。在广西，青蛙称为 guái，"蛙"的上古音构拟为［g^{w}roːlʔ］。目前湘西苗语将"蛙"称为 gū［ku］，与"顾"同音，《天问》有"夜光何德，死则又育？厥利维何，而顾菟在腹？"[①] 的句子，其中的"顾"指蛙，"顾菟在腹"说的是月亮上有蛙与兔，"顾"的上古音构拟为［k^{w}aːs］，与"呙"的读音之一 guā 相同。所以，无论是古音还是现代音，"娲""蛙"都是相同或相近的，这便导致了主角名称附会为"義咼（羲娲）"的盘瓠神话主角形象是蛙的现象。

狗，《说文解字》云："从犬，句声。"狗上古音构拟为［koːʔ］，与"锅"（川方言目前读作 gō［ko］）的读音一样，这说明"呙""狗"以前同过音。"犬"和"狗"是一组同义词，"狗"字不见于甲骨文，而"犬"字在商周甲金文字里就已经大量使用，这说明"犬"字比"狗"字悠久，估计

① 谭介甫：《屈赋新编》（下册），中华书局，1978，第409页。

“狗”字是“犬”音演变到与“句”音相同的时候才创造的新字。“犬”上古音构拟为［k^{hw}eːnʔ］，“呙”上古音构拟为［k^{hw}roːl］，非常接近。所以，“呙”无论是与比较早的“犬”还是与稍晚的“狗”，其语音都相同或相近，这应该是造成盘瓠神话中主角为狗的直接原因。为了直观，也将这一演变加以图示（见图2）。

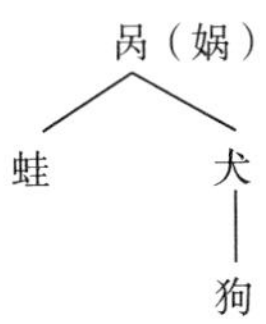

图2　蛙、狗形象形成过程

三　断头（咬头）情节与狗、蛙吃日月

上文从语音上分析了盘瓠神话中诸名称的由来，以及故事中主角为什么是狗或蛙。下文再阐释狗咬敌首领头颅立功情节的来源。

盘瓠神话有一个主要的情节就是立功，这是故事主角狗或蛙得以娶妻的前提。从盘瓠神话立功的方式来看，可划分为立战功、治病、取得谷种三种。因盘瓠神话来源于蚕马神话，治病型盘瓠神话可能是蚕破茧而出的变异，即把蚕茧当作被医治的肉瘤，是故事早期的情节。那么取谷种与立战功两个情节从何而来？

在很广泛的区域内，特别是西南少数民族地区，流行有狗取谷种的神话。狗与谷种没有任何关系，之所以会把得到谷种的功劳归于狗，估计与语言疾病不无关系。“谷”的繁体字“穀”的上古音构拟为［kloːg］，在《广韵》是［kuk］，“狗”上古音构拟为［koːʔ］，在《广韵》为［ku］①或［kə u］，这说明“穀”“狗”在上古音时期语音相近，在中古音时期语音相同或相近。音同而产生了狗等于穀的关联，自然也就产生了狗取谷种的神话。

因“狗”与“穀”在某一历史时期音同而产生狗取谷种的神话，又因

① 李荣拟音。参见《汉典》http://www.zdic.net/z/1e/yy/72D7.htm，最后访问日期：2018年4月10日。

“呙”与“狗”在某一历史时期同音而导致盘瓠神话主角成了狗。两者结合，狗取谷种行为便不单是为了解释谷种的来源，而成了故事中的立功行为，构成了盘瓠神话的取谷种型。

立战功情节即狗揭榜之后到敌方咬掉了敌人首领的头颅，将头颅衔回来献给帝王，并按照榜文的许诺要求娶公主为妻。那么狗咬头颅的情节是怎么来的呢？

有一个现象很特殊，值得重视，即盘瓠神话的主角是狗或蛙，而在中国，日食月食神话中吞噬日月的也是狗或蛙。天狗吃月亮的说法众所周知，蛙吃日月的神话目前在汉族地区虽然不普遍，但在汉文献中有出现，并且目前在南方一些少数民族中依然流传。《史记·龟策列传》云：“月为刑而相佐，见食于虾蟆。”[①]《淮南子·说林训》云：“月照天下，蚀于詹诸。”[②]唐代卢仝《月蚀诗》云：“传闻古老说，蚀月虾蟆精。”[③]蛙吃日月的故事，广泛存在于许多民族中，傣族《蛙王衔日、蛙王衔月》说：“在最古老的时候，有两夫妻，雇了一个长丁，两夫妻非常虐待他。长工实在受不了，就去寻死，死后变成蛙王。后来，夫妻俩也老死了。女的死后变成月亮，男的死后变成了太阳。后来蛙王知道了，见了月亮追月亮，见了太阳追太阳。如果被他追到哪个，就将它衔在口里，羞辱一番给世人看，然后又放掉。”[④]盘瓠神话主角是狗和蛙，日食月食神话中主角也是狗和蛙（蛤蟆），这不能用碰巧来简单解释。

断头情节是为了解释日月食的需要而产生的。关于断头情节的产生，可以参考印度的罗睺头颅吃日月的神话：一个叫罗睺的阿修罗，变成天神的模样偷吃不死甘露，被太阳神与月亮神发现后告到天帝毗湿奴那里，毗湿奴将罗睺的头砍了下来。因罗睺吃了不死甘露，他的头就不死。为了报复，这个头不断地追赶太阳和月亮，追上了就吃掉。不过，由于它没有身子，吃了之后太阳或月亮又从后面出来了。这就是日食或月食的来源。

---

① （西汉）司马迁：《史记》，吉林大学出版社，2015，第867页。

② （西汉）刘安：《淮南子》，刘少影译注，中国工人出版社，2016，第152页。

③ 管仁福主编《苏轼徐州诗文辑注》，中国矿业大学出版社，2014，第246页。

④ 中国民间文艺研究会云南分会等编《云南民间文艺源流新探》，云南民族出版社，1986，第251页。

中国是狗或蛙吃日月，印度是罗睺吃日月，两者有什么关联吗？罗睺吃日月的一个特点是断头，我们可以从断头来寻找其间的关系。在中国也有被砍头的故事，最著名的是刑天神话。刑天与帝“争神”，被帝砍了脑袋，可是他依然不死，“以乳为目，以脐为口，操干戚以舞”。如果通过其他一些故事作为中间的过渡，我们可以发现刑天故事其实是罗睺头颅吃日月故事的变异。与刑天故事几乎一样的是夏耕的故事：“有人无首，操戈盾立，名曰夏耕之尸。故成汤伐夏桀于章山，克之，斩耕厥前。耕既立，无首，走厥咎，乃降于巫山。”[①] 夏耕的故事又与相顾故事很相像：“北海之内，有反缚盗械，带戈，常倍之佐，名曰相顾之尸。”[②] 夏耕与相顾名称相似，都操戈，一个是尸，一个无首。相顾的故事又与鼓杀葆江的故事很相似：“又西北四百二十里，曰钟山，其子曰鼓，其状如人面而龙身，是与钦䲹杀葆江于昆仑之阳，帝乃戮之钟山之东曰瑶崖。”[③] 顾与鼓同音，犯事之后又都被处罚，一个是常倍的臣子，一个是钦䲹的臣子，恰巧常倍与钦䲹也音近。名称与情节都能对应，说明是一个故事的不同版本。

鼓的故事又与危杀窫窳的故事同出一辙：“贰负之臣曰危，危与贰负杀窫窳。帝乃梏之疏属之山，桎其右足，反缚两手与发，系之山上木。在开题西北……开明东有巫彭、巫抵、巫阳、巫履、巫凡、巫相，夹窫窳之尸，皆操不死之药以距之。窫窳者，蛇身人面，贰负臣所杀也。”[④] 故事情节比较接近，只是名称“危”与“鼓”似乎差得很远，但从“跪”“诡”这两个以“危”为声旁字可以看出，它曾经也是 g 声母，gui 与“鼓”“顾”的读音比较接近。另外，“跪”的上古音构拟为［k^hrolʔ］，“诡”上古音构拟为［krolʔ］，“鼓”上古音构拟为［k^waːʔ］，“顾”上古音构拟为［k^waːs］，都很近似。不仅“危”与“鼓”“顾”具有语源关系，“贰负”与“常倍”“钦䲹”也具有语源关系。“负”的上古音构拟为［bɯʔ］，“倍”的上古音构拟为［bɯ：ʔ］，“䲹”没有查到上古音构拟，但我们知道它以“不”为

① 袁珂：《山海经校注》，巴蜀书社，1996，第 470 页。

② 袁珂：《山海经校注》，巴蜀书社，1996，第 524 页。

③ 袁珂：《山海经校注》，巴蜀书社，1996，第 50 页。

④ 袁珂：《山海经校注》，巴蜀书社，1996，第 335、352 页。

声旁，“不”的上古音构拟为［pɯʔ］，［p］［b］是清浊对立的一组音，其互变是非常普遍的，所以我们认为“负”“倍”“鸡”的上古音基本相同。

以上这些故事要么没有交代犯的什么事，要么只是讲杀了人，而没有交代这个被杀的人是何方神圣，让天帝如此震怒。从危杀窫窳故事中关于不死药的描述可以知道，这一故事可能与不死药有关，就像罗睺偷吃不死甘露被帝砍头一样，因此我们还可以再参考嫦娥偷吃不死药的神话故事来进一步分析。在一些民间的口传故事中，嫦娥因为偷吃了后羿从西王母那里要来的不死药，被天帝罚进了月宫，变成了丑陋的蛤蟆。就名称而言，嫦娥也与以上这些故事主角名称对应，“嫦”与常倍的“常”对应，“娥”与贰负的“贰”对应。

以上的故事主角都是人，而且都是由“日月”古音拟人化的人物。他们被处罚的原因与不死药有关，而不死药观念是由月亮的盈缺现象产生的，给人一种死而复生的感觉。上文已经论证，日月的古音曾经与“狗”“蛙”同音，这导致了古人传说日月上有蛙、狗。月亮上有蛙的传说众所周知，但太阳上有狗的传说却鲜为人知。在山东滕州出土过一块汉画像石，一只金乌背负日轮，日内刻有三足乌与天狗。

在山东临沂也出土过一块类似内容的汉画像石，所刻的日轮是在伏羲身上，日内也有金乌与天狗。早期的日月语音不分，蛙、狗、兔、桂等物出现在太阳里还是月亮里，其实是随机的。古人在解释月亮为什么不死这个问题的时候，会说月亮吃了不死药，由于同音而演变为狗吃不死药或蛙吃不死药。同时，不死药又是月亮的代称，吃不死药又等于吃月亮。可能正是因为这一原因，导致在中国产生了用狗或蛙吃月亮来解释月食，同时也顺带解释了日食。

在以上神话故事中，总是常倍、钦鸡、贰负的臣子顾、鼓、危犯了事，杀了葆江或窫窳这些神话故事演变为二郎神的故事时，则由二郎神的哮天犬来扮演顾、鼓、危等的角色，这是由于“顾”“鼓”“危”与“狗”古音相同所致，而二郎与常倍、钦鸡、贰负具有语音对应关系。如果单从语音考虑，贰负的“负”也可以视为“父”，就像夸父的“父”一样，指成年男子，所以“贰负”可演变为“二郎”。在故事内容上，二郎神的哮天犬演化为二郎神的母亲，他母亲被玉帝贬到地狱，变成一只狗，这只狗后来去天上找玉帝报复，没找到玉帝，就咬太阳和月亮，这就是日食与月食的来源。这个故事更为人所知的是其异文《目连救母》。

二郎神的故事与盘瓠故事就比较接近了，二郎与狗对应着高辛帝喾（帝俊）与狗。上文已提及，“二”与嫦娥（常仪）的“娥”有对应关系，“娥”又“義”同声旁，具有共同语源，后世逐渐被定型为女性的嫦娥，原来被记录为“贰”或“二”，是男性，称贰负（父）或二郎，所以说二郎也出自日月神这一体系。高辛一般被认为是帝喾，姬姓，即帝俊，商人称其为夔。帝喾的“喾”，与“鼓”“顾”等音是 g－k 的不送气音转送气音的关系，从“古”与“枯”，便可看到这一演变规律。

为了便于比较这些故事人物名称以及故事情节，这里列表 1 如下。

表 1　故事人物名称及故事情节比较

甲方	乙方	事件原因	突出特点与情节
罗睺	天帝毗湿奴	偷吃帝不死药	断头、犹生、吃日月
刑天	帝	争神	断头、犹生、操干戚
夏桀、夏耕	帝（成汤）	成汤伐夏桀	断头、犹生、操戈
常倍、相顾	帝		反缚盗械、带戈
钦鸡、鼓	帝	杀葆江	
贰负、危	帝	杀窫窳	反缚两手、不死药
嫦娥	帝	偷吃不死药	奔月、嫦娥吃不死药
二郎 狗	帝	受罚	狗吃日月
高辛 狗	犬戎首领	受侵略	断头、狗咬掉首级

从这些名称的对比可以看出，耕、顾、鼓等不仅与狗对应，也与前文盘瓠神话中主角的名称“更”，青蛙的古音即“顾菟在腹”的“顾”对应。

以上这些故事，无论是犯事的一方，处罚的一方，还是被吃被杀的一方，其原型都是日月，其结构关系见图 3。

和钦鸡与鼓等故事相比，二郎与哮天犬的故事有很关键的变异，本来是顾、鼓、狗、蛙等一方因冒犯不死药一方而被帝处罚，此故事却将因果关系颠倒了，钦鸡与鼓、贰负与危、嫦娥与逢蒙的故事是将冒犯不死药（月

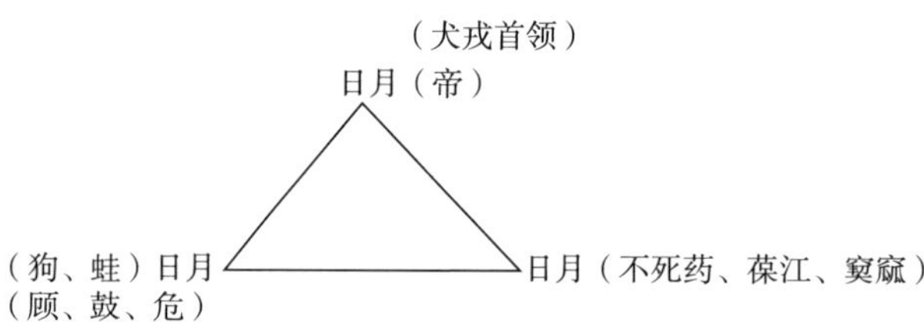

图 3　日月关系

亮）作为被处罚的原因，而二郎与哮天犬的故事是将其作为结果，说是因为先受到帝的处罚，狗才去找帝报仇，没找到玉帝，才咬月亮太阳。

盘瓠神话走得更远，不仅与二郎神故事一样颠倒了因果关系，还把原本是自己被帝砍头的情节变成了咬掉帝（犬戎）首领的头。因为帝也是以日月为原型，所以其古音也与“狗”同音，这可能是盘瓠神话中敌人被说成是犬戎的原因。本来是处罚犯事者的天帝，在盘瓠神话中演变成了敌人，本来是砍掉犯事者头颅的，在盘瓠神话中却成了被咬掉头颅者。

在河南流传的伏羲的传说可以证明，作为天帝的伏羲，确实有只剩下一个头颅的说法。在河南淮阳有著名的太昊陵，也就是伏羲墓。关于这个墓，当地流传一个故事：有一年，蔡河发大水，河水上面漂着一个人头。人头跟着旋涡落了下去，并在旋涡处留下了一个黑洞，深不见底。当地老人根据传说断定这颗人头是伏羲的头，于是就在人头入地的地方堆起一座大坟，这就是今天的伏羲墓，也叫太昊陵。[①] 关于这个故事，还有其他一些异文，大同小异，比如有的异文说是孔子辨认头颅。这些故事说明，民间认为伏羲墓埋的是伏羲的头颅，而不是伏羲的全尸，伏羲曾经是断过头的。伏羲又是天帝，又有断头的传说，这正好支持断头角色从日食月食神话到盘瓠神话的转换。

综上所述，盘瓠神话出现狗与蛙形象的原因是蚕马神话附会了以羲娲古音演变出的名称导致的结果，同样的语音演变也导致了日食月食神话的主角是狗或蛙，即天狗吃日月或蛙吃日月，盘瓠神话中咬掉敌人首领头颅的情节即狗吃日月神话的演变。

---

① 参见《伏羲墓》，载张振犁编著《中原神话通鉴》，河南大学出版社，2017，第 259、260 页。

叙事情节与社会功能：盘瓠神话流传与变异辨析*

周　翔**

摘　要：盘瓠神话自东汉应劭《风俗通义》记录以来，一直广受关注。目前，盘瓠神话仍广泛流传于苗族、瑶族、畲族、土家族、仡佬族、彝族、壮族、黎族、汉族及台湾少数民族等多民族生活地区，同时也产生了许多异文。传统意义上的盘瓠神话一般是以犬为主角，主要情节包括“许诺→立功→嫁女→繁衍后代”等，以《搜神记》中的记载最为典型。之前学界一般认为盘瓠神话是苗、瑶、畲三族的族源神话，相关研究也多在此视野内展开，而较少关注在我国其他少数民族地区及汉族地区其实也有丰富多样的盘瓠神话流传。本文比较分析不同民族、不同地区流传的盘瓠神话叙事情节与社会功能之异同，并结合神话的流传地域和民族文化语境来进行辨析，对盘瓠神话进行类型化专题研究。

关键词：盘瓠神话；叙事情节；社会功能

据考证，汉文典籍中最早记载盘瓠神话的是东汉应劭的《风俗通义》，不过原文已佚失，现存最早且最完整的文本当数晋朝干宝《搜神记》中的记载，后世《后汉书》《水经注》《通典》《蛮书》《初学记》《太平寰宇

---

* 本文为“中国社会科学院登峰战略民族文学研究所重点学科·中国神话学”阶段性成果；国家社会科学基金重大项目“中国少数民族神话数据库建设”（项目编号：17ZDA161）阶段性成果。原载《民间文化论坛》2018 年第 3 期。

** 作者简介：周翔，中国社会科学院民族文学研究所《民族文学研究》副编审。

记》《太平御览》《路史》《魏略》《艺文类聚》《法苑珠林》《古今事文类聚》等古籍中收录的文本也多据此，细节上或有些许不同，但主要情节大体一致。

丁乃通在《中国民间故事类型》中将盘瓠神话定义为“狗的传说”类型，但这一类型名称难以体现盘瓠神话的特点。本文还是沿用盘瓠神话这一名称，以《搜神记》中的文本作为底本，凡属包含有“许诺→立功→嫁女→繁衍后代”四个线性发展情节单元链的神话文本都纳入本文的研究范围，对其进行类型化专题研究。这一类型神话的主角一般是一只名为盘瓠的狗；也有别的名称，比如苗族神话中狗的名字叫“翼洛”“马媾”“邦尕”等；又或者没有名称，直接说是一只狗、一只黄狗、一只大狗。在壮族和瑶族的一些神话文本中，主角变成了青蛙，壮族神话中青蛙叫“龙王宝”，瑶族神话中青蛙叫“甘基王”。此外还有一些文本中的主角直接就是人的形象，这应该是比较晚近才发生的变化。之前学界一般认为盘瓠神话是苗、瑶、畲三族的族源神话，相关研究也多在此视野内展开，而较少关注在我国其他少数民族地区及汉族地区其实也有丰富多样的盘瓠神话流传。就目前收集到的文本来看，盘瓠神话的流传地域还是比较广的，除汉族地区之外，苗族、瑶族、畲族、土家族、仡佬族、彝族、壮族、黎族及台湾少数民族地区都有分布。本文通过比较分析不同民族、不同地区流传的盘瓠神话叙事情节与社会功能之异同，并结合神话的流传地域和民族文化语境来进行辨析。

一　盘瓠神话叙事情节比较分析

将盘瓠神话作专题研究的话，比较各民族盘瓠神话具体情节的异同是基础性的工作。情节是指按照因果逻辑关系组织起来的一系列事件，盘瓠神话之所以会在不同民族中有丰富的异文存在，是因为不同民族的讲述者把一些“表面上看来偶然的沿着时间先后顺序出现的事件用因果关系加以解释和重组”。[①] 而这样的叙述安排内含着讲述者对于情节内在关系的主观

① 参见童庆炳主编《文学理论教程》，高等教育出版社，1998，第212页。

阐释，也体现其情感倾向。以《搜神记》文本为例，盘瓠神话一般包括以下情节单元：1. 盘瓠神奇出生；2. 王张榜许诺有能立功者将公主许配；3. 盘瓠立功；4. 王欲反悔，公主坚持践行诺言；5. 盘瓠与公主结合后避世而居，繁衍后代。在不同民族流传的神话文本中，这些情节单元并非都与《搜神记》一一对应，比如“盘瓠神奇出生”这一情节单元就不是所有的神话都讲述，“王反悔”的情节单元亦是如此。此外，在“盘瓠与公主结合后避世而居，繁衍后代”之后很多民族演绎出繁复的后续情节，有的甚至还套合了别的神话文本。本文选择进行比较分析的叙事情节的标准主要是看其是否具有典型性，是否能体现其流传地区或民族的文化特征，并不限定在“许诺”“立功”“嫁女”“繁衍后代”四个关键情节单元。

（一）盘瓠的神奇出生

《搜神记》中对于盘瓠的出生如此描述：“高辛氏有老妇人，居于王宫。得耳疾历时，医为挑治，出顶虫，大如茧。妇人去后，盛以瓠蓠，覆之以盘。俄尔顶虫乃化为犬，其文五色，因名‘盘瓠’，遂畜之。”[①] 这一情节单元在很多民族的神话中都已丢失，或者只是一两句话带过，畲族神话却对此发挥了充分的想象力进行阐释。主角同为龙犬，广西金秀瑶族神话《盘瓠王》中只是简单说：“皇宫里养有一只身披二十四道斑纹的龙犬，名叫盘瓠。”[②] 广东潮州畲族神话《龙犬驸马》却用了一大段话来描写：“古时候，高辛帝宫有个左耳奇大的大耳婆。一天，高辛帝请御医替大耳婆治耳病。御医用一把小银勺在她的耳朵里一抠，不料抠出一只蛋来。群臣把蛋拿到宫中的一座楼上，惹得天上的凤凰领着地上的百鸟，日夜在它四周跳舞唱歌。看这情景，高辛帝知道这是祥瑞之物，欢喜万分，就叫御医把蛋打开。蛋一打开，蛋里跳下一只五彩小犬来。小犬养了八个月，身长八尺八，身高四尺四，是个龙犬。”[③]《龙犬驸马》的一则异文说高辛王的右耳坠里挑出一颗小白蛋，小白蛋长大后飞来一只凤凰鸟把白蛋啄开，从中跳出一只小

---

① （晋）干宝撰，李剑国辑校《新辑搜神记》卷二四·294“盘瓠”，中华书局，2007，第401页。

② 《盘瓠王》，载《中国民间故事集成·广西卷》，中国ISBN中心，2001，第93页。

③ 《龙犬驸马》，载《中国民间故事集成·广东卷》，中国ISBN中心，2006，第13～14页。

麒麟。[①]另一篇畲族神话《高辛和龙王》则是说高辛皇帝耳朵痒了三年治不好，从里面扒出一条三寸长的金虫来，放在金盘里，一天一夜长大了，浑身五彩斑纹，能在水里游，能在天上飞，能大能小，高辛称他为“龙王”。高辛被番王围攻时，龙王化作一只麒麟跑到番营中咬掉了番王的头颅。[②]孟令法曾对畲族神话中的盘瓠形象进行分析，认为其经历了星宿→茧卵→龙麒→龙（龙犬）→兽首人身→人（现代）的复杂变化过程。[③]

相较于其他民族神话中关于盘瓠出生的简略化处理，畲族神话对盘瓠的神奇出生如此渲染，或许是因为畲族一直将盘瓠神话作为族源神话来演述，记录在谱牒之中，刻画在祖图之上，而畲族历史上是一个不断迁徙的民族，为了凝聚族群认同，他们特别强调宗族观念，重视民族的根本，所以在叙述族源时引入“神圣叙事”来消除“污名化”、歧视性说辞的影响。

（二）盘瓠立功三种情节类型

笔者在之前的文章做过分析，认为可以根据立功情节的不同将盘瓠神话分为立战功、取谷种、治病三种类型。[④]其中立战功型最为常见，畲族、瑶族和贵州台江苗族地区搜集到的盘瓠神话都属于这一类，且与《搜神记》记载基本一致，只有部分细节的出入，此处不再展开分析。

关于取谷种型和治病型，是否会因其与《搜神记》所载出入较大，而让人产生能否归入盘瓠神话的疑义。事实上，在神话传播的过程中，不同讲述者会根据自己的喜好增减或者改变情节单元，但只要作为基干的主要情节单元链结构稳定，我们仍将其视为同一类型。施爱东在《孟姜女故事的稳定性与自由度》一文中提出了故事“节点”的说法，认为“故事的节点网络构成了一个自足的逻辑体系……节点就成了同题故事中最稳定的因素。而只要故事家不篡改故事的节点，任何相容母题的进入，都不会影响

---

① 参见《龙犬驸马》异文，载《中国民间故事集成·广东卷》，中国ISBN中心，2006，第15～17页。

② 参见《高辛和龙王》，载谷德明编《中国少数民族神话》，中国民间文艺出版社，1987，第203～209页。

③ 孟令法：《畲族图腾星宿考——关于盘瓠形象传统认识的原型批评》，温州大学硕士学位论文，2013，第8页。

④ 参见周翔《台湾原住民盘瓠神话类型与来源研究》，《江汉论坛》2017年第8期。

到同题故事逻辑结构的变化。无论是在节点之上，还是节点之间，都存在巨大的想象空间，可以让故事家们充分地驰骋自己的文学想象，随人所愿地增添新的故事母题。要之，在故事的传承与变异过程中，传承的稳定依赖于节点的稳定，变异的随意是指节点之外的随意”。[①]“立功”这一情节单元就可视为盘瓠神话的“节点”，无论立功的主角是谁，无论立功的方式如何，只要情节顺着“许诺→立功→嫁女→繁衍后代”的线性逻辑结构发展，就都可视为盘瓠神话。

狗取谷种的神话在很多民族中都有流传，尤其是西南地区，独龙族、傈僳族、哈尼族、羌族、普米族、藏族、彝族、壮族、布依族、侗族、水族、仡佬族、土家族、苗族、瑶族、畲族等十几个少数民族中几乎都有关于狗取谷种的神话。学界一般认为主要有三个原因使得这一神话类型的分布如此广泛，其一是人类最早饲养的动物是狗，其二是谷穗形似狗尾，其三是狗可能曾经是这些民族祖先的图腾。[②]

目前见到苗族、土家族神话中出现了将狗立战功、咬下敌方将领首级的情节替换为狗取谷种的情节，其原因或许是狗取谷种相比较而言更为熟悉和常见，所以在神话流传的过程中，讲述者或是出于偏好或是出于讲述方便，将内容替换了。值得注意的是，取谷种型盘瓠神话分布的地域主要集中在湖南西部、南部及与之相邻的贵州东南部地区，比如湘西泸溪县的苗族神话《盘瓠和辛女》、湘西凤凰县的苗族神话《马嫌取谷种》、湖南邵阳绥宁县苗族地区也有类似的神话流传，此外还有黔东南岑巩县土家族神话《狗带谷种》。由此可见，这一类神话的产生具有地域共同性。

还需要说明的是，彝族神话《谷种的来历》、藏族神话《狗皮王子》虽然与取谷种型盘瓠神话有很大一部分内容相似，但这两则神话的情节单元链是“英雄取得谷种→英雄被天神惩罚变成狗→狗与公主结合并变成人”，与盘瓠神话的情节单元链有一定的差别，不过二者或许有发生学上的关联。

---

① 施爱东：《故事的无序生长及其最优策略——以梁祝故事结尾的生长方式为例》，《民俗研究》2005 年第 3 期。

② 参见陶阳、钟秀《中国创世神话》，上海人民出版社，1989，第 278 ~ 279 页；王光荣等编《民族民间文学原理》，广西师范大学出版社，1993，第 129 页。

治病型盘瓠神话流传于仡佬族、黎族以及属于台湾少数民族的布农人、排湾人、卑南人及凯达格兰人生活地区。① 贵州遵义仡佬族神话《十兄弟》说土王的女儿下身长了烂疮，黄狗用嘴舔好了。② 另一则异文说土王的女儿腿上长了一个恶疮，土王家的黄狗揭下榜文，用嘴舔好了姑娘的恶疮。③ 海南白沙县黎族神话《天狗》讲述天狗爱慕天皇的女儿"婺女"，黄蜂帮天狗的忙，咬伤了婺女的腿，天狗舔好了伤口。④ 台湾布农人神话《公主与狗》说公主患了皮肤病，身体溃烂发脓。一只公狗用舌头舔公主的全身上下，治好了她的病。⑤

虽然同为治病型盘瓠神话，仡佬族和黎族的讲述与星象产生了关联。仡佬族神话说，"天上的两个星宿楼（娄）星和女星也下凡到人间土王家，楼（娄）星变成一只黄狗，女星变成了土王的女儿"。⑥ 黎族神话中提到的婺女指婺女星，即"女宿"。相传此星常在海南岛黎母山降现，因名黎婺，音讹黎母，黎族人们将此星当作天帝之女下凡。⑦ 这一情节与畲族神话相似，把盘瓠的出生过程定位在"星宿下凡"，并且都指明了盘瓠形象的"娄宿"原型，此外畲族神话还有盘瓠乃亢金龙（二十八星宿之东方青龙系亢宿）下凡的说法。⑧ 布农族神话则没有与星象有关的内容。

（三）盘瓠变形与公主结合

《搜神记》中讲述盘瓠与公主结合后在南山石室中避世而居，后生六男六女自相婚配。但在畲族、瑶族、土家族、壮族、台湾布农人神话中增加

---

① 仡佬族、黎族、布农人的神话文本笔者已收录，排湾人、卑南人以及凯达格兰人的资料信息来自〔俄〕李福清《神话与鬼话——台湾原住民神话故事比较研究》，社会科学文献出版社，2001，第355、357页。

② 《十弟兄》，载《中国民间故事集成·贵州卷》，中国ISBN中心，2003，第64~65页。

③ 参见毛星主编《中国少数民族文学》中卷，湖南人民出版社，1983，第793页。

④ 参见《天狗》，载《中国民间故事集成·海南卷》，中国ISBN中心，2002，第18~19页。

⑤ 《公主与狗》这则神话同时收录于达西乌拉弯·毕马、达给斯海方岸·娃莉丝《布农族神话与传说》，台中：晨星出版有限公司，2003，第37~39页；〔俄〕李福清：《神话与鬼话——台湾原住民神话故事比较研究》，社会科学文献出版社，2001，第351~353页。

⑥ 《十弟兄》，载《中国民间故事集成·贵州卷》，中国ISBN中心，2003，第64~65页。

⑦ 孙有康、李和弟搜集整理《五指山传》，中国国际广播出版社，2016，第5页。

⑧ 孟令法：《畲族图腾星宿考——关于盘瓠形象传统认识的原型批评》，温州大学硕士学位论文，2013。

了动物主角变形为人的情节。畲族神话《龙犬驸马》中说高辛帝限龙犬七天之内变成人才把三公主嫁给他。龙犬要求关在房间里七天七夜不能有人来看他，但善良的三公主担心龙犬，在第六天偷看，结果天机泄露，龙犬的身子变成了人，头还没变化，成了人身犬首。[①] 瑶族神话《盘瓠王》说龙犬和三公主结婚后白天是条狗，晚上却是美男子，他身上的斑毛是件灿烂的龙袍。龙犬说只要将他放在蒸笼里蒸七天七夜，便可脱掉全身的毛变成完人。蒸到六天六夜时，公主担心蒸死丈夫，揭开盖子看看，龙犬果然变成了人。但因蒸的时间不够，头部和脚胫还有毛，只好用布缠裹起来。[②] 土家族神话《狗带谷种》说寨老的女崽翠翠与狗结婚喝交杯酒时，狗一下子变成一个很英俊的小伙子，除了嘴上下左右两边长有几根毛毛外，与别的小伙子没有什么两样。[③] 台湾布农人的神话《公主与狗》说头目让狗在30天之内变成人，才把公主嫁给他。狗离开皇宫走到山上森林里的岩洞内，到了第28天，狗已经快要变成人了，只剩下头未变成人形，发现兵丁监视它，生气大骂要把约定的日期延期一天。第31天的晚上，头目召集众人开会，狗变成了人参加，没有人发现，狗就走到公主房间和公主结合了。[④]

广东连南县瑶族神话《甘基王》说蛤蟆甘基打败么理国后向皇帝寻讨三公主，可皇帝不肯把三公主嫁给他，公主十分崇敬甘基，偷偷来到河边想见他，结果发现甘基脱掉了蛤蟆皮，变成了一个十分英俊的小伙子。皇帝不相信公主说的，甘基于是走进后宫脱去蛤蟆衣，现出了英俊的模样。皇帝问他为什么以前不把难看的蛤蟆衣脱下来，甘基说这是天神赐的宝衣，穿上它就能耍法术，呼风唤雨。皇帝用龙袍跟甘基换，谁知一穿上就脱不下来，变成了一只癞蛤蟆。[⑤] 广西天峨县壮族神话《蛙婆节》说青蛙龙王宝打败敌军班师回朝后，皇帝把公主嫁给他，并封他为镇殿大将军。龙王宝当了大将军，不穿朝服，照旧披着青蛙皮。满朝文武百官议论纷纷，皇太

① 参见《龙犬驸马》，载《中国民间故事集成·广东卷》，中国ISBN中心，2006，第13~14页。

② 参见《盘瓠王》，载《中国民间故事集成·广西卷》，中国ISBN中心，2001，第93页。

③ 参见《狗带谷种》，载《中国民间故事集成·贵州卷》，中国ISBN中心，2003，第68页。

④ 参见达西乌拉弯·毕马、达给斯海方岸·娃莉丝《布农族神话与传说》，台中：晨星出版有限公司，2003，第37~39页。

⑤ 参见《甘基王》，载《中国民间故事集成·广东卷》，中国ISBN中心，2006，第869~871页。

后更是不高兴，认为青蛙皮难看，有损皇家威严，趁龙王宝熟睡，偷偷将青蛙皮丢进火里烧掉，没想到龙王宝因此一命归天。[①]

盘瓠神话中的变形情节其实还应该包括前面讨论过的盘瓠由虫（蚕、蛋）变化成犬。不过在盘瓠与公主结合这一环节发展出变形为人的情节应是出于对人兽婚避讳的原因。“人兽婚”是神话中常见的情节单元，还对后世的文人创作产生了深远影响，例如魏晋南北朝的志怪小说，还有作为经典流传的《聊斋志异》，远古时代人兽婚所具有的生存、崇拜、繁衍等各方面的重要意义和神圣性，在后世流传中逐渐失去了最初存在的语境，所以神话中才会出现动物变形为人的情节设置，来重新确立其合理性。

二　盘瓠神话的社会功能

马林诺夫斯基认为：“神话的功能，既不是解释的，也不是象征的，他乃是一种非常事件的叙述，这事件的发生，即从此建立了一部落的社会秩序、经济组织、技术工艺，或宗教巫术的信仰和意识。它的功能就在于它能用往事和前例来证明现存社会秩序的合理，并提供给现存社会以过去的道德价值的模式，社会关系的安排，以及巫术的信仰等。”[②]“繁衍人类”这一情节单元虽然是盘瓠神话最后一个关键节点，但从其在各民族流传情况及后续情节发展来看，涉及姓氏、服装、纹饰、饮食、住所、民间信仰、节日、仪式、禁忌、地方风物等诸多方面，也因此成为研究盘瓠神话之社会功能的重要资料。

（一）姓氏来源

盘瓠神话之所以被视为畲族和瑶族的族源神话，也是因为畲族和瑶族的姓氏都来源于盘瓠神话。关于畲族四姓由来的解释在广大畲族地区基本一致：“高辛王的三公主与盘瓠结婚，次年便生小孩。小孩落地时盘瓠取来了一个盘子，将婴孩盛在里面，于是三公主赐这孩子姓盘。第三年，三公主又生了个男孩。婴儿落地时，盘瓠又蹦又跳地取来了一只篮子，把婴儿

---

① 参见《蛙婆节》，载《中国民间故事集成·广西卷》，中国ISBN中心，2001，第342页。
② 〔英〕马林诺夫斯基：《文化论》，费孝通译，华夏出版社，2002，第79页。

盛在里面，于是三公主赐这孩子姓篮（现在写作蓝）。第四年，三公主又生了个男孩，这孩子落地时，恰好天上响起了隆隆的雷声。在三公主的眼里，这是雷公喜欢孩子的表示，于是赐这孩子姓雷。后来，三公主又生了一个女儿，这个孩子落地时，不知从什么地方传来殷殷的钟声，三公主赐这孩子姓钟。这就是畲族四姓的来由。”① 有的畲族地区因为没有了盘姓，就把内容变为三个男孩姓篮、钟、雷，女孩则没有提及姓氏。②

“十二姓瑶族”的说法来自《搜神记》中“盘瓠与公主生下六男六女”的讲述。盘瓠和三公主在南京十宝殿生下六男六女，盘瓠王要他们学打猎、学耕织，练得谋生本领。评王和王后听闻很宽慰，送去大批金银、粮食，供女儿、女婿和外孙们享用；还颁给榜牒一卷，赐盘瓠儿女为瑶家十二姓：盘、沈、包、黄、李、邓、周、赵、胡、雷、冯、唐；又下令各地官吏：凡盘瓠子孙所居的山地，任其开垦种植，一切粮赋差役全免。③ 虽然不同地区流传的神话所说的十二姓氏略有不同，但几乎无一例外地将盘姓置于首位，盘姓也确实是瑶族第一大姓。

“畲族四姓”“十二姓瑶民”来源于盘瓠神话，在漫长的文化传承中，姓氏成为一条永不间断的纽带，维系着族群认同，同时也深刻影响了畲族、瑶族民众对于盘瓠神话的接受，他们还通过文字或者绘画的方式将盘瓠神话固化下来，形成了瑶族《过山榜》和畲族祖图这两种十分独特的民族民间文献。

（二）服装纹饰

《搜神记》中提到盘瓠与公主“织绩木皮，染以草实。好五色衣服，裁制着用，皆有尾形”。④ “故世称‘赤髀横裙，盘瓠子孙’”的所谓“经典”说法也说明了服饰的重要性。许多民族的盘瓠神话都会解释民族服饰的花

---

① 《畲族民间故事选·三公主的故事》，转引自农学冠《盘瓠神话新探》，广西人民出版社，1994，第 78 页。

② 参见《高辛和龙王》，载谷德明编《中国少数民族神话》，中国民间文艺出版社，1987，第 203～209 页。

③ 参见《盘瓠王》，载《中国民间故事集成·广西卷》，中国 ISBN 中心，2001，第 93 页。

④ （晋）干宝撰，李剑国辑校《新辑搜神记》卷二四·294“盘瓠”，中华书局，2007，第 402 页。

纹和样式。福建罗源县一则神话中关于畲族女性凤凰装束的来历追溯到盘瓠与三公主成亲时，高辛帝后娘娘赐给三公主一顶非常美丽珍贵的凤冠和一件镶着宝珠的凤衣，祝福女儿像凤凰鸟一样给生活带来吉祥。后来盘瓠一家搬到广东凤凰山居住，凡生下女儿，都赐予凤凰的装束，以至成为风俗流传下来，延续至今。① 福建福安县一则神话解释畲族女性衣服上为什么有两个“皇帝印”图案。这一独特的纹饰也是因为盘瓠与三公主要离开高辛帝定居凤凰山，高辛皇帝拿出御印，将自己的衣衫和女儿的衣衫对在一起，盖上一个印，印的一半留在女儿衣衫上，另一半留在皇帝自己衣衫上。高辛帝还不放心，又在女儿肩内再印上一个大印，作为自家人永久的印记。②

湖南资兴瑶族女性头戴漂亮的织机帽，身穿精美的花边衣，这一习俗也归因于对金毛犬救主恩情的纪念。“瑶家妇女世代不忘金毛犬（盘瓠）救主的恩情，她们头上戴了织机帽，穿上了金色的花边衣。织机帽两边的飘带，表示金毛犬的耳朵。金绣的彩色花边衣，表示金毛犬的绒毛。”③ 广西金秀县瑶族神话解释瑶族为什么缠头布裹脚套时说，是因为龙犬变成人时被公主打破禁忌，蒸的时间不足，只好把有毛的头部和脚胫用布缠裹起来。④

（三）民间信仰、仪式与节日

畲族、苗族、瑶族、彝族、土家族盘瓠神话与民间信仰、仪式有密切的关联。神话的传承必须与民间信仰的存续、祭仪系统的存续，以及作为群体的整个社会成员对神话功能的需求度的存续等要素相连属。⑤

湖南麻阳民间流传的苗族盘瓠神话讲述了麻阳苗族龙舟节的由来，说奶夔（高辛女）和马狗（盘瓠，即神犬）相婚配而繁衍了六子六女，孩子

---

① 参见《凤凰装束的由来》，载《中国民间故事集成·广东卷》，中国 ISBN 中心，2006，第 494～495 页。

② 参见《畲族女人衫里有两个皇帝印》，载《中国民间故事集成·广东卷》，中国 ISBN 中心，2006，第 495 页。

③ 《织机帽和花边衣》，《中国民间故事集成·湖南卷·资兴市资料本》，内部资料，1988，第 165～167 页。

④ 参见《盘瓠王》，载《中国民间故事集成·广西卷》，中国 ISBN 中心，2001，第 93 页。

⑤ 李子贤、李莲：《试论活形态神话的传承》，《民间文化论坛》2017 年第 1 期。

们一直不知道父亲是谁，到处打听，直到问到水牛，水牛告诉他们看门的马狗就是他们的父亲，他们感到很羞耻，回家后就把马狗杀了。等到高辛女回来后，看到马狗不在，问子女们，才知道真相，哭着告诉他们父亲的英雄事迹，孩子们划着小船寻找父亲的尸体。因此苗乡每年都要举行盘瓠龙舟祭，其中最重要的一项仪式就是接龙祭祖，而且祭祖的祭物一般都是水牛，就是因为水牛透露了真相，人们便以水牛谢罪。[①] 此即苗族椎牛仪式。贵州台江苗族神话说狗（盘瓠）死去后，妻子把它拿来停放在正房，拿些树疙兜让孩子们敲打，守灵一天一夜。时间一久尸体生蛆了，（蛆爬满地）孩子们用脚去踩；有一个孩子还生火让烟把蛆熏落下来。王得知后说狗的功劳大，要用这地方最大的水牯牛祭祀。每十三年拿大水牯牛祭祀一回，这就是流传至今的苗族“吃鼓藏”。[②]

云南宣威彝族丧葬仪式中有一个“蹉蛆”的仪式，也是来源于盘瓠神话。据说黄狗（盘瓠）被儿子误射中箭死后，母亲告诉儿子实情，全家悲悼。过了几天，弟兄们商量好到山间去埋葬老黄狗的尸体，走到岩边时尸体已腐烂，臭气熏人，乌鸦正啄肉吃，蛆一个个地滚到岩下，他们过去都一一蹉死，并用石子投击乌鸦。所以彝族开丧时要举行“蹉蛆”的仪式，就是当日“蹉蛆赶老鸦”的意思。[③]

瑶族每年农历十月十六日的盘王节在民间影响很大，盘王节又称“歌堂节”“跳长鼓舞”“还盘王愿”等。还愿仪式有大、中、小之分。请师公做法事，跳唱盘王歌。跳盘王时设有祭坛，祭坛上挂神像，神像中央为盘王……众唱“子孙打起黄泥鼓，鼓声咚咚震山岗，鼓声不停歌不断，世代传唱盘瓠王……”叙唱内容为盘瓠神话歌。[④] 广东龙门县瑶族每年农历八月十五晚都举行“舞火狗”，由未婚的姑娘装扮火狗，穿黄姜叶制作的衣裙，插上香火，载歌载舞，穿村过寨，尽情欢乐。年轻男女对唱情歌，寻找心上人。这一活动也是为了感念蓝田瑶民的始祖神犬养育之恩，据说当年神

① 参见刘丽《论锦江盘瓠龙舟节》，《四川理工学院学报》（社会科学版）2009 年第 6 期。

② 参见今旦《台江苗族的盘瓠传说》，《贵州民族研究》1987 年第 3 期。

③ 参见马绍房、傅玉声《宣威河东营调查记》，《西南边疆》1940 年第 8 期。

④ 农学冠：《盘瓠神话新探》，广西人民出版社，1994，第 70 页。

犬与公主举行婚礼就在农历八月十五晚上。[①]

畲族也有祭盘瓠的活动。每三年一祭。祭祀仪式上悬挂画有盘瓠犬形象的“祖图”，供“狗头杖”，参加祭典仪式的人戴狗头狗尾帽，唱“狗皇歌”。[②] 此外贵州岑巩县土家族有神龛供狗、年三十夜要喂狗吃年庚饭的习俗；广西天峨县壮族每年正月末到二月初举行隆重的祭蛙活动，又称蛙婆节。这些流传有序、仪式完整的民间信仰、祭祀、节庆活动无疑是盘瓠神话传承至今最重要的原因。

（四）地方风物传说

盘瓠神话与地方风物传说相结合以湘西苗族地区最为典型。湘西凤凰、花垣、吉首三地交接的腊尔山有盘瓠洞，洞内有自然形成的狗形石，因此附近的苗族民众经常到此进香拜祭。沅陵县有大狗山、狗公山，也是崇拜祭祀盘瓠的遗址。泸溪县苗族神话《盘瓠与辛女》说辛女“哭哭啼啼，披头散发，来到江边，弯腰曲背地站在一块石头上眼望江中，寻找丈夫尸体。她哭干了眼泪，变成了一个石人，人们叫它辛女娘娘岩。托天、托地俩见母亲对黄狗这样情深，就沿江往下寻找。路上有人告诉他们黄狗已流过滩了，那滩便叫流狗滩。兄弟俩追呀追呀，来到一个深潭边，看见了黄狗的尸体，可一股漩水把它漩下了潭底，再也没见出来了，这潭便叫沉狗潭。兄弟俩只得回去。从此，苗家的后代子孙们永远纪念着辛女和盘瓠”。[③] 此外，泸溪还有辛女桥、辛女溪、辛女滩、辛女宫、辛女庙、狗岩山等地名。

民众在介绍地方风物的同时也将盘瓠神话传播开来，这些地名也为盘瓠神话的流传提供了具象的空间。此外还有盘瓠神话用以解释彝族为什么住高山；畲族为什么住山脚；黎族为什么文面；瑶族为什么不吃狗肉、吃新米时为什么要先喂狗；河南淮阳汉族为什么喜欢泥泥狗；什么原因导致汉族与其他少数民族不一样（仡佬族和苗族神话），等等。

---

① 参见《舞火狗》，载《中国民间故事集成・广东卷》，中国 ISBN 中心，2006，第 703 ~705 页。

② 万建中：《传说记忆与族群认同——以盘瓠传说为考察对象》，《广西民族学院学报》（哲学社会科学版）2004 年第 1 期。

③ 《盘瓠和辛女》，载《中国民间故事集成・湖南卷》，中国 ISBN 中心，2002，第 19 ~20 页。

小　结

以上分别从情节模式与社会功能的角度对盘瓠神话在不同民族、不同地域的流传情况进行辨析。从传播学的角度来看，之所以会有如此多的异文存在，也是因为传播人群类别的多样性决定了其情节变化有无数的可能。但这种变化并不是混乱与无序的，只有适合大众传播、易于被民众接受的情节才得以保留下来。施爱东在研究梁祝故事时总结有三个普适性的标准在故事传播中起到了类似物竞天择的作用：一是否反映了民众普遍的审美理想或表达了他们的感情意愿；二是否具有情节发展的逻辑合理性；三是否能与传统的知识结构或地方性知识结构相兼容。[①] 而这三个标准恰好也符合盘瓠神话在各民族流传的事实。以往关于盘瓠神话的研究多在某一民族内部或关系紧密的几个民族之间进行，研究视野有一定的局限性。盘瓠神话作为一种神话类型，其原型、起源、传播、变异等诸多问题都值得深入探究。随着我们关注范围的扩大，更多的来自不同民族的材料被纳入，潜藏在文本背后的相关文化信息也被发掘，本文呈现的材料或许能提供一些新的解读思路。

---

① 施爱东：《故事的无序生长及其最优策略——以梁祝故事结尾的生长方式为例》，《民俗研究》2005 年第 3 期。

世界的毁灭与重生：中国神话中的自然灾害*

杨利慧**

摘　要：中国灾害神话中蕴含着生活于这片土地上的先民对灾害的深刻记忆及其应对经验和伦理，其中既有同世界其他民族相似的情节，也有独具的母题和特点：治水、补天、射日、兄妹婚等母题表明，中国灾害神话的叙事核心并不在于强调人对神的被动服从，而在于主动征服灾害。神话中所强调的“主动依靠自己的力量，通过坚忍不拔的努力以克服灾害，哪怕付出巨大代价”的精神，以及“灾害的发生是对人类失当的道德和行为的惩罚”的观念，都使中国灾害神话具有鲜明的道德教诲基调，形塑了中国人的灾害伦理观。它为后世的观念和行为提供了镜鉴，并深刻影响了当代中国的灾害叙事。

关键词：自然灾害；中国神话；灾害伦理；灾害叙事

“灾害”无疑是当代社会中的一个关键词。随着自然环境的变化，以及人类对自然的干预能力不断提高、干预程度不断加深，各种天灾人祸日益频繁地出现在这个世界上，从洪水、干旱、地震，到雾霾、温室效应以至核泄露……灾害的发生牵动着世界各国人民的心，人们对灾害相关知识的渴望，以及应对策略的需求日益高涨。与此现实需求相应的，是学术界对

---

* 本文是作者应邀在 2018 年 6 月 5 日日本仙台市东北大学举办的“自然灾害与宗教、神话”工作坊上所作的主旨发言。原载《民俗研究》2018 年第 6 期。

** 作者简介：杨利慧，北京师范大学文学院民间文学研究所教授。

于灾害的研究日益深入，特别是近半个世纪以来，在自然科学之外，灾害社会学、灾害人类学，以及灾害民俗学等学科相继出现，并不断推进有关研究，对于认识灾害与人类社会、文化、经济之间的相互关系做出了积极的贡献。作为一位神话学者和民俗学者，这次来日本参加“东北亚的地质稳定性与人类适应”（Geologic Stabilization and Human Adaptations in Northeast Asia）的多学科主题论坛中的“自然灾害与宗教、神话”工作坊（Natural Disaster and Religion/Mythology），笔者感到由衷的高兴：因为神话最早记录了人类对自然灾害的记忆及应对灾害的策略，为后世的相关知识和行为提供了源泉和典范，因此神话学为我们认识“什么是有关人类适应和应对自然灾害和灾难的既成知识?”[①] 深有裨益，其视角在有关灾害的多学科研究中不可或缺。

神话主要讲述的是有关神祇、始祖、文化英雄或神圣动物及其活动的叙事，它解释宇宙、人类（包括神祇与特定族群）和文化的最初起源，以及世间秩序的最初奠定。[②] 在神话中，灾害的发生往往不是局部性的：即使是洪水、地震、干旱等常见的灾难类型，波及的范畴也是宏大的宇宙、整个世界和人类。因此，灾害神话通常讲述的是世界的毁灭和重生，主要内容是宇宙秩序和人类生活秩序的破坏、恢复、调整和重新建构。

在中国56个民族中，灾害神话不仅形式多样，数量丰富，而且流布也十分广泛，其中涉及灾害的形式、灾害发生的原因、灾害中逃生的方式、灾害的治理，以及灾害之后恢复世界秩序的过程等。这些神话以叙事（即讲故事）的方式，讲述上古时期世界范围内发生的毁灭性灾难，以及世界秩序在毁灭之后的恢复与重建。可以说，中国灾害神话中铭刻着在这片土地上生活的先民们对灾难的深刻记忆及其应对灾害的经验和伦理。在漫长岁月中，这些记忆、经验和伦理世代相传，持续在后来中国人的生活世界中产生影响。需要指出的是：中国的灾害神话中既有同许多国家相同的类型和母题，也有不少特殊的形式以及精神内核。

---

① 参见 D. S. Mileti, T. E. Drakek and J. E. Hass, Human System in Extreme Environments: A Sociological Perspective, Institute of Behavioral Science, University of Colorao, 1975。

② 杨利慧：《神话与神话学》，北京师范大学出版社，2009，第5页。

本文将以《中国神话母题索引》（以下简称“《索引》”）[①] 为线索，首先，梳理中国多民族灾害神话中涉及的主要神话母题，分析其中所表达的人们对灾害的认识和感知，展示中国学者对其中牵涉的相关问题的看法和论争；其次，将考察中国灾害神话的主要特点，以及其中体现出的灾害伦理（ethics of disaster），并进一步反观灾害神话如何持续影响着中国人的灾害观，深刻地形塑了当代中国的灾害叙事。

一 灾害的主要形式

在中国各民族神话中，较常见的自然灾害形式是洪水、天塌地陷、多日（月）并出、火灾以及地震等。

1. 洪水滔天（《索引》编号为900，后续编码均为《索引》编号）

同诸多其他国家的情形一样，世界性洪水（world flood or cosmic flood）是中国神话中最常见的灾难形式。著名汉学家 D. 博德（Derk Bodde）曾指出，“通观中国种种神话题材，萌生最早、流传最广的为有关洪水的题材”[②]，这的确是行家之论。在流传最广的四类灾害神话（包括女娲补天、大禹治水、羿射十日及洪水后兄妹再殖人类神话）中，除射日神话之外，其余均与洪水有关。根据神话学者陈建宪的统计，在中国 40 多个民族中，都流传着洪水神话。[③]

神话中对洪水造成的世界和人类的毁灭惨状往往有生动描绘。在中国古代文献中，大禹及其父亲鲧的时代所发生的洪水灾害几乎摧毁了整个人类生活的秩序。《孟子・滕文公上》云：“当尧之时，天下犹未平，洪水横流，泛滥于天下。草木畅茂，禽兽繁殖，五谷不登，禽兽逼人。兽蹄鸟迹之道，交于中国。”流传在云南楚雄彝族人中的创世史诗《梅葛》中，对洪水的描述非常形象：

---

① 杨利慧、张成福编著《中国神话母题索引》，陕西师范大学出版社，2013。

② 〔美〕D. 博德：《中国古代神话》，见〔美〕塞・诺・克雷默（S. N. Kramer）编《世界古代神话》，魏庆征译，华夏出版社，1989，第 371 页。

③ 陈建宪：《论中国洪水故事圈——关于 568 篇异文的结构分析》，华中师范大学博士学位论文，2005 年。

狂风和暴雨，越淹越厉害，水声隆隆波浪翻，普天之下都淹完。……洪水滚滚接着天，海鱼吃了天上的星星，螃蟹也在天上跑，白天黑夜分不清，只有水声风浪声。洪水淹了七十七昼夜……人种没有了，人种死光了。①

这些描述显然反映了洪水带给人们刻骨铭心的恐怖而惨痛的记忆。

2. 天塌地陷（961）

神话中发生的灾难既有现实中常见的形式，比如洪水、地震、火灾等（尽管夸大了程度和规模），也有神话中特有的灾害，比如天塌地陷带来的更大范围内的宇宙毁灭。《淮南子·览冥训》中记述了这样一场灭世灾害："往古之时，四极废，九州裂，天不兼覆，地不周载，火爁炎而不灭，水浩洋而不息。猛兽食颛民，鸷鸟攫老弱。"这段话生动地描述了一次巨大的宇宙毁灭事件：在遥远的古代，天地间发生了一场巨大的灾难：支撑天宇的四根天柱倒了，大地裂了开来；天不能尽覆大地，地不能遍载万物；大火蔓延，洪水泛滥，各种凶猛的禽兽乘机为害，吞食人的生命。宇宙陷入了一片混乱之中。在吉林省长春地区流传的《女娲补天》神话中这样描述这场灾难："地往东南陷，海水咕嘟咕嘟往上涌；天往西北塌，大窟窿小眼子的，连星星都装不住了，一个个噼里啪啦往下掉。"②

在这类神话中往往鲜明地体现了中国古人的宇宙观：第一，天空是由石头一类的物质所构成的；第二，有多根（四、八、十二根不等）撑天柱支撑在天地之间；第三，天空覆盖着大地。由于撑天柱的倒塌，造成天塌地陷，也带来了洪水、火灾以及猛兽的侵害，这无疑是一场世界性的大灾难。

3. 多日并出

多日并出及其造成的极大旱灾也是中国神话最常讲述的灾难类型之一（No. 232.1.1，887，952）。太阳的数目从二到十二不等，最多的数目是七十二个。③ 该母题的较早记录出现在《淮南子·本经训》、《楚辞·天问》

① 云南省民间文学楚雄调查队：《梅葛》，云南人民出版社，2009，第33～34页。

② 陈建宪选编《人神共舞：中国各族民间神话精品》，湖北人民出版社，1994，第93页。

③ 杨利慧、张成福编著《中国神话母题索引》，陕西师范大学出版社，2013，第213～214页。

王逸注等书中，这些书都说：尧的时候，十日并出，焦禾稼，杀草木，民无所食。在黑龙江省同江县流传的一则赫哲族神话中说：“早先，天上有三个太阳。它们挂在天当腰，毒辣辣的，像火盆一样。老百姓真坑苦了，晒得透不过气来，热得吃不下饭，睡不好觉。地里的禾苗刚冒芽，就被晒死了；江河里的水，全被晒干了；山上的树，晒得枯焦焦的，都死了；所有的飞禽走兽，也都聚在海边，藏在洞里，不敢出来。”[①] 这些神话都生动地描述了多日并出造成的旱灾给人类带来的巨大灾难。

4. 火灾（951）

在浙江省一带流传的现代民间口承神话中，造成世界毁灭的巨大灾难往往是火灾：从天而降的油雨引发了大火。有时候这火灾也连着旱灾。比如在浙江湖州地区流传的《油雨浇旱地》神话说：

> 很老很老的辰光，天下遇到一次从未见过的大旱灾，一连九月零九天没有落下一滴雨来。……到了九个月零十天，天老爷一变脸，乌云滚滚，电闪雷鸣，呼啦一下落起大雨了！可是，没料到落下来的却是油雨。油雨落到火烫的旱地里，滋啦滋啦地爆出火头，升起青白色的烟气来。油雨落到哪里，大火烧到哪里。只一歇歇辰光，到处都成了火翻火腾的火海！人们好像发疯一样四处奔逃求生！[②]

有时候，火灾的发生形式是天上先降下棉花，接着降油雨，最后落下火种，进而引发了一场毁灭全世界的巨大火灾。

5. 地震（958）

在中国古人的宇宙观中，除了天空由撑天柱支撑之外，大地也常有对应的撑地柱支撑，大地因此才不至于陷落，不过更多见的是，大地由某种神圣动物在地下支撑着。这类神圣动物有牛、龟、鱼、蛇、象、鲸、龙、鸡等。每当神圣动物翻身、眨眼、呼吸或者休息的时候，便会发生地震。例如新疆哈萨克族的神话说：起初，地摇晃不定，创世主迦萨甘就拉来一

① 马昌仪编《中国神话故事》，中国广播电视出版社，1996，第596页。

② 钟伟今主编《浙江省民间文学集成·湖州市故事卷》，浙江文艺出版社，1991，第58页。

头青牛，把地固定在牛的犄角上。牛只用一只犄角支撑。每当大青牛把大地从一只犄角倒换到另一只犄角上去的时候，就会发生地震。[①]

除了上述灾害之外，中国神话中讲述的巨大世界灾害还包括持续的寒冬（953）、大雪（954）、热风（955）、瘟疫（956）等。这些自然灾害都造成了世界和人类的毁灭。

那么，神话中所描绘的这些灾害真的发生过吗？中国学者大多认为：神话是一个民族口传的神圣历史，群体生活中的重大事件，如战争、宗教变革、自然灾害等，常以特殊的形式反映在神话中，并由此保存在共同体的集体记忆之中；灾害神话的产生，是自然界实际发生的灾难（如洪水、旱灾、地震、火灾等）在神话中的曲折反映，发源于“对实在发生过的灾变的记忆”，具有一定的真实性。至于这一灾变是地域性的洪水、地震、海啸，还是第四冰河期的世界性洪水泛滥，则众说不一。[②] 有些学者力图找到这些灾害的确切历史渊源，比如民族学和考古学者宋兆麟认为：上述灾害神话中的洪水泛滥具有真实性，“是人类对一万年前后冰期结束后自然环境的回忆”，由于当时气温由寒冷转为温暖，积雪开始融化，降雨量也不断增加，所以造成洪水滔滔，淹没大地，给人类的生存带来巨大的灾难。[③] 也有地震研究专家认为女娲补天神话中讲述的天塌地陷大灾难其实是上古时期的一次陨石雨撞击事件，大概发生在全新世（距今约一万年的地质时代）中后期的今河北平原一带。[④] 不过，大部分中国神话学者认为神话是幻想的产物，它们具有真实的内核，但是很难将其与历史一一对应。

二　灾害发生的原因

灾害为什么会发生？在中国神话中，有时候并没有给出解释，就是自然的大雨、地震等引发了灾害。不过也有很多神话详细解释了灾害发生的原因，其中最常见的，一个是神祇之间的战争（853），一个是对人类罪恶

---

① 陈建宪选编《人神共舞：中国各族民间神话精品》，湖北人民出版社，1994，第104页。

② 相关资料，可参见鹿忆鹿《洪水神话——以中国南方民族与台湾原住民为中心》，台湾里仁书局，2002，第1～7页。

③ 宋兆麟：《洪水神话与葫芦崇拜》，《民族文学研究》1988年第3期。

④ 王若柏、谢觉民：《“女娲补天”源自史前一次陨石雨撞击》，《光明日报》2004年6月18日。

的惩罚（851、908）。

关于神祇之间的战争引发大灾难的神话，最著名的便是“共工怒触不周山”了。据《淮南子 · 天文训》记载：“昔者共工与颛顼争为帝，怒而触不周之山。天柱折，地维绝，天倾西北，故日月星辰移焉；地不满东南，故水潦尘埃归焉。”说共工与颛顼争当天帝，失败后一怒之下撞倒了相传为天柱之一的不周山。于是擎天的柱子被撞折了，系地的绳子也断了，天向西北方向倾斜，因此日月星辰都向西北运行移动；地向东南方塌陷，所以水流尘土都向东南流泻沉淀。在有的异文中，与共工争帝并引发宇宙灾难的神祇是祝融。

另一个常见的原因是天神对人类的惩罚：人类由于浪费粮食、懒惰或者不敬神等不义行为，遭到了神的处罚。比如浙江省东阳县的《兄妹成亲》故事中说：上万年前，世上到处都是人。人太多，便你争我夺，你偷我抢，天下勿安宁。有一天，女娲娘娘化作叫化婆来人间讨食。她讨到东，东勿肯给；讨到西，西勿肯给，讨了九九八十一天，勿讨到一滴水，勿讨到一粒饭。女娲娘娘灰心了。这时候有对名叫丁、冬的兄妹拿出自己仅有的食物给女娲吃，于是神便将灾难来临的消息预告给这对“有良心”的兄妹，使他们在灾难中得以逃生。①

天神对人类的不义做出惩罚是一个世界性的母题，在中国文献中它很早便已出现。例如，在《尚书 · 吕刑》、《国语 · 楚语下》和《山海经 · 大荒西经》等中，都记载了“绝地天通”的故事：起初天地之间原本是可以相互交通的，后来因为蚩尤带着苗民在下界作乱，彼此欺诈，不讲信义，滥施刑法，违背了神人之间的誓约，于是天帝颛顼就命令大神重把天往上举、大神黎把地往下抑，从此断绝了天地之间的通路，人便无法再上天，神也无法再下地了。可见“灾难源于上天（天神）对人类不义的道德和行为施加的惩罚”的观念由来已久。这类观念反映出中国人“天人合一”的宇宙观：人与自然万物可以相连通、相互感应，天能预示灾祥，干预人事；

---

① 陈建宪选编《人神共舞：中国各族民间神话精品》，湖北人民出版社，1994，第 35 ~ 36 页。

人的行为也能感应上天。直到今天，这样的观念一直构成了中国人的灾害伦理观的重要内容：人的不当行为能为上天所感知，并降下灾害以示惩戒；人通过修身正己，便可以化解灾祸，遇难成祥；唯有心地善良的人能在大灾难中得救（969.1）。

三 灾害的预告

灾害发生之前，常有预兆或者预告（870）。在神话中，告知人类灾害即将发生的往往是神祇（872）或者乌鸦、牛、乌龟等各种动物（871、873）。灾难的预兆包括石狮子出汗、石龟或者石（铁）狮子的眼睛出血或者变红、城门出血、石臼出水等，尤其以石龟或石狮的眼睛出血或者变红最为多见。比如一则流传在河南省南阳地区的神话说，古时候有兄妹俩，他们念书的地方有个庙，庙里有个和尚，门口有个铁狮子。和尚告诉兄妹俩每天给狮子肚里填馍，并告知如果看见铁狮子的眼睛红了，就赶紧钻到它的肚里去。后来有一天他们看见狮子的眼睛红了，就赶紧钻了进去，等他俩出来一看，才知道是天塌了下来，人都死光了。①

石龟或石狮子眼红（或口出血）预示灾难降临的母题，在古代文献中早有出现，不过与之关联的往往是地方性的灾难，通常是城池陷落为湖。比如南朝梁任昉所著《述异记》卷一中记载了一则陷湖传说："有书生遇一老姥，姥待之厚，生谓姥曰：'此县门石龟眼血出，此地当陷为湖。'姥后数往候之。门使问姥，姥具以告。吏遂以朱点龟眼。姥见，遂走上北山，城遂陷。"有些学者推断：这类母题原本常常与陷湖传说相连，后来才与洪水后兄妹再殖人类神话黏合在一起，从而使其中的地方性灾害演变成了一场宇宙毁灭的大劫难。②

---

① 张振犁、程健君编《中原神话专题资料》，中国民间文艺家协会河南分会内部印行，1987，第139～141页。

② 相关观点可参见钟敬文《洪水后兄妹再殖人类神话——对这类神话中二三问题的考察，并以之就商于伊藤清司、大林太良两教授》，钟敬文：《钟敬文学术论著自选集》，首都师范大学出版社，1994，第233～235页；鹿忆鹿：《洪水神话——以中国南方民族与台湾原住民为中心》，台湾里仁书局，2002；Lihui Yang & Deming An, with Jessica Anderson Turner. *Handbook of Chinese Mythology*, New York: Oxford University Press, 2008, p. 116。

四 从灾害中逃生

人们从世界灾难中如何逃生？有哪些成功的逃生方式？又有哪些是失败的方式？《中国神话母题索引》显示：从洪水中逃生的方式（920~939）十分丰富，其中成功的方式包括：在盆（或石臼等）中躲避洪水（921）；在水缸里躲避洪水（922）；在乌龟（或狮子）肚子里躲避洪水（923）；在石狮子（或石人、铁牛等）肚子里躲避洪水（924）；在葫芦或瓜中躲避洪水（925）；在神树上躲避洪水（926）、在船上躲避洪水（927）、在篮子里躲避洪水（928）、在木房（木柜）中躲避洪水（929）、在桶中躲避洪水（931）、在皮鼓中躲避洪水（932）、在高山上躲避洪水（939.2）、在岩洞中躲避洪水（939.3），等等。

而在洪水中“失败的逃生”（939.1）方式则包括：在铁柜（或铁房子）中逃生失败（939.1.1）；在铜柜中逃生失败（939.1.2）；在金银做的柜子中逃生失败（939.1.3）；在猪皮口袋中逃生失败（939.1.4）；在用粗针大线缝的牛皮口袋中逃生失败（939.1.5）；在土房子中逃生失败（939.1.6）；在树上逃生失败（939.1.7）。

从“天塌地陷”的世界灾难中逃生的方式包括：在石狮子（石龟、铁牛等）的肚子里躲避天塌地陷之灾（961.1）；在山上躲避天塌地陷之灾（961.2）；在山洞里躲避天塌地陷之灾（961.3）；在庙里躲避天塌地陷之灾（961.4）。

从“多日（月）并出”造成的灾难中逃生的方式包括：人类始祖躲在大树上免遭晒死（952.1）；人类始祖藏在地洞中免遭晒死（952.2）。

神话中叙述的上述各种逃生方式显然反映了人类从现实生活中总结出来的应对自然灾害的经验。其中较常受到学者们关注的是洪水神话的葫芦避水。在中国汉族以及瑶、壮、彝、布衣等诸多少数民族中，都有大洪水中兄妹（或姐弟）藏身在葫芦中或者坐在葫芦上得以成功逃生的母题。有学者认为：从历史文献和民族学、民俗学资料来看，葫芦是古代重要的水上交通工具，无论在长江流域，还是在黄河南北，均有以葫芦为腰舟的现象，可见洪水传说中的兄妹坐葫芦以求生存的事实是可信的，是远古人类用葫芦战胜洪水的真实记录。[①] 在许多洪水神话中，葫芦不仅仅是人类始祖从洪水中逃生的重要工具，而且，洪水后，新的人类或部族始祖也从葫芦中降生。美国学者梅维恒（Victor H. Mair）综合了中外许多学者的研究成果，认为在南方民族的葫芦神话以及相关的葫芦文化中，葫芦是母亲崇拜的象征，是母性的、富有繁殖力的子宫的象征，是富有创造力的宇宙的象征——其内部黑暗、空虚，但是一切事物皆从中产生。这一象征后为道教直接借用，并被赋予了新的文化内涵。[②] 正因为葫芦饱含丰富的文化意蕴，所以钟敬文指出：葫芦也是一种人文瓜果。[③]

五　灾害的治理

许多中国神话学者认为：与希伯莱、希腊或其他一些西方民族的神话强调灾害（如洪水）的发生是对人类的惩罚、灾害的逃生须遵从神的旨意和指导不同，中国灾害神话的叙事主旨往往聚焦于灾害的治理。[④] 由于灾害巨大，即使是神祇，在治理过程中有时不免也要付出沉重的代价。

中国神话中的灾害治理方式主要包括以下三种。

1. 治水（1000）

在中国的各类洪水神话中，治水往往成为故事叙述的核心。譬如鲧禹神话，强调的不是在灾难面前消极被动地服从神的命令，而是依靠自己的努力主动去平息水患。鲧采用了填堵的方法去制服滔滔洪水，为了堙塞洪水不惜偷了天帝的息壤，结果填堵没有成功，鲧被天帝所杀，后来腹中生出了禹（一说禹母吞神珠如薏苡，胸坼生禹）。禹子承父志，前仆后继，继续治水。他从父辈失败的治水经历中吸取教训，改变了“堵”的办法，不

---

① 宋兆麟：《洪水神话与葫芦崇拜》，《民族文学研究》1988 年第 3 期。

② 〔美〕梅维恒：Southern Bottle—Gourd（hu－lu 葫芦）Myths in China and Their Appropriation by Taoism. 台湾汉学研究中心编《中国神话与传说学术研讨会论文集》，台北汉学研究中心，1986，第 185～228 页。

③ 钟敬文：《葫芦是人文瓜果》，见《钟敬文文集·民俗学卷》，安徽教育出版社，2002，第 658～659 页。

④ 鹿忆鹿：《洪水神话——以中国南方民族与台湾原住民为中心》，台湾里仁书局，2002，第 9～12 页；Lihui Yang & Deming An, with Jessica Anderson Turner. Handbook of Chinese Mythology, New York: Oxford University Press, 2008, pp. 116～117。

断对洪水进行疏导，“尽力沟洫，导川夷岳，黄龙曳尾于前，玄龟负青泥于后”（《拾遗记》卷二）。由于任务艰巨，他治水十三载，三过家门而不入，最终根治了水患。他也因为这一神功伟绩，被人们尊为“大禹”“禹王”，并成为夏人的始祖。直到今天，大禹治水的神话在中国家喻户晓，在浙江省及四川省等地，还有专门敬奉大禹的庙宇及相应的仪式活动。

与治水相关的母题还包括：用芦苇烧成的灰去填塞洪水（1001）；用土堵塞洪水（1002）；用息壤填堵洪水（1002.1）；文化英雄疏导洪水（1003）。

2. 补天（990）

对于天塌地陷一类的宇宙灾害，最为著名的治理神话就是女娲补天了。大女神女娲在撑天柱倒塌、大地开裂、大火蔓延、洪水泛滥、凶猛的禽兽趁机吞食人的危急关头，挺身而出，熔炼五色的石头，补上了天空的漏洞；斩断大鳌的脚来重立四极；杀死了作怪的黑龙，积聚了芦苇灰来堙塞洪水。这一系列举措最终成功地战胜了灾害，使宇宙秩序重新恢复正常。

补天的方式（992）除了冶炼五色石补天，在中国各民族神话中还有其他多样化的方法，比如用石头补天（992.1）；炼铁补天（992.3）；用泥土补天（992.4）；用云补天（992.5）；用雪补天（992.6）；用冰块补天（992.7）；缝补天空（992.8）；等等。

除了补天，神话中有时候也讲到补地。

3. 射日（232）

对于多日（有时候也有多月）并出造成的旱灾，最有名的治灾神话便是羿射十日的故事。该故事在《淮南子·本经训》、《楚辞·天问》王逸注等中都有记载：尧的时候，天下十日并出，草木焦枯，民无所食。于是尧命羿仰射十日，结果射中了九日，日中的九只金乌都死了，它们的羽毛纷纷坠落下来，从此世间只留下了一个太阳。除了射日之外，在河南、广西、四川等地的神话中还有“文化英雄用竹竿打落多余的太阳”的母题（232.3）。

六 灾后世界秩序的恢复与重建

第一，自然秩序的恢复与重建。随着人类始祖从灾害中逃生，同时经过文化英雄的治理，灾难终于被克服，被毁灭的世界得以重生。在神话中，灾难之后的自然界或者完全恢复了其原有的正常秩序，或者更为常见的是重新建立起新的秩序，而且它们一直持续规定着今天人类的日常生活。前者如《淮南子·览冥训》中，说女娲炼石补天、断鳌足立极、杀黑龙、止淫水之后，原来天崩地裂、水火泛滥、猛兽凶禽攫食人类的大灾难被平定，最终“地平天成，不改旧物”，宇宙间的正常秩序得以恢复。不过神话中更多反映的，却是大灾难之后宇宙秩序的重新建立，比如原来多日或多月的天空从此只剩一日一月；射日或射月后，破碎的日月残片变成了天上的星星；治水之后大地上被划定了九州；还有许多动植物的习性也被重新规定。例如一则四川省宜宾地区的异文中说，羿射下九日后，剩下的那个太阳吓得溜下了地，藏在水叶菜下面才逃脱了被射杀的厄运，后来，太阳为了报答救命之恩，不管天气再怎么热，水叶菜也总是绿茵茵的，永远晒不死。[①]

第二，人类的重新繁衍与族群的起源。大灾难之后，人类的生活也经历了秩序的恢复与重建。洪水后兄妹再殖人类神话是中国洪水神话中流传最为广泛的一类，它主要讲述的是，大洪水之后人间仅剩的兄妹俩（姐弟、母子等）血亲成婚（972，或偶见成婚失败），依靠捏泥人或者生育的方式，重新繁衍出新人类的故事。例如笔者于 1993 年在河南省淮阳县的人祖庙会上采录到的一则神话说：天塌地陷的时候，兄妹俩藏身在鳖肚里躲过了灾难，待出来一看，天下已没有人迹；兄妹用滚磨的办法占卜天意，结果两扇磨分开，俩人因此没有结为夫妻，从此以后，天下的亲兄妹便不能配夫妻。兄妹俩决定捏泥人儿来重新繁衍人类。两人捏了很多泥人，搬出去晒的过程中下起了雨，他俩就用扫帚把泥人儿一个个扫进洞里去。后来世上有些人眼瞎了、腿瘸了，这都是被扫帚扫的。[②] 这则神话解释了大洪水之后人类的新起源，特别解释了其中残疾人的由来。此外，兄妹卜婚之后并未成婚的情节，虽然与大多数这类神话不同，但是在这里也被用以说明为何从此以后兄妹不能成亲的婚姻禁忌的缘由。

---

① 侯光、何祥录编选《四川神话选》，四川民族出版社，1992，第 294 ~ 295 页。

② 有关这一神话的更详细文本以及讲述情境，参见杨利慧《神话与神话学》，北京师范大学出版社，2009，第 150 ~ 155 页。

在一些民族中，洪水后人类重新繁衍的神话，往往同时伴随着对不同族群由来的解释。比如云南省罗平县和宣成县等地的彝族人中流传着这样的神话：

> 洪水到来，灭绝了世上所有的人，只有老三躲在葫芦中逃生。天神就让三女儿来到地上，和老三成家做伴。三仙女怀孕后，生下了一个肉口袋。老三听从天神的劝告，割开口袋，把里面的肉团子砍成了几千几百块，丢在几百几千个地方。有的肉团被他丢在柳树上，落地就变成了一家人，这家人就姓柳；有的丢在树叶上，变成人后就姓叶……还有一大砣肉块被丢在竹子上，落地变成了四个男孩、四个女孩。四对孩子跟着老三回了家，可是不会说话。老三和三仙女按照天神教的办法，砍来一棵竹子，燃起大火，让四对孩子围着烤火。竹子突然“嘣！嘣”炸开了，火星四处飞溅。火星落在大儿子大姑娘身上，两人发出“啊呀呀”的叫声。火星落在二儿子二姑娘身上，两人发出“阿乍乍”的叫声。火星落在三儿子三姑娘身上，两人发出“阿背背”的叫声。火星落在小儿子小姑娘身上，两人发出“阿哟哟”的叫声。大儿子大姑娘就变成了汉族；二儿子二姑娘不忘彝家的根本，成为彝族；三儿子三姑娘成为纳西族；四儿子四姑娘成为了苗族。[①]

在这一类洪水神话中，大灾难后遗存的男女（或男人与天女）结婚后有时会生下怪胎，例如肉团、肉球、葫芦等。有人认为这是反血缘婚的证明：由于近亲结婚，所以生下了怪胎。但是，在神话中，从肉球或葫芦中或者将肉团切碎抛撒之后，世界上便出现了“百家姓”或者多个民族，因此，这里的怪胎实际上是“集团”的象征，[②] 它表明了始祖血亲婚配的不寻常性和神圣性，从葫芦或肉球中走出的孩子们，成为各个民族的祖先，这实际上强调了民族的同源性以及种族之间的相互关系，甚至是种姓的

---

① 陈建宪选编《人神共舞：中国各族民间神话精品》，湖北人民出版社，1994，第44~52页。

② 杨利慧：《女娲的神话与信仰》，中国社会科学出版社，1991，第42页。

纯正。[①]

第三，文化的起源。大灾难之后，往往伴随着新的文化秩序的出现。例如四川省走马镇的神话说：大禹治水时，为了让参与治水的人们合理休息和分配体力，就划分出一年间的春夏秋冬四季，又把四季分为二十四个节气。[②] 普米族的《洪水滔天》神话说：大洪水之后，人间仅剩的一位男子娶了山神的三女儿，她从天上带来了牛、马、猪等牲畜和五谷等粮食的种子，从此人间才有了这些动物以及农作物。[③] 鹿忆鹿认为："中国洪水神话中的治水母题和获取农耕文明的母题，在世界洪水神话中则是独一无二的。"[④]

七　中国灾害神话的特点以及其中蕴含的灾害伦理

灾害神话绝非中国独有。比如大洪水神话就广泛流传在世界很多地方，其中心主要有三个，即巴比伦、美洲印第安人和以东南亚为中心波及大洋洲的地区。[⑤] 不过，中国的灾害神话显然有自己的特点。在西方有名的希伯莱神话和希腊神话中，洪水的发生都是源于神对人类罪孽的惩罚，人也都是听从神的旨意才从洪水中逃生，并重新繁衍了人类的。而中国洪水神话中尽管也有类似的观念，但是其叙事核心，如前所述，并不在于强调人对神的服从，而在于征服洪水。鹿忆鹿在梳理了世界范围内的洪水神话及其相关研究后指出：中国的洪水神话与西方其他民族的洪水神话相比，具有独特性：虽然在讲述洪水起因时也多少涉及惩罚罪恶一类的情节，与犹太人和其他西方民族的上帝为惩罚人类罪恶而降下洪水、剿灭人类的神话主

---

① 鹿忆鹿：《洪水神话——以中国南方民族与台湾原住民为中心》，台湾里仁书局，2002，第365～366页。

② 杨利慧、张霞等：《现代口承神话的民族志研究——以四个汉族社区为个案》，陕西师范大学出版总社有限公司，2011，第63～75页。

③ 谷德明编《中国少数民族神话》，中国民间文艺出版社，1987，第503～509页。

④ 鹿忆鹿：《洪水神话——以中国南方民族与台湾原住民为中心》，台湾里仁书局，2002，第19页。

⑤〔日〕大林太良：《神话学入门》，林相泰、贾福水译，中国民间文艺出版社，1989，第61页；鹿忆鹿：《洪水神话——以中国南方民族与台湾原住民为中心》，台湾里仁书局，2002，第9～12页。

旨有相似点，但是中国洪水神话的特点在于其“主旨是治水和农耕文明的获取”，“中国洪水神话中的治水母题和获取农耕文明的母题，在世界洪水神话中则是独一无二的”。[①] D. 博德也认为，洪水的情节绝不是中国所特有的，但是中国洪水故事同《圣经》中洪水灭世故事，以及近东其他民族的洪水灭世故事之间有着显著的区别：传说并不重在洪水本身，而是“重在说明如何平治洪水，使民众安居乐业”。[②] 其实，不仅是治水，中国灾害神话中的补天和射日母题，也是其他西方国家的灾害神话中少见的，凸显出中国灾害神话重在治理的特色。

这一特征在鲧、禹治水神话中有鲜明的体现。该故事的核心不是消极被动地服从神的命令或者等待神的拯救，而是依靠自己的努力，主动去征服自然灾害，哪怕付出巨大的代价。鲧偷了天帝的息壤去填堵洪水，不胜而被杀。禹继承了他的事业，继续百折不挠地治水多年，三过家门而不入，最终根治了水患。在女娲补天神话中，女娲虽然身为神圣的女神，也并不能轻而易举地修复毁坏的天空，也需要凭靠自己付出艰苦劳动，才能最终完成任务。在不少现代民间口承神话中，女娲不辞辛劳地到处采集五彩石，或者又用自己的唾液和精气把它们炼成补天的材料，历尽千辛万苦，虽然终于补好了天上的漏洞，可她自己或者由于劳累过度而死，或者在仅缺一块石料的关键时刻，毅然以身补天，她的五彩霓裳，也化作天空里永远的五彩云霞。[③] 兄妹婚神话的情形也是一样：故事的叙事核心并不是洪水——洪水只是兄妹始祖血亲婚姻缔结的前提条件，其中心则在于解释宇宙灾难之后人类的重新繁衍以及新的社会文化秩序的确立和农耕文明的开始。

因此，中国灾害神话内蕴的观念和行为模式是：主动依靠自己的力量，通过坚忍不拔的努力以克服灾害，而不是被动地向神意或命运低头。这一主题在鲧禹治水、女娲补天、羿射十日、洪水后兄妹再殖人类神话，以至于其他并非灾害神话的精卫填海、夸父追日、刑天舞干戚等许多神话中都

---

① 鹿忆鹿：《洪水神话——以中国南方民族与台湾原住民为中心》，台湾里仁书局，2002，第18～19页。

② 〔美〕塞·诺·克雷默（S. N. Kramer）编《世界古代神话》，魏庆征译，华夏出版社，1989，第375页。

③ 杨利慧：《女娲的神话与信仰》，中国社会科学出版社，1991，第170～171页。

有鲜明突出的体现，[①] 从而使包括灾害神话在内的中国神话具有鲜明的伦理道德教化基调。博德曾指出：中国古代神话大多具有教诲格调，对伦理道德十分关注，在其他民族的神话体系里常见的残暴的行为、戏剧性的冲突、粗俗的诙谐，以及令人震慑的灾厄、性爱，以及与其他生理机能紧密相连的赤裸裸的表露等，在中国古代神话中却大为减色或者无迹可寻。形成这一特点的原因，也许与早期文献记录者对神话做了伦理性的剔选有关。[②] 笔者认为：无论是何种原因造成了这一特点，中国神话当中都突出地包蕴着“主动依靠自己的力量，通过坚忍不拔的努力以克服灾害，哪怕个人为此付出巨大代价”的灾害伦理观，它为后世树立了榜样，深刻地影响了人们的观念和行为。直到今天，“伦理化的灾害叙事”依然是中国较普遍流行的，其叙事的核心，往往不在灾害本身，而重在对奋不顾身地抢险救灾的道德精神的弘扬。例如，2008 年 5 月 12 日四川汶川地震发生时，电视上每天都在播放救灾英雄的故事，牵动着全国和世界人民的心。在新闻报道中，当时八岁半的小英雄林浩两次返回废墟救出同学，成为“5·12”汶川大地震年龄最小的救人英雄，后被授予抗震救灾英雄少年的荣誉称号。2018 年 5 月，在汶川地震十周年之际，媒体上涌现了许多纪念文字，比如“人民子弟兵用自己的血肉之躯筑起生命通道，涌现了大批先进模范，出现了无数的感人事迹，有为第一时间摸清灾区情况而‘自杀式’伞降的空降兵 15 勇士，有为了救灾而让妻子一个人举行婚礼的空降兵某部指导员某某某……”[③] 这些叙事都着力对公而忘私、奋不顾身地抢险救灾的道德精神进行弘扬，鲜明地彰显了面对灾难要“主动依靠自己的力量，通过坚忍不拔的努力以克服困难，哪怕个人为此付出巨大代价”的伦理观，与神话中大禹治水三过家门而不入、女娲为补好残破的天空不惜牺牲自己的生命等的叙事基调一脉相承。

除此之外，如上文已经论及的，神话中蕴含的灾害伦理观还包括“灾

① 杨利慧：《神话与神话学》，北京师范大学出版社，2009，第 191 页。

② 〔美〕塞·诺·克雷默（S. N. Kramer）编《世界古代神话》，魏庆征译，华夏出版社，1989，第 377 页；杨利慧：《女娲的神话与信仰》，中国社会科学出版社，1991，第 170 页。

③ 百家号网站：《铭记：汶川特大地震 10 周年，英雄不该被遗忘》，https://baijiahao.baidu.com/s?id=1600160813719454622&wfr=spider&for=pc，最后访问时间：2018 年 9 月 1 日。

难源于上天（天神）对人类不义的道德和行为的惩罚”，人通过修身正己，便可以化解灾祸，善良的人能够在大灾难中得救等。这样的灾害伦理观也一直延绵不断，构成了当今中国人的灾害观念的重要内容。比如干旱、长时间的雾霾等，就常被归咎于人自身的道德败坏、行为失当引起的结果。

八 结语

本文以《中国神话母题索引》为线索，系统地梳理了中国多民族灾害神话中涉及的主要母题，包括灾害的形式、发生的原因、逃生的方式、灾害的治理，以及灾害之后世界秩序的恢复和重建等。从中可以看到，中国灾害神话中铭刻着这片土地上生活的早期人群对灾害的深刻记忆及其应对经验和伦理，其中既有同世界其他民族相似的情节，也有独具的母题和特点：从治水、补天、射日、兄妹婚等母题中，鲜明地体现了中国灾害神话的叙事核心并不在于强调人对神的被动服从，而在于主动征服灾害。神话中所强调的“主动依靠自己的力量，通过坚忍不拔的努力以克服灾害，哪怕付出巨大代价”的精神，以及“灾害的发生是对人类失当的道德和行为的惩罚”的观念，都使中国灾害神话具有鲜明的道德教诲基调，奠定了中国人的灾害伦理观的基础。它为后世提供了源泉和典范，深刻地影响了后来人们的观念和行为。直到今天，这样的灾害伦理观依然盛行，并塑造了当代中国的灾害叙事。

二　传说

“五鼠闹东京”传说的类型与意义*

祝秀丽　蔡世青**

摘　要：采用丁乃通的类型法、格雷马斯的叙事理论研究当代“五鼠闹东京”故事的类型和意义，可归纳出真假包公、鼠精作怪、外国贡鼠三个亚类型，并说明主角、对象、助手、对头、指使者、承受者六类角色的特点，进而揭示包含杀老习俗的异文群的叙事意义在于：对抗与废除杀老法令的过程，也是年轻英雄在老人的忠告之下解开鼠精作乱的超自然启示、最后平息鼠乱并重建自然契约的过程。禁令与违禁、杀老与养老是这一故事类型语义结构的基本对立项。

关键词：故事类型；五鼠闹东京；包公传说；丁乃通；格雷马斯

一　引言

看过小说《三侠五义》或电视剧《包青天》的人，一定会对“五鼠闹东京”中的展昭和号称“五鼠”的侠士们印象颇深。本文要研究的“五鼠闹东京”故事类型则没有侠士“五鼠”，只有作乱“五鼠”，且是精怪鼠类而非人类。这让我们看到民间口头流传的“五鼠闹东京”的古朴面貌，迥

* 本文系教育部人文社科规划基金项目“现当代包公民间传说的共时性研究”（项目编号：14YJA751039）的阶段性成果。原载《民俗研究》2018年第4期。

** 作者简介：祝秀丽，中国科学技术大学科技传播与科技政策系副教授。蔡世青，中国科学技术大学科技传播与科技政策系2016级硕士研究生。

异于文人之笔塑造的人物、情节和主题。

“五鼠闹东京”的研究首先见于古代文学领域。早在1925年的《三侠五义》序中，胡适就简要地指出“五鼠闹东京”的发展源流：从明中期的《西洋记》中借国师之口讲述的五鼠闹东京故事到明末《包公案》中《玉面猫》，再到清代章回体的《龙图公案》，都是精怪神话式的“五鼠”作乱，最后演进到《三侠五义》时，作者“删去邪说之事，改出正大之文”，将“五鼠”妖怪改为五位侠士，制服鼠妖的玉猫改为“御猫”展昭，“神话变成了人话，志怪之书变成了写侠义之书了”。[①] 胡适所梳理的是五鼠闹东京中一个亚类型——双包案的历史流变。

20世纪80年代以来，不断发现新的明清异文，如清刻本《五鼠闹东京包公收妖传》、明代小说集《轮回醒世》卷一七“妖魔部”的“五鼠闹东京”、明万历与耕堂本《百家公案》五十八回“决戮五鼠闹东京”等。1988年，胡从经将胡适梳理的脉络增补为：《轮回醒世》的“五鼠闹东京”因无包公角色而更显原始形态，此后与耕堂《百家公案》将之改写为包公公案故事之一，后又脱胎为明末《龙图公案》的《玉面猫》，最后演变成清刊本《五鼠闹东京包公收妖传》。[②] 2008年，潘建国发现明文萃堂刊本《新刻全像五鼠闹东京》，并对比明清刻本异同，结合小说、鼓词、唱本、戏曲剧本和民间传说等资料，探讨明代以来该故事的历史流变，指出自明万历以来，有包公和无包公两个版本并存于世，五鼠闹东京故事题材经历两次转变：受到明公案小说影响，增加包公判案情节；清中后期受到侠义公案文学影响，鼠精变为侠客。同时传播途径也经历两次轮回：从民间传说到小说文本，再由清中后期的案头文本融入民间说唱表演，该故事的持久文学活力在于下层文人与民间艺人的双重创造。[③]

在民间文学领域，刘守华于1982年、1984年率先论及老人平息鼠祸、弃老习俗被废除的故事，以跨文化的视角对比了流传于中国、日本、印度

---

① 胡适：《中国章回小说考证》，上海书店，1980，第393～435页。

② 潘建国：《海内孤本明刊〈新刻全像五鼠闹东京〉小说考——兼论明代以降“五鼠闹东京”故事的历史流变》，《文学遗产》2008年第5期。

③ 潘建国：《海内孤本明刊〈新刻全像五鼠闹东京〉小说考——兼论明代以降“五鼠闹东京”故事的历史流变》，《文学遗产》2008年第5期。

这类故事的情节异同，发现“以养猫克鼠来表现老人智慧，是中国传说所特有的情节”，结合历史学、人类学和民间文学资料着力诠释了故事反映的人类文明进程中从“弃老”到“敬老”这一重大社会变革的史实基础，指出它包含着“历史真实性的艺术概括”：“以赞颂老人的智慧为中心来编织富有传奇性的故事，追述社会习俗的变革，把孝养父母的道德伦理观点传给后人。”[①] 1996年，刘锡诚把老鼠主题的民间故事分为几类：创世英雄、报恩动物、救主受封、变形扰民、硕鼠为祸等，五鼠闹东京的几则异文在变形扰民、硕鼠为祸两类主题中得到关注，指出结合弃老母题的这类故事是历史上真实发生过的鼠祸与杀老习俗的写照。[②]

鉴于前辈们在五鼠闹东京的类型、意义方面的研究不多，本文将在广泛搜集我国口头文本记录的基础上归纳和阐释其类型和意义，以明晰被学者反复强调的该类型故事民间口传的活力所在。

到目前为止，笔者共搜集了五鼠闹东京异文40则，除了3则明代文本外，当代口承文本37则（见附录）。本文以当代文本研究为主，其采录地和文本数如下：辽宁8则、河北8则、湖北5则、北京4则、山东3则、河南1则、上海1则、江苏1则、江西1则、四川1则、甘肃1则、新疆1则、采录地不详2则。

本文采用民间故事类型学方法和法国叙事学家格雷马斯的结构主义叙事学方法对这些故事进行分析。类型学分析参照丁乃通的《中国民间故事类型索引》，丁乃通的类型学方法的特点在于将异文之间的差异性都综合在每一个情节单元的描述中。[③] 本文采用丁乃通类型归纳法，旨在展现这个故事类型在整体情节结构上的变异理路，也可以把亚类型的变异状况容纳进整体描述中。格雷马斯（或译格雷玛斯）的结构主义叙事学[④]方法则有助于解释故事角色模式及其背后的语义结构，具有一定的意义解释深度，本文借助它来分析故事的角色和意义。

---

① 刘守华：《民间故事的比较研究》，中国民间文艺出版社，1986，第62~78页。

② 刘锡诚：《中国民间故事中的鼠观》，《民俗研究》1996年第3期。

③ 〔美〕丁乃通：《中国民间故事类型索引》，郑建威等译，华中师范大学出版社，2008。

④ 〔法〕格雷马斯：《结构语义学：方法研究》，吴泓缈译，生活·读书·新知三联书店，1999。罗钢：《叙事学导论》，云南人民出版社，1994。

二 类型研究

（一）情节单元

要了解一个故事类型，就要对它的众多异文进行情节解析，从中概括出这个类型的叙事结构特点。笔者将37则当代异文依次进行情节描述、分解，最后，获得8个情节单元及其出现的文本数：

1. 杀老习俗（或法令），23
2. 主角（常是包公）藏父（或母、双亲），23
3. 鼠精作乱，37
4. 主角获助，37
5. 以猫除鼠，37
6. 猫留人间，21
7. 猫骂包公，14（借猫者不是包公：2则）
8. 废除杀老习俗（或法令），22（结尾缺失：1则）

从上述统计来看，“鼠精作乱”“主角获助”“以猫除鼠”三个情节单元出现在所有异文中，是五鼠闹东京类型的叙事结构的核心部分。而杀老习俗、主角藏父，对应于主角获助中父亲给予忠告和结尾的废除杀老习俗，成为此故事类型的一个重要分支。但是，明代流传的三个异文都是以鼠精作乱开篇的，没有杀老习俗的相关情节。所以可以推断，杀老习俗的融入是近现代口耳相传时逐渐附会的结果，并使故事意义建构的重心落在对抗杀老法令上。稍后，将对这一叙事意义做详细阐释。

（二）亚类型

按照鼠精作乱方式的不同，该故事可分为三个亚类型：真假包公型、鼠精作怪型、外国贡鼠型。

1. 真假包公型

真假包公型，又可叫双包案型，异文11则。故事中，“五鼠精”变化为各色人等，是区别于其他亚型的关键。五只鼠精变成假包公及其手下（文本1、2、3、6）；或变成假秀才，再被秀才和妻子发现、告状后又变成假县官等人，直到变成假包公（文本4、5）；或变成5个皇帝或5个娘娘（文本10、11）；比较特别的文本7只讲1个鼠精变成假新娘；文本8、9的主角并非包公。总之，鼠精的变化令人真假难辨，给人世间造成极大的混乱。由此英雄通过各种途径，最后以猫除鼠，平定了乱局。

2. 鼠精作怪型

这类故事中鼠精作乱的方式比较简单，异文19则。有的异文直接点明是五鼠精为祸，如文本12讲它们变成人形，谎称仙人迷惑皇帝，还到民间偷粮、咬人、传播鼠疫。有些故事留有悬念，文本13说金殿出现妖怪，吓跑皇帝、大臣，文本18讲京城夜闹妖怪，又咬人又吃物，或更形象地描述金殿上卧着五个巨大可怕的怪物，吓得皇帝不敢坐殿（文本21、24、29），谁也不知怪物是什么、如何除掉，只有老人指明是鼠精，建议用猫除鼠。更多的异文泛泛地讲五鼠精作怪闹皇宫或闹东京（文本14～17、19、20、22、23、25），似乎“五鼠闹东京”是众人皆知的俗语，无须更多解释。文本28、30讲皇帝粮仓里有一只吃粮的大老鼠，或皇宫里出现小老鼠，皇帝要除掉它。文本26、27中的老鼠有很多，凡人无法制服，便有首领或土地爷去神界借猫除鼠。此后，由英雄以猫除鼠、平息混乱。

3. 外国贡鼠型

外国贡鼠型有7则，出现的是外国进贡中土之物：一只老鼠精，它不是主动作乱者。此亚型都从杀老习俗、主角藏父讲起，接着必有外国进贡难题，主要是识别中原少见的一异域怪兽。然后主人公获得老人忠告以猫除鼠，外国只好继续进贡或不再讨伐中原。

（三）叙事总述

综合上述研究，“五鼠闹东京”类型的叙事内容可总体描述如下。

国有法令，老人六十岁不死，就要被活埋。主人公（常常是包公）把父亲（偶尔是母亲或父母）藏在地窖里（或其他僻静处）。（有时无此情节，后面也没有父亲帮忙、皇帝废除法令等对应情节。）

出现老鼠精作乱（常常是五只）：或鼠患横行；或变成主人公等人的样

子，真假难辨，于是上告官府判别；或老鼠精是外国贡物，国人无法认得。皇帝让主人公除妖或识别贡物，或主人公主动除妖或识妖。

主人公或得到父亲（等人）的告诫，知是鼠精，用家猫或借来别人的猫；或凭借宝物到玉皇大帝或西天如来、阎王等处借来神猫，承诺除鼠后送回（有时无承诺情节）。

主人公带猫去除鼠。鼠精被除或吓跑；或有一只逃走，繁衍不绝。

猫没有除尽老鼠，或因受到皇封无法回天庭，或包公怕妖怪再来等原因，猫被留在人间，心烦时就骂包公（或无骂包公的情节）。

皇帝得知主人公的父亲等人除鼠有功，就废除了杀老法令。

三 角色分类

格雷马斯根据能引发功能性事件以及与主要事件的功能关系将角色分为六类：主角、对象、指使者、承受者、助手、对头。它们在功能意义上两两成对：主角和对象是故事中最重要的一对功能关系，即“追求某种目的的角色与他所追求的目的之间的关系”；指使者和承受者是第二对功能关系，指使者是引发主角行动或为他提供目标和对象的力量，承受者是获得对象者；助手和对头是第三对功能关系，它们是促进或阻碍主角追求对象的力量。① 据此，笔者对该故事的角色进行如下归纳。

（一）主角和对象

五鼠闹东京故事的主角是除鼠英雄，多数异文将这一角色赋予了包公。在37则异文中，有包公角色者19则，有杀老习俗者23则，兼有包公和杀老习俗者10则，分布于亚类型中的情况参见表1。

表1 包公和杀老习俗在“五鼠闹东京”亚类型中的分布

	真假包公型	鼠精作怪型	外国贡鼠型	总计
各亚类型分布	11	19	7	37
有包公角色	7	10	2	19

① 罗钢：《叙事学导论》，云南人民出版社，1994，第100～107页。

续表

	真假包公型	鼠精作怪型	外国贡鼠型	总计
有杀老习俗	5	11	7	23
兼有包公和杀老习俗	3	5	2	10

在无包公的异文中，主角有天师、天管师、平民六十、大臣、平民张良、唐僧、张三、首领、土地爷、农民李禄、宰相、杨三、丞相、大官、大官王聪、小伙子。这些人物中，除了唐僧是著名历史人物外，土地爷、天师、天管师是民间神祇，其余的是身份代称或普通的人名。与包公相比，大部分主角无法家喻户晓，因此也无法替代包公成为新的箭垛式人物。

故事中的对象是主角除妖后要救助者，常常是皇帝，或者皇帝和百姓所代表的国民。异文中 26 则的对象是皇帝，1 则是国王，1 则是朝廷，1 则是东周这个国家，4 则是普通百姓，还有几则没有具体所指，可理解为国家。

（二）助手和对头

1. 助手：猫、父辈、神仙

有神猫的异文 19 则，它们或来自天庭（常常是玉帝处），或来自西天佛界或地府。神猫的名字很有趣：佛祖的三脚猫、月宫的金猫、玉帝的玉面猫、地藏菩萨的金狮猫……其中 14 则均由包公进入神界借得（其中 6 则是包公借助神奇物品出入神界）。另有一则是外国猫，也由包公借来。包公的异能神通，可见一斑。还有 4 则由唐僧、土地爷、头目、首领从神界借得。特殊情况是文本 9，由天管师直接派下老虎、水獭和猫三兄弟来除掉鼠精。

有家猫的异文 17 则，它们没有神猫那样响亮的名字，常常称为“大狸猫”。家猫和神猫的功能是一样的，都是除鼠精的功臣。神猫来自神界，自然携带神异，而家猫如何凸显其非凡之处呢？故事中的家猫总是在体重上远胜过普通之猫，有时重量正好，有时重量不足，需要主角勤加喂养，达到一定重量，才能除掉鼠精，特别是体型巨大的鼠精。其中 13 则对家猫的体重都有具体要求，八斤、八斤半、九斤、九斤半、十斤、十三斤半不等，通过体型巨大而预示此猫除妖的非凡本领。包公借家猫者有 4 则，其余均由无神性的大官、平民完成。家猫有的是主角自家养的猫，有的借自别人家，有的则需费一番周折四处寻找。

神猫被借到人间之后，几乎都被留下继续除鼠（19 则），而家猫被留下只出现在 2 则异文中。在猫被留下的异文中，有 12 则讲到猫怨恨包公，常在打呼噜时骂："许送不送，包公杂种。"平乱英雄被骂，这颇具滑稽意味，同时也包含了为顾全大局而牺牲个体利益的观念。

故事中还有一类助手，是赠予者，他们有的帮助主角识别鼠精，有的借猫给主角除妖。父亲或母亲作为赠予主角忠告的人，他们能根据外貌和习性推断出无人识别的怪物是老鼠精，进而用"猫能避鼠"的经验挽救了儿子及国家的危难。玉帝、佛祖、阎王等国人熟知的神仙都是向出入神界的主角提供神猫的赠予者。他们有时也提供识别鼠精的信息（文本 4、5、9、12），更多的异文是爽快地借猫。有时，神猫得之不易，如文本 14 中，包公到了阴间，阎王爷给他一个装猫的篮子，让他路上不许打开。这是一个禁令。包公在归途中摔倒，打开篮子看看猫是否摔坏，猫变成老虎跑进山林。包公重返借猫，阎王爷给他一只小猫。类似的情节在文本 23、27 中也有，主角来回三次才借到最小的猫。这也成了鼠精无法除尽的理由之一。

2. 对头：老鼠精

老鼠精是主角要识别并进而除掉的精怪，在故事中和主角一样重要。鼠精的数目：常常是 5 只（24 则）；有些是 1 只（10 则），有的是很多老鼠（2 则）或数目模糊（1 则）。巨型家猫常常用来捕捉一只巨鼠（6 则）。这些老鼠精来自何处？大部分异文中，老鼠精突然出现，来历不明；只有 10 则异文做了交代，如它们是灵霄宝殿偷油吃的五只老鼠精（文本 5），或是玉帝四女与凡人怀孕所生（文本 8），有的是被天管师放到人间的（文本 9），还有 7 则里的巨鼠来自外国，是以进贡为名来挑战的。

鼠精带来怎样的混乱？可从混乱所波及的阶层范围大小来判定其程度的强弱。混乱程度最弱的，当属文本 7：一只鼠精变成假新娘，使一家百姓被暂时殃及，婚礼无法完成，直到除去妖怪为止。混乱程度稍强的是变成包公的下属，和包公一起上朝、下朝，一起游街办案，包公没办法办差，甚至朝廷都无法正常议政了（文本1）；或偷了包公的官印，断案不公，冤枉好人（文本6）。由于包公上效朝廷，下安黎庶，其身份被混淆则影响了朝野的安宁和东京百姓的生活秩序。混乱程度更强的是五鼠精直接占据金殿，甚至变成皇族权臣，让皇族的体面难以维持、皇权的威严无法实施（文本8、10、11、16、21、24、25、29～37）。鼠精的行径撼动了朝野，挑战了人世间最高权威——皇权，带来的混乱范围很大、程度很强。混乱程度最强者是鼠精的一系列变化：变作一女子的丈夫时，夫妻家庭生活无法正常进行，当被发现上告时，五鼠精又变成县官、县官夫人、包公、包公夫人（文本5），甚至惊动了天子（文本4）。在这类故事中，五鼠精自下而上地搅动了下层百姓和一级级官府，所有阶层的正常生活秩序都被其颠覆了。

（三）指使者和承受者

指使者有时是皇帝，但更多的异文中指使者不是具体的人，而是主角身上体现出的忠孝之道。违反杀老禁令藏起老父，是孝道所驱使的。在国难面前，个体家庭的苦难就显得微不足道了，矛盾冲突从最初的个体受难转变为国家危难，故事最终集中在如何除掉妖怪、解救国难、为国尽忠的问题上来。主角及其父辈的积极行动，是被不计个人安危奔赴国难的大义所推动的。

承受者主要是主角及其父亲。因主角除鼠有功，皇帝要封赏他，他便说明父亲的忠告及藏父经过，于是皇帝废除了杀老法令，全国花甲老人都得救了。此外，有些异文中还有一个次一级的承受者，即关于鼠精未除尽的承受者——猫。它被留在人间继续捉鼠，于是产生怨气，骂包公不讲信用。

四 意义阐释

叙事意义的阐释，总是要求学者能够洞穿叙事的表层，看到潜在的叙事逻辑。鉴于有杀老习俗的异文常常涵盖更多的情节单元，笔者将以这些异文为重点进行意义的讨论。从整体的叙事结构来看，这类五鼠闹东京故事属于格雷马斯界定的“契约型组合形态”，即“故事的中心涉及某种契约的订立和撕毁，它包括命令与接受命令，禁令和违禁，表现于人际关系，则有相互之间的冲突、调和等等”。[①] 下面，我们沿着故事进程中契约的变化和人物的行动来解析故事的意义。

故事一开始，契约或禁令表现为国家的法令：禁止老人活过六十岁。但是这一禁令只算作一个皇权威慑下强迫百姓执行的“社会契约”，因为它不符合人自然老去的自然法则以及子女孝养父母的人伦常理的“自然契约”。当“自然契约”被人为地破坏后，一个不符合民意的社会契约无法阻止孝心强大的英雄主角突破法令的约束，偷偷藏起父亲或母亲，让老人享受天伦之乐。这里体现出以血缘亲情为基础的孝养老人尽享天年的自然契约的力量。

随后，社会契约的强行推进无法顺利地保障江山安定、天下太平，鼠精大闹东京、皇宫，皇帝、大臣束手无策，那个本应命丧黄泉却被儿子藏匿的老人则发挥了关键作用，他没有因为国家对自己的残害而苟延残喘、不问世事，而是用已有的经验积极地询问、果断地判定妖怪是老鼠精，并指引儿子用猫除鼠。令人警醒的是，没有老人智慧指引的社会灾祸丛生，而能从容处理这场灾祸的、幸存的智慧老人成了挽救国难的核心人物，而老人忠告中的“以猫除鼠”本身就是自然法则的一部分，这也表明了自然法则的圭臬常常掌握在经验丰富的老人手中。由此肯定了主角及其父亲违背社会契约、对抗杀老法令的明智之举，即孝养老人的自然契约的合理性。

在父辈的忠告之下，年轻的英雄或进入神界向神仙借来神猫，或得到符合除鼠体重要求的家猫。此时，所有的超自然助手和国民都对英雄给予援助，这说明了神界和人间都站在了违背社会契约、对抗杀老法令的英雄主角一方，推动着他向恢复自然契约的冒险旅程进发。最后年轻的英雄用猫除鼠，挽救了国家危机。皇帝终于意识到老人的经验和智慧对于国家的重要性，废除了杀老法令。至此，禁令被解除，老人得以孝养善终，受益于老人经验的英雄主角完成了重建自然契约的任务。

整个用猫除鼠的冒险旅程，是年轻的英雄逐渐了解老鼠精作乱的超自

---

① 〔法〕格雷马斯将〔俄〕普罗普31个功能简化为契约型组合、完成型组合、离合型组合三种组合形态。罗钢：《叙事学导论》，云南人民出版社，1994，第111~112页。

然启示和尊重自然法则的过程，神话中的年轻英雄通常是新事物的发现者，新秩序的创建者。用猫除鼠的过程也是寻找新事物、创建新的生活方式的过程。而老鼠精则是需要被英雄了解的新事物，是灾变，还是神启？我国古人常常把一个国家的灾祸归结为国君的不仁和无德，灾祸也常常象征性地表现为妖怪显现。老鼠精就是在杀老法令之后出现的，暗示了这一法令的残酷、皇权的暴戾和民众无言的哀怨。坎贝尔指出，当统治者以现存的价值观、目标或利益忤逆了神的意志和自然安排，“天神本身、天神的意志、那种摧毁人的自我中心体系的力量，就全都变成了可怕的怪物”。[①] 那么，老鼠精兼具灾变和神启的双重性，代表了下达杀老法令而藐视自然法则的皇帝所引发的天神的震怒，是反对皇权自我中心的力量和惩罚性的象征物。但是，单凭年轻英雄的一己之力，是无法洞悉老鼠精的超自然意义的，智慧老人给英雄的忠言则起到了传递这一超自然意义的中介作用。故事中老人的言行表现出心理学家埃里克森所界定的“生成”，即人到老年时能无私地关怀他人尤其是下一代的态度。[②] 尽管老人因杀老法令而丧失了活命的权利和原有的社会身份，在儿子的保护下藏匿起来，一切社会活动都被隔断，但是他没有沉浸在自己的生死存亡的悲哀中，也没有因为被王朝法令边缘化而要毁灭对他不公平的世界，而是继续关心孩子乃至国家的安危。这种利他主义不仅帮助儿子除妖成功，而且最终有利于全社会的解放——杀老法令被废除，所有老人得到拯救，老人们持有的宝贵经验由此也得到尊重和传承。

简言之，五鼠闹东京主要讲述了年轻的英雄违抗杀老法令、赡养老人并在老人的帮助下重建自然契约的过程。接受老人奉献的智慧后，英雄则带领我们学会尊重自然法则来平息神的愤怒，以及免除神的惩罚。采用格雷马斯语义方阵，笔者将故事的语义结构归纳如图 1：禁令与违禁是该类型故事中基本的对立项，作为它们的补充项——杀老和养老，是另一对重要的语义对立项。禁令与杀老代表了社会契约的订立，违禁与养老代表了自

---

① 〔美〕坎贝尔：《千面英雄》，张承谟译，上海文艺出版社，2000，第 55 页。

② 〔美〕艾伦·奇南：《秋空爽朗——童话故事与人的后半生》，刘幼怡译，东方出版社，1998，第 57 页。

然契约的重建。杀老与违禁、养老与禁令之间是两对矛盾项，表现为年轻英雄对杀老法令的对抗而采取的养老行动。杀老法令导致经验失传、妖怪显现、社会混乱无序，挽救乱局的是英雄偷偷孝养的老人，借助老人经验的传授，拥有勇力的英雄才得以平妖，社会恢复到遵从自然契约的有序状态。

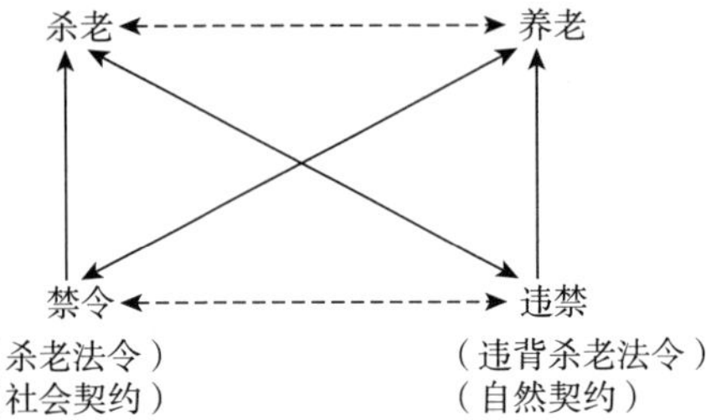

图 1　五鼠闹东京类型的格雷马斯语义方阵

附录：文本编码与出处

1.《五鼠闹东京》，刘秉忠主编《中国民间故事全书 · 河北 · 固安卷》，知识产权出版社，2010。

2.《狸猫骂老包》，刘学军主编《喀左东蒙民间故事 · 蒙古族故事家乌云其其格卷》，辽宁民族出版社，2008。

3.《猫打呼噜骂包公》，民间文学三套集成领导小组编《中国民间文学集成 · 辽宁分卷 · 阜新蒙古族自治县资料本》（1），内部资料，1986。

4.《包公整治老鼠精》，邹志斌等编《昭君文化丛书 · 民间故事卷》，四川美术出版社，2010。

5.《玉面猫》，陆健等主编《中国民间故事全书 · 上海 · 虹口卷》（下），知识产权出版社，2011。

6.《猫的来历》，钟敬文主编《中国民间故事集成 · 甘肃卷》，中国 ISBN 中心，2001。

7.《猫睡觉呼噜噜叫》，韩海山主编《中国民间故事全书 · 河北 · 唐县卷》，知识产权出版社，2011。

8.《老鼠和猫的来历》，钟敬文主编《中国民间故事集成 · 江西卷》，中国 ISBN 中心，2002。

9.《老虎、水獭、家猫的来源》，钟敬文主编《中国民间故事集成·四川卷》（下），中国 ISBN 中心，1998。

10.《五鼠闹东京的传说》，河南省正阳县民间文学集成编写组编《中国民间故事集成·河南正阳县卷》第1册，内部资料，1988。

11.《真假娘娘》，张其卓等整理《满族三老人故事集》，春风文艺出版社，1984。

12.《神猫将军》，钟敬文主编《中国民间故事集成·北京卷》，中国 ISBN 中心，1998。

13.《皇帝改规矩》异文二，钟敬文主编《中国民间故事集成·北京卷》，中国 ISBN 中心，1998。

14.《猫的怨恨》，贺志仁主编《中国民间故事全书·河北·高碑店卷》，知识产权出版社，2011。

15.《老包与猫》，贺志仁主编《中国民间故事全书·河北·高碑店卷》，知识产权出版社，2011。

16.《包公和猫》，董宝瑞主编《中国民间故事全书·河北·昌黎卷》，知识产权出版社，2007。

17.《猫睡觉打呼噜是怎么回事》，赵栋等主编《唐山民间传说》，中国民间文艺出版社，1989。

18.《包公借猫》，新宾民间文学集成领导小组编《新宾资料本（二）·百则、五十则传承人故事选》，内部资料，1987。

19.《包公借猫》，仁青编《包青天的故事》，甘肃人民出版社，1996。

20.《猫打呼噜的传说》，抚顺县民间文学三套集成领导小组编《八老人故事专集》，内部资料，1986。

21.《五鼠闹东京》，准喀喇沁民间文学三套集成领导小组编《中国民间文学集成·辽宁分卷·准喀喇沁资料本》（3），内部资料，1986。

22.《五鼠闹东京》，山东省文联主编《精怪故事选》，华艺出版社，1993。

23.《猫是西天来的》，鄂西土家族苗族自治州民族事务委员会等主编《鄂西民间故事集》，中国民间文艺出版社，1989。

24.《五鼠闹金殿》，殷召义等主编《中国民间故事全书·江苏·沛县卷》，知识产权出版社，2007。

25.《九斤狸猫能降千斤鼠》，山东省梁山县三套集成办公室编《中国民间文学集成·梁山民间故事卷》第二卷，1989。

26.《为什么猫嘴里会发出“许送不送”的声音》，行唐县民间文学三套集成办公室编《行唐民间故事选》第二集，1989。

27.《土地老爷借猫》，萧国松主编《中国民间故事全书·湖北·长阳卷》，知识产权出版社，2007。

28.《八斤半的狸猫能避千斤鼠》，白景利主编《中国民间文学集成·辽宁卷·北票资料本》，内部资料，1987。

29.《九斤的狸猫降千年的鼠》，张万安总编《中国民间故事集成·新疆卷·新疆生产建设兵团农七师分卷》，新疆人民出版社，1992。

30.《皇帝改规矩》异文一，钟敬文主编《中国民间故事集成·北京卷》，中国ISBN中心，1998。

31.《包公借猫》，江帆采集整理《谭振山故事精选》，辽宁教育出版社，2007。

32.《皇帝改规矩》异文三，钟敬文主编《中国民间故事集成·北京卷》，中国ISBN中心，1998。

33.《斗鼠记》，钟敬文主编《中国民间故事集成·湖北卷》，中国ISBN中心，1999。

34.《斗鼠记》异文，钟敬文主编《中国民间故事集成·湖北卷》，中国ISBN中心，1999。

35.《九斤狸猫能降千斤鼠》，王善民主编《枣庄市民间文学资料选编·台儿庄民间故事集》（上），山东省新闻出版局，1988。

36.《九斤狸猫降千斤鼠》，徐高潮主编《中国民间故事全书·山东·滕州卷》，知识产权出版社，2011。

37.《千斤鼠与秦始皇》，王咚涞编《中国民间故事丛书·河北承德·兴隆卷》，知识产权出版社，2014。

“传说动力学”理论模型及其反思*

陈泳超**

摘　要：一切传说皆具备权力属性，任何人都享有言说的权力。传说的权力是绝对的，差别只在于权力大小和使用成效。权力的动态表达是“动力”。传说的动力有两种：整体性动力和差异性动力。“整体性动力”对应于“传说生命树”做减法后的最小结构，在此意义上，当地所有人可被视为均质、无差别的集团；“差异性动力”体现于地方内部、非均质的人群中，又分三种类型：层级性、地方性和时代性动力。三足鼎立的差异性动力聚焦在民俗精英身上，他们掌握公共话语权，综合各种说法，设定集体行为，直接影响传说以及相关民俗活动的实际走向，形成“放映机模式”。民俗精英向地方外投射出他认为最好的、符合强势集团利益的“整体性”样貌，同时也会遮蔽其中的许多差异。

关键词：传说动力学；传说动力；民间传说；传说权力；民俗精英

拙著《背过身去的大娘娘——地方民间传说生息的动力学研究》（以下简称“拙著”）出版之后，在学界颇有些对话和跟进研究。我与诸同道多次切磋后，意识到有必要对全书进行通盘总结，并就其中一些关键问题进行更简明清晰的阐述。兼之近两年我对此问题也有些后续思考，在此一并与

---

* 本文是国家社会科学基金重大项目“太湖流域民间信仰类文艺资源的调查与跨学科研究”阶段性成果（项目编号：17ZDA167）。原载《民族艺术》2018 年第 6 期。

** 作者简介：陈泳超，博士，北京大学中文系教授。

诸位分享。作为整个研究背景的“接姑姑迎娘娘”仪式活动，以及其中的传说体系，相信阅读过拙著的同仁一定有所知晓，这里就不再介绍了。早在 1998 年博士毕业前，我就知道洪洞有这一民俗活动。我的博士学位论文《尧舜传说研究》是纯粹基于文献的考察，完成后我依然好奇：如此复杂悠久的远古圣王传说在当下是否还有传播？抱着这个简单想法四处搜罗线索，终于在“民间文学三套集成”里发现了这一信息，2000 年便亲自跑去洪洞实地观看，震天动地的锣鼓声让我颇为摇撼。当时我在历山采访了一些人，最重要的收获就来自罗兴振（时年 73 岁）；但我那时尚无明确的问题意识，只在博士学位论文后附了一篇调查报告。后来一直心心念念地想去，却无机缘。直到 2007 年当地政府想申报国家级“非遗”项目，邀请北京学者前往，由刘魁立牵头，我终于得偿所愿，非常兴奋地带一批学生开始长达八年的调查。

我最初的设计是“文献与田野的文本对读”，当时的理念还是到田野里采集文本，与文献文本比勘究变，基本沿袭顾颉刚的思路。顾颉刚做孟姜女研究，早期的经典文献他都爬梳完备，然而对明清以后的材料却难以决断，因为各地文本忽然大量涌现，他只好整合为“地域的系统”，不再做深入的文本分析了。我想，如能在洪洞搜集到更加丰富多彩的、与经典吻合或不吻合的材料，不是很有意趣吗？待我扎进田野之后，发现当地确有许多新鲜文本，如娥皇、女英原为女德典范，同嫁一夫之后竟开始如凡间女子一般争大小，进行了三次民间文学式的难题比赛。诸如此类的异文，当然充溢着朴质刚健的民间文学特质，但我日渐感觉这样的比较研究缺乏智力挑战，不足以生成有深度的学术命题。

浸淫日久，我发现了新问题：同一传说，当地人的讲法千姿百态、纷纭不一，我们要转述给学界同行都很困难，因为每一个环节往下如何发展都有好几种说法；每种说法背后均有不同的人群支持，人群之间还因此产生了矛盾，他们时常争论得面红耳赤，在各种场合都要坚持自己、诋毁对方，甚至有时还请我仲裁。这种现象提醒我，文本对读太过容易，我要更深入地追问：到底什么是传说？传说如何演变？回答这个问题必须把文本与人群的意志对接，而不是抽离了语境、在实验室里进行纯文本分析。于是我转换了田野目标，重点考察传说与人群的对应关系。

一　传说定义的全知视角和限制视角

由此，我们回溯已有的常识，看看民间文学概论中的传说与存在于实际生活中的传说之间有怎样的反差。

（一）概论中的传说定义

那些千人一面的概论专著通常都将传说定义为：“凡与一定的历史人物、历史事件和地方风物、社会习俗有关的那些口头作品。”[①] 传说有三个特质：历史性、地方性、解释性。

一般而言，概论是抽象的、覆盖所有情况的，可借用叙事学术语表述为“全知视角”，它建立一套体系化的知识，用以指导科学研究方法。不过，任何一种对传说的界定被置入具体的“地方”之后，或是从具体“地方”中提取任一则传说之后，它是否依然完全符合概论式定义？若用地方的、限制性视角看待传说，它是以“局部化”方式存在的知识。故我对已有的概论式定义有相当质疑：上述这些都是静态的、脱离语境的纯文本描述性特质，即便我们没有进入当地，仅通过阅读文本也能感知，它不涉及内在机理和运作性，具体讲述人的因素完全缺失或非常微弱。历史性、地方性、解释性研究究竟对谁而言？我希望连接传说与人群，区别于纯静态研究来考察传说的实际存在方式。

（二）实存方式：可感性与权力性

在这样的认知下，一切传说都是“地方传说”，不存在脱离地方而普遍存在的传说。问题只在于：这个“地方”范围多大？关于羊獬的传说只有该村附近知道，对他们而言这就是传说，它直接解释当地村名的来历。我们尽管也知道，“獬”在早期文献里有记载，可我们只会把它当作志怪传奇或是像《山海经》那样的记录，不会目之为传说。再如全国汉语地区都知道的“白蛇传”，它的流传途径、影响范围远超羊獬；而全中国都知道毛泽

① 程蔷：《中国民间传说》，浙江教育出版社，1989，第4页。

东、唐太宗、朱元璋，他们都有很多未必是真实事件的传说；还有更大范围者，如上帝的传说大概遍布全世界。所有传说一定都与“地方”相连，“地方”范围大小正是其影响力的标尺。

传说的实质何在？传统定义中普遍认为传说有“真实性”。然而很多传说并不一定被所有人完全相信，它们大多介于真实与虚幻之间。“真实性”不是客观的传说的检验标准，而是心理过程，是“相信它的人认为真实”。朝戈金在翻译巴斯科姆《口头传承的形式：散体叙事》① 一文时将其表述为“信实性”，窃以为更贴切。

我们经常误认为，传说传播地区的居民都会对其信以为真，实际上当地人也有信与不信之间的诸种复杂情状。在“接姑姑迎娘娘”仪式中很活跃的几位积极分子就说：“我其实不信，我以前当过村干部，接受无神论教育。但是大家都这么做，我觉得也挺好。”尤其是一些觉悟略高、知识略多、跟外界沟通频繁的人，他们认为此事无关信与不信，都是与他的生活相关、可以直接感知的部分。所以我将“信实性”进一步简化为“可感性”。同样讲“白蛇传”，更多杭州人会感觉到与自己有关，所以是传说；但对于羊獬人来说，可能就被视为一则离奇故事，与小红帽、狼外婆的故事并无性质上的区别。在某地被公认为传说的，其他各地并非都必须承认其为传说。各地的传说，无论当地人信或不信，都能感知到这是与他的生活有密切关联的文化现象。所谓的历史性、地方性、解释性，皆能用“可感性”概括：这段历史是与我有关的历史，这个地方就是自己生活的地方，这种解释就针对自己身边的事。

二 传说的权力属性

前文的“可感性”尚且是一种静态特质，下面的“权力性”则是动态特质，也是我最着力的发明。

（一）权力属性是绝对的

一切传说皆具备权力属性，任何人也都享有言说的权力。只要被当地

---

① 〔美〕阿兰·邓迪斯编《西方神话学读本》，朝戈金等译，广西师范大学出版社，2006，第 11 页。

人明确感知到与他有联系的言说，一定有权力性。故传说的权力性是绝对的，差别只在于权力的大小和使用的成效。

民间文学概论多将传说视为完整自足、有文学价值的一篇语言文本。在实际语境中，能将传说讲得完备化、复杂化、体系化的人极少；真正交流时，传说经常被演述得很简单，“哎，就是羊群里生了一个独角的羊”，“不就是娘娘在山上嘛”。很快就说完了，背后却隐藏着复杂情节：娘娘是谁？家里都有谁？怎么上山的？为什么上山？等等。对于熟悉本地传说的人来说——无论是讲述者还是听众，讲传说只要三言两语，被外人记录之后几乎没有可读性，它不构成一个完整的文学文本。人们为什么还要言说它？这恰恰说明传说主要不是为了文学欣赏，而是为了人与人之间的社会交流，故传说是一套日常交际的地方话语（discourse）体系，人们在生活中使用这一体系进行多种多样的交流。话语当然是有权力的，它直接体现人的欲望和意志。在概论体系中，传说通常被置于神话与狭义故事之间，是民间文学散体叙事的三大文类之一。若从权力意志进行评判，神话本质上与传说无异。神话是远古时代被神圣化了的传说，传说则是弱化了神性的神话；只不过神话的权力远高于传说，因为它讲述天地来源、人类起源，带有极强的本原解释力，其权力性被马林诺夫斯基提炼为“社会宪章”（sociological charter）。传说则不需要解释如此神圣高尚的对象，它主要针对普通日常生活。据此，真正与传说形成相对区分的概念只是狭义的民间故事，后者没有明显的权力属性，讲小红帽、灰姑娘、葫芦娃，都是纯粹的精神娱乐活动，不与日常生活实践直接关联，没有实用性。

（二）权力关系体现于对地方的内外认同

1. 地方内的认同：加法的极致

绝对地说，地方之中的每个人都是差异的个体，但是我们通常只能按照一定类别予以分析和理解。人们出于身份、利益、观念等原因，对同一传说进行不同言说。为此我进行了一项实验：就我们采录的资料，把神灵身世传说切分为理想状态的从 A 到 G 七个情节单元。

这一传说体系该如何叙述？应该从 A、B，抑或其他单元开始？每个单元中都可搜罗到很多种异文，应选哪一种继续讲述？比如娥皇、女英争大小的情节单元 E 最丰满生动，汾河两岸流传的争大小结果不一；即便只在河东或河西内部，也有各种说法，包括相反的异说。其中的无穷多样性体现了不同人群的无限意志，我把它最大化就得到这棵树。

它与刘魁立“故事生命树”的区别在于：按刘魁立的纯文本研究法，这些烦琐的分支并不构成故事形态的内在驱动力，凡具有同一功能的叙事情节皆可合并为一项。那么，我的这棵树在刘先生手中就可能表述为 A→G 的单线推进，比他分析的“狗耕田”故事还要简单得多。而我所倾心的是文本之外的人群，对我而言这些代表了不同讲述者的异文至关重要；它们没有对错轻重，我关心的是谁在讲、为何这样讲。将这些异文在树上加到极致，就可看出下文将谈的“差异性动力”，即地方内的权力博弈。

2. 地方外的认同：减法的极致

当一个“地方”自觉意识到需要维护其共同身份与利益时，会找到与“地方”外的一些区分标志，传说便是其中之一。我们可以据此描述这一“地方”的存在范围：设若我们说娘娘是坏人，或是没出嫁，抑或舜王耕种的历山不在此地，当地所有人都会表示反对，因为牵涉他们的共同身份与地方利益。传说的权力性是绝对的，只是在平时很和缓，感觉不到；一旦触及底线，它就会自觉反弹，这时候，地方的权力感、身份感就从文化现象中渗透出来。一个“地方”的核心文化如何体现？“传说生命树”减无可减处就是地方文化认同的根基：

（羊獬的）尧王将两个女儿嫁给了（洪洞历山的）舜王。

只有这句话是所有当地人都认为正确、没有任何异说的。作为传说的基本结构，此句绝不能更动。凡触犯此结构者，一定被排斥在“地方”之外。

如果去掉括号里的地名，变成“尧王将两个女儿嫁给了舜王”，正是《孟子》《史记》等传世典籍所代表的主流文化，洪洞这一“地方”只是把尧、舜二人具体化到当地，摇曳出千姿百态的变化。假设全国是“公”，这种“地方化”就是将大传统转化为私有财产，它的核心叙事模式一定不变，这个模式也是地方认同的共同符号。最要紧的是这两处附加的地名，传说结构的最简约状态只是两地的人际关系。

简化后的人际关系再投射到当地又会更加膨胀和复杂化。比如，传世文献中的娥皇、女英二人未曾被分开，但是在洪洞的传说中，有说她俩分居两处、性情相异：老大安静但是智力不高，老二活泼聪明、生而神异，因为她是在尧王羊獬视察时降生的。连马子通神时的表现都不同，顶老二者活泼，顶老大者安静。这套地方文化体系会从核心结构一直蔓延到肢体的、神性的展演，这才有上述做加法的"传说生命树"。

（三）"地方"应该多大

我为研究范围划定核心与边界时，套用了"文化圈"理论，引申出"传说圈"和"仪式圈"。我希望找出这种文化的共同元素，那么共享这些元素的人群可被视为属于同一地方；如果这些元素已经不被某个人（群）享用了，那么这个人（群）就超越了地方；对该传说而言，他就不算是这个地方的人。

我确定了几项标志：一是尧、舜及娘娘的身世传说；二是信仰；三是互称亲戚。第三项的特征性很强，连我们调查者后来都被喊作亲戚，只要彼此认同就行。我们也喜欢娘娘传说、尊敬娘娘信仰，绝不冒犯它，并且我们愿意互称亲戚。所以"地方"不是纯粹的地理概念；虽然它极大地依附于地理，但同样包含心理过程。地方到底多大，是靠这些文化标志来划定的。

三　传说动力学总结

至此，我将开始对"传说动力学"的核心部分进行总结了。

（一）两个前提

前提一：权力的动态表达是"动力"。我不喜用"权力学"，因为容易联想到更高的政治、社会层面；民俗是偏于日常、低端的诉求，故特意将权力、霸权等词替换为"动力""威权"。我认为权力本身是静态的，它在人际交往中发挥的动态作用才是动力。传说的权力属性究竟如何表达并形成公共舆论场域，其机制即"传说动力学"。

前提二：传说动力学一定是语境研究，纯文本无法作为探究动力学机制的依据。虽然学界有很多关于“语境”的分类法，我还是取其大者，区分为“情景语境”（context of situation）与“文化语境”（context of culture）。动力学必须以前者为基础，后者在前者中隐含体现。

（二）两种动力机制

1. 整体性动力——均质人群

“整体性动力”对应于上述减法的极致。信受这个基本结构的人就属于同一地方，我把这个地方的所有人先假定为是均质、无差别的集团。整体性动力中有永远的身份感。

经常有人跟我讨论：“你倡导动力学，是因为恰好你的田野对象发生了这么大的变动，或者只是在传说的发生时段有如此动力存在，它并不构成传说的根本属性。”我说：“不是这样。当然，在爆发得突出、强烈的时候，我能够观察到一些平时看不到的东西。但是，整体性动力日常一定存在，只是隐而不显罢了。”整体性动力经常是在被指斥、歪曲、篡改的时候，才会显现出反弹力量。即便处于稳定时期，它的权力关系仍然存在，主要还是看“地方认同”的大小范围。比如“白蛇传”跟杭州有关，当地人一般情况下可能漫不经心不以为意；但你若说雷峰塔不在杭州而是北京大学未名湖边，一定会引起杭州人的愤怒，也会引起其他旁观者的干预。这就是整体性动力的效应，所以说权力性是传说的绝对属性。

“接姑姑迎娘娘”活动的地方人群差异再大，也绝对不可能突破“羊獬的尧王将两个女儿嫁给了洪洞历山的舜王”这个最后底线，并且尧、舜和两位娘娘总体上一定是正面价值的典范。拙著第三章“传说的附加身份”就是指这一整体性动力，它体现了集体身份感，还可以解释当地风俗——为何历山、羊獬不通婚？这项民俗禁忌背后有传说支撑，是传说在控制地方人群的生活实践。

类似的建构在中国历史上十分常见。战国秦汉时期各个民族部落汇聚为中华民族这一集体身份，就与前述的建构过程一模一样，基本理念就是将地缘关系改篡为血缘关系。以《史记·五帝本纪》为代表的传世经典将以中原为主体的各部落神话拼合为一支，各个单一部族就凝聚为中华民族这样一个民族文化共同体，开始享用同样的历史和神话叙事，神话在此等同于传说。虽然洪洞这一地方很小，但它与整个民族国家建构的逻辑和思路并无二致。由此可知：对于文化的上层与下层、主流和非主流，以前我们总强调其中的差异性和对抗关系，其实它们的共生性、互文性更强，不同阶层的思维方式、隐含的文化结构是相同的。

2. 差异性动力——非均质人群

“差异性动力”体现于地方内部、非均质的人群中。这是拙著最倾力观察、用心建构的理论模块。我概括了三种动力类型。

（1）层级性动力

如何对人群进行有效切割，以便将当地传说演变和互动的过程揭示得最清晰？我试过很多方法，如华南学派常用的“宗族”概念，但在华北可用这一概念分析的现象很少。后来，在布迪厄启发下，我以“身份—资本”为软性指标，编排出地方人群对于传说影响力的序列，分别为七个层级：普通村民（很少主动言说）；秀异村民（有主动性但没有其他附加身份，经常评判别人的说法；“秀”是突出，不同于普通人）；巫性村民（代神立言，理论上有权威，实际调查发现权威很弱）；会社执事（为神服务者，但是很少讲传说）；民间知识分子（公认文化水平高，热衷表达）；政府官员（在“非遗”时代很有影响）；文化他者（包括调查者、记者、摄影家、作家等，颇受当地人崇敬），后面五个层次的身份都有附加资本。他们的层级性身份将被作为变量考虑的主要因素。

（2）地方性动力：地方内还有地方

无论使用何种界定标志，我们所框定的文化意义上的“地方”，一定还可以分出更细的地方集团，故称“地方内的地方”，甚至连一个村都分南北村、东西门，其中亦有文化差异、矛盾。因此，如何对不同地方的身份和意志构成的交流关系进行区分，完全依赖观察对象之手段的有效性。洪洞这项仪式途经的二十余村中，很少人有热情直接讲出 A→G 所有情节单元，他们只喜欢讲与自己有关的部分。例如，赤荆村只讲争大小的第三次比赛，两位女神一个骑马一个坐车，骑马者以为自己快，没想到怀孕母马生小马，血染红了荆棘，故称“赤荆”。该村特别关注这个微小的母题，全村人都会讲这场比试，对其他两次比试就说不清。隐含的心态是：因为娘娘的这件事与本村有特殊关系，所以一定会特别照顾他们。他们的身份优越感就体现在“可感性”中，至于其他两次比赛给他们的可感性就很弱。这是优越感的例子，还有尖锐矛盾的情况：万安和历山为了娘娘的驻地发生争执，找我们申诉、请求仲裁。可知地方内的权力关系极强，地方中经常还有更次级的地方，直到你发现人群意志完全一致为止。

（3）时代性动力

时代性动力时强时弱，就目前来说，“非遗”思潮显然是最大的时代性动力。但调查深入之后我们发现，早在“非遗”之前就有当地的民间知识分子试图将传说规整化，提高它的道德感化力，但是在民间毫无影响。我们采集到这些说法，以为是现代人新编的，当地人说“不是，90 年代有谁谁，80 年代有谁谁，都编过”，还找出许多珍贵手稿，时间远早于“非遗”运动。当然，现在的时代性动力比平时表现更突出，当地人都认为申报“非遗”成功之后就能获得资源、发展旅游。

以上三种动力并非完全对等：时代、地方相当于外因，外因一定通过内因起作用，一定要通过某些层级的、有特别话语权的人来表达，故层级性动力才是最关键的，它是民俗集团内部的实践性动力。问题是，层级之中各说各的，谁说的话最有效？

我在相当长时间内以为会是民间知识分子。历山罗兴振最典型，我2000 年初到时，向当地人一提问，对方就答“你问历山上罗兴振去”“你去看黄皮书”，黄皮书就是罗兴振写的。我总认为他最有代表性。后来时间长了渐渐发现，当地还有比他对传说更具影响力的人物。我将这类人物定名为“民俗精英”：“专指对于某项特定的民俗具有明显的话语权和支配力，并且实际引领着该项民俗的整合与变异走向的个人及其组合。”虽然当地时常涌现出一些引人注目的英雄，但是民俗精英不可能是一个人，多数时候是一些组合。关于“民俗精英”的特点可概括为以下两条。

第一，民俗精英并不固定限于一个层级，他们常常跨越层级，跨越层级越多，就越可能成为具有最核心话语权的人物，他们在不同的地方和时代中都会显露身手。如尤宝娅，她是巫性村民、会社执事、政府官员，甚至文化他者（她并不在该文化圈中长大，现在也不常住），所以她的话语权很大。第二，它是松散的组合，可能随时变动、重新联合。我们的调查持续八年，亲眼看到民俗精英换了好几茬人，新英雄将老英雄赶出文化舞台，夺取了话语权，因为新英雄有更强大的、适合当下形势的文化资本和权力资本。民间社会原本就是松散的联合体，没有制度约束。

我特别抗议很多人不加区别地将“民俗精英”引用为“民间精英”或“地方精英”，皆非我本意。我确实借鉴了社会史界的先行词“地方精英”，它一般指不在政府官僚体制内，却在地方事务各个方面始终具有强大支配权和优越感的强势阶层；而我的“民俗精英”特别强调他的话语权仅对某一项民俗活动有效力，超出此项活动，他可能依然很有权威，也可能一无是处，甚至低于平均线。比如，马子在平时常被别人背后呼为“七分人”，受到歧视；然而在仪式中他一旦开口代神立言，诸方至少在表面上就不得不听从，话语力量极大。这才是民俗在地方上的特殊实存状态，“民俗精英”只针对民俗这一个场合，跟经济、政治、军事、宗族之类无关，它们不在同一基准线上。就此，“民俗精英”不能普遍推广为“地方精英”，后者在各个方面都大优于普通民众。至于“民间精英”则语焉不详，若对应于官僚体制，那么非官僚的士绅、秀才之类也可称为“民间精英”，却与民俗无必然的关系。民俗学界若不假思索地引用“地方精英”“民间精英”之类概念，将会遮蔽自身研究对象的根本属性，也将丧失民俗学者的自家面目。

总之，这三种类型的动力都聚焦在民俗精英身上。他们掌握了更多的公共话语权，统合各种说法、设定集体行为，直接影响民俗活动的实际走向。

（三）“放映机”的理论模式

我把“传说动力学”的全部理论建构比况为一个老式放映机的模式（见图 2），在三足鼎立的差异性动力作用下，民俗精英管理放映机，向地方外投射出他认为最好的、符合强势集团利益的“整体性”样貌，同时也会遮蔽其中的许多差异。作为地方外的人，我们不能被投影诱导，要看清传说的真正存在，就必须了解整个放映机的运作原理（见图 1）。

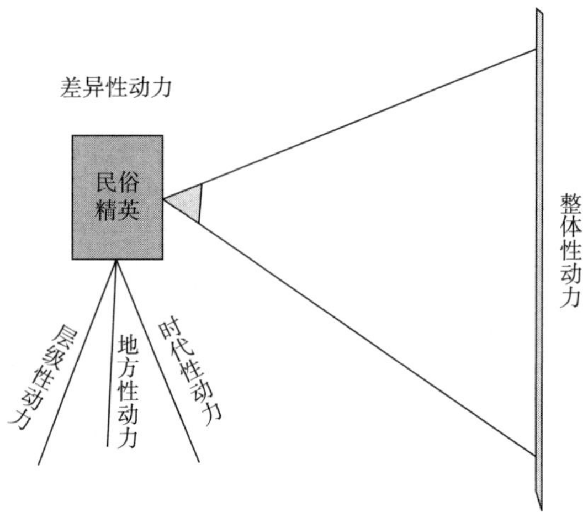

图1　老式放映机模式

很多地方文献，如地方志、“民间文学三套集成”、新编的民间故事集等，大多都是整体性动力的呈现。这些文本经常通过民俗精英进行采录，甚至本身就是民俗精英书写的作品，因为他们有条件进入地方文献，普通百姓则不太可能。田野调查如果没有呈现差异性说法，一定是浮光掠影的。所见所闻看似是地方的集体意志，然而调查者必须知道，它只是银幕上的幻象，是民俗精英加工改造、最希望呈现的，是他们的意志对外放大、简化的结果。至于它在背后被如何制作出来，那是另外一回事，在地方内部有更复杂的动力机制。

四　几点反思

以上是对“传说动力学”理论模型的全面总结，下面将提供几点延伸性的反思。

（一）关于普通村民的问题

有学者批评我过多重视“民俗精英”或有较大话语权的人，忽略最大基数的“普通村民”，对此我颇感冤枉。我的目标是探讨传说怎样演变，普通村民缺乏演述传说的主动性，他们只有接受与不接受的消极应对。一旦他们进行积极的演述，就被我划入“优异村民”，甚至可能进入“民俗精英”，这是理论模式的规定所致。他们属于失声但是存在的大多数，由于没有特异性，很难一一列举。然而，普通村民在我的模型中绝非没有体现，而是经常以集体名词出现，如“人们普遍认为”“当地人觉得”……民俗精英难以一意孤行，正因有普通村民发挥作用。当地民俗精英希望把两个娘娘塑造为无限高尚的形象，在放映机上加深印象，曾经想要取消争大小的传说；然而此举触犯众怒，若果如此，上述赤荆等几个村的村名就无意义，村民的特殊地位也被抹杀了。经过村民的反对斗争，民俗精英也不得不让步，采取另一种较为温和的方式改造传说。民众很少有话语权，在动力的细节上很少表达，但是他们有选择权，是沉默的大多数。每个人的力量合在一起也很强大，改造后的传说如果得到普通村民的认可，将来就是普遍的传说；否则很可能归于淡忘。他们的集体力量是无言的裁判，可以制衡民俗精英的对外投影。

（二）理论模型的可塑性

这个模型虽然总结自我的个案，但有相当程度的普泛意义。我只设置了第一个模型，它绝对不是唯一的。许多个案呈现了不同的动力因素，机制也未必一样，比如，王尧在同一地区进行的二郎神研究，与我的“地方”有相当程度的重叠，并且同样以身份资本为标准，但她的层级分割就与我略有不同。再如，在传说动力学理论的根基建设上，我的个案强调“地方”，对人群的分割更重视地理关系，常以“地方内”“地方外”表述。其他个案中“地方”未必是分割的绝对标准，或可换成“集团”“人群共同体”等，人群纽带也可以是宗教信仰、家族构建等。比如，在华南地区的宗族力量可能更明显；而在新疆，是否相信伊斯兰教则是分割人群的重要方式。故“地方性”只是人群分割的一种方式，研究者自然可以采取更贴切、更有理论涵括力的基础概念。

最重要的不是这一模型，而是模型背后基本的认知立场：一定是情景语境下的动态研究，传说必然有动力，动力也必有规则（“机制”）可循。这是绝对不容怀疑的。至于规则体系如何，以及宏观的理论框架，都很希望有后来者的调整和突破。

（三）田野伦理

有几位学者从一开始就对拙著的田野伦理表示担心，这是出乎我意料的。我一方面接受他们的好意并自我警醒，另一方面也有点不服气。书出版之后，我特意给所涉的当地主要人物每人赠送一本，请他们告诉我阅读感受。2017 年重新回访，所有人都很高兴。有几人我写得比较多，还特意逐一单独询问，他们都说："你写得很对，没有歪曲我的意思！"未曾出现学者们担心的非议或拒斥情况。更令人惊喜的是，像尤宝娅以前对我们的调查比较冷淡，读了书之后大为热情，我们还没抵达，她就在庙上主持了几次会议专门讨论如何表彰我们。所以，至少在当事人情绪反应这一层面上，我们对伦理问题是大致放心了。但是田野伦理还有许多深层的问题值得探讨。比如，对于历山上的罗兴振老人，我的心情就非常复杂，他寄给我一封长篇"读后感"，之后又以信件的方式继续与我讨论历山的真实性问题。这些来往信件我给一些亲近的学者看后，激发了他们强烈的表达欲望。我已征得罗兴振老人的同意，不久后将把我们的往复通信及相关的学术讨论文章作为一组专栏刊发，届时我非常希望听到各位的批评意见。

传说的框定：全国性神灵的地方化*

——以山西洪洞地区的杨戬二郎信仰为例

王　尧**

摘　要：山西洪洞地区存在多种不同的二郎信仰。其中，杨戬常被本地当作二郎中的一员，有与本土信仰进一步融合的机遇，但实际的转化过程却不彻底，其传说未能摆脱通行叙事的框定。由此可知，外来信仰传入后，即便是已有相当影响力的全国性神灵，也须全面建构和发展地方性传说，在本地的神灵谱系中占据位置，才可能进入地方性神灵集团的核心。

关键词：传说；全国性神灵；地方性神灵；二郎信仰；山西洪洞

绪　论

关于神灵信仰的跨境传播，目前还未形成被学界共同接受的理论模式。既有研究中，韩森《变迁之神：南宋时期的民间信仰》① 将民众信仰纳入两宋之际社会变迁的大背景中考察，把地方诸神的形成过程与商业、商品流通关联起来。王见川、皮庆生勾勒了张王、五通等神灵不断建立行祠、向外传播的过程，分析推动信仰传播的力量。② 皮庆生《宋代祠神信仰研究》

---

* 本文系“中央高校基本科研业务费专项资金”（项目编号：310422122）阶段性成果，原载《民族文学研究》2018 年第 3 期。

** 作者简介：王尧，北京师范大学文学院民间文学研究所讲师。

① 〔美〕韩森：《变迁之神：南宋时期的民间信仰》，包伟民译，浙江人民出版社，1999。

② 王见川、皮庆生：《中国近世民间信仰：宋元明清》，上海人民出版社，2010。

还将神灵信仰的传播形式概括为四种类型，并讨论传播的基本原理，包括传播者与祠神信仰源发地之关系、传播群体的构成、行祠与祖庙之关系、行祠之社会功能等。他们以史学方法建立的传播模型主要针对神灵扩张和转变的宏观趋势，即从 A 地到 B 地的流动过程；研究以文献为基础，基本不涉及神灵信仰与个体信众的关系。[①] 本文以“地方”为中心，重点关注神灵信仰传入 B 地之后的融合。就此，笔者已在《传说与神灵的地方化——以山西洪洞的青州二郎信仰为例》[②] 中提出一组概念：“地方性神灵”与“全国性神灵”。

在学界对民间神灵的分类方式中，以韩森的《变迁之神：南宋时期的民间信仰》影响较大。韩著认为，神灵信仰有地方性（local）、区域性（regional）和全国性（national）的不同层级之分。[③] 宋元之际，神灵从有保守封域到越境而祀的变化现象大量出现，韩森依据神灵的影响力范围做出上述界定。然而在实际研究中，“地方”与“区域”难以严格划分，概念边界不甚清晰。滨岛敦俊在《明清江南农村社会与民间信仰》一书中又提出“土神”概念，[④] 将神灵信仰对应限制在特定地区，但是这一词汇来自江南史料，本身自有来历，与“全国”的相对意味也不突出。就此，笔者拟综合借鉴韩森的词性和滨岛的范畴，以“地方性神灵”和“全国性神灵”指称研究对象。[⑤] 两者并非截然对立，在一定条件下可以转化。

笔者调查的山西洪洞地区以相对明确的边界和狭小的范围成为严格意义上的“地方”（local）。[⑥] 当地普遍存在二郎信仰，俗有“七十二个二郎”

---

① 皮庆生：《宋代祠神信仰研究》，上海古籍出版社，2008，第 208～223 页。

② 王尧：《传说与神灵的地方化——以山西洪洞的青州二郎信仰为例》，《民族艺术》2015 年第 5 期。

③ 〔美〕韩森：《变迁之神：南宋时期的民间信仰》，包伟民译，浙江人民出版社，1999，第 126～159 页。

④ 〔日〕滨岛敦俊：《明清江南农村社会与民间信仰》，朱海滨译，厦门大学出版社，2008，第 61 页。

⑤ 关于“地方神”和“地方性神灵”的差异，前者可以包括一地之内的神灵全体，即便是像观音、如来、玉帝等并无明显地方特色的神灵也可括入其内；后者则专指产生于地方之内，或至少带有突出地方文化属性的神灵，在其他地方很少能见到。所有的“地方性神灵”都属于“地方神”，反之则未必。

⑥ 本文所涉全部人名和部分地名为化名。另，文中涉及时间均为农历。

的说法，极言其多，实际能数出名号的，目前共发现二十多位，包括通天二郎、青州二郎、杨戬二郎、徐州二郎、协天二郎、搅天二郎、荆州二郎等。[①] 传说他们其中几位义结金兰，老大、老二通常被认为是通天二郎和青州二郎，余则诸说不一。这些二郎分布在各个村镇，有丰富的身世传说，彼此联结为多种组合，有些还与当地的其他神灵组成团体。

老大通天二郎是一位土生土长的地方性神灵，在诸二郎中崇祀最盛、传说形态最丰富。他由近世凡人成神，是当地神灵谱系中的重要一员。传说他原为清末时本县左木乡卫家坡村的一个小孩，光绪三年（1877）不慎从柳树上坠亡，年仅十二岁，死后被当地的娥皇女英两位女神收为徒弟（一说义子），受封“通天二郎”，荣升神界。其信仰日渐扩张，已为洪洞西北、西南部普遍信奉。[②] 当地人都熟知，通天二郎的一项重要功能是在每年三月三和四月二十八为娥皇、女英举行的盛大游神仪式中，附在“马子”[③] 身上前后跑动，护驾开路。与之类似，徐州二郎、协天二郎、搅天二郎、荆州二郎等也都是典型的地方性神灵。

地方性神灵可以是本土自足生长，也可由全国性神灵转化而来。青州二郎原是全国性神灵，传入后沾染了明显的地方属性，被当地的神灵团体吸纳，本土化过程较为顺畅。相比之下，杨戬二郎则是不太成功的例子，他只有较少部分被地方化，更多地保留了全国性神灵的特征。较之如来、观音、玉帝等在洪洞也有广泛信仰的全国性神灵，他的地方特色主要在于以二郎之名与其他二郎共同受祀并发生混淆。但这些特色并未达到能够扭转其身份性质的程度，本地规定性也不甚鲜明，他仍是带有地方色彩的全国性神灵。

本文对杨戬二郎这一从全国性神灵向地方性神灵转化失败的案例进行研究，以之作为“地方性神灵”的概念外延，讨论促进或制约外来信仰本

① 此外，当地传说还有薛天二郎、蓝天二郎、锦州二郎、南天二郎、东方二郎、西方二郎、北方二郎、过山二郎、飞海二郎、李冰二郎、黄煞二郎、红煞二郎、黑煞二郎、担山二郎、武将二郎、治水二郎、记账二郎、披天二郎、杨安二郎、泰山二郎、云天二郎等。

② 目前发现以他为主神的专庙有 6 处，作为陪祀神的庙宇有 11 处。

③ “马子”又称“弟子”，是洪洞当地对巫觋的称呼。巫觋通神的行为被称为“顶神”“上马”，代神立言被称为“出口”。

土化的因素，由此反观、映照并凸显地方性神灵的核心特征，进而探索信仰在跨地域传播过程中融合与变异的规律。

一　传说的框定

按照常理推想，在洪洞的一众二郎神中，大名鼎鼎的杨戬二郎应该是庙宇最多、最有影响力、最吸引信众的吧？然而，调查发现，杨戬二郎虽然声名最著，但对他的信仰却不是最积极的。在“结义神团”组合中，他甚至没有进入核心，只能算是外围成员。

目前已在 11 处庙宇中发现他的神像。其中，以杨戬二郎为主神的有河底①、右石、韩家庄、西李、大胡麻 5 处。另外 6 处祀之于侧：杨家庄的主神为观音；羊獬村庙祀之于尧王大殿以东；明姜镇祀于玉皇殿侧；三交河以东方二郎为主；杜戍、洪堡情况特殊，后有专论。

（一）身世传说

当地的杨戬二郎塑像皆为面生三目、手执三尖两刃刀、携哮天犬的年轻武神形象，口头传说也以玉帝外甥、劈山救母、镇压三圣母、战沉香、战孙悟空等情节为主流。被访人常说，“这是杨戬，沉香破华山那个”，“三只眼那个”。与其他二郎的不同在于，他是“天上的天神”。知识来源都是《封神演义》《西游记》等小说和电视剧，以及《劈山救母》等地方戏曲。有关杨戬的情节家喻户晓，他的标志性形象也深入人心。

东梁村的何新木就是顶玉皇大帝的马子。他不仅通晓许多神灵来历，而且热衷搜集资料，整理为相关写本，目前已写作了约四万字。其中《杨戬二郎之史》专门述其身世，依据《封神演义》的相关段落，文字稍有出入。

再如万安镇的著名瞽目说书艺人喜元，也可称得上积极传播者了。我们一提到二郎，他就立刻讲出了从师傅那儿学到的段落。

杨戬二郎在周朝时期就有，那是殷纣王时期，他就在玉泉山学艺，

---

① 河底村属山西蒲县乔家湾乡，邻近洪洞西北部的左木、山头两乡。

他老师是玉鼎真人，他母亲是长女，他姥爷是玉皇大帝，姥娘就应该是王母娘娘。有个“二郎寻母”，就是问他姥爷姥娘要他娘、他父母。他父亲叫杨天佐，他母亲神仙之女怎么能下天呢？应该是把她许配给护法天将。对护法天将心情、缘分上不够，她就下了天。下了天由土地做媒，嫁给了河北杨天佐，许他为亲。这都是我们书上跟老师学的。据说她生了一个大哥叫杨仁，二郎姓杨名戬字进华，奶名就是二郎。天兵天将要闹事，他父亲被下去了。然后，有个地名叫“阴山”，阴山有个“桃花岗”，原是说在这下边压着呢，往下有“二郎劈山救母”，他劈山救母问老君借了一个“金砖开山斧”，借了一把斧头，下来劈山救母。①

喜元还会说一段“二郎射日”，主人公杨戬二郎奉玉帝之命射下九个太阳。他的演述依然确认并强调通行叙事中杨戬与玉皇的关系。作为当地知名艺人，喜元常在各种公开场合重复传播，对当地人而言，他的演述文本就是权威说法。会讲类似情节的人很多，只是都不如喜元讲得详尽完备，像常家沟村民盛百存的说法就很具代表性。

二郎杨戬是玉皇的外甥，是桃花圣母封的。有狗，能变七十二变。②

笔者听到的唯一一则与通行说法在主干情节上矛盾的传说，来自西李村二郎庙设计者、现居车辐村的于五山。对杨戬母亲身份及其眉间纵目，于氏说：

像杨戬二郎的来历，比较难听一点，他妈是宫里的丫鬟，扫院子、上山打柴都是她干。打柴去上山的时候呢，遇到一人，不 XX 的一人。

① 被访谈人：喜元（男，56 岁，万安镇涧西村说书艺人）；访谈人：王尧；访谈地点：山西省临汾市洪洞县万安镇涧西村；访谈时间：2013 年 4 月 15 日。

② 被访谈人：盛百存（男，80 岁，万安镇常家沟村村民）；访谈人：王尧；访谈地点：山西省临汾市洪洞县左木乡霍家庄村；访谈时间：2013 年 4 月 15 日。

她回去以后就怀孕了，丑得没法在宫里待，就偷跑了，把杨戬二郎就生在山上头。她要生活哩，挖野菜、揪果儿吃哩，就这样把这个娃就撂到草圪垯里。她走了以后，那个老鹰撇了一个窟窿在天灵盖上，光流血，她没办法就光擦，流血流不停，就这个时候，老鹰就来滴了一个老鹰屎，她把那个老鹰屎一拨拉就拨拉到这搭，一扯，就长了个眼睛。就这样个来历。……杨戬生下以后，老鹰给他弄一只眼，就是神仙弄上去的，哪一个神仙就不知道了。[①]

于五山说，这是从一部道书中看来的，书名已忘记。杨戬并不具有玉帝外甥身份。但是此说在当地未产生任何影响。除了于五山，其他被访者均未听说过。

以上是身世传说的主干变异。于五山的演述在细部情节上也有鲜明的个人取向。他设计的西李村二郎庙以杨戬二郎为主神，左徐州二郎，右荆州二郎。东侧壁画绘杨戬二郎携犬与妖怪作战，西侧绘杨戬二郎和一骑凤女子形象，“骑凤的是他妹子，就是三圣母，沉香妈”。下塑八神分立两侧，是“梅山七弟兄，都是妖精变的”，以及杨戬在路上遇到的一个伙夫。

这些是从《封神演义》上看的。两侧的为什么是八个人呢？杨戬二郎的妹子到人间和凡人结了婚，他对这个事有意见，不同意，他就下去找去，路过梅山，看见这七个人争吵哩，就和他们比武，结果这几个人就都没斗过他，他们就在梅山上磕了头，结拜弟兄。后来他们遇到山下一个老头砍柴的，就收留他当伙夫，给他们烧火做饭。他们都是杨二郎的手下。

梅山七圣（于五山称“七怪”）作为随侍杨戬二郎的集体形象，也有较为广泛和持久的影响力，成员身份有许多不同说法，在各地庙宇中亦常有地方化的呈现。仅以小说《西游记》和《封神演义》为例，《西游记》有

① 被访谈人：于五山（男，72 岁，魏村镇车辐村村民）；访谈人：王尧；访谈地点：山西省临汾市尧都区魏村镇车辐村；访谈时间：2013 年 6 月 9 日。

梅山六兄弟：康、张、姚、李四太尉，郭申、直健二将军，称作梅山六圣，与二郎神合称七圣。[①]《封神演义》则说是七个成精的妖怪[②]，依次是：袁洪（白猿精）、吴龙（蜈蚣精）、常昊（蛇精）、朱子真（猪精）、杨显（羊精）、戴礼（狗精）、金大升（牛精）。于五山虽声称神像来源是《封神演义》，但只保留了蜈蚣精、羊精，其他则代以柳树精、黑老熊、黄鼠精、雄狮王和大公象，为了塑像整齐，还加入新人物"伙夫"凑为八人。他们与杨戬二郎结识，也并非《封神演义》中的"杨戬哪吒收七怪"，而是以杨戬反对其妹三圣母下嫁凡间为前提，改换了叙事背景。尽管这些异文以塑像形态在庙宇中呈现，在该村或许能发挥一定的影响力（多数村民其实不能详述），但是这部分之于杨戬二郎的身世传说体系，仍然只是微乎其微的细节罢了。于五山的演述加入了个人的改造和发明，除了上引各例，总体上显然还是以主流叙事中的杨戬传说为依据。

总之，在当地的普遍传说中，杨戬二郎仍是玉帝外甥、三圣母的兄长、三眼的武神，即便持有异文，也是在认可这一背景的前提下展开。变异极少发生在传说的深层结构和主干情节上，更未在当地形成规模性的影响。杨戬二郎未能发展出有独立特色的本土传说。

（二）结义神团

与身世传说相比，当地诸二郎都具备的"结义分职"传说则是十足地方化的，在这一环节中，杨戬二郎本土化的契机似乎相当充分。然而实际情形却非如此——

当地关于诸二郎结义兄弟的说法，有四兄弟、五兄弟、八兄弟和十八兄弟等多种。其中四兄弟为：通天二郎、青州二郎、协天二郎、火龙将军；五兄弟多出一徐州二郎。以上几位二郎构成了关系最紧密的组合，经常共同出现在庙宇塑像中，但这两种说法都不含杨戬在内。

① 吴承恩：《西游记》，人民文学出版社，2008，第63页。已有学者讨论《西游记》中梅山兄弟数目前后不一的矛盾现象，如张世宏指出小说中大部分都以梅山六兄弟和二郎神合为梅山七圣，但在第二十八回，梅山七兄弟又不包括二郎神在内。见张世宏《谈〈西游记〉结构的两点失误》，《明清小说研究》2001年第3期。笔者认为，这正说明在小说《西游记》的成书年代，梅山七圣的身份也与今日一样有传说异文。

② 许仲琳：《封神演义》，上海古籍出版社，2005，第625、656页。

八兄弟说见于霍家庄青州二郎庙壁画，画师冯爱鹏认为含南天二郎、通天二郎、火龙将军、协天二郎、青州二郎，沉吟半晌又补充杨戬二郎，其余不详。① 至于十八兄弟，当地虽说有“七十二个二郎”，能喊上名号的也就二十多位，多数时候自然也就数到杨戬了。少数明确反对杨戬列入十八兄弟的也自有理由，如卫家坡杨三增：“杨戬二郎不属于十八弟兄，因为封神榜上有杨戬二郎，剩下的这些封神榜上没有，就在民间。”②

显然，这也是以通行叙事中杨戬二郎的身份为依据，将二郎分为“封神榜上有”和“没有”的两类，认为杨戬与本地二郎截然不同。许多人说不清“封神榜”的详细情节，但也都约略知道，“杨戬二郎是天上的天神，其他二郎都是咱人间的、地上的凡神”。“通天二郎跟姑姑（指娥皇女英）都是地神，杨戬二郎是天上的神，归玉皇大帝管。”类似表述时有耳闻。可见，杨戬二郎要么不被纳入“结义神团”，即便被纳入，也未进入核心，而是游离在外围。

众二郎共祀一殿者如郭家庄青州二郎庙和三交河东方二郎庙，均以杨戬二郎陪祀。三交河的二郎马子邱七常是该村懂得掌故较多的人，对杨戬也仅知通行说法。郭家庄的葛老六、葛机灵、葛廷石三人都持“二郎有皇表十八兄弟”的传统说法，他们通晓青州二郎掌故，对陪祀的杨戬二郎和锦州二郎却了解甚少。而就在前述的西李村二郎庙，陪祀的徐州二郎和荆州二郎也算是知名的地方性神灵了，以他们陪祀杨戬，于五山的理由是沿袭旧制，实则认为“他们三位之间没什么关系”。③

至于几位二郎的职能，当地人都有清晰认知，以说书艺人喜元为代表：“青州二郎以水为主。杨戬二郎有三只眼，主要功能是为了打抱不平、降妖。通天二郎是为了给什么神通通信、跑跑腿。”④ 青州二郎理水是当地的

① 据画师回忆，此说听自当地一位年老马子。

② 被访谈人：杨三增（男，77 岁，左木乡卫家坡村村民）；访谈人：王尧；访谈地点：山西省临汾市洪洞县甘亭镇羊獬村；访谈时间：2013 年 6 月 5 日。

③ 被访谈人：于五山（男，72 岁，魏村镇车辐村村民）；访谈人：王尧；访谈地点：山西省临汾市尧都区魏村镇车辐村；访谈时间：2013 年 6 月 9 日。

④ 被访谈人：喜元（男，56 岁，万安镇涧西村说书艺人）；访谈人：王尧；访谈地点：山西省临汾市洪洞县万安镇涧西村；访谈时间：2013 年 4 月 15 日。

普遍说法；通天二郎送信跑腿，正是作为娥皇、女英管家神的表现，也是本土化的地方传说；杨戬二郎降妖除魔，则延续了通行叙事对他的定位。

所见其他各村亦不外如上归纳的几种情形。以上不厌其烦地胪列现象只为说明：由于同名之故，杨戬二郎常被视为本地诸多二郎神中的一员，略微沾染了一些地方色彩；然而，无论身世传说，还是与其他二郎神际关系的解释，都未能摆脱通行叙事的框定。

二　韩家庄："舜舅"与"妻舅"

难道杨戬二郎传说没有其他变异的可能吗？在韩家庄、大胡麻村和洪洞西南部地区，杨戬二郎有与本土信仰进一步融合的机遇，然而实际的转化过程却不够彻底。在此先简要介绍韩家庄事，大胡麻和洪洞西南地区的情况更复杂，后文将专门揭示。

从洪洞西北到西南，越过汾河，地形从山地变为平原。这片土地上最迟从宋元以来就流行着尧、舜、娥皇、女英的传说，并有相关遗迹和信仰，至今仍每年定期举行以娥皇女英为主神的"接姑姑迎娘娘"游神仪式。"姑姑""娘娘"即指传说中的上古人物——尧女舜妻之娥皇、女英。当地传说，娥皇、女英生长于洪洞西南的甘亭镇羊獬村，而舜耕于西北部万安镇内的历山。每年三月三和四月二十八，当地都要以驾楼抬出二位女神，以羊獬、历山为中心，举行巡游仪式。①

历山附近的韩家庄村除供奉娥皇、女英外，亦有二郎庙一座，已经破败不堪，但建筑规模相当宏大。门前有清康熙五十七年（1718）立碑，碑文漫灭，能辨认者仅起首"韩家庄古有二郎庙"寥寥数字。② 向村民询问，老人们都知道供奉的是二郎；至于哪位二郎，多数人说是杨戬，村中被认为最能说古事的老人霍四亮却认为杨戬二郎只是前殿供奉，后殿供奉的是韩二郎。杨戬二郎据说是娥皇、女英的舅舅（下简称为"妻舅说"），后殿

---

① 陈泳超等：《羊獬、历山三月三"接姑姑"活动调查报告》，《民间文化论坛》2007 年第 3 期。

② 《三晋石刻大全·临汾市洪洞县卷》将此碑收入"未予录文的存碑目录"，原因是"字迹模糊，无法识读，且基本上为布施者名"。汪学文主编《三晋石刻大全·临汾市洪洞县卷》，山西出版集团·三晋出版社，2009，第 1135 页。

的韩二郎则为舜王的舅舅（下简称为“舜舅说”），也就是舜王后继母的哥哥。

按照仪式传统，“接姑姑迎娘娘”的活动路过该村都不被接待，队伍只是从村外路过而已。对于这一现象村民有不同的解释，“妻舅说”者认为是因为舅舅大，外甥女的仪仗不能大大咧咧、热热闹闹地从其门前经过；“舜舅说”者则认为因继母虐待舜，关系不好。

分析起来，“妻舅说”是因为当地传说娥皇、女英的母亲叫“皇天圣母”，是玉皇大帝的女儿，那么按辈分推算，杨戬应是娥皇、女英的舅舅了。人们又继续进行合理化想象：既然娘娘的舅舅在此，那么姥姥家也应该在这儿，所以韩家庄也当为娥皇女英的姥姥家。这是根据杨戬二郎身为玉帝外甥的通行传说为依据，进行了顺势推衍，杨戬于是和洪洞当地神娥皇、女英、皇天圣母建构了一层亲缘关系。而“舜舅说”指向韩二郎，与杨戬无关。这两种说法此前在村里皆有流传，甚至同一个人也常常说混乱了。近年来该地区着力论证邻近的这座历山即是“舜耕历山”遗址、舜文化的发源地，随着对外宣传的加强，韩家庄的“舜舅说”作为辅证也得到一些民俗精英的重视、引导和强化，渐成主流，“妻舅说”少有人知，于是杨戬二郎原本就比较微弱的本土化努力，也被消泯殆尽了。

三 大胡麻：观埴二郎

笔者在县境中部大胡麻村二郎庙发现，杨戬二郎并非没有本土化的可能。该庙从前的主神“观埴二郎”与洪洞东北部受历代帝王御祭的中镇霍山有极密切的关系。目前学界关于二郎神的研究已很宏富，对其多元化的身份问题亦有充分讨论，但在李冰、赵昱、杨戬诸说之外，尚未发现地方文献中还有一位“观埴二郎”。

一切要从霍山神说起。明嘉靖《霍州志》载：“霍山：一名太岳，州东南三十里。南接赵城，北跨灵石，东抵沁源。古为冀州之镇，今为中镇祠，在山麓。国有大事致祭焉。按《尔雅》称多珠玉即此。”① 赵城今属洪洞县，

① 褚相主修《霍州志》卷一，明嘉靖三十七年（1558）刻本，霍州市史志编纂委员会再版，内部资料，2001，第7页。

霍山南部即与洪洞接壤。中镇祠在霍山山麓，祀霍山之神。霍山自隋代以来被纳入国家祀典，是受朝廷赐封、御祭的重要山岳之一。

霍山神的著名灵迹有二，其一是遣三神授赵襄子竹书，文见《史记·赵世家》①。另一是在隋末唐初时，霍山神使白发翁为唐王指路，助其战胜隋将宋老生。② 以上两事常为后世传讲，成为霍山神标志性的灵验传说，各类书中多相沿袭。他因对人王的作用成为备受历朝重视之神。据《宋会要辑稿·礼二〇》载，霍山神有三子。

> 霍山神山阳侯长子祠在赵城县，徽宗崇宁五年十二月赐庙额“明应”。霍山神山阳侯第二子祠在霍邑县，徽宗崇宁五年十二月赐庙额“宣贶”。霍山神山阳侯第三子祠在岳阳县，徽宗崇宁五年十二月赐庙额“康惠”。③

三子祠庙分布在相邻的赵城、霍邑和岳阳。第三子“康惠”在岳阳县（即与洪洞东部接壤的古县），今已无考，不详何神。长子“明应”是洪洞东部广胜寺（原属赵城县）水神庙供奉的霍泉水神④，在当地正有“大郎神”之俗称，或与其长子身份有关。⑤

① 司马迁：《史记》，中华书局，2013，第2151页。

② 刘煦等撰《旧唐书》卷一，中华书局，1975，第3页。

③ 徐松辑《宋会要辑稿》，中华书局，1987，第815页。

④ 广胜寺现存大量金元明清时期碑刻，其中如元至正二十七年（1367）的《祭霍山广胜寺明应王殿祈雨文》等，均提到霍泉水神以“明应王”为号，见黄竹三、冯俊杰等编著《洪洞介休水利碑刻辑录》，中华书局，2003，第31页。

⑤ “明应王”与“大郎”乃是霍泉水神并行的两种称谓。其庙可称“明应王庙”，亦可直呼为“大郎庙”。如《太平寰宇记》卷四十三河东道四引《水经注》云：“霍水源出赵城县东三十八里广胜寺大郎神，西流至洪洞县。”见乐史撰《太平寰宇记》卷四十三，中华书局，2007，第901页。此条今本《水经注》已失载，从以上《太平寰宇记》引宋本《水经》的情况可知，宋代已称广胜寺水神为大郎神。广胜寺今藏元代碑刻中时有提及“大郎”，如元至元二十年（1283）《重修明应王庙碑》，元延祐六年（1320）碑，见黄竹三、冯俊杰编著《洪洞介休水利碑刻辑录》，第9、16页。另，明万历四十八年（1620）的《水神庙祭典文碑》中有“一、三坊条例载在城大郎庙石碑”之语，据道光《赵城县志》，此大郎庙正是赵城县中的另一座明应王庙：“水神庙，一曰明应王庙，有二，一在县东南四十里霍山之麓，庙前即霍水所出；一在儒学东。”见杨延亮纂修，张青点校《赵城县志》，清道光七年（1827）刻本，洪洞县志编委会编印，内部资料，2003，第88页。

（一）观塠二郎

霍山神次子祠在霍邑，赐额“宣贶”，又是何神？笔者在清道光五年（1825）《直隶霍州志》和民国《霍山志》中发现一则元至正进士、霍州人程睿所作《宣贶真君庙记》①，详叙这位神的来历和崇祀经过，对解决这一问题至关重要。

宣贶真君庙记至正进士本州训导程睿州举人

天地之间群祀不一，亦各有所主焉。主京国者，诸侯得以祀之；主百邑者，臣民得以祀之。吾里霍太山有观塠二郎神，即《史记》所载现于王泽之三神也。一庙在简城，一庙在岳阳，一庙在霍邑，皆主百邑之祀。当是时，赵襄子神授竹筒朱书曰：“余霍太山山阳侯天使也。”既曰天使，必能体天而行也，故其灵验，捷如影响。唯天极乎至诚之妙，造化有迹而可验，如日月星辰，雨云霜露，万象睹焉。使乎天者，必能体此而行，亦有迹而可验。故休咎灾祥，盈亏消息，悉能符契于人。据竹筒书授原过于王泽云：“三月丙戌，使襄子反灭知伯。”至日，果如所言。其后，天厌隋乱，又化为白发翁，指唐高祖于千里径，进兵以败隋。非有迹而可验欤？且兴赵灭智氏，天也。兴唐败隋，亦天也。天定冥漠之机，而阴泄于阳明之域，岂非至诚之神，能运乎在天之灵，将以致人心而契天心者乎？不然，何其灵之验也如此哉！宜乎享百邑之祀，血食千古而不泯也。一旦建祠，里民卜于霍太山南岗上，木作已具而欲构焉。其夜合村惊骇，家家牛背如洗，何其异也。明日视之，南岗木作之具，罄迁于北岗之上，遂庙于兹，名曰观塠。嵯峨突兀，襟带晴岚，跨揖川壑，甚耸人瞻仰，可不伟欤！迨宋徽宗崇宁五年，敕封宣贶真君，迄今歆祀者，奚啻百邑而已。芳邻接壤，涓埃承奉者，岁岁不绝。噫！神之所以为神者，必顺乎天之道，则乎

① 崔允昭主修《直隶霍州志》卷二十五，清道光五年（1825）刻本，霍州市史志编纂委员会再版，内部资料，2001，第42～44页；释力空撰《霍山志》卷五，山西人民出版社，1986，第72页。

天之明，承乎天之命，行乎天之事，一至于诚而已。此灵之验于人者，盖由此也。或曰：夫如是，何不使百邑之人，恶者祸、善者福也耶？余曰：祸福，天也；善恶，人也。非求可得，非祷可免，神岂不监诸？善善恶恶，可不日省于心乎？余生斯境内，见如斯境神，诚可敬而可畏也。况涉猎诸史，五六十载间，未有若此辉赫详著于史册者，亦未有若此父老相传为口碑者。余忝师儒，苟不纂述其始末，恐世远而人忽也，以俟后之君子有仗义者碑焉，欲垂千万世之下，愈加敬焉。斯吾所愿，遂为记之。

这一长篇庙记在对二郎神的既有研究中尚未被发现使用，也是笔者所见洪洞及周边地区最早提及“二郎”称谓的地方文献。可见，紧邻洪洞东北部的霍州，至迟在元末就有以“××二郎”指称地方性神灵的信仰传统了。此文将这位观堆二郎的身份、名号、事迹分说得很清楚，可简述为：霍太山有观堆二郎神，即《史记》所载现于王泽之三神。隋末又化为白发翁，指示唐高祖败隋兵。以“牛羊驮料”方式建庙于观堆，宋徽宗崇宁五年（1106）敕封为宣贶真君。[①] 文中有“吾里霍太山有观堆二郎神，即《史记》所载，现于王泽之三神也。一庙在简城，一庙在岳阳，一庙在霍邑，皆主百邑之祀”。简城即今赵城县，这三处祠庙地点正与《宋会要辑稿》所载霍山神的三子相合，观堆二郎当为霍山神次子，故有二郎之称。

此文中父子二人传说发生融合，观堆二郎附着了霍山神授赵襄子竹书、化为白发翁为唐王指路的辉煌事迹。引起通约的原因或是祠祀地点几近重叠。据《宋会要》，次子封在霍邑，正是霍山神之属地，父子两神庙祀一地，来自霍山之外的人自然极难分辨。观堆二郎独有的灵验传说仅最后的“牛羊驮料”一则，这在其他记载霍山神事迹的书中均未见记，大概在史家看来过于荒诞不经了。[②] 不过，此神只附会了原属霍山神的事迹，并未夺取

① 关于霍山神、王泽三神与观堆二郎之关系，详见王尧《〈史记〉王泽三神考——兼谈民间信仰中的神灵指代规则》，《中国文化》2016年第1期。

② 事关里民建庙经过，或许只在观堆当地流传，而作者程睿即霍州本地人氏，目浸耳濡，故能深信。见褚相主修《霍州志》卷七，第115页。

“霍山神”的名号，他自有独立称谓“观埴二郎神”，以及后来加封的“宣贶真君”。

观埴二郎神与霍山神的混同在后来的记载中时常可见，说明程睿移植事迹的做法并非孤例，代表了某种相当普遍的联想。如明成化《山西通志》卷五：“中镇庙，在霍州东南三十里霍山麓，洪武八年建，祀中镇霍山之神，本州岁祭。其在洪洞、赵城、浮山、岳阳各乡村俱为行祠，又名宣贶真君庙，宋封额。”① 这是以宣贶真君庙为霍山神的行祠，将父子两神混为一谈。也许正因如此，宣贶真君方能借助霍山神的威名，不断向外扩张信仰，原本庙于霍州观埴，成化年间已有附近洪洞、赵城、浮山、岳阳各县居民分香回去建立行祠了。

在霍州城中及其他乡村也有宣贶真君行祠，并时常省略“观埴”二字，直呼为“二郎庙”，如明嘉靖《霍州志》：“二郎庙三：一在宣二里，一在观埴峰，唐初建。宋崇宁中，加号宣贶真君，感应如响，四方多供奉焉。详见程睿碑记。一在李壁村，相传为观埴行祠。”②

由此可见，宣贶真君/观埴二郎的信众已颇具规模，开始向主庙之外的地方传播扩张。名为“二郎”之神有相当的生命力，是三子之中信仰最活跃的，容易与霍山神这样的大神混合。

（二）杨戬二郎

笔者在洪洞县东北、中部调查时一路询问，村民都告诉我“大胡麻有二郎庙，是个大庙”。果然，在大胡麻村的“广德山”上有座新修殿宇，主殿规模甚大，配殿虽未建起，已在规划之中。该庙住持、村民常根禄介绍，原庙建筑已毁，他个人筹款于 2004 年开始主持重修。庙中共存古碑三通，其中一仆地石碑与本庙二郎来历相关。此碑年代不详，剥蚀严重，文字漫漶，常根禄找来面粉敷于其上才得辨认，《三晋石刻大全》与《洪洞金石录》③ 均未收，兹将全文誊录于下：

---

① 李侃、胡谧纂修《山西通志》卷五，《四库全书存目丛书》史部第 174 册，齐鲁书社，1996，第 119 页。

② 褚相主修《霍州志》，第 39 页。

③ 李国富、王汝雕、张宝年主编《洪洞金石录》，山西出版集团 · 山西古籍出版社，2008。

宣觃侯庙重修碑志

遥稽

二郎神庙自大明【阙文】创建于赵邑胡麻村之南，即霍州观堆山神，唐太宗敕封之宣觃侯也。分灵【阙文】方洪赵二邑蒙庥尤甚，奈历年久远，风饕雨蚀，榱桷颓败，非所以壮神威而肃观瞻也。虽【阙文】不无修葺，然而工程浩大，卒难成功。住持道人张阳晅目睹难安，于雍正十三年谋首事石【阙文】同心协力，联成一会，共二百四十□两。除自始至终一概杂费外，约得五百余金。或略变前【阙文】之，或则仍因旧其功整饬之，鸠□□村经十载□□□。然后自□殿以及寝宫山门，粗为一新，【阙文】金碧辉煌而神威□之乎。而【阙文】兹工程告竣，勒石垂远。

“唐太宗敕封之”当是宋徽宗之讹变。霍州一带关于唐太宗的传说很丰富，霍山神又有助唐王一说，故易传讹。可以认定，此庙所奉二郎来自霍州观堆（堆），正是被封为宣觃真君（宣觃侯）的观堆二郎。前引成化《山西通志》卷五已有霍山神“在洪洞、赵城、浮山、岳阳各乡村俱为行祠，又名宣觃真君庙”的记载，此庙或即明代在赵城创建的行祠。大胡麻村原属赵城，已相当靠近霍山，此地居民自然极有可能到霍山进香、分香并在本村兴建霍山诸神行宫。

然而，现在庙中主神却是杨戬二郎的经典形象，眉间纵目、三尖两刃刀和黑犬三项标志齐备！两旁有四位站神侍立，别无他神。常根禄对碑上文字不能辨读，笔者向他解说后，他表示没听过宣觃侯、观堆等说法，只知道这里从来就是杨戬二郎。他家住在附近，幼时见过庙宇旧貌，重修前也请村里许多老人回忆过，此庙从前就是这般格局；并说老年人都传言，这里是杨戬二郎的主庙，别村的只是分庙。常根禄木讷寡言，为追寻真像，笔者又访问了该村两位 85 岁老人，在他们的幼年记忆中也是杨戬无疑，各方所说一致。

如此说来，观堆二郎大约自明代传入洪洞，大胡麻村民为之兴建行祠，至迟在雍正十三年（1735）重修时，主神仍是观埝二郎/宣贶真君。不知从何时起，此神被杨戬二郎取代。

这一更替过程或与两方面因素有关。一是观埝二郎传说可能逐渐失落了。前引程睿碑文，观埝二郎的知名传说有三，其中仅“牛羊驮料”的要求供奉型灵验传说为其本身特有，但这一传说受情节所限，只在主庙演述“神灵选址、牛羊驮料”的情节才有效，在行祠则无法传播。另两种知名传说原本就由霍山神移嫁而来，与观埝二郎的衔接并不紧密；况且此地已在霍山之外的平原地带，又隶属洪洞而非霍州，霍山神的传说可能因故不甚流行了。观埝二郎原本的三则知名传说几乎失落，民众也往往简称“二郎”，这就为通行知识中杨戬二郎的嵌入提供了空间。这种因神名和传说失落，由文本缺位引发阐释需求，从而导致信仰变异的情况，在洪洞县西龙马村的广德真君转为治水二郎李冰的过程中也曾发生。[①]

另一方面，霍山神职司云雨，又有保护神功能。既然有三子之分，他们对霍山神的很多职能都可以连带移植。理水之责见《旧唐书》卷一，叙述霍山神遣使时已用“八月雨止”之语，将救唐王的传说与司水关联起来。清人黄钺《霍山神》诗更是明确言说“兴云降雨神所权”[②]，可知兴风作雨为本分。山神本就承担保护之职，这在各地都很常见；洪洞地区还有将山神与土地结合的现象，笔者在本县西北青龙山一带常见到供奉“座山土地”的，其护佑一地的职能更为突出。大郎既为霍泉水神，二郎就可能分担保护神功能；而通常传说杨戬二郎的主要职能也正在此，故可与之接续。我问常根禄：“杨戬二郎管什么的?”答：“司法，和咱公安局一道。”[③] 由宣贶二郎到杨戬二郎的转换，正说明“二郎”这一神名可以自由改换前缀，容易与其他神灵混融。

（三）大胡麻的会期

大胡麻村当下的信仰活动中，观埝二郎残存的一点痕迹就是三月十五

① 王尧：《传说与神灵的地方化——以山西洪洞的青州二郎信仰为例》，《民族艺术》2015 年第 5 期。

② 黄钺撰，陈育德、凤文学校点《壹斋集》卷二十二，黄山书社，1999，第 398 页。

③ 被访谈人：常根禄（男，46 岁，大槐树镇大胡麻村村民）；访谈人：王尧；访谈地点：山西省临汾市洪洞县大槐树镇大胡麻村；访谈时间：2013 年 4 月 16 日。

的会期。不似多数庙宇一年仅逢会一至两次，据常根禄说，该庙一年中的庙会活动竟达三次之多：三月十五寿诞、六月二十六成道日、九月十九（来历不详）。三月、六月的两次都要唱戏娱神，而九月活动规模最小，村人并不特别重视，故以下仅谈三月、六月。

六月二十六祭祀二郎神，在相传为东晋许真人所撰《增补万全玉匣记》中已有著录，但以之为神诞日，见上卷“三元五腊圣诞日期”：“（六月）二十六日：二郎真君圣诞。”[①] 另有叶德均 1929 年在《民俗》上发表《关于二郎神的诞日》，发现“上海石印的历书谓六月廿六日，又称为二郎星君”。[②] 只是这两条材料都未明言是何二郎。下文将推定，这位“二郎真君”或“二郎星君”可以指向杨戬。

首先，许多地区均以六月二十四为二郎生日，笔者以为这与六月二十六互为变体。因庙会总是以神诞日为中心前后持续几天，核心日期容易前后推移。宋代就有六月二十四为川西的灌口二郎诞日之记载，见《东京梦华录》卷八“（六月）二十四日神保观神生日”条：“六月二十四日，州西灌口二郎生日，最为繁盛。庙在万胜门外一里许，敕赐神保观。”[③] 又，每年六月二十四日传为清源妙道真君诞日。褚人穫《坚瓠集》有：“六月二十四日，为清源妙道真君诞辰，吴人祀之必用白雄鸡，相传已久，不解其故。”[④] 至民国时如《大邑县志》等地方志中还有六月二十四日祭祀川主的记载：“六月……二十四日，祭川主。如遇岁旱，各共迎川主祈雨，应则签点会首，演剧酬神，谓之‘雨戏’。”[⑤]

进而，关于“川西灌口二郎”“川主”“清源妙道真君”的身份，在二郎神研究中多有涉及，说法不一，有李冰父子、赵昱等说，亦可指杨戬，详见《西游记》第六回、《封神演义》第四十回等。如此则祭祀杨戬二郎可在六月二十四，抑或六月二十六。至于三月十五会期的来历，疑为观埝二郎的祭日。据嘉靖《霍州志》，这位观埝二郎/宣贶真君的庙会当在三月间：

① 许真人撰《增补万全玉匣记》上卷，中国文联出版社，2005，第 16 页。
② 叶德均：《关于二郎神的诞日》，《民俗》1929 年第 81 期。
③ 孟元老：《东京梦华录》卷八，中华书局，1962，第 47 页。
④ 褚人穫：《坚瓠集》第八集卷一，全国图书馆文献缩微复制中心，2002，第 624 页。
⑤ 王铭新修，钟毓灵纂《大邑县志》卷四，民国十九年（1930）铅印本，内部资料，第 28b 页。

“在霍山西，上有宣贶真君祠……至今每三月间，远近办香走祭不绝。”[①]

大胡麻的其他被访者也都说三月十五是二郎生日。笔者合理化地推想，或许早先奉祀观埴二郎时以三月十五为祭日，随着主神转化为杨戬二郎，后者的诞日也被引入，故而一年中有两次大型祭祀。人们保留了三月十五为二郎生日的说法，对六月的会期则赋予成道日等其他解释，两位二郎前后相继，两个祭祀日却作为传统习俗得到保留。

（四）小结

大胡麻村二郎庙原祀主神观埴二郎是从霍山分香而来，有地方本土的传说来源和信仰基础。清代中期之后，这座庙宇的早期传统断裂并消弭，观埴二郎的传说和身份失落，除三月十五会期和“宣贶侯庙重修碑志”之外，其他一切信息几乎都被杨戬二郎覆盖了。

然而，杨戬二郎并未就此衍生新传说。试想，前有观埴二郎及霍山神这样的地方性神灵，后继者杨戬或可接续这一地方传统，衍生新的本土面相，以大胡麻为中心辐射影响力，但却丝毫没有这方面的迹象。[②] 两位二郎的更替过程无法详考，从上述情况推测，杨戬二郎未获本土拓展的原因，主要是他的传说已经由比口头更权威的渠道高度固定化和普及，主干情节都受到通行叙事的制约，很难生发根本性的变革，无法与本土传说和信仰勾连承接。所以，主神一旦被固定为杨戬二郎，就意味着口头叙事的发展空间极其有限。

四　谁是通天二郎

绪论已述，在洪洞的“七十二个二郎”中，信仰最盛的是洪洞县西北青龙山一带左木乡卫家坡村的十二岁小孩。传说他夭亡后被娥皇、女英收留，赐号“通天二郎”，在这一带的二郎庙内，他都居于主神位置，被公推为诸二郎之首。因多数人都称小孩名杨玉堂，异文极少，为了方便说明，

---

① 褚相主修《霍州志》，明嘉靖三十七年刻本，第 13 页。

② 大胡麻村民均称这里是杨戬二郎的主庙，然而建有杨戬二郎庙宇的其他村落都以主流传说阐释来历，并不认为本村的杨戬二郎与大胡麻有关。

下皆以“杨玉堂”指代。笔者之前一直以为，通天二郎指向娥皇女英身边陪祀的杨玉堂是确定无疑的地方性知识；许久以后才发现在县境中部和西南部，竟有不少人认定“通天二郎”是杨戬的神号。这是杨戬二郎显露的一点极微弱的本土元素。

（一）洪洞中部：通天二郎杨戬

笔者最初发现“通天二郎”神名所指有歧义就是在大胡麻。村民们都告诉我“通天二郎就是杨戬”。常根禄也如此说，我便问：“那听说还有个小孩十二岁死了，叫什么二郎？”“那不是通天二郎。”旁边的中学教师刘某插话：“那个是‘小神仙’。”大胡麻85岁万贯生老人亦道：“通天二郎是天上的二郎。”我问：“有个十二岁的小孩成了二郎？”“没听说过。人间的二郎咱村里没有。”① 85岁韩秋荣：“人间二郎就是杨家将的那些。”“有个小孩摔死成神了？”“没听说过。”②

不仅大胡麻如此，邻近的下纪落、南王等村也反映一致。或许由于大胡麻的杨戬二郎信仰在这一带影响力相当深远，身份层级又明显高出其他二郎，当地人便对别的二郎不甚关心。持此种观念的村子都在县境中部，以大胡麻为中心，与西北部的杨玉堂信仰构成反差。

关于“通天二郎”神名的含义，笔者曾在两个地区分别询问。中部大胡麻及附近村落都强调：“因为杨戬是天上的神，其他都是地上的、人间的神。”西北山区以“通天二郎”为杨玉堂者答：“因为他成了神，就能上天，通到天上了嘛。”或是“因为他认了二位娘娘（娥皇、女英）做师娘，就跟着她们可以上天、通天了嘛”。这般解释并无特别依据，两地信众各执一词，实难判断。

（二）洪洞西南：二者混淆

在县境西南部娥皇、女英信仰圈调查时，笔者惊讶地发现，在为二位

① 被访谈人：万贯生（男，85岁，大槐树镇大胡麻村村民）；访谈人：王尧；访谈地点：山西省临汾市洪洞县大槐树镇大胡麻村；访谈时间：2013年4月16日。

② 被访谈人：韩秋荣（男，85岁，大槐树镇大胡麻村村民）；访谈人：王尧；访谈地点：山西省临汾市洪洞县大槐树镇大胡麻村；访谈时间：2013年4月16日。

女神举行“接姑姑迎娘娘”游神仪式的村落中，“通天二郎”的上述两种指向竟发生融合。以洪堡村罗敏环、羊獬村罗羊和杜戍村庙的神像三者最典型，他们在不同层面拼接杂糅了两位杨姓二郎的神号、传说与功能。

1. 洪堡村：“通天二郎宫”

洪堡村并无庙宇，游神仪式当日，一众妇女撑起书有“洪堡村通天二郎宫”的横幅，在路边等候仪式队伍。一栋二层民居中供奉许多神位，队伍进村后就停在民居院内，信众祭祀、用餐等活动都在民居内进行。帮忙的妇女也统一扎起印有“二郎宫”字样的围裙。

“通天二郎宫”的女主人罗敏环。据说村里的老马子去世后，通天二郎转而“采”到她，时常附身、托梦传话，向她提出供奉要求，而且不准抱怨，若达不到要求她就会生病。该村从前有二郎庙，废后无力重建，神像就敬奉在罗敏环家中。每逢仪式活动，罗氏都要准备许多纸质的衣服鞋子，于神位前烧掉，这也是通天二郎向她下达的旨意。关于这位通天二郎的传说和形象，罗敏环的描述与我先前的认知出现了分歧：

> 【问：通天二郎长什么样?】我见过，可害怕哩，梦中见过。胳膊大得多哩，脚这么大。……看面目不是随着二位姑姑的小二郎，不是那个小孩，有第三只眼。【问：那不就是杨戬二郎吗?】不是，他跟我说他就不是，他自己说他是通天二郎。他的母亲是天上边，他的父亲是天底下、是凡人。他的母亲是三圣母。【问：还有其他二郎吗?】担山二郎，杨戬二郎，多哩。我梦见的通天二郎有三只眼，拿的兵器是三尖儿，三股叉，带个狗，他母亲生下他，人家不教说他的身世。①

罗敏环说“通天二郎”既非杨戬，也非十二岁的小孩，而是在这两者之外的第三种。可是除了神名之外，形象（三眼、三尖两刃刀、携犬）、传说（神母凡父所生，与三圣母有关）都符合通行叙事中的杨戬身份。她家堂中所奉二郎神像，也是面生三目、携犬的常见形象。罗敏环通神已久，

① 被访谈人：罗敏环（女，58 岁，吴村镇洪堡村村民）；访谈人：王尧；访谈地点：山西省临汾市尧都区吴村镇洪堡村；访谈时间：2013 年 6 月 7 日。

多年来一直将家宅贡献为全村的公共信仰空间，称得上是该村的民俗精英了，村民对她都很敬佩，对她的说法也毫无异议。

罗敏环对这位“通天二郎”与杨玉堂的职能有明确区分。她说：“这位通天二郎是观音老母的护法神。”像杨玉堂护佑娥皇、女英一样，这位二郎也是一位大神的配神。据她演述，从前这里主神就是通天二郎，观音老母是后来才进入“通天二郎宫”的；还说：“通天二郎说半个月之内村里有什么灾灾难难，就说怎么防，通天二郎就收，收灾免难。”这是比较靠近杨戬二郎的保护神功能，并未提到为娥皇、女英侍驾。下面要引入的“通天二郎杨戬”的马子罗羊，已经在主动行使杨玉堂为娥皇、女英护驾开路的职能了。

2. 羊獬村：“通天二郎”的马子罗羊

2012 年 10 月笔者前往调查时，听说羊獬村一位 31 岁的年轻马子罗羊新近“出口”顶神，表现是不停打嗝，经常发出呜咽声，不能自已。他对我说，当时正是神灵向他“与本领”的百日阶段。

> 我跟你说，我应该是通天二郎，羊獬庙上大殿跨立【旁边】的杨戬，玉皇是我的舅舅，父亲叫杨天佑，母亲是云华仙子。……妹子是杨莲，哥哥是杨广。……明年三月三是真情，我穿钎子开顶是真情。我为二位姑姑打路是真情……【问：什么时候开始的？】六月二十六开始的。[①]

他所述都是通行的杨戬传说，首次通神日期也正是前述的杨戬二郎生日。这些与罗敏环多有相似。羊獬村以娥皇女英为主神，他因替杨戬代言，又像韩家庄那样，与这两位女神建构了亲缘关系。

> 二位姑姑【指娥皇、女英】是我二郎的姨表妹子，我是那的姨表哥。玉皇的伯叔妹子，堂妹，嫁给尧王。我是玉皇的亲外甥，和姑姑

① 被访谈人：罗羊（男，31 岁，甘亭镇羊獬村村民，他原居本镇的李村）；访谈人：王尧；访谈地点：山西省临汾市洪洞县甘亭镇羊獬村；访谈时间：2012 年 10 月 27 日。

这里算是伯叔姨表。

他承认这两位二郎都是通天二郎，区别在于：自己主要顶的是玉帝外甥“通天二郎杨戬”；成神的十二岁小孩是二位姑姑封的“通天二郎小二郎”或“杨先生”，并自称这位“小二郎”也曾附身。

> 【问：你顶的神是通天二郎还是杨戬二郎？】杨戬，杨戬就是通天二郎。只不过小二郎是“杨先生”，“杨先生”是二位姑姑封的通天二郎。我是正儿八经的通天二郎杨戬。那通天二郎小二郎是姑姑的管家，十二岁上树掉下来，姑姑把他也接走了，当了姑姑的管家。小二郎也在我这出了口了。【问：说什么？】他说他是小二郎。说话就是小娃娃的声音。

尽管罗羊大力宣扬“通天二郎杨戬”并四处传播相关说法，可是却以侍奉娥皇、女英两位女神为本职。顶神未出百日时，他就不断向人宣告，明年三月三要在接姑姑仪式上护驾——这原本是杨玉堂的职责。此事受到羊獬村民热议。2013 年三月三，罗羊没有食言，真在驾楼启程前的高峰时段，于人潮最拥挤的二位女神殿前插钎上马了。他穿一身黄色仿古服装，两腮穿钎，挥舞着自制的三尖两刃刀，长啸连连，观者如堵。穿钎并不影响他讲话、喝水，笔者抓紧采访，他高声对我和围观人群说道：

> 【问：顶的什么神？】杨戬二郎，通天二郎杨戬。【问：他跟二位娘娘什么关系？】打路的，护驾的。通天二郎就是杨戬。【问：杨戬二郎有师傅吗？】玉鼎真人。【问：你还有其他……】玉皇的妹子，思凡下界，与杨家私会成亲，生的杨戬二郎。

罗羊与罗敏环的拼合方式不同。罗敏环认为在杨戬与十二岁小孩之外，还有一个“通天二郎”。罗羊则没有新发明，只是认为通天二郎就是杨戬，兼具“小二郎”为二妃护驾的功能。基于这样的观念分歧，尽管两人都是二郎的马子，实践方式却有差别。

3. 杜戍村的神像

除此之外，持“通天二郎杨戬”说法的在县境西南地区还大有人在。[①] 杨戬与杨玉堂的糅合在杜戍村庙宇神像中有最形象化的展现。该村在汾河以西，位于“接姑姑迎娘娘”仪式路线上，建筑为三孔窑洞，中间一孔供奉三霄娘娘，东侧奉送子娘娘，西侧为娥皇、女英二位女神。同许多娥皇、女英殿的格局一样，这孔窑洞的主神右前方也侍立一尊小型神像，庙内老人都称他“二郎”。按照通行传说，侍奉二妃的自当为十二岁的杨玉堂，可是此神却面生三目，手执三尖两刃刀，与杨戬无异！

（三）小结

“通天二郎”神名的指向在洪洞地区呈规律性变化：大胡麻所在的中部地区，“通天二郎”指向杨戬，十二岁坠亡成神的小孩杨玉堂被称为“小二郎”“小神仙”；在西北青龙山一带，“通天二郎”明确指向杨玉堂；而在西南以娥皇、女英为主神的区域，多数人仍然认为杨玉堂是通天二郎，同时不乏由身份交融引发的多向歧异。以上所及各处主神见图1（圆圈表示洪洞县境）。

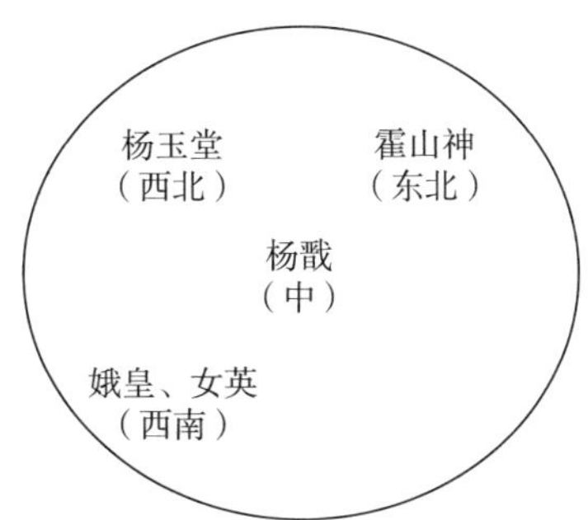

图1　各处主神示意

以大胡麻为中心，杨戬二郎唯一的地方性变异，就是它以“通天二郎”

① 如笔者所访谈的西龙马村韩智天。被访谈人：韩智天（男，71岁，龙马乡西龙马村村民）；访谈人：王尧；访谈地点：山西省临汾市洪洞县龙马乡西龙马村；访谈时间：2013年6月6日。

为神名，乃全国通行传说所无。然而影响范围仅限县境中部地区，不但未能全面推广，还与杨玉堂发生混淆，连神名的归属都难以澄清。

而且，“杨戬”二字并没有伴随“通天二郎”这一地方化称谓发生变动。随着相关文献知识的普及流行，它早已成为一个稳定的符号，在口头传播中不易产生异文。总之，杨戬二郎的传说和神名都未能全面本土化。

结　语

由上观之，杨戬二郎在洪洞的地方化之路一直受到各方因素的钳制，未能持续融入当地的本土信仰。他的通行传说已经固化，口头传统的发展空间由此被框定。虽然偶或被认可为二郎神团的成员，但是始终没有生成严格的地方性规定，一直游离于核心之外。

可资对照的是青州二郎，他也是由外地传入洪洞的全国性神灵，却与杨戬二郎有不同的本土化历程。青州二郎原名广德真君，所指乃为东海神/龙王，由山东传入后，逐渐与当地的二郎发生融合，经历了“二郎化”的更名过程，龙王分化出去，“广德真君”专指“青州二郎”。尽管他还保留了外来神的明确身份，但传说、信仰、祈雨仪式等方面均已彻底本土化，甚至还在当地的二郎“结义神团”中坐到了仅次于本地神通天二郎的“二哥”位置。

同为外来的全国性神灵，他们的有效性被认为已在外地得到了证明，所谓“外来和尚会念经”，本身就比本土神负载了更多权威感。杨戬二郎是通行的全国神，对他的信仰就更是合法而必要的了。这种权威感也可能对信仰的继续生发造成约束：已经证明和公认的部分越多，地方化变异的可能性就越小。杨戬二郎有一整套家喻户晓的身世传说，因此他的本土化空间受到挤压，未能像青州二郎那样发展出本地叙事，其“二郎”之名也是原有而非在地化的结果。可见，外来信仰传入后，即便是已有相当影响力的全国性神灵，也需要全面建构和发展地方性传说，才能彻底完成本土化转变，进入地方性神灵谱系的核心。

三　故事

他山之石与本土之根：故事类型学在中国的译介与研究*

漆凌云**

摘　要：类型研究法源于西方。NB Dennys1876 年率先用西方故事学方法对中国民间故事进行分类。钟敬文是故事类型理论的引进者和实践者，《中国的天鹅处女故事》成为中国民间故事类型研究的典范之作。美国学者詹姆森 1929 年把历史地理学派方法译介到国内并运用于灰姑娘型、狐精故事的研究，但民间文学界应者寥寥。20 世纪 80 年代后，类型研究逐渐成为中国民间故事研究的主流模式，中国故事学人积极将西方故事学理论本土化，产生了“故事生命树”“故事文化学”等研究范式，形成了类型丛、类型核、情节基干、母题链、中心母题、功能性母题、节点等具有中国特色的故事学话语体系。

关键词：故事类型；历史地理学派；话语体系

类型研究是中国民间故事研究领域的主要研究方法，研究成果尤为丰富。万建中认为“类型学是民间故事研究独有的一种范式。在整个 20 世纪，中国故事学几乎都围绕类型学展开”。① 故事类型学源于西方，它在中国的译介与实践始于英国汉学家 N.. Dennys。钟敬文等学者自 20 世纪 20 年

* 本文系国家哲学社会科学基金青年项目“中国民间故事研究史论（1949－2012）”（项目编号：13CZW091）阶段性成果，原载《民族文学研究》2018 年第 4 期。

** 作者简介：漆凌云，湘潭大学文学与新闻学院副教授。

① 万建中：《20 世纪中国民间故事研究史》，北京师范大学出版社，2011，第 149 页。

代末积极引进西方故事类型学方法并运用于中国民间故事研究实践。美国学者詹姆森在1929年就将历史地理学派方法译介到国内，但国内民间文学界应者寥寥。改革开放后，中国民间故事学人在将西方故事学理论本土化的过程中确立了中国民间故事类型研究范式。

一　ROOT、型式与类型：中国民间故事类型研究的滥觞

1. ROOT：被误译的故事学术语

英国汉学家NB Dennys 1876年出版的《中国民俗学及其与雅利安人及闪米特族人的内在联系》系《中国评论》上系列论文汇集而成，是第一部用民俗学理论研究中国民俗的专著，20世纪以来，关注此书学术价值的学者日渐增多。[①] 他运用缪勒的神话学理论将中国民俗和西方民俗比较后认为，中国民俗和欧洲民俗与雅利安人的文化有密切联系，中国和欧洲民间故事的相似是雅利安人向东和西传播所致。他还运用英国人类学派理论分析中国民俗，如对北京大钟寺传说和诸葛亮传说中人祭习俗的解读。

就现有资料来看，NB Dennys是第一个运用民俗学理论研究中国民间故事的学者，同时还是第一个对中国民间故事进行分类尝试的学者。他把中国民间故事分为八大类十五式。八大类为：（一）夫妻故事；（二）亲子故事；（三）人与异界；（四）人与自然力量的争斗；（五）人与人相斗；（六）人的英雄事迹；（七）人与兽；（八）人身变形为植物。[②] NB Dennys在大的概念类别下再细分出十五式，多采用西方熟悉的人物来命名，如“Penelope Root”（帕涅罗佩式）、“Ali Baba Root”（阿里巴巴式）等。值得注意的是，NB Dennys采用的术语并不是我们所熟悉的“Type”（类型）而

---

① 钟敬文、赵景深、杨成志在20世纪二三十年代均提及NB Dennys（译名有谭勒、谭勒斯、德尼斯、丁奈斯、丹尼斯等）的中国民俗研究成果，未有深入论述。段怀清论述了NB Dennys在中国民间文学上的研究实绩，详见段怀清《〈中国评论〉与晚晴中英文学交流》，广东人民出版社，2006；王国强讨论了NB Dennys在民俗学上的理论贡献，详见王国强《〈中国评论〉（1872－1901）与西方汉学》，上海书店出版社，2010；张志娟论述了NB Dennys在中国民俗学史上的开拓性贡献，详见张志娟《西方现代中国民俗研究史论纲（1872－1949）》，《民俗研究》2017年第2期。

② N. B. Dennys, *The folk－lore of China*, *and its affinities with that of the Aryan and Semitic Races*, Hong Kong, “China Mail” Office, 1876, pp. 143－145.

是源自比较语言学的“Root”（词根），用来概括情节高度相似的民间故事。NB Dennys 的故事分类观实际上受到了英国民俗学家萨宾·巴伦·高尔德（Sabine Baring Gould）[①] 的影响。他“从比较语言学中借用了‘根’的概念并把它认为是最低限度的叙述单位”。[②] 萨宾·巴伦·高尔德把“故事基本原理划分为两类，一是‘家庭故事’，二是‘各种各样的主题’。在第一类中，最关心的是社会关系，第二类中是超自然的世界。家庭故事下分有关妻子与丈夫、有关父母与孩子、有关兄弟和姐妹和有关订婚的人四类；超自然世界下分人与无形世界、人与人的相配、人与兽和靠雅典娜保护的运气四类”。[③] 他的这种分类首先区分的是有无超自然因素，与芬兰学者阿尔奈在故事分类中区分普通故事和神奇故事有相似之处，故美国民俗学家丹·本·阿姆斯（Dan Ben－Amos）认为“威廉·拉斯顿（Willian Ralston）和约瑟夫·雅各布（Josedh Jacobs）修改和修饰了他的分类。但是由于斯蒂夫·汤普逊和任何其他芬兰学者都没有把他们的努力与巴伦·高尔德的工作联系起来，所以，他对叙述分析学和分类学的贡献大多没被重视。事实上，巴伦·高尔德的体系要比后来芬兰学者们认识到或接受的在概念和理论上更近似”。[④] 赵景深先生是较早评述 NB Dennys 著述的译者，但其评述是在杨成志、钟敬文译出《印欧民间故事型式表》后发表的，故直接将“Root”译为型式了。现在来看，这种译法并不准确。

---

① 〔英〕萨宾·巴伦·高尔德（Sabine Baring Gould）生于 1834 年，英国民俗学家、作家，国内译名不一。事实上，杨成志、钟敬文 1928 年所译的《印欧民间故事型式表》是萨宾·巴伦·高尔德制定，后经〔英〕雅科布斯（Joseph Jacobs）修订而成。杨成志和钟敬文译本的译名为库里德（Rev·S·Baring－Gould）、赵景深的译名为葛尔德（Baring Gonld），程德祺等翻译博尔尼的《民俗学手册》（上海文艺出版社，1995）中的译名为斯·巴林古德。他的故事分类表被亨德森（Henderson）1866 年出版的《英格兰北部各郡及边境民俗札记》（*Notes on the Folklore of Northern Counties of England and the Borders*）作为附录纳入，经雅科布斯修订后又以《印欧民间故事型式表》之名被收录进博尔尼 1913 年出版的《民俗学手册》中。

② 〔美〕丹·本·阿姆斯：《民俗学中的母题概念》，张举文译，《民间文学论集》第二册，辽宁省民间文艺家协会编，内部资料，1984，第 354 页。

③ 〔美〕丹·本·阿姆斯：《民俗学中的母题概念》，张举文译，《民间文学论集》第二册，辽宁省民间文艺家协会编，内部资料，1984，第 354～355 页。

④ 〔美〕丹·本·阿姆斯：《民俗学中的母题概念》，张举文译，《民间文学论集》第二册，辽宁省民间文艺家协会编，内部资料，1984，第 355 页。

我们如果把NB Dennys的故事分类体系与雅科布斯修订的《印欧民间故事型式表》(*Some types of Indo – European Folktales*)对照，发现《印欧民间故事型式表》是把某些故事情节类似的故事总结成70个型式，各个型式之间的排列比较随意，缺乏内在逻辑联系，故赵景深认为“这种工作本非一朝一夕之功，在将来也只能较为完善，绝对办不到一切故事都能包括在少数的型式中这个地步”。[①] 而NB Dennys在进行型式分类时首先有了较为明确的“类”的概念，上述八大类涵盖家庭、社会、自然、精怪、神灵信仰等多个层面，和芬兰学派的代表人物阿尔奈先把民间故事分为动物故事、普通民间故事和笑话三大类，普通故事下再设神奇故事、宗教故事、浪漫故事及关于愚蠢的魔鬼的故事四小类在思维方式上有相似性。所以我们将NB Dennys视为中国民间故事研究的肇始者是不为过的。

2.(型)式与系：周作人和赵景深的民间故事分类尝试

尽管NB Dennys是首位对中国民间故事进行分类的学者，并用神话学派和人类学派的理论对中国民间故事进行开创性研究，但因语言、地理距离和学术生态等因素影响，仅有赵景深、杨成志、钟敬文等人提及，并未在中国民间文学界产生较大影响。

在民间故事的分类上，周作人1913年发表的《童话研究》运用人类学理论对“变形式”“物婚式”“盗女式”“回生式”“禁名式”“季子式”“食人式”等故事产生的文化背景进行简略分析，并对蛇郎型、老虎外婆型、老虎怕漏型故事进行解析。[②] 周作人的这篇论文是中国学者研究民间故事的开篇之作。他虽然没有提出明确的故事分类思路，但已有对民间故事进行分类的萌芽意识，所采用的“式”概念后来被赵景深、钟敬文等人沿用。

赵景深的民间故事学理论受周作人影响较大，把英国人类学理论视为研究民间童话的正解。他在《童话概要》中借鉴英国学者麦荀劳克的分类法把童话分为初民心理、初民信仰、初民风俗和神话的解释四大类，然后再分出十一系来，如变形系、复活系、兽婚系、食人精系、献祭系等。他

---

① 赵景深：《中国民间故事型式发端——英国谭勒研究的结果》，《民俗》1928年第8期。

② 周作人：《童话研究》，《周作人民俗学论集》，上海文艺出版社，1999，第29~36页。

认为“童话研究者每每将相似的童话搜集起来，分为许多系，犹如动物学的‘类’，植物学的‘科’一样”。[①] 赵景深在民间故事的分类上不大赞成型式分类方案，“以为先研究大类。大类似乎稍可包括一切，也许可以弄到包括无遗的地步，而型式怕是永远不会完结的”。[②] 后来他在《童话学ABC》中再次重申：“童话分类的工作直到现在还没有很好的成绩。葛尔德（Baring Gonld）曾以相似的归为一类，立了若干式。雅科布斯（Joseph Jacobs）即扩大他的型式，做了一个《印欧民间故事型式表》（广州中山大学有单行本，钟敬文、杨成志合译）凡七十式。我以为这个工作是很笨的，照他这样做下去，《一千零一夜》就有一千〇一式，那还了得吗？世界的民间故事无穷，不必这样仔细的分析，像麦苟劳克那样，以童话分为十一系，比较妥当。”[③] 此番略带偏激的言论表明他觉得民间故事的分类用大的概念“系”比“式”更合理。

3. 钟敬文：民间故事类型理论的引进与实践者

民间故事类型方法为中国民间故事学人熟悉，钟敬文、杨成志、赵景深等学者居功至伟。钟敬文还被视为“是类型理论的最早引入者，而且是最早实践者和积极推动者，也是类型理论的杰出研究专家”。[④] 中国民间故事研究理论资源和方法的欠缺一直困扰中国民间故事学者。钟敬文在《印欧民间故事型式表》付印题记中就说：“这篇不长的文章，在想略解欧洲民间故事的状态，或对于中国民间故事加以整理和研讨的人，它很可给予他们以一种相当之助力的。”[⑤] 杨成志、钟敬文译介《印欧民间故事型式表》时采用了周作人的“式”概念，把“type”翻译为型式，介绍了七十个民间故事型式。雅科布斯修订的型式表多以故事中的主要人物和主题来命名，如参孙式、赫剌克利斯式、约克和豆茎式，睡美人式、美人与兽式、报恩兽式和蛙王子式等，型式下面再列举主要故事情节。斯蒂·汤普森认为雅

---

① 赵景深：《童话概要》，北新书局，1927，第57页。

② 赵景深：《中国民间故事型式发端——英国谭勒研究的结果》，《民俗》1928年第8期。

③ 赵景深：《童话学ABC》，世界书局，1929，第5页。

④ 郑土有：《论钟敬文对中国民间故事类型研究的贡献》，《广西民族学院学报》2002年第1期。

⑤ Joseph Jacobs：《印欧民间故事型式表》（*Some Types of Indo—European Folktales*），杨成志、钟敬文译，国立中山大学语言历史研究所刊行，1928。

科布斯的型式表是对民间故事较早的分类尝试，但“这份成果并非科学分类方面的真正进步，因为它仅仅是将杂乱混合的母题和类型，按字母顺序罗列出来。其中许多已经用得普遍了的术语，经由雅各布（雅科布斯）的著作而流传开来，但也不过就是如此”。[①] 印欧民间故事型式表的译介开拓了中国民间故事学人的视野，但国内的故事学界对此反应不一。《印欧民间故事型式表》译介到国内后，张清水就运用该型式表进行中外民间故事比较研究。赵景深则认为型式表“实在还有修正的必要，甚至可以完全废除。”指出“型式表没有区分神话历史趣事和民间故事的分别”。尽管存在缺陷，但他又认为“我们既不满意印欧民间故事型式表，那么破坏了它，又建设什么呢”？[②]

钟敬文自翻译《印欧民间故事型式表》后就产生了用类型方法整理中国民间故事的想法，“本拟等写成一百个左右时，再加修订，印一单行本问世”，[③] 后因兴趣转移只写了一半左右，1931 年以《中国民间故事型式》之名在《开展月刊》的《民俗学专号》刊出。他借鉴《印欧民间故事型式表》的方法列出故事情节概要，但按照中国民间故事的特征来命名，如蜈蚣报恩、水鬼与渔夫、云中落绣鞋、求如愿、彭祖型、享夫福女儿型等。这种根据中国民间故事特质来给民间故事类型命名的方式后被德国学者艾伯华采用。他编撰的《中国民间故事类型》中有些故事类型的命名源于钟敬文的《中国民间故事型式》。《中国民间故事型式》后来被翻译成日文发表在日本民俗学会会刊上，是中国民间故事学人中少有的在海外产生学术影响的论文。日本著名民间故事学家关敬吾说：“钟教授的文章（《中国民间故事型式》），是把我的注意力转向口承文艺的契机之一。在这个意义上，应当说钟教授是我在日中口承文艺比较研究方面的前辈。”[④]

钟敬文 1933 年发表的《中国的天鹅处女故事》是中国民间故事类型研究的典范之作。他首先梳理典籍中记载的中国天鹅处女型故事、分析其历

① 〔美〕斯蒂·汤普森：《世界民间故事分类学》，郑海等译，上海文艺出版社，1991，第 498 页。

② 赵景深：《评〈印欧民间故事型式表〉》，《民俗》1928 年第 21 ~ 22 期，第 19 ~ 23 页。

③ 钟敬文：《中国民间故事型式》，《钟敬文文集》（民间文艺学卷），安徽教育出版社，2002，第 621 页。

④ 〔日〕关敬吾：《民俗学》，王汝澜、龚益善译，中国民间文艺出版社，1986，第 1 页。

史演变情况，然后把当时记录下来的口传故事依据故事形态上的差异分为四组，通过文献和口传故事的比较，总结出形态上的变化有："旧有情节的修改""吸收或混合别种故事的情节""故事性质的转变"。对故事情节的改变，如女主人公由"女鸟"到"仙女"的转变，"得衣而循"到"缘尽而去"。[①] 他从社会文化史角度分析，"原先的社会不存在了，它遗留在文艺（神话、故事、民谣）中的事物和思想等，不再适宜于后阶段社会人的理解，所以不能不按照着当时的思考给以变形。这些修正，一方面是促进了故事的合理性，一方面却渐渐地使他远离了原始创作时的形态了"。[②] 钟敬文的分析可以看到英国人类学派"遗留物"理论的影子，但也有自身的独立思考。当他发现中国的天鹅处女故事在民众的口头流传中呈现由"民间故事而转变为其他性质不同的故事——神话、传说"时，跳出当时英国人类学派认为民间故事由原始时代的神话、传说演进而来的观点，富有创见地提出："民间故事也未尝不可以变成严肃的神话或传说。两者实有彼此变换的可能，不，两者还有循环转变的可能。"[③] 可见钟敬文对于神话、传说和故事三者之间转换关系的分析并非生搬硬套西方故事学理论，有自身独到的理论思考，在当时学界普遍将英国人类学派视为研究民间故事正解的学术语境下尤为难得。文章最后，他从故事中提取了变形、禁制、洗澡、动物或神仙的帮助、仙境的淹留、缘分、术士的预测、季子的胜利、出难题等十个要素运用民俗学、人类学的方法，广泛征引古今中外的民俗材料进行文化阐释。

钟敬文的这篇论文开创了中国民间故事研究的"类型划分 + 文化史研究"范式。该研究范式不仅在 20 世纪三四十年代的民间文学界产生广泛影响，还持续影响了 20 世纪八九十年代的民间故事类型研究。故事学家刘守华坦承其故事类型研究方法受到钟敬文的启发，"因为历史地理学派把故事放在一定的历史地理背景中进行考察，和我们过去那种方法实际上是很接近的。但是把故事作为类型来研究，是历史地理学派一个大的创造。这一点是我们在故事学上能够向前迈进的很重要因素。当然钟老早就开创了这

① 钟敬文：《中国的天鹅处女故事》，《民众教育季刊》1933 年第 3 卷第 1 号。

② 钟敬文：《中国的天鹅处女故事》，《民众教育季刊》1933 年第 3 卷第 1 号。

③ 钟敬文：《中国的天鹅处女故事》，《民众教育季刊》1933 年第 3 卷第 1 号。

个，后来我们借鉴他的方法，按照类型、母题这一套来做研究。但这些东西都必须和中国实际相结合，不能简单地照搬外国”。[①]

二 历史地理学派在中国的译介：詹姆森与中国民间故事类型研究

钟敬文在20世纪30年代融汇西方故事学理论独辟蹊径开创了民间故事研究的“类型划分 + 文化质素”分析法，树立了中国民间故事类型研究的典范。有意思的是，在清华大学任教的美国学者詹姆森（Raymond D. Jameson）也在这一时期把历史地理学派方法介绍到中国，并运用历史地理学派、人类学派和心理学方法对中国民间故事研究进行综合研究，是中国民间故事研究史上被忽视的学者。

詹姆森（1896～1959）是美国民俗学家、文学理论家，长期从事世界民俗学研究，[②] 在清华大学等地任教达十三年之久。现有资料表明詹姆森是第一个把历史地理学派方法带到中国的学者。他1929年在《清华周刊》用英文发表了《比较民俗学方法论》，重点介绍了“芬兰学派”（历史地理学派）的方法并以中国南方的“鼻子树”故事为例演示如何使用。詹姆森介绍，该学派创始人是芬兰民俗学家朱利叶斯·克罗恩，他1926年出版的《民俗学工作方法》提出了历史地理学方法。詹姆森指出，使用历史地理学派方法时“首先必须搜集世界上这一类型故事的全部可能存在的异文。必须分析出这些异文的所有组成部分，首先分析它们的主要区分，然后分析在这主要区分下的更细小的方面”。[③] 然后在相关故事异文的搜集和分析工作完成时，通过对故事情节的扩展、缩略和替代等情况的比较研究后探寻故事原型，“并使我们得出结论：哪些异文最为普遍，哪些异文更古老些。

① 被访谈人：刘守华；访谈人：漆凌云；访谈地点：华中师范大学桂苑宾馆812；访谈时间：2015年5月8日。

② 〔美〕詹姆森（Raymond D. Jameson）：《一个外国人眼中的中国民俗》，田小杭、阎萍译，上海文艺出版社，1995，第155页。

③ 〔美〕詹姆森（Raymond D. Jameson）：《一个外国人眼中的中国民俗》，田小杭、阎萍译，上海文艺出版社，1995，第118页。原载《清华周刊》第31卷，1929年6月出版，第464、465期合刊。

有时甚至可能得出这样的结论，某些故事异文是否是互相独立地编造出来的，或者所有的这些故事异文是否来源于某一个故事”。[①] 再把故事所有异文“根据地理情况重新分类。当把相邻地区得来的不同材料依次放到一起时，惊人的事实就清楚了。这样就有可能观察到各种不同的情节是怎样从一国到另一国而变化形式的，他们是怎样通过扩展和重复增加内容的，他们是怎样从某些民族的口头完全消失而且再也不会回来，或者他们是如何被吸收进其他故事的。从地理的比较而来的结论加强或修正了通过历史比较形成的暂时的结论”。[②]

美国学者洪长泰在回顾20世纪二三十年代的中国民俗学运动时认为，中国民俗学者对西方民俗学著作的理解还停留在比较肤浅的层面，译介了格林童话但“很少讨论格林兄弟在调查时使用的历史及比较民俗学的方法。芬兰学派创造了历史地理研究法，这种方法是仔细比较故事的大量口述异文，从而分析它们形成的复杂原因。此方法在20世纪30年代由美国学者詹姆森（Raymond D. Jameson）（又译瞿孟生）介绍到中国来。詹姆森受到国民政府教育部的邀请来华讲学，在清华大学西方语言学系任教。但整体来说，中国民俗学者对于方法论的兴趣不大”。[③] 洪长泰认为中国民俗学者对于方法论的兴趣不大的观点似有偏颇。在20世纪二三十年代的中国故事学界，盛行的是英国人类学派的遗留物研究法和顾颉刚的历史演进法。詹姆森译介的历史地理学派方法因用英文撰写流传不广，且未见当时中国民俗学的领军人物推荐，以致钟敬文在《中国民俗学三讲》中译本序言中说：“可惜这部民俗学专著，当时流传不广，使它未能充分发挥应有的作用。”[④] 事实上，当时国内学者只有朱自清和江绍原推介。朱自清在《中国歌谣》中论及歌谣的流布转变与制作时说：“《清华周刊》31卷第464、5号有

---

① 〔美〕詹姆森（Raymond D. Jameson）：《一个外国人眼中的中国民俗》，田小杭、阎苹译，上海文艺出版社，1995，第120页。

② 〔美〕詹姆森（Raymond D. Jameson）：《一个外国人眼中的中国民俗》，田小杭、阎苹译，上海文艺出版社，1995，第120～121页。

③ 〔美〕洪长泰：《到民间去——中国知识分子与民间文学，1918－1937》，董晓萍译，中国人民大学出版社，2015，第193页。

④ 钟敬文：《一个外国学者对中国民俗学的贡献——詹姆森教授的〈中国民俗学三讲〉序》，《北京师范大学学报》1995年第6期。

R. D. Jameson《比较民俗学方法论》一文，介绍芬兰学派的史地研究法，或简称芬兰法，是用最新的科学民俗学方法，来研究歌谣的流布与转变。”朱自清还简略介绍了历史地理学派的操作方法，并指出：“这是最新的、科学的、民俗学的方法。用了这个方法，民俗学才不复是‘好事者的谈助，论理家的绝路’了。这个方法是最近才介绍给我们的，但我们的研究十余年来有与此暗合的。”[①]朱自清与詹姆森均任教于清华大学，彼此应有交往，故乐于向中国民俗学界推荐历史地理学派方法。江绍原编译的《现代英吉利谣俗及谣俗学》简略提及“史地方法（历史地理方法——引者注）（看 Julius Krohn 之子 Kaarle Krohn 所著 *Die Folkloristische Arbeitsmethode*；清华大学教授 Jameson 已有一篇介绍这个方法的文章，见该校周刊四六四及五号英文部）”，[②] 认为“芬兰学派最善于用同型的民间故事之异式——Variants——之分析，来决定故事原来发生或至少出发之地点和时间及传播之线路等”。[③]江绍原大体了解历史地理学派的方法及操作原则，但不像朱自清把历史地理学派的地位放得很高，或因其兴趣不在民间故事，未有后续推介，以致钟敬文认为“詹（姆森）教授这部更为重要的书。当时住在北京的民俗学者，如周作人、江绍原、顾颉刚诸位，似乎都没在他们的著作中提及此书”。[④]

历史地理学派历来被视为国际民俗学界的重要研究方法，因战争、政治环境、文化交流等多种因素影响，中国民间故事学人直到 20 世纪 80 年代才接受历史地理学派方法并运用于中国民间故事研究。詹姆森在分析中国的“灰姑娘”故事时，以三百个左右的异文为基础按照历史地理学派的方法把故事情节概括为五部分。

1. 一个女孩受虐待。

2. 她被迫在家或在外做卑贱艰苦的劳动。

---

① 朱自清：《中国歌谣》，作家出版社，1957，第 28、29 页。

② 江绍原：《关于 Folklore，Volkskunde，和‘民学’的讨论》，〔英〕瑞爱德等：《现代英吉利谣俗及谣俗学》，江绍源编译，中华书局，1932，第 275 页。

③ 江绍原：《关于 Folklore，Volkskunde，和“民学”的讨论》，〔英〕瑞爱德等：《现代英吉利谣俗及谣俗学》，江绍源编译，中华书局，1932，第 316～317 页。

④ 〔美〕詹姆森（Raymond D. Jameson）：《一个外国人眼中的中国民俗》，田小杭、阎萍译，上海文艺出版社，1995，第 4 页。

3. 她遇到一个王子，或王子知道了她很美丽。

4. 由于她的鞋，她被识别出来。

5. 她和王子结了婚。[①]

然后对每部分的异文进行归纳总结。通过对约三百则异文的考察，他发现“这些细节太普遍了，以致使我们对于各种地理性的异文得不出任何适当的结论。但如果仔细考察，我们就能发现大约有三分之一的异文是两种类型的，其余的都是中间性的”。[②] 他总结出灰姑娘故事的两种类型，一种是流传西欧大部分地区，另一种是流传于斯拉夫语地区。詹姆森的分析以材料为依托，在发现中国文献记载的灰姑娘故事比西方记载早七百年后，放弃了西方故事学者长期认为灰姑娘故事源于古老西方的观点，在没有确凿证据时，暂不讨论起源和流布问题，“不论中国的灰姑娘故事是由阿拉伯海员带到中国南方或安南的，还是由阿拉伯人从中国取来的，这些详情都还是没有答案的问题”。[③]

历史地理学派的方法对故事文本材料要求严格，就当时中国故事学者而言，民间故事搜集记录开展时间不长，很难搜集比较全面的资料，钟敬文的名作《中国的天鹅处女故事》也只集录了不到30个口传故事。而像詹姆森这样具有国际视野的故事学者掌握的民间故事文本数量是当时国内故事学者难以企及的，“灰姑娘”故事文本数量就达到了近300个。与国内学者的民间故事类型研究相比，詹姆森使用的故事文本多且广，分析更为精细，在材料和方法等方面均有鲜明的历史地理学派特色。詹姆森对中国“灰姑娘”故事、狐妻型故事和狸猫换太子故事的研究，立足于大量的中外民间故事文本资料，在梳理中国民间故事的形态结构及演进分析后与欧洲、西亚、北美等国的同类型故事进行比较，让中国民间故事汇入世界民间故事大河，进而让世界民间文艺学人了解中国民间故事的独特价值，在中国

① 〔美〕詹姆森（Raymond D. Jameson）：《一个外国人眼中的中国民俗》，田小杭、阎萍译，上海文艺出版社，1995，第40页。

② 〔美〕詹姆森（Raymond D. Jameson）：《一个外国人眼中的中国民俗》，田小杭、阎萍译，上海文艺出版社，1995，第42页。

③ 〔美〕詹姆森（Raymond D. Jameson）：《一个外国人眼中的中国民俗》，田小杭、阎萍译，上海文艺出版社，1995，第45页。

民间故事学史上理应有一席之地。

三 改革开放后中国民间故事类型术语体系的构建与方法实践

中国民间故事类型研究在20世纪30年代取得了显著成绩。此后由于战争等各种因素所限，类型研究一度停滞不前。新中国成立后，类型研究法被视为资产阶级研究方法而备受批判，[①] 让民间故事学人闻之色变。改革开放后随着学术研究生态的恢复，民间故事类型研究得以焕发新的生机，短短二三十年间，成为中国民间故事研究的主要范式。中国民间故事学人在积极吸纳西方故事学方法基础上深入探析中国民间故事的形态结构特质，初步构建起中国民间故事类型研究的术语体系并形成中国特色的民间故事类型研究范式。

1. 西方民间故事类型理论的译介

尽管钟敬文早在1928年就译介了西方的民间故事分类法，但中国学者直到改革开放后才开始熟悉AT分类法。刘魁立1982年在《民间文学论坛》创刊号发表的《世界各国民间故事情节类型索引》首次对历史地理学派和阿尔奈的类型索引、汤普森的增订和AT分类法做了细致梳理，重点介绍了钟敬文在中国民间故事类型编撰上的开创性工作、爱本哈德（艾伯华）的《中国民间故事类型》和丁乃通的《中国民间故事类型索引》，倡议编撰新的中国民间故事类型索引。此文是中国民间故事研究史上第一篇关于民间故事类型索引的导读之作，影响较大。自此，国内民间故事学人对民间故事类型研究法有了新的认识，越来越多的中国民间故事学人开始从类型视角研究中国民间故事。

此后，民间故事类型研究方法的译介成果开始增多，如荒木博之的《民间故事的历史地理学研究》（1984）、丁乃通的《中国民间故事类型索

① 钟敬文在1957年被划为右派。他在新中国成立前发表的论文中使用的遗留物研究法和类型研究法被视为资产阶级道路遭到批判，中国民间文艺研究会组织发表了系列批判论文。详见中国民间文艺研究会编《民间文学论丛之二：向民歌学习》，作家出版社，1958，第71~180页。

引》（1986）、阿兰·邓迪斯的《世界民俗学》（1990）、斯蒂·汤普森的《世界民间故事分类学》（1991）、关敬吾的《日本故事学新论》（1992）、丁乃通的《中西叙事文学比较》（1994）、詹姆森的《一个外国人眼中的中国民俗》（1995）、艾伯华的《中国民间故事类型》（1999）等。海外学者民间故事类型研究成果的译介为国内学者从事民间故事类型研究提供了重要的理论资源，钟敬文、贾芝、乌丙安、刘守华、段宝林等民俗学家积极推介，为深化中国民间故事类型研究奠定厚实根基。

2.《民间叙事的生命树》：中国民间故事类型话语体系建设的重要成果

西方故事学理论译介到中国后，中国故事学人发现面对繁杂多变的中国民间故事，按照西方原有的类型——亚型（地方型）——母题的分析体系不易把握中国民间故事的类型界定和结构特征。如中国的天鹅处女型故事中往往有田螺娘型、两兄弟型、解难题型、画中人型、报恩型等型式故事的母题。中国民间故事学人常用的处理方式是仿照西方故事学者在某一故事类型下设各种亚型来处理民间故事的类别或形态特征。这种方法在进行类型划分时多以经验性为依据，缺乏公认的学理标准，尤其是面对异文众多、常与其他型式故事发生复合关系的民间故事文本时更加不易处理。汤普森说："对阿尔奈索引的检验表明了一个事实，即略多于一半的故事类型是由一个单一的叙事母题构成的。对这些故事，分类问题是相对单纯的，因为只需要将它看作一项。真正的难点在于怎样合乎逻辑地配置那两百五十个以上的复合类型。它们每一个都由整整一组母题所合成，问题就仍然是这些母题本身将如何用作分类的基础。"① 如何处理庞杂多变的复合性故事就成为摆在民间故事学人面前的难题。就阿尔奈的故事类型体例本身而言，还存在逻辑标准不一的问题，如超自然的丈夫或妻子、超自然的任务和超自然的对手分别单列，自然会有交叉，所以会出现同一个故事在AT分类体系中可以划分为两或三个故事类型。

刘魁立认为用形态学方法能准确划分故事类型。2001年，刘魁立发表了《民间叙事的生命树——浙江当代"狗耕田"故事情节类型的形态结构

---

① 〔美〕斯蒂·汤普森：《世界民间故事分类学》，郑海等译，上海文艺出版社，1991，第502页。

分析》，尝试把形态学方法运用到民间故事类型研究，提出了“母题链”“情节基干”“中心母题”等新的故事学术语体系，尝试揭示故事形态的组织机构、理解故事情节的内部机制和演进过程，解决民间故事类型索引编撰中存在的诸如复合型故事难以界定类别的问题。刘魁立的这篇论文是近四十年来引用率最高的中国民间故事论文，[①] 并得到日本著名故事学家稻田浩二的高度评价，是继钟敬文的《中国民间故事型式》后为数不多的得到日本故事学界赞誉的佳作。

刘魁立的故事生命树理论是将西方故事类型学、形态学理论中国化的产物。刘魁立认为故事形态结构的分析有助于确立故事类型，应该以中心母题组成的情节基干来划分故事类型，把情节基干相同的分支视为类型变体。相比此前中国故事学界广泛使用的“类型—亚型—母题”的类型术语体系，刘魁立提出了“类型变体”“母题链”“情节基干”“中心母题”等新的故事学术语体系，能更加清晰揭示民间故事结构形态的组合机制，有助于编撰新的中国民间故事类型索引，“是一项基于民间文学的搜集文本，以及统计学、故事形态学、故事类型学的科学发明”。[②]

3. 类型文化学的构建与拓展：刘守华的民间故事类型研究

刘守华的民间故事类型研究成果丰富，在继承钟敬文的“类型划分+文化质素分析”基础上，对历史地理学派方法加以适当改造，开创了“故事文化学”方法，并在中国民间故事研究领域产生广泛影响。施爱东把以刘守华为首的故事学家们所从事的“中国民间故事类型研究”模式总结为“故事文化学”，其研究模式为：“在确认了既定故事类型的基础上，尽可能地充分掌握该类型的所有文本及既有研究成果，然后，①描述该类型的形态特征；②回顾该类型的既有研究状况；③对该类型的历时传承和空间传播进行历史地理学的复原与描述；④运用多种理论和方法（如人类学派故

① 漆凌云：《基于高被引视角的近四十年中国民间故事研究述评》，《长江大学学报》2018年第2期。

② 施爱东：《民间文学的形态研究与共时研究——以刘魁立〈民间叙事生命树〉为例》，《民族文学研究》2006年第1期。

事理论、神话原型理论、精神分析学说等)，尽可能地对情节及母题的文化内涵加以阐释；⑤在可能的情况下，对故事的演述状况和传承语境进行描述和说明；⑥如果需要，还可从文艺学的角度进行美学分析。认为这是一种行之有效的、典型的中国式、全景式的关于故事类型的文化研究，我们可以称之为‘故事文化学’。”[1]

刘守华的“故事文化学”模式是在历史地理学派基础上结合中国民间故事特质和研究现状形成的。他认为历史地理学派方法在探索“故事生活史”有独特优势，但“强调搜求大量异文，在进行分析比较时，又十分重视相关历史地理因素的考察，尽管操作方法过于琐细，构拟原型时往往难以避免主观附会性”，同时“对那些有血有肉的故事文本所涵盖的生活思想内容、叙事美学特征，以及同传承者之间的联系等较少涉及”。[2] 刘守华的“故事文化学”模式属融合民俗学、民间文学、叙事学、诗学等多学科方法的综合研究，可操作性强，产生了诸多“故事文化学”范式成果，如刘守华、顾希佳、江帆、林继富合著的《中国民间故事类型研究》，陈建宪的异类婚型故事研究，刘晓春的灰姑娘型故事研究等。

4. 故事类型学术语的体系化

随着民间故事类型研究法在中国的广泛运用，民间文学集成工作集录了180万余篇民间故事文本，为中国民间故事类型研究的深化奠定了良好基础。许多学者在研读中国民间故事文本中不断建构新的故事学术语体系来剖析中国民间故事的形态结构特征。

高木立子的博士学位论文《河南省异类婚故事类型群初探——兼及部分类型比较的尝试》(2000) 中引入日本故事学界的“类型群”概念来处理数量丰富庞杂多样的异类婚故事，形成“类型群—系列—类型”的故事类型分析体系。此后康丽在吸收故事形态学、口头程式理论基础上，在巧女故事研究中把类型群和母题丛结合起来，提出用类型丛“来标定同一故事类型群中存在于单一类型内部与多个类型之间的不同层级结构单元的多元

① 施爱东：《故事学30年点将录》，《民俗研究》2008年第3期。
② 刘守华：《中国民间故事类型研究》，华中师范大学出版社，2002，第25页。

丛构”。[1] 她通过对400多则巧女故事文本的分析，建立起“母题—范型—范型序列—类型—类型丛”的五级形态结构分析体系来探析巧女故事的形态结构特质和组编特征。

祁连休在研究中国古代民间故事类型时提出故事类型核的概念，认为故事类型核由一个或多个母题（情节单元）组成，“是我们鉴别各种民间故事是否属于某一故事类型最主要的，甚至可以说是唯一的准绳。倘若脱离了这个准绳，在判定故事类型时便可能出现这样那样的偏颇，往往会模糊故事类型的界限，扩大故事类型的范围”。[2]

就国际学界而言，笔者有限视野内，阿尔奈的类型、普罗普的功能、汤普森的母题、邓迪斯的母题素（位）与母题相（母题位变体）、关敬吾的类型群、稻田浩二的核心母题等概念都体现了对故事类型内部结构关系的深入思考。中国民间故事学人在吸纳上述西方故事学理论，结合中国民间故事特质，初步构建了中国民间故事学的术语分析体系，如“类型群—类型—类型变体—情节基干—中心母题—母题链—母题”。这些概念体系的建立为我们深入了解中国民间故事形态结构的复杂多变提供了有效工具，比西方学者提出的类型、母题、母题素、功能、核心母题等术语体系的系统性更强，表明中国故事类型学理论由“西学中用”开始转向“中西合璧”，体现了中国故事学人的学术创新。

结　语

中国民间故事学人积极吸纳西方故事学研究成果，结合中国民间故事的悠久性、活态性和丰富蕴藏的资源优势，不断拓宽中国民间故事类型研究的深度和广度，涌现出一些代表性成果，如钟敬文的中国天鹅处女故事研究、刘魁立的狗耕田故事研究、刘守华的AT461型故事研究、祁连休的机智人物故事研究和中国古代民间故事类型研究、顾希佳编撰的中国古代民间故事类型索引、万建中的禁忌主题故事研究、林继富的汉藏民间故事

---

① 康丽：《文本与传统：中国民间故事类型丛研究》（未刊稿），国家社会科学基金项目结项成果，提交日期：2013年7月，第19页。

② 祁连休：《中国古代民间故事类型研究》（上），河北教育出版社，2007，第3页。

类型比较研究、陈岗龙和斯琴孟和的蒙古族民间故事类型研究、康丽的巧女故事研究等。未来的中国民间故事类型研究要进一步推进，还有系列问题有待解决，如故事类型学术语使用的规范问题；利用民间文学三套集成资料借助新媒体技术编撰一部资料全面、体例科学的新中国民间故事类型索引。

类型研究法是民间文学学科独具特色的研究方法。中国民间故事学人并未全盘照搬西方故事学理论，而是立足中国民间故事的本土特质，吸纳相关学科方法，萃炼出“情节基干”“母题链”“中心母题”“类型核”“类型丛”“功能性母题”“节点”等术语。这些术语是中国故事学话语体系建设成果，展示了中国民间故事学人的理论思考，为世界民间故事研究贡献了中国智慧。但我们应该看到，中国民间故事类型学的术语体系仅在故事学及民间文学领域产生影响，并未像“类型”和“母题”等术语在学界产生广泛影响力，类型研究的模式化倾向突出，未来的中国民间故事类型研究还须不断创新方能拓展新的研究空间。

故事流：历史、文学及教育*

——燕京大学的民间故事研究

岳永逸**

摘　要：在中国民间文学研究的演进史中，顾颉刚、周作人、黄石、钟敬文等人引领下的燕京大学系列毕业论文对传说、故事、寓言、童话的研究有着一席之地。受古史辨之方法论的引导，黄帝制器的故事、龙与帝王的故事都成为证伪的一部分，人们力图澄清事实、还原历史。在对主要出现在唐传奇等古籍中的古镜、金刀、梦与枕、南柯、离魂、杜子春、小幽灵、斩蛇、昆仑奴、盗马、狐书、化虎、虎道士、虎媒、虎妻、猎人、报恩虎、龙洞、柳毅传书等同型故事的纵横比较研究中，杨文松受进化论和同源说的影响，提出了跨越时空的“故事流”之概念。在社区—功能论的主导下，对北平郊区灵验故事的研究则是情境性的，讲述者的主位视角跃然纸上。对于寓言、童话，人们在尝试厘清其特质的同时，儿童情绪和环境、故事本身和讲者技巧都成为研究的对象，俨然“表演理论”的本土先声。在社会转型的大背景下，民间故事“牧道”的工具性传统被强化并成为一种必然。

关键词：故事流；传说；神话；寓言；童话

---

* 本文为国家社会科学基金项目“北平燕京大学及辅仁大学的民间文学、民俗学研究（1931—1949）”（项目编号：14BZW153）阶段性成果，原载《民族艺术》2018 年第 4 期。

** 作者简介：岳永逸，博士，北京师范大学教授，北京师范大学生活文化传承研究中心主任。

一 问题的提出

到20世纪30年代初期，中国现代民间文学的研究已经有了丰硕的成果。顾颉刚发起的孟姜女研究吸引了大量爱好者参与，声势浩大。1928～1929年，由国立中山大学语言历史学研究所出版的三大册《孟姜女故事研究集》，[①] 使得孟姜女故事研究成为早期中国民俗学运动的标志性成果，影响深远。歌谣、故事、戏曲、诗文、石像、碑铭、古迹、景观以及仪式等已经纷纷进入研究者的视野。这使得历史—地理意味已经浓厚的孟姜女研究是立体的、全方位的，书面传统、口头传统、景观叙事与仪式表演齐头并进。同时，因为顾颉刚本人的号召力，传说研究的古史辨派[②]俨然形成。与此不同，习惯于单兵作战的黄石的神话传说研究则将习俗、仪式和传说故事结合起来，两相印证，明显有着神话仪式学派的色彩。其桃花女传说和婚俗、紫姑神话与迎紫姑之俗、七夕牛郎织女传说与乞巧节俗互释的研究都在20世纪30年代初期完成。[③] 钟敬文对印欧民间故事型式的译介，使其一系列民间故事的形态学研究和基于文化史的中外比较研究同样自成一派，影响深远。[④] 儿童故事的研究，因为有周作人以儿童为本位超前的儿童文学观，[⑤] 大量优秀的外国童话和寓言也纷纷被译介了进来。在此过程中，赵景深等人也试图厘清童话体裁的特征与本质。[⑥]

上述这些民间故事研究的标志性成果，尤其是围绕顾颉刚展开的故事研究，既出现在刘锡诚关于20世纪中国现代民间文学学术史的杰出著述中，[⑦] 也是毕旭玲20世纪前半叶中国现代传说史专题研究中浓墨重彩的对象。[⑧] 然

---

① 顾颉刚：《顾颉刚民俗论文集卷二》，中华书局，2011，第1～253页。

② 毕旭玲：《20世纪前期中国现代传说研究史》，华东师范大学博士学位论文，2008，第40页。

③ 黄石：《黄石民俗学论集》，上海文艺出版社，1999，第160～175、第215～229、第303～321、第345～379页。

④ 钟敬文：《钟敬文文集·民间文艺学卷》，安徽教育出版社，2002，第405～680页。

⑤ 周作人：《儿童文学小论》，儿童书局，1932。

⑥ 赵景深编《童话评论》，新文化社，1934。

⑦ 刘锡诚：《20世纪中国民间文学学术史》，河南大学出版社，2006，第196～213、第234～257页。

⑧ 毕旭玲：《20世纪前期中国现代传说研究史》，华东师范大学博士学位论文，2008，第51～56、第34～41页。

而，在众多的学科史梳理中，燕京大学不同院系学生的民间文学研究基本是缺位的。事实上，燕京大学众多与民间文学相关的毕业论文不但吸收、夯实了既有的民间文学研究成果，还有着相当的拓展和推进。除 1936 年李素英完成的硕士学位论文《中国近世歌谣研究》和同年薛诚之完成的硕士学位论文《谚语研究》[①] 两篇体大虑周的宏文之外，这种推进还表现在对传说、童话、寓言等不同体裁的民间故事的研究之中。

1929 年，顾颉刚离开中山大学北上入职燕京大学，时间长达九年。因此，不仅仅是被赞叹为“二千五百年来一篇有价值的文章”的孟姜女研究,[②] 顾颉刚“古史辨”之理念，以及对尧舜禹传说等研究的实践[③]在燕大师生中产生广泛的影响。在那期间，史学专业的学生对于传说的研究大多是为其“古史是层累造成”之命题添砖加瓦，继续为传说研究中的古史辨派助力。与此不同，国文学系学生的民间故事研究更偏重于历史、地理双线的纵横比较，力求梳理原型。社会学系学生无心插柳的灵验故事研究则是在特定社区中展开的功能论研究，强调灵验故事对传承主体的软控制力。教育学对于学龄前儿童故事的研究在分析故事本身的同时，还偏重于故事的讲述技巧，以及儿童接受的环境、心理等，以增强儿童故事在教育上的功效。寓言的研究重在翻译，厘清该体裁的特征。童话研究脱离了此前关于其重要性的言说，而是从内容和形式诸多方面，对中西之异同进行了系统而详细的比较。

二 生成与还原：证伪的传说

深受胡适对《水浒传》版本和井田考证之方法的影响，顾颉刚明确倡

---

① 岳永逸：《保守与激进：委以重任的近世歌谣》，《开放时代》2018 年第 1 期；《谚语研究的形态学及生态学》，未刊稿。

② 刘复：《通讯：颉刚先生》，《歌谣周刊》第八十三号（1925 年）第二版。刘复是在巴黎读到《孟姜女故事的转变》的前半篇后，当即给顾颉刚写了这封热情洋溢的信。《孟姜女故事的转变》前半篇以“专号二·孟姜女（1）”刊载于《歌谣周刊》第六十九号（1924 年）第 1～8 版，后续部分以“专号二·孟姜女（2）”刊载于《歌谣周刊》第七十三号（1924 年）第 1～8 版。

③ 毕旭玲：《20 世纪前期中国现代传说研究史》，华东师范大学博士学位论文，2008，第 51～56、第 34～41 页。

导用历史演进的见解来观察历史上的各种传说。[①] 就其古史辨的具体方法，和顾颉刚亦师亦友的胡适曾经总括为四步："1. 把每一件史事的种种传说，依先后出现的次序，排列开来；2. 研究这件史事在每一个时代，有什么样子的传说；3. 研究这件史事的渐渐演进，由简单变为复杂，由陋野变为雅驯，由地方的（局部的）变为全国的，由神变为人，由神话变为史事，由寓言变为事实；4. 遇可能时，解释每一次演变的原因。"[②]

受此影响，1931 年齐思河和韩叔信分别就黄帝之制器传说和古代帝王与龙的传说进行了研究。关于黄帝制器的传说，齐思河结论如下：

> 战国之世，黄帝虽已成为古史传中心人物，尚无制器之说。自韩非倡古圣王以制器而为人民举为天子之说，于是圣王制器之故事遂作，自《吕氏春秋》称古圣王皆作乐，于是圣王作乐之传说以兴。然初亦不过人各一二事而已。黄帝既为古代传说之中心，制器故事遂亦集中于黄帝；或攘他人之发明，归之于黄帝；或以发明者为黄帝之臣；于是黄帝制器之故事，遂日征月迈，愈演愈繁矣。大凡传说在其创造期中，历时愈久，事迹愈多，固不独此一事为然也。[③]

因为根据考古材料，建设可信的中国上古史之"积极的工作"开展的条件尚不具备，所以在齐思河耙梳黄帝制器故事的同时，韩叔信也进行了龙与帝王传说故事的梳理。韩叔信明确宣称，自己是仿效顾颉刚而进行的这一"消极的工作"，即根据古籍，"用历史演进的见解去整理出古史的各种传说来"，让其显出"原形"。[④] 运用顾颉刚研究历史传说的四步法，韩叔信分别梳理了对龙与伏羲、神农、黄帝、尧舜、禹的传说的演进，认为：(1）这些古代帝王传说产生的秩序，以禹为最早，伏羲最晚，中间分别是尧舜、黄帝与神农；(2）在《史记》之前，龙与这些帝王的传说很少，即

① 顾颉刚：《古史辨自序》，周作人选编《中国新文学大系·散文一集》，良友图书公司，1935，第 298～299 页。

② 胡适：《胡适文集 3·胡适文存二集》，北京大学出版社，2013，第 74～75 页。

③ 齐思河：《黄帝之制器故事》，燕京大学历史学系学士毕业论文，1931，第 31 页。

④ 韩叔信：《龙与帝王的故事》，燕京大学历史学系学士毕业论文，1931，第 1～2 页。

使有，太史公也未录；（3）这些传说多出自道家、方士之口，儒家基本没有论及，即或是有，也是受了道家方士的影响，无意中说出的；（4）大部分此类传说，在东汉初年成书的纬书，性质大抵是感生、河图以及相貌等；（5）纬书之后，集此类传说之大成者一是梁代的沈约，二是宋朝的罗泌，罗泌之后此类传说基本没有新的故事出现。①

从二人分别对黄帝制器的传说和龙与三皇五帝传说的梳理及结论可知：当人们沿着顾颉刚开创的“古史辨”的路径来审视历史传说时，过往的人们因为其当下意识形态的需要，而对传说不停化妆、做加法的事实；反之，在秉持求证、求真古史，还原古史的学术理念时，后起的人们又对这些历史传说努力卸妆，做减法，力求荡涤所有的装饰，让历史露出真身。做加法、上妆时，人们捕风捉影，为曾经可能有的人、事、物浇水、施肥、晒阳，使之根繁叶茂，遮天蔽日。这既是“箭垛式的人物”② 形成之过程，也是“主观历史”或者说“心性历史”③ 的形成过程，目的是要芸芸众生相信这是真的，并渐渐地成为不言而喻、不容置疑的真实。卸妆、做减法时，则修枝剪叶，掐头去尾，使之图穷匕见，原形毕露。

在此逆向而行的过程中，学者之“生成历史”与“还原历史”并无本质差别，即都是出于“真”与“信”二字，都相信有真实、客观历史的存在。“生成历史”，通过对人、事、物合情合理的演绎，强调其真实性，并通过书面和口头传统等不同的路径，全面作用于人的感官，从而在相当长的历史时期，成为绝大多数人的主观真实与情感真实，成为其形成自己族群认同、身份认同的前提。“还原历史”，表面是借传说的生成史揭示其虚饰性，从而指向所谓客观历史的真实，但证伪与求真实则是一体两面，最终还是要给人们勾画出“信史”。于是，在二者的博弈过程中，传说同时成为假历史—生成历史与真历史—还原历史的基本道具与布景，传说的历史性也被进一步坐实为传说的特质之一，并成为数十年后人们研究传说的基本前提。因此，一直到当下，历史学取向的传说研究大致都是求真伪、明

---

① 韩叔信：《龙与帝王的故事》，燕京大学历史学系学士毕业论文，1931，第 47 页。

② 胡适：《胡适文集 4・胡适文存三集》，北京大学出版社，2013，第 333 页。

③ 〔法〕布洛克：《历史学家的技艺》，张和声译，北京师范大学出版社，2014，第 159 页。

是非，而相对忽视传说的文学性、情感性与娱乐性等同样重要的属性。①

其实，正如贾平凹所言，当历史成为一种传说，它就是文学了。② 在相当意义上，后文述及的杨文松对唐传奇等典籍中同型故事的研究，侧重的就是传说的文学性的一面。要指明的是，在传说的创造、堆砌、传承、传播的过程中，书面传统和口头传统都相互借力，并将精英与大众、个体与群体捏成了一团，使之成为中华民族生成、演进的完整的行动主体。甚或可以说，在“文明—国家”——中国③的形成史中，传说功莫大焉。

三 超越时空的“故事流”

虽然也有着顾颉刚对孟姜女研究影响的痕迹，燕京大学国文学系的杨文松对唐小说（传奇）中同型故事的研究不是要证伪，而是尝试在纵横的比较中厘清一个同型故事的来龙去脉。因此，杨文松的知识谱系更显多元。不仅单线进化论对之有着深远的影响，杨成志、钟敬文翻译的《印欧民间故事型式表》④ 等都是其研究的基础。虽然该文并没有对这些既有研究的学术史进行系统梳理，甚至所列参考文献也偏重于其资料来源的文献典籍，但无论从资料性而言，还是理论探讨而言，它对民间文学，尤其是传说与故事的研究，进行了有益的拓展和尝试。在纵横的系统比较中，杨文松提出了“故事流”这样的概念，并尝试解释民间文学的本质。

在“绪言”中，杨文松对自己的研究范围、任务和目标进行了限定。

> 研究传说的内容和它们所特有的空想的起源，而寻求其变迁之迹，乃是民俗学者的重要工作。但因了传说数量的无限制，又随着人智的发达，其表现的方式也逐渐发达起来，而至于被加上了艺术的技巧与

---

① 如 Chan，Hok－lam，Legends of the Building of Old Peking，Hongkong：The Chinese University Press，2008；赵世瑜：《小历史与大历史：区域社会史的理念、方法与实践》，北京大学出版社，2017，第 99～207 页；赵世瑜：《在空间中理解时间：从区域社会史到历史人类学》，北京大学出版社，2017，第 349～368 页。

② 陈思和、贾平凹：《凡是历史成为一种传说，这就是文学》，《文汇报》2018 年 5 月 2 日，第 9 版。

③ 甘阳：《文明·国家·大学》，生活·读书·新知三联书店，2012，第 1～15 页。

④ 杨成志、钟敬文译《印欧民间故事型式表》，国立中山大学语言历史学研究所，1928。

道德的要素。如果从传说的表现方式上做类别的研究，也是民俗学上的一种必要的工作。本篇所研究的范围便是属于这一方面的。

传说的数量虽然无限制而极复杂，但是它的形式却有一个因袭的模范，如果加以类别，即能使其统属于某种典型之下。这里的所谓同型故事的研究，即在探求各种典型的起源发达及其演变。①

随着中国现代民俗学运动的展开，“传说”这一概念本身也经历了复杂的演进历程。② 既然是传说故事的研究，那么杨文松是如何界定他的研究对象呢？对于他搜集用来做比较研究的故事，他是用“原始性”将之囊括在传说之下的。所谓传说的原始性，就是“内容有传说所特有的超自然的空想的存在以及超自然的能力的空想”。③ 同时，杨文松也用“民间的原始性”来指称传说的特质、核心，甚至直接以“原始文学”代称民间文学。他指出，离魂型故事的内容有点“高超”“虚玄”，所以“不适合于一般民俗的性质，传述者少，形式上也就较为固定”。与此不同，人兽之间的故事，更适合于“一般民俗的性质”，因为“更具民间的原始性”，这类故事不容易被“文人墨治成化石，而是通过长久的时间各自成为故事流”。④ 对古史辨“文献溯源—还原”之路径，杨文松反向用之，给了“故事流”一个描述性的定义：“每一故事的典型像虎妻型及斩蛇型之类能够沿着历史的时代传下来，而其流行的地域包括着东方和西方，无论纵横两方面，都像江河流水，很可以名之曰故事流。这种故事流表明传说的超时间与空间的特性。”⑤

于是，在文献的比较研究中，杨文松尽可能描画出他所归纳的不同类

① 杨文松：《唐小说中同型故事之研究》，燕京大学文学院国文学系学士毕业论文，1935，第1页。

② 毕旭玲：《20世纪前期中国现代传说研究史》，华东师范大学博士学位论文，2008，第20～33页；《论中国20世纪前期“传说”概念的演进》，《文化遗产》2008年第2期。

③ 杨文松：《唐小说中同型故事之研究》，燕京大学文学院国文学系学士毕业论文，1935，第2、第58、第14～15、第58、第19、第39、第58页。

④ 杨文松：《唐小说中同型故事之研究》，燕京大学文学院国文学系学士毕业论文，1935，第2、第58、第14～15、第58、第19、第39、第58页。

⑤ 杨文松：《唐小说中同型故事之研究》，燕京大学文学院国文学系学士毕业论文，1935，第2、第58、第14～15、第58、第19、第39、第58页。

型故事的“故事流”。在列举了《博异记·张竭忠》《广记·沙洲黑河》《法苑珠林·李诞》和《玄怪录·郭元振》中的数则“斩蛇”型故事后，他简要地梳理出该型故事的“故事流”：起源于人祭民俗的该型故事的起始方式，是动物利用了人求仙得道的心理而被其杀害，动物依旧是动物；进而，逐渐具有魔力或神力的动物能够驱役人类，动物被神化；最后，具有神力的动物被“人化”，需求也从食欲发展到色欲。[①] 对于柳毅传书型故事，杨文松梳理出了其从河伯神话到龙女故事的这一“故事流”。他指出：在《酉阳杂俎·邵敬伯》《广异记·谢二》两则故事中，还没有龙女出现；李复言的《续玄怪录·刘贯词》有了龙女的雏形，作为分水岭，此后的故事中龙女逐渐成为故事的中心人物，《广异记·三卫》就是如此；《异闻录》中收录的李朝威《柳毅传》，则成为该型故事的典型，“同时也使这故事的方式成为僵化的”，以至于成为“传说流行的障碍”。[②]

不仅如此，杨文松还将其归纳的唐传奇中的这些同型故事的源头进行了纵横两方面的延展性追溯，传承与传播并重，描绘出各个同型故事长时段的纵向故事流和跨地域的横向故事流。在打破朝代界限历时性溯源中，古镜型故事追溯到《西京杂记》《拾遗记》，金刀型故事追溯到《博异记·王昌龄》，梦枕型故事追溯到《搜神记·杨林》、葛洪的《神仙传·泰山老父》《列子·周穆王》，离魂型故事追溯至《搜神记·无名夫妇》、刘义庆的《庞阿》，小精灵型故事溯及《搜神记·豫章民婢》，斩蛇型故事溯及《史记·高祖本纪》、张华的《博物志·天门山》，化虎型故事溯及《淮南子·牛哀》《齐谐记·师道宣》，报恩（虎）型故事溯及《搜神记·临海射人》《灵应录·长兴妪》，虎妻型故事溯及《搜神记》之“新喻男人”“白水素女”和《三无记·王素》。最后，他将柳毅传书型故事追溯至《搜神记·胡母班》，以及《南越志·观江亭神》《洛阳伽蓝记·洛子渊》。

在此基础之上，杨文松进一步指出了这些故事的印度源头。换言之，

---

① 杨文松：《唐小说中同型故事之研究》，燕京大学文学院国文学系学士毕业论文，1935，第2、第58、第14～15、第58、第19、第39、第58页。

② 杨文松：《唐小说中同型故事之研究》，燕京大学文学院国文学系学士毕业论文，1935，第2、第58、第14～15、第19、第39、第58页。

他更趋向于认为，中国古文献中的这些代代传承并不断完善的故事要晚于同型的印度故事，因此这些同型故事都有着其印度源头，是从印度传播而来。杨文松指出，南柯型故事出自印度的《杂宝藏经》卷二“娑罗那比丘为恶生王所苦恼缘”；杜子春型故事和柳毅传书中人与龙女结婚的故事来自玄奘的《大唐西域记》所记载的印度传说。此外，对昆仑奴型故事、猎人型故事、报恩虎型故事、虎道士型故事、盗马型故事等，他也都一一梳理出其印度源头，并指明虎妻型故事和斩蛇型故事分别就是《印欧民间故事型式表》中天鹅处女型（Swan - maiden Type）故事和安德洛麦达型（Andromeda Type）故事。[①] 由此可见，杨文松是一个民间文学同源论和传播论的忠实信徒，尽管他偶尔也根据《格林童话》之文本认为有的故事可能在不同地域独立产生，但总体上是对平行论持保守的立场。[②]

根据其梳理与纵横比较，他绘制出了囊括整篇论文内容却简明扼要的《唐代小说中同型故事源流表》。这不仅仅是一张概述论文内容的表格，它更是进一步的研究，尤其是将 20 世纪二三十年代所搜集、刊载的故事纳入了其分析比较的范畴。根据其所归纳唐传奇中的金刀、古镜等 19 类同型故事，杨文松分别从印欧的故事、唐以前的故事、唐代故事、唐以后故事和民间的故事五个层面展现每类故事及其子类的源流。[③] 其中，“民间的故事”就是指歌谣运动以来到他写毕业论文时，刊载在《民间》半月刊、《民俗》周刊上的新近收集到的这些同型故事。在斩蛇型故事的第一个子目下，印欧的故事是欧洲的“圣佐治”，唐以前的故事是晋代的“天门山”，唐代故事是“张竭忠”，唐以后故事是五代的“选仙场”，民间的故事则是来自重庆的“收妖蛇”。在昆仑奴型故事的第二个子目下，印欧的故事是印度的“龙咒”，唐以前的故事空缺，唐代故事是“周邯”，唐以后故事是宋代的“赵士藻”，民间的故事是刊载于《民间》第九集的来自绍兴的“卧龙”。

① 《印欧民间故事型式表》，杨成志、钟敬文译，国立中山大学语言历史学研究所，1928，第 16～17、第 52 页。

② 杨文松：《唐小说中同型故事之研究》，燕京大学文学院国文学系学士毕业论文，1935，第 48、第 59、第 52～57 页。

③ 杨文松：《唐小说中同型故事之研究》，燕京大学文学院国文学系学士毕业论文，1935，第 48、第 59、第 52～57 页。

猎人型故事的第二个子目下，印欧的故事是波斯的“猎人白蛇”，唐以前的故事空缺，唐代故事是“淮南猎者”，唐以后故事是清代的“英德猎人”，民间的故事则是刊载于《民俗》周刊第85期的来自海南文昌的“蟾蜍报仇”。

因此，尽管该研究的篇幅没有李素英的歌谣研究宏大，没有李素英那样明确表明是对歌谣运动以来收集到的歌谣及其研究的“整合”，没有薛诚之在中西比较中建构其谚语学的鸿鹄之志与成效，但这篇题为“唐小说中同型故事之研究”不仅仅是历史的、文献的，它同样也是“现代的”“民间的”与“世界的”，至少杨文松处处都表现出了这样的意识和追求。

除对文人文学易使活的口传文学“墨化”为化石进而阻碍传说的流行的认知之外，杨文松对同型故事文本的分析，明显表现出同期盛行的单线进化论之思潮的影响，甚至可以说该研究是文化单线进化论的完美例证。尽管参考书目中没有出现，但爱德华·泰勒（Edward Burnett Tylor）在《原始文化》中提出的万物有灵论和人类社会从野蛮、愚昧到文明的单线进化论等基本认知，时时洋溢在论文的字里行间。事实上，对于杨文松而言，他从大量古籍中梳理出并次第描述、呈现的古镜、金刀、梦与枕、南柯、离魂、杜子春、小幽灵、斩蛇、昆仑奴、盗马、狐书、化虎、虎道士、虎媒、虎妻、猎人、报恩虎、龙洞、柳毅传书这些同型故事之间，就存在着线性时间上的演进关系。而且，这些依次先后罗列的同型故事，还表征着人类自身及其历史、文化与心智的演进史，也即人类从野蛮、愚昧到文明的历史——人性的生成史。

在分析“离魂”类的故事时，杨文松写道：“从人的肉体抽出了灵魂来这观念，也许是故事中表现得最抽象高超的，民俗的迷信和原始的宗教，很可以由此寻到来源。”随即，他又从功能的角度，对这种“民俗的迷信”和“原始的宗教”给予一种心理学的解释，并赋予离魂类同型故事以人之心性上合理性，即“人生的现实是常有缺憾的，人在缺憾中应该摈弃了与现实关系的肉体，而让灵魂去找其满足，故事就是在告人类有如是的可能”。[①] 所以，寄予了人之理想的物人化的“小幽灵”同型故事显得有意味，

① 杨文松：《唐小说中同型故事之研究》，燕京大学文学院国文学系学士毕业论文，1935，第11、第25、第27页。

反之，人物化的“化虎”同型故事就让人不畅、哀怜而恐怖，从而显现出“民俗的道德意味”。[①] 最终，虎道士与虎媒及虎妻、猎人与报恩虎（象）及龙洞、柳毅传书这些同型故事在继续把物“人性化或理性化”的同时，还使“物与我一样有情有爱，有友谊，有恩义，有人的灵魂与生命”，显现出了“人性是如何历尽蛮性而到理性的一串民俗的小历史”。[②]

四 灵验故事的社区——功能研究

当社区研究和功能研究在燕大社会学系开花结果时，关于平郊村周边的庙宇宗教、四大门宗教的研究也就是另一番鲜活的面貌。[③] 在这些乡土宗教研究中，大量的灵验故事都是研究者田野调查所得。这些灵验故事，既是研究者立体再现相关宗教实践的基本材料，也是他们直接研究的对象。在其研究中，受功能论的影响，也受人类学神话学派的影响，李慰祖和陈永龄都强调这些流动的口碑作为一种柔性的社会控制技术，在日常生活中的道德训诫力量。

20 世纪二三十年代，当时西方人类学派的神话理论已经在中国民俗学界盛行。受该派学说的影响，黄石对神话与宗教之间的关系有如下论述：

> 神话之所以作，并非出于宣传宗教的作用，倒是已有的宗教信仰的表现。它的内容与形式，都受到宗教精神的影响。换言之，就是先有宗教思想，而后有神话，所以各民族的宗教精神不相同，他们的神话，亦因之而异。……神话之所以有宗教的价值，却不在乎宣传的作用，反在乎它表现宗教信仰。它以灵活的戏剧的方法，把自然的权能（Supernatural Power）人格化，社会化，叫人更加明了它的品质，和神的属性。就这一点而论，神话对于宗教史的贡献是很大的。我们要想

---

① 杨文松：《唐小说中同型故事之研究》，燕京大学文学院国文学系学士毕业论文，1935，第 11、第 25、第 27 页。

② 杨文松：《唐小说中同型故事之研究》，燕京大学文学院国文学系学士毕业论文，1935，第 11、第 25、第 27 页。

③ 岳永逸：《庙宇宗教、四大门与王奶奶：功能论视角下的燕大乡土宗教研究》，《世界宗教研究》2018 年第 1 期。

考寻原人的宗教思想和礼拜仪式，可以说舍此末由。[①]

因应这些认知，陈永龄认为：乡人先是有对于庙神的信仰，然后才有神话与传说的产生，因此从庙神的神话与传说中可以逆向寻出乡人的宗教信仰，不同的神话传说也就意味着村民对不同庙神的信仰。[②]

平郊村的长工顺子因染上白面（鸦片），偷窃了延年寺的一条板凳去北平城里的晓市卖。然而，他未能找到晓市，在北平城转悠了一天也不知将板凳卖于路人。在回村的路上，顺子被巡警盘查所获。还有贼人曾经将延年寺内的五六个铁磬偷出，结果放置在寺庙东墙外，并未拿走。公开买走寺内空心槐树的人，竟然生了马蜂疮。反之，无论何时维修延年寺，维修的工人从未受过任何损伤，即使从高处跌下，也安然无恙。在记述了村民讲述的这些赏罚分明的灵验故事后，陈永龄指出其“道德性”。即，“这些神话的意义都是在暗示村民，在日常生活中，不得有越轨的行动，否则必遭神谴。神话的功能在促使村民努力向善，因而对于神佛的信仰崇拜益深益固。这也可以说是一种控制社会秩序的手段工具，它对于村民生活的影响，常是我们不容易真实见到的”。[③]

与陈永龄常常将灵验故事与庙宇宗教分而述之不同，李慰祖将灵验故事视为四大门宗教有机的组成部分。他不仅将这些故事自如地叙写在每一个章节之中，还专门设置了一节：“四大门的故事：传说与稗话”，有着明显的体裁学意识。在该节，他将关于四大门的灵验故事分为故事、传说和稗话三类。所谓故事，是“曾在以往发生过的事迹，现在的老年人还有亲眼看到其发生经过的”；[④] 传说，是“农民相信以往曾有此事发生，但是现存的人已然无人看见了”；稗话，是“偶然发生的事，村民可以经验到”。[⑤]显然，这种根据故事内容、乡民主位认知而含义明确的分类，首先看重的

① 黄石：《神话研究》，开明书店，1927，第69～70页。

② 陈永龄：《平郊村的庙宇宗教》，燕京大学法学院社会学系学士毕业论文，1941，第48页。

③ 陈永龄：《平郊村的庙宇宗教》，燕京大学法学院社会学系学士毕业论文，1941，第83～84页。

④ 李慰祖：《四大门》，燕京大学法学院社会学系学士毕业论文，1941，第43～44页。

⑤ 李慰祖：《四大门》，燕京大学法学院社会学系学士毕业论文，1941，第43～44页。

是灵验故事与现实生活远近的关系及其记忆功能。在李慰祖调研八年之后，马树茂还在平郊村收集到不少稗话。[①]

与此同时，李慰祖也看到了这些灵验故事在乡民生活中的地位，并引用马林诺夫斯基的话，强调这些故事的训诫功能及其与仪式、宗教之间的循环互动。

> 在农村中四大门的神话要占神话全体的大部分。神话绝不是空洞的幻想，而是规范行为的信条。它是将道德观念附在证据上面，借以流传。马林诺夫斯基 Malinowski 说过："当仪式，典礼，或是社会与道德的法则需要表明它们是正当的，要保证是古代遗留的，真实的，神圣的，那么神话便大肆活动了。"四大门信仰与香头制度由于神话的力量更形巩固。[②]

五　牧道的儿童故事

1950 年，燕京大学家政学系的洪德方完成了对民间故事如何应用于学龄前儿童教育的应用性研究。这篇论文直接由燕京大学家政学系的系主任陈意指导，观察对象是当时尚存的燕京大学家政学系的托儿所。基于"故事是儿童教育的工具"[③] 的认知，从儿童的情绪和环境的影响、故事本身和讲者的技巧等三个方面，论文探讨故事在学龄前儿童——"最幸福"的新民主主义国家学龄前儿童[④]生活中的重要性，回答应该给儿童挑什么样的故事，怎么讲故事等问题。

作者指出，挑选的故事应该承载自然常识、社会常识和清洁卫生常识。因为新中国已经成立，论文明显与时俱进，有着新的主流意识形态色彩。

---

① 马树茂：《一个乡村的医生》，燕京大学法学院社会学系学士毕业论文，1949，第 46 ~ 47 页。

② 李慰祖：《四大门》，燕京大学法学院社会学系学士毕业论文，1941，第 145 ~ 146 页。

③ 洪德方：《学龄前的儿童与故事》，燕京大学理学院家政学系学士毕业论文，1950，第 12、第 1、第 8 ~ 11、第 29 ~ 133 页。

④ 洪德方：《学龄前的儿童与故事》，燕京大学理学院家政学系学士毕业论文，1950，第 12、第 1、第 8 ~ 11、第 29 ~ 133 页。

文中所提及的社会常识指向的是，进入社会主义新中国后，政府所倡导的社会主义意识形态。这应该是努力适应新政权的燕京大学在学生论文中的反应。甚或可以说，借助学生论文对新的主流意识形态的回应，燕京大学的师生们间接地进行着自己的“政治宣誓”。除要反对“三座大山”之外，在学龄前儿童的社会常识，即品德教育中，论文明确提出了爱祖国、爱人民、爱科学、爱劳动、爱公共财物的“五爱”以及爱领袖等观念。[①] 对学龄前儿童故事材料的选取，作者首先强调的是“民族的”，其次才是科学的、大众的、儿童化的、地方的，尤其是必须以“五爱”为基础。因此，故事可以是改编自传统的故事，可以是翻译自国外的，尤其是社会主义国家的故事，可以是根据儿童生活经验或者过去生活经验新创作的故事。要根据不同年龄儿童的接受能力，确定故事的内容、长短、字句、画面等。进而，作者分析了北京市几个图书馆馆藏的故事书，并对其收集的 50 个故事按照田野经验，逐一根据内容、长短、字句和画面意义进行评判。这一在案头的文本分析，也占据了整篇论文 2/3 还要多的篇幅。[②]

对于讲故事的技巧，论文指出，讲者应该提前做好相关的知识准备、器具准备，注意营造一个适合所有儿童都能听到和看到的讲故事的安静环境，讲者要用富有感染气息的声调和表情，等等。1934 年，在为翟显亭编述的《儿童故事》写的序中，周作人盛赞该书的可靠性，因为该书的十篇故事，“有孔德学校和市立小学的许多小朋友肯做考官，给过及格的分数”。[③] 显然，这篇立足于幼儿教育实践而撰写的关于儿童故事的论文，又出于直觉地延续了周作人多年前一直宣传的顺应儿童心理特点，以儿童为本位的童话观、儿童文学观。

但是，洪德方的研究也在相当意义上背离了周作人整体上反对借童话“牧道”的初衷。甚至，洪德方的该项研究可以看作是基于数十年歌谣运动、民俗学运动后，在新社会民间文学运动的语境下，对于首都北京这样

---

① 洪德方：《学龄前的儿童与故事》，燕京大学理学院家政学系学士毕业论文，1950，第 12、第 1、第 8～11、第 29～133 页。

② 洪德方：《学龄前的儿童与故事》，燕京大学理学院家政学系学士毕业论文，1950，第 12、第 1、第 8～11、第 29～133 页。

③ 周作人：《苦茶随笔》，北京十月文艺出版社，2011，第 89 页。

都市学龄前儿童故事教育实践的即时总结。论文开篇对其“新民主主义国家”政治属性的强调，表征着无论是（民间）故事还是儿童及其教育，都正式成为新中国意识形态重构和社会主义新人塑造中的一环。从对于民间文学的定位而言，该研究也在一定层面昭示着随之而来的20世纪五六十年代的民间文学运动服务于政治的工具性传统。[①] 当然，也正是这种主动皈依的工具性传统，使得民间文艺学在体制内有了独立的学科地位，有了民间文艺学在1966年前“高扬”的态势。[②]

六 寓言与童话

作为民间文学一种重要的体裁，早在1924～1925年，郑振铎就在《小说月报》上译介了56则寓言，基本都是印度寓言。1925年7月2日，在为即将出版的《印度寓言》一书写的序中，郑振铎通过与故事、比喻的比较，定义寓言为：在简短的事实叙述中隐藏着意义，从而教训世人。换言之，寓言“是很简陋的文体，它并不需华丽的雕饰，并没有繁复的内容，叙述直捷而简明，教训也浅露而不稍含蓄。然其故事为儿童所最愉悦，其教训也为成人所深感动”。[③] 此外，从创作的角度，郑振铎还强调寓言的事实本身、道德训条和人物真实性格三个层面。

关于寓言的历史及其演进，郑振铎大致承袭了进化论的基本认知。他认为是远古时期传播最广的文学方式，起源于人类童年时期有了表白他们的思想在具体的印象上的普通冲动之时，这与语言中之用比喻正好同时。万物有灵的思维使得童年人类相信动植物如同人一样，都具有灵魂，会说话、会思想、会做如人类所做的行动。因此，动物乃至植物的故事，都是这种“童心”民族所创造、传承传播。进而，禽兽披上了人的衣饰，说人话，做人事。然而，这肇始之初的寓言还只有“故事本身”这个躯壳，未具有“道德的训练”之灵魂。即，童年人类为说故事而说故事，多少带些

---

① 毛巧晖：《1949—1966年童话的多向度重构》，《上海师范大学学报》2017年第5期。

② 毛巧晖：《20世纪下半叶中国民间文艺学思想史论》，上海文化出版社，2010，第19～105页。

③ 西谛：《论寓言：印度寓言序》，《文学周报》1925年第181期；亦可参阅郑振铎编《印度寓言》，商务印书馆，1933，第4、第4～5页。

解释自然现象的意思，并不传达教训之意。同时，遵循同源说，郑振铎也认为印度是现在所知的寓言的产地。[①]

在写出这篇序文后的两周，郑振铎还写了篇文章专门探讨明代寓言创作的复兴，倡导民间文学的研究者，应该“一面搜罗各地民间故事，一面求取其来源”，并“一一校正之”。[②] 不知何故，郑振铎编订的《印度寓言》直到1933年才得以出版，所收寓言即他1924年、1925年在《小说月报》中翻译的56则寓言。

1927年，显然受到郑振铎寓言研究的影响，当然也是受到长兄刘半农的影响，刘寿慈（刘正茂）在燕京大学的毕业论文就是翻译了106则印度寓言。这些印度寓言是由伦敦大学及牛津大学讲师，印度人P. V. RamaswamiRaju采集并英译的。兄长刘半农亲自对这本《印度寓言》的译文进行了校订。1931年，上海开明书店出版了刘寿慈翻译的这册《印度寓言》。在《译者的序》中，刘寿慈对寓言的演进及分类，明显有着郑振铎1925年撰写的《论寓言》一文的影响。可贵的是，刘寿慈既未拘泥于郑振铎的认知，也未拘泥于法人拉·封丹（Jeandela Fontaine）等前人视所有寓言都有身体—故事和灵魂—寓意/教训的陈说，而是明确地将寓言的发展演进，分为了动物寓言（BeastFable）和道德寓言两个阶段。在不同地域寓言的相互关系上，刘寿慈进一步强调印度寓言的原生性和东方寓言对西方寓言的深远影响。[③]

在寓言的定义上，刘寿慈除了将寓言与（比）喻进行对比外，还将寓言与神话进行了比较，并简述了印度寓言在欧洲的传播和与中国寓言，尤其是《百喻经》之间的关系。他写道：

> 寓言（fable）与喻（parable）本来没有什么分别。若要严格判别，则寓言是借着动物去指责人类的情欲与行为；譬喻是用着较低的造物去解释较高的生命，但是总不超出这些物的定则之外。

---

① 西谛：《论寓言：印度寓言序》，《文学周报》1925年第181期；亦可参阅郑振铎编《印度寓言》，商务印书馆，1933，第4、第4~5页。

② 西谛：《寓言的复兴》，《文学周报》1925年第183期。

③ 刘寿慈：《印度寓言·译者的序》，燕京大学学士毕业论文，1927，第2页；《印度寓言》，开明书店，1931，第ⅵ－ⅶ页。

> 以寓言与神话（myth）相较，则两者大不相同。神话是一种自然产生的文学。太古人民对于自然界的或历史的现象有了个幻想，就从这个幻想里创造出一种神话来。寓言的历史虽然也是很古，但原始于人类的感触：人类有了一种感触，借着有形体的东西使他明白发表出来，这就成为寓言了。[①]

刘寿慈对寓言的进一步译介、研究为此后的寓言研究奠定了坚实的基础。作为一个重要的儿童文学作家和教育家，陈伯吹在1944年就专门撰文谈儿童文学视野下的寓言。除继承了寓言是一种不同于童话、小说、格言等独特的体裁和承认印度是寓言的发源地之外，陈伯吹更主要是根据儿童的接受视角，辨析伊索寓言、印度寓言、拉·封丹寓言等的优劣得失，并倡导在新的时代应该旧瓶装新酒，在内容上批判不合时宜的旧风俗习惯、制度，语言要辛辣，使寓言如匕首。[②] 由此可见，陈伯吹的寓言观，既与周作人以儿童为本位，反对僵硬载道的儿童文学观大相径庭，也在一定意义上偏离了民间文学观，而更倾向于将寓言视为是一种文人创作，及至强调不一定是适合于儿童的现实功用与效力了。

虽然燕京大学关于童话（fairy tale）的研究同样不多，却一样有着比较的视野，是在中西童话的比较中展开的。1936年，英文系的学生匡文雄（K'uangWen Hsiung）完成了其本科毕业论文《中西童话之比较》。[③]

该文所引用的资料，中国故事主要来自《聊斋志异》《唐人说荟》《博物志》《西游记》等古籍和国立中山大学语言历史学研究所编印的《民俗》周刊中新近搜集到的诸多故事。前者如《聊斋志异》中的《阿宝》《贾儿》《娇娜》《巧娘》《粉蝶》《红玉》《崂山道士》《青蛙神》《婴宁》等，后者如《嫁蛇精》《人熊的故事》《呆丈夫》《田螺精》等。西方故事主要来自格林童话和安徒生童话。相关的学术专著，作者则参考了哈特兰（Edwin

---

① 刘寿慈：《印度寓言·译者的序》，燕京大学学士毕业论文，1927，第1页；《印度寓言》，开明书店，1931，第ⅴ－ⅵ页。

② 陈伯吹：《论寓言与儿童文学》，《东方杂志》第二十卷第二十一期（1944）。

③ K' uang Wen Hsiung, A Comparison between Chinese and Western Fairy Tales, a thesis of Bachelor of the Department of En 原 glsih of the College of Arts and Letters of Yenching University, 1936.

Sidney Hartland）的《童话科学》（*The Science of Fairy Tales*）、凯莉（Walter K. Kelly）的《印欧传统和民俗的奇异性》（*Curiosities of In do - European Tradition & Folk - lore*）、钟敬文的《中国印欧民间故事之相似》、赵景深的《中西童话的比较》《神话与民间故事》《兽婚故事与图腾》、顾颉刚的《孟姜女故事研究》、黄石的《再论紫姑神话》以及清水、茅盾、郭沫若等人的相关研究。

根据有魔力的食物、动物、数字、人物之间的变形、死灵以及继母、灰姑娘、天鹅处女、小红帽、傻姑爷等母题，该文的主体部分以表格的方式对其所搜集到的中西童话故事进行了比较。[①] 这或者是目前所能见到的较为具体、全面地对中西童话中的诸多要素、角色以及情节的比较分析。在结论部分，作者辨析指出了中西童话在魅力（enchantment）、不合常规的想象性（illogical）和欢快的结局（the happy ending）三方面之间的共性。与此同时，在指明诸如死灵故事，数字三、七、九的使用，变形等中西童话之间诸多差异的同时，匡文雄也得出了诸如格林童话这样的故事更加适合孩子的结论。[②]

结　语

显而易见，除神话之外，无论研究对象是歌谣、谚语，还是传说、故事、寓言与童话，如一道道暗流，燕京大学学生毕业论文的民间文学研究都在中国现代民俗学运动发展的脉络中有序前行。这些研究尽可能多地吸收国内外既有的研究成果，又在这些成果基础之上有着新的尝试，甚或突破。各个子类的研究都在试图对属于民间文学这一大范畴的不同文类、体裁，通过内容、形式及讲述等方面的辨析，进行界定，以明其特征与本质，从而推进了民间文学研究的深度与广度。歌谣运动初期，胡适就为之鼓与

① K' uang Wen Hsiung, A Comparison between Chinese and Western Fairy Tales, a thesis of Bachelor of the Department ofEnglsih of the College of Arts and Letters of Yenching University, 1936, pp. 4 - 49、p. 66.

② K' uang Wen Hsiung, A Comparison between Chinese and Western Fairy Tales, a thesis of Bachelor of the Department of Englsih of the College of Arts and Letters of Yenching University, 1936, pp. 4 - 49、p. 66.

呼的比较研究方法[①]得到了切实有效与灵活自如的运用。在社区 - 功能研究的影响下，现今占主导地位的语境研究[②]初现端倪时就有了些声色。在对民间文学这些文类本质的进一步辨析中，胡适、周作人、顾颉刚、郭绍虞、郑振铎、黄石、钟敬文等人的认知举足轻重。

传说的研究基本是在古史辨之方法论的指导下进行的，梳理出的黄帝制器的传说和龙与帝王的传说，都是在层层剥茧地试图寻求真正的历史。与之多少有些不同，杨文松对唐传奇等古籍中同型故事的梳理，则是基于单线进化论、同源说和传播论，将中国古代丰富的传说故事纳入了一个由低级到高级的时间序列，并将这些故事的源头归到了古印度。可贵的是，杨文松提出了超越时空的“故事流”这一分析性概念。作为一种认知，“故事流”不但看到了民间故事始终流变的特征，还将其研究做成了现代的与当下的。更为重要的是，“故事流”显然对新近中国民间故事研究中提出的“类型丛”[③] 之理念的进一步诠释有着重要的参照意义。

与杨文松等人依赖典籍，偏重于故事的文本分析不同，在社区 - 功能论指导下研究乡土宗教的陈永龄和李慰祖对灵验故事进行了语境研究。正是面对平郊的生活事实，尤其是日常的宗教实践，二人的研究反而突破了民间故事形态学的束缚，将口耳相传的故事紧紧捆缚在流传的人群、社区与其宗教生活之中。在功能分析之外，有了基于民众主位视角的体裁学意识。这些研究既使得其宗教研究入情入理、鲜活可读，还在以钟敬文为代表的民间故事形态学研究、以顾颉刚为代表的古史辨派传说研究、以黄石等人为代表的神话—仪式学派研究之外辟出了一条新路。

无论是郑振铎还是刘寿慈的印度寓言翻译，二人都试图界定寓言的基本特征，发现寓言在中国语境下的演进。因此，刘寿慈对寓言的界定也就

---

① 胡适：《歌谣的比较的研究法的一个例》，《努力周报》第 31 期（1922 年 12 月 3 日）。

② 刘晓春：《从“民俗”到“语境中的民俗”：中国民俗学研究的范式转换》，《民俗研究》2009 年第 2 期。

③ 康丽：《民间故事类型丛中的故事范型及其序列组合方式：以中国巧女故事为例》，《民族文学研究》2008 年第 1 期；《民间故事类型丛及其丛构规则：以中国巧女故事的类型组编辑形式为例》，《民族文学研究》2009 年第 4 期；《民间故事类型丛的丛构机制》，《民族文学研究》2012 年第 5 期。

是在寓言与此喻、神话等不同文类的比较中进行的。而且，二人都注重寓言对于儿童教育的重要性。周作人以儿童为本位的儿童文学观对寓言、童话的译介以及研究影响深远。然而，因应巨大的社会变迁、政治制度的转型和社会主义新人的塑造，儿童故事“牧道”的工具理性终究提上了议事日程，并预示了在随后相当长的时期，民间文艺学服务于主流意识形态的工具性传统之必然。更为重要的是，儿童情绪和环境、故事本身和讲者技巧都成为研究的对象，这俨然是当今学界趋之若鹜的“表演理论”[①] 的本土先声。

经过近百年的发展，对古代中国神话、传说等故事的研究早已有效地将上述诸多路径整合，有了新的局面。近些年来，作为历史更加直观的构件，[②] 图像被视为与文献、文物及口述传统具有同等重要的地位。融合书面传统、口头传统、历史语境与图像，尤其是汉画像的引入，古代中国的神话、传说的研究别开生面。[③] 尽管这种别有洞天、引人入胜的研究，需要具备诸多的条件，诸如：汉画像等图像的获得，必须有相关考古发掘、发现的机缘，研究者要有静若处子、动若脱兔的耐心与机敏，要有“上穷碧落下黄泉”的持之以恒，要有辨识符码、合理猜测、旁征博引、有机诠释的学术能力。在相当意义上，较之纯粹基于当下而忽视时间维度、只“考现”的田野研究，这种将考“古”和考“今”、地上与地下、读图与读书、读人与读史等多重证据和材料有效统合且集细观、详辨于一体的“慢读”，使得表面上依旧似乎是辨真伪、溯源流的故事研究有了深度、广度，尤其是有了更多的信度。至少，“上以风化下，下以风刺上”之礼俗互动、“教”与“化”之历程，有了相对明晰的脉络，成为枝丰叶茂、经络通泰的“故事流”。

---

① Bauman, Richard, Folklore, Cultural Performances, and Popular Entertainments: A Communications - centered Handbook, NewYork: Oxford University Press, 1992；《作为表演的口头艺术》，杨利慧、安德明译，广西师范大学出版社。

② 葛兆光：《思想史研究视野中的图像》，《中国社会科学》2002 年第 4 期。

③ 如：刘惠萍：《图像与神话：日、月神话的研究》，台北：文津出版社有限公司，2011；《呈现‘孝道’——以“丁兰刻木事亲”叙事为中心的一种考察》，《成大中文学报》第 47 期（2014）；《一种“历史”、两种“故事”：以两汉的聂政传说为例》，《文与哲》第 26 期（2015）。

长江后浪推前浪。在今人手中，杨文松的“故事流”不再仅仅是某一型故事的历时性流变，而是书面、口头、图像和仪式四种叙事之间的交错博弈，是这四者之间的经久不衰的互动、互文。无论是汩汩清泉、潺潺小溪还是黄河之水，如果将“民间”故事视为奔流不息的能动主体，那么历史、文学、教化（教育）、艺术、宗教、人心与人性、生与死、礼与俗，都在其流淌之中，或消逝，或留存，如羚羊挂角，如雪泥鸿爪。

“嘴茬子”与“笔头子”：基于满族“民间故事家”傅英仁的建档研究*

高荷红**

摘　要：作为“民间故事家”、民研会成员、曾被培养的小萨满、满族说部重要传承人、宁安满族民间文化的重要传承人，一直以来，傅英仁从未放弃过向家人、亲戚、朋友搜集民间文学，也从未放弃过将其所掌握的满族叙事传统以书写的方式留存下来，堪称“嘴茬子”和“笔头子”都过硬的传承人。在20世纪80年代“三套集成”的搜集整理过程中，他脱颖而出，成为著名的“民间故事家”，其文本在国家卷、省卷、地方卷中皆占有重要篇幅。之后出版了个人的故事集、神话集和多部满族说部。本文旨在通过对散落在各种文本、文集中的资料进行汇总、梳理和分析，透过建档研究来厘清傅英仁在满族说部、神话及民间故事三种主要文类方面的传统篇目和个人才艺。

关键词：民间故事家；满族说部；满族神话；满族故事；傅英仁

老舍夫人胡絜青曾说“满族人是讲故事的能手”,① 讲述满族神话、传说故事的能手我们能拉出一个长长的名单，如满族三老人李成明、李马氏、

---

* 本文原载《民间文化论坛》2018年第1期。

** 作者简介：高荷红，中国社会科学院民族文学研究所副研究员。

① 胡絜青：《满族民间故事选·序》，中国民间文艺研究会辽宁、吉林、黑龙江三省分会编《满族民间故事选》第2集，春风文艺出版社，1983。

佟凤乙，“千则故事家”马亚川，恰喀拉人故事讲述者穆晔骏，新宾故事篓子查树源，“民间故事家”傅英仁等。这些故事家的发现多仰仗 20 世纪 80 年代三套集成时大规模的普查。21 世纪初进入学界视野鸿篇巨制的满族说部，其传承人有我们熟悉的马亚川、关墨卿、傅英仁，也有彼时作为搜集整理者的富育光、赵东升等人。马亚川、傅英仁是其中的佼佼者，堪称“嘴茬子”和“笔头子”都过硬的传承人。马亚川所讲说部有《瑞白传》《女真谱评》《阿骨打传奇》《女真神话故事》，据目前掌握的资料，傅英仁出版说部及待出版的应有 7 部，具体情况下文会详细说明。结合他们的个人简历，所处的家庭、社会环境，我们发现其共同点有如下四条：（1）从幼时就热衷于民间文化，如史诗、神话、故事等，从小生活在具有浓厚的民族氛围的家庭中；（2）超凡的记忆力；（3）有很强的语言表达能力和即兴创作能力；（4）家族中有相关的传承人。以往学者对傅英仁的关注较多集中于搜集整理之处，且有质疑之声，本文谨以傅英仁为例，分析其掌握的各类文本及其文本来源，试图解析傅英仁能够传承、掌握并讲述如此巨量叙事资源的原因。

傅英仁，1921 年[①]出生于宁安县富察哈拉氏族，1946 年参加工作，1985 年离休，2004 年去世。他历任中小学教员、校长、县志编辑室主任等职务，曾任县人大常委、县政协常委。

傅英仁熟知许多满族民间舞蹈和民间音乐知识，王松林统计的结果是“保留了 15 套古典舞蹈，16 种萨满教祭祀实例，80 多个满族面具图形”。[②] 1980 年丹东市歌舞团在北京演出的满族舞蹈《蟒式舞》，1982 年辽宁歌舞团在北京演出并轰动一时的满族歌舞剧《珍珠湖》，其题材内容和舞蹈、音乐，都是根据他直接提供的资料进行加工创作的。这两部作品都受到了中央有关领导和文艺界的注意。傅英仁曾担任电视连续剧《努尔哈赤》《荒唐王爷》《黑土》的顾问和策划。满族面具是由傅英仁及关墨卿继承下来的，

---

① 一说 1919 年，宋和平及荆文礼都持该说法，马名超在《满族民间故事家傅英仁访问记》中提到他出生于 1921 年，另在《牡丹江民间文学集成》“傅英仁小传”为 1921 年，我们采信了这一说法。——笔者

② 王松林：《中国满族新发现 · 傅英仁简介》，时代文艺出版社，1999。

1999 年，《满族面具新发现》[①] 出版，并附上 36 则满族神话。这是有目共睹的成果，且评价一致，本文就不再赘述了。

傅英仁传承的满族说部情况很清晰，但其讲述神话、传说故事的情况有些混乱，说法不一。故本文分为以下三节，厘清傅英仁在满族说部、神话及民间故事三种主要文类方面的传统篇目和个人才艺。

一 宁安民间文学集成：从故事发现满族说部

宁安古称宁古塔，从顺治年间开始，宁古塔成为清廷流放人员的接收地。著名诗人吴兆骞、抗清名将郑成功之父郑芝龙、文人金圣叹家属等人都曾到过此地。这些人活跃了宁古塔的文化生活，传播了汉文化，促进了汉满文化的融合。天崇、崇德和顺治年间，关内的大批破产农民，东海窝集部的巴拉人，以及蒙古族的流民纷纷迁徙到宁古塔。他们把各地的民间故事、传说、民歌、民风民俗、宗教信仰带到此地。这就构成了多种民族、多种形式的丰富多彩的民间文学特点。当然，主要的根基还是满族的。新中国成立后，对这里的民间文学宝藏，当地有少数人进行过自发性的搜集整理，傅英仁就是其中之一。20 世纪 50 年代末到 60 年代初期，马名超及其团队到宁安县区（旧称）对满族民间文学的分别与流传概况，连续进行过几次实地踏查。他们发现宁安“满洲十二氏族中原始神话群、先祖崇拜传说群，包括上起母系氏族社会的多种类型沉积物序列，这一丰富内涵，有助于进一步对素称‘满洲人故乡’（马克思语）的该区间多层次民间叙事文学的开掘”。[②] 当地人中，仅傅英仁一直坚持搜集整理满族民间文学，以至在三套集成时期，具体于 1980 年 6 月第一次有组织有计划地搜集整理满族故事时，宁安县民研小组完成的 40 篇故事中的一大部分，都是傅英仁提供的。[③]

1984 年，宁安县民间文艺研究会在《宁安县民间文艺普查工作总结》

---

① 王松林、傅英仁：《满族面具新发现》，时代文艺出版社，1999。

② 马名超：《黑龙江省民间文学采集史及其文化层次概观》，《马名超民俗文化论集》，黑龙江人民出版社，1997，第 317 页。

③ 栾文海：《牡丹江地区是怎样培训骨干、建立队伍、开展民研工作的?》，《黑龙江民间文学》第 6 集，1983，第 272 页。

（以下简称《报告》）中说道：

宁安县民间文学可分成如下几大系：

1. 满族祭祀神的传说

据不完全统计，宁古塔满人各氏族信奉的有 140 多个神。已掌握线索的有 77 个。傅英仁同志已整理出二十几篇关于满族祭祀神的神话传说。

2. 几个比较成型的大型民间故事

以前多半掌握在半祖传的职业性民间说唱艺人手里。其中有关老罕王的故事，可分为两种情况：一种是传奇式的。能较完整地讲述出老罕王与其手下五员大将的生平业绩。有百万字左右材料，掌握在傅英仁、马文业、关玉玺（关系说书艺人，年 74 岁，已迁居林口）等人手中。另外一种是散落的片段故事，三十几万字。张育生、史柏田、郑云程等人手头掌握较多。

关于红罗女的故事传说。红罗女的故事在宁安县流传极为广泛，仅宁安县境内就有 15 种之多。分别为傅英仁、马文业、关玉玺、宋德胤、马继华等人所掌握。其中有三部长篇故事：《红罗女三征契丹》《红罗女比剑联姻》《红罗女伐契丹征黑水》。

关于萨布素的传说。萨布素将军是宁古塔人氏，一生戎马，从士卒晋升为黑龙江大将军。多次领兵为反击老沙皇入侵，保卫祖国疆土建立了丰功伟绩。关于他的传说主要有长篇两部。傅英仁同志正在整理撰写其中一部。另一部据悉掌握在老艺人关玉玺手里。马文业、张育生、史柏田等人亦占有不少关于萨布素将军的历史资料。

关于布占泰三反老罕王的故事和东海贝勒的故事，是讲述母系社会刚解体、父系氏族刚萌芽时代的故事，资料在傅英仁、唐继友等人手里。

关于黑妃的故事。黑妃的传说，在宁安几乎家喻户晓。故事有多种说法。大致分五种：黑妃和白龙河；黑妃和钦天监；黑妃的普通故事；黑妃的宫廷斗争故事；黑妃和康熙皇帝的故事。分别掌握在关忠显、傅英仁、马文业、关庆成、张育生等人手里。[①]

时至1984年，正值三套集成搜集的重要时刻。《报告》中提到宁安县民间文学的几个成型的故事中，傅英仁都是极为重要的传承人。其他如马文业、关庆成、张育生、唐继友、关玉玺、宋德胤、马继华、史柏田、郑云程虽曾掌握大量民间故事资料，但30多年过去了，我们仅能从《黑龙江民间文学》各分集或各种"民间故事选"中找到他们曾作为搜集整理故事者的名字。也许是傅英仁的坚持，他掌握的神话、传说故事、满族说部大多已经出版。

傅英仁讲述的满族说部情况比较明了。马名超在实地调查时发现"在该地区内有关女真人先世，诸如靺鞨人先祖功业的传说等，尽管相隔历史如此久远，却至今仍未完全消失。以当时所采集到的颂赞'红罗女'的十数种古老传说异文的存在为例，即足以说明这一点"。[②]《红罗女》应产生在唐代以后的漫长岁月，其流传当近千年。红罗女的故事已出版《红罗女三打契丹》[③]、《比剑联姻》（与关墨卿共同讲述）[④]，而《红罗女伐契丹征黑水》未见相关资料。据傅英仁介绍："《红罗女》的流传分南北派，老关家传的《红罗女》，是说书式的，有《红罗女比剑联姻》等情节，分红罗绿罗。到唐朝与十三太子成亲，又到西凉，与契丹交战，后战死。南派就是我三爷传的，即三打契丹。据说老关家门上供红罗绿罗，还摆小桌子，供奉十三太子。"[⑤]

在宁安一带流传的清代满族口碑资料，就更广泛而丰富，并普遍带有北方浓重的特色。其中关于萨布素的故事颇具代表性。《萨布素将军传》又称《老将军八十一件事》，其中9则故事之前出版过，分别为《萨布素训

① 宁安县民间文艺研究会：《宁安县民间文艺普查工作总结》，《黑龙江民间文学》1984年第11集。

② 马名超：《阿城地区民间文学考察报告》，《马名超民俗文化论集》，黑龙江人民出版社，1997，第113页。

③ 傅英仁讲述，王宏刚、程迅记录整理《红罗女三打契丹》，吉林人民出版社，2009。

④ 傅英仁、关墨卿讲述，王松林整理《比剑联姻》，吉林人民出版社，2009。

⑤ 于敏：《〈萨布素外传〉、〈绿罗秀演义〉传承情况》，关墨卿讲述、于敏整理《萨布素外传 绿罗秀演义（残本）》，吉林人民出版社，2007，第4页。

牛》《萨布素护病得兵书》《苏穆夫人》《萨布素收李坤、魏海》《窝古台的遭遇》《萨布素与巴尔图》《萨布素去镜泊湖》[①]，在《萨布素将军传》中分别有“南马场训牛”“护病得兵书”“苏木夫人集军粮”[②]“私放李昆魏海”等章节。《萨布素将军传》里的“故事是本家的老人们讲给他的。他们曾郑重地告诉他，萨布素将军本人就是富察氏人，是他们的嫡系祖先，关于萨布素的故事，无论如何都要传下去”。[③] 另外，同为富察家族的富育光传承说部题为《萨大人传》，关墨卿掌握的《萨布素将军外传》，其区别笔者做过的分析。[④]

《东海窝集传》或称《东海传奇录》《东海勿吉传奇》，是反映北方原始社会母权向父权过渡时代的神话传说，某种意义上可称为唯一流传至今的远古长篇说部。据宋和平调查，该说部“仅流传于宁安地区的深山老林之中”，[⑤] 傅英仁大概是 1944 年搜集到的，他听过傅永利、关墨卿、关振川、关玉德、傅万全等多位老人的讲述，最后形成了手抄本。1958 年，傅英仁装病，抢救了该说部的内容提要。1985 年 7 月，傅英仁在宁安家中讲述该说部，并将其交付宋和平整理。该说部有三种版本，分别为三爷傅永利讲述的版本；关墨卿、关振川、关玉德的讲述提纲；无名氏的纲要本。它们的内容大概相同，具体情节和各章回的名称有些不同，各有特点。

老罕王故事“独立节段至少包括：(1)《罕王出世》，(2)《王皋救主》，(3)《沃什妈妈救罕王》，(4)《清朝国号是怎么来的》，(5)《满洲人为啥祭乌鸦》，(6)《满洲人为什么不吃狗肉》，(7)《罕王放山》，(8)《祭唐李子树的来历》，(9)《供索罗杆子的习俗怎么来的》，(10)《老罕王过浑河》，(11)《罕王坐北京》，(12)《罕王和吴三桂划分南七北六》，(13)《打虎山和

---

① 见傅英仁口述、张爱云整理《傅英仁满族故事》，黑龙江人民出版社，2006。

② 1984 年马文业在宁安搜集的故事名为“萨布素买军草”，讲述者为孟大娘。《萨布素将军传》中有一节为“萨公愁粮草”。

③ 王树本：《老树开花春雨时》，《黑龙江民间文学》第 7 集，1983。

④ 高荷红：《满族说部传承研究》，中国社会科学出版社，2011，第 130～133 页。

⑤ 宋和平：《〈东海窝集传〉版本与流传》，傅英仁讲述，宋和平、王松林记录整理，吉林人民出版社，2009，第 5 页。

公主岭》"。[①] 阿城满族故事讲述家关永林老人口述的《罕王的故事》，其中包括《满洲人为什么不食狗肉》《祭唐李子树》《索罗杆子》《打虎山》《影壁》《吃油炸糕是怎么来的》《寒食节不动烟火的传说》《王皋石》《老鸹滩》等一大串别具特色并与民间习俗相联系的讲述。[②]《两世罕王传》尚未出版，不太清楚具体的故事节段，傅英仁讲述的民间故事中没有相关篇目。孟慧英曾撰文介绍过，《南北罕王传》是乾隆皇帝时的禁书，"傅英仁承袭的《南北罕王传》，他介绍该本原为满清宫廷讲述本。这些手抄本显然比口头文学文饰化了。有的已初具作家文学面貌。如《南北罕王传》就有回目，故事前后连贯，有的地方甚至铺张渲染得相当明显。但是它们还没有脱离民间文学母胎。民间口头文学的种种迹象在那里还很容易看到。母题类型，民间描写手段，以及作品的传播形式都说明它们源于民间口头创作，即使经过个人加工，可最终还流传在民间范围"。[③]《南北罕王传》从罕王出生和关于他的重要史绩几乎都有传说。没有相关篇目，那么，傅英仁是否讲述过罕王的故事呢？这一点在栾文海的回忆中曾有所提及，傅英仁在"五七"干校结识张玉生后，两人经常一起讲故事，"傅英仁则发挥自己的特长，大讲老罕王（努尔哈赤）"。[④] 不知何种原因，这些故事未能进入故事集中，我们也不妄加揣测了。

《报告》中未提及《金世宗走国》，可能因为这主要是在阿城地区流传的说部。马名超介绍"盛传于阿什河流域的金代始祖阿骨打与完颜宗弼（即金兀术）的传说，更形成一个广阔的传布区，从中也大体透视出七八百年的演变过程"。[⑤] 傅英仁传承的说部是其三爷讲述给他的，作为汉族民族英雄的岳飞因与满族英雄金兀术立场上的对立，不被重视甚至被敌视。他

---

① 马名超：《民间文学田野采集方法论》，《马名超民俗文化论集》，黑龙江人民出版社，1997，第 334 页。

② 马名超：《阿城地区民间文学考察报告》，《马名超民俗文化论集》，黑龙江人民出版社，1997，第 123 页。

③ 孟慧英：《满族民间文化论集》，吉林人民出版社，1990，第 11 页。

④ 栾文海：《野火春风——记满族故事讲述家傅英仁》，傅英仁口述、张爱云整理《傅英仁满族故事》，黑龙江人民出版社，2006，第 791 页。

⑤ 马名超：《民间文学田野采集方法论——中国东北冰缘区人民口头创作的综合性社会考察》，《马名超民俗文化论集》，黑龙江人民出版社，1997，第 334 ~ 335 页。

曾回忆说“我听过‘岳飞传’，我三爷听说，骂我混蛋。他给我讲金兀术，讲阿骨打，说那是祖宗，是老祖先。我听完，一点都不带落的，一天能背二十行书，‘给多少，装多少’，‘学什么会什么’，‘见啥会啥’”。[①] 傅英仁27岁时，已能把该说部讲下来，但没有傅永利那么流畅自然。1981～1989年，他采录了京八旗老人，河北遗留下来的完颜氏后代、阿城完颜氏、赫哲族傅万金老人讲述的故事，并将这些故事充实进自己的讲述中。2017年由傅英仁讲述、荆文礼整理的《满族神话》，增添了一些内容。

二 神话、传说及神话本子：继承与摒弃

《满族神话故事》[②] 出版最早，是傅英仁从“45年前（1940年）搜集的42篇故事中选出的”，其“讲述人都是很有名的老萨玛，其中有宁古塔的著名三大萨玛”，即梅崇山、关寿川、郭鹤令。[③] 根据资料得知“鄂多玛发”“鄂多哩玛发”“突忽烈玛发”“他拉伊罕妈妈”由郭鹤令讲述，“阿达格恩都里”“沙克沙恩都里”由关寿海传授，“抓罗妈妈”“乌龙贝子”由梅崇山讲述。其他9则神话应由“祖母、外祖母、姨外祖母、母亲、三祖父、姨表叔”等萨满讲述，我们仅看到“托阿恩都里”由徐郭氏讲述，其余没有资料我们也无从论断。

这之后出版的神话基本都保留了这17则，我们将其称为“核心神话”。

《傅英仁满族故事》[④] 中神话36则，除保留了9则核心神话外，新增添了创世神话“佛赫妈妈和乌申阔玛发”“天宫大战”“八主治世”及星辰神话“七星”“北极星”“金牛星”。而有些神话如“生殖器崇拜的传说”“十二属相为什么老鼠打头”“三年等于三百年”“黑妃”，笔者觉得更适合放入传说之中。

《满族面具新发现》中共26则神话，收入除《神石》外的16则“核心神话”。每一则神话都加入其神之属性。如《他拉伊罕妈妈》（断事神）、

① 马名超：《满族民间故事家傅英仁访问记》，1986年7月18日、19日两个晚上的笔记，傅英仁讲述、张爱云整理《满族萨满神话》，黑龙江人民出版社，2005。

② 傅英仁搜集整理《满族神话故事》，北方文艺出版社，1985。

③ 这些人名也有变化，一说梅崇阿、关寿海、郭鹤龄。

④ 傅英仁口述、张爱云整理《傅英仁满族故事》，黑龙江人民出版社，2005。

《抓罗妈妈》（鹿神）、《三音贝子》（大力神）、《突忽烈玛发》（水神）等。[①]另10则神话为《创世女神》《手鼓的传说》《佛赫妈妈和乌申阔玛发》《纳丹乌希哈》（七星）、《安楚拉妈妈》（代力妈妈）、《芍药音德》（芍药神）、《白云格格》（云神）、《安顿玛发》（风神）、《七彩梅合》（蟒神）、《伊尔哈格格》（绣花神）。

傅英仁讲述的《满族萨满神话》，[②] 共收入59则神话，这是目前较全的神话集，分为“原始神群”“动物神群”“部落神”“英雄神”“生成之神”“生活神”。17则“核心神话”名字与前相比，有的完全保留原有神话之名，如《鄂多玛发》《他拉依罕妈妈》《昂邦贝子》；有的在核心神话名字前加上神的属性，如《大力神三音贝子》《金钱豹神阿达格恩都里》《喜神沙克沙恩都里》《马神绥芬别拉》《弓箭神多龙格格》《鹿神抓罗妈妈》《海神突忽烈玛发》；有的加入其他内容，如《乌拉贝子和他的情人必拉》《朱拉贝子和阿苏里姑娘》；有的题目更具情节性，如《托阿恩都里三盗天火》《鄂多哩玛发制服三大兽群》《恩图色阿开山凿湖》。其他神话包括创世神话、天宫大战时的神系等。

《黑龙江民间神话》[③] 收入32则宁古塔满族神话，仅选9则“核心神话”。与“核心神话”不同，在名字前加上了神的属性，如《海神突忽烈玛发》《鹿神抓罗妈妈》《喜神沙克沙恩都里》《金钱豹神阿达格恩都里》《弓箭神多龙格格》《兵伍之神乌龙贝子》。与《满族萨满神话》不同，此处，绥芬别拉不是马神而是河神，但内容基本一致。徐昌翰将这些神话分为“天神神话”“萨满神神话”“职司神神话”“祖先神神话”四类，这应该是其个人观点的阐发。

《宁古塔满族萨满神话》[④] 共62则，与《满族萨满神话》的区别在

① 其他如《托阿恩都里》（火神）、《多龙格格》（弓箭神）、《阿达格恩都里》（豹神）、《沙克沙恩都里》（喜神）、《石头蛮尼》（石神）、《鄂多玛发》（祖先神）、《绥芬别拉》（马神）、《乌龙贝子》（白山主）、《鄂多哩玛发》（狩猎神）、《图图色阿》（开山神）、《朱拉贝子》（保护神）、《昂邦贝子》（部落神）。

② 傅英仁讲述、张爱云整理《满族萨满神话》，黑龙江人民出版社，2005。

③ 徐昌翰主编《黑龙江民间神话》，黑龙江人民出版社，2011。

④ 未出版，徐昌翰先生交付给笔者的书稿。

于，多了《裂生诸神》《古说不可妈妈》《阿布凯恩都里重整天宫》《再造天宫》，少了《懒惰的乌春蛮达变成布谷鸟》。延续了徐昌翰的分类方法，将神话分为“天神神话”“萨满神话”“职司神话”“氏族神话”四类。

荆文礼整理了傅英仁交付给“吉林说部艺术集成委员会”的录音资料和遗稿，加之已出版的神话整合成《满族神话》，[①] 63则神话被分为“创世神话”“星辰神话”“祖先神话”“司职神话”“图腾神话”“萨满神话”“工匠发明神话”七类。其中两则不是由傅英仁讲述的。

从1985年的17则到2017年的63则，数量在大幅增长，更为重要的是其内容发生了变化。傅英仁曾坦承，为了避免“糟粕”的留存，讲述时往往有意避讳了所谓“迷信”的内容，而把故事加以“净化”。在20世纪80年代发表其中某些故事的时候，他有意摒弃了许多同萨满文化明显有关联的内容和情节。这种情况使得许多故事丧失了萨满文化本来的面目。[②]

2016年，笔者曾撰文[③]统计过傅英仁讲述的神话数量应为71则（有的题目异内容同，皆视为一则），大多数神话在多个文本中出现，单独成篇的只有8则。[④] 2017年，荆文礼整理的《满族神话》中收入了傅英仁的13则遗稿，有几则在《民间故事选》中发表，如《桦皮小篓与桦皮威虎》《落叶松的故事（山喜鹊神）》《彩云（鲤鱼崇拜）》《梅赫哈达（蛇神）》；有未曾发表过的，如《木伦乌拉恩都里（河神）》《乌林萨满》《郭浑和库伦》《通天桥》《渔鹰救主（鹰神）》《五星的来历（提纲）》《虎家坟（虎神）》《骨头仙（遗稿）》《荷花格格与天蛤蟆（蛤蟆神）》。如此算来，傅英仁掌握神话数量应在84则左右，神灵应少于这一数目。据马名超1985年采访傅英仁时获得的信息是“有280余篇满族故事，加上别的长篇故事中又摘出

① 傅英仁讲述、荆文礼搜集整理《满族神话》，吉林人民出版社，2017。

② 徐昌翰：《傅英仁和宁古塔满族萨满神话（代序）》，傅英仁讲述、张爱云整理《满族萨满神话》，黑龙江人民出版社，2005。

③ 高荷红：《傅英仁讲述的神与神话》，《满语研究》2016年第1期。

④ 分别为“阿布凯恩都哩重整天宫”“再造天宫”“裂生诸神”“倪玛恩都哩”“金牛星”“天河”“鲫鱼格格”“七大萨满”。

40余篇，总共320余篇，神话有142篇”，[①]“还有一部就是130余种的神话本子”。在《满族萨满神话》中附有“萨满神谱”70位神的相关事迹，大多数没有文本，然《安顿妈妈（风神）》《七尺蟒神》作为完整的神话已在84则之列。敖东妈妈应是满族人家中供奉的骑双马女神，可能与富育光讲述的《奥都妈妈》有关。这样算起来傅英仁掌握的神话应在150种左右，约70则神灵的神话已经遗失。

三 民间故事：从搜集到讲述

傅英仁掌握民间故事的具体数字，可查的信息为“在敌伪统治的几年里，他冒着极大危险，共整理出四十多篇民间故事”，[②]土改时搜集了50多个故事。三年劳动改造，傅英仁“搜集和记录了三十多篇民间故事，还有一部分满族民俗”。[③]傅英仁曾估算自己所掌握的民间故事，认为“有280余篇满族故事，加上别的长篇故事中又摘出40余篇，总共320余篇”。[④]1982年初春，栾文海拜访傅英仁，傅英仁口述了61篇故事的名字，如《罕达犴作怪》《七粒黑豆兵》《刷帚姑姑》《笊篱姑姑》《九龙山》《海罗伊格》《活吊》《复仇》《人和鬼》《凶手》《说大话》《水里烧茶》《章京看病》《退敌》《换马》《神断》《小偷》《一千句》《钱和鸡蛋》《贝龙贝子》《乌龙贝子》《祭杆》《阿尔大》《阿达木》《他拉依》等。[⑤]通过已出版的故事两相比较，我们发现已出版的有《乌龙贝子》《白鹿额娘》（神话）、《活吊》《取灯》《天桥岭》《小乌蛇的故事》《凶手》《刷帚姑姑》极少数的几篇，其他只有故事名了。

---

① 马名超：《满族民间故事家傅英仁访问记》，1986年7月18日、19日两个晚上的笔记，傅英仁讲述、张爱云整理《满族萨满神话》，黑龙江人民出版社，2005。

② 王树本：《老树开花春雨时——记满族民间故事家傅英仁》，《黑龙江民间文学》1983年第7集，第282页。

③ 栾文海：《野火春风——记满族故事讲述家傅英仁》，傅英仁口述、张爱云整理《傅英仁满族故事》，黑龙江人民出版社，2005，第788页。

④ 马名超：《满族民间故事家傅英仁访问记》，1986年7月18日、19日两个晚上的笔记，傅英仁讲述、张爱云整理《满族萨满神话》，黑龙江人民出版社，2005。

⑤ 栾文海：《野火春风——记满族故事讲述家傅英仁》，傅英仁口述、张爱云整理《傅英仁满族故事》，黑龙江人民出版社，2006，第796页。

我们选择以下资料集来分析傅英仁掌握民间故事情况：《满族民间故事选》（第一、二集）[①] 有傅英仁个人整理、合作整理和向人讲述的15篇；《满族民间故事选》[②] 里有8篇故事；《黑龙江民间文学》第7集中30篇；《黑龙江民间文学》第1、3、14集中共12篇；《宁安民间文学集成》第一、二辑[③]中有14篇；《牡丹江民间文学集成》第一、二辑[④]共23篇；《傅英仁满族故事》167篇故事，其中人物传说54篇，风俗传说11篇，地名传说33篇，民间故事69篇。其中多有重复出版，我们通过一一比对篇目及内容，最后得出其总篇目。

《傅英仁满族故事》于2006年出版，远远晚于上述集子。其中被列入故事的，在其他集子中多被列入神话，本文我们也将其视为神话，如《乌林萨满》《尼曼大萨满》《伊尔哈格格》《穆棱乌拉恩都里》（应为河神《木伦乌拉恩都里》），而将被列入神话的《生殖器崇拜的传说》《十二属相为什么老鼠打头》《三年等于三百年》《黑妃》记入民间故事，于是应有168篇。其中属于第一次出版的故事共计77则，限于篇幅且无论述必要，本文就不一一列出。我们感兴趣的是《傅英仁满族故事》没有收入却被列入其他集子中的故事，还有原为他人讲述、后由傅英仁讲述的故事。

首先，我们来看未被该集子收入的故事，分别为《传家宝》《将军石》《烟囱砬子》《觉罗城》《巫医窝克托》《三音图隆格格》《巴隆色被斩》《阿尔达巴图鲁罕》《该死的放山搭》《白山第一》《三访贝勒府》《借宿破案》《鸭蛋包子》《三探鬼门关》《乌拉大豆腐》《高铃果》《一亩三分地》《天和地》《山和岭》《兴凯里罕》《率宾马》《桦皮小篓与桦皮威虎》（与桦皮娄是不同），共计22篇。傅英仁虽掌握大量民间故事，但出版的故事约为190篇，不到280篇，也远没有600多篇那么夸张。这些应该是傅英仁记得扎实的故事篇目，他说“还有一本民间故事，是张口就来的，共180～

① 中国民间文艺研究会辽宁、吉林、黑龙江三省分会编《满族民间故事选》，春风文艺出版社，1981、1983。

② 乌丙安等编《满族民间故事选》，上海文艺出版社，1983。

③ 黑龙江省宁安县民间文学三套集成编委会《宁安民间故事集成》，1987。

④ 黑龙江省牡丹江市民间文学三套集成编委会：《牡丹江民间文学集成》（第一、二辑），黑龙江大学印刷厂（内部资料），1990。

190 篇，挑记得扎实的，也就是一提就能想起来的故事"。[①]

其次，我们来看表 1，傅英仁所讲述的 17 篇故事，他是搜集者而非整理者。当然，这些故事搜集时间颇为久远，傅英仁角色也发生了转变，从搜集者变成讲述者。而《腰铃的传说》中的《傅英仁满族故事》为《腰铃》。

表 1　傅英仁讲述的 17 篇故事

故事名	讲述者	搜集者	搜集时间	流传地
桃花女	傅明毓、关明禄、傅永利、关墨卿	傅英仁	1945 年前	宁安
康熙题字	关寿海	傅英仁	1984 年	吉林、宁安
采参阿哥	关振川	傅英仁	1945 年前	江东、缸窑、花脸沟
黑丑白丑	刘掌柜	傅英仁	1945 年前	宁安街
药草与毒草	傅永利	傅英仁	1945 年前	
小蛟龙	傅永利	傅英仁	1945 年前	宁安南部
鬼洗脸沟	傅永利	傅英仁		花脸沟一带
刺猬为什么长一身刺	傅永利	傅英仁	1945 年前	宁安海林萨满
十二属相为什么老鼠打头	傅永利	傅英仁	1945 年前	傅英仁宁安
熊再也不敢吃动物了	猎人关三炮	傅英仁	1945 年前	江东
老虎和豺狼子	猎人关三炮	傅英仁	1945 年前	江东
老狼学抽烟	猎人关三炮	傅英仁	1945 年前	江东
大黑虎和小花蛇	关隆奇	傅英仁	1945 年前	宁安一带
彩云	梅氏祖母	傅英仁	1930 年	宁古塔蛤蟆河子一带
田鼠选婿	梅氏祖母	傅英仁	1945 年前	牡丹江
牛拱塔	关墨卿	傅英仁	1938 年	宁安、海林
腰铃的传说	关墨卿	赵君伟	1987 年 2 月	宁安、海林

最后，有一个问题，我们看到多个材料提到傅英仁听过父亲讲述故事，"除了教他四书五经之外，还给家里人讲官府衙门的见闻，如《春二阔和瑞子凌》《县太爷请大神》《魁星阁闹鬼》等故事"。[②] 但遍检各故事选，都没

① 马名超：《满族民间故事家傅英仁访问记》，1986 年 7 月 18 日、19 日两个晚上的笔记，傅英仁讲述、张爱云整理《满族萨满神话》，黑龙江人民出版社，2005。

② 王树本：《老树开花春雨时——记满族民间故事家傅英仁》，中国民间文艺研究会黑龙江分会编《黑龙江民间文学》第 7 集，内部资料，1983，第 281 页。

看到这几篇故事，不知为何。

结　语

作为“民间故事家”、民研会成员、曾被培养的小萨满、满族说部重要传承人、宁安满族民间文化的重要传承人，一直以来，傅英仁从未放弃过向家人、亲戚、朋友搜集民间故事，也从未放弃过将所掌握的满族文化以书写的方式保留下来。1949年前，少数人坚持调查，他为其中一分子；1949年后，矢志不渝坚持下去的只有他；无论“土改”期间还是“五七干校”劳动时，他都是积极主动的民间文学搜集者及讲述者。在20世纪80年代“三套集成”的搜集整理过程中，他脱颖而出，成为著名的“民间故事家”。在多部选集中，其文本占有重要篇幅，之后出版了个人的故事集和神话集。

“访萨采红”[①] 团队及“吉林满族说部艺术集成委员会”都将傅英仁作为重要的传承人，他也不遑多让，表现出色，出版了多部满族说部。在这个过程中，他一直与地方文化人、学者、故事家保持着密切的联系，也吸引了多位学者的目光，如以马名超为代表的哈尔滨师范大学的调查团队，以王世媛为代表的黑龙江省民间文艺家协会，以宋和平、孟慧英为代表的中国社会科学院民族文学研究所的科研人员，以王宏刚、程迅为代表的吉林社会科学院“访萨采红”的学术团队，以富育光、荆文礼为代表的吉林省满族说部集成委员会，还有张爱云对他持之以恒的跟踪采集和整理。

傅英仁讲述的神话84则，故事190篇，总计不足300篇。如果我们将那七部每部都在十几万字的满族说部纳入他的故事库中，这逾百万字的文本实在令人惊叹，他是当之无愧的“民间故事家”。“对傅英仁老人掌握的满族神话、故事的发掘与记录，也经过一个相当长的工作过程。起初，对他还只局限在某些地方传说的采集，多半由他来讲述，别人记录。由于他本人是知识分子出身，后来便自己动手整理，取材范围也由传说扩大到历史故事直到神话、歌谣。如果不是多年以来，特别是‘文革’以后的民间

① 访萨采红，是吉林省民族研究所采录收集“萨布素将军”传说和“红罗女”传说的一项田野调查活动。

文学工作的长足发展，我们很难想象从他那里采集到如此丰富、如此别具一格的民族民间文学作品。”① 这段话客观地评价了傅英仁能够“合众家之长”的若干重要因素。本文虽以此作结，但从“嘴茬子”到“笔头子”，傅英仁留下的“故事篓子”有助于我们进一步研究满族民间文学传承和发展的若干重要问题。

① 石文展：《让座座丰碑闪光传世》，中国民间文艺研究会黑龙江分会编《黑龙江民间文学》第6集，内部资料，1983，第392页。

四　史诗

英雄的意义
——藏蒙《格萨（斯）尔》“霍尔”之篇汉译本的文本比较*

姚　慧**

摘　要：《格萨（斯）尔》的跨民族传播为多样文本的跨族群呈现提供了条件。选取藏、蒙古《格萨（斯）尔》“霍尔”之篇四个版本的汉译本进行比较，通过对小英雄、格萨（斯）尔哥哥和格萨（斯）尔等英雄人物的刻画可以看出，作为英雄史诗，藏蒙两个民族的《格萨（斯）尔》汉译文本在英雄形象的塑造与英雄意义的阐释等方面是否具有模式化的话语表达，藏蒙民族又是如何在英雄模式的框架内赋予英雄之死以民族化内涵的。

关键词：格萨（斯）尔；霍尔之篇；英雄之死；文本比较

汉译本是对原文本的翻译或转译，不是第一手资料，故藏族、蒙古族的《格萨（斯）尔》研究者在版本研究上一般较少使用汉译本。相比原文，虽然汉语翻译难以译出原文的精彩，但汉译本本身又可以是一个观察与研究的视角，同时为我们提供了比较研究的可能。汉译本大多由精通汉藏、蒙汉双语的民族学者或作家完成，而译者在多大程度上呈现了原本，其中所做的各种取舍与选择，甚至是异化与再造，本身在一定程度上反映了译

* 本文系国家社会科学基金青年项目“口头传统视阈下藏蒙《格萨（斯）尔》史诗音乐研究”（项目编号：16CZW068）和中国社会科学院登峰战略优势学科“中国史诗学”项目的阶段性成果，原载《民间文化论坛》2018 年第 4 期。

** 作者简介：姚慧，中国社会科学院民族文学研究所助理研究员。

者的观念。比较需要找到藏、蒙《格萨（斯）尔》的共有篇章，经笔者几番查找比对，发现“霍尔”之篇是最为理想的比较样本。因此本文择选了 20 世纪 80 年代出版的四个汉译本[①]作为文本比较的依据，包括王歌行、左可国、刘宏亮整理的《岭·格萨尔王·霍岭战争》，王沂暖、华甲翻译整理的《格萨尔王传·贵德分章本·征服霍尔》，内蒙古自治区社会科学院文学研究所、内蒙古自治区《格斯尔》工作办公室翻印的北京版《格斯尔传·第五章》[②] 汉译本，琶杰说唱、其木德道尔吉整理、安柯钦夫翻译的《英雄格斯尔可汗》。本文试图将四个版本放置在同一关注点上进行文本分析，以此为切入点追寻不同族群、不同版本如何阐释或解读英雄。

一　藏族《岭·格萨尔王·霍岭战争》中的英雄

在此版《岭·格萨尔王·霍岭战争》中，在格萨尔回国降妖除魔之前，浓彩重墨渲染的是英雄的众生相，其中脱颖而出、花大篇幅刻画的是两位英雄，一是总管王年仅 13 岁的儿子昂琼玉达，二是格萨尔的兄长贾察霞尕尔。

先看昂琼，此版作者通过昂琼与父亲、达萨玉乙姑娘之间的告别对歌，在柔与刚的相互反衬下诠释小英雄对于岭国的意义。譬如总管王唱道：

我请求岭尕众位英雄，
我已八十岁的高龄，
身体孱弱老态龙钟，
怎忍看十三岁的小儿上阵，
一旦小草被血海淹没，

① 王歌行、左可国、刘宏亮整理的《岭·格萨尔王·霍岭战争》（上、中、下三册）出版于 1986 年 12 月；王沂暖、华甲翻译的《格萨尔王传·贵德分章本》出版于 1981 年 3 月；内蒙古自治区社会科学院文学研究所翻印的蒙文北京版《格斯尔传》出版于 1985 年 7 月；琶杰说唱、安柯钦夫翻译的《英雄格斯尔可汗》（一）出版于 1981 年 4 月，《英雄格斯尔可汗》（二）出版于 1984 年 8 月。

② 北京版《格斯尔传》汉译本的第五章无具体标题，但在故事情节上对应《中国曲艺音乐集成·内蒙古卷》中所摘录的琶杰说唱的《锡莱河之战》。本文为了叙述中指代方便，不容易混淆，故在后文中均借用《锡莱河之战》来指代蒙古族北京版《格斯尔传》中的第五章和琶杰说唱的《英雄格斯尔可汗》中的三卷内容。

用什么抚慰我这颗破碎的心灵？
……①

在父亲的阻拦触碰到读者最柔软的部位之后，作者在情感的天平上再加砝码，请出天宫“掌寿仙女”的化身、已与昂琼订有婚约的达萨玉乙姑娘良言相劝。与总管王言辞之恳切相比，达萨姑娘的字字句句则更像是极为理智的死亡预言。

昂琼你啊人小力单，
不要执拗强去出战。
如果执意不听良言规劝，
前去一定会蒙受灾难。
岭尕尔的园田河山，
恐怕也将遭到踏践。
昨夜三更的梦中，
我梦见碧绿草地散发芬芳，
各色香花争艳盛开，
一朵小花突遭折伤。
……
未见夫面用不着悲伤，
今见昂琼怎能不挂肚牵肠！
此去出征霍尔会下毒手，
此去出征总管王会大失所望。
莫被贼捉勿教恶狼咬，
望你勒转马头一同还乡。②

① 王歌行、左可国、刘宏亮整理《岭·格萨尔王·霍岭战争》（上），中国民间文艺出版社，1985，第139页。
② 王歌行、左可国、刘宏亮整理《岭·格萨尔王·霍岭战争》（上），中国民间文艺出版社，1985，第205页。

在此去必定是有去无回的梦兆谶语下，老父的百般不忍与未婚妻的千般劝阻都始终未能改变小英雄昂琼勇赴沙场的决心："有谁若能叫大山让路，我玉达立即返回营帐。若要我不上阵迎敌，除非霍尔不来犯岭，或者雄狮大王降下召令，因怕死而避敌万万不能。"[①] 在说服父亲时，昂琼玉达又直截了当地道出了"英雄"的含义："大敌当前，不能顾私，况人生一世，总有一死，死在战场，对国对家都是无比光彩的事。……纵然死在刀剑之下，英烈事迹千古流传。"[②] 昂琼玉达口中诠释的"英雄"符合世人的惯常思维，但在这光辉闪耀的英雄荣耀背后，此版《霍岭战争》对英雄又能解读出怎样的意义？

笔者之所以选择昂琼玉达作为窥探英雄意义的一个窗口，用意只在一个"小"字：玉达只有十三岁，"年纪轻轻身体幼嫩，夏季烈日下容易晒裂，冬季冰雪中易被冻硬，一阵旋风也会吹得无影无踪"，"力小量轻压不住马鞍，踩不稳银镫身颠体晃，披甲持械实在还欠雄壮"[③]。鲜艳美丽的花朵象征着美好，一朵尚未来得及绽放的小花，象征的除了美好之外，还有无限的希望与可能。可就是这样一朵小花却要背负起救国救家、为英雄荣誉而战的使命。将一个事物塑造到至善至美，然后再将其彻底摧毁，其悲壮才更能淋漓尽致、跃然纸上。当无声无息而又神秘莫测的死亡占据昂琼玉达的心灵时，足以令看过之人神伤。

玉达的命运始终未能逃出凶煞灾星主管生年、生还的希望犹如渺渺云烟的预言。在所有华丽正义的"英雄"修辞背后，昂琼玉达年轻与死亡的矛盾在英武不屈的气质之外，带给了读者情感波澜，令人心生无数怜惜与不忍，而带给岭国人的则是用昂琼的死来唤起众英雄为国而战、为家而战、为正义而战的勇气与决心。

如果说小英雄玉达的坚持与死亡只是序曲的话，那么格萨尔的哥哥贾

---

① 王歌行、左可国、刘宏亮整理《岭·格萨尔王·霍岭战争》（上），中国民间文艺出版社，1985，第218页。

② 王歌行、左可国、刘宏亮整理《岭·格萨尔王·霍岭战争》（上），中国民间文艺出版社，1985，第196～197页。

③ 王歌行、左可国、刘宏亮整理《岭·格萨尔王·霍岭战争》（上），中国民间文艺出版社，1985，第211页。

察霞尕尔之死应该可以算作此版《霍岭战争》英雄写照的主体了。与玉达死前的种种铺垫相比，对贾察死前较长篇幅的渲染与刻画则在为一个更大的、即将来临的死亡积蓄着各种情感力量，直至最后摧毁岭国的力量爆发。而贾察之死与昂仁玉达之死又遵循着共同的叙事模式，首先是死亡的预兆，贾察死亡的预兆分为三步。

一是格萨尔的预言。格萨尔早在北地降魔时赐给贾察神箭时就一再嘱咐："日后在那霍尔灰色土崖右侧，有一血眼红人，骑着棕黑风翼马，当他扑到你面前时，射出此箭，就会像海螺降服摩羯鱼一样将他制服，这样你霞尕尔不会犯什么过失，岭神族也会从大海之底得救，除这特殊情况外，此箭万万不能随便射出。"[①] 当霍尔来犯境之时，贾察却恰恰因为没有细看，顺手从箭囊中拔出了"能飞霹雳舌"神箭，而且细心的总管王已经察觉，并告诫贾察注意宝弓上的这支箭。当格萨尔收到岭国的信息时，使他最不放心的便是贾察霞尕尔，他说："如他过多地单身匹马出现在血火乱飞的沙场上，必有闪失，这是命运之使然，但他至今不能醒悟，依旧转动血轮，杀人不肯罢休，最后只有把一庹之驱丢给霍尔。我想到这里，心里总是忐忑不安，似乎感到有一种不祥之兆，不期而至。你们回去后，如有机会，请转告我的警告，怕只怕天命所至，强难为之。"[②]

二是贾察妻子柔萨格措的梦兆。柔萨格措已从睡梦和其他征兆中预感到，这一次恐怕是她与贾察的最后一次团聚了。她唱道：

岭国的万户王霞鲁，
在神军中才能享有盛威，
过多的单骑出击，
白骡月会坠落崖崽。
劝你现今留在朝宗城里，

① 王歌行、左可国、刘宏亮整理《岭·格萨尔王·霍岭战争》（中），中国民间文艺出版社，1985，第237页。

② 王歌行、左可国、刘宏亮整理《岭·格萨尔王·霍岭战争》（中），中国民间文艺出版社，1985，第290页。

平安躲过这多灾的年岁；
倘若执意专行单独出战，
柔萨怎能冷眼旁观你的安危？[①]

在此之后，柔萨格措明明白白地说：“你若一心还要不断地出战，只能损人害己贻误大事，这要比看掌纹还要清晰。”[②]

三是贾察自己异常的预感和言语。风尘仆仆的贾察怀着忠勇、激愤之情回到欧曲朝宗城，“到朝城各处家庙佛堂里上供祭、礼拜祝愿后，又登上城墙，把岭国的山、川、河谷仔细观察了一番，他的这些异常行动，引起母子二人的注意，他唯恐他们知道了自己的心思加以阻拦，因此阴沉沉地板着面孔不说一句话”。[③] 不仅他的行为异常，像是来与岭国的山山水水做最后的告别。而且在和妻儿的言辞中，似乎贾察自己也心知肚明，此番一去必定凶多吉少，有去无回。所以他以一位看破世间万物的超脱之语对妻儿做最后的交代和嘱托，对儿子说：“我唯一的孩儿泽加啊，为人处世要深明大义，凡事都要顾全大局。慈善的事定要勤修，罪恶的事要严加痛斥，供奉、布施亲手去做，对弱小者要善良扶持。”[④] “你泽加母子两人，幸有长寿圣母保佑，有赡巴拉财神的维护，我即使马革裹尸也可瞑目。语重心长的一席话，权算爸爸留下的遗嘱。”[⑤] 此外，还有唐泽玉周也告诫贾察万万不可单独出战。最终，以上种种皆无济于事，结局偏偏是贾察执意单独出战，以死殉国。那么为什么要做这样的情节安排？贾察之死映射着对死亡、对英雄、对岭国怎样的意义？

---

① 王歌行、左可国、刘宏亮整理《岭·格萨尔王·霍岭战争》（中），中国民间文艺出版社，1985，第 326 页。
② 王歌行、左可国、刘宏亮整理《岭·格萨尔王·霍岭战争》（中），中国民间文艺出版社，1985，第 328 页。
③ 王歌行、左可国、刘宏亮整理《岭·格萨尔王·霍岭战争》（中），中国民间文艺出版社，1985，第 325 页。
④ 王歌行、左可国、刘宏亮整理《岭·格萨尔王·霍岭战争》（中），中国民间文艺出版社，1985，第 333 ~ 334 页。
⑤ 王歌行、左可国、刘宏亮整理《岭·格萨尔王·霍岭战争》（中），中国民间文艺出版社，1985，第 335 ~ 336 页。

首先，在格萨尔离开时，贾察在某种意义上充当的是格萨尔的替身，他需要在格萨尔不在岭国时担负起保卫守护岭国的责任，故贾察在，岭国在；贾察亡，岭国危。唐泽玉周曾对贾察说："你若有个三长两短，格萨尔王的助手将由何人去担当？弄不好，众生的光明祝愿将受到损害，众生的事业会遭到更大挫折。"[①] 而在贾察阵亡后，总管王和森隆王因过分伤感积郁成疾，十有九天不能料理政事，因此大权立即旁落晁同之手，都城大宝帐也被晁同窃据，这在一定程度上说明贾察是格萨尔的替代者。贾察、格萨尔、岭国三者在此时此刻可以被当作对等物来看待，贾察的牺牲对岭国人而言是精神支柱的倒塌，所以充分刻画渲染贾察死得悲壮，目的不在贾察，而是在无法挽回的痛苦与苦难交织的世界中，唯有格萨尔神与英雄的集合体才能拯救苍生于水火之中，而这水火正是敌人霍尔造成的。

其次，从艺术作品的角度来讲，贾察的死可以将酝酿已久的悲剧情节推向高潮。他双手战栗，万分悲愤地唱道：

可叹我平生刚毅勇武，
日夜拼杀却不能力挽狂澜！[②]
……
谁能料想鲜花盛开的岭国，
一草一木都用热血浇灌？
谁能理解壮士临终的悲歌，
曲调也被忧愁浸染？
想那娇妻弱子满脸的泪痕，
想那残垣孤城遍地的烽烟……
啊，英武的贾察呀，
为什么守不住岭国的关山？

① 王歌行、左可国、刘宏亮整理《岭·格萨尔王·霍岭战争》（中），中国民间文艺出版社，1985，第39页。

② 王歌行、左可国、刘宏亮整理《岭·格萨尔王·霍岭战争》（中），中国民间文艺出版社，1985，第353页。

进，不能生擒贼酋，
退，无颜返回家园，
格萨尔弟弟呀你可听见我在大声呼唤？
忧心将碎，是盼？是怨？
望眼欲穿，是怨？是盼？[①]

因此贾察的竭尽全力与无能为力所形成的情感张力如同一张被拉开的弓，当弓被拉到最大限度时可能会有两个结果：一是在力量积蓄到恰当好处时将箭射出，结果是一箭命中；而另一个则是张力过大导致弓断箭飞，无果而终。而此处作者却将这两个结果杂糅在一起，在当力量持续到恰当好处已经将箭射出之后，就在它即将到达终点之时再把箭彻底折断。作者经过前面大篇幅的铺垫和渲染，其实贾察的竭尽全力与无能为力已足可以博取岭国百姓以及观者的原谅与宽容，他的尽力而为、他的英雄气概、他为岭国肝脑涂地，其实已经为我们勾勒出了一位杰出英雄栩栩如生的缤纷画面，他也许不需要死亡也丝毫不会影响他身为岭国大将的忠肝义胆的形象，而作者却偏偏就在他壮志未酬之时选择赐予贾察死亡的命运。英雄之死除了死亡本身的意义之外，还有人物塑造上荡气回肠、动人心弦的艺术追求，只有彻底摧毁贾察才能使岭国上下集体悲愤，才能赢得听者与读者的感同身受，才能达到听之怜惜不忍、闻之肝肠寸断的艺术效果。

最后，只有贾察的死、岭国的彻底崩塌才能换回格萨尔的回归与愤怒反击。表面上看是贾察刚愎自用，不听劝阻。但事实上，在这里隐含着另一个有意为之又颇具深意的价值观。如贾察自己所言："生命的短暂并不使我悲伤，只盼英雄的业绩将获得永生。"[②] 在贾察的世界中，"岭国英雄豪杰素有名声，不能厚颜怯懦怕死贪生，英雄不能为国捐躯，虽死九次也无人

---

① 王歌行、左可国、刘宏亮整理《岭·格萨尔王·霍岭战争》（中），中国民间文艺出版社，1985，第354~355页。

② 王歌行、左可国、刘宏亮整理《岭·格萨尔王·霍岭战争》（中），中国民间文艺出版社，1985，第357页。

赞颂!"[1] 所以在他生命垂危之际，仍死谏岭国各大部众和后辈儿孙“宁肯刀下死，绝不跪着生”，并且毅然决然拾起长矛猛地向自己腹部扎去，在微笑中吃力地对梅乳孜说：“人生一世，必有一死，血洒疆场，素愿已足！梅乳孜呀，用不着大惊小怪，用不着为我流泪！如果你真的向往格萨尔的事业，就把我的头割下来，赶快去觐见白帐王，任凭他高杆悬示，随意发落，好让我的死激起远在北方的弟弟格萨尔和岭国部众的满腔仇恨，向真正的杀人魔王讨还这笔血债!"[2]

在此之后，贾察的死惊动了远在天界的天母宫萌婕姆。她认同贾察霞尕尔临死前的誓愿：“若不把贾察霞尕尔的头弄到霍尔，挂在雅泽城的金顶上，将不会引起格萨尔的巨大忿怒来的。”于是她变为独角魔神的样子，使黄霹雳宝剑劈开贾察的身首，然后让梅乳孜拿上这个首级向敌人炫耀，把它挂在雅司城金顶之上，向亲友们夸功去。[3] 在某种意义上，贾察是在用自己的牺牲换来格萨尔的怒，以格萨尔的怒来刺激他早日回归，以至挽救岭国于水火，解救涂炭之苍生，而格萨尔的回归与反击换来的则又是英雄事业与荣誉的永世长存。因此贾察的死不是没有意义，反而是必然的，比起失败与无奈地活着，这是对岭国、对英雄事业更大的贡献，也是对比仅仅战死沙场境界更高、更加荡气回肠的英雄意义的解读与诠释。也只有如此，贾察的英名才能永远被世人所铭记与传唱。

二　蒙古族北京版《格斯尔传·锡莱河之战》中的英雄

大致看来，在情节上，藏族《岭·格萨尔王·霍岭战争》和蒙古族北京版《格斯尔传·锡莱河之战》对英雄的刻画皆通过对小英雄和格萨（斯）尔的哥哥，以及对战争场景和过程的细节描述来塑造英雄形象和誓死不屈、神圣不可撼动的英雄荣誉与誓言。但在基本情节梗概下，藏、蒙两版又呈

---

① 王歌行、左可国、刘宏亮整理《岭·格萨尔王·霍岭战争》（上），中国民间文艺出版社，1985，第 190 页。

② 王歌行、左可国、刘宏亮整理《岭·格萨尔王·霍岭战争》（中），中国民间文艺出版社，1985，第 356 页。

③ 王歌行、左可国、刘宏亮整理《岭·格萨尔王·霍岭战争》（中），中国民间文艺出版社，1985，第 357 页。

现出了各自不同的特点。

从篇幅上讲，《岭·格萨尔王·霍岭战争》属于分部本，北京版《格斯尔传·锡莱河之战》属于分章本。分部本因为有足够的篇幅，可以将其中的若干情节进行极度渲染与演绎发挥，并使其精致化、细腻化。与之相比，分章本由于篇幅所限，对于细节刻画的饱满程度会略显逊色。当然，这仅仅是从艺术作品角度出发所得到的初步印象，并不具有褒贬之意、高低之分。或者更准确地讲，两版细节刻画的侧重点有所不同，藏版《岭·格萨尔王·霍岭战争》主要集中在对人物情感的渲染上，对于情感的细腻表达与拿捏和严谨完整的情节构成吸引读者的重要手段。但这样的艺术效果究竟是民间版本的本来面貌还是整理者加工、雕琢后的结果，笔者目前无法判断。而北京版《格斯尔传·锡莱河之战》在有限的篇幅限制下突出的是对英雄出征前装束的描述，以及作品中所呈现的较为浓重的神幻色彩。

首先看英雄装束。下列几例，几位英雄人物的描写有一定的模式，描述对象都集中在马、铠甲、盔、护背旗、箭、弓、刀上，而且叙述顺序也大致相同：从马到装束，再到武器。说唱艺人以基本程式为基础，根据不同的人物作具体发挥与调整（见表1）。

表1　出征前的英雄装束对照

	哲萨	格斯尔	敖勒吉伯（变成格斯尔的真身）	班柱尔	火红眼
1	跨上飞翅枣骝马	跨上神翅枣骝马	飞跨神翅枣	飞身跨上黑骏马	骑一匹斑斓红马
2	穿好轻软铠甲	身披耀霜七宝迭叶宝兰甲	身披药霜宝兰甲	穿一副点银黑铁甲	穿一副锁眼白色暗甲
3	将奇宝盔戴在天灵盖上	背插闪电护背旗	背插闪电护背旗	插带三十支白翎箭和神力乌雕弓	急忙披挂齐整
4	带了三十支白翎箭和神力乌雕弓	头戴日月双升奇宝盔	头戴日月双升奇宝盔	腰挎钢刀	挎上武器
5	腰挎一把青钢刀	带好三十支松绿石宝扣白翎箭和神威乌雕弓	插带三十支松绿石宝扣箭和神威乌雕弓		
6		腰挂金刚三锋剑			

与藏版《岭·格萨尔王·霍岭战争》相同，北京版《格斯尔传·锡莱河之战》同样塑造了一个小英雄的形象——额尔德尼图·安春。虽然他只有十五岁，但一出场就显出了英雄的本分。哲萨·希格尔带领苏米尔和安春侦察敌情，当看到锡莱河三汗大军正沿着黄河浩浩荡荡杀来时，面对苏米尔的妄自菲薄，小英雄安春责备道："你怎么会知道锡莱部的军队比咱的多？你又怎么会知道咱们的军队比敌人少呢？……你这是长敌人的威风，灭自己的志气。"[①] 当哲萨、安春和苏米尔轻骑直入敌阵，哲萨提议先回去时，安春连忙应道："咱们现在不去发扬威振十方圣主可汗格斯尔的三十勇士的威名，更待何时？我们应当拿宝贵的生命去成大业，立大功，不应该守在家园，养老送终，给妻子增加麻烦。我们今天要痛饮鲜红的誓师血茶，各奔前程，分头杀敌立功，这才是英雄本分呢。"[②]

当安春跨上追风铁青马披挂齐整准备出阵时，新婚不久的妻子孟古勒金·高娃因做了一个奇怪的噩梦而劝阻安春应三思而行，此次出征恐怕凶多吉少。在妻子的劝告下安春本打算就此放弃，不料楚通诺颜[③]以语相激，安春的出征念头被再度唤起，任凭妻子如何苦劝也无济于事，飞马出阵。最终安春因贪功中了敌人的圈套，被冷箭射穿肋骨。尽管如此，他仍然设法结果了图尔根·比儒瓦的性命，但在回去的途中却血流不止，因所到之处没有水喝而几近昏倒。[④]

至此，如同藏版《岭·格萨尔王·霍岭战争》的小英雄昂仁玉达一样，蒙古族北京版《格斯尔传·锡莱河之战》在小英雄安春出征前也出现了梦兆，且梦兆的主体都是小英雄的妻子或未婚妻，妻子告诫小英雄不要贪功心切，否则必定凶多吉少、有去无回。但不论是小英雄昂仁玉达，还是安春都最终没有听劝，坚持出战，最后映证了梦兆所言。但与藏版梦兆预言

① 参考内蒙古自治区社会科学院文学研究所、内蒙古自治区《格斯尔》工作办公室翻印的北京版《格斯尔传》，汉译本，1985，第140～141页。

② 参考内蒙古自治区社会科学院文学研究所、内蒙古自治区《格斯尔》工作办公室翻印的北京版《格斯尔传》，汉译本，1985，第144页。

③ 对应藏版的叔叔晁同。

④ 参考内蒙古自治区社会科学院文学研究所、内蒙古自治区《格斯尔》工作办公室翻印的北京版《格斯尔传》，汉译本，1985，第152～155页。

的不可逆转相比，蒙古族北京版《格斯尔传·锡莱河之战》却对预言做了逆袭处理。小英雄安春在生命垂危之时，哲萨和格斯尔的夫人茹格慕·高娃收到乌鸦的报信就立刻传唤洪根大夫，但洪根大夫却说“本年往东方出行不利，如果去的话有性命之忧，因此不能去”。茹格慕·高娃大怒，并强行带走洪根大夫，安春服了洪根的神药竟然起死回生。

这里，可能存在如何看待梦兆和洪根大夫所言的问题，如果结合起来看，梦兆和东方出行不利、会有性命之忧也许可以看作同一话语的不同表述。但在英雄生命垂危和所谓的梦兆面前，茹格慕的话语、行为以及最后起死回生的结果，似乎反而在一定程度上驳斥了预言之兆，包括安春自己所说：“我是一个年轻小伙子，管他娘的什么善恶报应。”从中，我们看到的是，蒙古族北京版《格斯尔传》的两位“剧中人”都对所谓梦兆、预言和善恶报应等说法并不像藏版《岭·格萨尔王传·霍岭战争》那样虔诚、深信不疑，似乎并没有对预言百般铺陈与反复映射，也没有强调预言结果的必然性。也就是说，当信仰与英雄发生冲突时，藏版《岭·格萨尔王传·霍岭战争》选择的是牺牲英雄来成全信仰，在神灵面前英雄必死。而蒙古族北京版《格斯尔传·锡莱河之战》却是暂且抛开信仰而挽救英雄，可以用灵药或法术来暂时改变神灵注定的命运。

与藏版相同，除了小英雄安春之外，北京版重点刻画的另一个典型英雄形象便是格斯尔的哥哥哲萨·希格尔，他的死也与安春之死有着相同的叙事逻辑。虽然哲萨死前并没有藏版一系列的异常举动和梦兆预言，但蒙古族北京版中，当茹格慕·高娃被抢走、哲萨听到三十勇士被害的消息后准备出征前，哲萨挥泪向格斯尔祈祷，却被神通广大的茹格慕·高娃听到，并用千里知音的法术从辽远的地方向哲萨传话，告诫他若是死拼，恐怕凶多吉少。但哲萨执意与八十岁的乞尔金一同出战，宁可战死沙场。在哲萨一人前后杀死锡莱河三汗的军士十万后，精疲力竭，口干舌燥，又因喝了黄河岸边的血水而中毒昏倒。这时黑帐汗希曼比儒扎追来，割下哲萨的首级，交给自己的大军送回去报功。①

① 参考内蒙古自治区社会科学院文学研究所、内蒙古自治区《格斯尔》工作办公室翻印的北京版《格斯尔传》，汉译本，1985，第167～168页。

虽然藏蒙两版对格萨（斯）尔的哥哥之死的情节安排不完全相同，但仍然可以看出情节内部的关联性，而在贾察（哲萨）殉国后的情节上，藏蒙两版却做了不同的处理。藏版《岭·格萨尔王传·霍岭战争》中，贾察壮烈捐躯后，岭国军营上下致哀，并将遗体火化。而蒙古族北京版《格斯尔传·锡莱河之战》中，却着重突出的是茹格慕·高娃对哲萨的哀悼，“茹格慕·高娃一见哲萨的头颅，便捶胸抱头，哭不成声。她擦一擦泪，哀求锡莱河三汗，把哲萨的头要来，抱在怀里痛哭道：‘威震十方铲除十大祸根的圣主、玉帝的骄子在上，伴随你下凡的哲萨·希格尔已被敌人害死。哎，哲萨，你的身上附有四大天王的神通和威风，你的中身附有人世间的一切智勇，你的下身附有白龙王的神通和法力。哎，忠诚可爱的哲萨，我的尊敬的哲萨·希格尔呀！’”[①] 与藏版火化尸体不同，蒙版茹格慕·高娃在痛哭悼念之后，“施用法力，想要使哲萨借尸复活，便试图从敌人死亡的军中挑选不带创伤的死尸。不料她找了一遭，连一个也找不到，凡是被哲萨杀过的军士都有剑伤。她最后不得已，只得找一只大雕，将哲萨的灵魂放进这大雕的肉体中，使他借尸还魂”。[②]

安春的起死回生和哲萨的借尸还魂虽然在一定程度上以不同的方式再次延续了生命，但再次获得生命的意义可能还要做分别对待。如前文所述，藏版《岭·格萨尔王传·霍岭战争》中，小英雄昂仁玉达和贾察之死都具有重要意义，昂仁玉达以牺牲鲜花般的年轻生命作为交换来促使众将士奋勇杀敌，贾察之死以及贾察的头颅被高挂在霍尔三汗的军营之上为的是激起格萨尔王的愤怒与反击。而蒙古族北京版《格斯尔传·锡莱河之战》中，小英雄安春虽然暂时复活，但却在茹格慕被掠走后还是与格斯尔三十勇士一起阵亡；而哲萨在借大雕之身还魂为后面的情节埋下了伏笔，即在格斯尔反攻锡莱河部途中、渡过黄河时，北京版专门设置了一个情节：哲萨以大雕之身向格斯尔哭诉，并告诉格斯尔他以吃掉仇人希曼比儒扎心脏为誓

① 参考内蒙古自治区社会科学院文学研究所、内蒙古自治区《格斯尔》工作办公室翻印的北京版《格斯尔传》，汉译本，1985，第168~169页。

② 参考内蒙古自治区社会科学院文学研究所、内蒙古自治区《格斯尔》工作办公室翻印的北京版《格斯尔传》，汉译本，1985，第169页。

愿，并嘱咐格斯尔要用计谋向锡莱河三汗报仇。

据呼日勒沙的研究，“《格斯尔传》里的灵魂复生，同古代蒙古萨满教的灵魂观有联系。蒙古萨满教认为，人死后灵魂不死，或萦绕尸体，或离尸附到别的物体上，或轮回转世重新出生。从灵魂不死、灵魂离体观念，形成了为病人或濒临死亡的人‘叫魂’，‘招魂’，及人死后举行‘引魂’仪式等习俗”。[①] 因此，《锡莱河大战》中的起死回生和借尸还魂可能与蒙古族的萨满教信仰有关。需要强调的是两种情节构拟与处理方式并无好坏、优劣之分，只是藏蒙在选择小英雄和格萨（斯）尔哥哥两位英雄作为描述典型的同时，蒙古族也结合本民族的信仰体系对其进行了本土化和民族化处理。

三　藏族贵德本《格萨尔王传・征服霍尔》和蒙古族琶杰版《英雄格斯尔可汗》中的英雄

藏族贵德本《格萨尔王传・征服霍尔》和蒙古族琶杰版《英雄格斯尔可汗》也与藏族《岭・格萨尔王・霍岭战争》和蒙古族北京版《格斯尔传・锡莱河之战》一样，除了刻画30位勇士的英雄众生相之外，浓墨重彩地突出塑造了一位小英雄和格萨（斯）尔的哥哥甲擦（扎萨）的死。四个版本中，除了蒙古族北京版的借尸还魂、起死回生的情节外，其余三个版本共同的逻辑基本上都是在两位英雄出征前就已经通过梦兆或占卜得知，此去必定有去无回，英雄必死，但他们依然为英雄荣誉而奋不顾身、决绝出战，以至战死沙场。那么，在对英雄的阐释上，除了奋勇杀敌、视死如归、为英雄荣耀而战外，英雄之死是否还有其他的诠释视角？

贵德本塑造的小英雄是占卜女怯尊姨西[②]的弟弟。怯尊姨西已经占卜到此次出征凶多吉少，但黄帐王不听劝告，一意孤行，怯尊姨西的弟弟阿乍也奉命随军出征。在出发前，怯尊姨西对弟弟说：“这次你若定要去，姐姐的三句话儿要记全。冲锋别在最前列，退却别在最后边。要骑那匹小黑马，

① 呼日勒沙：《〈格斯尔传〉中的死亡与复生母题》，《民族文学研究》1989年第3期。

② 《岭・格萨尔王・霍岭战争》中的女卦师开始是霍尔王的侄女玛茉冬帼，后在格萨尔降服霍尔后，又跟随格萨尔大军，预卜祸福。

临阵能保主平安。再带去姐姐的金戒指，万一不幸献到阎王前。阳世阴间一个理，当官的哪个不爱钱。阎王得了金戒指，定能让你升西天。今天姐弟永别了，发愿来生再相见。”① 弟弟达意阿乍唱道：“我若退却不敢去，枉在世上称好汉！”② 而蒙古族琶杰本的小英雄依然是北京版中的安钦（即安春）。在对安钦的描写上，琶杰本基本与北京版保持一致，也是在出征前安钦的新婚夫人做了噩梦，劝告他不要去，但因朝通讥讽，安钦最终还是奔赴杀场。对于格萨（斯）尔的哥哥甲擦（哲萨）之死，贵德本是因为甲擦中了辛巴梅乳孜的箭而亡，藏族《岭·格萨尔王·霍岭战争》中虽然贾察身中数箭，但导致其死亡的是他痛心疾首拾起长茅向自己腹部扎去，以致丧命，而蒙古族北京版和琶杰版中哲萨都是因为饮了黄河血水而中毒致命。

四 藏蒙《格萨（斯）尔》“霍尔”之篇中的格萨（斯）尔

格萨尔既然是英雄，为什么《岭·格萨尔王·霍岭战争》用将近2/3的篇幅、浓墨重彩地描述众英雄的形象，尤其是对贾察的重点描写，格萨尔到最后的1/3篇幅时才出现？

如果说贾察霞尕尔是一个纯粹的英雄形象的话，那么格萨尔却是一个英雄与神的复合形象。而在这个复合结构中，似乎格萨尔英雄自我的很大一部分落在了贾察身上。如前文所述，贾察在某种意义上是格萨尔的替代者。在《霍岭战争》中，在神之外，格萨尔的英雄意义的另一个侧面在一定程度上是通过贾察表现出来，包括贾察对英雄荣誉的理解和身体力行的完美诠释。而复合结构中的另一面，也就是作为神的形象的塑造却是由格萨尔自己完成的。无独有偶，哈佛大学的纳吉教授曾对荷马史诗的《伊利亚特》作过这样的解读：“阿基里斯的优先权既不在他的同伴，也不在他的妻子或爱的人，而是一种早期英雄的男人的荣誉观念，这种观念通过帕特洛克罗斯表现出来，因为帕特洛克罗斯就是他另一个自己。”③ 两个遥远的国度在对英雄意义的理解上有着人类共同的表达逻辑。我们不难发现，此

---

① 王沂暖、华甲译《格萨尔王传·贵德分章本》，甘肃人民出版社，1981，第116页。
② 王沂暖、华甲译《格萨尔王传·贵德分章本》，甘肃人民出版社，1981，第116页。
③ 摘自哈佛大学纳吉教授网络公开课讲义《古希腊的英雄》，Hour 8。

版《霍岭战争》中格萨尔出场前的各种艺术渲染也恰好突出了审美之外的另一层面，即信仰或佛教理念的深层意蕴，即当岭国屡遭蹂躏、无力反抗，包括格萨尔的哥哥贾察霞尕尔在内的三十位英雄全都奋勇杀敌都未能阻挡敌人的攻击之时，当作为人身的所有英雄都无能为力之时，只有英雄与神合二为一的格萨尔才能力挽狂澜、解救众生。

早在格萨尔尚未现身之前，《霍岭战争》就借众人之口说出了格萨尔身份的与众不同。辛巴梅乳孜说："南赡部洲雄狮王，是上界天神降凡世，是白梵天王的心爱子，有厉神（山神）年欠作保护，有龙王宝顶常护庇。他是黑魔的镇压者，他是妖孽罗刹的统治者，他是南赡部州的一颗福星。"①并且梅乳孜认为格萨尔的"智慧象文殊般圆通，心灵似观音般慈悯，意志如金刚般坚定"。格萨尔的父亲也曾言他的"次子雄狮格萨尔，他是十善法纪建成的人，千万个部落仰慕归心，镇压四方妖魔法力无穷，神、人、龙三体集于一身，上如苍龙遨游碧空，下如猛狮威镇山林"。② 不仅如此，在格萨尔即将要去降服霍尔时，贾察的儿子泽加和总管王要求君臣们同去报仇雪恨，但格萨尔却执意只身前往，并告诉泽加："你和我一同前去是不可能的，因为降服霍尔，要靠智勇和高超的武艺，广大的神通，我一人去就可以了，用不着兴师动众。……也不要顾虑只我一人独行，请相信我的本事，我可将霍尔那十一道守门魔，十二个鬼神主，施用机巧方法和神通变化一一降服。如果大军前往，则除了兵连祸结、给老百姓造成灾难以外，不能解决任何事情。"③

事实上，当抵达霍尔之后，变为流浪儿唐聂的格萨尔也确实时时都在暗中呼吁护法神和战神等天兵天将来帮助自己降妖除魔，并且每次皆能成功。岭国三十位英雄拼尽全力、拼死血战的结果是寡不敌众，全体阵亡，其中包括格萨尔的哥哥——威名远扬的贾察霞尕尔。可见，如此兵强马壮

---

① 王歌行、左可国、刘宏亮整理《岭·格萨尔王·霍岭战争》（上），中国民间文艺出版社，1985，第26页。

② 王歌行、左可国、刘宏亮整理《岭·格萨尔王·霍岭战争》（上），中国民间文艺出版社，1985，第168页。

③ 王歌行、左可国、刘宏亮整理《岭·格萨尔王·霍岭战争》（下），中国民间文艺出版社，1985，第39页。

的霍尔非等闲之辈可以降服。可就是面对这样一个霍尔，格萨尔却有足够的胆略和勇气只身前往，而最终的结果是格萨尔每次都可以施用变幻莫测的妙法化险为夷，并且最终将霍尔彻底摧毁。一个人与一国君臣们，只身前去与倾全国之众兵，战战告捷与节节溃败，这样的悬殊对比可以让我们看到，一个人可以做三十勇士和数十万精兵无法做到的事，而这样的事非人力所能为，非肉体凡胎的英雄所能为，又再一次证明这样的难题唯有神与英雄的集合体格萨尔才能完成。

如果说格萨尔一人深入虎穴，并成功降服霍尔是英雄行为的话，那么格萨尔在出征霍尔前的迟迟不归和种种拖延在一定程度上又成为佛教思想的传播者与践行者。为什么？在回答这个问题之前恐怕我们需要先来回忆几个问题：为什么只有珠牡三次遣信，格萨尔才肯回归？为什么只有等到三十勇士全部阵亡、贾察壮烈殉国，格萨尔才肯回归？为什么格萨尔驱逐了晁同之后，不马上去征讨霍尔，反而要下令闭关，开始静坐修行，祈福禳灾？也许格萨尔自己的这段话正是答案，他说：“我必须一人前去速战速决，这事要是能够推迟一两年能行的话，我又何必突然停止闭关修行呢？俗话说：‘时机到，力无穷；时不到，谷不生。按这话办，牛脖子可以掐断；不按这话办，羊尾巴也割不断。’”[①] 说着以威服的调子，唱歌道：

霍尔白帐王鬼神之子，
如不在今年给予打击，
以后就很难降伏，
因为他有无数魔鬼护佑。
以往唐哇贡曼被霍尔军占领之时，
你们曾杀了不少辛巴和巴图尔，
以最大的力量前赴后继英勇反击，
白帐王终究还是轻松地逃逸而去。
那是因为从白帐王以下，

---

① 王歌行、左可国、刘宏亮整理《岭·格萨尔王·霍岭战争》（上），中国民间文艺出版社，1985，第43页。

到吉后察巴图尔为止的十二个霍尔人，
乃是命运之神给我格萨尔安排的，
必须用我的神通智谋才能把他们收拾。[①]

当仙鹤遵照珠牡的旨意为格萨尔大王送信时，大王看信后陷入极大的痛苦之中，并拔出一支神箭，挥笔疾书：

……
把珠牡作为心爱的伴侣，
纵然难舍难分也得离别，
毅然来到这无人的北地，
并非我居心把珠牡抛弃，
只因到了伏魔的时机。
……
过去我羁留在黑暗的魔地，
并非是留恋那妖艳的梅妃，
只因为魔属尚未归顺正法，
霍尔未轮到制伏的时机。
如今魔国已化归王土，
霍尔的罪孽已经满盈，
我将尽快来到圣岭，
把罪恶的敌人从速严惩！[②]

因此，以上一再拖延和不归从的故事情节似乎是客观原因造成的，而在这客观的背后，也许恰恰是《霍岭战争》的作者有意为之，而这有意为

① 王歌行、左可国、刘宏亮整理《岭·格萨尔王·霍岭战争》（上），中国民间文艺出版社，1985，第44页。

② 王歌行、左可国、刘宏亮整理《岭·格萨尔王（霍岭战争）》（中），中国民间文艺出版社，1985，第391页。

之一方面如前所述在为艺术的感染力积蓄着力量，另一方面则是格萨尔反复强调的要等待霍尔的罪孽积累到极致，等到降伏的时机成熟的缘故。命运之神有意安排由恰当的人物格萨尔，在恰当的时机，在天兵天将的护佑下完成降服霍尔的任务，这在某种意义上似乎是佛教因缘思想的另一种阐释。

因此藏民对格萨尔的描写不仅仅是艺术作品形象塑造的问题，其中还映射着藏民族的精神世界。格萨尔在藏民心中既是英雄，又不仅仅是英雄；既是神灵，又不仅仅是神灵。他们把战无不胜、攻无不克的英雄崇拜与无所不能、主宰万物的神灵信仰同时熔铸在格萨尔一人身上，而这份对英雄崇拜和对神灵信仰的忠诚与笃信，或许也是藏民族只唱《格萨尔》一部史诗的原因。

纵观此版《霍岭战争》，始终有一疑问令笔者不解，这样一部集清晰缜密的情节结构、匠心独运的英雄诠释、动人心弦的艺术呈现于一体的艺术作品究竟是整理者改编润色的结果，还是民间格萨尔艺人本身所具有的精深造诣？此版《霍岭战争》似乎有整理者再造的痕迹，而且几乎全部删掉了藏族口头史诗《格萨尔》标志性的表达语汇，即出现在每个唱段前的“阿拉塔拉”衬词。因此，汉译本究竟在多大程度上忠实于民间艺人的演唱，或者那些转译自民族语手抄本的汉译本中有多少是不掺杂译者思维的客观表述等问题，值得在日后的研究中进一步关注。

在《岭·格萨尔王·霍岭战争》之后，我们再来看北京版对格斯尔的塑造与刻画。如同前文所述，在宗教体系框架下，藏版《岭·格萨尔王传·霍岭战争》中格萨尔王是上界天神降凡世，是白梵天王的心爱子，并且纵观《霍岭战争》全部，除了格萨尔王之外，其他人并没有可以召唤天兵天将的神力。而在蒙古族北京版《格斯尔传·锡莱河之战》中，不仅格斯尔是玉皇大帝的太子转生，而且哲萨·希格尔和三十勇士也都是天神下界，有万夫不当之勇，就连小英雄额尔德尼图·安春也是玉帝子孙化身到人间的。当格斯尔为了征讨锡莱河三汗报仇雪恨，准备出征前，格斯尔抽出一支神飞箭，念动真言，吹口法气，便可以吩咐神箭飞到锡莱河三汗那里，把仇敌的前锋或哨兵射死，然后再飞到黄河的彼岸钉住！[①] 当锡莱河三汗的大军正要杀进营寨时，格斯尔的大军却一下子变成一条光彩夺目的蓝色长虹，升空消逝。[②] 当格斯尔指挥神童兵从四面八方袭击白帐可汗的军营时，这些神童兵闯入敌阵，势不可挡，如入无人之境，一鼓作气砍断七杆大纛，斩死七名火头军，赶走了七帮马群，杀得白帐可汗的人马落花流水，哭叫连天。[③] 除格斯尔本人外，哲萨·希格尔、苏米尔和安春也能祈祷众神灵派遣千万天兵天将掩护他们，并祈求四大天神，从四面八方降下法雨，施放风暴云雾，使敌阵混乱！[④]

因此，与藏版《岭·格萨尔王传·霍岭战争》相比，北京版《格斯尔传·锡莱河之战》整部作品的神幻色彩浓厚，反而似乎在一定程度上淡化了藏版中宗教意义上英雄与神灵之间的刻意区别，那种在藏版的英雄崇拜与宗教信仰复合结构中构拟、不可侵犯与逾越的格萨尔王的绝对神圣性似乎在蒙古族北京版《格斯尔传·锡莱河之战》中并没有那样强烈，但这并不意味着蒙古族北京版将格斯尔与哲萨等英雄视若等同。在北京版《格斯尔传》中，虽然格斯尔和哲萨都来自玉帝的凌霄殿，都能通过祈祷调遣天兵助阵，但在格斯尔与哲萨之间，仍然作了身份上的区分：格斯尔是“威镇十方铲除十大祸根的圣主，他的上身附有十方佛尊的神通和法力，他的中身附有四大天王的神通和法力，他的下身附有四海龙王的神通和法力”，[⑤] 而“哲萨的身上附有四大天王的神通和威风，中身附有人世间的一切智勇，下身附有白龙王的神通和法力”。[⑥] 这里我们可以看到，格斯尔与哲萨之间

---

① 参考内蒙古自治区社会科学院文学研究所、内蒙古自治区《格斯尔》工作办公室翻印的北京版《格斯尔传》汉译本，内部资料，1985，第196页。

② 参考内蒙古自治区社会科学院文学研究所、内蒙古自治区《格斯尔》工作办公室翻印的北京版《格斯尔传》汉译本，内部资料，1985，第216页。

③ 参考内蒙古自治区社会科学院文学研究所、内蒙古自治区《格斯尔》工作办公室翻印的北京版《格斯尔传》，汉译本，1985，第219页。

④ 参考内蒙古自治区社会科学院文学研究所、内蒙古自治区《格斯尔》工作办公室翻印的北京版《格斯尔传》，汉译本，1985，第145页。

⑤ 参考内蒙古自治区社会科学院文学研究所、内蒙古自治区《格斯尔》工作办公室翻印的北京版《格斯尔传》，汉译本，1985，第173页。

⑥ 参考内蒙古自治区社会科学院文学研究所、内蒙古自治区《格斯尔》工作办公室翻印的北京版《格斯尔传》，汉译本，1985，第168页。

仍有身份上的层级关系。

结论　英雄的意义

对霍尔三汗或锡莱河三汗、森姜珠牡或茹格慕以及宗教信仰的描写，四个版本均根据本民族或本地区的审美习惯和价值取向分别作了迥异的民族化或本土化再造，而对英雄之死的刻画，四个版本虽然略有细节上的差异，却均对小英雄和格萨（斯）尔的哥哥之死作了重点描写。原因的探寻也许不可一言以蔽之，但如果可以做一推测，如果蒙古地区的《格斯尔传》是由藏族传入的结论成立，那么蒙古族《格斯尔传》的创作者或民间说唱艺人之所以没有对这一情节作较大改动，可能是因为藏蒙两个民族对英雄意义的诠释有着大致相同的思维逻辑和价值取向，或者说藏族《格萨尔王传》中对英雄本人和对英雄荣耀的表述与认定是符合蒙古族对英雄形象的判定标准的，而四个版本中对英雄意义的理解与诠释又共同呈现了英雄史诗的根本属性。

无独有偶，在英雄之死的问题上，荷马史诗似乎与《格萨尔》有着异曲同工之妙。哈佛大学纳吉教授在对荷马史诗分析认为，神与英雄是根本对立的，在两者之间英雄必死，而且还会在如花般的少年之时战死沙场，从而以年轻逝去的生命来换取英雄荣誉的不朽，而与英雄之死相对应的是神的不朽与永恒。荣誉不仅是不朽的，甚至是永不枯萎的。[①] 在纳吉教授的诠释中，荷马史诗中的帕特洛克罗斯和阿基琉斯虽然都在年轻时死去，但他的青春却永远活在人们心里，或者说活在人们心里的永远是那个年轻的、充满生命活力的英雄阿基琉斯，英雄荣誉永远封存在人们的记忆中。这里大概可以使我们联想到藏蒙《格萨（斯）尔》史诗中为什么四个版本均以各自不同的角度来塑造一个十几岁的小英雄，在成年的英雄们想要退缩之时，反而是借小英雄之口、小英雄之死来诠释英雄的视死如归、无所畏惧，以及虽死犹荣的英雄意义。

但同时，中国藏蒙《格萨（斯）尔》在人神关系上，又与纳吉教授分

① 参考哈佛大学纳吉教授网络公开课《古希腊的英雄》，Hour6。

析的《荷马史诗》有着不同的思维方式和文化选择。纳吉教授认为，不朽的战神不仅包括英雄的战斗行为，甚至还包括他们战争中的死亡。因为神与英雄在英雄死去的那一刻是可以映射彼此的，这才是神与英雄内在对抗的高潮。[①] 在荷马史诗《伊利亚特》中，虽然阿基琉斯最终取得了战争的胜利，但最终还是以阿基琉斯牺牲结束。但在中国藏蒙《格萨（斯）尔》中，虽然“格萨（斯）尔”这个人物并不仅仅是一个英雄人物，还是一个与天神有着千丝万缕联系的英雄，但英雄与天神之间并非西方世界《荷马史诗》中构拟的根本的二元对立关系。虽然藏蒙《格萨（斯）尔》中小英雄和格萨（斯）尔的哥哥也在战争中阵亡，但格萨（斯）尔却可以神奇般地战胜一切恶势力，挽救众生于水火之中。因此，格萨（斯）尔具有神与英雄的双重属性，他既不能单纯地等同于神，也不能简单地被视为人世间的英雄。如果我们回顾上述几个版本，会发现格萨（斯）尔不仅是神的儿子、受了神的旨意才降生人间，而且他还必须在饱经人间饥苦与磨难之后才能成为英雄和一国之君，才能完成从“神子”到“英雄”的转换，而在这个转换完成之后，并不意味着格萨尔与神灵世界的关系破裂，反而在几个版本中每当格萨尔遇到困难时，又会有他的神姊或者天兵天将来护佑帮助，而格萨尔在完成使命之后也无须用战死来成全英雄的不朽。因此，在中国藏蒙《格萨（斯）尔》的世界里，似乎并不存在明显的人神之间的绝对对立关系。在人神关系上，与西方相比，中国藏蒙《格萨（斯）尔》似乎更多呈现二者的融合。

---

① 参考哈佛大学纳吉教授网络公开课《古希腊的英雄》，Hour5。

史诗演述的常态与非常态：作为语境的前事件及其阐析[*]

乌·纳钦[**]

摘 要：从细化语境研究的立场出发，将史诗演述的前提事件分解出来，厘清常态/非常态前提事件的边界，对正确理解史诗演述的目的、功能和意义，有着重要的方法论价值。若干田野观察证实，蒙古族史诗《格斯尔》在巴林地区的流布发生了明显的演变，尤其是其口头演述往往以非常态事件为导引，借由民间信仰框定叙事语境，在一定意义上失去了娱乐功能，却催生了强固的演述禁忌；禁忌阻隔了史诗传播的部分通道，同时使史诗演述在这一特定区域内得到了更稳定的传承。

关键词：史诗演述；常态/非常态；前事件；语境；格斯尔

田野研究表明，史诗演述的全息性意义只能在语境中生成。语境的定义有广义和狭义之分。狭义的、田野作业意义上的“语境”是指特定时间的“社会关系丛”——至少包括六个要素：人作为主体的特殊性、时间点、地域点、过程、文化特质、意义生成与赋予。[①] 在口头史诗演述中，语境实质上是由以上六个要素构成的互为关联的动态过程。史诗演述往往会以某个前提为动因，并在其驱使下制导言语行为的发生，而这个动因便会构成

---

* 本文为中国社会科学院登峰战略优势学科“中国史诗学”项目阶段性成果，原载《民族艺术》2018 年第 5 期。

** 作者简介：乌·纳钦，博士，中国社会科学院民族文学研究所研究员。

① 朝戈金：《史诗学论集》，中国社会科学出版社，2016，第 111 ~ 112 页。

史诗演述事件的前提性事件，本文称之为“前事件”。有时，这个“前事件”会决定“这一次”史诗演述的民俗目的、功能和意义。对此，我们应当细心地加以观察、辨识和阐发。

一　史诗演述的前事件

基于叙事语境与演述场域的互动关联，巴莫曲布嫫总结出“五个在场”的田野研究操作框架：史诗演述传统的“在场”；演述事件的“在场”；受众的“在场”；演述人的“在场”；研究者的“在场”。[①] 对研究者而言，这“五个在场”的同构，意味着在其眼前形成了一次相对理想的、气韵生动且充满细节的史诗演述场域，剩下的便是敏锐而深入的参与观察了。

“五个在场”是对一次具体的演述事件进行观察而言的，其目的是以“这一次”的演述事件为追踪连线，进而推进一系列演述活动的田野研究。那么，“这一次”演述事件的起点又在哪里呢？应当在传统、受众、研究者三个要素“在场”的情形下，由第四个要素——演述人开始演述史诗文本的那一刻。其中，“演述”是第五个要素。由此，演述场域的五个要素同构为一个互动过程，史诗演述的观察也就从开场逐步走向高潮直至结尾。

但是，这个互动过程有可能尚未覆盖“这一次”史诗演述事件的全部过程。尤其是一些活态史诗的演述事件之前，实际上还存在一个“前事件”。那么，这个“前事件”又是什么呢？简而言之，就是“这一次”史诗演述的前提性事件。它是“这一次”史诗演述的直接动因，如果没有这样的前提，“这一次”史诗演述便不可能启动。这个“前事件”应该被包含在语境“六要素”中的“过程”一项中，而不应被笼统地归属于“史诗演述传统”的常态范畴之内，因其作为一次生动鲜活的特定事件，既有约定俗成的稳定性，又有预料之外的偶然性。

巴莫曲布嫫曾对“语境普泛化”的弊端提出批评：“语境的普泛化，在有的情况下甚至成了‘文化’、‘传统’、‘历史’等等宏大叙事的代名词，同时也消弭了我们对具体民俗事象的深细观察与审慎分析。因为，文本材

---

① 巴莫曲布嫫：《叙事语境与演述场域——以诺苏彝族的口头论辩和史诗传统为例》，朝戈金主编《中国史诗学读本》，中国社会科学出版社，2013，第 257～268 页。

料与田野材料之间各个不同的部分都在语境普泛化的过程中被整合为一体了，这些材料的差异性在可能的并置中几乎是无限的，因而在意义生成方面，我们或许获取了比文本解读更多的可能性，但其阐释的结果近乎是没有底线的，也难以比较全面地揭示文本背后的传统真实，尤其是细节生动的民俗生活'表情'。"① 的确，普泛化的语境观使得原本轻松自由且富有美感的史诗演述变得越来越沉闷乏味和难以理解，也变得越来越难以驾驭和描述了。

想要克服这种普泛化的语境观，一个有效的办法便是规避整合，分解语境诸要素的各个不同部分，使之变得有底线、有界域，让那些生成民俗意义的细节流程真实生动地逐一浮出水面，不仅使研究者观察得清清楚楚，而且让研究报告的读者也看得明明白白。本文从史诗演述语境的"过程"一项中分解出演述事件的"前事件"即"前提性事件"便出自这样一种考虑。

二 常态/非常态前事件

一次史诗演述事件的发生总会以有某种动因为前提，而当该前提以事件的形态出现时，便构成了"这一次"史诗演述的前事件，并事先规定了此次史诗演述的民俗目的、功能和意义。前事件发生之后，或许接下来的史诗演述会顺利进行，或许因为语境六要素中某一项的缺失而无法进行。前事件的功能只是为"这一次"史诗演述事件提供前提，并不能保证演述事件的顺利进行。在若干田野观察中可以发现，前事件同史诗演述事件有着明显的边界；前事件又可具体划分为常态的和非常态的前事件。

常态前事件是指作为史诗演述前提的惯常性事件，例如，赛会、人生仪礼、祭祀仪式等周而复始的民俗事件。荷马史诗演述场域——泛雅典娜赛会便是一种常态前事件。纳吉说，荷马史诗传统的流布过程中曾形成一个中心化语境，那就是泛希腊节，即雅典城的泛雅典娜赛会。这样的语境，为季节性反复出现的荷马史诗演述提供了正式场合。这里还形成了荷马史

① 巴莫曲布嫫：《叙事语境与演述场域——以诺苏彝族的口头论辩和史诗传统为例》，《文学评论》2004 年第 1 期。

诗的相关演述制度、聚集在一起的听众，以及向外传播而更趋于统一化了的传统，因此，构成了一种中心化语境。① 在印度史诗传统中也形成了这样的中心化语境，即“泛印度”语境。② 彝族史诗“勒俄”的口头演述部分有着严格的叙事界域，分为“黑勒俄”与“白勒俄”，并按“说史诗”与“唱史诗”两种言语行为方式进行论辩比赛，由具体的仪式化叙事语境（婚丧嫁娶与祭祖送灵）所决定。③ 也就是说，“勒俄”史诗演述的前事件是婚丧嫁娶与祭祖送灵等常态化民俗事件。蒙古族史诗《江格尔》的演述通常也以常态民俗事件为前提。据田野报告，《江格尔》史诗演述事件的前提有五种：一是不受时间和地点的约束，大家聚在一起便可由演述人进行演述；二是每逢春节或各类庆典，演述人应邀到邀请者家里去演述；三是演述人在《江格尔》比赛上演述；四是演述人应邀在军营里演述，以鼓舞士气；五是演述人在敖包祭祀上演述。④ 这五种情境，均可归入常态前事件范畴。

非常态前事件是指作为史诗演述前提的偶发性事件，例如，发生灾害、战乱、瘟疫、疾病等意外事件。在这样的前提下进行的史诗演述主要发挥驱灾辟邪的巫术或宗教功能。据斯钦巴图的田野报告，在蒙古族的一个分支部落乌梁海人那里，如果家庭发生不幸，就请歌手演述《塔拉音哈日宝东》《布金达瓦汗》等史诗；如果没有子女，就请歌手演述《阿日嘎勒查干鄂布根》等史诗；如果遭受干旱等自然灾害，就请歌手演述《阿尔泰海拉乎》等史诗。⑤ 而且，乌梁海人认为，发生干旱、雪灾、疾病及其他意外灾祸时，只要唱起史诗序歌即《阿尔泰赞歌》，灾祸就会消失。⑥ 可见，针对突发性灾难和疾病，每次史诗演述都分别承载了相应的消灾祛病的功能，这同时表明，非常态前事件规定了“这一次”史诗演述针对“这一次”意

① 〔匈〕格雷戈里·纳吉：《荷马诸问题》，巴莫曲布嫫译，广西师范大学出版社，2008，第68页。

② 〔匈〕格雷戈里·纳吉：《荷马诸问题》，巴莫曲布嫫译，广西师范大学出版社，2008，第58页。

③ 巴莫曲布嫫：《叙事语境与演述场域——以诺苏彝族的口头论辩和史诗传统为例》，朝戈金主编《中国史诗学读本》，中国社会科学出版社，2013，第253页。

④ 斯钦巴图：《〈江格尔〉与蒙古族宗教文化》，内蒙古大学出版社，1999，第32~33页。

⑤ 斯钦巴图：《蒙古史诗：从程式到隐喻》，民族出版社，2006，第228~229页。

⑥ 斯钦巴图：《蒙古史诗：从程式到隐喻》，民族出版社，2006，第219页。

外事件的特殊的民俗目的、功能和意义。柯尔克孜族《玛纳斯》史诗演述中也有类似情况。据阿地里·居玛吐尔地介绍，居素甫·玛玛依曾通过演述《玛纳斯》来救治过一个病人。该患者每天精神不振、疯疯癫癫，各处求医都不见好转。在患者的再三恳求下，居素甫·玛玛依开始演述《玛纳斯》。在演述过程中，居素甫·玛玛依的神态十分恐怖，眼里发出凶光，口吐白沫，手势也变得比平时要激烈。这样唱了一个多小时，患者的病情顿时好转。[①] 阿地里·居玛吐尔地还说，19 世纪著名《玛纳斯》歌手凯勒德别克·巴尔波孜也曾通过演述《玛纳斯》来救治过难产的孕妇和“被妖魔缠身”的病人。[②] 在内蒙古东部地区蒙古族民众中，人们在发生灾难和瘟疫时也会邀请歌手来演述“科尔沁史诗”蟒古思故事。陈岗龙指出：“蟒古思故事是在世俗领域里举行的禳灾祛邪的仪式，是诸如羌姆的佛教护法神信仰在东蒙古民间信仰中的一种辐射和具体化。其隐喻的象征含义就是佛教护法神保护社区的安全，抵御外来的不净和污秽以及威胁，重新建构社会秩序的过程。”[③] 上述史诗演述的“前事件”均为自然灾害、疾病瘟疫、偷盗战乱等突发性事件，属于非常态前事件，它们赋予史诗演述以神圣性功能，使之同一般口头文学乃至常态前提下史诗演述的民俗性、审美性和娱乐性功能具有很大的区别。

它们出自社区民众特殊的、迫切而即时的需求，因而也催生了史诗演述特殊的、迫切而即时的语境时空。

非常态前事件还框定了“这一次”史诗演述中歌手的角色定位。在接下来的史诗演述事件中，歌手将会扮演类似于萨满巫师的角色。斯钦巴图指出：“巴亦特、乌梁海史诗艺人们演唱史诗前诵唱与史诗有直接关系的阿尔泰山颂歌完全是出于信仰的原因，其功能是请求神灵、取悦于神灵，目的是求得神灵的护佑。史诗艺人此时的表演保留着萨满巫师的特征。”[④] 阿地里·居玛吐尔地也指出：“玛纳斯奇和萨满两者之间具有不可分割的双重

---

① 阿地里·居玛吐尔地：《口头传统与英雄史诗》，中央民族大学出版社，2009，第 146 页。

② 阿地里·居玛吐尔地：《口头传统与英雄史诗》，中央民族大学出版社，2009，第 147 页。

③ 陈岗龙：《蟒古思故事论》，北京师范大学出版社，2003，第 33 页。

④ 斯钦巴图：《蒙古史诗：从程式到隐喻》，民族出版社，2006，第 221 页。

性和重叠性，也说明玛纳斯奇这一群体的特殊性。”① 如果说，在常态前事件之下，史诗歌手就是一位史诗歌手，那么，在非常态前事件之下，史诗歌手就变成了萨满巫师。这让我们意识到，常态/非常态前事件的边界不仅是不同场次史诗演述的民俗目的、功能和意义的边界，而且是同一位史诗歌手不同角色身份的边界。

可见，在语境研究中，将史诗演述的“前事件”即前提性事件从史诗演述事件中分解出来，才能清晰地辨识其中的常态/非常态前事件及二者之间的叙事边界，这对正确理解同一部史诗在不同语境中演述的民俗目的、功能和意义，以及同一位史诗歌手在不同语境中的不同角色身份等，提供具有方法论意义的多重解析视角。当我们阅读一部史诗的文字文本时，如果不了解其演述语境，如果不了解它是在常态前事件语境中的产物还是非常态前事件语境中的产物时，将无法判定该史诗文字文本在“这一次”史诗演述事件中的实际功能和意义旨归。假设我们案头上的文字文本属于同一部史诗的两次乃至多次演述的异文，即使它们之间一字不差，但是它们背后最关键的语境和民俗信息也许会截然不同。

三 非常态前事件语境中的《格斯尔》演述

现在，我们把目光聚焦于一个蒙古族史诗文化社区，看看史诗演述在这个特定区域的非常态前事件语境中发生的诸多细节。这个社区是内蒙古赤峰市巴林右旗，简称“巴林”。该社区的口头传统与格斯尔英雄叙事之间形成了三个节点；一是世代传承《格斯尔》史诗，口头演述人层出不穷；二是流布着一系列格斯尔传说与风物景观；三是格斯尔庙祭祀、格斯尔敖包祭祀和格斯尔信仰在民间广为践行。这里的《格斯尔》史诗演述并非是单纯的娱乐行为或故事讲述行为，而是消灾祛病的巫术行为，也是由讲故事的诗性行为向信仰行为转化而来的仪式行为。这里的《格斯尔》史诗演述形式主要有两种：一种是由民间史诗歌手口头演述《格斯尔》，另一种是由识字人朗读书面《格斯尔传》。

---

① 阿地里·居玛吐尔地：《〈玛纳斯〉史诗歌手研究》，民族出版社，2006，第84~85页。

先看口头演述情形。口头的《格斯尔》演述在瘟疫疾病、自然灾害等非常态前事件语境中进行。据巴林籍史诗歌手苏勒丰嘎回忆，在他小的时候，村子里流行牛瘟，死了很多头牛。长辈们为了除瘟祛邪，邀请史诗歌手普尔莱演述了一部《格斯尔》。普尔莱端坐在圈着病牛的牛圈里演述史诗，年少的苏勒丰嘎在一旁听着这场史诗演述，便学会了普尔莱的那部《格斯尔》。[①] 这个回忆片段包含着一些有趣的民俗信息。首先，此次演述的前事件是牛瘟，演述的场地是圈着病牛的牛圈，而这个牛圈就是“这一次”的演述场域，演述的目的受众主要是牛圈里的病牛和被认为是病源的那些看不见的“瘟神”，演述的目的和功能是祛病驱邪；其次，《格斯尔》史诗的传授也在这一特殊的演述场域里进行，年少的苏勒丰嘎听着普尔莱的演述便学会了《格斯尔》。普尔莱与苏勒丰嘎之间的“师徒”结缘很像是科尔沁的史诗歌手色拉西与年轻歌手拉希吉格木德之间的“师徒”结缘。陈岗龙说：“有一年冬天王爷的牛群突然流行瘟疫，王爷叫来色拉西在牛圈内演唱蟒古思故事的时候，拉希吉格木德学会演唱这部《镇压蟒古思的故事》的。”[②] 我们今天听到的一些史诗文本就是这样传承下来的。同样的史诗演述，同样的非常态前事件即瘟疫，同样的演述场域即圈着病牛的牛圈，同样的史诗传授途径，“这一次”的史诗演述不仅发挥了除瘟驱邪的巫术功能，而且完成了老少歌手之间的技艺传递，史诗演述的多重民俗目的在同一时空、同一流程中不知不觉地得以实现。史诗演述的语境就是这样一种流动的过程，简洁而复杂，需要研究者细心体察、分阶段梳理。

面对这样的史诗演述，歌手的态度也是严肃而庄重的，表现出不同于一般歌手的特征。据当地学者的田野报告，20 世纪中叶在巴林右旗的珠腊沁村曾有一位名叫劳思尔的歌手经常演述《格斯尔》。他在演述之前，都要先漱口净身，并煨桑净化周围空间之后，还向格斯尔神像点香点灯叩拜。在演述史诗的过程中，从不饮酒或喝茶，但是在演唱其他叙事民歌时，他

---

① 《格斯尔》丛书编审委员会编，索德那木拉布坦编纂审定《巴林格斯尔传》（蒙古文），内蒙古科学技术出版社，2000，第 2 页。

② 陈岗龙：《蟒古思故事论》，北京师范大学出版社，2003，第 71 页。

会偶尔停下来喝茶或喝酒来润嗓子。[①] 歌手的态度已然表明，他所出席的，绝不是一次娱乐活动或一般性的故事讲述活动，而是针对无情瘟疫的一次悲壮而神圣的巫术仪式。较之前文所述歌手的角色，此时的歌手俨然从意识深处让自己进入了一个萨满巫师的角色。

再看朗读的情形。珠腊沁村也曾有过朗读书面《格斯尔传》的习俗，朗读的前事件是发生灾害、偷盗或战乱等，亦属非常态前事件。20世纪20～30年代，珠腊沁村曾有过一位朗读《格斯尔传》的人，名叫巴达尔胡。每到冬春之交，遇有灾情，巴达尔胡便在自家蒙古包里朗读书面《格斯尔传》，以祈求格斯尔显灵，为村里人消灾。他也像史诗歌手那样，在净身漱口、燃香点灯之后，才以高低起伏的柔和音调朗读《格斯尔传》。这时，他的蒙古包里坐满了人，大家都闭上眼睛，双手合十，静听他的朗读。在他读到茹格慕·高娃夫人落难的情节时，听众还会悲伤地落下眼泪以示同情。这个情形与其说是在听故事，不如说是在向格斯尔默祷，祈求他保佑村民免于灾害，因此，这其实是一种祭祀行为，祭祀对象是史诗英雄格斯尔。据说，有一次巴达尔胡正在朗读之时，格斯尔突然显灵，在蒙古包的天窗上露出赤面、五绺胡须的形象，从此珠腊沁村变得风调雨顺、瘟病灭迹。[②] 纳吉曾就"神祇作为听众在场"做出以下讨论："至于宗教在印度史诗演述中的作用及其最有力的阐释例证，我指的是在那样一些情境之中，演述人本来就相信神祇作为听众而在场。"[③] 对比之下，在巴达尔胡的蒙古包天窗上显灵的神祇（格斯尔）还不仅仅是一位听众，不仅仅只是"密切注视着演述中的错误"，[④] 而是作为一名保佑者在为人们驱邪禳灾，这是其一；其二这里的"朗读"一词在蒙古语里称"达古达呼"（dagudahu），指一种带韵律的诵读，但在语义上它除了有"诵读"之意外，还有"召唤"之意。

---

① 安巴：《查干沐沦河流域崇拜格斯尔的习俗》（蒙古文），纳·宝音贺希格主编《巴林格斯尔文化》，内蒙古文化出版社，2010，第100～101页。

② 达尔玛僧格：《论巴林〈格斯尔〉》（蒙古文），纳·宝音贺希格主编《巴林格斯尔文化》，内蒙古文化出版社，2010，第64～65页。

③ 〔匈〕格雷戈里·纳吉：《荷马诸问题》，巴莫曲布嫫译，广西师范大学出版社，2008，第61页。

④ 〔匈〕格雷戈里·纳吉：《荷马诸问题》，巴莫曲布嫫译，广西师范大学出版社，2008，第61页。

也就是说，朗读本身的目的之一亦是为了发挥《格斯尔》的语言魔力，以召唤格斯尔显灵。当人们说起神祇（格斯尔）曾降临现场时，其实也表明了神祇（格斯尔）才是人们心目中“这一次”朗读的真正的目的受众，而在现场坐着的那群人，只是参与朗读活动的“陪诵者”或是参与祭祀活动的祈祷者罢了。这样的理解能够对纳吉所论的“神祇作为听众在场”和巴莫曲布嫫关注的“受众的在场”有所补充。

从角色特征来讲，如果说口头演述的史诗歌手像一位萨满巫师，那么，朗读者就像一位祭祀的主持者了。这与《江格尔》的叙事语境与演述人的角色特征较为相像。斯钦巴图说：“史诗本身已不再是真正意义上的娱乐故事，它成了一种对英雄神灵的赞歌，一种特殊的祭文，一种特殊的请神歌；演唱活动的功能也不再是单纯的娱乐消遣而是祈福禳灾；史诗演唱者——江格尔奇此时也并不仅仅是一个民间艺人，他实际上发挥着宗教仪式主持者的作用；听众也不仅仅是艺术欣赏者和接受者，而是请神禳灾的宗教仪式的参与者、信徒和主要受益者，也就在此时，宗教仪式的主持者——江格尔奇和其参与者、信徒、受益者——听众构成了一个有组织的特殊的宗教社会。”① 这一段论述也可以当作珠腊沁村《格斯尔传》朗读语境的有效注解。

那么，村民们为什么会通过《格斯尔》史诗的口头演述或书面朗读来祛病禳灾呢？这就取决于《格斯尔》史诗在村民心目中的功能预期。平时，村民们用来朗读的书面《格斯尔传》都被置于高处，甚至被供进佛龛，与神像享有同等待遇。据苏勒丰嘎回忆，在他的家乡巴彦塔拉苏木的很多家庭都曾供奉格斯尔神像，在诺日布台吉家里还供奉过梵夹装手抄本《格斯尔传》，确津扎布大诺颜家里曾供奉梵夹装木刻本《格斯尔传》。② 另外，我们发现，在书面《格斯尔传》文本中对《格斯尔》史诗的除病祛邪功能做了一些言语上的建构。《岭·格斯尔》手抄本正文后面附了一篇祈愿经文，其中写道：“我雄师王此传记，若能宣讲它一句，如根治伤寒的灵药，像解

① 斯钦巴图：《〈江格尔〉与蒙古族宗教文化》，内蒙古大学出版社，1999，第47页。

② 《格斯尔》丛书编审委员会编，索德那木拉布坦编纂审定《巴林格斯尔传》（蒙古文），内蒙古科学技术出版社，2000，第2页。

除贫穷的真宝，似消灾禳祸的佛尊，句句都要在心中记清楚。”[①] 类似经文赋予《格斯尔》以巫术功能，并直接催生了民间在灾害、瘟病、偷盗或战乱等非常态前事件语境中口头演述或书面朗读《格斯尔》的习俗。

《格斯尔》史诗口头演述的巫术功能和书面朗读的祭祀功能，直接导致了相关演述禁忌的形成。在巴林的相关调查表明，一直以来，不能演述《格斯尔》的语境比能够演述《格斯尔》的语境要多得多。苏勒丰嘎说，老人和喇嘛们曾叮嘱他绝不能随时随地演述《格斯尔》。因为，在春季演述就会刮大风，在夏季演述就会打雷电，在秋季演述就会造成洪涝灾害，在冬季演述就会发生雪灾。[②] 照此看来，一年四季都没有一个合适的时间段可以演述《格斯尔》史诗了。该禁忌几乎堵住了史诗传播的一切有效途径。

那为什么会有这样的禁忌呢？因为，当《格斯尔》演述事件的目的和功能都被定位为祛邪、禳灾、驱祸时，只要演述《格斯尔》，便意味着灾难要降临了。但是生活中谁都不愿意看到灾难的降临，因此也就不愿意看到有谁来随便演述《格斯尔》，这便是该禁忌的心理逻辑。因此，《格斯尔》的口头演述在巴林已经发生演变，并逐步约定俗成，其前提往往由瘟病、天灾、偷盗、战乱、匪患等非常态的偶发性事件所塑定，目的是用以祈求格斯尔显灵，保佑人们免遭灾害与劫难。在这里，史诗演述在几乎失去其娱乐性的同时，被赋予了更强大的巫术和祭祀功能，也催生了超乎寻常的演述禁忌。需要注意的是，这一演述禁忌同时造成两方面的结果：一方面让《格斯尔》演述的灵验性更加彰显，强化了英雄格斯尔的神圣性；另一方面使史诗演述的机会变得越来越少，从而堵塞了史诗传播的部分通道，导致一部分史诗文本的失传。但禁忌从来都是双刃剑，叙事的禁锢虽然滞缓了《格斯尔》史诗的传播进程，却也让《格斯尔》演述在巴林这个特定区域里得以长久存续。因为，正是这些禁忌让《格斯尔》变成了当地民众在面对自然灾害、社会动荡和身心困境时需要投靠的一个不可或缺的心理上的避风港。由此，笔者的研究还将进一步走向史诗演述的叙事治疗功能

---

① 韦弦、额尔敦昌、陈羽云译《南瞻部洲雄师大王传》，内蒙古人民出版社，1993，第 868 页。

② 《格斯尔》丛书编审委员会编，索德那木拉布坦编纂审定《巴林格斯尔传》（蒙古文），内蒙古科学技术出版社，2000，第 2 页。

并另做探讨。

结　语

在民俗生活实践中，史诗演述的“前事件”即前提性事件规定了“这一次”史诗演述的目的、功能和意义。常态前事件是指作为史诗演述前提的惯常性事件；非常态前事件是指作为史诗演述前提的偶发性事件。通过田野观察我们不难看到，巴林地区的《格斯尔》史诗演述已发生明显的演变，表现为仅在非常态事件语境中发生和发展。由于史诗演述在这里失去了娱乐性，叙事语境借由民间信仰而得以框定，在特定的演述实践中被赋予趋利避害、祈福纳祥的社会功能和文化意义，由此形成的叙事界域和演述禁忌，阻隔了史诗传播的部分通道，同时也让史诗演述在这一特定区域内得到了更稳定的传承和赓续。在语境研究中，将史诗演述的前事件分解出来，进而对常态/非常态前事件的边界予以清晰的辨识，对正确理解史诗演述的目的、功能和意义，有着重要的方法论价值。

作为体裁的史诗及史诗传统存在的先决条件*

尹虎彬**

摘　要：文章认为在纯粹的形式与对象化的史诗作品之间，创造性的叙述者与受众是必要的前提，它是史诗传统作为历史过程得以延续的不可或缺之条件。史诗作为体裁具有超越性，其意义超越了某一个史诗作品的局限。这种意义是创造性的叙述者与史诗受众的个人经验相互作用而生成的。

关键词：史诗体裁；叙述者；纯粹的形式；超级故事

体裁的概念从它一开始出现在民俗学理论中，就是一个与“形式”（如德语中的“简单的形式”）或“类型”相近的同义词。从这种视角来看，民俗学包括神话、史诗、故事、歌谣、谚语等方面的研究。但是，就史诗来说，它并非孤立的体裁，与史诗密切相关的体裁主要有诗歌和散文形式的叙事类文学，如神话、传说、故事、长篇叙事诗及后来的小说等。① 史诗依靠神话和历史来编织，史诗包含了传说的内容，也包含了英雄故事模式。而传说以信仰为根基，根据历史来演绎，以变动不居的形式不断地再造历史。② 不仅

* 本文原载《民族文学研究》2018 年第 2 期。

** 作者简介：尹虎彬，中国社会科学院民族学与人类学研究所副所长，朝鲜族。

① Roger D. Abrahams, “The Past in the Presence: An Overview of Folkloristics in the Late 20th Century,” in Reimund Kvideland (ed.), Folklore Processed: In Honour of Lauri Honko on His 60s Birthday 6th March 1992, Helsinki: Suomalaisen Kirjallisuuden Seura, 1992, p. 46.

② 参见 André Jolles, Einfache Formen: Legende, Sage, Mythe, R? tsel, Spruch, Kasus, Memorabile, M? rchen, Witz, Hermann: Veb Max Niemeyer Verlag, 1956, S. 76。

如此，对活态传统的观察表明，史诗一般的长篇讲述，通常是韵文的，或者散韵兼有；讲述的背景或者场域符合神圣叙事的要求，表现神的或者英雄的主题；需要特别注意的是伴随着叙述形式的多样化。关于史诗的探讨是多学科的，如文学理论、文学史和民俗学（含民间文学）对史诗都有专门章节的讨论；同时，这种探讨也是多种范式的。民俗学倡导的实证的而非抽象的、类型学的而非哲学和美学的研究范式，史诗研究的学术潜力并没有局限于古希腊的范例，而是在口传史诗的领域里大大拓展了。[①] 从社会历史外部视角看待史诗，史诗曾经被冠以“古代的”“古典的”“中世纪的”“原始的”“神话的”“英雄的”“民族的”“民间的”“迁徙的”“溯源的”等名称亦不断地被加以界定。即使从文学内部研究来说，人们关于史诗的观念也经历了许多变化：从作为一般性的文学作品的史诗，到作为体裁的史诗，从作为体裁的史诗，到作为一个特定的史诗传统中的史诗。这些关于口传史诗的经验实证研究，尽管不可或缺，但并不能回答什么是决定史诗成为史诗唯一的、先在的、绝对的条件。

体裁被视为诗学和文学史的交汇点，体裁的发展问题是文学史的根本问题。[②] 但是，关于史诗作为体裁的探讨，主要被以下问题困扰：第一，史诗是世界各地古往今来普遍存在的体裁，但是，各民族史诗的面貌却是多种多样的。19 世纪，随着人类学田野实验的兴起，世界各地陆续发现了活形态的口头史诗传统，为史诗学提供了很好的材料。蒙古史诗、南斯拉夫史诗都属于活形态的史诗传统，而古希腊和古英语史诗已经成为书面的文学经典。这里包含的传统，它们相隔几千年，地域相去甚远，但是，它们都属于史诗这一体裁，都属于宏大的口头叙事传统。同时，体裁研究属于类型学的基本范畴，类型具有历史的、民族的和文化的专属特性。第二，史诗属于一种很复杂的体裁，融合多体裁的传统，这也是口传史诗的特点。[③] 单一体裁不足以讨论史诗。在口头传统中，史诗融合了多种体裁，因此，人们也不能简单把史诗当作一般体裁来加以理解和阐释。人们从史诗

---

① 〔俄〕维谢洛夫斯基：《历史诗学》，刘宁译，百花文艺出版社，2003，第 8～15 页。

② 程正民：《巴赫金的体裁诗学》，《清华大学学报》（哲学社会科学版）2009 年第 2 期。

③ 刘魁立：《民俗学论集》，上海文艺出版社，1998，第 120～124 页。

单一体裁观念，开始关注某一个传统的生态系统意义上的多种体裁相互交织的整体观念。史诗的力量来自何处？让史诗成为史诗的先决条件是什么？在形式主义者看来，内容并非判定长篇史诗的唯一条件，内容决定论不能完全解决我们关于史诗种类的理解。一部史诗在根本上同一个类似故事集子是不一样的。其中，篇幅长短显然也不是先决条件。[①] 冗长并不构成史诗的本质特征，而只是它的一种可能。体裁作为“遗留物的科学”对象，业已成为民间文学的传统领域。那些建立在经验实证基础上的文学和民俗学的教条都只是一把尺子，它对于揭示像史诗这样的充满超越性意义的事物，往往成为自身的桎梏。

一 全部世界的叙述

如何设定文学的先决条件？文学研究的对象化、认识论和客观世界的反映论、民族特色和时代精神，这些都是从文学的外部世界来探讨文学。而纯粹的文学创造出它自己的客观性。文学因为自身存在而存在。文学依靠语言的艺术、依靠想象来创造与社会现实不同的虚构的世界。而任何完整的概念都应该包括口头文学。文学艺术的中心是抒情诗、史诗和戏剧，因为它们处理的都是一个虚构的世界、想象的世界。语言艺术是比文学更加广阔的领域，它表示通过语言实现的一切艺术创作形式。[②] 仅仅就语言而言，包括文学语言、科学语言和日常生活语言。史诗的语言是专门化的特殊的语言。史诗是由语言的艺术构筑的世界，在史诗里，这是由歌手以专门化的有声语言叙述的，叙述帮助创造世界！从语言艺术角度，从形式即本质的角度，从文学的内在特性角度，探讨史诗作为体裁的力量，那么，语言学就成为一个先决条件。

（一）史诗作为体裁的先在性

人们可以从文本、作品、体裁之间的关联中认识体裁的诗学特点。作

---

① 〔瑞士〕沃尔夫冈·凯塞尔：《语言的艺术作品》，陈铨译，上海译文出版社，1984，第463～464页。

② 〔美〕勒内·韦勒克、奥斯汀·沃伦：《文学理论》，刘象愚等译，生活·读书·新知三联书店，1984，第346～347页。

品的形式即体裁，作品只有在具有一定体裁形式时才实际存在。[①] 体裁具有先在性质，它是完成的和完备的，也是整体的；体裁涉及纯粹的形式；体裁需要主体的人来把握运用；从现象学角度看，体裁是一种绝对的存在。[②] 19 世纪以来的文学理论认为作品体现了体裁所具有的统一性和完整性，作品的权威性是先天赋予的。《奥德赛》与《伊利亚特》基本的故事模式是相同的；它们都是关于这样一个故事：一个远离家乡的人，因他的离去而给其所爱的人带来一场浩劫，他终于重返家乡，报仇雪恨。《伊利亚特》围绕阿基琉斯的愤怒这一中心事件赋予了该史诗统一性和完整性。它代表一个种类。它的本质是要塑造一个全部世界，而且由这样一个既成事件造成的形象有可能作为主要的实质。《奥德赛》属于回归英雄的故事，它以奥德修斯这个伟大的回归英雄、大军统帅、海神迫害的人和雅典的保护者为主要人物。他是巨型人物，因此这个人物又展开了全部世界，一切事件都依照人物来安排，同时在《伊利亚特》中，人物依照事件来安排。“愤怒”，这是《伊利亚特》希腊语的第一行诗的第一个词。这是诗人说出的全诗的主题。在诗人就是表演者和歌手的时代，《伊利亚特》是关于英雄阿基琉斯的愤怒的歌。《伊利亚特》第 9 卷第 224 行诗唱道：“过去也有此类事件，我们听人说传，英雄们的事迹，与狂烈的暴怒有关。”[③] 歌手，他按照自己的演唱技艺的法则，只用一个词，全诗的第一个词，就把全部十万多个词的诗统括起来了。《奥德赛》也一样。用第一个词——凡人，点明了歌的主题。《奥德赛》是讲述希腊英雄奥德修斯，在特洛伊战争后，回航时所经历的冒险故事。有关阿开亚人自特洛伊回归的冒险故事、诗歌很多，《奥德赛》开篇便有意声明，这是同类型返航故事的最后一篇。《奥德赛》是荷马时代许许多多的回归歌之一。特洛伊英雄回归歌包括“史诗诗系”：《回归》《奥德赛》《忒勒戈尼》（Telegonia）。《奥德赛》是关于希腊诸英雄自特洛伊战争返回的歌，这些英雄包括奥德修斯、阿伽门农、墨奈劳斯、奈斯托耳等。在史诗中，叙述帮助世界的创造。一个长篇形式要靠其他力量来生存。在

---

① 程正民：《巴赫金的体裁诗学》，《清华大学学报》（哲学社会科学版）2009 年第 2 期。

② 户晓辉：《民间文学：转向文本实践的研究》，《中国社会科学》2014 年第 8 期。

③ 〔古希腊〕荷马：《伊利亚特》，陈中梅译，华夏出版社，2007，第 178 页。

一个伟大的形式中，一个世界被创造出来。这种创造的力量源于一个包含在事物中的组织。史诗追求世界展示和世界描述的实现，即追求“史诗般的展出”。

全部世界包含了世俗世界与神秘世界、实在的世界与超验的世界、内在世界和周围世界。史诗和传说里包含了超验的世界，即彼岸的世界，它与这个世界相对，是一个令人恐惧的陌生世界。荷马史诗里，奥德修斯看到无数凄厉悲苦的亡魂，这让他感受到前所未有的恐惧，奥德修斯更是前后两次以“苍白的恐惧”来形容内心的惊惧，人类在意识上有了人神之别，有了下界（冥府）和此界（现实世界）的区别。[①] 童话里也有一些来自彼岸世界的形象并且有超越自然的能力。童话中的主人公，他对神秘力量并不觉得恐怖，在他眼里一切都处于同一个维度。童话的“一维性”“平面性”，在童话里，有机世界和无机世界，人的世界和神的世界，统一在一个平面的世界里。[②] 童话克服了凡俗的一切羁绊，克服了生老病死、爱恨情愁、悲伤和恐惧，获得精神的升华。在童话里，我们找不到长篇小说的历史和人生的沉重感。童话缺乏的，不仅是对世俗世界与神秘世界的鸿沟的感觉。它的人物没有物质性，没有内在世界，没有周围世界的图形，因此它还缺乏与整个时间的关联。

史诗的诗人在晚近的时代置身怎样的困难之中？他不能依靠被人相信的传说和神话，他的世界是“散文式安排”的，他的世界作为“依照经验认识出来的现实”已经变得没有神话、没有奇迹。诗人找不着聚集的听众，他必须为读者写作。单是这个缘故，整个叙述态度就已经发生变化。既然叙事者现在不再站在史诗吟诵者崇高的立场，而是以个人叙事者的身份来说话，既然听众已经变为个人的、私人的读者，那么要叙述的整个世界也变成私人的世界了。“全部世界”的叙述叫“史诗”；“私人世界”在私人声调中叙述叫作“长篇小说”。[③] 小说与史诗具有内在精神上的对立性。作

① 贺方婴：《两种幽暗——比较荷马〈奥德赛〉与柏拉图〈斐多〉的冥府教谕》，《思想战线》2013年第1期。

② 参见户晓辉《麦克斯·吕蒂的童话现象学》，《民族艺术》2014年第4期。

③〔瑞士〕沃尔夫冈·凯塞尔：《语言的艺术作品》，陈铨译，上海译文出版社，1984，第462～474页。

家的小说创作，以构型的方式介入世界，规定一部分世界，以某种方式把这部分世界连接起来，这种形式最终完全取代了这一部分世界。

（二）史诗作为体裁的超越性

体裁的本体力量来自人类的精神世界。作为纯粹的形式，史诗根源于富于活力的生命和深邃的信仰。陈寅恪在论及中国的弹词时，把它与印度和希腊史诗做比较，他指出："《再生缘》之文，质言之，乃一叙事言情排律之长篇巨制也。""世人往往震矜于天竺希腊及西洋史诗之名，而不知吾国亦有此体。外国史诗中宗教哲学之思想，其精深博大，虽远胜于吾国弹词之所言，然止就文体而论，实未有差异。"[①] 作为弹词体裁的《再生缘》，再怎么长，它也不过就是叙事言情的俗文学作品，与印度大史诗和希腊古典史诗在神圣性即精神本质上不可同日而语。就宏大叙事必须具备精神超越性这一点而言，中国古史叙事和西方古典史诗几乎具有同样的特征。一般史家都认为从黄帝到大禹的帝系是上古史。古史即神话。黄帝、颛顼、唐尧、虞舜、夏禹，他们都是神话中的人物，在东周以后转化为历史人物。自轩辕黄帝起，颛顼、帝喾、唐尧、虞舜、大禹……这都是中国有文字记载的历史。但常识告诉我们这些都是伪古史。近代的疑古观念，恰恰是从另一个方面承认了古史叙述中的神圣性特质。这就与史诗的叙述一样。史诗叙述的这个世界具有伟大、崇高、绝对、不可置疑的特征。史诗是"关于过去时代的传统，是神圣而不可篡改的"，[②] 史诗的世界是定型、完美的，也是封闭、完成了的。古史和古史传统在远古社会曾经有不可置疑的崇高性、唯一性、权威性。它们是关于天地万物本原、关于人类社会和神灵世界的宏大叙事，这些叙事成为神话、宗教、哲学、历史和文学的基本内容。史诗是"大言"，要宗经载道，而非小说，尽男女琐碎之闲谈。

一部史诗就是一个超级故事（superstory）。劳里·航柯根据印度史诗传统中的超级故事这一地方传统的语汇，深化了人们对史诗叙事特点的认识。

---

① 陈寅恪：《论再生缘》，《陈寅恪先生文史论集》上卷，香港文文出版社，1972，第365～367页。

② 〔苏〕巴赫金：《小说理论》，白春仁、晓河译，河北教育出版社，1998，第518页。

《摩诃婆罗多》《罗摩衍那》《伊利亚特》《奥德赛》即属于超级故事。[①] 超级故事以其长篇的形式、诗学的力度、神话和历史内容，为集团或个人的文化认同铺平了道路。超级故事体现了一种蕴藉的诗学（a poetics of implication）。就希腊人的史诗来说，除了诗歌本身之外，诗歌的余下内涵展示出丰富多样的人物和事象。这种丰富性，其中一部分来自反复出现的形象和行为：诞生、订立婚约、婚礼、成年礼、享宴、葬礼等，这些事象把史诗的叙事统合起来，与史诗受众的个人经验相互作用，其结果是史诗的文化意义大大超越了某一个史诗文本的局限（这些事象，是氏族、部落和民族共同体的大事，绝非个人的行为）。[②] 宏大叙事的超越性，就在于它的意义生成，所谓超越就是在言语之外的精神体验，即叙述者和受众在交流互动时的心灵沟通。庄子有所谓“大言之辨”。小言即日常语言，它以知性思维所能达到的范围为界；大言即去言，去言、不言而后能超越言说名理之表而进入“不道之道”（不可言说之道）的本体境界。“大言之辩”（大言）与日常知、言相对立，二者间有不可逾越的界限，后者为前者所不可达之区域。这是从哲学本体论上揭示了知性思维与日常语言的局限性。因此，史诗作为宏大叙事，具有超越有限的无限、超越物镜的诗境、超越理性思维的诗性智慧的本质。正是在这一点上，马克思认为希腊史诗不可以被再生产，不可以在历史上重复出现，同时也是永远不可以被模仿的。[③] 相对而言，简单故事（simple stories）规模小、具有完整的动机和真实可感的人类的情绪。小说截取生活的横断面，内容不外是人生苦短的哀叹、理想与现实的冲突等。它的生活场景可能是农耕社会的小山、小水、小故事、小人物，是一个局限的、特定的、人间世界的那一部分。简单故事呈现的是生活世界，所用语言是白话。“其事为家人父子、日用饮食、往来酬酢之细

① Lauri Honko, Textualising the Siri Epic, Folklore Fellow Communications No. 264, Helsinki: Academia Scientiarum Fennica, 1998, p. 28.

② 〔美〕布兰达・贝卡（Brenda Beck）根据自己对于达罗毗荼人（Dravidian）即泰米尔人的兄弟故事（Brothers story）的田野研究，认为一部史诗就是一个超级故事（superstory）。参见 Brenda E. F. Beck, The Three Twins: The Telling of a South IndianFolk Epic, Bloomington: Indiana University Press, 1982, p. 196。

③ 朱立元、王文英：《试论庄子的言意观》，《上海社会科学院学术季刊》1994 年第 4 期。

故，是以谓之小；其辞为一方一隅、男女琐碎之闲谈，是以谓之说。然则，最浅易最明白者，乃小说正宗也。”[①]

（三）传统和个人对体裁的作用

基于一种科学主义的观念以及对象化的思维，落实到体裁上，就产生了传统与个人的作用问题。一部文学作品的种类特性是由它所参加其内的美学传统决定的。文学的各种类别可被视为惯例性的规则，这些规则强制作家去遵守它，反过来又为作家所强制。体裁的各种名称并不是在学者的著作中、在他们的研究过程中创造出来的，而是千百年来，在不同的国家，用不同的语言，在文学作品的作者、表演者、听众和读者当中，而在更晚的时期，则是在属于各色各样流派的作家和批评家中间，自发地产生的。[②]传统的文艺学关注传统与个人的关系，认为传统是客观的、决定性的，是制度层面的、强制的力量，传统具有历史性和社会性，传统不是依靠单独个人的发明。文学的体裁其实是制度，并不是简单的分类和冠名行为；体裁不是学者和学术研究中出现的现象，它是在某个文化中自发的。[③] 民俗学家也认为，在许多语言中，文类术语的存在暗示了这些概念已经形成。它们并不依附于任何分析方法或者理论框架，它们代表了那些讲故事、唱歌、引用谚语的人们的观点和看法。[④]

与上述的传统及个人问题相关联的是文学创作的集体性观念，它来自18、19世纪的浪漫主义和民族主义者，在他们的意识形态里，集体性就是民众、人民、民族精神，进而抽象地提出一个集体性的观念，这可以更好地贯彻他们的文化政治。民间创作的集体性，强调了整体高于个体，强调了个体不能凌驾于传统之上。想象中的“集体创造者”来自浪漫主义者格林提出的“诗歌是人类的母语”的观念。吕蒂认为，民间童话是不知名的创作者，能够保存并继续创作它的复述者以及对复述者有所要求并最终接

① 罗浮居士：《蜃楼志小说序》，庾岭劳人：《蜃楼志》，花山文艺出版社，1993，第1页。

② 〔苏〕格·尼·波斯彼洛夫：《文学原理》，王中琪等译，生活·读书·新知三联书店，1985，第296页。

③ 〔美〕勒内·韦勒克、奥斯汀·沃伦：《文学理论》，刘象愚等译，第256页。

④ Dan Ben - Amos ，“Do We Need Ideal Type （in Folklore）? An Address to Lauri Honko，” NIF Papers，Turku：Nordic Institute of Folklore，1992，pp. 25 - 26.

受了童话的听众共同“创作”的作品，这意味着，诗人、讲述人和听众的渴望让这些叙事合乎整个叙事类型得以产生并存活。[①] 卡冈认为，口述本身是一种审美存在的另外一种形式。说唱本身构成了史诗特有的审美方式。创造者、作者和叙述者，这一要素是被“缪斯的综合艺术”放在一起，彼此融合的。在口头传统中，诗歌是活在人中间的，人们对于口头文学的知觉通常是集体的，无论如何，它总可能是集体的，祖母给孙子讲故事时，孙子的小伙伴也可能同时在听。[②] 缪斯艺术的混合性、民间创作的混合性表现为创作和表演的不可分割。诗人和作曲家，他们不仅仅是创造者，同时也要承担表演者的角色——歌手、民间歌唱家、民间诗人、弹唱诗人、歌唱诗人和行吟诗人来表演的。[③] 在约勒斯的著作中“自然的诗”就是“简单的形式”：神话、传说、童话、谜语和格言等。他认为“有一种语言现象促成了简单形式的形成，这种现象既不取决于某个诗人或某个具有语言天赋的人，也不取决于多数人（民众），而是似乎处于诗人或民众之上”。简单的形式“可以说无须借助于诗人而在语言中自行出现、从语言中自行获得”。[④] 约勒斯的任务不是研究当前的简单形式或单个的艺术形式，在确定了这些简单的形式时，他只好简化或忽略所有人的参与。看起来，约勒斯不仅否认了诗人，也否认了以匿名的方式产生的民间文学作品。如果从另外的角度看，被悬置的创造者只是暂时地被悬置。他并没有具体地否认创造者的存在：“民众或诗人以其虔诚的心情和想象力、热情和幻想参与了它的当前化。”[⑤] 约勒斯的任务不是研究当前的简单形式或单个的艺术形式，在确定了这些简单的形式时，他只好简化或忽略所有人的参与。

---

① 参见 Max Lüthi, Volksliteratur und Hochliteratur: Menschenbild – Thematik – Formstreben, Francke Verlag Bern, 1970, S. 179。

② 〔苏〕莫·卡冈：《艺术形态学》，凌继尧、金亚娜译，生活·读书·新知三联书店，1986，第 346 ~ 347 页。

③ 〔苏〕莫·卡冈：《艺术形态学》，凌继尧、金亚娜译，生活·读书·新知三联书店，1986，第 231 页。

④ 户晓辉：《民间文学：转向文本实践的研究》，《中国社会科学》2014 年第 8 期。

⑤ André Jolles, Einfache Formen: Legende, Sage, Mythe, Rätsel, Spruch, Kasus, Memorabile, Märchen, Witz, S. VIII.

二 “作者身份”与诗歌“权威性”

即使从现象学的观点看，史诗的当前化，也需要有一个创作者。这里，便出现了三个层面的问题。一是体裁层面的，即简单的形式，它很早就存在了，不管你知道还是不知道，它就在那里。二是作品，它是某个创造性的叙述者的一次创作。三是它同时还以一个具体的文本出现。要理解这些，可以参考洛德下面一段话：“诗中的一切属于民众集体，但是诗歌本身，特定演唱中出现的程式，则属于歌手。所有的要素都是传统的；但是，当一个伟大的歌手坐在观众面前时，他的音乐、他的面部表情，他的特殊的诗的版本，在此时此刻，属于他自己。”[①] 这里，一般性地谈诗，意义指向是诗的体裁，在作品意义上谈诗一定要有具体的作者或叙述者，而如果谈现场表演的诗歌就必须指向文本。形态学作为语言形态和文学形态的学说，其旨趣即使不要求把语言形态和文学形态理解并解释为独立的形象，至少也需要主体（人）与客体（形态）之间有一种中介，这当然与人有关。我们从来不能把简单的形式、艺术形式、艺术作品与人分开。

在纯粹的形式和对象化的史诗作品之间，史诗的创造者，即作为主体的人，是不可或缺的前提，也是研究中不可忽视的要素。“创造性的作者、叙述者是一切史诗文学不能否定的条件。”[②] 在荷马史诗的吟诵时代（前1200～前775），史诗演唱相当普遍。除了《伊利亚特》和《奥德赛》之外，还有其他诗歌片段被摘引留存下来，它们是围绕特洛伊战争精巧组织起来的相互联系的作品。这些遗失的诗作就构成了史诗集群（epic cycle）。希腊史诗归于荷马名下的意义是什么？“史诗吟诵者”是希腊史诗传统中的一种制度。[③] 航柯提出“用书写表演史诗的人”，他认为伦洛特是“书写型”的史诗歌手，他就是帕里言及但未曾深入研究的那一种兼通文人文学和口传的民间文学的人。伦洛特就是这两种文学兼通的人，他的“大脑文

① 〔美〕阿尔伯特·贝茨·洛德：《故事的歌手》，尹虎彬译，姜德顺校，中华书局，2004，第413页。

② 〔瑞士〕沃尔夫冈·凯塞尔：《语言的艺术作品》，陈铨译，上海译文出版社，1984，第463页。

③ 参见 G. Nagy, Pindar's Homer: The Lyric Possession of An Epic Past, Baltimore, 1990, p. 53。

本”是“自然诗”，也属于“艺术诗”。史诗是口头文学也是作家文学，拥有集体性，也具有个人性，具备有声语言的特性，也因为被文字记录和文人修订而具有文人文学的特点。卓越的史诗说唱者早就有了自己的名字。史诗因为有了它的说唱者才具有了作品的特性，希腊史诗因为有荷马的传本而成为典范。关于古传的史诗，通常是轶名的，这样的署名，与署名“荷马”是一样的，因为荷马其人的有无早就成为学坛公案。当然，对这一论争的总结无疑可以进一步完善我们对于古典史诗“作者身份”与诗歌“权威性”等问题的认知。① 对于现代的文学研究者来说，即使没有说出具体名字，也要提出一个想象中的作者。文艺学作为认识论、科学，必须区别主体和客体，将民间文学对象化，这些都使得人们必须想象一个创作者的存在。一部长篇史诗通常是个人的工程，而不是一项集体事务；没有歌手个人的大脑文本在现实表演中的适应和大脑编辑，文本内聚性也是不可能实现的。②

文学内部研究强调“文学性”普遍形式，把史诗看作由语言的艺术构筑的世界，从语言艺术角度，从形式即本质的角度，从文学的内在特性角度，探讨史诗作为体裁的力量，试图从文学语言中抽出本质并确定审美经验的必要条件。史诗作为体裁，其根本力量来自史诗所具有的超越性，史诗以其长篇的形式、诗学的力度、具有神话和历史沉重感的内容，易于多重意义的生成。这种意义是创造性的叙述者与史诗受众的个人经验相互作用而生成。本文试图把史诗生产者与史诗作品、创作过程和完成的作品合并在一个阐释的范式中。在纯粹的形式和对象化的史诗作品之间，创造性的叙述者和受众是必要的前提，它是史诗传统作为历史过程得以延续的不可或缺的条件。

---

① 吕健：《“原始文本”抑或“多元文本”？——〈伊利亚特〉新校本争论回溯》，《文贝：比较文学与比较文化》2014 年第 1 期。

② 〔芬兰〕劳里 · 航柯：《作为表演的卡勒瓦拉》，刘先福译，《民族文学研究》2015 年第 3 期。原题目为“The Kalevala as Perfor - mance”，译自劳里 · 航柯（Lauri Honko）主编《卡勒瓦拉与世界传统史诗》（*The Kalevala and the World's Traditional Epics*）一书。

五　长诗

《阿诗玛》的改编策略与民间文本的多元传承*

萨支山**

摘　要：20 世纪 50 年代对彝族撒尼民间叙事长诗《阿诗玛》的搜集、整理、加工，是毛泽东提出的“发展民族新文化提高民族自信心”的具体实践。妥善处理文化的差异性、多样性与新文化之间的复杂关系，使之既能够在文化上进行“民族识别”，提高民族自信心，同时又能“消除隔阂”，增强国族共同体的凝聚力，是整理工作的主要目的。在 20 世纪 50～70 年代，处理民族问题的一个重要思路是用阶级矛盾来化解民族隔阂，天下穷人是一家，他们共同的敌人是统治者、剥削者。在这样的思路下，长诗的主题提炼、人物关系、情节设置等，都必须围绕阶级矛盾而展开。但是，大力改编和广泛传播的《阿诗玛》，并没有覆盖和扰乱当地长诗的传承生态，撒尼群众现在吟唱的《阿诗玛》，仍然是未经整理的传统本子。传播与传承，走的是互不干扰的两种文化发展之路。

关键词：民族识别；长篇叙事诗；搜集整理；文化传播；文化传承

中华人民共和国成立初期，中央人民政府委员会对边疆少数民族政策极为重视，在中国人民政治协商会议第一次全体会议上通过的具有临时宪

---

* 本文原载《民间文化论坛》2018 年第 6 期。

** 作者简介：萨支山，中国社会科学院文学研究所副研究员。

法性质的《中国人民政治协商会议共同纲领》中，第六章“民族政策”特别强调：“各少数民族均有发展其语言文学、保持或改革其风俗习惯及宗教信仰的自由。人民政府应帮助少数民族的人民大众发展其政治、经济、文化、教育的建设事业。”[①] 在具体的民族政策上，一方面是进行民族识别；另一方面是消除民族隔阂，二者相辅相成，以期达成各民族大团结的目的。时任西南军区政治委员的邓小平相信：“只要我们真正按照共同纲领去做，只要我们从政治上、经济上、文化上诚心诚意帮助他们，就会把事情办好。只要一抛弃大民族主义，就可以换得少数民族抛弃狭隘的民族主义。我们不能首先要求少数民族取消狭隘民族主义，而是应当首先老老实实取消大民族主义。两个主义一取消，团结就出现了。”[②] 反映在文化政策上，帮助少数民族挖掘、整理自己优秀的文化遗产，创造一个各民族文化百花齐放的繁荣局面，提高国家凝聚力，就成为当时一项重要的政治工作和文化任务。[③] 彝族撒尼人的叙事长诗《阿诗玛》就是在这样的大背景下被搜集整理出版的。

一 整理本的主题提炼

据亲自参与《阿诗玛》第一次整理本“创作小组”的中央民族大学少数民族艺术研究所原所长黄铁介绍，《阿诗玛》是流传于撒尼人民口头上的长篇叙事诗，早在 1950 年前后就曾经有个别同志片段翻译介绍过，引起云南省领导注意，并嘱咐必须认真严肃地对待长诗的发掘整理工作。1953 年 5 月，云南省人民文艺工作团组织了一个分别由文学、音乐、舞蹈等专门人才组成的十人“创作小组”，前往路南县圭山区采风，搜集素材。

---

① 全国人大常委会办公厅、中共中央文献研究室编《人民代表大会制度重要文献选编》第 1 册，中国民主法制出版社，2015，第 85 页。

② 邓小平：《关于西南少数民族问题》（1950 年 7 月 21 日），中共中央文献研究室编《建国以来重要文献选编》第 1 册，中央文献出版社，2011，第 315 页。

③ 20 世纪 50 年代以来陆续整理出版的民间文学作品主要有，创世史诗：纳西族的《创世纪》、彝族的《梅葛》、彝族支系阿细人的《阿细的先基》、布依族的《开天辟地》等；英雄史诗：藏族的《格萨尔王传》、蒙古族的《江格尔》与柯尔克孜族的《玛纳斯》，以及维吾尔族的《乌古斯传》、傣族的《相勐》《兰嘎西贺》等。

> 在圭山区经过两个半月的深入生活，并与群众建立感情和全面搜集、了解材料的过程，共收集到《阿诗玛》传说二十份及其他民间故事三十八个，民歌三百多首。同时并对撒尼人的政治、经济、文化生活、风俗习惯、婚姻制度、民族性格等方面，也作了些调查，才开始进入第二阶段，就是对《阿诗玛》原始材料的研究和讨论阶段。这个时期大约有半个月的样子，除了仔细地将其资料分成六类，详加分析外，其中着重讨论了七个问题：如对故事的主题思想、传说特点、历史的演变发展过程以及人物、语言、形象、结构、表现方法和那些属于人民性、封建性的部分，都作了研究。最后集中讨论了如何整理加工的问题，在对整理的态度、方法、要求、目的四个基本原则有了一个统一的认识后，才开始进入第三个阶段——综合整理的阶段。经过两个月的工作，大改三次，才将原稿拿出来。到 1953 年 10 月，由云南省文联创作委员会及有关领导召开了两次座谈会，经过云南省党、政部门的许多负责同志及文艺界同志们的指导与帮助，特别是省人民政府郭影秋副主席亲自改作样板以后，才进入初稿修改的阶段，即第四阶段，临时，军区文化部公刘同志也参加了这一工作。最后，经省委宣传部袁勃副部长及军区文化部冯牧副部长校正后，才算定稿。这样，《阿诗玛》长诗经过发掘、分析研究、综合整理，直至最后修改定稿四个阶段，共费时半年，才算最后告一段落。①

这段叙述包含的信息非常丰富。首先，整理《阿诗玛》是在云南省党政部门的支持和领导下进行的，而且他们还直接参与了具体文本的修改讨论。这说明在《阿诗玛》的文学意涵之外，有着相当的政治意涵。其次，对作品文学性的考量主要包括主题思想、传说特点、历史演变、人物、语言、形象、结构、表现方法八个方面。最后，搜集整理之主要目的并非是将之视为社会学和民俗学的研究材料，更重要的是在此基础上的整理和加

① 黄铁：《〈阿诗玛〉序》，《黄铁文集》上册，武汉出版社，2000，第 124 页。

工，加工的政治标准就是“人民性”（精华）和“封建性”（糟粕），以此标准来提炼主题，设置人物关系，考虑结构等。

党政高层的直接关注，其动因就是邓小平所说的少数民族政策中要在“文化上诚心诚意帮助他们”。对民族文化的搜集整理，是为了建构一种新中国的民族新文化，正如毛泽东主席指出的：“中国长期的封建社会中，创造了灿烂的古代文化。清理古代文化的发展过程，剔除封建性的糟粕，吸收其民主性的精华，是发展民族新文化提高民族自信心的必要条件，但是绝不能无批判地兼收并蓄。”[①] 这段话同样适用于少数民族民间文化，《阿诗玛》的整理者也正是依据这样的思路来推进工作的。[②] 因此，在当代文学的语境下，要将民间叙事长诗《阿诗玛》的搜集整理工作，上升到“发展民族新文化提高民族自信心”这样的政治高度来理解。

可见，撒尼叙事长诗《阿诗玛》的整理、加工和普及，其目的不仅在于一部“文学艺术作品”的加工与完善，当时是被当作一件具有政治影响的文化事件来处理的，其目的更在于妥善处理各民族民间文化的差异性、多样性与试图建立的统一的民族国家的新文化之间的复杂关系，使之既能够在文化上进行“民族识别”，提高民族自信心，同时又能“消除隔阂”，增强民族国家共同体的凝聚力。

接下来的问题就是，《阿诗玛》具体的整理加工以及是否达到上述的意图。据整理者称，他们采用了一种“总和”的方法进行整理：“即将二十份异文全部打散、拆开，按故事情节分门别类归纳，剔除其不健康的部分，集中其精华部分，再根据突出主题思想，丰富人物形象，增强故事结构等等的需要进行加工、润饰、删却和补足。”[③]

首先是主题的提炼，确定要讲一个什么样的故事。阿诗玛的传说在云南圭山地区流传很广，流传的时间也很长，不同的场合（祭祀、婚礼、丧

① 毛泽东：《新民主主义论》，《马克思主义经典著作选读》编写组编《马克思主义经典著作选读》，中共中央党校出版社，2016，第 169 页。

② 杨知勇：《〈阿诗玛〉第二次整理本序言》，赵德光主编《阿诗玛研究论文集》，云南民族出版社，2002，第 151 页。

③ 杨知勇：《〈阿诗玛〉第二次整理本序言》，赵德光主编《阿诗玛研究论文集》，云南民族出版社，2002，第 151 页。

葬、生育）吟唱的内容也不同，异文很多，在故事结构、描述详略上，都有很大的差异，有的某部分过于烦琐，而另一部分又过于简略，有的则是有头无尾，或中间缺乏联系，因而，很难有一个“定本”。根据收集到的20份原始资料，整理者将其大致归纳为六类，分别是：（1）控诉媳妇被公婆和丈夫虐待的痛苦；（2）反抗统治阶级的婚姻掠夺，追求幸福和自由；（3）维护传统习俗；（4）显示女方亲人的威力，使公婆丈夫不敢虐待；（5）羡慕热布巴拉家的富有，阿诗玛安心地在他家生活；（6）阿诗玛变成抽牌神，群众耳鸣是因阿诗玛作怪，责备她死后不应该变成恶神。[①]

在这六类题材的作品中，整理者选择将“反抗统治阶级的婚姻掠夺，追求幸福和自由”作为《阿诗玛》的主题，只有这样，才能“表现撒尼人民反抗统治阶级的英勇斗争和追求自由幸福的坚强意志以及对未来充满胜利的乐观的信念”。[②]

二 整理本对人物关系的处理

主题确立之后，就得考虑人物关系，以及情节结构的设置。在人物关系上，首先是阶级关系的确立，这一点几乎没有什么争议：“一边是劳动人民，一边是剥削者，他们不同的性格都是以他们不同的阶级性为基础的。劳动人民，热爱劳动，老老实实，但当他们与恶势力作殊死斗争的时候，却是勇敢非凡的。剥削者装腔作势，实际上却都是怯懦鬼……阿黑，是一个劳动人民而又有某些神人的性质；阿诗玛，虽然受时代意识的限制，在归途中为岩神所暗害，但终于成为永生不灭的回声。这都充分表明了：撒尼劳动人民把希望和理想寄托在他们身上，把他们兄妹两人作为自己民族的化身，因而他们兄妹二人也就成了撒尼劳动人民的典型性格。”[③] 在“创作小组”搜集到的20份原始资料中，那些符合这种要求的细节得到保留或

① 杨知勇：《〈阿诗玛〉第二次整理本序言》，赵德光主编《阿诗玛研究论文集》，云南民族出版社，2002，第153页。

② 《阿诗玛》（云南人民文工团圭山工作组搜集，黄铁、杨知勇、刘绮、公刘整理）“前言”，中国青年出版社，1954，第2页。

③ 云南省人民文工团圭山工作组搜集整理、中国作家协会昆明分会重新整理：《阿诗玛》，“序”，云南人民出版社，1960，第4页。

加强，缺失的环节甚至得以添加，[①] 而那些不符合要求的细节则被舍弃。[②] 在故事结构上，原始资料并不完整，且各部分之间也缺少逻辑关联，因而要将阿诗玛编成一个情节完整、逻辑连贯的故事，也要进行增删修改。

但是，在处理阿黑和阿诗玛关系的时候，就出现了不同意见，整理过程中还曾反复讨论。阿黑和阿诗玛到底应该是兄妹关系还是情侣关系？从20份原始素材来看，并没有说到情侣关系，在整理讨论时有人提出将两人关系处理为情侣关系，更多的是从原诗的一般情调与个别矛盾上去附会线索。[③] 但事实上，1953年由昆明军区政治部京剧团排演的京剧《阿诗玛》，就将二人的关系处理为情侣。[④] 据黄铁介绍，正是由于这出京剧的演出，才引起了云南省党政领导的重视，有了十人“创作小组”的搜集整理行动，[⑤] 可见云南省党政领导对于两人的情侣关系是比较认可的。

不过，在第一次整理的定本中，将阿诗玛和阿黑处理成情侣关系的意见并没有被接受，两人的关系最终仍被处理成兄妹关系，整理成形的故事是这样的：撒尼阿着底地方一户农家生了一个女儿阿诗玛，她聪明、美丽又能干，当地有钱有势的热布巴拉家欲娶阿诗玛，说媒不成，于是派人抢亲，阿诗玛的哥哥阿黑闻讯赶回，追到热布巴拉家，和热布巴拉家父子斗

---

① 比如根据整理者自述，“对阿诗玛，我们就着重从下述几个方面加工。(1) 增强她热爱劳动的描述，原材料关于她热爱劳动的描述非常简单，我们利用民歌中的材料作了补充；(2) 阿诗玛被抢时的态度，原材料没有描述，我们作了补充；(3) 原材料没有说到她和小伙伴的关系，以及她被抢走后群众对她的怀念，我们作了补充；(4) 她在路上和海热的对话，原材料中是阿黑追上她以后阿黑和她的对话，有些材料之所以那样处理，是与阿黑到热布巴拉家显示舅舅威力相呼应，而作为反抗统治阶级的婚姻掠夺这一主题来要求，这一安排就不恰当，所以改为媒人海热和阿诗玛的对话，海热炫耀热布巴拉家的财富，阿诗玛鄙弃他家的富有，揭穿他的财富是依靠掠夺得来；(5) 增强她到热布巴拉家以后和巴拉父子进行面对面的尖锐斗争，突出她不为金银所惑，不为威武所屈的高贵品格。”杨知勇：《〈阿诗玛〉第二次整理本序言》，赵德光主编《阿诗玛研究论文集》，云南民族出版社，2002，第156页。

② 如一份原始资料，内容是阿诗玛的成长和嫁人，将阿诗玛家写成看见官就走不动道，看见夫家富裕有粮就高兴，这些材料显然不符合主题和人物刻画的需要，就被果断舍弃了。(李缵绪：《阿诗玛原始资料集》，中国民间文艺出版社，1986，第169~173页。)

③ 公刘：《有关“阿诗玛”的新材料》，李缵绪编《阿诗玛原始资料集》，中国民间文艺出版社，1986，第472页。

④ 吴枫、金素秋：《阿黑与阿诗玛》(剧本)，北京宝文堂书店，1956。

⑤ 黄铁：《〈阿诗玛〉序》，《黄铁文集·上》，武汉出版社，2000，第123页。

智、比武，都胜利了，才把妹妹救出来。热布巴拉家向恶神崖神祷告，崖神发洪水挡住兄妹两人的归路，阿诗玛化为石头。

1955年，公刘在《有关“阿诗玛”的新材料》一文中，根据他在圭山地区几个山寨的调查，证明在民间确有将阿黑和阿诗玛视为情侣关系的说法。[①] 1964年由上海电影制片厂拍摄完成，1979年元旦公演的同名影片《阿诗玛》，[②] 就将二者的关系确立为情侣。因为电影的传播效果和影响面要远远大于文字，故今天大众多认为他们是情侣关系。

从主题表现的效果来说，自然是将两人的关系设置为情侣更有戏剧冲突的效果，也更有悲剧意味。事实上，公刘之所以提出“情侣说”也有这方面的考虑，因为搜集整理的初衷就是要“创作一部歌剧，作为继京剧《阿诗玛》以后的再一次试验。因此，参加工作组的十位同志中间，包含了文学、音乐、舞蹈各方面的专门人才”。[③] 而“革命加恋爱”则是处理青年男女反抗（反封建、反专制、反抗地主阶级的统治）主题的常用手法，延安时期著名的歌剧《白毛女》就是采用这一手法创作出来的，原本流传于民间的“白毛仙姑”传说中，并没有一个叫作“大春”的革命情侣。

“兄妹说”与“情侣说”之间的选择，某种程度上可以说明在阿诗玛整理加工，以及再创造过程中存在的一种在“原生态/再创作”之间游移不定的状态，[④] 前者倾向于更多地忠实原始资料，后者倾向于有创造性的发挥，这和整理者想要达到的多个目的有关，既要保留原生态的粗犷与质朴，又要“使口头的传说通过搜集、整理，写成文字的《阿诗玛》，再经过撒尼人民的

① 公刘：《有关“阿诗玛”的新材料》，李缵绪编《阿诗玛原始资料集》，中国民间文艺出版社，1986，第472～474页。

② 最早的电影剧本由公刘执笔，剧本发表在1957年4月的《人民文学》上。1964年，又由刘琼担任导演、葛炎担任编剧、李广田担任文学顾问，于“文革”前拍摄完成，1979年才得以公演。

③ 公刘：《被遗忘了的平反——〈阿诗玛〉琐忆》，赵德光主编《阿诗玛研究论文集》，云南民族出版社，2002，第218页。

④ 当代文学，这并不是孤立的现象，比如20世纪五六十年代关于历史剧的讨论，就一直纠缠于历史与现实、历史与文学关系的处理，当时的主流意见以茅盾的《关于历史与历史剧》为代表，认为文学可以加工、虚构，但不应违背历史本来面目。当然，在后结构主义叙事学的背景下，对此问题又会有完全不同的考虑思路。

同意，广泛地流传，再回到群众中去”,[①] 更进一步，还要以此为基础改编创作成歌剧。目的不同，对原始素材的忠实程度也会不同，从文学性角度考虑的创作型作家，如公刘等人，自然会倾向于以“情侣说”替代“兄妹说”。[②]

再比如“说媒”“抢亲”，以及最后的“比赛”“射箭”和“打虎”，这几个环节都是《阿诗玛》中最重要的“抗争”情节，但在20份原始资料中，它们都只是单篇的小故事，并不是长篇叙事诗中的有机情节，甚至连时间的先后顺序都不固定，无法构成我们今天熟知的因果关系，只有经过加工整理，它们才具有时间的先后关系和逻辑的因果关系，成为《阿诗玛》故事中不可缺少的有机环节。

又如“说媒”和“抢亲”，它们都涉及古代撒尼人的婚姻制度，“射箭”还涉及撒尼人的古代礼制。[③] 如果将“抢亲”处理成流行于当地的一种民间习俗，那么，是否就不能将之理解为“婚姻掠夺”？再如结尾的“比赛”“打虎”，这是撒尼人“舅舅为大”生活认知的仪式化表现还是婚姻反抗？或是显示娘家人的力量使婆家不敢虐待媳妇？它和“抢亲”风俗又有何关系？如此种种，对这些疑问的解答，对更准确地理解素材和提炼主题都很关键，需要反复琢磨。

尽管在对原始资料发掘、搜集的同时，“创作小组”也注意调查撒尼人“政治、经济、文化生活、风俗习惯、婚姻制度、民族性格”等方面内容，但不可否认的是，这十人小组是由文工团组织的，其成员多是文学、音乐、舞蹈方面的专才，其社会学、民俗学方面的知识储备不足，民间文学搜集整理的规范意识不强。[④] 从整理加工后的结果看，整理者对这些问题的处理

---

① 黄铁：《〈阿诗玛〉——“我们民族的歌”》，赵德光主编《阿诗玛研究论文集》，云南民族出版社，2002，第172页。

② 也并非全无依据，哥妹相称的当然可以是情侣，另外，近年来亦有研究者提出“兄妹婚”的解释。（谢国先：《阿诗玛新论》，《云南艺术学院学报》2001年第3期；谢国先：《试论阿诗玛与阿黑的关系》，《西北民族研究》2002年第2期。）

③ 公刘在圭山地区进行调查时，了解到“射箭”和当地一种叫“恩杜密色达”的保佑生育平安的古礼有关。（公刘：《有关“阿诗玛”的新材料》，李缵绪编《阿诗玛原始资料集》，中国民间文艺出版社，1986，第474页。）

④ 事实上在1949年后大陆高校的学科设置中，就将民俗学划归中文系民间文学专业，更注重其中的文学内容。

是简单的，更多仍然是借用我们现在可理解的生活逻辑来组织结构，生发情节，重新建构了一个新阿诗玛的故事，和原始素材两相对照，不可避免地会出现一些矛盾和疑惑。比如整理本在“抢亲”之后设计、增加了热布巴拉家将阿诗玛关进“地牢”的情节，这样处理就很容易理解“抢亲”和之后阿黑“追赶”和“搭救”的逻辑关联，可事实上，所有的原始资料都没有类似情节，因而如何准确、深入理解二者的因果关系就显得很重要。

又比如“打虎”“射箭”之后，一些原始素材所描述的并不是兄妹两人同时离开热布巴拉家，而是阿黑离开，阿诗玛留下。这里就产生了一个如何理解“射箭”这一关键情节的问题；处理成阿黑阿诗玛同时离开，表现的是携手抗争的胜利；而如果处理成阿黑单独离开，则成为表现地方礼俗的一次仪式行为。

三　“传播”与“传承”的二分思路

1959 年李广田受命重新整理《阿诗玛》，1960 年出版了重新整理本。重整本对部分内容作了再次修订，其目的是“不要由于重新整理而使之与原作相去更远，而是要与之比较接近”，并在“序言”中就整理少数民族民间文学等问题提出一些新的看法。

李广田借鉴了老舍《关于兄弟民族文学工作的报告》，[①] 认为在《阿诗玛》的文本整理中，有几个问题值得特别注意：一是整理加工的忠实度问题。“在搜集、整理工作中，不可避免地会遇到文字记载或口头传说的残缺不全、不能衔接的现象，是抱残守缺呢，还是将其添补上？回答是：不能随便添补。还有，兄弟民族的语言结构和语法有自己的特点，我们也不应该轻易发挥整理者的想象力，随便增减。我们应当尽量忠实于原作。”[②] 但

① 老舍：《关于兄弟民族文学工作的报告——在中国作家协会第二次理事会扩大会议上的报告》，中国民间文艺研究会上海分会编《中国民间文学论文选（1949—1979）》上册，上海文艺出版社，1980，第 188 页。

② 李广田：《李广田全集》第 2 卷，云南人民出版社，2010，第 442 页。

是，忠于原作并不等于一字不改。李广田认为，整理者既要有历史唯物主义的态度，也要具备一定的艺术修养，清楚地了解整理的参照度："作为一个作品让读者去欣赏，去学习，那就不能不在尽量忠实于原作的原则之下适当进行加工。当然，如果加工过分了，过多地发挥了整理者的想象力或创造力，在某些情节上进行'改写或发展'，以致读者看不到原作者的本来面目，而且破坏了少数民族人民口头创作的特有风格，那当然又是极不妥当的。"二是应该更加重视"科学工作"的理论学习。"尤其是由不通民族语言的汉族干部来进行这样的工作，更非进行充分的科学工作和各方面的学习不可。譬如关于民族地理、历史、政治、经济、风俗、习惯等等，都必须进行充分的调查研究。就像《阿诗玛》这样的作品，到底是什么时代产生的，当时的社会性质、婚姻制度、宗教信仰到底是什么情况，实在有必要进行认真的研究……如果尽可能地弄清楚民族的历史情况，也就更容易整理并理解其民族的文学作品。"三是民族民间文学的风格保持。李广田特别强调："不要把汉族的东西强加到少数民族的创作上；不要把知识分子的东西强加到劳动人民的创作上；不要把现代的东西强加到过去的事物上；不要用日常生活中实际事物去代替或破坏民族民间创作中那些特殊的富有浪漫主义色彩的表现方法。"①

当革命叙事不再作为叙事主流的时候，不少研究者开始质疑早期整理本的主题选择，认为整理者是有意识地以时代话语作为整理标准，这就不能不在相当大的程度上扭曲了非汉民族的历史记忆。② 这样的指责当然是有道理的，但也是超越时代局限的"求全责备"。这种马后炮式的质疑在某种程度上正是基于对"革命叙事"的否定，明显缺乏一种历史观照。事实上，正如胡适在《实验主义》中所说的："实在（历史）是一个很服从的女孩子，他百依百顺的由我们替他涂抹起来，装扮起来。"③ 历史况且如此，文学就更加逃不脱"任人装扮"的命运，作为服从时势政治需要，借助阶级

---

① 李广田：《序》，云南省人民文工团圭山工作组等：《阿诗玛》，云南人民出版社，1960，第15～18页。

② 陈思和主编《中国当代文学史教程》，复旦大学出版社，1999，第131页。

③ 胡适：《立场·胡适论人生》，九州出版社，2012，第203页。

矛盾来覆盖民族隔阂的新的民族文学形式，选择“反抗”主题作为《阿诗玛》的第一主题，不能不视为一种时势必然。民间文学本来就是随着时间、空间的变化而不断变异的文学形态，如果我们将十人“创作小组”视为民间文学传承、创作中的一分子、一环节，那么，他们的“整理本”就可以被视作民间文学的一种“异文”，与其他 20 种异文一起，共同构成民间文学变异性中的有机环节。

从原始素材中提炼一些积极元素作为强化主题，通过重新建构与完善，使之成为大众喜闻乐见的新的民族文学作品，也是整理工作的题中应有之义。如果承认这样的“反抗”主题不仅在汉民族的历史和现实中，同时也在少数民族的历史和现实中有其现实性和合理性的话，那么就不应该那么轻率地否认作品整理、加工的合法性，也不应给它贴上“扭曲了非汉民族的历史记忆”的异化标签。

从文学创作和文学传播的角度来说，中华人民共和国成立初期对《阿诗玛》的搜集整理并不是为了给社会学、人类学和民俗学保存、提供研究的文献资料，更重要的是要为新社会建构一种具有民族精神象征意义的新的民族叙事诗。如果将 1953 年的第一次整理本与原始素材进行对照，我们的确可以看到整理本的加工处理在某种程度上是以牺牲阿诗玛传说的丰富性和多样性为代价的，而且主题的提炼也比较单调，故事背后的民族习俗和社会关系也被简单化处理。但是，这并不意味着“反抗”主题的选择是生造歪曲而没有其合理性。尽管李广田认为整理本有许多不足，但对其主题的提炼仍然是赞赏的，认为是“基本上符合于撒尼劳动人民的愿望的。就是今天，回头来用撒尼人民自己的创作再去教育他们自己，鼓舞他们自己，其作用也一定是很大的”。从“教育”与“传播”的角度来说，《阿诗玛》的整理、改编堪称民间文学“再创作”的一个成功案例。

在中华人民共和国成立初期，对少数民族民间文学的整理和改编，是“帮助他们继承和发扬其优秀的文学遗产，帮助他们培养他们自己的作家，发展他们自己的文学艺术，以丰富祖国的文学宝库，使少数民族和汉族一道共同创造社会主义内容民族形式的新文学，共同为社会主义－共产主义的建设事业服务，也使我们的《中国文学史》真正成为全中国各族人民的文学史，而不只是汉族的文学史”,[①] 这是对《中国人民政治协商会议共同纲领》提出的“民族政策”在文化上的具体贯彻和具体落实。

20世纪50~70年代，文学作品处理民族问题的一个重要思路是用阶级矛盾来化解民族隔阂，天下穷人是一家，所以已经翻身做主的穷苦人要帮助兄弟民族的穷苦人共同对付压迫他们的地主阶级，他们共同的敌人是统治者、剥削者，只有这样，才能达成民族团结的目的。在这样的思路下，对“阿诗玛”的整理，对其主题的提炼，就不能不是一个“反抗”的主题。

但是，尽管《阿诗玛》文字整理本及《阿诗玛》电影影响巨大，且经久不衰，但那些原本活跃于民间、传承于民间的素材文本，其所呈现的生活和它们背后的心理意识，同样也有其现实性与合理性，这不是简单的舍弃就能遮蔽掉的，它们一定会在某些时候，像幽灵一样闯进来，赢回自己的合法空间。

彝族学者罗希吾戈对于“阿诗玛”整理本的评价和回访资料证明，民族民间文学作品的整理与传播，以及民众自身的坚守与传承，走的是完全不同的两条文化道路。一方面，“经过整理的《阿诗玛》，堪称我国民间文学中的良璞、美玉，赢得了国内外文艺界的称道，是十分自然的”。另一方面，“奇怪的是，《阿诗玛》汉文整理本已出版二十多年，直到现在，撒尼群众还不知道它，更谈不上回到撒尼人民中去。撒尼群众现在吟唱的《阿诗玛》，仍然是未经整理的，存在于民间的本子。即使是活跃在群众中的文艺宣传队，他们演出的《阿诗玛》台本，也仍然是根据原来流传于民间的本子改编的”。也就是说，无论外界如何喜爱、接受并传播着改编后的《阿诗玛》，撒尼人民依然“在婚嫁喜庆的日子里，在谈情说爱的场合，在绩麻、放牧的时候，情不自禁地吟唱着（未经整理的）《阿诗玛》”。[②] 这是顽强传承的民族文化，这是不以文化传播为目的的民俗生活，这是只属于他

① 李广田：《序》，云南省人民文工团圭山工作组等：《阿诗玛》，云南人民出版社，1960，第14页。

② 罗希吾戈：《对〈阿诗玛〉翻译和整理的几点浅见》，《山茶》1982年第2期。

们自己的《阿诗玛》。由此可见，大力改编和广泛传播的《阿诗玛》，并没有覆盖和扰乱当地长诗的传承生态。文化工作者整理、改编、传播的《阿诗玛》，与当地民众代代传承、口口相传的《阿诗玛》，走的是互不干扰的两种文化发展之路。

口头传统与图像叙事的交互指涉*

——以浙南畲族长联和“功德歌”演述为例

孟令法**

摘　要：同一民俗事项在口头传统与图像叙事的表述中，具有显著的交互指涉关系，但具体叙事情节的口头表达与图像描绘，并不一定能在时间序列上呈现直接的对应性。这些叙事情节在特定仪式中的演述过程，不仅会发生“图”与“言”的时空错位，甚至图像叙事就不是口头传统所描绘的内容，而只是一种固化的仪式环节。因此，口头传统与图像叙事的交互指涉就需要一个媒介的引导。对于这种现象，畲族“做功德”仪式中的“功德歌”演述与描绘盘瓠神话的长联就是这种以身势为媒介实现交互指涉关系的典型代表。

关键词：口头传统；图像叙事；交互指涉；做功德；长联；功德歌

浙南山区是畲族最主要的一个聚居区，与福建、广东、江西以及安徽等畲民聚居区相比，这里的经济发展水平不仅较快，且在民族传统文化的传承上也相对完整。长联是一种以盘瓠神话和史诗《高皇歌》为蓝本绘制而成的卷轴型故事画，它直观体现了畲民的祖先崇拜。长联虽广泛存在于

---

* 本文系国家社科基金一般项目“畲族民间文献的历史人类学研究”；国家社科基金特别委托项目“中国史诗百部工程”（项目编号：09@ZH014）子课题“畲族史诗《高皇歌》”阶段性成果。原载《民俗研究》2018 年第 5 期。

** 作者简介：孟令法（1988～），江苏沛县人，中国社会科学院研究生院 2015 级民俗学博士研究生。

畲民社会，却非日常生活的展示品，而是仪式场域得以营造的图像类法器（即祖图[①]）之一。尽管盘瓠神话、史诗《高皇歌》及长联具有显著的传统指涉性，但三者并不具有叙事情节的一一对应性，而在仪式活动中，特别是祭祖、传师学师[②]及做功德，长联所描绘的部分叙事情节还同其他口头传统构成了交互指涉的叙事关系。那么，这类不同于盘瓠神话和史诗《高皇歌》的口头传统与长联是什么关系，其与长联特定叙事情节的交互指涉关系是如何表现的，这在既往的研究中并未得到关注。对此，笔者将以景宁畲族自治县（下称景宁县）郑坑乡塘丘村蓝氏畲民所举行的一次丧葬活动——做功德——为例，在深描其中一个仪式环节——“功德歌”演述——的基础上，探析“功德歌”这一口头传统与长联特定叙事情节——“族人寻尸（盘瓠尸身）”——的交互指涉关系。

一　“做功德”的地点、族群及仪式场域

2016 年 10 月 24 日至 27 日，景宁县郑坑乡塘丘村蓝氏畲民蓝木根（1960～）为其父亲举行了一场隆重的“做功德”仪式，笔者有幸受邀参加并全程记录了这场仪式活动的各项内容，并特别关注了仪式场域中的各类图像同相关口头传统的交互指涉关系。

塘丘原名塘丘垒，后者在当地居民的日常交际甚至村边商铺的命名上

---

① 祖图是畲民社会十分重要的宗教性法器，它由众多彼此关联的图画组成，因而也被称之为“组图”。一般认为，祖图是祖先画像的简称，甚至直接等同于长联。这种认识并不准确。在畲民尤指掌握祭祀要领的师公看来，祖图即祖师图，是以三清肖像为统摄的神像画，不过亦有师公认为描述始祖（盘瓠）生平的长联才是所有图像的核心。对此笔者认为，祖图应从狭义和广义两个层面理解，狭义祖图是不包括长联的以三清肖像为统摄的神像画，而广义祖图是包括长联且以长联为统摄的故事画，但不论哪种理解祖图都反映了畲民的祖先崇拜和道教闾山派信仰。不过，于特定村落发现的祖图，在数量和种类上不尽相同，因此各畲村在举行相关仪式时，也会在图像序列的排布中产生一定差异。就笔者调查的塘丘蓝氏畲民而言，他们保存的祖图共 18 幅，即长联（上下卷）、三清图（3 幅）、太乙天尊图、鸡鸡图、玉兔图以及十殿阎王图（10 幅）。不过，限于本文研究的对象及篇幅，在后文的论述中，笔者将仅对相关图像的排列或收取加以简要说明，相关口头传统与图像间的交互指涉将另做他文阐述。

② 有关传师学师仪式的基本情况，参见孟令法《文化空间的概念与边界——以浙南畲族史诗〈高皇歌〉的演述场域为例》，《民俗研究》2017 年第 5 期。

还在沿用。相关资料表明，塘丘在清代隶属景宁县一都，民国二十年(1931)设郑坑乡后属第二区，中华人民共和国成立后沿用郑坑乡。虽然1984年设立景宁畲族自治县，但塘丘的隶属关系并未发生任何变化。如今，塘丘是郑坑乡政府驻地郑坑行政村下的一个自然村，平均海拔660米左右，距乡政府办公大楼的直线距离不足百米。只不过，乡政府驻地位于较高的平坝上，该村则位于平坝的右下方，而其左侧的高山密林则与右侧的平坝交叉于村北不足百米的乡政府入口处。由此可见，塘丘所在的地形是一个空间范围极其有限的喇叭形谷地。在这个北窄南宽的小型谷地中，居住着9户不足60人的以务农为主的蓝姓畲民，[①] 而其房屋建筑也呈现出一种北高南低的梯状布局。从现有田野调查可知，塘丘蓝氏畲民是于清末(光绪年间)由同属一个行政村的桃山自然村分迁而来。[②] 虽然笔者得到的各种资料无法从历时性层面梳理出塘丘第一代始迁祖的信息，但据桃山蓝氏畲民口述，他们是于清康熙末年从（现）景宁县鹤溪街道双后岗村迁居此地。因此，塘丘蓝氏畲民不仅是双后岗蓝氏畲民的后裔，更与桃山蓝氏畲民具有直接的同宗共祖关系。依据当地畲民世代相沿的传承规则，由桃山蓝氏畲民蓝土成（1947～）保管的祖图，也是塘丘蓝氏畲民共享的集体“财产”。

做功德又称“做阴”，是畲族丧葬活动的中间环节，但也是最隆重、最复杂，为广大畲族群众必行的一个步骤。据受访人蓝土成介绍：做功德与否，持续时长如何，均与生前是否“学过师”（即传师学师）密切相关。除未成家的“少年亡”外，凡有儿女者死后都要做功德，而死者已学师的

---

① 塘丘山地较多，农田较少，且以梯田为主，主要种植水稻、红薯、大豆、玉米以及油菜、芥菜、白菜等作物。目前，除个别外出读书或从军者，少数中青年人也在农闲时外出从事木工、运输或建筑等工作。

② 桃山自然村位于塘丘西北约450米的山丘上。据塘丘蓝氏畲民解释，其先祖迁居此地时，因村北较高处形似山丘，而村南有一半月形水塘（此水塘至今犹存），故名塘丘。塘丘蓝氏的通婚圈十分广，但主要集中于景宁县郑坑乡和渤海镇的畲民村落中［除以上所列畲民村落，还有郑坑乡的吴布村（蓝、雷）；犁壁漈村、半岭村、石笋坪村（钟）；渤海镇的上寮村（雷）等］，不过现在也有因外出务工而于云南、广西等地由自由恋爱而嫁入此地的女性。

（或在传师学师中做过“西王母”的女性）称学师人功德或大功德，须做三天三夜，身可穿青色寿衣；未学师者称白身人功德或小功德，情节较简单，只做一天一夜，只能穿蓝色寿衣。妇女（除“西王母”外）死后亦做功德，其过程、内容与白身人功德相同。此外，做功德的时间选择也有相应习俗——人死后立即做的称热丧；因经济困难或其他原因（如吉日难定等）隔几年再做的称冷丧。可一个死者单独做一场，亦可几个死者一起做；上下代间不能下代先做，可两代一起做。就塘丘蓝氏的这次“做功德”仪式来说，俨然是一个学师人的冷丧功德。据死者长子蓝木根介绍，此次大功德是在3年前其父去世后，经时日测算定下的。参加此次功德仪式的族群成员除死者子孙外，则以本村三代以内的近亲属和死者妻子的娘家人为主。

这一被称为“太上集福功德道场”的“做功德”仪式语境，“通常由两（三）个彼此连接却又相对独立的神圣空间组成，一为供死者灵魂暂居、丧主守孝与亲属吊唁的灵堂；一为供仪式主持者（师公）请神与休息的师爷间，（再一个就是度化死者灵魂的‘度亡道场’）”。[1] 从现场的观察可知，塘丘蓝氏的这次“做功德”就是由上述三个彼此相连的神圣空间组成，而作为主体空间的灵堂（俗称“孝堂”）和“师爷间”，则是由蓝木根家的公厅及其兄弟家的公厅临时布设形成。具体说来，这种空间布设是从“剪道场”① 开始，经“贴道场”② 再到“扮道场”③ 实现的，其中最为重要的环节则是包含在“扮道场”中的“安祖”行为。所谓“安祖”就是将祖担中

① “剪道场”并非仪式进程的某个步骤，而是为了布置仪式场域而事先准备纸本材料的过程。一般说来，这些纸本材料是由村中具有一定剪纸基础和书法技能的人负责完成，且很少划分学师与否，因为学师人不一定都是“有文化的人”，即能书会写、能剪会刻的人，而这一过程一般会持续两三天时间。

② “贴道场”是将剪刻好的彩纸于仪式开始前一天拿到丧家，并当场写下联语和相关空间名称，再将之按由里向外（由右向左）的顺序依次粘贴于事主家的房梁上的过程。需要指出的是，做功德时，要先贴师爷间，后贴孝堂。

③ “扮道场”是一个十分形象的地方性话语，它是“贴道场”和“安祖”两部分构成，且为各类仪式活动得以正式进行前的最后阶段。所谓“扮”，固然有“打扮”之意，但这里专指“营造”或“布置”。在畲民的认识中它兼具动词性和名词性，前者是对道场的营造或布置，后者则是对这种动作及其所针对之对象的说明。

的“祠堂六宝”[①] 依次排布于灵堂和师爷间的过程。据笔者观察，塘丘蓝氏的“祠堂六宝”并不齐全，缺少祖牌、祖杖及宗谱，但这并不影响逝者家公厅的由“俗”转“圣”。因为在塘丘蓝氏畲民看来，香炉和祖图才是神圣空间得以营造的核心法器。总体说来，这一开始于 24 日中午的“安祖”行为是从师爷间到孝堂依次展开的，且在不到 20 分钟的时间内就得以完成，而进行法器排布的人员则是被称为“能人”的本宗族师公。在仪式现场笔者看到，三清图首先被悬挂于师爷间的上首（香案上方），[②] 紧接着由左向右依次将金鸡图和玉兔图悬挂于师爷间中部的梁柱中段。随后，一幅太乙天尊图被悬挂到孝堂内部，而长联则在最后被师公从左（上卷）到右（下卷）悬挂于孝堂外部的廊檐下（见图 1）。

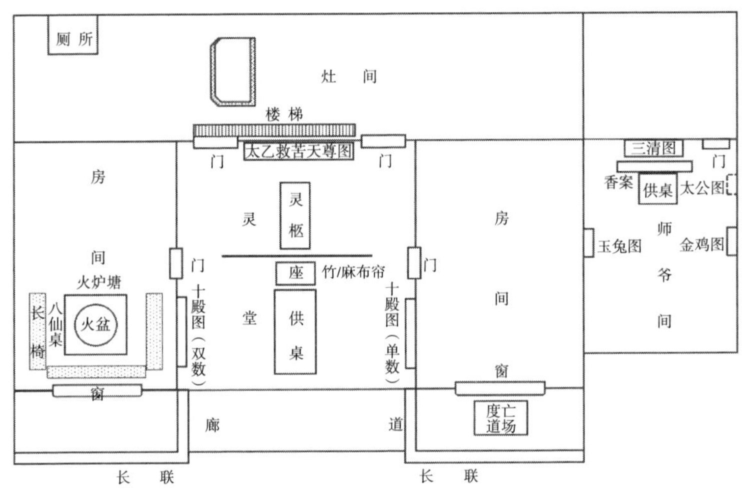

图 1 塘丘“做功德”祖图位序（蓝木根家一层）

① 祖担又称“游祖”或“佛担”，是同一宗姓或某一村落畲民的共有之物，多为师公保管，亦有一般村民保管，且世代相传，其名受迁徙影响。祖担是民间祠堂的一种象征物，由竹木材质制成，有箱（方）形和筐（圆）形两种样式，每种样式都有两只，内存“祠堂六宝”，即六种宗教性祭祀用具，包括香炉（蓝氏六只、雷钟二氏五只，象征排位——大小百千万念，雷少“念”，钟缺“小”和不同神祇——神仙、祖师、射猎、下座、仙童、战兵或祖本、祖师、下座、神仙、打猎等）、祖牌（灵位牌，刻写祖先名讳的木制牌位）、祖图、木刻龙首（或称祖杖、盘瓠杖、族杖、龙首师杖、法杖等，以木制雕刻而成，亦有采外形奇特的树枝或树根制成，它不是权力的象征，而是学师者身份信息得以绑定的用具）、族（宗）谱以及楹联［又称对联，是张贴于祠堂或畲民家户大厅中的对仗工整且兼具文学性和历史信息的固定用语，为了避免后代遗忘，它常常被记入本支系宗谱，而“（安邦定国）功建前朝帝喾高辛亲敕赐（教授），（驸马金卿）名垂后裔皇子王孙免差摇”出现最多］。

② 三清图的并列悬挂的顺序为（面向观察）：元始天尊（中）→太上老君（左）→灵宝道君（右）。

从实地观察与人员访谈可知，相较于师爷间仅以祖图、香炉及书有联语的剪纸为营造法器的“简单”布局，孝堂则相对复杂。简言之，孝堂中的各类物品从内向外排列，并于空间中部设下隔断（以竹栅与麻布为之），从而形成祭祀悼念区（外）和孝子守灵区（内）两个分属“生”与“死”的空间。其实，这两个空间并未截然分开，而彼此间的互联互通也为亲属直面逝者并进一步祭奠，和师公祭祀以超度亡灵提供了连接通道。不过，需要注意的是，做功德时的图像悬挂，十殿阎王图是与其他图像有一段时间间隔的——这十幅人物肖像画是在仪式进行到一定阶段时，[①] 才被悬挂于孝堂前半部的板壁上方，并在夜中请（送）阎王后，立即卷起（以防阴灵伤及生人），并在“大夜书”演述完毕后取下。[②] 此外，由于孝堂和师爷间是分开布设的，所以在整体上会呈现出更为多样的空间形态。在很多情况下，“做功德”的空间营造是依据丧家居住环境而设定。虽然灵堂一般不会脱离居住公厅而独立设置，但师爷间的营造地点也不可随意——须以有利于衔接孝堂中的仪式步骤为佳，且不能影响彼此进度的空间需要。因此，师爷间与灵堂间的距离为三到五米，或在两旁，或在斜对面。之所以很少出现面对面布局，其原因就在于不能妨碍各路神祇、祖先的进出，同时为了避免阴阳两类神祇的交叉，从而保护逝者及生者的灵魂不受侵扰。总之，“做功德”不仅是一种超度法事，同时也反映了浙南畲民如何理解“阴/阳”与“生/死”的生活哲学。

---

① 一般是在“大夜书”演述前挂出。所谓“大夜书”，又称“大夜本”“大夜紫书”，在部分浙南畲民聚居区还被称为“太上救苦仪文”“大夜救苦道场科文”或“做阴事过夜做功德书”等。这本“书”不仅是一本记录亡魂是如何被超度出地狱之过程和所唱念经文的“书”，同时也是师公在请/送十殿阎王时保护自我不受阴灵侵害的重要法器——请/送各路神祇前来超度亡灵的是由扮演防奏（防照）的两位师公负责，当他们在唱念完“请天尊”后，便要用“大夜书”遮住自己的脸，依次（轻手轻脚并弓身）走向十殿阎王（来回十次）以表敬意，而这一过程则被称为“举十王位”。“大夜书”演述直接对应于“太乙天尊图”和“十殿阎王图”。

② 十殿阎王图的悬挂较为简单，是按左双（②④⑥⑧⑩）右单（①③⑤⑦⑨）的形式进行，但收图则相对复杂，是按逆时针方向，依次从①收到⑩，而且每收一幅，还有一段经文演述，且主唱者要手持蜡烛行跪拜礼。

二 仪式进程中的“功德歌”演述

“做功德”有着极其复杂的行为规范。在三天三夜的仪式活动中，参与其间的师公、亲属及友人要历经大小近百个步骤才能实现对逝者亡魂的超度。不过，从仪式主持者——蓝土成、蓝李良（1965～）及钟小波（1994～）——的现场解释中，笔者发现，这些环环相扣的步骤大体可由以下四个部分组成。

第一，请神安祖，即起头。用祖图、香炉及剪纸等布置灵堂和师爷间，并“洒水”祛除道场内的邪祟和杂物，以为请神落座于祖图之上做准备；第二，出白朝祖，是为招魂，即接死者灵魂和本家上三代先人回家参加“阴寿”，各亲属“行孝”祭拜。第二天上午，丧家要“炊孝饭”“奠酒”，意为请祖先与家人共享盛宴，以保平安；第三，行门烧香。由师公以歌舞形式回溯族群迁徙史，此间要在灵柩处烧化死者生前准备的二十四张度牒，并唱一牒、舞一牒、烧一牒。晚饭后“赶煞”“打五岳门”“开桃源洞”“唱‘大夜书’”——用以引领死者出地狱并回归祖地；第四，压毕七，意为结尾。在仪式最后一晚至鸡鸣时，以歌舞形式展开“白鹤舞・安魂”“闹灶房・宴祭”“话酒・讨吉”“亲友祭”“孝子出门祭”，以及“背老伽・送灵入祠堂”等六个环节。然后“拆寨”“团兵”“送神”“安祖”。[①] 就本文要论述的“功德歌”演述而言，它位处第四阶段，是“白鹤舞・安魂”与“闹灶房・宴祭”的核心组成部分，并与“话酒・讨吉”有所重叠。

“功德歌”或称“功德仔歌”，为“薦拔功德（仔）歌”的简称，是由四位青年男性[②]合作演述的七言悼亡“经”。所谓“薦拔”即为逝者进行超度，因此“薦拔功德歌”也可理解为超度亡魂时演述的一种民间经文。通过对现场各类口头演述的聆听，笔者认为“功德歌”的演述声调是介于

① 此处的“安祖”是与仪式开始时的“安祖”，即用祖图、香炉及剪纸等仪式法器营造仪式场域不同，这里的“安祖”是在仪式结束时拆除或收回仪式法器，并将祖图和香炉送回原处保管的过程（房梁上的剪纸要当场烧掉），而这里的“寨”就是“仪式场域”的地方性称谓，是师公自带或所请“兵马”的安歇与行动处，“团兵”就是由师公将各自的“兵马”随身带走或将请来的“兵马”送入祠堂（即祖担）的过程。

② 其中一人必须为学师者，详见后文。

“经文”念诵与民歌演述的一种特殊表达；但从其演述内容看却又是典型的“经文”形式，所以“功德歌”演述虽有“歌”的声调，却改变不了它的“经文”属性。通过现场观听并核对演述者之一——雷永权（见表1）——所保存的“功德歌”抄本，笔者得知他们所唱经文共分14段，即“齐声贺”“十二月歌”“大离别”“小离别”“唱妇苦”“洋大（传洞）”“牛春水”“二十四孝”“添师爷”“行孝五更叹”“灶君保佑”“七子再来保”“保护冉正　厅灶”，以及“楼鹤”。在三个多小时的演述中，“功德歌”不仅反映了畲民群体对美好生活的向往之情，同时也表现了他们对道教（闾山派）的虔诚信仰；前者如“十二月歌”，其文唱道：“正月正，正月做餐等亲情……罗漠过田齐荫水，田中何水荫禾苗。直透上春二三月，鹩鸟爬来叫报新春”，又如“灶君保佑”中唱道：“你是蓝家人灶君，保护子孙万余人……保佑子孙置田庄，有余谷米已万仓；保佑进财又进宝，库里金银罗斗量”，而后者如“添师爷”，其中就有对“上祖公：中位师爷/神仙老君；中祖公：祖本师爷，宽心见且座；下祖公：九郎战兵/众位师爷”的秩序安排。

从贴于师爷间后侧（厨房）的“‘做功德’职员表”可知，塘丘蓝氏“做功德”人员分工有着相当复杂的层级结构，涉及仪式主持者和勤杂人员的职位多达26个，共有50余人参与其中，[①] 且均为死者的近亲属。具体到“功德歌”，其演述人则是由丧家近亲属中四名青年男性分角色担任，而这四个角色分别是“担当”“鼓手”“小年”“夜郎”。

据仪式主持者蓝庆贤（1969～）与钟小波介绍，虽然四个角色并不一定都是学师人，但“担当”一职必须由学师人担任，因为“担当”不仅是一个专门“职业”，即演述过程的引领者，而且是最终将“盘瓠尸身”从树丫上“挑”下来的人。此外，扮演该角色的人还要手持画有符咒的桐木刀（俗称“阎浮刀”）上下舞动，以模仿“挑”的动作，所以这个人必须是身

① 这26个职位分别是：孝道、防奏、阴师、同师、开门、修门、亻灵、缚座、道场、押吉、外库、香官、排祭、担当、小年、鼓手、夜郎、鼓乐手、守孝、厨师、搭菜、烧饭、烧火、倒菜、洗盆及杀生。限于本文研究对象与篇幅，本文将不对除“担当”“小年”“鼓手”“夜郎”外的其他职位名称做出阐释。

负“兵马”的学师人才能驾驭。与“担当”的职责和性质不同，后三者所代表的则是普通畲民中身强体壮的青年男性，他们的作用就是用敲锣打鼓的方式恫吓威胁“盘瓠尸身”的飞禽走兽，以为“担当”做辅助。不过，相较于“鼓手”意义的直接性，塘丘畲民对“小年”和“夜郎”的理解则相对模糊。一般认为，“小年”就是青少年的代表，而“夜郎”则具有引魂回归并为之守夜者的意思。虽然笔者并不清楚这种理解是否已经触及四个角色的真正含义，但这并不影响当地畲民基于仪式传统而设定这四个角色，并模仿神话世界的“寻祖”行为。而能担任后三个角色的族群成员，也必须是习得“功德歌”的青年代表。由此可见，学师与否并不代表族群成员是否会演述相关经文，而在于他们是否自幼耳濡目染并继承了这种口头传统。在塘丘这次“做功德”仪式中，“功德歌”的演述人由雷永权、兰小敏、兰兴旺以及兰士标担任（见表 1），他们均来自郑坑乡山垟村，与死者具有极其紧密的叔伯关系。

表 1　“功德歌”演述人基本信息

<table>
<tr><th>排序</th><th colspan="2">组合</th><th>职名</th><th>演述人</th><th>生年</th><th>学师年</th><th>法名</th><th>所持法器</th><th>头饰</th><th>穿着</th></tr>
<tr><td>1</td><td rowspan="2">一组</td><td></td><td>担当</td><td>雷永权</td><td>1984</td><td>2012</td><td>法良</td><td>桐木刀</td><td rowspan="4">孝帽</td><td rowspan="4">浅蓝色绣边日常衣裤</td></tr>
<tr><td>2</td><td rowspan="2">三组</td><td>鼓手</td><td>蓝小敏</td><td>1984</td><td>无</td><td>无</td><td>小鼓</td></tr>
<tr><td>3</td><td rowspan="2">二组</td><td>小年</td><td>蓝兴旺</td><td>1983</td><td>无</td><td>无</td><td>桐木块</td></tr>
<tr><td>4</td><td></td><td>夜郎</td><td>蓝士标</td><td>1974</td><td>无</td><td>无</td><td>桐木块</td></tr>
</table>

“功德歌”演述可分四个阶段，三个空间：①在师爷间坐着演述“齐声贺”，即开始；②转移到孝堂，绕灵演述“十二月歌”至“行孝五更叹”的内容；③进入灶房坐着演述“灶君保佑”至“保护冉正　厅灶”，并在接受丧家女性的酒食款待时，与其对唱“保灶哀歌”；④返回灵堂并于灵柩旁演述“楼鹤”，是为结束（见图 2）。[①] 不过，在演述开始前的师爷间里，还要举行一个“给法器”的简单仪式，即孝子将刀、鼓、木块跪交于四名演述人。据传，刀原为书有符文的铜刀，现以桐木制成，上书符文，俗称“阎

① 据笔者调查，部分地区的演述者还会扮演捉鹤人并跳“捞鹤舞”，以此模拟逝者驾鹤归祖的虚幻场景。演述结束后，洋木刀和木块要放在灵柩下面，待仪式结束后进行焚化。

浮刀”；木块原为铜饼，现以桐木块代替，用以击打节拍，俗称“打饼”。进入演述情境后，担当手持阎浮刀与手持小鼓的鼓手为一组；小年与夜郎各持桐木两块为一组，并按“担当—鼓手—小年—夜郎”的顺序排列。需要注意的是，在具体的演述过程中，四人的身势转动也在“鼓手”和“小年”间形成一组对应关系（见表1）。也就是说，绕灵舞唱的四人可以形成三对“面对面”的组合。现场观听让笔者意识到，持续三个多小时的“功德歌”演述，虽以悼亡、祈福及劝善为主要内容，但其演述过程却也表现出一定的娱乐性，特别是在“忘词”和两两相对的时候。可是，由于此“歌”需要一个较长的演述时段，所以当“劝酒”环节叠加进来时，其“观众”或“听众”便开始转移——一方面，“功德歌”的伴奏效果及唱法较为单一；另一方面，“劝酒”具有考验逝者长媳与众师公及逝者妻子娘家人智力的竞技性，[①] 因而更具观赏意味。

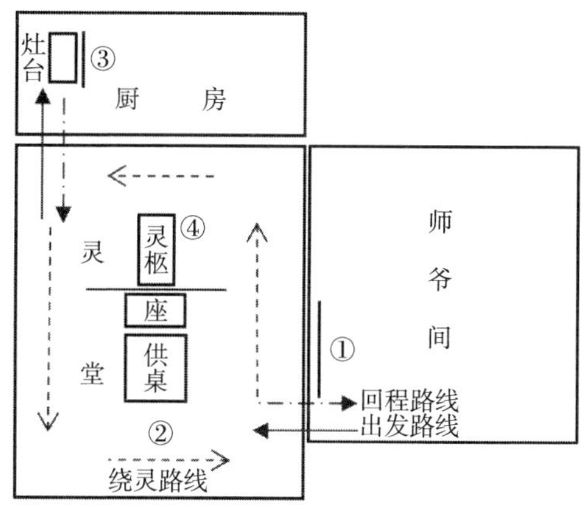

图2　塘丘“功德歌”演述空间转换路线

① “劝酒”在师爷间举行。逝者长子双膝跪在为师公及娘家人备办的筵席前，身旁的妻子要用“歌”的形式向他们讨口彩，即要吉祥话或祝福语［从娘家人开始，由里向外，由左向右，且应答者还要依次传递书有逝者大位名（纸质牌位）的托盘］。这种吉祥话或祝福语，也有一定演述规则，它既可以是“歌”形式，也可以是“说”形式，虽然后者居多，但依然要求其词合辙押韵。由于媳妇要以娘家人和师公与自己家的亲属关系来定“歌词”内容，即便她事先有所准备，但有时还要随机发挥，毕竟“坐宴受讨”的人也可能会临时改变。娘家人和师公同样要以这种规则进行回应，但相较于媳妇，他们就没有那么大的压力，毕竟是多人对一人。笔者在塘丘所见为24人对1人，不过，蓝木根的妻子（逝者长媳）也有一位老年女性在旁边帮衬。

总之，尽管“话酒”环节的到来减少了“功德歌”演述的“观众”或“听众”，但这并不影响四位演述人对剩余经文的继续演述——对演述人来说，他们面对的不仅是生者，而且是至亲之人的灵魂以及萦绕其间的祖灵与神祇，而他们对这一分工的接受并执行，既是一种责任，又是一种义务。因此，作为一种灵魂超度过程，“功德歌”演述也具有慰藉生者的深层内涵。

三　长联叙事情节的仪式再现

从长联描绘的叙事情节看，丧葬活动占据的画幅远远超过了其他人生礼俗（诞生礼、传师学师及婚礼）在画面上的直观反映。之所以会出现这种图绘模式，塘丘畲民的自我解释亦较含糊，但从另一个层面推测，这或许同人们对“仙”“凡”可见性的不同理解有关——仙界是易想难见的虚幻存在；人间是可想可见的真实生活。因此，对二者的繁简描绘不仅折射出想象是对生活的模仿（仪式本身就是象征性的），同时也反映了人们隐藏虚幻（保护仙界），袒露真实（呈现生活）的世界观。此外，有些人生礼俗（特别是传师学师）并非每位族群成员（尤指女性）都要经历的“社会考验”，但死亡却是任何人都无法逃脱的最终归宿，而这似乎也成为绘图人员有目的地选取叙事情节加以摹绘的一种因素，即希望后世按图索骥地为逝者完成最后的人生之路。在仪式现场的大部分塘丘畲民告诉笔者，丧葬仪式的主要环节都可在长联上找到对应的画面，只是随着时代的发展，很多程序被人为地简化了，就像 20 世纪 60 年代还于出殡中出现的“立鸡于棺”习俗既已不存。不过，长联对做功德的描绘却在现实生活中显得更为复杂，而这正同其他人生礼俗一样，仪式本身就成了解读长联特定叙事情节的有利佐证。只不过，仪式所对应的图像情节是有限的，而长联描绘的人物（盘瓠）生平对其则是包含的。

虽然“功德歌”演述不仅是仪式进程的重要环节，而且是具有典型象征意义的集体行为，但从塘丘蓝氏使用的长联（下卷）来看，这种演述行为并非丧葬画面的组成部分，而是“做功德”乃至整个丧葬活动开始前的一个“寻尸”过程。在塘丘（乃至整个郑坑乡）畲民的口述记忆中，有着基本一致的盘瓠“死亡”信息。村民蓝富成（1948～）所讲述的“盘瓠神话”就有相关表述（见表2）。与此相似，众多内容一致但版本不同的史诗《高皇歌》，也对这一情节做了描述。如同属一个畲民聚居区，且与塘丘蓝氏有着姻亲关系的景宁县渤海镇上寮村畲民雷梁庆（1946～，本次“做功德”仪式的主持者之一），也曾在他演述的“高皇歌”中唱叙了这一内容（见表2）。

表2　长联叙事情节与盘瓠神话和“高皇歌”相关内容对照

榜题（图内文字）	（左）齐鸣始见，孝薦功德	（右）三子斩桐木为箭，鼓歌唱，尸软落地，殡殓
蓝富成“盘瓠神话”节选	盘匏（即盘瓠）住在凤凰山，那里鸟兽多，妖魔鬼怪也多，他就到闾山学了法术，来斩妖除魔。有一次，他一个人到山里打猎，看到一个大山羊，他想打，没打到，反倒被山羊角撞到山底下，摔死了，尸体也挂在了树上。三天三夜没回家，三公主就派人去找，听到头顶有乌鸦叫，才知道盘匏已经死了。他们走到树底下，看到有野兽要吃盘匏的尸体，就敲锣打鼓，用扁担把他从树上挑下来。	
雷梁庆“高皇歌”节选	凤凰山上鸟兽多，奈爱要食自去罗。扮弓射箭来射死，老罢山猪鹿都何。凤凰山上实是闲，日日擎弓去相山。奈因岩前打担子，山羊斗死在岩前。山羊斗死在岩前，寻见三日太不见。身死挂分树尾上，求神问佛正罗见。高岩石壁奇台台，龙王跌死封树尾。吹笙鼓乐齐来引，天神灵悉放落来。	

三个连续发生的神话母题（“山羊触死”“尸悬于树”及“族人寻尸”）并置而成的空间叙事模式，“榜题”显然是一个基于画面空间的错位书写，其所解说的情节无疑是“功德歌”演述场景。然而，榜题文字虽在集体行为的描述上与仪式生活具有某些相似点，但细节表述依然与实际情形有所误差，而这主要体现在以下两个方面：一是人员构成的数量差异；一是桐木所作法器不同。另外，人物与演述人所持法器也有明显区别。而塘丘及其亲属村落的畲民在解释这一文化现象时也很含糊，但有一点引起了笔者的注意，即图像上的“三子”并不包括盘瓠长子盘自能，而是次子蓝光辉、三子雷巨佑及女婿钟志深。之所以如此，其原因则来自“盘姓消失”的传说，① 而这恰与

① 据闽东畲族宗谱记载，唐光启年间，畲民从闽王王审之“由海来闽……盘王碧一船被风漂流，不知去向，故盘姓于今无传”。闽东畲族另有一说：明洪武年间，畲族先民为避朱元璋的迫害，从潮州下海，漂流到闽东，其中盘姓受海浪冲击，漂往番界。还有一说：“忠勇王裔孙盘铭（官职光禄大夫）等见秦朝无道，率弟侄逸集于广西第内刀耕火种，以避世乱。”“忠勇王世孙盘、蓝、雷、钟同迁广西栖避秦乱……共数千户散行广西。”参见蓝炯熹：《畲民家族文化》，福建人民出版社，2002，第77页。

“高皇歌”所唱“蓝雷三姓好结亲，都是南京一路人”一脉相承，但这并不影响当地畲民对盘姓成员的集体记忆。因此，在实际的“功德歌”演述中加入了第四个角色，以体现四姓同源共祖的族群属性。这一图解似乎在告诉我们，祖图长联的出现应当是比较晚近的事，至少在“盘姓消失”的“唐代”是不可能产生的。虽然某些畲民支系的长联在表现这一叙事情节时，也出现过四人场景，但塘丘蓝氏长联的“三人”描绘也非个案，不过也有超出四人的现象（见图3）。

图3 福建某雷氏长联（复制本藏丽水学院中国畲族文献资料中心·左）、景宁县鹤溪镇周湖村雷氏长联（中）、云和县雾溪乡坪垟岗蓝氏长联（右）

以上论述虽主要来自塘丘蓝氏这一个案，但“功德歌”演述作为一个（曾）普遍存在于不同畲民聚居区的丧葬环节，也得到部分学者的关注。有学者指出：“因畲族始祖打猎，被野兽角死深山，族中青年往山中寻找始祖，害怕群兽伤害，所以持铜刀、铜饼等武器，击起鼓，唱起歌以驱散野兽，现做功德唱功德歌是对上辈青年英勇寻找祖先的纪念”。[2]尽管这一解释将“铜刀、铜饼”的作用置于“寻尸”者的自我保护，是与上述各类口头传统认定的“挑尸”功能截然不同的集体认知，但这也充分体现了作为口述记忆组成部分的“功德歌”演述，是不属于丧葬画面的事实。换言之，长联的叙事模式虽是空间性的，但故事情节的图像呈现却同言语表达一样是时间性的，而“做功德”的实际表现已然将发生于丧葬活动前的“寻尸”过程置于了仪式进程之中（见图4）。

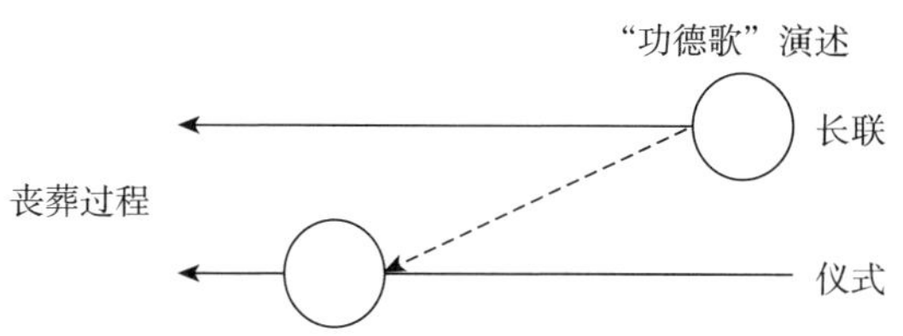

图 4 "功德歌"演述在图像与仪式中的错位

对于这种将图像空间转换为言行时间的叙事现象，塘丘及其亲属村落的畲民同样未能给出准确解答——他们中有人认为，仪式过程是老一辈人传下来的，具体到每个步骤的产生则似一个"谜"，但"做功德"中的行为模式必须同长联所描绘的基本情节保持一致，如此才能符合"回归祖地"的既有"规矩"。据此可知，长联描绘的叙事情节对族群成员的集体行为具有十分显著的约束作用。在笔者看来，这种时空倒置的叙事现象很可能只是图像与言行的互仿结果，但为了更完整地表现"死亡"过程，不存于后世的"寻尸"环节在以事件顺序为基础被绘入长联时，其行为模式也被合理地融进特定仪式步骤，只是这种行为表现是基于何种考虑而加以实施的，却已很难探寻。① 另一个更值得关注的现象是，虽然"功德歌"演述的是长联描绘的重要叙事情节，且在具体仪式环节中得以重现，但通观整部《功德歌》不难发现，14 段经文演述并无一则可与长联叙事情节构成交互指涉的叙事关系，相反上文引述的盘瓠神话和史诗《高皇歌》，却直接阐述了三个并置于同一个画面的连续情节。之所以会发生这种"图""文""言"的不对称表述，或许就在于塘丘畲民所说的——"功德歌"本身并不具有解释性，而是基于实用价值而创作的"驱赶鸟兽"的恫吓之语。虽然我们并不知道最初的"功德歌"究竟演述了哪些内容，但后世的发展却表现出以悼亡、祈福及劝善为主的内容体系，并由此统一了畲民的世俗期许和神圣演述。

基于以上论述可以说，如果"功德歌"演述是对神话记忆的仪式再现，那么并未表现长联叙事情节的"功德歌"，则是在族群成员有规律地身势舞

① 笔者的猜想并不指向"言行"与"图像"所出现的先后顺序，即谁先谁后并非笔者所要表达的内容。

动中，实现了与长联叙事情节的交互指涉。总之，空间固定的长联叙事情节与时间流动的仪式进程虽在事件发生的顺序上产生错位，但这种基于神话记忆而由身势律动对接的“功德歌”演述画面，则凸显了畲民群众对先辈功业的赞颂和“回归祖地”的愿望及美好生活的期许。

四　身势媒介：“图”与“言”的交互指涉

作为一个神话母题，“族人寻尸”不仅在盘瓠神话和史诗《高皇歌》中得到广泛传播，也成为长联叙事情节得以描绘的普遍存在。虽然不同畲民支系由于时空原因而使长联画面产生些许差异，但这并不影响我们基于言语叙事而对图像画面进行解读。然而，口头传统与图像叙事的交互指涉关系，并不代表图像空间描绘的叙事时间，可与实际演述行为产生直接的顺时性关联。本文研究的“功德歌”演述则是这种现象的最好见证，而其之所以能与长联叙事情节发生交互指涉的叙事关系，其根本原因就在于“图”与“言”的身势整合。也就是说，如果仅从“功德歌”演述的内容出发，而忽略四人在仪式场域中的身势舞动，那么我们就很难厘清图像叙事情节如何与“功德歌”演述这一仪式步骤发生交互指涉关系。或许我们所能得到信息只是“声音”的恫吓作用，但无法理解这种时空错位所形成的叙事效果反映了怎样的族群心理。

尽管上文多次提到的“交互指涉”（cross - referencing）或“传统指涉性”（traditional referentiality）是源出史诗研究的两个意涵基本一致的术语，并分别由史诗学家格雷格里·纳吉（Gregory Nagy）和约翰·M. 弗里（John Miles Foley）提出。正如巴莫曲布嫫所言：“从英雄诗系，到两部荷马史诗，再到各种城邦版的荷马史诗，这些文本之间是互有关涉的，取决于叙事传统的渐进演成和构合。有些典型的史诗叙事片段还出现在壁画和瓶画上，在细节上有一些差异。所以，纳吉提出了‘交互指涉’这个概念，并指出应当从一种历时性的观察出发，去理解史诗传统，从一个吟诵片段到另一个吟诵片段之间的任何一种交互指涉都当视作传统。在弗里那里则被概括为‘传统的指涉性’，跟纳吉的概念可谓异曲同工。”[3] 由此可见，不论是“交互指涉”还是“传统指涉性”，都是在“历史性”的维度中勘察“文本和文本之间，或者演述事件和演述事件之间，或者演述人和演述人之间，甚至文类与文类之间”[4]的叙事传统。在美国叙事学家杰拉德·普林斯（Gerald Prince）看来：“对叙事作品的研究不受媒介的局限，因为文字、电影、芭蕾舞、叙事性的绘画等不同媒介可以叙述出同样的故事”。[5]也就是说，同一叙事对象可以凭借不同叙事媒介，并在人为作用下，于体系化的结构中，更趋完善地表达自我内涵与外延，从而为人们提供更全面理解既定社会存在的途径或手段，而长联与“功德歌”的叙事关系同样反映了同一叙事片段可由多媒介表述的事实。

可是，当我们回观长联与“功德歌”演述间的传统指涉性时，就能发现口头传统与图像叙事并不具有时空位序的一一对应性。而叙事时间、图像空间及仪式进程的错位，则反映了不同文类甚至演述行为，对同一叙事情节所在时间序列的不同（选择或）表现形式。作为盘瓠神话和史诗《高皇歌》的叙事片段，不论是长联叙事情节还是“功德歌”演述行为，都是保障上述口头传统得以完整表达的基础，而这些内容一致的叙事片段同样是反复出现的文化传统。正如格雷戈里·纳吉在谈论荷马史诗的传统指涉性时所言：“一旦荷马诗歌的‘叙事片段’（episodes）及其先后顺序按自身的轨辙发展成一种传统，那么顺理成章的是，从这一序列的一个叙事片段到另一个叙事片段之间的任何一种交互指涉（cross - reference）也将成为一种传统。……在我们今天所欣赏的二维文本中，任何这样的交互指涉在当时都并非仅在一次演述中就出现一次——而是在一个专门化的口头传统及其三维的连续统一体之内，可能会发生的无数次再演述中的无数次复现”，而“事件的编排在故事讲述中一个接一个地发生；但在交互指涉中，这样的序列被忽略了。就好像是全部遗存指涉的只是时间的一个单独瞬间，也就是说，此时此刻”。[6]不过，尽管长联叙事情节与“功德歌”演述共享了同一个仪式场域，并在一次性的演述中实现了二者的互释功能，但二者在内容上的互涉关系却不是图像与言语所能直接完成的，相反舞动的身势才是连接二者的唯一媒介。因此，具体民俗事项（间）的“交互指涉”可以是自足的，但有时也需要媒介的支撑。

口头传统与图像叙事的交互指涉之所以存在媒介，其根本原因就在于口头传统与图像叙事并非纯粹的文本间指涉，而是具有相应语境的言行间互释系统。虽然仪式活动的程式固定性远高于史诗“创编”所依赖的程式规则，因而“传统作为一种叙事方式可以根据不同的语境被调用”的实践倾向，对类似于畲族“功德歌”这种必须依据固化文本才能不影响仪式进程的口头传统来说，的确需要一个转译过程。但“本土社会的地方知识体系中存在着一整套的”叙事话语，而这充分反映了叙事传统中的人——作为叙事传统的“秉持者（bearer of tradition）——演述人、听众乃至地方学者”对叙事传统的感知经验、价值判断及实际操演，即“传统本身所具有的阐释力量”[7]是我们发现“图”与“言”叙事“媒介”的基础。进一步讲，口头传统与图像叙事的交互指涉是在特定语境中发生的，而作为媒介的身势只有在此时才能发挥叙事功能，并成为纠正“错位”的显性手段。

参考文献：

［1］孟令法：《文化空间的概念与边界——以浙南畲族史诗〈高皇歌〉的演述场域为例》，《民俗研究》2017年第5期。

［2］浙江省少数民族志编纂委员会编《浙江省少数民族志》，方志出版社，1999，第349页。

［3］巴莫曲布嫫：《英雄观、英雄叙事及其故事范型：传统指涉性的阐释向度》，《民族艺术》2014年第3期。

［4］范雯、巴莫曲布嫫等：《英雄观、英雄叙事及其故事范型：传统指涉性的阐释向度问答、评议与讨论》，《民族艺术》2014年3期。

［5］申丹、王丽亚：《西方叙事学：经典语后经典》，北京大学出版社，2010，第5页。

［6］〔奥〕格雷格里・纳吉：《荷马诸问题》，巴莫曲布嫫译，广西人民出版社，2008，第109～110、179页。

［7］巴莫曲布嫫：《叙事型构・文本界限・叙事界域：传统指涉性的发现》，《民俗研究》2004年第3期。

六　语言类民间游戏

语言文字类民间游戏的教育功能研究*

王　丹**

摘　要：语言文字类民间游戏与人类文明的发生、发展相伴而生，它来源于生活，是民众生活最原始的教育方式和教育内容。语言文字类民间游戏在开展思维训练、提高语言表达能力、启迪心智、培养道德、传承语言文字传统等方面均具有重要作用。语言文字类民间游戏不仅是人类文明的一部分，而且是民族传统和生活文化的历史积淀与现实表达。

关键词：语言文字；民间游戏；教育功能；民族文化传承

语言文字类民间游戏是指中国民间社会以语言、文字作为游戏的主要交流方式和媒介，或指民间游戏中主要以语言和文字或者语言文字为对象进行的嬉戏活动。语言文字类民间游戏是中国民众代代传承的文化传统，在思想内容和表现形式上丰富多样，它不仅积累着民众的知识智慧，而且有效调节着民众的日常生活。语言文字类民间游戏记录了中华文明的形成与发展，展现了中国异彩纷呈的语言文字知识，突出了民众运用语言文字的智慧，是理解中国人生活方式的重要途径。语言文字类民间游戏包含着丰富的教育内容，关涉各民族各地区民众生活的诸多方面，对于民众生命健康、人格健全、生活幸福有着重要意义。

---

* 本文为2016年国家哲学社会科学重大攻关项目“中国民俗学学科建设与理论创新研究”（项目编号：16ZDA162）、2016年度教育部人文社会科学重点研究基地重大项目“少数民族文化传承发展与中华文化建设研究”（项目编号：16JJD850019）的阶段性成果。原载《民俗研究》2018年第4期。

** 作者简介：王丹，中央民族大学中国少数民族研究中心副教授。

一 从思维到语言表达

语言和思维是相互作用的，语言文字类民间游戏在训练人类思维和语言表达方面具有显著的作用。儿童在学习说话的时期，成人可以利用语言游戏发展儿童的认知能力。比如“命名游戏”，可以让儿童来辨识物体，如成人与儿童一起辨别身体的各部位名称，一边说头、眼睛、鼻子、嘴巴、耳朵等部位，一边用手指迅速指向这些部位，这样在玩这个游戏的同时，儿童就识别了人体的不同部位，而手指的快速移动也能训练儿童的反应能力和思维能力。

语言是概括性较强的文化符号，它在相当多的时候代表了某一类事物的基本特性和文化含义。因此，语言类游戏不仅是游戏本身，而且是在以语言为核心的游戏活动中学习语言，学习说话的方式，学习多种音节组合成的言语的表达方式，从而传达出思想和情感。语言类游戏提供了语言表达的环境，提供了游戏者语言交流的场合。游戏中的协作交流使得游戏者必须相互沟通，传递信息，练习以语言来传达心意，表露感情，也丰富着生活的词汇及语法的运用。语言文字类游戏中的游戏歌谣趣味性强，有节奏感，朗朗上口。比如“炒、炒、炒黄豆，噼里啪啦翻跟头”的游戏歌谣既贴合动作的展示，又押韵生动。又如两个儿童在“拍大麦”游戏中，一边念唱“一箩麦，两箩麦，三箩开始拍大麦”，一边拍手。简单易唱的游戏歌谣不但增添了游戏的情趣和可操作性，而且游戏者能从中获得知识，进行情感交流。

语言是教育的工具，语言的习得过程从儿童掌握母语开始，并且语言的学习贯穿于生活的始终，贯穿于生活的每一个过程和生命的每一个阶段。游戏歌谣歌词通俗、易懂，贴近儿童生活，为他们所喜爱。儿童在快乐的游戏中自觉或不自觉地便能学会清楚、精练、具体、形象的语言表达和口头讲述，极好地锻炼了运用语言的能力。

语言文字类民间游戏在提高儿童语言文字的连贯性上亦具有特殊的功能。儿童在语言文字表达时常常不能完整地表述一句话，总是用几个简单的字词或者只言片语来说明自己的想法，描述发现的事物。比如《从前有个老头》："从前有个老头，他有一头小牛，童谣唱了半首，圈里牵出小牛，把牛拴在墙头，童谣已经到头。"儿童边拍手边听或者边拍手边唱，在节奏的配合下，便能顺利地演绎完这首歌谣，这个过程就是游戏活动。游戏中，儿童了解了牛的生活习性，练就了说话的能力。

玩要是儿童的天性，他们在玩游戏中成长和进步。语言文字类民间游戏中有很多数数类、问答类、绕口令类、连锁类等游戏，均具有语言教育的作用。"板凳宽，扁担长，扁担没有板凳宽，板凳没有扁担长。扁担绑在板凳上，板凳不让扁担绑在板凳上，扁担偏要绑在板凳上"是一首绕口令，游戏者在念诵中须分清"板凳""扁担"及其中容易混淆的字词的读音，并且要以最快的速度脱口而出，这在很大程度上训练了游戏者的吐词发音和语言表达的准确性。

语言类游戏中的语言是地方性语言，是民族母语，因此，语言类游戏必须以汉语方言或者民族语言进行，否则就无法达到游戏的目的。比如湖北麻城的游戏歌谣《磨麦》唱道："磨麦，请客，做粑，接嘎，嘎不来，一口吃它。"两位游戏者对面而坐，手拉着手，边吟唱，边拉着手前后摇动。歌谣是用麻城方言来演唱的，其中"接嘎"的意思就是"接外婆"。在麻城方言中，"嘎""嘎婆"即是外婆。这首游戏歌谣整体上押"a"韵，念唱起来简易、有趣，且意思浅白，游戏者在亲密无间中既知其意，又分享快乐，游戏易于开展，也能达到玩要的目的。由此可见，语言类游戏实质上是在进行地方知识、民族知识的教育，有利于保护地方方言和民族母语。语言类游戏不仅传承了特色鲜明的地方语言、民族母语和地方、民族的音乐曲调，而且在提高游戏者的语言能力和语言素质，培养游戏者的语感等方面都发挥了重要作用。同时，语言类游戏能为练习已学过的语言提供新的、有意思的语境，并在游戏过程中学到新的语言知识。

二　从心智到道德培养

语言文字类民间游戏是与人们发生关系最早的游戏类型。孩子从出生开始，家人就会给他唱游戏歌谣，等他能说话、会动作的时候，家人便以促进儿童成长的语言文字游戏与他戏要，让他感受欢乐，也接受教育，大量的游戏歌谣包含着丰富的妙趣且道德化的内容。比如，“摇摇摇，摇元宵，我的元宵是宝宝。穿红衣，戴红帽，不说话，总爱笑。吃饭不让妈妈喂，走路不让爸爸抱。看见小鸟点点头，看见客人问声好”。这首歌谣是在“摇元宵”游戏中演唱的，游戏由两名儿童合作完成。歌谣与游戏融为一体，配合节奏性强的动作来演唱更加富有趣味。“吃饭不让妈妈喂，走路不让爸爸抱”传递了自己的事情自己做的生活道理；“看见小鸟点点头，看见客人问声好”则教育儿童从小懂礼貌、彼此友善的道德情怀。

语言文字类民间游戏启迪游戏者的心智，得益于对知识的传授、认知和理解，如数数类《六字歌》。儿童在玩耍过程中念诵这首歌谣，其中的每一个数字都具体形象化为牛的身体部位：“一个头，两个角，三花脸，四只脚……”于是，他们既学会了数数，又认识了牛的身体部位特征。

语言文字类民间游戏以中国语言文字的特殊性传承民众对于生活的理解，传承祖先的智慧心声，将知识传承与知识教育结合起来，在游戏中学习，在游戏中成长，在游戏中进步。比如“敲 7”游戏是多人游戏，玩法是任意一人开始数数，1、2、3、4……数下去，每逢 7 的倍数（7、14、21……）和含有 7 的数字（17、27……）必须以敲桌子代替。如果有谁逢 7 却数了出来，就算输，有谁没逢 7 就敲桌子，也算输。这个游戏可以推广到“敲 4”“敲 5”等数字游戏。游戏者参与游戏活动，学习新知识，思考新规律，在热烈的气氛中反复练习，既增强了学习的灵活性，也提高了学习效果。语言文字类民间游戏极大地激发了游戏者，尤其是儿童活动、思维的积极性，增强了他们探索未知的兴趣，激励了他们的创造力，诚如苏霍姆林斯基所说：“游戏是点燃儿童求知欲和创造精神的火种。”[①]

“谐膜”是巴塘藏族的语言游戏，通常在人群聚集的地方举行。只要游戏者身上有一件心爱的物品，游戏就可以进行。游戏者围圈坐在一起，每个人把自己携带的心爱物品交给游戏的组织者。游戏的组织者拿着收集的物品在另一处坐下，在收集的物品中随便拿出一件，悄悄藏好。围圈的某个人说谐膜歌词，谐膜歌词每个人都可以说，想到什么就说什么，然后围

① 〔苏〕苏霍姆林斯基：《教育的艺术》，肖勇译，湖南教育出版社，1983，第 94 页。

圈的所有人一起唱所说的歌词，一般唱歌的调子固定统一。唱完后，圈中的长者就会讲解歌词的意义和寓意。这时，组织者把藏好的物品拿出来示众，表示是这位游戏者的谐膜歌词。这位游戏者想到什么歌词就唱什么，但不能与前面游戏者所唱歌词重复，歌词饱含了许多道德教化的内容。

> 长在石上的神树，已过千年万年，我的慈祥父母，希望如此长寿。
>
> 甘甜醇香的美酒，请朋友开怀畅饮。这是吉祥的美酒，也是团结的佳酿。①

“谐膜”游戏中，有关孝敬父母、感恩长辈，亲朋友善团结、互助合作，以及爱护自然、关爱动物等歌词内容的吟唱无不是在传递社会的伦理道德观念。游戏者在玩耍过程中不断习得并熟悉“谐膜”游戏的传统方式，在亲切而流畅的游戏活动中自然而然地接受道德教育，相互鼓励，踏实前行，养成良好的生活习惯和社会德行。

语言文字类民间游戏是快乐的、自由的，并且以生活为依托，记录生活、反映生活。人们道德观念的接受、养成是从儿童时代的游戏开始的。诸多儿童游戏动手、动口、动脑，互相协调，游戏及其歌谣中闪烁着朴素的道德灵光，包含了明白易懂的道德思想、简单易行的行为品德，儿童在游戏过程中，在语言和身体活动中，启迪了心智，培养了道德，规范了言行。

三　从语言到文字传统接受

语言文字是语言文字类民间游戏的主要载体。中华民族多种语言文字游戏承载着多元、多层次的文化记忆，并且通过身体实践实现以游戏为中心的语言文字传统记忆，进行着地方知识教育，进而丰富了我国语言文字传统。

民间游戏展示的语言文字智慧，在游戏的名称上体现得淋漓尽致。比

---

① 参见益西拉姆、向秋志玛《藏族民间游戏巴塘谐膜的社会功能研究》，《青藏高原论坛》2014 年第 4 期，第 82～84 页。

如“翻花”游戏十分流行，深受游戏者的喜爱。“翻花”中不同的步骤翻出不同的图案花样，这些图案花样被命名为“牛槽”“五星”“螃蟹”“麻花”“手绢”“扫帚”“芥疙瘩”“织布机”等。这些名称源于民众的生活，源于民众与自然的生活关系，可以说，“翻花”每一个阶段的图案花样命名都是民众基于生活的语言文字智慧。“自然界能够为语言的发展提供无以计数的差别与机会，特别是在孩子身上。自然界的多样性能够为成长中的孩子源源不断地提供具体实物，以便使他们在语言技能发展方面得到基本的理序、分类和命名训练。”① 与自然的和谐交流锻炼了游戏者的语言能力，丰富了中国语言资源库，这成为地方语言、民族母语传统的重要表达形式。也因为语言文字类民间游戏体现出来运用语言、文字的智慧，进一步充实了教育的内容方式，更启迪了游戏者的智力和情感。

语言文字类游戏传统的留存包含了语言文字的外在形式和语言文字意涵的文化人格。这类游戏涵括许多语言文字因素，诸如语音、语义和语言的结构，文字的多种读音带来的游戏效果，文字的使用技巧等，人们在传承和实践语言文字类游戏过程中，实际上就是对这些语言、文字关键性、细节性因素的不断学习和实践，从而使这些看似随意、散漫的玩耍活动以一种轻松自然的方式实现人们对语言传统的记忆、文字传统的传递。

语言文字类民间游戏实现了关于语言文字形式的记忆。在诗钟、词语连缀、集句、联句等文字游戏中都保留了传统的诗词格律的创作形式。比如，诗钟是中国古代限时吟诗的文字游戏，限一炷香工夫吟成一联或多联，香尽鸣钟，以对仗工整为上，内容含蓄而极富文化韵味。像诗钟一类的文字游戏在唐诗宋词的鼎盛时期非常盛行，然而，这类游戏后来逐渐淡出了人们的视线，不过其结构的汉语语言文字形式的精髓至今在民间流传。另外，谜语、酒令中也含有诸多精妙的语言文字形式。谜语的谜面通常由一些工整对仗的语句组成，还包括歇后语谜、诗词曲谜等特殊形式的谜语。酒令中的口令，又叫口头文字游戏酒令，专门以口头吟诗、唱曲、作对、猜谜等行令。

---

① 〔美〕S. R. 凯勒特：《生命的价值——生物多样性与人类社会》，王华等译，知识出版社，2001，第 20 页。

语言文字类民间游戏实现了关于语言文字意涵的文化人格的记忆。人类语言不是语法、语义和词汇的简单组合，不是抽象的概念丛，不是具体的声音和手势，而是涉及历史与现实、文化与社会、物理和心理等方面的行为和行为方式。语言为文化的记忆提供了最便捷、最有效的途径，是集体经验和集体智慧的储存器。汉族的象形文字，经过数千年的演变发展成为一种表意文字。过去，受纸张稀缺和农耕民族含蓄内敛性格等的影响，汉语不但形成了独特的语言形式传统，也具有了与中华民族的民族品性息息相关的含蓄婉转、言简意深、回环优美的语言特性。在语言文字类民间游戏中，汉语的这种特性也通过游戏的传承实现了记忆的传承。比如，谜语就是巧妙地运用比喻、隐喻、借代等手法对事物或文字特征进行形象描述的语言艺术；回文则是使词序回环往复的修辞现象，既可以顺读，也可以倒读，回环婉转，意蕴深厚。游戏者在传承这些语言文字类游戏时，就是对游戏语言文字中蕴藏的这份文化人格记忆的不断建构和重温的过程。

语言文字类民间游戏在民族、地方语言文字传统中占有极其重要的位置，它们通过游戏的方式接受这些极具生活化、大众化的文化传统，并且加以传承，不仅继承和丰富了地方方言、民族母语，丰富了民族语言文字的使用和普及方式，而且游戏者在实践语言文字类民间游戏时既接受了语言文字本身的知识，也接受了语言文字涵盖的地方民族民众生活。更为突出的是，游戏者借助语言文字游戏活动，学习并获得了以语言文字为载体传达出来的民众生活中的美好道德、美好品格，进而成为游戏者以及游戏者为代表的地方和民族性格、精神养成的重要教育资源。

四 作用于文学艺术的熏陶

语言文字类民间游戏以语言、文字为主要内容进行游戏活动，语言、文字的审美性、形象性和节奏感在游戏中得到了充分体现，并且语言、文字具有的美育功能在游戏玩乐过程中潜移默化地影响了游戏者，尤其是儿童游戏玩耍者，游戏语言适合他们的年龄及接受能力。语言文字类民间游戏中的游戏歌谣吟唱起来押韵、朗朗上口，儿童在玩耍时并非死记硬背，而是愉快地感受并获得。因为语言文字游戏的音乐性、节奏感，使之能与同伴紧密配合，在情感化的表达中得到认识，收获快乐。如《手指歌》“一二三四五，上山打老虎，打到小松鼠。松鼠有几只，让我数一数。数来又数去，一二三四五”。这类语言文字类游戏配合舒展的身体动作，由语言、文字构成的意义和美感便沁入游戏者的心里，为其接受和感知，亦培养了游戏者的语言文字美感。

语言文字类民间游戏能够启发儿童的思维，丰富儿童的语言，锻炼儿童的表达，引导儿童的想象。这类游戏涵括了独特的文学表现手法，诸如比兴、比喻、夸张、拟人、排比、反复、顶真等运用广泛，这些手法并非高悬、游离于生活之外，而是贴近游戏者，尤其是儿童游戏的生活土壤，让他们在玩耍语言文字类游戏的时候，可理解、可接受、可欣赏。“巴塘谐膜歌词修饰非常丰富，通常运用当地社会生活的自然现象、生产生活、生活规律等事物来进行比喻，语义浓缩明快，地方口语特色浓，能激发人的思维和更多的想象力。谐膜歌词的修饰喻义对整个游戏起重要的作用，歌词的修饰主要表现在比喻上，游戏通过这些歌词的喻义来解释，反映社会生活、亲情、道德、爱情、伦理等方面的文化。”[①] 多种手法的灵活运用充分展现了语言文字类民间游戏的想象力。因此，语言文字类民间游戏能够影响游戏者掌握语言、文字的使用方法，能够使游戏者受到春风化雨般的文学艺术的熏陶。

中国语言文字丰富多彩，民间游戏不仅在乡村社会广为流传，而且它蕴含的智慧是无界的，可以穿越时间和空间，也可以跨越族群和阶层。语言文字类民间游戏有力地体现了中国语言文字的智慧，经过不同族群和阶层的运用和施展，也呈现出民间游戏语言文字的多样性、民众生活的多样性。比如，斗草游戏原本就是以“斗百草”为主要内容，游戏双方从野地采来花草，进行比赛。游戏方法是游戏双方各挑选一根茎部有韧性的草，然后茎与茎环套在一起对拉，拉断的一方为输，这是以力量、技巧来进行的斗草游戏。还有一种是以说出花草名字为比赛内容，谁先说不上为输，比赛时不能重复，别人说过的就不能再说，这就要求游戏者有更丰富的花

① 益西拉姆、向秋志玛：《藏族民间游戏巴塘谐膜的社会功能研究》，《青藏高原论坛》2014年第4期，第84页。

草知识，并且以语言的形式展现出来。《红楼梦》第六十二回有描述："外面小螺和香菱、芳官、蕊官、藕官、豆官等四五个人，满园玩了一回，大家采了些花草来，兜着坐在花草堆里斗草。这一个说：'我有观音柳。'那一个说：'我有罗汉松。'那一个又说：'我有君子竹。'这一个又说：'我有美人蕉。'这个又说：'我有星星翠。'那个又说：'我有月月红。'这个又说：'我有《牡丹亭》上的牡丹花。'那个又说：'我有《琵琶记》里的枇杷果。'豆官便说：'我有姐妹花。'众人没了，香菱便说：'我有夫妻蕙。'豆官说：'从没听见有个夫妻蕙！'香菱道：'一个剪儿一花儿叫做兰，一剪儿几个花儿叫做蕙。上下结花的为兄弟蕙，并头结花的为夫妻蕙。我这枝并头的，怎么不是夫妻惠？'"①《红楼梦》中的斗草游戏较为全面地记录了清代女子玩耍这类游戏的情形。这种以花草知识、以语言智慧为内容的"斗草"游戏深受女孩们的喜爱，斗草游戏中的语言智巧、优美，充分展现出文学的美感。从游戏来看，如果没有花草品种的多样性，游戏是无法进行的；如果游戏者没有花草知识的丰富性，以及通过语言说出花草，游戏者是很难取胜的。语言文字类民间游戏中使用的地方语言、民族母语及其文字建构的形象美、节奏美和意境美，成为游戏者接受美育思想、文学教育的重要途径。

五　走向文化认同的教育

民间游戏是民族或地域文化传统的组成部分，是民众实践经验与情感表达的重要方式。在长期的历史发展过程中，民间游戏不仅是日常生活的一部分，而且内化为民众情感，承载着民众的历史记忆，成为民族认同和地域认同的文化传统。比如，语言文字类民间游戏中的文字不但是记录语言的视觉符号系统，而且也是民族认同的核心内容。在中华民族大家庭中，汉字作为汉语的交流手段、记录汉语信息的载体，在汉族文化共同体形成过程中发挥了重要作用，成为汉族文化认同的标志性文化，汉字类游戏作为汉字文化的表现形式之一，在汉族文化认同中发挥的作用不言而喻。语

① （清）曹雪芹、高鹗：《红楼梦》，人民文学出版社，1981，第803页。

言诞生与操持语言的民族形成和发展联系在一起，但是随着民族因为生存、生活的原因不断分化，迁徙到不同地域，他们的生活受制于自然环境和生产、生活方式的影响出现差异，于是，在母语基础上产生了多种方言，不同地区的方言，以及在方言基础上诞生的语言类游戏、成为当地人交流的手段和认同的文化。

当然，我们也注意到文字的认同和语言的认同存在一定差异，文字可以超越语言障碍，尤其是跨越方言障碍，构成更为广大范围的文化认同。比如，同样说汉语，闽南人和西北人无法实现交流，他们以汉字进行交流就会十分流畅。讲述不同地区方言的游戏者，在一起进行语言游戏活动的时候就难以开展，但是，运用文字进行游戏却不会有障碍，从这个意义上说，文字类民间游戏的认同范围比语言类游戏认同范围更大，认同的力量更加强大。这就形成了语言文字类游戏中以语言为中心的游戏活动范围小，情感却更为浓烈，游戏者在地方传统的作用下，交流更为顺畅，玩耍的时候更为快乐，并成为地方知识教育、传承的主要内容，由此形成地方认同教育的途径和资源。文字类游戏的基本范围是以语言为基础的，在语言文字类游戏中，语言和文字常常是相依相伴，产生游戏快乐的效果，因此，文字类游戏的传承范围基本是语言游戏的范围，但是文字类游戏是识字者的游戏，由此造成了文字类游戏流传范围更为广泛，不仅在以语言为基础的范围内，而且跨越语言、地域和民族，能够在更广大的范围内传承。于是，文字类游戏更讲究技巧，包含更多、更深邃的含义，也表现出更多的复杂性。所以，文字类游戏表现出来的文化认同就不仅是地方性的、民族性的，而且是建立在以文字为核心基础上的认同。

语言文字类民间游戏的认同教育是地方性的，也是民族性的，同时，还跨越了地方性和民族性，是以文字为核心构成的传统。无论是以语言为中心的游戏，还是以文字为中心的游戏，在文化认同上主要体现在以下两个方面。

一是语言文字符号上的认同。之于语言来讲，是语音，游戏者说同一种话，这些话是亲切的，是情感的，是具有传统的穿透力和现实的可接受性，由此，语音就成为认同的符号了；之于文字来讲，文字的结构、文字与文字之间的关系及文字的读音等均成为文字符号认同的途径。

二是语言文字符号承载的历史文化内涵。以语言文字为主的民间游戏，对于游戏者来说是轻松的、快乐的，但游戏中的语言文字是有意义的、有内容的。这些内容包括地方、民族民众在长期社会发展过程中生活、生产的经验，是地方、民族民众智慧的结晶，由此形成了民族特殊的文化情感和地方独有的知识表达。可以说，语言文字类民间游戏的认同力量源于游戏者血缘、地缘、族源基础上的生活关系和文化关系，反过来，游戏者在进行这些游戏时，接受了语言文字上的认同，强化了语言文字游戏中的血缘、地缘和族源关系，并且不断延伸、扩大认同力量带来的人际交往关系。

文化认同教育包含了认同的根本就是地方知识教育。语言文字类民间游戏储存着丰富的地方性传统文化，因此，语言文字类民间游戏在地方知识传承上具有重要价值，成为培养地方情感，增强地方认同的有效方式。语言文字类民间游戏含括了历史信息、文化传统、科技知识的教育功能。文化认同教育贯穿在民众生活传统中，贯穿在语言文字类民间游戏的历史传承中。清乾隆时期里人何求的《闽都别记》中记录了唐代福建观察使常衮的一首《月光光》，它以闽南土音传授："月光光，渡池塘。骑竹马，过洪塘。洪塘水深不得渡，小妹撑船来前路。问郎长，问郎短，问郎一去何时返。"这首游戏歌谣在当今闽南各地广为传唱，其主题结构基本相同，只是歌词内容略有变动。《闽都别记》的创作基础是福州说书艺人讲的大量民间故事，书中记录的民风民俗是真实可靠的，这些民俗大致是以清朝乾嘉年间为下限，上可追至明朝中后期。这些儿童歌谣、故事类的游戏演唱、讲述采用闽南语，游戏者是闽南人，由闽南语为根本组成的语言类游戏成为游戏者的认同文化，他们在玩游戏过程中，接受了闽南语的认同教育，强化了彼此文化上的关系。

游戏者在语言文字类民间游戏的讲唱中，在语言的表述与文字的表达中不知不觉地掌握了知识和经验，因此，语言文字类民间游戏不仅成为地方认同知识，生产着地方认同知识，而且有效地传授生产、生活知识和经验，同时进行着由此产生的文化认同教育。

六 结语

语言文字类民间游戏与人类文明的发生、发展相伴而生。大量历史事实证明，人类文明的诞生、发展及文明的教育、传承与游戏相关。荷兰文化史学者胡伊青加认为：“在整个文化进程中都活跃着某种游戏因素，这种游戏因素产生了社会生活的很多重要形式。游戏竞赛的精神，作为一种社交冲动，比文化本身还要古老，并且像一种真正的酵母，贯注到生活的所有方面。”① 从这个意义上说，民间游戏及其内含的诸多因素不但衍生了多样化的文化表现形式，而且孕育了文化、文明生长的土壤。

语言文字类民间游戏来源于生活，也是民众生活最原始的教育方式和教育内容，这种教育依托于群体生活来实现。语言文字类民间游戏最早的游戏者是母亲和孩子，在襁褓中，母亲就会与牙牙学语的孩子游戏，主要以语言的形式实现。文字类游戏则是在游戏者掌握文字之后，以文字的形式表达生活的智慧和人类知识。语言文字类民间游戏不仅是人类文明的一部分，而且成为民族传统和生活文化的历史积淀与现实表达。

语言文字类民间游戏富于娱乐性、自主性和创造性，从语言文字的游戏生活中习得和掌握民族或地域中的思维方式、道德观念与行为规则。这种认识世界和社会的方法，包括有关人生的价值观念均潜藏于游戏活动中，并且渐趋内化为以游戏者为代表的文化区域内的民众的自觉性思想与行为方式，进而形成民族或地域的认同感和归属感，成为民族或地域民众稳定的文化心理、家园观念。

随着中国现代化、城镇化不断向纵深发展，语言文字类民间游戏逐渐失去了生存空间，现代教育体系极大地压缩了传统民间游戏的可能性，尤其是以儿童为中心的游戏者被迫“放弃了对与其他生物进行有意义的联系的深深渴望。也许，在我们选择孤立或是破坏这些从情感、智力和精神上给我们的生活以潜在意义的生命过程的时候，我们就已经将自己托付给了一种更深刻、更危险性的孤独”。②

① 〔荷兰〕胡伊青加：《游戏者——对文化中游戏因素的研究》，成穷译，贵州人民出版社，2007，第 170 页。

② 〔美〕S. R. 凯勒特：《生命的价值——生物多样性与人类社会》，王华等译，知识出版社，2001，第 29 页。

七　学术史

郑振铎与文学整体观视域中的民间文学*

安德明**

摘　要：郑振铎是在“五四”爱国主义与民主主义精神的引领下开始民间文学研究的。与一些专门的民间文学研究者不同，郑振铎始终把民间文学视为民族文学整体框架中不可分割的有机组成，并从文学总体的视角与要求出发，来认识和理解民间文学的属性、地位和价值，他认为：民主性立场与书面文学传统影响下形成的审美观念与艺术标准，共同构成了其民间文学（俗文学）观的基础。这种观念基础，使他能够保持一种入乎其内又出乎其外的客观立场，对上下层文学的互动关系以及作为上下层文学交汇点的俗文学，做出相对准确、客观的批评和反思。

关键词：郑振铎；文学整体观；民间文学；俗文学

民间文学研究在许多国家兴起，都同民族主义思潮的勃兴有密切关系。这一点，在作为现代民俗学发源国的德国、芬兰，有着显著的表现。[1]中国也不例外。“五四”时期，一批先觉的知识分子发起以歌谣搜集为标志的民间文学的调查和研究工作，一个主要目的就是为了重建民族精神。“他们觉得要振兴中国，必须改造人民的素质和传统文化，而传统文化中最要不得的是上层社会的那些文化。至于中、下层文化，虽然也有坏的部分，但却有许多可取的部分，甚至还是极可宝贵的遗产。”[2]他们在诸多民俗活动中，看到民族中的下层社会文化保持的新鲜气象，而这种气象，“正是拯救民族

---

*　本文原载《文学评论》2018 年第 6 期。

**　作者简介：安德明，研究员，中国社会科学院文学研究所。

衰老的'强壮性的血液'"。[3]同时，在文字书写传统始终占有统治地位的中国，长期处在底层的民间文学与民间文化之所以能够获得知识界的青睐，又同民主思想在当时的日渐盛行密不可分。[4]可以说，中国的民间文学研究，从一开始就带有深刻的爱国主义（民族主义）与民主主义的烙印。

郑振铎就是在这个大的社会思潮与学术潮流中开始他的民间文学研究的。与同时代的许多民间文学研究者一样，他的学问中也带有强烈的家国情怀与民主立场，同时，又在具体观点和研究取向上发展出自己的特点，这突出地表现为从民族文学整体的角度对民间文学的观照：一方面，他始终把民间文学看作完整的文学系统的有机组成部分，如果忽略了民间文学，一个民族的文学必然是残缺不全的；另一方面，在他看来，要全面深入地理解民间文学，又必须把它放在文学整体的框架当中，按照这个框架统一的标准来观察、定位和分析。

一　民间文学对文学范畴的拓展及文学概念的改变

把民间文学视为文学的有机组成，以及认识文学总体面貌不可或缺的一个重要维度，在这一点上，郑振铎与同时代的其他学者并无二致。[5]像其他同人一样，他对民间文学之于文学整体的价值与意义，给予了毫不吝惜地赞誉："有一个重要的原动力，催促我们的文学向前发展不止的，那便是民间文学的发展。"[6]"假如一部英国文学史而遗落了莎士比亚与狄更斯，一部意大利文学史而遗落了但丁与鲍卡契奥，那是可以原谅的小事吗？许多中国文学史却正都是患着这个不可原谅的绝大缺憾。"这种缺憾，就是对变文、诸宫调、短篇平话、宝卷、弹词等民间文学（或俗文学）的忽视。[7]

在不同论著中，郑振铎采用了三个不同的概念，来概括相关的研究对象。这三个概念，分别是"民间文学""俗文学""大众文学"，在具体讨论中，他往往会根据实际需要来选用其中之一，而前两个用得最多。不过，从他对这三个概念的定义看，尽管它们的使用语境略有不同，但其所指内容却基本一致，甚至可以相互解释："'俗文学'就是通俗的文学，就是民间的文学，也就是大众的文学……就是不登大雅之堂，不为学士大夫所重视，而流行于民间，成为大众所嗜好，所喜悦的东西。"[8]

可见，凡是与“正统文学”相对、流行于民间却不为上层的文人士大夫所重视的语言艺术，都属于民间文学，或俗文学、大众文学。这样的定义，同其他学者对于民间文学（或民俗）的界定一样，主要是基于民主的立场、从上下层分野的角度做出的。[9]不过，在该前提之下，与大多数专门的民间文学研究者不同，他更多强调的是这种文学在流传和应用过程中表现出的“草野”特质，尤其关注其以书写形式呈现的内容，却较少从创作主体的“民间”属性出发，把广大民众口头创作和传承的内容纳入观照范围。对这种属于“广义民间文学”[10]范围中书面呈现内容的特别关注，可以说是导致他有关民间文学的研究最后走向狭义的“俗文学”范畴的主要原因。

从上下层的对立来定义民间文学或俗文学，势必会存在边界不确定的问题，因为在不同时代，上层阶级的构成群体并不一致，他们的观点不尽相同，重视或忽视的文学形式也会不断改变，这必然会使参照其观点而定义的民间文学的领地经常处于变动状态。但这个看似矛盾的地方，却成了郑振铎探究“正统文学”与“民间文学”互动的出发点。在他看来，许多当下被视为正统文学的作品或文体里，包括了大量原先属于民间、后来“被升格了的”俗文学；[11]民间文学，也“不是永久自安于‘草野’的粗鄙的本色”，而是处在经常的发展当中，“一方面，他们在空间方面渐渐的扩大了，常由地方性的而变为普遍性的；一方面他们在质的方面，又在精深的向前进步，由‘草野’的而渐渐的成为文人学士的。这便是我们的文学不至永远被拘系于‘古典’的旧堡中的一个重要原因”，[12]“大众文学……等到成了士大夫阶级的筵席上的娱乐品时，民众便舍弃了他们，而别去成就他们自己的另一种的歌曲”。[13]总之，无论是民间文学还是正统文学，其涵盖范围及文体和作品属性都不是一成不变的，而是具有显著的开放性，时刻处于复杂的相互影响与相互转换之中。

中国文学的发展历程，其实也是围绕对“民间文学”的重新定位，不断发现和接受新的文学形式与文体，拓展文学领域，丰富文学观念的过程。早期的中国文学史，由于人们仅以诗和古文为文学构成主体，因此，它只是一部诗歌与古文的发展史，后来才陆续增加了词、戏曲、小说等原属于

"草野"的"民间文学"范畴的内容。但其中仍然存在有待拓展的广阔空间，诸如变文、弹词、鼓词等属于"民间文学"领域的文体，都应该成为文学范畴的重要组成部分。它们不仅能够填补中国文学领域相比于西方文学而表现出的空白——比如："有人说，中国没有史诗；弹词可真不能不算是中国的史诗。我们的史诗原来有那么多呢！"[14]而且，对诸多重要传统观念与形象的传播和流行也发挥着不可替代的作用。例如："北方人之受鼓词之陶冶是至深且普遍的，正与南方人之受弹词的感化一样；许多人不会看《三国》，《水浒》，但他们知道鲁肃，孔明，周瑜……那都是说鼓词者教导他们的。"[15]

缺少了"民间文学"所包含的戏曲、变文、鼓词等各种文体及相关作品的"文学"，必然是不完整的，这种不完整，在中外文学的对比当中会显得尤其严重——我们至今不能忘记"五四"以来的一大批学者因为中国没有西方文学体系中的"神话""史诗"等文体而耿耿于怀，又因为陆续发现相关内容而欢欣鼓舞的历史。[16]而那些过去被认为"不入流"的内容，一旦被纳入文学的范畴，就为文学研究带来了革命性的变化，具有从根本上颠覆传统文学观并确立新的文学范畴的作用。它不仅扩大了文学文体的范围，而且改变了有关文学与文学史的观念。它使文学从过去只局限于正统文人阶层的诗歌和散文这两种古老文体，拓展到包括小说、戏曲、鼓词、弹词和变文等诸多新文体在内的广阔领域；从被主流文人视为"传道"或"娱乐"的工具，更多地变成了"人生的自然的呼声……是以真挚的情感来引起读者的同情的"；[17]对文学史的关注，也从单纯梳理某一文体或相关作品的发展史，增加了有关不同文学形态的历史互动的考察。

二 在民族文学的整体框架中认识民间文学

与大多数民间文学研究者不同，郑振铎有关民间文学的认识和理解，不是仅仅限定于民间文学本身，而是把它放在整个文学的总体框架中来加以思考和解读。

他首先承认民间文学的特殊性，指出它是草野的，是劳苦大众的所有物，具有"新鲜"的特质；同时，他又把它作为文学领域的"普通一员"

来处理和理解。这一点，在他有关中国文学的总体分类中有显著的体现。在《研究中国文学的新途径》中，他把文学分为九大类，分别为“总集及选集”“诗歌”“戏曲”“小说”“佛曲弹词及鼓词”“散文集”“批评文学”“个人文学”“杂著”。这个分类，力图把文学中的所有文体都囊括在内。从中可以看出，作者并没有从“正统”与“草野”，或“作家”与“民间”的角度对文学进行区分，而更强调不同文体之间的区别及每一种文体内在的统一性。这样，从民间文学与作家文学的二分角度来看，属于民间文学的各种内容，都被一视同仁地划归到了大文学下的各类别当中。例如，民歌与《诗经》《楚辞》等均被归入了“诗歌”下的“总集及选集”分类，童话及民间故事集与短篇小说、长篇小说等并列，被归入了“小说”类，《古谣谚》《越谚》一类的谚语专辑，则被归入了“杂著”类的“其他”当中。[18]

这样的处理，为从“文学”的一般标准来观察和分析原属草野的民间文学奠定了基础。由于民主性立场的影响，民间文学的价值和地位得到了广泛认可和极大提升，并被接纳文学的园地中。然而，当它变成这个百花园中的一枝之后，它原先的特殊性，就不应该再是评判其价值的唯一标准，而是应该按照新系统对其所有构成要素的统一要求，即从文学性、艺术性或审美价值的角度，对它和作家书面文学等其他文学形态进行同等的观照。正是在这样的视角之下，郑振铎得出了民间文学（俗文学）“是新鲜的，但是粗鄙的”这种看法；认为它未经学者、士大夫之手的触动，所以，保持鲜妍色彩，却也因未经雕饰，所以相当“粗鄙俗气”，有的地方“甚至不堪入目”。[19]

在这里，郑振铎表现出了与其他大多数民间文学研究者颇为不同的看法。在民间文学领域，普遍的观点是，民间文学是一种特殊的文学，属于民众生活文化的有机组成部分，它不单在题材和思想上不同于文人书面文学，在艺术上也有其自身的规定性，因此，不能完全凭借书面文学的标准去要求它，而应该结合民众的生活实践与民间文学的实际表演语境来理解它。[20]比如，许多作品按照书面文学的要求来看显得啰唆、重复、直白的表达，可能反而是活形态的民间文学必不可少的艺术手段。按理说，郑振铎对这些观点并不陌生，[21]但是，由于他的民间文学（俗文学）观，“是一个从鲜明的雅俗文学分流意识中产生出来的观念”，[22]他始终坚持以雅文学含蓄蕴藉的艺术标准来判断民间文学，有意无意地忽视了其他同人在相关领域取得的新的研究成果，这不能不说是一种缺憾。

但这种缺憾，在“文学整体观”的视角下，却又能够得到合理的解释。就其对创造和拥有它的主体具有的意义而言，民间文学自然有着与作家文学或“正统”雅文学同样的权利和同等重要的地位，又有着各不相同的特征。然而，在承认这些原则与特征的前提下，这两种形态的文学又必然具有艺术审美方面的通约性，以及相互之间的可比较性。由于个人兴趣或立场的不同，研究者用来当作比较之依据的审美标准会有所不同，郑振铎选择的是由雅文学中积累、提炼和升华的标准，这种选择得当与否，自然存在着可以讨论的地方，但这并不能否定对民间文学与作家文学或对不同文学体裁与作品的艺术高下进行比较的合理性。

这种从一个民族文学的整体出发，总结其一般性的艺术规律并据此对不同形态的文学作品进行比较的思路和做法，不仅对矫正今天民间文学领域由于过度强调语境研究而忽视民间文学艺术性的偏颇[23]有积极的启发意义，也是促进文学艺术不断升华的重要动力。对于我们今天处理社会文化领域许多相关问题，也具有方法论上的参考价值。

三　作为上下层文学交汇点的俗文学

综上所述，在郑振铎看来，要认识中国文学的全貌，必须引入民间文学的视角；而要理解民间文学的特质，又必须把它放在文学整体框架中去观察。在这样的思路下，他尤其强调从正统雅文学与民间文学的互动中来理解文学发展史。这最终促成了他在民间文学研究中突出的“俗文学”研究取向，郑振铎也因此被概括为现代民间文学研究史上的“俗文学派”的代表。[24]

按照郑振铎的归纳，俗文学有这样六个方面的特征：一是“大众的”，二是“无名的集体的创作”，三是“口传的”，四是“新鲜的，但是粗鄙的”，五是“想象力往往是很奔放的”，六是“勇于引进新的东西”。[25]

这些特征，基本上也是今天民间文学研究领域公认的“民间文学”的特征。[26]但是，他在《中国俗文学史》中列举的“俗文学”的具体类型、文体与代表性作品，却又与这些特征之间存在着明显抵牾之处。至少，被他看作俗文学重要组成部分的《金瓶梅》《红楼梦》《儒林外史》等长篇小说，以及《玉娇梨》《平山冷燕》等中篇小说，就既不是“无名的集体的创作”，也不是“口传的”。有研究者指出：“郑振铎在《中国俗文学史》中所阐述的关于俗文学特征的理论，实质上是将‘俗文学’内缩到‘民间文学’的范畴，而实践中对俗文学的处理，又是将‘俗文学’外化到‘通俗文学’的领域，同一概念的内缩与外化，必然导致理论与实践的差距。”[27]而产生这种差距的原因，主要在于“时代认识”“研究方法”“占有资料”三个方面的“局限”。[28]在笔者看来，这种矛盾的产生原因，还与以上下层的二元对立来划分文学形态的视角有直接关系。这种划分方法，集中于阶级属性而忽略了文学艺术内在的统一性，以之为基础的相关具体研究中出现种种龃龉在所难免。它实际上也反映了民间文学在学科范畴方面过于宽泛、散漫的问题。

需要指出的是，尽管在郑振铎有关俗文学的定义中，“口传的”被视为一个重要特征，但它与今天民间文学领域强调的“口头性”并不完全一致。郑振铎所谓“口传”，主要是指俗文学在成为“有定形的”[29]书面呈现形式之前经历的流传状况，而民间文学学科所谓“口头性”，强调的则是民间文学本身常态的存在与传承方式。因此，无论在其有关文学一般属性的讨论还是在具体个案的研究中，郑振铎关注的重点主要是“写下来”的“俗文学”，“口传的”最多只能算这种文学“前史”阶段的形态，真正以口头形式传承和流传的语言艺术，也即今天学科分类中狭义的“民间文学”，始终没有进入他直接的观照范围。他有关中国文学研究的总体框架，是依据书面文学的特征设计的，其中涉及的“民间文学”，都是历代书面记录或创作的内容，并且都是按照书面文学的一般要求来安排它在整体框架中的位置。他有关具体民间故事、传说的多篇研究文章，如《老虎婆婆》《中山狼故事之变异》《榨牛奶的女郎》《民间故事的巧合与转变》《孟姜女》《螺壳中之女郎》《韩湘子》等，尽管篇幅不长，却均立足于故事类型学，在一种广阔的比较视角下展开讨论，既体现了作者涉猎材料之广博，又反映了其在民间文学类型与母题研究方面的敏锐性。然而，文中所用材料，都来自古今中外的文献，却几乎没有他自己或同人采集的口头资料。这种取向的产生，一方面，源于前述郑振铎在雅文学传统上形成的学术理念，也就是说，他虽然力求从民间文学的视角来拓宽文学的范畴、改变文学的观念，但其立足点还是“正统”的书面文学所确立的标准；另一方面，又是其个人研究兴趣——对书面创作或书面文献的情有独钟所致。事实上，对书面化的古代民间文学的重新重视和推崇，也是“五四”时期一批热心于民间文学的研究者的共同取向。[30]

由于是从上下层文学互动的角度来观察以书面形式呈现的（广义）民间文学，郑振铎的“俗文学”所涉及的主要范畴，自然就集中在钟敬文“文学分层论”所说的上下层之间的“中间层”，属于市民阶级的“通俗文学”之上。按照这种更细化的分层，文学被分为上、中、下三个层次，而不是以往常说的上下两层。其中处于中层的俗文学，过去被笼统地认为属于文学二分说中的下层文学，但实际上，它与上层文人的创作和底层民众的口头传统不尽相同，却又互相关联，有着千丝万缕的联系。[31]从中既可以发现上层文学的深刻烙印，又可以看到民间文学的显著影响，可以说，这是一种极富生机和活力的文学形态。以它为媒介，不仅可以向上观察正统文人的书面文学，又可以向下理解底层民众的民间文学，在对从社会地位来看处于民族文学两端的两种文学予以分别观照的同时，尤为重要的，是可以把上下两个阶层的文学连接起来，集中探究二者之间的冲突、协商与互动，以及这种协商互动对民族文学整体发展的推进作用。

作为上下层的交汇点，俗文学中往往突出地体现出不同思想的交互影响。对这一点，郑振铎有着清醒的认识：“在几十年来的威逼、利诱、蹂躏、扫荡的种种打击之下，大众文学是久已被封锁于古旧的封建堡垒里，其所表现的，每每是很浓厚的封建的农村社会里所必然产生的题材、故事或内容；充满了命运的迷信，因果报应的幻觉。对于压迫者的无抵抗的态度，对于统治阶级的虚华的歆羡，对于同辈的弱者的欺凌，对于女性的蔑视与高压；差不多是，要不得的东西占了大多数。”[32]

郑振铎褒扬民间文学本来的价值，贬抑其因文人学士而受到的歪曲，这种态度，体现了一种浪漫主义立场上对“纯粹民间”的想象，这几乎是“五四”以来知识分子共同拥有的理想化视角。鲁迅就说过：“旧文学衰颓时，因为摄取民间文学或外国文学而起一个新的转变，这例子是常见于文学史上的。不识字的作家虽然不及文人的细腻，但他却刚健，清新。”[33]“士大夫是常要夺取民间的东西的，将竹枝词改成文言，将‘小家碧玉’作为姨太太，但一沾着他们的手，这东西也就跟着他们灭亡。”[34]在这种认识中，“民间”被视为一个纯洁、高尚而完美的主体，只是由于以文人士大夫为代表的统治阶层的干预，其纯粹性、完美性才遭到破坏。事实上，这种浪漫想象，只是基于“他者”或局外人视角的一种建构。因为并不存在一个纯粹的、完全独立的“民间”。所谓“民间”的或是“大众”的文学，不可避免要受到来自不同社会阶层观念与意识形态的影响；即使可能有一个相对独立、不受上层阶级思想“污染”的“民间”，民众当中也仍然会存在复杂多样的思想或观念，这些观念中在我们今天看来属于消极的各种内容或因素，并不一定只是统治阶层“腐朽”思想影响的结果，而常常是广大民众在不同历史阶段，适应不同自然与社会环境的过程中形成的特殊经验总结——当然，结合数千年来民众及其文化长期受压制的历史，以及五四新文化运动以来始终弘扬的“民主”精神来看，那些先进知识分子对于“民间”的这种相对激进的褒扬态度，也是完全可以理解的。

尽管存在着对“民间”过于绝对化的理解偏颇，但通过“归罪于”上层文化的不良影响，包括郑振铎在内的先进知识分子，还是清楚地看到了俗文学中存在的思想观念上的弊病和艺术上的不足，并在高度褒扬其对劳动大众及文学整体发展具有的积极价值的同时，对它做出了中肯甚至严厉的批判。这种态度，可谓入乎其内又出乎其外，它既有助于全面认识民族文学的总体面貌，又必然有益于整个文学的健康发展。其中所体现的立足于高度文化自觉的积极反省精神，对于我们今天有关文化自信问题的讨论，也有着特别的启发意义。

在写于 1938 年春夏间的《民族文话》中，郑振铎曾这样说过：

在这个伟大的时代，把往古的仁人志士、英雄先烈们的抗战故事，特别是表现在诗、文、小说、戏曲里的，以浅易之辞复述出来，当不会是没有作用的……我们将在这往昔的伟大的故事，不朽的名著里，学习得：该怎样为我们民族而奋斗。气节、人格、信仰乃是三个同意义的名词，坚定、忠贞、牺牲乃是每个人所应有的精神。每一个人，都应为“大我”而牺牲“小我”，成功不必“自我”……人人有此信念，民族乃得永生。[35]

诚挚、深厚的爱国情怀可谓跃然纸上。可以说，这种自“五四”以来养成的爱国主义精神与民主主义立场，是支持郑振铎以及同时代许多研究者在民族文学的整体框架中持之以恒地展开民间文学探索的根本动力。

参考文献：

[1] 参见简涛《德国民俗学的回顾与展望》，见周星主编《民俗学的历史、理论与方法》下册，第808~858页，商务印书馆，2006；JuhaY. Pentikainen. *KalevalaMyt- hology*，translatedandeditedby RitvaPoom，pp. 248 – 249. Bloomington and Indianapolis：Indiana University Press。

[2][3][30] 钟敬文：《“五四”时期民俗文化学的兴起》，《钟敬文文集·民俗学卷》，第108页、第140页、第104~149页，安徽教育出版社，2002。

[4][9] 参见钟敬文《“五四”前后的歌谣学运动》，《钟敬文文集·民间文艺学卷》，第353~369页、第353~369页，安徽教育出版社，2002。

[5] 参见陈泳超《中国民间文学研究的现代轨辙》，第157~158页，北京大学出版社，2005。

[6][7][12] 郑振铎：《插图本中国文学史》，第11页、《自序》第1页、第11页，人民文学出版社，1957。

[8][11][19][25][29] 郑振铎：《中国俗文学史》，第1页、第1~2页、第3~4页、第2~4页、第3页，商务印书馆，2005。

[10] 钟敬文曾指出，民间文学有广狭之分，狭义的是指民众的口传文学，广义的还包括书面形式创作和流传的唱本、通俗小说、变文等。钟敬文：《关心民间文艺的朋友们集合起来》，见《民间文艺谈薮》，第11页，湖南人民出版社，1981。

［13］［14］［15］［18］［32］《郑振铎文集》第6卷，第188页、第290~291页、第291页、第293~297页、第189页，人民文学出版社，1988。

［16］参见朱光潜《中国文学之未开辟的领土》，《朱光潜全集》第8卷，第134~143页，安徽教育出版社，1993；朱光潜：《长篇诗在中国何以不发达》，《朱光潜全集》第8卷，第352~357页，安徽教育出版社，1993；刘守华：《汉族史诗〈黑暗传〉发现始末》，《中华读书报》2002年4月3日；杨利慧：《一个西方学者眼中的中国神话——倭纳及其〈中国的神话与传说〉》，《湖南社会科学》2014年第1期。

［17］《郑振铎文集》第4卷，第347页，人民文学出版社，1985。

［20］参见钟敬文《把我国民间文艺学提高到新的水平》，《钟敬文文集·民间文艺学卷》，第85~104页，安徽教育出版社，2002。

［21］郑振铎不仅同国内民间文学研究者保持着密切的互动，而且经常关注国际民俗学、民间文学的研究成果，曾翻译出版了英国柯克士（Cox）所著《民俗学浅说》等著作。参见刘锡诚《20世纪中国民间文学学术史》，第390~398页，河南大学出版社，2006。

［22］刘宁：《雅俗张力中的"俗文学"——读郑振铎〈中国俗文学史〉》，《民间文化论坛》2018年第4期。

［23］参见安德明、杨利慧《1970年代末以来的中国民俗学：成就、困境与挑战》，《民俗研究》2012年第5期。

［24］参见刘锡诚《20世纪中国民间文学学术史》，第390~391页，河南大学出版社，2006。

［26］例如，钟敬文认为民间文学是"广大劳动人民的语言艺术——人民的口头创作"，它具有"口头性""集体性""变异性""传承性"等特征。钟敬文：《民间文学述要》，《钟敬文文集·民间文艺学卷》，第15~28页，安徽教育出版社，2002。

［27］［28］黄永林：《郑振铎与民间文艺》，第66页、第66~71页，南京大学出版社，1996。

［31］参见钟敬文《话说民间文化》，自序第1~14页，人民日报出版社，1990；马昌仪：《钟敬文与民俗文化学——访谈录》，《文艺报》1992年3月14日。

［33］鲁迅：《且介亭杂文·门外文谈》，《鲁迅全集》第6卷，第97页，人民文学出版社，2005。

［34］鲁迅：《花边文学·略论梅兰芳及其他》（上），《鲁迅全集》第5卷，第609页，人民文学出版社，2005。

［35］《郑振铎文集》第5卷，第48~50页，人民文学出版社，1988。

民间文学批评体系的构拟与消解*

——1949～1966年“搜集与整理”问题的再思考

毛巧晖**

摘　要：口头叙事相较于书面文学而言，其文学形式最显著的特征就是没有固定的文本。搜集资料，将民间文学文本“固定化”成为民间文学研究的开端，建立民间文学资料总藏则是民间文学领域的终极追求。1949～1966年，“搜集”不再仅仅限于网罗材料，它与“整理”“改编”等成为民间文学话语系统的重要概念，也成为民间文学研究领域的基本问题。文章通过对搜集整理问题讨论中钟敬文编纂、出版《民间文艺新论集（初编）》，刘魁立和董均伦、江源就民间文学搜集工作所展开的讨论，《牛郎织女》入选中学《文学》课本，民间文学搜集“十六字方针”形成等事件，呈现了民间文艺构建社会主义新型文学，以此接驳并回应现代民族国家构建及塑造社会主义“新人”的国家话语，同时民间文学领域也试图进行民间文学批评话语的构拟，只是在“研究”与“鉴赏”被区隔之后，民间文学自主批评的话语渐趋被消解。

关键词：搜集整理；社会主义文学；社会主义新人；文学批评

一苇的《中国故事》[1]出版后，各种评论接踵而至，认为此著作是“真正具有现代性”[2]的中国故事集，并将一苇视为“中国的卡尔维诺”，但也有其他批评之声。在《中国故事》的讨论中，全面、集中的评述当数刘守

---

* 本文原载《西北民族研究》2018年第2期。

** 作者简介：毛巧晖，中国社会科学院民族文学研究所《民族文学研究》编辑部研究员。

华的《关于民间故事的改写——为一苇〈中国故事〉作序》，以及涂涂的《中国故事的湮没与重生》[3]。前者，可以说是一位从20世纪60年代走来的老一代学人对民间文学领域长期以来的“实证主义”研究的学术反思，“民间故事虽是集体创作和传承的口头文学，可是我们见到的故事文本，都是有口述人和记录整理人的……现在通行的做法是在故事末尾注明口述人、采录人，这是科学性的体现。你把原作进行适当加工写出来，我赞成用‘整理编写’来标明”。[4]“搜集”“整理”“改编”这些现在看来陌生的词，曾是1949~1966年民间文艺学的显性话语，反映了民间文学领域建立新的社会主义文艺批评的尝试。但是从20世纪80年代开始，这些话语在民俗学实证主义[5]研究语境中逐渐被遮蔽。

一

口头叙事和书面叙事的差别主要表现在形式上。就文学形式而言，口头叙事没有固定的文本，“即便是最低程度地诉诸书写，它们所获得的固定性（fixity）也会超越真正口头创作的程式化语汇”。[6]因此从现代意义上的民间文学兴起之时，搜集资料就是民间文学研究的第一步。1918年2月1日，北京大学发布了《北京大学征集全国近世歌谣简章》。刘半农提出所搜集歌谣应是“有关一地方、一社会或一时代之人情风俗政教沿革”，“寓意深远有关格言”，“不涉淫亵，而自然成趣”等，这既是将民间文学文本“固定化”的第一步，也呈现了对民间文学赏鉴与批评的标准。胡适、董作宾也表述了民间文学的文学鉴赏意义。胡适认为对民间“风诗”，“用文学的眼光来选择一番”，使它们“特别显出来，供大家的赏玩，供诗人的吟咏取材”；[7]董作宾则强调民间文艺与平民文化、民众心理的关系。①[8]

《歌谣》周刊《发刊词》所强调的歌谣搜集之学术与文艺的目的成了民间文艺研究的文学与民俗的分野，但无论哪种目的，民间文学搜集都有

① 董作宾在《为〈民间文艺〉敬告读者》一文中写道：“民间文艺，是平民文化的结晶品：我们要了解我们中国的民众心理，生活，语言，思想，习惯等等，不能不研究民间文艺；我们要欣赏活泼泼赤裸裸有生命的文学，不能不研究民间文艺；我们要改良社会，纠正民众的谬误的观念，指导民众以行为的标准，不能不研究民间文艺。”

“标准”，只是前者注重寻求民间文学存在状态之“真”，后者则倾向于“发现新诗”，所搜集文本都是“过滤”后的民间文艺。鉴于所讨论的问题，对于民俗学之民间文学搜集暂不加以阐述。20世纪10年代民间文学伴随新文学运动兴起，二三十年代民间文学与“到农村去”、工人运动、左翼文学等紧密相连，40年代延安时期对民间文学的大力发掘与积极利用，都关涉民间文学的搜集，只是“搜集”的标准，以及对其“文本”的美学判断不同。延安时期李季在陕北“三边”——带搜集民间文学，并于1944年7月20日在《解放日报》发表《救命墙——三边民间传说》。这则传说主要讲述王老汉勤俭持家的智慧，经过李季整理，转换成“固定文本”。文本没有提及讲述者。通过后来将其纳入《王贵与李香香》创作可知，①[9]李季对其整理突出了“穷汉”等新的阶级划分标准和文艺标准。

北京大学征集歌谣，其办法为“嘱托各官厅转嘱各县学校或教育团体代为搜集”。[10]这一搜集既是中国采风思想之延续，也蕴藏了建立民间文学资料总藏的思想。1937年，胡适提议在全国范围内进行歌谣调查，希望同人在现有基础上，用二三十年时间“完成全国各省县的歌谣收集和调查”。[11]在这一学术承袭中，民间文学的搜集与取舍，其实也是构拟文学批评与评论系统的成果，正如周作人所说，“反对用赏鉴眼光批评民歌的态度”，[12]打破古典文学“僵化”的文艺价值观和批评体系。②这一理念在延安时期得以进一步发展。延安时期解放区对于民间文学资料的搜集是中国民间文艺学史上的第二次浪潮，这一时期的主导思想与中国传统采风完全一致。《陕北民歌选·凡例》中详述了编选标准与目的。③[13]1949年中华人

① “民国十八年雨水少，/庄稼就像炭火烤。……/瞎子摸黑路难上难，/穷汉就怕闹荒年。……/掏完了苦菜上树梢，/遍地不见绿苗苗。/坟堆里挖骨磨面面，/娘煮儿肉当好饭。”

② 2017年7月10日参加刘俐俐老师“2015年度教育部哲学社会科学研究重大攻关项目‘文艺评论价值体系的力量建设与实践研究’”中期检查讨论时，宁稼雨、刘俐俐、汤晓青老师围绕民间故事讲述以及故事文本是否可纳入文学批评，民间文学中哪些属于文本，哪些属于“文本批评”进行了讨论。在讨论中，汤晓青老师和我一致认为民间文学的搜集与整理，就是民间文艺的“文本批评”。本文的写作受到启迪，特此致谢！

③ “我们编辑这个选集，不是单纯为了提供一些民俗学和民间文学的研究资料，而是希望它同时可以作为一种文艺性质的读物。我们选择的标准是要求在思想性和艺术性上或多或少有一些可取之处。因此，从一千余首陕北民歌中，我们只选了这样一册。”

民共和国成立后，延安时期解放区的民间文艺理念在全国范围内推广，而且由于政府的力量，它以国家话语的形式推广，民间文学编选搜集开始在全国各地方、各民族展开，当然只是到了80年代三套集成才全面完成。新时期民间文学的搜集以及理论成就与1949～1966年民间文学的搜集整理息息相关。

1949～1966年，“搜集”不再仅仅限于网罗材料，它与“整理”“改编”等成为民间文学话语系统的重要概念，也成为民间文学研究领域的基本问题。如果从本质主义的视角来看，民间文学具有永恒不变的一个本质，所有的研究都是要探寻它。民间文学搜集整理最初被视为与社会历史情境和一般文学相关的问题，认为其无法触及和追寻民间文学的文学性本质，① 但恰是在这非本质主义的探讨中，关注到“知识应用的情境性，认为知识不可能放之四海而皆准，不可能适用于所有的情境”。[14] 因此爬梳民间文学的搜集整理问题，就需要在当时的历史情境中展开，在情境中探寻问题背后学术思想的脉络。

二

与新文化运动相伴生的民间文艺研究，从思想上接纳了西方文化进化论，正如费边在《时间与非我：人类学如何建构其对象》中所说，民俗学、人类学往往将“他者”置于时间的另一端，并将这种时间进化转化为空间存在，研究者关注他们作为我们过去历史的影子以及史料意义。[15] 在这一理念的统合下，中国汉族文化取得了对少数民族文化的“文化优势权”及主导权，少数民族地区和各方言区被视为“原始”的一端。在20世纪20年代民间歌谣的搜集中，知识分子希望通过民众能接受的语言改造“民间”。只是从30年代瞿秋白开始，到40年代毛泽东《在延安文艺座谈会上的讲话》，民间文艺背后的思想观念发生了转换，民间文艺被视为大众的文艺，民族形式问题的论争、大众语言问题的讨论，其目的都是希望民间文学

① 笔者本人也曾经有这样的看法。

能成为民众享用的文艺。1949 年，文学进一步介入生活，以塑造社会主义新人、建设社会主义新中国为其目标，正如刘禾所说："文学介入生活，那时候文学的野心很大，目标不是成就大作家，而是创造新社会。怎样创造新社会？那就是要创造新人。"[16]资料搜集是民间文艺研究的重要内容，关于资料搜集的讨论，首先接驳并回应了这一新的变化。本文希冀通过对 1949～1966 年民间文学思想史上从学术话语到理论建构都有显著影响的学术事件，即钟敬文编纂、出版《民间文艺新论集（初编）》与刘魁立和董均伦、江源就民间文学搜集工作展开的讨论，来呈现民间文艺构建新体系的尝试，以及构建社会主义新型文学的努力。

（一）钟敬文《民间文艺新论集（初编）》（以下简称《新论》）的编纂与出版

这一文集编选的最初目的是提供教学参考，在"付印题记"中，编者明确提出："民间文学方面的参考材料还是感到相当缺乏，特别是理论方面。（过去出版的一些成本头的书，大都在观点方法上是陈旧的，不很适宜于现在同学们的研习。）"[17]可见，其目的就是为了在新的历史语境中用新的观点和理论培养民间文艺研究者，"我们的民间文艺学运动，到底跟整个国家和人民一起走上新的道路了"。[18]《新论》除了"付印题记"与"校后记"外，共有八部分，每部分用星号间隔。有关口头文学的意义、作家学者论民间文学等都集中选取了苏联和解放区的文章与个案，但是主题并不集中，这就如编者所说，最初只是油印，为了授课，后来直接出版，编纂体系并不完善，但是有一组文章论题集中，这就是"关于民间文学搜集"。这一辑共有四篇文章：何其芳《从搜集到写定》，李束为《民间故事的搜集与整理》，王亚平《民间歌曲的收集与研究》，钟敬文《谈口头文学的搜集》。总体而言，这四篇与全书的主旋律一致，主要以解放区的民间文艺为主，最后附加了一篇编者的文章。前三篇的理论要点就是"付印题记"所述民间文艺的新观点以及民间文艺的新道路。它们的共同点就是强调民间文艺的文学性与艺术性，正如何其芳所说，北京大学搜集的歌谣的艺术性要比鲁艺所搜集歌谣略差，①[19]“这原因何在呢？我想，在于是否直接从老百姓去搜集”。[20]李束为则说道：晋绥边区的“故事有它的积极的传播者和广大的听众。他们以自己创造的文学形式，来传达他们的心声”。“对于这种为广大群众所喜闻乐道的民间文学，采集起来，加以整理推广，不但能够配合工作发挥它的积极作用；而且对于文献工作者学习为广大劳动群众所喜爱的文学形式，也许是有益的。……这些经过采集与整理出来的民间故事（或说略加提高的故事），比起原来在群众中流传的未经整理的故事所起的影响大得多了。因为那些未经整理的故事是在一种自然状态中流传，想起什么故事就讲什么故事，并不一定根据当前工作与群众的目前思想情况加以选择，同时所讲的故事也不一定都是有教育意义的。……忠实的记录，文艺工作者带头并发动广大区村干部去采集，这就是晋绥文艺工作者在采集民间故事中得到的一点经验。整理民间故事应以正确的观点加以分析，作为取舍或修改的根据。”他还提出：必须“作一个忠实的记录员，讲故事的人怎样讲，就要怎样记。忠实的记录，就是为要保持民间故事的形象的、生动活泼的、精练的语言。这种语言是被广大群众的唇舌千百遍的洗练过的语言，是群众语言的精华，是接近文学语言的语言。它能够生动地表现故事的内容。如果舍弃这种有生命的语言，而用知识分子的语言写出来的民间故事，已失去了民间故事的光彩，只剩了一个干巴巴的故事了。即使这个故事是有益的，是值得推广的，那也不大为群众所欢迎。此外，一个故事可以找几个人讲，都忠实地记录，作为整理研究时的参考”。[21]王亚平提出：“我们在收集、研究时，必须本着‘去其糟粕，取其精华’的精神，严格地加以审查，批判地接受。”[22]钟敬文的文章则围绕“搜集工作的过去与今后”“新的观点、立场”“一些基本的了解”“必备的知识和技能”“工作的态度”“应该注意的许多事情”六部分展开，文章更多地是搜集技巧和关于态度的教诲，观念性的就是第二部分“新的观点、立场”。但由于

---

① 正如何其芳所说：“民谣儿歌居多。真正艺术性高的民歌还是较少。对于研究老百姓的生活，思想，民谣儿歌当然也是有用处。但要新文艺去从民间文学吸取优点，则艺术性较高的民间作品尤可珍贵。”“延安鲁艺所搜集的民歌，我觉得在这点上是似乎超过北京大学当时的成绩的。”

对解放区民间文艺没有直接感受，作者主要在总结学术史的基础上进行了理论论述，没有特别明确的话语表述。但也是紧紧扣合新的解放区民间文艺话语："集团又可以做出许多在个人办不到的事情，好像共同解决材料上的某些疑难等。这对于搜集的工作很有利的。我希望许多文工团的青年朋友能够联合起来试一试。"[23]总之，这四篇文章在新的文艺话语建构中，接驳了"新的人民的文学"话语，并且突出了搜集者对民间文学的选择与审美，即文学性与艺术性，而这一文学性与艺术性是为"教育"新人，即塑造新人服务的。这一思想与后来的民间文艺搜集整理工作一脉相承。

（二）刘魁立与董均伦、江源就民间文学搜集工作展开的讨论

1957年，刘魁立于当年《民间文学》6月号发表《谈民间文学的搜集工作——记什么？如何记？如何编辑民间文学作品》。他根据在苏联的学习，认为："凡是民间文学作品一律需要记录。"①[24]此表述主要针对董均伦、江源所说："在每一个庄里，都有几个善于说故事的人，即使你和他不太熟悉，他也能讲给你听。可是你得跟他说明你愿意听什么样的，或是自己先说给他听。要不的话，他会尽对你说那号中状元，考举人，清官断案，那一类封建迷信的故事。"[25]董均伦、江源则作了回应："整理民间故事的目的，是给广大读者看的，应该有选择的自由，如果刘先生把什么样的故事都记下来研究，那是刘先生个人的事情，不能强制别人也这样做。"[26]在此后的两年，《民间文学》编辑部组织了相关的系列讨论，并将讨论结果结集成书。②

其实在这些争论中，其核心就是如何看待董均伦、江源的选择与批评的标准。董均伦、江源搜集民间文艺的目的是：民间文艺是社会主义中国

---

① 自然学、人类学、民俗学爱好者协会民俗学分会民间文学委员会所制《民间文学作品搜集工作纲要》（俄文版）。

② 朱宜初、陈玮君、巫瑞书、陶阳、张士杰、李星华等从事搜集和研究工作的人员，以及1959年云南省、广西壮族自治区参加搜集整理叙事长诗、民间故事、传说的一些同志也都参与其中。参见《民间文学》编辑部《关于搜集整理工作的各种不同意见》，载《民间文学》1959年7月号。后来结集而成《民间文学搜集整理问题》第一集（上海文艺出版社，1961）和《民间文学参考资料》第三辑（广西壮族自治区民间文学研究会编，1963），主要探讨搜集过程中记录的问题与搜集成果的整理（含改编）问题。

文学/文化叙述的一部分，希冀其在民众中传播，从而成为塑造社会主义新人和建设新中国的重要方式。另外我们可以看到他们的选择标准与李束为一脉相承。因此在当时的历史语境中，它与国家话语相契合，尚属于显性话语系统，只是后来对于他们的争议，学界一般归纳为目的的分野，类似于书面文学的研究与鉴赏的区别。①[27]下文对此将进一步论述。

三

1949~1966年文学深度介入生活，民间文学与生活天然紧密的关系，使它迅速成为“现代民族国家构建以及新的文学话语的接驳场域与动力源”，[28]同时相应地也要求它生发出新的文学批评话语。在搜集整理问题探讨的背后，另一重要思想就是民间文学批评话语的构建。

（一）对入选中学课本的《牛郎织女》传说文本的艺术性之争论

《牛郎织女》在1949年后，成为戏曲改革的对象。②[29]以这一传说为内容的《天河配》，曾经每年都会在七夕时节演出，其内容重点突出牛郎、织女的性别冲突。在戏曲改革中，要植入新的国家话语，出现过不同学人的争执，争执的中心就是彻底改变牛郎织女传说的情节链，还是在原有框架中加入反封建思想。③[30][31]在戏曲改革的同时，《牛郎织女》传说被选入初级中学课本《文学》第一册。这篇传说是由叶圣陶改编而成的。对这一民

① “他们之间的不同也是显著的，其主要原因是研究的角度不同，当时研究主要有两个角度：科学研究和群众读物。”

② “旧有戏曲大部分取材于历史故事和民间传说；在民间传说中，包含有一部分优秀的神话，它们以丰富的想象和美丽的形象表现了人民对压迫者的反抗斗争与对于理想生活的追求。如《白蛇传》《梁山伯与祝英台》《天河配》《孙悟空大闹天宫》等，就是这一类优秀的传说与神话，应当与提倡迷信的剧本区别开来，加以保存与珍视。对旧有戏曲中一切好的剧目均应作为民族传统剧目加以肯定，并继续发挥其中一切积极的因素。当然旧戏曲有许多地方颠倒或歪曲了历史的真实，侮辱了劳动人民，也就是侮辱了自己的民族，这些地方必须坚决地加以修改。”

③ 争端两方分别以杨绍萱和艾青为代表。杨绍萱主张将牛郎织女传说的传统内容和形式完全抛弃，将其改造为“黄牛唱鲁迅的诗‘横眉冷对千夫指，俯首甘为孺子牛’；贯穿了和平鸽和鸱枭之争，用以影射国际关系，最后以‘牛郎放牛在山坡，织女手巧能穿梭，织就天罗和地网，捉住鸱枭得平和’为结尾”。艾青则主张“传说的改造应保留原有传说的重要母题及角色体系，同时要树立以劳动、爱情、反封建的主题思想，这样就需要将原有传说中的反映性别矛盾的主题剥离出来，确立反封建的主题”。

间传说改编的争论，与戏曲改革的争论不同，不是改编者之间的争论，而是此文本研究者之间的讨论。此次争论的焦点不是“改编”，而是对“改编本”艺术风格的争执。李岳南肯定、赞赏整理编写的成功，刘守华则批评故事中对人物心理的细致入微的刻画，以及对幻想色彩的去除，不符合民间作品的艺术风格。[32]可见牛郎织女故事情节的改变以及“王母”这一破坏牛女婚姻的封建形象被双方认可。对于民间传说而言，它本身并不是一成不变的，它在民众中传播，重点是要讲起来好听，写下来好看。使改编在当时的历史语境中适合留存与传播。这其中自然也包含了改编者、研究者的文学批评与审美选择，同时他们也试图建构民间文艺批评的话语与价值体系，即“风格”“艺术性”“思想性”等。后来贾芝《谈各民族民间文学搜集整理问题》、毛星《从调查研究说起》对此进行了更加全面的阐述，可称这一时期的典范之作。①[33]他们关于调查研究的思想和观念影响了当时年轻的民间文学工作者，如孙剑冰、刘超、陶阳、杨亮才等。在笔者对李子贤进行访谈时，他说自己在20世纪60年代的调查很受孙剑冰的启迪。当时李子贤尚在大学读书，可见当时他们的观念在学术领域的传播力。这两篇文章主要论述了民间文学是一项重要的艺术工作，记录与文本呈现不同，呈现为文本，则要求其艺术性。在这一理论的导向中，虽然民间文艺批评话语没有被凸显，但研究者都试图提炼适用于民间文艺批评的话语。

长期以来，研究1949～1966年文艺的学者都提到有关“文艺标准思想性与艺术性”的讨论，但是正如前文何其芳所言，“艺术性较高则尤为珍贵”。所以这一争论的核心在于口头文本转换为书面文本或以书面文学形式呈现的民间文学（现在我们一般称为“写定本”）的艺术性问题，这就涉及今后民间文艺的批评问题。这一争论焦点后来逐步消解在民间文学研究与鉴赏，或前文所述科学研究和群众读物两个不同研究路径之中，但至今我

① 文章的主要观点为：（1）忠实记录；（2）搜集整理工作是一种复杂艰苦的思想、艺术工作，搜集整理工作者记录的技能不是唯一修养，更为重要的修养，应该是思想作风上的党性锻炼，马克思列宁主义的思想理论、民间文学的专门知识和对文艺作品欣赏与写作能力的修养等；（3）记录必须一字不动，而写成为书面的文学，则必须进行或大或小的整理加工，而整理加工应该有一个原则，即必须力求保持这个故事的民间原貌，其目的是要呈现“民间的这一个故事”。

们也不能否认写定本作为文学对于民众生活的影响。1958 年新民歌运动中大量的民歌创作，其中当然良莠不齐，还有 60 年代兴起的新故事创作与讲述等，都在文学史上影响颇大，也恰是民间文艺介入生活、塑造社会主义新人的呈现。

正如《叙事的本质》所述："当口头表演……进入一种准文学传统，真正的口头传统并不会受影响。然而，最终可能对其形成挑战的乃是从新建立的文本传统中所衍生出的伪'口头传统'。"[34] 作者给口头传统一词加了引号，恰说明了书面文本对于民众生活和民间文艺的影响，也是我们日常所论的民间文学回流现象。所以在 1949 ~ 1966 年，民间文学领域试图构建一套适合于中国的文学话语批评体系，但是只能在时断时续的讨论中看到此思想的火花。

（二）民间文学搜集"十六字方针"的形成

1958 年 7 月，中国民间文学工作者大会在北京召开，会上制定并通过了民间文学搜集整理工作的指导方针——"全面收集、重点整理、大力推广、加强研究"，简称"十六字方针"。它的提出主要针对新中国成立初期民间文学资料搜集及其研究工作。这一方针影响深远，同时也是对这一时期"搜集整理"问题的理论总结。

新中国成立之初，通俗文艺和民间文艺受到极大重视。1949 年 10 月 15 日，北京市大众文艺创作研究会成立，其主体精神继承了太行山根据地通俗文化研究会的理念与思想。1949 年 12 月 22 日，通俗文艺组向周扬请示，拟设民间文艺研究会，专事各种形式的民间文艺的搜集整理。1950 年 3 月 29 日，中国民间文艺研究会（以下简称"民研会"）成立，开始采集全国一切新的和旧的民间文学作品。①[35] 在民研会的组织和倡导下，新中国初期的民间文艺搜集全面展开。对民间文艺的搜集，与新中国文艺的建构紧密相连。这一时期"文学民间源头论"成为文艺领域的主流思想，新编纂的

① 具体搜集的要求是："（1）应记明资料来源、地点、流传时期及流传情况等；（2）如系口头传授的唱词或故事等，应记明唱者的姓名、籍贯、经历、讲唱的环境等；（3）某一作品应尽量搜集完整，仅有片断者，应加以声明；（4）切勿删改，要保持原样；（5）资料中的方言土语及地方性的风俗习惯等，须加以注释。"

文学史都以它为指导方向，民间文学在中国文学史中的作用被夸大，这引发了文学领域民间文学与作家文学重要性之争论，一度流行“文学民间正统论”“文学民间主流论”等论调。

1958 年 7 月，民研会召开了全国民间文学工作者代表大会。大会对新中国成立后的民间文学工作进行了回顾与总结，① 同时就民间文学搜集与研究提出了指导性的工作方针，即“十六字方针”，曾经的争论至此尘埃落定，民间文学研究被区隔为以搜集科学资料为目的与以文学普及为目的两部分，这也就是说在民间文艺理论中将民间文学“鉴赏”及文学批评与科学研究分割。这种分割不利于对民间文学整体性、系统性的研究。②[36] 更为关键的一点在于，20 世纪 80 年代以后，科学实证主义占了绝对优势，鉴赏或批评逐步淡出了民间文艺学。这本是民间文学很重要的组成部分，是民间文学与民众及其日常生活紧密相连之处，同时也是生发民间文艺学自主话语的重要土壤。当然民间文学的批评也并非荡然无存，在研究者与民俗精英中依然有其痕迹：在研究者民间文学经典选本的编纂（其中包含研究者的文本选择与审美标准）中，哪些通俗文化被选择，哪些被提升，都是批评家或者研究者具有自主性，同时也是他们的文艺批评运作以及权力话语的影响。另外就是民俗精英（或非物质文化遗产传承人）的自我文艺、理论规范，他们希望形成自我的文艺理论。③[37] 但是学界越来越忽略它的存在，系统梳理极少。

总之，随着科学实证主义的全面推广，民间文艺的研究与民众日常生活渐趋隔离，逐渐变成学者、政府、民间艺人的文化资源或文化资本，与其拥有者——民众越来越远，正如本文开端所述一苇搜集整理《中国故事》的缘起与初衷。

---

① 会议强调要将整理工作与属于个人创作的改编与再创作区别开来，并提出科学资料本与文学读物本，应适应不同读者的不同需要。

② 正如韦勒克所言：“这种将‘研究’和‘鉴赏’分割开来的两分法，对于既是‘文学性’的，又是‘系统性’的真正文学研究来说，是毫无助益的。”

③ 正如陈泳超在《地方传统文献中的“接姑姑迎娘娘”民俗活动》中所说：“作为古典圣贤，以仁爱为本心，应该礼让，姐妹俩不礼让，后人是什么榜样？再从历史的角度讲，在原始社会末期，中国的婚姻制度好多是群婚制，就没有大小这回事，没有这个意识，后人为什么给安插上争大小的意识？”

参考文献：

[1] [3] [4] 一苇：《中国故事》，中信出版集团，2017。

[2] 中国青年网·读书频道，http://book.youth.cn/zx/201701/t20170119_9049313.htm，2017-01-19/2017-06-28。

[5] 刘宗迪：《超越语境回归文学——对民间文学研究中实证主义倾向的反思》，《民族艺术》2016年第2期，第125~132页。

[6] [34]〔美〕罗伯特·斯科尔斯、詹姆斯·费伦、罗伯特·凯洛格：《叙事的本质》，于雷译，南京大学出版社，2015。

[7] 胡适：《北京的平民文学》，《读书杂志》1922年第2期，第4~6页。

[8] 董作宾：《为〈民间文艺〉敬告读者》，《民间文艺》1927年第1期，第1~5页。

[9] 李季：《王贵与李香香》，人民文学出版社，1978。

[10]《北京大学校史（一八八九——一九四九）》，北京大学出版社，1988，第11~12页。

[11] 胡适：《全国歌谣调查建议》，《歌谣》周刊1937年第1期，第12~14页。

[12] 周作人：《中国民歌的价值》，《歌谣》周刊1923年第6期，第2~4页。

[13] 何其芳、张松如：《陕北民歌选·凡例》，新文艺出版社，1952。

[14] 桑新民：《建构主义的历史、哲学、文化与教育解读》，《全球教育展望》2005年4期，第50~55页。

[15] 刘禾：《语际书写——现代思想史写作批判纲要》，上海三联书店，1999，第153页。

[16] 刘禾：《突破中情局文化冷战封锁：一场被遗忘的亚非文学翻译运动》，http://weibo.com/5041898236/Fffrcewyv? type = comment#_rnd1502350477441，2017-08-02/2017-08-07。

[17] [18] [20] [21] [22] [23] 钟敬文：《民间文艺新论集（初编）》，中外出版社，1950，第175~176页、第179~183页、第185~186页、第200页。

[19] 何其芳：《从搜集到写定》，钟敬文：《民间文艺新论集（初编）》，中外出版社，1950，第175~176页。

[24] 刘魁立：《谈民间文学搜集工作——记什么？如何记？如何编辑民间文学作品》，《民间文学》1957年第6期，第29~38页。

[25] 董均伦、江源：《搜集、整理民间故事的一点体会》，《民间文学》1955年第9期，第67~73页。

格林兄弟的语文学与“口头传统”研究[*]

王杰文[**]

摘　要：《格林童话》是国际民间文学研究领域的圣经，格林兄弟一直被尊奉为国际民间文学研究的创始人。事实上，格林兄弟首先是语文学家与日耳曼文化学家，他们搜集与编纂民间文学的工作，是作为他们的语言、历史与法学研究的总体工作的一部分展开的，因此，理解格林兄弟的民间文学研究，应该放在其语文学与语言学的研究背景中来进行。

关键词：语文学；民族语文学；民间文学；格林兄弟

一提到格林兄弟，人们马上就会想到“格林童话”，然而，人们对他们的尊敬多于了解。普通人并不知道，格林兄弟其实主要是作为语文学家（philologists），作为德语以及德国文学的研究者，或者更准确地说，作为日耳曼学的奠基人而驰名世界的。他们搜集、整理、出版与研究童话、传说、神话的工作，是作为他们语言、历史与法学研究的总体工作的一部分而展开的。

今天，“口头传统”的研究者们直接把格林兄弟奉为学科的奠基人，①

---

* 本文原载《长江大学学报》（社会科学版）2018 年第 5 期。基金项目：中央高校科研专项资金重大培育项目（项目编号：CCNU16Z2010）。

** 作者简介：王杰文（1975 ~ ）山西柳林人，教授，博士生导师，主要从事欧美民俗学、艺术人类学、艺术社会学研究。

① 1887 年，一份中产阶级知识分子的杂志《公开审理》（Open Court）中发表了由李·J. 万斯（Lee J. Vance）撰写的《民俗研究》，介绍了一门名为“民俗研究”的新学科。在这篇文章中，万斯把这门新学科的历史根源追溯到 19 世纪初格林兄弟对于故事与传说的搜集工作。参见：Lee J. Vance, 1887, Folk - lore Studies, Open Court, No. 1, p. 612。另外，还有许多学者同样把格林兄弟称为“民俗学的奠基人”，可参见：Sadhana Naithani, 2014, Folklore Theory in Postwar Germany, University Press of Mississippi, p. 11。

竞相转述着他们有关童话、传说、神话的学术思想，然而，格林兄弟生活与工作的时代，距离我们有200余年的时间了，那时，他们专心致志地关注各种“口头传统”的历史原因是什么？他们搜集、整理、出版与研究“口头传统”的行为如何构成他们学术与思想整体的一部分？反过来，他们的学术与思想又如何赋予他们具体的“口头传统”研究以历史意义？自他们辞世以来，他们的历史贡献如何被有选择地继承与发展，继而又如何驱动（或者妨碍）国际“口头传统”的研究历程？这些问题都值得予以细心的辨别与梳理。

一 格林兄弟的“民族语文学”

在雅各布·格林（1785～1862）与威廉·格林（1786～1859）的童年时代，人们仍然认为童话故事是乡村老妪或者愚昧的女仆们所讲的谎言，其中充斥着迷信与无知，是令人不屑一顾的低级的“口头创作”，在某种程度上，甚至是侮辱文明人类审美感受的极其简单的半原始的艺术形式。只有那些说教性的故事，在被“美化”之后，才可能在上流社会优雅的沙龙活动中偶尔被讲述。

但是，远在格林童话集问世前100多年，德国诗人沙尔利·佩罗就出版了《鹅妈妈的故事》童话集；18世纪末，德国学者约翰·卡尔·奥斯特·穆泽乌斯（Johann Karl August Musaus）出版了八卷本的《德国民间童话集》。法国与意大利的学者们也在搜集民间故事。[1]（p. 31）这些学者不仅从文献中辑录民间童话故事，还直接从农民、士兵、商贩、家庭主妇及儿童那里搜集民间故事。他们意识到，民间童话并非只是一种娱乐孩子的小故事，而且应当是文学童话。他们都没能抑制住操纵民间童话语言的冲动，而对童话进行了大量的文学加工，在搜集来的民间童话中掺入了许多并非真正民间传统的东西。正好在18世纪后半叶，德国浪漫派的学者们也开始推崇民间诗歌，他们认为这是唯一真正的诗歌，体现了普通人的情感与智慧。当然，他们盛赞民族传统过去之辉煌是为了逃避当时的痛苦。德国浪漫派诗人们发现的民间歌谣与故事，大多数都是被自由地用于他们自己幻想性的创作。他们把现存的民间创作进行艺术加工后变成自己的作品，即使是格林兄弟的诗友克列缅斯・布伦坦诺（Clemens Brentano）、阿希・封・阿尔尼姆（Achim von Arnim）所编辑的民歌集《男童的神奇号角》也不例外[2]。(p. 75)

格林兄弟的工作方法则大不相同，他们是尽可能保持口头文学朴实无华的原貌。正如舍甫琴科在《格林兄弟・俄文版序言》中所说的那样：

> 极其细心和谨慎地对待自己民族（以及其他民族）丰富的民间口头创作，不但保留童话的内容、情节发展的方式和方向、故事的主旨，而且还保留它独特的语言形式，这就是雅各布・格林和威廉・格林在出版童话工作中几乎共同遵循的基本原则。[2]（p. 5）

然而，问题在于，格林兄弟为什么能够提出并遵循迥然有异于其前辈及其同辈诗友们的“基本原则”呢？从他们的传记资料中发现，早在马尔堡大学求学时期，格林兄弟在法律学方面就深受弗里德里希・卡尔・冯・萨维尼（Friedrich Karl von Savigny）的研究方法的影响①。正是从这位导师那里，格林兄弟学会了在研究社会现象中珍视历史主义，学会了在学习和科学探索中遵循的方法。与此同时，也正是通过萨维尼，格林兄弟结识了德国浪漫派的著名人物布伦坦诺与阿尔尼姆，并开始意识到自己的兴趣所在——古代德国的诗歌与语言。这是一片未被开垦的处女地。他们恋恋不舍地暂时抛开了祖辈的职业传统（法学），不顾生活的困顿，转而从事语言与文学的研究，立志要调查古代德国的文学、故事、传说与迷信。他们投入了极大的精力与热情，来搜集与整理相关材料，最终以此作为他们学术研究的基础。他们竭力想要把德国乃至日耳曼语族口头传统的“明珠”曝光于天下，而不是让它们久久埋没于历史的尘土当中。一开始，他们辑录文献中的相关材料，汇集朋友们寄来的相关材料，因此主要呈现出从事文

① 萨维尼认为，任何一个群体的传统法律都反映了这一群体的“民族精神”（Volksgeist），这一观点与赫尔德极其相似。赫尔德曾经说，一个群体的精神，体现在他们的民歌当中。赫尔德于 1773 年创造了“民歌”（Volkslieder）这一术语，出版了《民歌：歌曲中民族的声音》论文集。

献研究的学术印记，而这些文献材料也只是业已消失了的民间传统的梗概。①

尽管格林兄弟的文献研究转向了“过去”，但是他们并不是单纯地为了“过去”而研究“过去”，而是渴望有益于“当代”。强调这一点非常必要，因为从表面上来看，他们不过是在翻检故纸堆，搜集与出版一些从来不被人提及的濒临遗失的手稿文献，强调一些琐碎的为众人所鄙视的口头创作的文类，可这些只是“表面上看上去如此”，事实上，他们是在强调其中古代德语的独特性，强调这些材料对于德国语言与文学史的重要性，因为它们是过去的时代人民代代相传、共同使用过的语言。

这里不能不提到格林兄弟的“语言哲学”与“民族精神观”。雅各布·格林在《论语言的起源》中承认：

> 在所有事物中，即在人们发明的、想出的、保存的和转给别人的，以及在同他们本身具有的和由他们创造的大自然的结合中创造的一切事物中，看来语言是最伟大、最珍贵、最必需的财富。但是完全掌握它并且了解它的全部深刻性也是极端复杂和极端困难的。由其他的神秘和奇异的事物围绕的语言的起源是神秘的和不可思议的。[2]（p. 132）

在格林兄弟之前，很少有学者会关注德国古代文学，高等学校仍然是由古希腊语与拉丁语构成的古典语文学所统治②。格林兄弟显然是研究德国人本民族语言的先行者与奠基人，而雅各布·格林更是以其四卷本的《德语语法》，为日耳曼语文学奠定了基础，也为“比较的历史语言学”方法论奠定了基础。格林兄弟联手创造了从古希腊语与拉丁语的古典语文学研究向本土的、历史的、活着的德国语文学的转变。在古典语言占统治地位的

① 1811 年，雅克布发表了《论古代德国的工匠歌》，威廉发表了《古代丹麦英雄诗歌、叙事诗和童话》，这是他们的处女作。之后，他们还于 1812 年出版了两部杰出的中世纪前期史诗《尼伯龙根之歌》《维索勃隆的祈祷》，1815 年出版了史诗《可怜的亨利希》和《老伊达之歌》，等等。

② 16 世纪，德国宗教改革家路德把《圣经》翻译成德文，人们开始以较为尊重的态度对待德语；18 世纪中叶，赫尔德对平民语言赋予了特别的意义，并称之为“民族的财富”。

时代，格林兄弟使德语具有了与古典语言同等的地位，并鼓励世界各民族人民为提升本土语言的合法地位而奋斗。

尽管雅各布 · 格林从事《德语语法》的研究，但他并不试图建立一种德语理论。在他看来，祖国的语言应当作为某种正常的、自然的东西，同母亲的奶汁一起吸收。人民在没有语法知识的情况下不也是可以自如地应用自己的母语吗？语言是人民天然的财富，他用以下的话表达了自己的意图：

> 编写德语历史语法的念头完全吸引了我。在认真阅读德国古代文献资料的时候，我每天都能发现这样完美的形式：它完全能够同那种引起我们对希腊人和罗马人产生嫉妒心的东西相媲美。同时，出现了所有同族方言之间完全意想不到的近似情况和从前所没有发现的它们之间存在差异的条件和状况。在我看来，彻底研究和说明这种不间断的、持续的联系，是一件非常重要的事情。[2]（p. 134）

在这段话里，雅各布 · 格林的民族浪漫主义思想充分地体现了出来。显然，民族统一与独立的意识，是隐藏在他生活与工作背后的强烈动因。19世纪前半叶的德国，外有法国这一强势邻居的高压与威吓，内有邦国之间的对峙与倾轧。格林兄弟目睹并亲身经历了战乱频仍、民不聊生的社会现实。当时知识阶层要求的国家统一与政治民主，似乎仍然遥不可及，但是，格林兄弟从来没有放弃推动时代进步的努力，他们竭力通过自己的日耳曼学研究来论证德国政治统一的语言学基础。格林兄弟认为，从路德到歌德的整个德语文学史完全可以说明，德语是一种近乎完美的语言。[2]（pp. 207 ~ 208）整个日耳曼语族完全有资格获得与古希腊语、拉丁语相等同的尊重与重视。在某种意义上，雅各布开展德语语法的研究，正是当时民族浪漫主义的一种具体实践。此外，雅各布还注意到了日耳曼语族内部的相互联系与内在差异，这就需要研究它们之间是以什么方法联系起来的。他从方法论上强调从历史的、比较的视角研究语言关系，在他看来，如果不弄清楚更早的古代的语言形式，就不可能理解现代的语言形式。当然，在19世纪中叶，无论是普鲁士人、巴伐利亚人、符腾堡人、巴敦人、黑森人、萨克森人或者是汉诺威人，虽然他们分别属于不同的邦国，各自具有自己的语言特征，但他们又都是讲德语的人，因此，尽管他们的语言之间存在着差异，但是，他们也许更加愿意强调自己是一名讲德语的人。

雅各布所谓的“德语研究”其实并不限于德语本身，而是把哥特语、英语、斯堪的纳维亚语都纳入进来。他的语言研究远远超越了民族与国家的边界。作为一位博雅的语言学者，雅各布热情地赞美意大利语，并称之为拉丁语之冠，是其中最丰富、最悦耳的语言；同样，他也赞美瑞典语与丹麦语富有表达力。换言之，与德语或者日耳曼语一样，在雅各布的思想中，各个民族的语言对于其所属民族而言，都具有同等重要的地位与价值。

雅各布深入研究了德语的内部结构，研究了这种内部结构如何把词黏合在一起，并使它们融合为更复杂的语言构成物的一般规律。而且，他发现这种“内部结构”和“语言的精神”以一种不可思议的方式发生作用，在人们的心里唤起并强化某种认同感，进而有力地塑造了某种“民族精神”。反过来，民族的性格和历史又反映在民族语言的性质与命运中。雅各布强调，人们思维的自由发展归功于语言，思维与语言都是人们的财产。人们天性中固有的自由，就是建立在二者的基础之上的。“语言、思维、民族精神、自由的天赋”一起构成了雅各布语言哲学的基础。循此逻辑，德语自然是德国人民自由发展与形成的历史成果，具有使整个日耳曼民族联合起来的黏合力。德语所塑造的德国人，在智能方面体现出两种相互对立又相互补充的特征，一方面德国人民迷恋传统事物，另一方面则是对新事物敏感。德国人不愿意放弃他们天性中固有的东西，又随时准备吸收精神上的一切。

正是基于上述语言哲学，格林兄弟才会关注民族语文学；正是为了通过自己的民族语文学帮助德国人民争取自由和统一的斗争，他们才会转向“口头传统”。“口头传统”是联系古代与现代、必然与自由的桥梁。因此，在某种意义上，格林兄弟又是把语文学当成某种工具，当然也是达到他们所设定的目标（寻找与弘扬民族精神）的唯一途径。在柏林大学任教期间，威廉·格林讲述史诗《谷德仑》与《尼伯龙根之歌》时，清楚地说明了这一点。语文学本身并不是他的目的，通过语文学重新认识史诗中所反映的久被淹没的德国人民的精神，才是他的重要目的。格林兄弟一直都在强调，语言的敏感性帮助人们意识到自己是人，各民族的语言帮助人们意识到自己的民族精神。因此，对于一切高尚的民族来说，语言永远是最大的欢乐与财富。

格林兄弟的语文学研究，客观上提升了德国人对自己的语言与民族的荣誉感，他们的皇皇巨著既是德语区统一的象征，也确实促成了德语区的统一。

二 《格林童话》与故事学的诞生

尽管《儿童和家庭童话集》（*Nursery and Household Tales*）（简称《格林童话》）自其首次（1812）出版发行，不到10年就获得了世界性的赞誉，但是，格林兄弟作为“口头传统”的搜集者的角色却又是毁誉参半的。作为搜集与研究童话工作的开创者，格林兄弟已经能够被今天的国际口头传统的研究者们在他们的时代语境之下给予相对公平而合理的评价了。

早在1806年，受阿尔尼姆与布伦坦诺的鼓励，格林兄弟就已经搜集、整理了数量可观的童话故事。格林兄弟对于这些搜集而来的故事很少进行修饰，只是在他们认为有必要的地方进行一点点改变。可是，浪漫主义诗人布伦坦诺认为，这些未加提升的童话故事既单调沉闷又结构混乱，而阿尔尼姆则批评他们坚持撰写前言与做注释的工作方法。

显然，格林兄弟与他们的朋友在如何转写口头语言艺术的问题上存在着分歧。如何谨慎地对待普通的口头语言，以便忠实地记录它们，并把它们转达给读者，这不仅是一个技术性的问题，而且隐藏着深刻的思想性原则。正如今天人们所意识到的那样，正是通过这种工作模式的转变，格林兄弟开启了现代意义上的“口头传统”的研究。具体来说，这里所谓“口头传统”包括了民间歌谣、故事、传说、神话、谚语、史诗、叙事诗等。

通过阅读格林兄弟的传记资料，我们发现，在向朋友与邻居们搜集童话故事的过程中，格林兄弟面对的第一个问题是，要让那些喜欢给孩子们讲故事的老年妇女去给成年人讲童话，远不是想象的那么简单。比如那位著名的“马尔堡说书女人”，一开始，她敷衍格林兄弟的妹妹对她的讲述故事的请求，后来，当威廉·格林的诚恳态度终于打动她，消除她顽固却又合情合理的顾虑之时，她觉得：“如果她去给有学问的人们讲自己那些可疑的故事，他们会讥笑她的。”[2]（p. 73）最终，无奈的威廉·格林只好拐弯抹角去求助孩子们，让孩子们去求她讲述故事，然后，孩子们把听来的故事再转述给他们的父亲，而他们的父亲记录下来之后再转告给威廉·格林。可以想象，格林兄弟为了获得这些宝贵的财富，付出了多大的耐心与毅力。

格林兄弟面对的第二个问题更加严峻。在记录童话故事的工作中，除了准确的洞察力与热情之外，还需要严格意义上的转写原则。在这里，格林兄弟区分了“真正的童话”与“伪造的童话”两种类型，正如传记作者所评价的那样：“作为真正的研究者，他们不仅仅局限于搜集和编写工作。格林兄弟一方面保留童话本来的、原封不动的情节，不破坏它的体系、结构和主人公的语言特点，另一方面又赋予所搜集到的材料以自己的语言形式。”[2]（p. 75）语文学家们把格林兄弟最终呈现的语言风格描述为“热情洋溢而又简单朴素”。自《格林童话》出版之后，两百多年以来，这部著作在世界范围内所产生的广泛而深远的影响证明了上述评价是中肯的。的确，一方面，格林兄弟并没有逐字逐句地转写童话讲述者的全部讲述内容。他们的学识与判断力，为他们保留所谓“童话的全部纯洁性”提供了最好的保障，他们既严格保留真正的童话的情节、主题，保证其中的任何一个情节都没有捏造，没有渲染，也没有改变；另一方面，他们又公开承认他们按照语言的规范对这些童话进行了加工。

具体来说，在转写口头文学的原则问题上，雅各布·格林强调科学的可靠性，认为加工与改造的做法是令人感到不快的；威廉·格林则主张进行艺术的和富有诗意的修改。但是，既然兄弟二人在尊重历史的必要性上达成了共识，那么，两个人都会尽量恪守尊重口头讲述的原则，赞同几乎不加改变地记录它们的做法。坦白地说，他们“只是为了使它（童话）重新放出自己全部优美的光辉，才按照语言的规范进行加工。雅各布的准确性和严肃性同威廉的形式上的优美感构成了难以代替的创造性的结合”。[2]（p. 76）

因此，在《格林童话》第一版卷头上，格林兄弟所谓“格林兄弟搜集”中的“搜集”二字，只能理解为格林兄弟一贯的自谦式的表达策略。事实上，正如威廉·格林的儿子盖尔曼·格林所评价的那样：“童话以格林兄弟献给人民的那种形式重新成为人民的财富。”[2]（p. 76）

他们用自己的童话集，为人们打开了每一个民族所有的美好而又珍贵的东西，全世界的人从此以后都知道它、阅读它、喜爱它。

是的，全世界人民都“阅读它”。《格林童话》甫一出版，孩子们就都十分喜欢它，他们要求父母每天睡觉前给他们读上一两则；孩子的父母们预言格林兄弟的搜集与整理工作会给他们带来永久性的荣誉，并且会因此激发他们及其他人去搜集更多的故事。他们的预言没有错。

在近 50 年的时间里，格林兄弟——尤其是威廉·格林——孜孜不倦地搜集、整理、出版他们的《格林童话》，并数次对它进行修订、扩充、补充与完善，努力使之具有完善和优美的语言形式，同时又不破坏它纯粹的民间性质。到 1886 年，“大本的”《格林童话》出了 21 版，“小本的”出了 34 版。格林兄弟去世之后，《格林童话》重版、重印的次数多到无法统计。他们的搜集与整理工作获得了世界性的成功，这是格林兄弟无法预想的结果。“家庭故事”（Household Tales）变成了“书面童话”（Buchmarchen），这就意味着“本真性”（Echtheit）成为一个显而易见的问题了，尽管格林兄弟一再声称要保存这种“本真性”。当然，“书面童话”使得《格林童话》跻身世界文学经典行列。

1819 年之后，雅各布·格林基本上专注于他的语言学研究，威廉·格林则全身心地负责童话故事的整理与再版工作。虽然格林兄弟在工作上协同一致，一生都保持着相依相爱的手足之情，但是他们都具有自己的个性，而且这种个性既表现在性格上，也表现在研究方法上，部分地还表现在研究方向上。雅各布与科学“订了婚”，而威廉则献身于诗学。作为简洁优雅的语言大师，威廉在口语方面具有极好的理解能力，他用“对话”来取代“间接的讲述”，并给予童话中某些偶然的事件以动机。必要的时候，他还会把异文书面的与口头的版本拼接在一起，以便创作出一个更好的版本。他既保存了原始版本的内容与形式，又赋予它新鲜的表达与风格。如上所述，他的更严谨的哥哥并不总是赞同他这样做，却也允许他在转录时具有某种程度的自由。

在威廉去世以后，1860 年，雅各布在柏林大学的一次演讲中谈到他弟弟的工作时说：

> 在所有我们的书籍中，幻想故事最接近他的心灵，他从来没有忽视它们……每当我拿起这些故事集，我都会深深地感动，因为，在每一页上面，威廉都会浮现在我的眼前，字里行间都呈现着他的思想。[3]

雅各布的话提醒我们，《格林童话》远不只是一种“搜集”，而是镌刻着威廉·格林的独特诗学风格的创造性劳动。

搜集童话故事的第二卷时进展十分顺利，这主要得益于他们的朋友封·哈克斯特豪森与德罗斯捷—休利斯霍弗姐妹的帮助。在她们所生活的那些偏远地区，讲故事仍然是一种活态的传统。正是在为《格林童话》第二卷搜集资料的过程中，威廉·格林发现了杰出的故事讲述人多罗捷娅·菲曼，这个老妇人来自接近黑森的尼杰尔茨维连村，从她那里，威廉获得了大约 20 个故事，这些故事大大地丰富了《格林童话》第二卷的内容，然而，这位可怜的老妇人却没有机会看到那本载有她的许多童话的书的出版，因为她在此之前就去世了。

《格林童话》第二卷出版于 1814 年。在第二卷的导言当中，威廉·格林表达了他希望越来越多的故事能被及时地记录下来的愿望。他认为，这些成果将被作为一个整体的文学进化的研究奠定基础。他再次强调了童话记录的“准确性”，并通过描述菲曼的讲述特质传达了这一观点，他说：

> 非常幸运的一件事是，由此我们认识了一位来自茨维恩乡村的农妇，这个地方就在黑森附近。从她那里，我们获得了大量真正黑森的故事，大部分都出版在这一卷当中了，她讲述的故事是对我们第一卷的补充。这位妇人，身体硬朗，五十出头，名叫菲曼。她长着一张结实而愉快的脸，目光炯炯。她年轻的时候一定非常漂亮。她头脑里铭

记着这些古老的故事，正像她所说的那样，一种天赋，并非人人都有，正好比某些人不能把任何事情都记在脑子里。她讲述故事时彻底、准确，具有非同凡响的生动性，而且体现出明显的愉快。她在讲述第一遍的时候十分流畅，但是如果我要求她再讲一遍时，她会慢慢地讲，以便人们能够把每一个细节都记录下来。以这样一种方式，大部分故事都像它们被讲述的时候那样被确切地保留下来了，其本真的光环是无可怀疑的。有人相信，通常情况下，传统很容易会被篡改，故事保留下来只是无心而为的，因此，故事不可能以相同的形式存在太久。说这些话的人应该听一下这位妇人在讲述一则故事时是多么准确，她多么注意故事的正确性。在重复的时候，她从来不会改变任何细节，而且，如果她发现有错误，她会立即停下来改正它。[3]

威廉·格林努力强调人们世世代代都在以固定不变的方式传承与维护“口头传统”，强调他们转述“口头传统”时的准确性，强调这些“口头传统”一以贯之的结构与内容的准确性如何让当时的人们——包括他自己——感到亲切。

然而，既然编入第二卷的许多童话并不是格林兄弟本人亲自搜集而来的，而是他们的朋友听到以后写下来再邮寄给他们的；既然威廉还把他自己的工作理念作为指导好友们帮助他搜集童话故事的工作要求——他要求他们把一切像他们所需要的那样记录下来，也就是说可靠而又简单，连同它所有特点，包括方言的特点，并且不加补充和渲染——那么，他对于这些资料的可靠性似乎也就没有理由怀疑了。可事实上，和从前一样，格林兄弟保留了对搜集到的童话故事的语言进行校订与润色的权利。今天，我们只要比较一下《格林童话》的不同版本，就可以看到格林兄弟（威廉自然应该负主要责任）是如何着手改编故事的了。①

强调故事讲述者的重要地位，坚持认为故事对于文学研究的重要性，是格林兄弟科学方法的典型特征，这些思想与理念都极大地领先于他们同

① 有关格林兄弟着手记录与改编童话故事的详细分析与评论，可参见〔瑞士〕麦克斯·吕蒂《童话的魅力》，张田英译，社会科学文献出版社，1995，第69页。

时代的人。他们的工作方法贯穿始终，一方面努力保持童话的内容与情节的纯粹性，另一方面又对童话的语言进行校订与规范、提炼与润色，进而统一了童话的叙述风格。1819 年之后，威廉·格林曾屡次修订《格林童话》。格林兄弟不仅搜集、抄写和发表了这些童话，并且在对这种文学体裁的理论意义的理解方面做了不少研究工作。1822 年，《格林童话》第三卷出版，其中包括了对某些童话的注释以及文学批评，并渐渐形成了格林兄弟的童话理论，这为现代意义上“故事学”的诞生奠定了基础。

第一，在《论童话的实质》一文中，格林兄弟说，“给孩子们讲童话，是为了使最初的信念和心灵的力量在他们纯洁而又温柔的世界里萌芽和成长”。“童话好像是与世隔绝的，它舒服地处于优美、安逸而又平静的环境之中，对于外部的世界不想一望。”“童话不单纯是对那些为一时需要而制成的幻想的花纹所进行的五彩缤纷的、任意的编织，而在其中可以清楚地观察到意义、因果联系和思想。这里有对上帝和宗教的见解：对于同人民的历史一起产生、接受洗礼并且物质化的庄严的自然力抱有的古老信念。”[2]（p. 126）在这里，“童话的实质”被联系到“人的本质”，那是人类心灵向内部求索而获得的高度的自由与和谐，它在概念与范畴的世界里获得了“意义、因果联系和思想”，却不必与外在世界产生任何关联。如果说童话世界与外在世界有任何联系的话，那也只是作为人们主观意志为作用于客观世界而做的一种思想准备。

第二，格林兄弟从地理空间的、民族的层面上把德国童话与法国、意大利的童话进行了比较，认为它们之间存在着同源关系。这种同源关系是格林兄弟从科学的分析工作中归纳出来的。这种学术思想逐渐形成了后世童话故事研究的基本“学术问题”——他们不仅鼓励各民族的“格林”去搜集、出版、研究各自民族的童话故事，而且为新的科学领域（故事学）的形成奠定了材料基础、方法论与理论方向。

第三，在强调各民族之间童话故事的同源关系的同时，格林兄弟同等强调了童话（包括传说）的民族性特质，这种特质具体地反映了各民族人民的民族精神。在这个意义上，各民族的童话与传说又是各民族认同的基础。

第四，格林兄弟还从类型的角度对童话、传说与神话进行了比较。他们敏感地发现，童话总是讲一些幻想的东西，总是与一些虚构的、神奇的、不符合自然规律的、无具体时空指涉的内容相关；而传说虽然也会涉及一些不可思议的情节，但是它们总是同一定的历史人物、历史事件、具体地点相关联。童话富于诗意，而传说更接近历史真实；童话自然脱俗，而传说质实可征。此外，在他们看来，童话故事应该是神话的遗存。

格林兄弟（尤其是威廉·格林）的故事研究并不限于对德国古代文献中故事的辑录，以及对德国民间流传的童话故事的搜集、整理与出版，他们还翻译了大量其他民族的故事。比如，1826年，格林兄弟翻译出版了《爱尔兰的爱尔菲童话集》，在这本译著的序言中，威廉的诗学天赋得到了充分的体现，他那种专注于人民所创造的童话的优美形象与语言表现力的作品，为童话故事进入作品文学经典的行列做出了巨大贡献。

必须指出，格林兄弟并没有从事现代意义上的田野作业，尽管威廉个人也曾亲自走访过农妇，聆听她们的讲述。格林兄弟童话集的主要材料来源是他们的亲戚与朋友，这些人大部分并不是不识字的农民，而是受过良好教育的中产阶级。而且，正如阿兰·邓迪斯所说的那样，想当年，格林兄弟不满于布伦坦诺对口头文本的改造，但他们自己却也没有脱离改造口头文本的做法。①

三 《格林童话》的国际性影响

格林兄弟的童话集在世界人民中间获得了巨大的声誉，他们激励许多国家的研究者和诗人们着手去搜集本民族、本地区的童话、传说与神话。虽然他们在传说与神话研究方面没有获得可以与童话研究相比肩的影响力，但是，他们一以贯之的清晰的搜集、整理与研究思路、工作原则，却为他们之后世界范围内的“口头传统”研究者们提供了范例与准则。

1856年，在回顾与检视了近40年的搜集与整理工作之后，威廉·格林写道：

---

① *International Folkloristics: Classic Contributions by the Founders of Folklore*, edited by Alan Dundes, Rowman &Littlefield Publishers, Inc, 1999, p. 5.

当我们的集子首次出版的时候，它是多么的独一无二啊，从那时以来，已经产生了多么大的收获啊！那时，当我们断言说这些故事里保留着思想与直觉，其源头应该在古代的黑暗中予以找寻，人们听了之后报以宽容的笑声。而现在，这几乎是不容否认的。在充分地意识到其科学价值之时，人们开始努力寻找这类故事，生怕会改变其任何一部分内容，然而，之前，它们只是被看作是毫无价值的幻想的娱乐，人们可以随意处置。[3]

威廉的话朴实地描述了真实发生过的事情：童话故事的地位已经发生了彻底的变化，在许多地方，故事、传说、神话与民俗传统被记录下来。在德国所有地区，然后是欧洲乃至整个世界都参与其事。在稳定增加的搜集者当中，有一些人引以为自豪的是被他们家乡的人称为当地的“格林”。他们经常会把他们的集子题献给格林兄弟，并公开说明他们的灵感来自格林兄弟，他们的工作模式参考了《格林童话》与《神话学》。与此同时，对于童话故事与神话的普遍兴趣，激发了对于民间文学的所有方面的考察与研究，于是作为现代意义上的学术研究“故事学”“神话学”诞生了。

民俗学家鲁思·麦克里斯·耶拿详细地描述了格林兄弟的影响史。他说，约翰·博尔特（Johannes Bolte）与格奥尔·波利夫卡（Georg Polivka）合作，以格林兄弟的调查研究为核心，在补充与修订的基础上，出版了五卷本的《格林兄弟儿童及家庭童话的注解》（*Anmerkungen zu den Kinder-und Hausmdrchen der Bruder Grimm*）。这部著作至今仍然是有关民间叙事相关问题的有价值的研究手册。事实上，早在1823年，当埃德加·泰勒（Edgar Taylor）翻译了《德国流行故事》之后，人们对童话故事的热情就已经开始高涨起来了。埃德加的译本是一本翻译给英语国家看的幻想故事的选集，它一共包括2卷，分别出版于1823年与1826年。这个英译本是其他民族语言的译本的基础。埃德加虽然主要是针对年轻朋友而翻译介绍的，但是，他也渐渐地意识到了童话故事更广泛的重要价值，在译本中，他这样写道：

> 获得快乐的时光并非译者唯一的目标。下文中故事所源自的丰富搜集，从一种文学的观点来看也是十分有趣的，这为这些瑰丽的想象性创造的广泛而早期的传播提供了新的证据，显然，它们出自于某些伟大而神秘的源头，那时，俄罗斯人、凯尔特人、斯堪的纳维亚人以及德国人，在他们多样化的结果中，已经吸收了最早的道德教化……[3]

在他自己有趣的注释中，埃德加经常会参考格林兄弟的著作。

《德国流行故事》之后出版了一部故事选《菲曼老奶奶》（*Gammer Grethel*），这里所谓“老菲曼”（old Grethel）的形象，代表的是格林童话中的妇人菲曼，她曾连续12个晚上都在讲故事。埃德加·泰勒早逝之后，他的亲戚约翰·爱德华·泰勒继续从事他的工作。他的完整版故事选集叫《魔戒》（*The Fairy Ring*），多年以来，该书一直都是英语圈儿童最喜欢的读物。

对于成年读者与民间故事学的学生来说，埃德加的译本很快就被玛格丽特·哈特的完整版所取代了，玛格丽特在她的著作序言中指出：格林兄弟并不是为了给儿童提供娱乐，而是为民俗学的学生们储藏材料。安德留·兰在两卷本的故事集中撰写了长篇导言，讨论起源与传播的问题，他所使用的概念的依据，是后来被称作人类学派的方法，这种概念与方法与格林兄弟的理论恰好相反。

一个又一个国家在出版传统故事的集子。来自斯拉夫语族的学者们的反应尤其强烈，这主要归因于沃克·斯特凡诺维奇·卡拉季奇（Vuk Stefanovic Karadzic）的塞尔维亚故事的成功。这些故事出版于1854年，已经是受雅各布·格林的激励之后好多年的事情了。当年，在维也纳，雅各布通过柯毕塔认识了沃克。那个时候，他就十分崇敬这个年轻的塞尔维亚人对他们本土民歌的搜集工作，把它们看作是纯粹的“天然的诗歌”（Naturpoesie）。雅各布为沃克的故事集的德语版写了一篇导言，这也为他本人提供了一个平台，使其得以详细论述他关于起源与传播的理论。自然，捷克与斯洛伐克人民应当也欢迎格林兄弟指导他们寻找草根与他们人民的过去。帕维尔·约瑟夫·萨伐里克（Pavel Josef Safarik）的《斯拉夫人的古物》就深受雅各布·格林的影响。

一个年轻的捷克学者，卡雷尔·亚罗米·厄尔本（Karel Jaromir Erben）也搜集故事，在记录的过程中，他遵循着格林兄弟的工作方式与语言风格。他帮助奠定了研究捷克童话故事的基础。奥地利、匈牙利、波兰、俄罗斯都有学者受到格林兄弟的影响，俄罗斯的亚历山大·尼古拉耶维奇·阿法尼塞弗（Aleksander Nikolaevic Afanes'ev）有“俄国的格林”之称。1914年，俄罗斯地理协会的民俗期刊以一整卷来纪念格林兄弟。丹麦的玛蒂阿斯·温特（Mathiaus Winther）、斯维德·格伦德维奇（Svend Grundtvig），瑞典的阿维德·奥古斯特·阿菲兹留斯（Arvid August Afzelius）以及贡那·海尔特—卡瓦留斯（Gunnar Hylten - Cavallius）都是他的学生。

格林兄弟与挪威的彼得·克里斯汀·阿斯宾杰森（Peter Christen Asbjornson）以及乔根·莫（Jorgen Moe）维持着亲密而友好的关系。后两者搜集了大量的挪威故事，集为《挪威民间童话》（*Norske Folkeeventyr*）。格林兄弟认为这是最好的一部童话故事集。这些故事的英译者乔治·韦伯·达森特把它翻译为《挪威流行故事》。他在斯堪的纳维亚见到了雅各布，二人之间具有许多共同点。雅各布还给达森特的译本撰写了导言，很好地展示了格林兄弟关于起源与传播的思想。正是达森特鼓励约翰·弗朗西斯·坎贝尔搜集与出版他的《西部高地的流行故事》。坎贝尔个人对于“故事学”（Storyology）这门新兴的学科十分感兴趣，并认为这门学科的创始之功应该归于格林兄弟。在他的《故事学》导言中提及了他们，并且言及这样一个事实，即通过格林兄弟做出的范例：

> 人们现在已经在从世界多数地方搜集故事。人们从美洲印第安人的讲述中，从南海的岛民那里，拉普人、萨摩亚人、德国人与俄国人那里搜集。传教士们出版了非洲野蛮人的寓言故事；有文化的人翻译了阿拉伯语的、梵语的、汉语的手稿。甚至埃及人的莎草纸也被挖掘出来了，人们努力要获得它们的意义，凡此种种，都提供了故事，它们都与现在口头讲述的故事极其相似。[3]

在芬兰，雅各布关注《卡列瓦拉》并创造出一个最让人喜爱的氛围，对搜集与整理工作感兴趣的人数在增长，与此同时，人们也想要调查故事的起源、意义及传播。这导致了作为民俗学家群体的“芬兰学派”的兴起，他们在一种时间与空间的基础上系统地研究民间故事。这一研究的一项成果就是史蒂斯·汤普森的皇皇巨著《民间文学的母题索引》（*Motif - Index of Folk Literature*）以及阿尔奈与汤普森合著的 *The Types pf the Folktale*，这两种著作都是民俗学家必备的工具书。

整个英格兰群岛的搜集活动都是受格林兄弟工作的影响开展的。人们可能会记得阿迪、巴林 - 古尔德、哈特兰、亨特甚至雅各布，最终有多卷本的乡村民俗集出版。

托马斯·克罗芬·克罗克（Thomas Croften Croker）在爱尔兰展开搜集工作的时候，大概也正是《格林童话》首版的时候。他的《爱尔兰南部幻想传说与传统》出版于 1825 年，事实上，该书还被格林兄弟翻译成德语，他们在其中看到了童话故事的本真性，还给这本书撰写了一篇长长的有关幻想知识的导言。这是一个民族民间童话故事传统交叉互哺的有趣的例子——爱尔兰的故事在德国被热情地接受。对于许多读者来说，它们是从德语到凯尔特—苏格兰—爱尔兰传统的第一座桥梁，反过来，1828 年的英语版本偿还了德国人表达的敬意，其中包含了格林兄弟导言的译文。

帕特里克·肯尼迪——一名都柏林的书商——于 1866 ~ 1871 年，出版了三卷本的故事集，被称为“爱尔兰的格林”。

在低地国家，以及巴尔干半岛的各个国家中，知识阶层普遍意识到了搜集传统的需要，虽然当时这些传统仍然十分流行，尤其是在乡村人民那里。在法国，也有许多搜集者，佩罗之后有一段时间搜集活动减少了，但是出版了多卷本的《寓言的小屋》（*Cabinet des Fees*）。法国童话故事的搜集者之一伊曼纽尔·科斯奎（Emmanuel Cosquin），一开始是格林兄弟热情的崇拜者，后来又疯狂地攻击他们的理论。欧洲南部也开始搜集童话故事，其中，伊塔罗·卡尔维诺（Italo Calvino）因为他的《意大利的童话》（*Fiabe Italiane*）而被称为“意大利的格林”。他也公开承认受益于格林兄弟的工作方法。[4]

格林兄弟极大地改变了口头传统研究的方法，尤其是给予民间故事以全新的地位。达森特总结了这一发展，他说：“通过格林兄弟的劳动，他们已经提升了过去被看作是儿童的幻想故事与老妪的寓言……它们现在值得成熟的男人们花费精力来进行研究，具备人文科学的全部尊严。”①

四 格林兄弟对于传说、神话及民俗的研究

长期以来，格林兄弟一直都怀有一个宏大的学术计划，那就是搜集与记录人民创作的一切口头作品与民俗。这种理想最早可以追溯到1806年，当时，格林兄弟参与了布伦坦诺与阿尔尼姆合作创作的《男童的神奇号角》，这是一部德国民间抒情诗歌集。1815年，格林兄弟撰写并分发了一份“搜集民众诗歌的倡议书”（*Circular Concerning the Collecting of Folk Poetry*），号召人们对本地的故事以及其他口头传统开展地方性的记录。雅各布非常简洁而又精确地介绍了他想要搜集的内容，并简要提示了开展搜集工作的具体办法。他强调了“口头传统”自身的传统性、弥散性、普遍性，强调它对于历史、语言及文学研究的重要性。他特别指出了有待搜集的材料范围，它包括：

(1) 民歌与韵文，它们在不同的季节性事件里演唱，在节日里演唱，在纺纱房与舞厅里演唱。与此同时，人们在田野里劳作。最重要的是，这些民歌与韵文包含着史诗的内容，也就是说，在这里，很可能以它们的词语、手势与音调，某种行为发生了。

(2) 散文性的传说，尤其是许多童话故事，这里面有巨人、侏儒、魔鬼，被施了魔法与解除了魔法的公主与王子，魔鬼、宝藏以及魔幻性能够满足人类愿望的事物。而且，地方传说被讲述与记忆，因为它们能够解释与说明某个地点，比如大山、河流、湖泊、沼泽、废弃的城堡、塔、岩石以及所有过去时代的纪念物。人们应该特别注意动物寓言，通常是与狐狸、狼、公鸡、狗、猫、青蛙、老鼠、松鼠等有趣的动物有关。

---

① 以上有关格林兄弟之影响的介绍材料，转引自 Ruth Mmichaelis - Jena：Oral Tradition and the Brothers Grimm，Folklore，1971（4）。

(3) 幽默的骗子的故事与趣事、长故事；古老的曾经风行一时的木偶戏，里面有小丑与魔鬼。

(4) 节日、习俗、惯用语与游戏；生日庆典，婚礼与葬礼；古老的习惯法，利息费用与赋税，土地的买卖与租赁，边界争端的裁决，等等。

(5) 有关魔鬼、幽灵、巫术、好的与坏的预兆、鬼怪与梦的迷信。

(6) 谚语，动人的智慧，修辞格与复合词。[3]

雅各布·格林强调，所有材料都必须被忠实地记录下来，“不要修饰与添加，从讲述者的口里出来，无论何时，有可能的话，要用他们自己的词汇”。[3]即使是那些貌似无意义的话、片断的信息，也要记录下来，不允许记录者擅自删除或者自行阐释这些信息。

在雅各布看来，用当地方言来记录上述材料尤其具有价值；同一则故事的异文从来都不应该弃之不顾，因为在比较它们的同一版本之后，总是可以发现新鲜而难以预料的重要细节。此外，按照雅各布的理解，小城市要比大都会更有可能搜集到这样的材料，而乡村——尤其是那些偏远的乡村——则较之小城市可以收获更多材料。在这些地方，某些职业（牧人、渔夫、矿工，普遍来说是老人、妇女与小孩）被认为是材料好的“源泉”。

面对新技术发明的迅速扩展，人民生活的迅速变革，格林兄弟认为，人们对于旧的童话和传说不再感兴趣的时代可能很快就会到来，因此，搜集与记录民众诗歌的任务十分急迫。他殷切希望并告诫那些可能会对民众诗歌感兴趣的朋友，应该在年老的讲故事的人把他们所知道的一切带进坟墓之前，把他们所知道的童话和传说记录下来。他们倡议那些纯粹出于热爱而搜集民众诗歌的人组织起来，做自己喜欢做的事。他们甚至指导大家把每一个传说记录在单页的纸上，标注搜集的地点、社区与日期，记录者与讲述者的姓名等信息。作为语文学家，他们当然不会忘记提醒大家去当地的档案馆与修道院看看，记录一下古代德语的书籍与手稿未被登记的信息。[5]（p.5）

差不多从1806年开始，在编辑童话集的同时，格林兄弟开始搜集传说了。他们以与搜集、编辑童话相类似的方式搜集、编辑传说。无论这些传说的材料来自口头还是书面，他们都会进行统一的加工与润色，力图用通俗无饰然而又是他们所习惯的流畅语言来转述这些传说。换句话说，他们尽可能地保留了传说的内容与形式，但是作为语言学大师，格林兄弟并不是他们搜集来的传说材料的“奴隶”，只要人们认真地阅读他们的传说集，都可以清楚地分辨出兄弟二人相互补充、相得益彰的二重唱——雅各布语文学的准确性与威廉诗学的洞察力。1829 年，威廉·格林出版了《德国英雄的传说》，其中包括了 6 ~ 17 世纪德国英雄传说的材料。在这本书里，威廉·格林叙述了德国史诗的起源与发展的理论，把德国史诗研究提升到与古希腊史诗研究同等重要的地位。推而广之，在威廉·格林看来，人类一切民族的史诗，都是“出自无名作者之手的最具有诗意的出色作品，它们朴实而自然的形式，极为深刻而丰富的内容，这本身是一幅新的、纯洁的、朝气蓬勃而又繁荣兴旺的生活图画”。[2]（p. 152）。传说与史诗是威廉一生持续关注与研究的主题，他深入研究了上古、中古时代欧洲各民族的各种史诗，在他看来，传说与史诗也是民族精神的重要载体。[2]（p. 152）此外，1816 年与 1818 年，格林兄弟还出版了《德国传说》。1821 年，威廉·格林出版了《论德国古代民歌》。民歌也是格林兄弟长期以来一直都关注的对象，威廉个人更是对古代典籍中的民歌材料十分熟悉，这本著作就充分地体现了他的专业水准。

当威廉在古代德语文学中发掘其潜在的诗意的力量的时候，雅各布也在专心致志于德语语法的规律性的总结之余，于 1828 年出版了《古代德国法律》一书。他从古代法律文件文本中了解那个时代的语言、民间习惯、信仰和人们的生活方式。这是一部有关德国古代社会民情风俗的重要文献。但是，必须强调的是，雅各布绝不是为了猎奇好异而研究过去的法律与生活习俗，而是试图通过正确地理解过去的本土的法律文献，助益于逐渐临近的法制改革。1835 年，雅各布又出版了《德国神话》一书，该书辑录了大量关于创世、自然、动物与植物的起源、日月星辰的更替，以及关于死亡、命运、犯罪与救赎等重要主题的神话，作者以鲜明、形象、准确的语言倾心撰写了这部著作，为后来神话学的出现做好了准备。对于古代人民的神话讲述，雅各布特别指出：

> 我们的祖先，直到偶像崇拜时代为止，并没有用野蛮、粗鲁、没有任何规则的语言说话，而是用灵活、发达、从远古以来就适用于诗歌的语言说话。他们并没有过着混乱、野蛮、乌合之众的生活，而是根据自古以来保留下来的关于正义的合理认识，过着自由联盟的生活，遵守着严肃而又美好的风俗习惯。在这种情况下，我还是想用同样的而不是任何别的方法证明：他们的心充满了对于上帝和神的信念，他们的生活对于主宰者，对于胜利的喜悦和死亡的鄙视……充满了简单而又美好的（虽然是不完善的）认识。人民没有宗教是无法生活的，他们的语言和风俗从远古时代起直到现在还保留着健全的形式。[2] (p. 179 ~ 180)

这显然是一种所谓“民族浪漫主义”的语言观与诗学观，按照“后来居上”的社会进化论的学术观念，这是一种乌托邦式的对于过去时代的美好幻想。但是，至少在雅各布的比较的历史语言学看来，古代神话所反映出来的诗学并不能证明后来的理论话语的正确性。恰好相反，古代人民对于神话世界的信仰，并不是科学意义上的落后或者愚昧的反映，而是一种创造性的想象力的表现；事实上，古代人民同样沐浴在太阳的光亮之下，同样具有高尚的素质，这种高尚的素质为不同的民族保留了他们的风俗习惯和权利。因此，创造力并不专属于现代，古代人民同样具有极高的创造力。

五　格林兄弟的自由与民主思想

格林兄弟的学术生活并不外在于他们所处的时代，也不脱离他们身处其中的社会生活。他们研究语言、文学与法律，并不是为了供读者消遣，也不是为了逃避社会，而是为了让过去的伟大成就为现代的利益服务。雅各布・格林公开宣称：科学不仅教人真理，而且在必要时还应捍卫现实生活中的真理。在他看来，科学固然保存了人类最宝贵的财富，是人世间的无价之宝；但是，同人的立身之本（他指的是毫不动摇地尊奉神圣的信条）

相比却又是微不足道的，在哥廷根七君子事件之后，他说：

> 我岂能一边在穷究体现我们父辈纯洁美德的德意志法，一边自己又恣意践踏当代的法律？如果居然有人说，在我生活的时代，在我生长的国度里，绝大部分人都弄假宣誓，叫我如何致力于德国历史和传说的研究呢？[2]（p. 83）

非常明显，格林兄弟的语文学与“口头传统”研究，并不是单纯地为了研究而研究，为了博学而博学，他们具有迫切的现实使命感。当拿破仑占领德国的领土时，他们通过自己的研究寻找安慰，积累丰富的知识，为德国人民发扬爱国主义树立信心。他们坚信，他们的学术工作从根本上有助于德国人民争取自由与统一的斗争。因此，他们的学术生命是与他们时代的任务密切相关的。

雅各布·格林曾数次投身于政治实践活动，他目睹了德国境内各邦林立、经年混战导致的民生凋敝、社会动荡，也亲身感受了他那个时代进步知识分子与广大人民群众期盼统一，实现民族复兴的强烈愿望；与此同时，他也亲身体会了自己所在邦国内部专制统治的严酷，感受到了德国人民的政治良心已经苏醒的时代风尚。

19 世纪中期，在格林兄弟生活与工作的晚期，德国的法律学者要求制定全德国统一的法律，日耳曼学者对统一德国文化的要求越来越强烈。雅各布·格林越到晚年，民主与法制的意识越强烈，他对于自己学术著作的政治意图从不隐讳，承认他的著作是“渗透着政治的”。在他看来，他的法律、语言与历史研究，一切的一切，如果“没有宪法，所有其他计划和著作都是毫无意义和毫无用处的”。[2]（p. 264）

因此，在某种意义上，如果格林兄弟的学术生活不被放置在他们政治思想的框架内进行理解的话，就会显得十分琐碎而片面。格林兄弟（尤其是雅各布·格林）一再高度评价其赖以自由和平静生活的宪法，因为宪法能够使大家有最大的保障，能够授予并保证每一个人不可侵犯的行动自由；而“自由”的概念又是非常神圣的，全体德国人是自由的，自由应当使德国的空气也变成自由的空气。

格林兄弟的“口头传统”研究是十分伟大的，因为他们建立了现代意义上的民间文学研究；格林兄弟的“民族语文学”也是十分伟大的，因为他们为德意志的政治统一做出了巨大的贡献；格林兄弟的“民主与自由的思想”尤其伟大，因为这是支撑他们卷帙浩繁的大型学术工作的灵魂与主心骨。

不只是格林兄弟，事实上，整个19世纪至20世纪前半叶，由于文学的与民族主义的意识形态的原因，几乎所有的民俗搜集物都被掺假或者净化了。因此，对于现代民俗学家而言，重要的问题不是去描述格林兄弟事实上做了什么，而是理解他们当初声称想要做什么。

参考文献：

[1]〔德〕赫·格斯特纳：《格林兄弟传》，顾正祥译，浙江文艺出版社，1986。

[2]〔德〕格·盖斯特涅尔：《格林兄弟》，刘逢棋译，湖南人民出版社，1985。

[3] Ruth Mmichaelis - Jena: Oral Tradition and the Brothers Grimm [J]. *Folklore*, 1971 (4).

[4]〔意〕伊塔尔·卡尔维诺：《论童话》，黄丽媛译，译林出版社，2018。

[5] Jacob Grimm. Circular Concerning the Collecting of Folk Poetry [A]. Alan Dundes. International Folkloristics: Classic Contributions by the Founders of Folklore [C]. Lanham, MD: Rowman & Littlefield Publishers, Inc. , 1999.

口头诗学[*]

朝戈金[**]

作为系统方法的口头诗学（Oral Poetics），出现于20世纪60年代。有人将洛德（Albert B. Lord）刊布于1959年的《口头创作的诗学》[①] 作为该方法论出台的“序曲”。美国学者朱姆沃尔特（Rosemary L. Zumwalt）在梳理口头传统的历史和方法的著述中曾说，在18世纪和19世纪所谓“大理论”时期，已经有赫尔德（JohannG. Herder）等一批学者对口头传统的存在方式和意义做出过总结。[②] 不过，大理论时期关于口头传统的思考，还应当被视为口头诗学的“前史”。更为直接的口头诗学的创造者，应该包括洛德的导师和合作者帕里（Milman Parry）。他极具创见地通过分析荷马史诗中的“特性形容修饰语”（epithet），得出荷马诗学必定是传统的和口头的结论。他和洛德一道在20世纪30年代在巴尔干半岛从事的田野作业，对最终形成口头诗学发挥了至关重要的作用。从学术史材料出发，我们可以大致得出如下结论：口头诗学的理念，诚然是帕里的重要创见，不过没有谁能凭空创造历史，天才人物如帕里也一样，他其实从古典学、语文学和文化人类学等领域吸取了理念和方法，才最终形成了较为系统的学理性思考。回溯历史，帕里和洛德并不孤单。马丁·尼尔松在其出版于1932年的《希

* 本文原载《民间文化论坛》2018年第6期。

** 作者简介：朝戈金，中国社会科学院民族文学研究所研究员。

① Albert B. Lord, “The Poetics of Oral Creation.” *Comparative Literature: Proceedings of the Second Congress of the International Comparative Literature Association* , Werner P. Friederiched. , Chapel Hill: University of North Carolina Press, 1959, pp. 1 – 6.

② 〔美〕朱姆沃尔特：《口头传承研究方法术语纵谈》，尹虎彬译，《民族文学研究》2000年增刊。

腊神话的迈锡尼起源》一书中，就曾关注了口头史诗创编中的程式化结构问题，书中大多引证了拉德洛夫（VasilyV. Radlov）关于卡拉-吉尔吉斯的材料和查德威克（Hector M. Chadwick）关于条顿人和希腊人的材料。讨论涉及演述中的创编、传统习语对流畅创编的作用、典型性描写等。这一时期的学者中，还可以举出诺托普洛斯（James Notopoulos）的《荷马口头创编中的连贯与互通》[①] 一文。他基于程式、主题和其他工具概念等，讨论了荷马史诗中序诗、伏笔、倒叙、环形叙事等生发自口头叙事法则的现象，关注口头演述、诗人与受众心智活动，以及语境力量等话题。

说洛德《口头创作的诗学》是口头诗学的"序曲"并非没有道理。该文主要取例于塞尔维亚-克罗地亚口头诗歌材料，讨论的话题涵盖了口头演述中的诸多环节，如程式、主题、音声范型、句法结构等，进而延伸到神话如何产生并获得发展，再论述建构口头史诗诗学的可能性问题。在该文中，洛德认为神话会在被遗忘很久后以累层形态出现在叙事中。他通过解析苏莱曼·福尔提版的《巴格达之歌》，揭示英雄阿利亚的主题是来自神灵死去或被放逐到其他世界，当威胁来临又被找回以拯救其人民。他断言，福尔提没有意识到，其实是神话的力量形塑了这种叙事安排。

在20世纪中叶以后，口头诗学进入其形成阶段。几个标志性事件应当在这里提及：其一，"口头程式理论"的集大成之作《故事的歌手》面世(1960)，标志"口头程式理论"的正式亮相；几乎同时，在西欧和北美爆发了史称"大分野"的激烈争论，焦点在于如何评价书写技术对人类文明进步的推动作用，作为书写的对等物，口头传统的性质和作用得到相当充分的讨论。数位来自不同领域的巨擘，如传播学家麦克鲁汉（Marshall McLuhan)，结构主义人类学家列维-斯特劳斯（Levi - Strauss)，社会人类学家古迪（Jack Goody)，以及古典学家哈夫洛克（Eric Havelock）等，都投身这一波激辩中。认为文字的发明和使用对人类心智的进步发挥了巨大作用的"大分野"派，强调文字才是逻辑思维、高次方运算等的基础，认为前文字社会的文化总体而言是初级的。而"连续论"的秉持者则坚信即便

① James Notopoulos, "Continuity and Interconnexion in Homeric Oral Composition." *Transactions of the American Philological Association*, Vol. 82, 1951.

不借助文字，许多文化也发展出复杂的社会组织结构和各方面的知识和文化技术。[①] 在这些论辩中，口头性（orality）成为一个反复出现的关键词，并被当作人文学术的一个重要对象，成为后来许多学者或学科的研究领域。

以洛德《故事的歌手》为代表，口头诗学的基本规则得以建立。不过，该著主要是一部口头程式理论的著作；其宗旨不是要完成诗学法则的建设，而是提供一整套解析民间叙事文本的工具和方法。所以，在该著中，首先将叙事分为三个结构性层次：程式（formula）、典型场景（typical scene）和故事范型（story - pattern）。通过解析这三个层次的叙事单元，可以发现和确立口头叙事的故事讲述构造规则是如何形成并发生作用的。在此之外，洛德还强调了口头叙事的其他环节和维度的属性。例如，在洛德看来，在口头传统中，一首歌（a song）是在"演述中创编"的；而每一次创编，会形成"这一首歌"（the song）；而这一首歌与在其他时间、其他场合演述的同一个故事，会呈现这样那样的差别。至于不同歌手演述同一个故事所产生的差别就更复杂多样了，这里暂不讨论。总之，对于口头传统而言，没有所谓"精校本"或"标准本"——这就与书面文学不同。口头诗歌的关键不是口头复诵，而是"演述中创编"。所以，对于口头文学的生产而言，其创作、传播和接受，往往是在同一时空中完成的——这也是大不同于书面文学的。不过，由于《故事的歌手》主要是以"帕里 - 洛德学说"（the Parry - LordTheory）为导引，所以其方法论建设是作者优先考虑的。于是，该著作在前半部分，没有刻意建构体系性框架；而后半部分，主要是呼应前面的理论设定，并提供样例和材料说明。

对口头诗学建设的呼唤，要到洛德的《作为口头诗人的荷马》一文才清晰起来。他格外强调了口头诗学与书面文学之诗学的不同。在该论文中，洛德说："当然，现在荷马研究所面临的最核心的问题之一，是怎样去理解口头诗学，怎样去阅读口头传统诗歌。口头诗学与书面文学的诗学不同，这是因为其创作技巧不同的缘故。不应当将之视为一个平面。传统诗歌的所有要素都具有其纵深度，而我们的任务就是去探测它们那有时是隐含着

---

① 巴莫曲布嫫：《口头传统·书写文化·电子传媒体》，《民俗学刊》总第5期。

的深奥之处，因为在那里可以找到意义。我们必须自觉地运用新的手段去探索主题和范型的多重形式，而且我们必须自觉地从其他口头诗歌传统中吸取经验。否则，'口头'只是一个空洞的标签，而'传统'的精义也就枯竭了。不仅如此，它们还会构造出一个炫惑的外壳，在其内里假借学问之道便可以继续去搬用书面文学的诗学。"①

随后的一些年中，关于口头诗学的讨论一直没有中断。其间有若干见解对于口头诗学的建设作用甚大，例如泰德洛克（Dennis Tedlock）的文章《朝向口头诗学》。② 在该论文中，泰德洛克主要意图是说明做什么无益于口头诗学建设。从排除常见错误现象这个立足点出发，他开篇就指出：若是从阅读荷马起步，则我们无法建立有效的口头诗学。随后，他进一步说，假如我们从阅读由那些早期的民族学家和语言学家记录下来的文本起步，也不能建立有效的口头诗学。在泰德洛克的阐释框架中，他也同时认为，假如我们从惯常所见的对书写文本作结构分析起步，也无法建立有效的口头诗学，无论这种文本是来自古代的抄写员还是当代的田野工作者。他警告说，假如我们试图将全景观的、多维度的活形态演述活动纳入某种新时的乃至是扩展了的结构主义的阐释框架中，我们也无法建立有意义的口头诗学。口头诗学从活形态口头传统起步，也从口头传统的参与性（participatory）起步。他根据自身的田野经验断言，假如没有一定程度的参与几乎不可能听到故事。他最后说，口头诗学的发展，不是要看到书写文化的终结，他也无意用有声电影替代评注文本。一宗以演述为取向的翻译或誊写文本，就像戏剧的字幕，是邀请读者去演诵的。总之，他极为精要地总结说："口头诗歌始于声音，口头诗学则回到声音。"

在口头诗学的建设大军中，我们发现基于不同的学科背景和学术兴趣，学者们纷纷发展出一些相当精妙的论见。从演述人、文本、传播、接受、语境等不同环节，分别进行了饶有意味的拓展和深化。例如，与处理书写文本的技术规程不同，口头诗歌的所谓"重复率"是若干较早引起学者关

---

① Albert B. Lord, "Homer as Oral Poet." *Harvard Studies in Classical Philology*, Vol. 72 (1968), p. 46.

② Dennis Tedlock, "Toward An Oral Poetics." *New Literary History*, Vol. 8 (1977), No. 3.

注的问题之一。从现象上讲，有人认为民间口头的文学具有“啰唆”和“冗余”等特征，比如有些语词组合会反复出现。于是，“程式频密度”(formulaic density) 就率先进入学者的视野中。通过对程式频密度的讨论，有人在文人创作和民间创作之间，画了一条分界线，进而根据语词的复现率，确定一首无法知晓来源的文本，是属于文人创作还是民间口头创作。一些学者对《熙德之歌》的程式频密度分析，成了学术史上的范例。在帕里的示范和影响下，对语词程式和程式句法的分析，在西欧和北美的研究界出现甚多。后来学界有些人认为“口头程式理论”在研究路数上偏向于形式主义，多少与该方向的大力拓展有关。

美国史诗学者弗里（John M. Foley）和芬兰民俗学家航柯（Lauri Honko）等学者，相继对口头史诗文本类型的划分与界定做出了理论上的探索，他们依据创作与传播过程中文本的特质和语境，从创编、演述、接受三方面重新界定了史诗的文本类型，并细分为三类（见表 1）。[①]

表 1　史诗文本类型

从创编到接受 文本类型	创编 Composition	演述 Performance	接受 Reception	史诗范型 Example
1. 口头文本或口传文本 Oral text	口头 Oral	口头 Oral	听觉 Aural	史诗《格萨尔王》 Epic *King Gesar*
2. 源于口头的文本 Oral - derived Text	口头/书写 O/W	口头/书写 O/W	听觉/视觉 A/V	荷马史诗 Homer's poetry
3. 以传统为取向的文本 Tradition - oriented text	书写 Written	书写 Written	视觉 Visual	《卡勒瓦拉》 *Kalevala*

把握口头诗歌的多样性及其重要意义，在一定程度上还需要穿越传统、文类，尤其是穿越诗歌的载体形式——介质。[②] 根据这一主张，弗里进而在其《怎样解读一首口头诗歌》一书中依据其传播“介质”的分类范畴，提

① 详见朝戈金、尹虎彬、巴莫曲布嫫《中国史诗传统：文化多样性与民族精神的“博物馆”》，《国际博物馆》（联合国教科文组织全球中文版）2010 年第 1 期。此中英文对照表据巴莫曲布嫫《史诗传统的田野研究》，北京师范大学博士学位论文，2003。

② John Miles Foley, *How to Read an Oral Poem.* Urbana and Chicago: University of Illinois Press, 2002, p. 50.

出了解读口头诗歌的四种范型（见表2）。[①]

表2 口头诗歌分类

Medta Categorles 介质分类	Coposition 创编方式	Performance 演述方式	Reception 接受方式	Example 示例
Oral Perfonnance 口头演述	Oral 口头	Oral 口头	Aural 听觉	Tiberan paper - singer 西藏纸页歌手
Voicer Texts 音声文本	Written 书写	Oral 口头	Aural 听觉	Slam poetry 斯拉牧诗歌
Voices from the Past 往昔的音声	O/W 口头/书写	O/W 口头/书写	A/W 听觉/书面	Homer's *Odyssey* 荷马史诗《奥德赛》
Written Oral Poems 书面的口头诗歌	Written 书写	Written 书写	Written 书写	Bishop Njegoš 涅戈什主教

这种文本解析的维度和方法，对建立口头诗学意义极为深远。同时，一些学者在文本间关系的厘定上，也先后发展出文本相关联的说法。古典学领域的杰出代表纳吉（Gregory Nagy），对荷马史诗文本化过程的推演，“交互指涉”（cross - reference）的总结，以及“创编—演述—流布”（composition - performance - diffusion）的三位一体命题等，都可视为古典学的当代重要发展。弗里作为口头传统在近半个世纪学科发展中的旗手，他关于“传统指涉性”（traditional referentiality）的提炼，关于“大词”（larger word）的总结，关于“传奇歌手”（legendry singer）的讨论，随后关于口头传统与英特网关系的巨著《口头传统与英特网：思维通道》，[②] 都在揭示出口头艺术不同于书面艺术的奥妙。

从文学生产和传播过程的角度，也有不少学者进行了有深度的理论总结，比如演述理论（performance theory）。鲍曼（Richard Bauman）等学者通过对田野作业过程，尤其是歌手演述过程进行精细的解析，认为意义的生成和有效传递，不仅由言语行为及语词文本完成，而且演述过程中许多要

① 本表摘译自 John Miles Foley, *How to Read an Oral Poem*. Urbana and Chicago: University of IllinoisPress, 2002, p. 52。

② John Miles Foley. *Oral Tradition and the Internet: Pathways of the Mind*, Illinois: University of Illinois Press, 2012.

素都参与了意义的制造。从这个角度去看口头艺术生产，它与书写文化、印刷文化的阅读过程和接受过程，具有极为不同的属性和特征。虽然口头诗学的萌孽，与古典学的困境和出路有复杂的多重关联。不过，关于口头传统的观念，在古典学领域也没有完全占据统领地位。按照纳吉的说法，关于荷马诗歌口头属性的讨论，主要集中在荷马史诗上。古典学其他领域的研究，则对口头传统相关理论的参考和借鉴就十分有限①。纳吉还警告说，按照洛德的说法，对于没有书写技术的文化而言，“口头性”是个没有意义的概念。这也提示我们，不能将口头诗学理论的体系化总结，进行无边际的泛化处理。

接下来，我们有必要继续追踪域外口头诗学的发展。整体上讨论“认知诗学”的著作出版于2002年，且可以看作是文学与语言学跨界结合的一个标志性成果——《认知诗学：导论》。② 关于心智、认知和言语行为等的讨论，与传统诗学的文本、情感、意识形态、想象等进行了统合的观察和思考。在这个新拓展的方向上，又出现了“认知口头诗学”学派，代表性人物有卡诺瓦斯（Cristóbal P. Cánovas）和安托维奇（Mihailo Antovi?）等人。这两位学者晚近合作的论文《程式创造性：口头诗学与认知语法》③ 较好地概括了这个学派的理论主张——在现代认知科学的背景上重新思考和讨论口头演述性（oral performativity）问题。他们努力将帕里-洛德学说及其“演述中的创编”这一理论命题与“以应用为基础”的认知语言学的语法和语言习得相对接，通过嫁接形成一个新的整体性思考，进而回答认知语言学的前沿问题。作者将这项研究成果要义概括为以下几点：（1）将帕里-洛德学说中的“程式”和“主题”与认知语法中的“框架”和“结构”联系起来；（2）口头创造力和语言习得对于口头诗学和认知语法而言都是惯用的表达法；（3）程式化创造力乃是基于习语模式的即兴再利用；（4）口头诗歌程式可以作为与概念框架相关的结构模式来进行研究；（5）程

① Gregory Nagy, “Oral Poetics and Homeric Poetry.” *Oral Tradition*, 18/1, 2003.

② Peter Stockwell. *Cognitive Poetics*: *An Introduction*, London&NewYork: Routledge, 2002.

③ Cristóbal PagánCánovas and MihailoAntovi? . “Formulaic Creativity: Oral Poetics and Cognitive Grammar.” Language and Communication 47 (2016), pp. 66 -74.

式习得、措辞创造、构形及多模态是最有希望的领域。为此，需要文论家、语言学家和认知科学家携手建立“认知口头诗学”。对认知诗学和认知口头诗学，国内只有零星介绍，尚未形成影响。[①] 作为一个新出现的方向，其走势和影响仍有待观察。

口头诗学在中国的提出和倡导，以朝戈金及其口传团队为主要发力者。从时间线索上看，应该是在进入21世纪以后，主要得益于民俗学“三大学派”及其代表性成果的陆续译介和本土化实践。朝戈金是其中较早从文艺学角度讨论口头诗学问题的学者[②]；他和弗里合作完成的长篇专论文章，就口头诗学的“五个基本问题”在四大传统之间开展比较研究，[③] 当属在东西方口头诗学与比较诗学之间形成“视野融合”的一次尝试；他在密苏里大学的演讲中，对口头文本的“对象化”或“客体化”现象（objectification）做出了举要性总结和案例分析；而其主张“回到声音”的口头诗学讨论，则从文学创作、传播、接受等维度，大略讨论了书面文学与口头文学之间的差异，显示了建设口头诗学的理论自觉[④]；2017年11月，在北京举办的第七期“IEL史诗学与口头传统讲习班”期间，他接着提出“全观口头诗学”的理念和研究路径。以上这些努力，都是沿着口头诗学方向展开的新论域，同时也需要中国民俗学、民间文艺学和少数民族文学领域的同道们一道继续探索。这也是本文以关键词方式回溯相关学术史的动因和动力所在。

口头诗学的学术方向和学科建设，离不开几个基本问题的厘清：第一，口头诗学的早期开创者们，分别具有文艺学、古典学、语文学、人类学、

---

① 参见〔美〕戴维·埃尔默《米尔曼·帕里口头文学特藏的数字化：成就、挑战及愿景》，李斯颖、巴莫曲布嫫译，《民族文学研究》2018年第2期。

② 朝戈金：《口传史诗诗学的几个基本概念》，《民族艺术》2000年第4期；朝戈金：《关于口头传唱诗歌的研究：口头诗学问题》，《文艺研究》2002年第4期。

③ 朝戈金、〔美〕约翰·弗里：《口头诗学五题：四大传统的比较研究》，《东方文学研究集刊》（1），湖南文艺出版社，2003，第33~97页。英文版刊布于2012年，参见 John Miles Foley and Chao Gejin, “Challenges in Comparative Oral Epic,” Oral Tradition, Volume 27, Number 2（October, 2012）。

④ 朝戈金：《“回到声音”的口头诗学：以口传史诗的文本研究为起点》，《西北民族研究》2014年第2期。

信息技术、文化哲学等背景，于是，该学术方向从一开始，就有别于一般文艺学的理论和方法。第二，口头诗学的发展，离不开两个基本的维度：一个是对口头性的认识，这是在与书面性相比照的维度上发展的；再一个是对占据支配地位的书面文学传统的大幅度超越。第三，口头诗学在理论和方法论上，在认识论上，都追求在社会关系网络中理解文学活动的取向，于是，其理论体系就更具有开放的特点。第四，只有在更为广阔的人文背景下理解口头诗学，才能够理解其文化的和学术的意义。第五，因为将人和人的言语行为、全官感知、认知心理及身体实践纳入考量，口头诗学由此便更具有人文色彩和人性温度。

八　理论与方法

从文学文本到文学生活：现代民间文学学术转向*

万建中**

摘　要：中国现代民间文学史的梳理可以从不同的角度进入，撇开短暂的思潮、流派及细枝末节，从凸显出来的主干可以看出，其间经历了三次“突围”。“突围”的主旨无外乎两个方面：一是还原民间文学研究和民间文学现象的本来面目；二是争取民间文学独立的学科地位。从跳出政治话语语境到文学性的强调，再到民俗文化学的布局，最后归属为“民间文学生活”，这是一个学科发展和学术研究不断深化的过程，显示出现代民间文学学术史演进的独特性和与众不同的学术追求。

关键词：现代民间文学；“突围”；文学性；民俗文化学；民间文学生活

这里的“民间文学”既指民间文学学科，也包括民间文学作品。在具体论述中，两者被一并纳入学术史加以审视，且被清晰地区分开来，并未混为一谈。作为研究对象的民间文学和民间文学学科构成了唇齿相依的关系，属于学术命运共同体。

经过现代民间文学学术史的梳理，明确了其中重要阶段的学术转向，

---

* 本文系2016年度国家社会科学基金重大招标项目“20世纪中国民间文学研究专门史”（项目编号：16ZDA164）的阶段性成果。原载《西北民族研究》2018年第4期。

** 作者简介：万建中，赣南师范大学特聘“井冈学者”，北京师范大学文学院教授，博士生导师。

最后落实到一个核心概念——“民间文学生活”。“民间文学生活”不仅是一个概念的提出，而且是谋求实现新时期民间文学认识论和民间文学研究实践的突破。从学术史来看，是在完成了多次“突围”的基础上实现的。首先是政治上的突围，抖落民间文学诸多外在的意识形态的重负，凸显民间文学的文学本性。这一过程持续时间最长，也相对艰难。其次是对文学桎梏的突围，超越对民间文学单一性的认识，把民间文学置于语境之中，以开放式的文化（民俗）话语加以表述。结果始料未及，民间文学研究被民俗学所淹没，研究者纷纷倒戈民俗学，研究队伍急剧萎缩。第三次突围比较特殊，不是要把民间文学从民俗学的纠缠中拽出来，争取民间文学学科的独立地位，而是进一步还原民间文学的生存状态，从民俗的视域延伸到日常生活世界。

一　现代民间文学起始期的政治态度

中国现代民间文学的滥觞，应在晚清末年，比五四新文化运动更早。钟敬文早在《建立中国民俗学学派刍议》中说：“其实，严格地讲，中国的科学的民俗学，应该从晚清算起。”[1]20 世纪 60 年代，钟先生连续写了数篇关于晚清民间文学研究方面的长文，诸如《晚清革命派著作家的民间文艺学》《晚清革命派作家对民间文学的运用》《晚清改良派学者的民间文学见解》等。[2]这些论文以纯正的学术性屹立于当时民间文学领域的学术之巅。钟先生关注晚清革命派和改良派的民间文学的论述，打破了以五四运动为分界线的既定史学认识，还原民间文学学科的现代起点。当时，整个中国现代文学史构建的依据，一是苏联的观点，把“十月社会主义革命”当作进入“现代”的标志；二是五四新文化运动。故而中国现代文学史肇始于1917 年。起点的前移，从初始阶段就让民间文学学科从革命史的框架中摆脱了出来，因为中国现代史和中国现代文学史皆起始于五四运动。前移不仅是“时间”问题，而且说明钟先生把握了民间文学现代步伐的准确定位。尽管钟先生一再表明自己是“五四”的儿子，但对学术的执着使他自觉不自觉地步入民间文学自身发展的轨道当中，超越了政治因素对民间文学学术发展的主导，给予中国现代民间文学史滥觞客观的表述。

像绝大多数早期民间文学学者一样，钟敬文饱含民族主义情怀起步于民间文学研究的生涯，深受五四新文化运动的感召，但并没有把民间文学视为政治斗争的工具，而是潜心于民间文学本体论的阐释。这种状况一直延续到20世纪六七十年代，在阶级斗争成为民间文学研究鲜明主题的情形下，钟先生仍然没有游离于对民间文学文学性的关怀。所以，拨乱反正伊始，钟先生就急切地召集全国一些知名的民间文学学者撰写《民间文学概论》教材，以求尽快挣脱政治斗争的束缚，让民间文学回到民间，回到本体。

从事民间文学工作的学者相当一部分出身“文学理论”或现代文学，他们自然以“五四”为分界线来梳理民间文学学术史。而钟先生是地道的民间文学出身，对民间文学史学的体悟依循的是学科发展本身的轨辙，足见钟先生的民间文学自主和自觉意识已然相当强烈。钟先生较早受到马克思、列宁主义思想的熏陶，以民族复兴和民族解放为学术出发点，在研究中坚守学术的纯正和辩证逻辑，并没有沉溺于政治话语。正是受到钟先生学术指向的引导，民间文学研究不像作家文学批评那样为阶级斗争所左右，即便在20世纪80年代以前，也是如此。至少民间文学没有被划分成主流、逆流和支流，一些含有“黄色”或“迷信”成分的作品没有被贬斥为毒草，民间文学史终究没有写成民间文学斗争史。

中国现代民间文学史与中国现代文学史的“现代”的起始时间并不一致，后者采用了“革命史”的划分准则，前者则让民间文学发展史本身说话。后来刘锡诚也明确指出：“中国现代民间文艺学作为一门学问，滥觞于19世纪末20世纪初的启蒙思潮，并成为稍后‘五四’新文化运动的一个重要组成部分。”[3]这是以钟敬文为代表的“五四”民间文学学者政治突围的成功范例，为此后民间文学学科各阶段的发展探索奠定了学理基础。

中国古代的文论传统将民间文学排除在外，民间文学一直处于被古代文学学者熟视无睹的状态，并没有获得“文学”的资格。是“五四”反帝反封建的政治诉求促使学者发现了民间文学，并开始讨论什么是民间文学的问题。据胡适先生回忆，早在1916年梅光迪就断言：“文学革命自当从‘民间文学’（Folklore，Popular poetry，Spoken Language，etc）入手，此无待言。”[4]就文学本身而言，也是迎合了思想解放运动和“为人生”的潮流，正是在从传统精英文学的禁锢中挣脱出来，建立新文学的过程中，民间文学的身份和价值得到了确立。民间文学表现的是人民大众的思想感情，具有与生俱来的反封建性和人民性，故而从其被纳入文学大家庭那一刻起，就与国家、民族和人民解放的宏大叙事休戚相关。除此之外，民间文学喜闻乐见的表达形式可以达到最佳的宣传效果，足以承载政治使命，彰显用世之功。当然，学界并没有放弃探讨民间文学文体的独特性和文本意义，正是有了这方面丰富的成果，民间文学的学科地位得到了认定。但是，即便民间文学的合法地位不再被质疑了，其为政治服务的初衷依旧在延续，延安时期的采风和新秧歌运动就是典型的例证。洪长泰的《到民间去》对此论述颇多且相当到位：“国家的命运再也不能被儒家上层文化所牢牢禁锢了，他们因此激烈地抨击儒学，斥之为中国诸多弊端的祸根。他们急切地寻求新出路，于是在人民大众的下层文化特别是其中的民间文学那里，发现了希望。”[5]从五四新文化运动到延安新秧歌运动，再到 1958 年的新民歌运动，乃至“文化大革命”期间的民间文学再创作，民间文学的发展贯穿了一条政治主线。这条主线是被利用的，外在于民间文学的审美实质。这为后来民间文学的去政治化和文学性还原埋下了伏笔。

二　以“文学性”确立民间文学学科的独立地位

去政治化或者说政治的“突围”并非目的，目的在于让民间文学与上层文学一样具有独立的学科地位。学科地位的确立来自民间文学文学价值的肯定，因此，树立民间文学的文学形象，凝练民间文学的文学特质，成为民间文学能否作为独立学科的先决条件。其操作规程就是让民间文学离开田野，从生存语境中解脱出来，着力增强民间文学文学边界的清晰度。于是，民间文学学者不约而同地以作家文学为学术参照，向作家文学靠拢。民间文学与作家文学关系的命题广泛流行开来，一方面以作家文学受到民间文学的影响证明民间文学学科存在的合法性，另一方面制造出足以和作家文学媲美的大量作品，“中国民间文学三套集成”工程便应运而生。

上层社会委实存在纯文学，民间文学边界的划定明显受到作家文学的误导，这无疑是削足适履。在民间，文学与非文学、文艺活动与非文艺活动、审美与非审美的界限极其模糊，即便有专门的文学行为，那也是日常生活的有机组成部分。传统的民间社会并没有“文学”的概念，“文学”从来就没有演绎成独立的表演行为，“说”和“唱”极少占用专门的时间和空间。文学充斥在人们的日常生活中，无处不在，生产行为、节日活动、仪式庆典乃至日常交往都伴随文学叙事和抒情。

故而需要让民间文学从生活中脱离出来，成为纯文学的学术行为，就是把生活当中的歌舞、说唱及其他民间表演的内容都记录下来，呈现为一篇篇作品。因为作品与文学是同义语，只有以作品的形式才能给予民间文学以正当性。作品使民间文学乃至民间文学学科得以成立。显然，这是受到作家文学的直接影响，因为从古至今，作家文学都是作品的。毋庸讳言，民间文学的诞生是沿袭了作家文学的文学观，而民间则是“民间文学”称谓得到认定的关键。故而民间文学与作家文学的区别不在于文学，而是作家与民间。一直以来，学界都以口头性、集体性、传承性和流传变异性来界定民间文学，这四个方面都是由“民间”派生出来的，与“文学”的关系并不密切。在文学方面，学界普遍认为，只有与作家文学保持一致性，民间文学方可获得正统的合法的地位。《歌谣》周刊征集的都是作品。于是，所有采风的文本都被安上了一个标题，一部部民间文学作品集相继面世。而对研究者而言，民间文学学者身份的产生也是由研究民间文学作品决定的。母题、类型、情节单元、结构、索引、普罗普的“功能”等，皆为民间文学作品分析的具体范式。研究民间文学就是研究民间文学作品，这是 20 世纪 80 年代及其以往达成的基本学术共识。其学术动机，就是证明民间与上层社会一样，有自己纯粹的文学存在，而且同样可以进入书面语言系统。

对文学性坚守的根本目的在于回应改革开放以前以民间文学作为阶级斗争武器的意识形态观。民间文学作为劳动人民的精神食粮是反抗剥削阶级最有力的文本样态，为此，民间文学家们特意构建了唯中国才有的故事类型——“长工与地主”，政治意愿直接植入情节单元里面，无产阶级最终获得了胜利，剥削阶级被无情嘲弄，民间文学俨然是纯粹革命史的表述，民间文学史被置换为革命斗争史。正是由于民间文学被赋予了无产阶级身份，民间文学研究和课程开设一直没有中断，而相关的民俗学学科则曾一度被打入冷宫。即便在“五四”时期，广大文艺工作者到民间去，搜集民间歌谣及其他民间文学作品，响应新文学运动，也是出于反帝反封建的政治动机。反帝反封建成为认识民间文学的一条主线，一直延续到 20 世纪 70 年代末，民间文学由此裹上了一层厚厚的政治外衣。清除对民间文学固有的意识形态的认识，回归民间文学本身，成为学术研究的重中之重。20 世纪 80 年代初开始的民间文学学术行为，旨在共同实施一次政治突围，即把民间文学从阶级斗争中解脱出来。钟敬文率先吹响了突围的号角，其标志就是《民间文学概论》[6]的编写和出版。因此，从政治话语中挣脱出来，还原民间文学本真，突出民间文学的文学性乃正当之途。

在20 世纪 80 年代，几乎所有的民间文学研究都是在论证其文学性，内涵、象征意义的发掘，意象和母题的演绎莫不如是。这延续了晚清以来的民间文学学术传统，即沿着两个维度展开：一是揭示民间文学作品的文化积淀和象征意义，有学者称之为传统的文化人类学范式；一是发现民间文学释放出来的现实功能，诸如历史记忆、伦理教化、生产生活技艺传承等。二者都集中于民间文学思想内容的理解和分析。当然，其学术侧重点不同于作家文学的主题观照和人物形象的塑造，一般不以单个作品为考察对象，而是从众多文本中提取共同的“母题”“类型”“原型”“情节单元”，并以此为切入点，谋求多向度的分析策略。80 年代后半叶，结构主义思潮涌入我国学界，民间文学学术动向和落脚点又发生了变化，从内容逐渐偏向了形式，叙事的结构形态成为关注的热点。不论侧重于内容还是形式，都是回到民间文学文本本身，即聚焦于对民间文学文学性的体认。

建立民间文学的独立机制是为了构筑与作家文学同等地位的学科体系，以为为艺术而艺术是实现这一目标的先决条件，殊不知民间文学学科体系的内在性并非要求纯文学。

三　民间文学文学范式的失落

到了 20 世纪 90 年代以后，民间文学研究再一次发生了转向。引领这一转向的仍旧是钟敬文先生，《民俗文化学发凡》一文的发表吹响了转向的号角。① 尽管没有针对民间文学，民间文学需要突破文学的局限，进入文化视域的学术呼声还是相当明确的。这一转向的直接动因是呼应学术界兴起的文化热，以便民间文学学科与其他学科展开对话；在民间文学本体论方面则把民间文学视为一种文化现象，既具有文化的意义，也是一种文化的表现形式。这属于对“文学性”的突围，即民间文学不仅是审美的、美感享受的，也是重要的文化遗产，是一个民族和族群宝贵的历史记忆。这无疑为民间文学的研究提供了更丰富的视角，极大地增强了学术可能性。

原本专门研究民间文学的学者有些开始关注民间文学仪式和场域，诸如歌圩、哭丧歌的葬礼、故事村和歌手等。民间文学与相关民俗活动的界限被有意识地消解，并植入民俗生活当中被重新审视。于是，超越了单一的文学性的理解，民间文学研究进入宗教的、历史的、社会的、伦理的等领域，民间文学被视为民间文化现象的一个有机组成部分，已然失去了其存在的独立性。从学科内部的学术指向而言，这是呼应钟敬文构建民俗文化学的学科倡导。钟先生认为：“民俗学的分支有宗教民俗学、历史民俗学、语言民俗学、艺术民俗学和心理民俗学。文化学的分支更加名目繁多……。民俗学与文化学两个主体学科相交叉，产生了民俗文化学。它是一种新学科，也是国际国内学术潮流大势之所致。”[7] 渐渐地，这些学者反而遗弃了民间文学，不再对文学性感兴趣，转而经营起了民俗文化。一时间，民俗学方面的论文数量大大超过了民间文学，民俗学的势头完全掩盖了民间文学。民俗学华丽转身，一跃成为民间文化领域的主导性学科，单纯的民间文学的文学性认知变得不合时宜。

民俗文化学的强力推送，可以与长期以来的文本中心主义拉开距离，走出没有文本就无从展开研究的误区。纵观 20 世纪民间文学的研究成果，绝大部分都以记录文本为对象，文本分析成为难以摆脱的范式。这是导致新时期民间文学研究未能取得实质性突破的主要瓶颈。同时，可以击碎大汉族主义及汉族中心的学术壁垒，从根本上凸显兄弟民族的优势，因为兄

① 1991 年 3 月 14 日于民间文化讲习班初讲，1991 年 10 月 6 日于北京师范大学中文系再讲。

弟民族口承文学的民俗表达更为丰富，与传统的承袭关系更为紧密。55 个兄弟民族文学化的民俗活动本身就构成了取之不尽的学术资源的绚丽图式。

文化学的介入，溢出了民间文学文学性的单向学术诉求。民间文学工作者意识到鼓吹所谓的民间文学的纯粹性，是导致民间文学研究陷入日益封闭境地的主要原因。把民间文学纳入民间文化广阔视域里面，文学性向民俗文化的不同层面转移，有利于口头传统的再发现。乐黛云在《中国文学研究开创历史新纪元》一文中指出：文学的文化研究能“充分发挥其融合故事、讲唱、表演、信仰、仪式、道具、唐卡、图像、医疗、出神、狂欢、礼俗为一体的文化整合功能”。[8]这句话显然不适合书写出来的作家文学，倒是一条民间文学研究如何扩展至文化领域的具体理路。打通口头文本、身体文本、视觉文本和仪式文本的区隔，以多元文本超越以往单一记录文本的研究范式。

然而，令人扼腕的是，由于民间文学和民俗学关系极其密切的缘故，民间文学主动向民俗学的学术转移竟然演变为独立学科地位的断送。学术的繁荣与学科的发展并非协调同步，在民俗文化学的强大攻势面前，民间文学学科出人意料地失去了独立性，民间文学也被民俗文化所湮没了。

与此同时，民间文学学科也脱离了汉语言文学的学科框架，进入社会学的学科系统。教育部学科目录的调整不能不说是基于这样的学术现状。把民间文学括在民俗学后面反映了当时学术界的实际情况，并非完全依据学科归属的内在逻辑。直至今日，学界普遍认为当时教育部取消民间文学独立学科地位的做法是不合理的，其实这是民间文学研究现状使然，倘若民间文学研究势头一直强劲的话，其学科地位不可能被撼动。就这一层面而言，民间文学研究的文学性突围反而导致民间文学学科地位的丧失，这是学术界始料未及的。

当然，民间文学向民俗学偏移的学术转向，或者说诸多学者放弃对民间文学的坚守，有迫不得已的成分。一方面民间文学的学术范式大多过于陈旧，作家文学批评和文学理论又难以提供可资借鉴的方式，民间文学研究陷入周而复始的重复；另一方面民间文学本身的生存状态发生了巨大变化，口头传统兴盛的现象忽然之间消失了。即便进入田野，在大部分乡村也难以遭遇到自然形态的民间说唱和讲演。而传统的民俗则仍在持续，随着农民生活水平的提高，一些一度消失了的民俗行为也得到恢复。由于诸多因素的合力，民间文学陷入困境在所难免。

正当民间文学研究处于一筹莫展的状态时，西方送来了表演理论。民间文学并不具有表演性，它本身就是表演的。民间文学诉诸表演，这是民间文学不仅仅是“文学”的一个重要因由。“表演理论之于中国民间文学研究的主要贡献不是研究方法，而是研究观念。民间文学演述的过程、行为（act/action），以及叙述的文本与叙述的环境之间的关系成为学者们讨论的主要问题。然而，尽管学界对表演、语境、互文性等概念有了比较深刻的认识”，[9]却并未将民间文学研究带入充满希望的研究境界。原因在于“表演只能作为分析文本时的背景，从某种意义上来说，还只是被作为附带性的东西来看待的。如果文本就只是文本，演出的状况，或社会、文化脉络就只是作为文本的脉络来加以并列地记述的话，那么，即使记述的范围扩大了，也谈不上是什么方法论上的革新了”。[10]表演理论把在记录文本之外的民间文学体验纳入了进来，纠正了以往以文本作为唯一观照对象的偏向，但并没有完全清除文本中心主义的学术理念。

四　回归民间文学生活世界

相对于民俗学的繁荣，民间文学一度落寞。民间文学学科需要新的“突围”，突围的方向就是从民俗学的窠臼中解放出来，还原自身独立的学科地位和学术研究的自主性。学科目录是一回事，争取民间文学研究自主的发展空间是另一回事。突围的方式还是回到民间文学本身，既不能退缩到民间文学单一的文学性，也不能重复民间文学文化化的表述，因为民间文学的文化转型并没有使之获得拯救。

“民间文学”这一概念的确立是对民间生活进行文学提纯的结果，表面上确立了民间文学的独立性地位，实际是对民间日常生活普遍存在的文学性的遮蔽，使大量隐含于日常生活中的文学行为和现象被民间文学学科合法化地排斥，民间文学被惯常的概念和定义所异化。

在 21 世纪初，作家文学评论界提出了“大文学观”的概念，大致侧重于三个维度：近代、现代和当代文学的贯通；上层与下层文学、雅与俗文学的融合；文学与历史、文化、社会、政治及经济等的边界的适度消解。这可以说是将狭义的文学放大为广义的文学，目的在于为文学评论和史论寻求更为丰富和深邃的学术话语，并没有试图回归到文学创作和阅读实践本身。在民间文学界并没有出现“大文学观”及类似的言说行为，但“民间文学生活”概念适时地面世了。笔者在《新编民间文学概论》一书中，重新定义了民间文学：“民间文学具有其自身的学科特点，民间文学是研究民间文学生活的一门学科，是一门人文科学。”“民间文学学科的目的在于理解民众的文学生活，说明民众如何这样生活。”[11]这并非对“大文学观”作回应，而是民间文学研究本身进入一个新阶段。就民间文学而言，无所谓“大”还是“小”，广义还是狭义，其本身就是民众的一种生活方式。一方面民众没有形成明确的表演者角色的意识，另一方面民众的文学行为与其他生活方式难以区分开来，谓之“民间文学”完全是出于学术的考量，至于神话、歌谣、史诗、传说、说唱等体裁也是研究者构拟出来的，与民间的文学实际没有直接关联，甚至不符合民间的文学实践。民间文学生活观并非扩大民间文学的视域，而是要让民间文学回归本原，是对以往把文学从民间生活中抽提出来的彻底反拨。

彻底颠覆文学本位主义，放弃民间文学的独立性，建立民间文学即民间生活，民间生活即民间文学的真正的“大文学观”，在本质层面让民间文学回归到民间日常生活世界。坚信民间所有的生活形态和方式都是文学性，或者说文学意味弥漫整个民间日常生活世界。这不仅是对文化研究范式的突围，而且超越了民间文学学科内部以往关于民间文学边界的划定。最大限度地拓展民间文学视域，从根本上扭转民俗学挤压民间文学学术空间的局面，同时，民族志诗学能够为民间文学所完全消化，转化为民间生活诗学。

文学人类学学者表达了关于“文本”的想法：“我们说用文本，从文字文本到口头文本、文化文本，或者心理文本、社会文本、仪式文本，都可以，就是用文本的概念来取代文学 Literature。”[12]文本的扩大化旨在打通不同的文本样态，规避文学的单一性。这种做法，仍是出于学术视域的考虑，并没有摆脱文本类型的桎梏，其思路还未回归到现实生活层面。走不出“文本”怪圈的学术现象令学界重新思考“民间文学何为”的问题。文学与其说是文本的，不如说是生活本来的。民间文学的再发现直接挑战当下流行的文本类型（多元）观和文本至上观。在民间，口传文本并不一定诉诸口头，书面文本并非拒绝口头表达。致力于民族志诗学书写的鲁森伯格在编辑《摇南瓜：北美印第安人的传统诗歌》时明确指出：“通常这些部落诗歌总是属于更大情境中的一部分，没有理由将这些语句视作独立的结构单独呈现而毫不顾忌仪式事件。”[13]所有民间文学都表现为整体性的生活效应，所有文本和文本的划分都出自学者想象的维度，并非现实生活的自然呈现，底层民众更不知文本为何物。民间文学生活顾及现实中民间文学现象与现象之间边界的模糊性及各种现象本身具有内在关联性的客观状况，打破了并不符合民间文学实际的分类系统，促使对民间文学的重新认知，从而构建新型的民间文学整体观和还原民间文学的活态本原。

既然民间文学原本就是生活化的，为何“民间文学生活”一直等到进入了新时代才产生？主要原因是此前并不缺乏可供研究的民间文学资源，通过采风，源源不断的民间文学作品被写定，“民间文学三套集成”是这方面的标志性成果。但现在的民间再也不适合采风了，所谓的民间文学作品在民间变得罕见起来，而民间文学生活仍在持续。譬如，牛郎织女传说早已不在口头流传，变成了一处处的文化遗迹、景观和炙手可热的非遗项目，或进入动漫、电影、绘画、音乐、小说表现形式当中。这些显然越过了传统民间文学或民间文学作品的边界。

“民间文学生活”消弭了民间世界里的文学与日常生活的边界，不再把文学视为一种独立于日常生活之外的审美活动。当然，更不主张用单一“文学”的方法对待民间文学生活。重新审视民间日常生活世界的文学表达和美感情趣，文学的视角显然是不够用的。

可见，在一定程度上，“民间文学生活”并非学术的主动出击，而是由民间文学的实际变化倒逼出来的。“生活世界”这一最基础、最通常概念的运用，在应对民间文学生存变化和民间文学研究中文化语境的冲击时带来了新的机遇。立足于当下民间文学生活及其多样化的表现形式，还原民间文学的本来面目，为各种人文社会科学的研究提供了可能性。回到民间文学生活本身，正视民间文学生活的复杂性和非审美因素的深度存在，其生活的活力才能被重新唤醒，各种研究方法才得以融通。其突破性的学术价值和意义还不止这些，“民间文学生活”的普遍认知意味着与作家文学真正分道扬镳，文学的单一性将被抛弃，并合法性地延伸至历史、宗教、教育、社会乃至经济等诸多领域，差异性的研究视角随之一一张开。在民间文学生活世界里，各学科展开对话，寻求文学与各种生产生活行为的关联已是迫不及待。

这是对民间文学“自身”立场的挑战。文学没有“自身”，“自身”的是民间文学生活，而不是民间文学。这同样会出现令民间文学学界焦虑的问题：既然诸多学科可以进入民间文学生活世界，那么民间文学学科自身的位置如何得到保障呢？毕竟这是民间文学生活，而不是其他的生活，最终的任务还是要解决民间社会的文学问题，只不过不是 20 世纪 80 年代以前的缺失了生活语境的“文学”。接受“民间文学生活”观念，一些民间现实当中的文学问题便迎刃而解，诸如网络和微信上的文学书写属不属于民间文学学科研究的范围，是否应该用民间文学的范式来对待。以往民间文学概念无力解释不断涌现出来的民间写作、表演和展示，民间文学生活则顺理成章地涵盖了新兴的民间表达，同时，学术维度也可以根据需要而任意调整和张开。

参考文献：

[1] 钟敬文：《建立中国民俗学学派刍议》，《广西民族学院学报》2000 年第 1 期。

[2] 钟敬文：《钟敬文文集 · 民俗学卷》，安徽教育出版社，2002，第 208 ~ 352 页。

[3] 刘锡诚：《20 世纪中国民间文学史》，河南大学出版社，2006。

[4] 胡适：《逼上梁山——文学革命的开始》，《东方杂志》1934 年第 1 期，总 31 期。

[5]〔美〕洪长泰：《到民间去——1918 - 1937 年的中国知识分子与民间文学运动》，上海文艺出版社，1993。

[6] 钟敬文：《民间文学概论》，上海文艺出版社，1980。

[7] 钟敬文：《钟敬文文集 · 民俗学卷 · 民俗文化学发凡》，安徽教育出版社，2002。

[8] 乐黛云：《为中国文学研究开创历史新纪元》，《中外文化与文论》2013 年第

2 期。

［9］万建中：《“民间文学志”概念的提出及其学术意义》，《云南师范大学学报》2015 年第 6 期。

［10］〔日〕井口淳子：《中国北方农村的口传文化——说唱的书、文本、表演》，林琦译，厦门大学出版社，2003，第 114 页。

［11］万建中：《新编民间文学概论》，上海文艺出版社，2011。

［12］付海鸥：《简论文学人类学的“大文学观”》，《励耘学刊》（文学卷）2016 年第 2 期。

［13］Jerome Rothenberg，ed. Shaking the Pumpkin：Traditional Poetry of the Indian North Americas. Carden City，N. Y. Doubleday，1972. p. xxii.

文本：具有构境能力的语言事件*

惠　嘉**

摘　要：20世纪70年代以来，随着民俗学的整体转向，学界对“民俗”的理解由民俗诸物的“事象”转为民俗实践的“事件”。因为“事件”是可以建构语境（即构境）的“行为”，根据马林诺夫斯基等人“言即是行”的立场，“行为构境”即是“语言构境”，故“文本”作为“语言性”的存在，也便由此具有了建构语境的能力，成为一种具有构境能力的语言事件（行为）。晚近的美国民俗学界对于“文本构境”的讨论与人类学、语言学、哲学领域“语言本质观”的重大转折（从反映论到建构论）密切相关，并从诠释学中获得了最为深刻的理论支持，为我们重新思考“文本”的意义及其与语境的关系开启了一个新的向度。

关键词：文本；语境；语言事件；民俗学

就民俗学而言，“文本”和“语境”无疑是学科的关键词，在某种意义上，正是基于对这两个概念的特定解读，才伴生了相应的学科研究范式。如果说民俗学早期的语境观基本可以概括为刘晓春表述的“时空坐落”，[①] 那么，诚如吕微所言，“20世纪60年代经历了主观经验论的现象学转换之后，各国民俗学者对民俗学的‘语境’概念，已经有了不同于科学的

* 本文系陕西省社科界2018年度重大理论与现实问题研究项目“信天游词文本的体裁形式研究”（项目编号：2018Z056）的阶段性成果，原载《民族文学研究》2018年第6期。

** 作者介绍：惠嘉，陕西师范大学文学院讲师。

① 刘晓春：《从“民俗”到“语境中的民俗”——中国民俗学研究的范式转换》，《民俗研究》2009年第2期。

客观经验论的理解和解释”[①]——“无论社区还是言语共同体，都不再是康德先验论意义上作为‘感性直观先验形式’的主观间客观性接受性（同时也是反思性即通过先验演绎而把握的）语境条件（科学人类学的‘语境’概念），而是胡塞尔现象学意义上作为‘观念直观形式’的主观性建构性想象、赋义对象（现象学人类学、民俗学的‘语境’概念）”。[②]简而言之，受诠释学的影响，晚近的民俗学界对语境概念的理解已不仅仅是外在的时空条件（客观语境），而是具有了主观赋义的内部维度（主观语境），这也必然导致我们对“文本意义”和“语境与文本关系”的重新思考。

一　作为事件的民俗

鲍曼（Richard Bauman）曾经指出：“在《朝向民俗学的新视角》（*Toward New Perspectives in Folklore*, *Paredes and Bauman 1972*）一书——该论文集常被认为是为民俗学转向表演建立了框架（Brenneis 1993；Shuman and Briggs 1993）——的导言中，我认为该书的推动力之一在于：全面地、高度自觉地将传统上聚焦于民俗作为‘事象’（item），也就是民俗诸物，重新定位到民俗作为‘事件’（event）的概念化——民俗的实践（the doing of folklore）。”[③]他强调道：“在表演民族志中最重要的组织性原则是使表演得以发生于其中的事件（event，或场景［scene］）。这里所说的‘事件’，是指由文化所界定的，有界限的（bounded）一段行为和经历中的一部分，它

---

① 吕微：《反对社区主义——也从语词层面理解非物质文化遗产》，未刊电子稿。此稿件于正式刊发时有较大篇幅的删节。在该文注释中，吕微还列举了一些学者对“语境”概念不同于既往的理解——“鲍曼一再强调，‘必须认识到，语境不单是一个文本置身于其中的稳定的、固定的连续体，而且是一个呈现中的，在互动中通过参与者本身协商行为与意义的创造中的连续体’。”转引自王杰文《“文本化”与“语境化”——〈荷马诸问题〉中的两个问题》，《民族文学研究》2011 年第 3 期。“语境就是一种互动的现实。”参见丹·本－阿莫斯《语境中的“语境”》，转引自户晓辉《民间文学的自由叙事》，社会科学文献出版社，2014，第 99 页。“文本与语境不仅不对立，实际上还内在地具有一种‘构境’功能。”参见胥志强《语境方法的解释学向度》，《民俗研究》2015 年第 5 期。

② 吕微：《反对社区主义——也从语词层面理解非物质文化遗产》，《西北民族研究》2018 年第 2 期。

③ 〔美〕理查德·鲍曼：《“表演”新释》，杨利慧译，《民间文化论坛》2015 年第 1 期。

们构成了行动的一个富有意义的语境。”①

这就是说，自20世纪70年代以来，随着民俗学研究的整体转向，民俗已经不再被看作静态的现成物，而是被注入了动态的视角，成为一种可以建构语境的“事件”。“事件”就是“行为”，亦即主体的民俗实践。

二 文本：以语言的方式存在

鲍曼的《表演中的文本与语境：文本化与语境化》一文中有这样两段文字：

> 在表演取向的视角（performance-oriented perspectives）的发展中……还促进了一种新的观念的形成，即并非将文本视为自主性的、传统性的、文学性的人造物，而是视为情境化的交流实践的新生性结果，是一种话语的实现（a discoursive achievement）。
>
> 从表演作为一种交流实践的模式这一优越的视角来看，每一位表演者都必须重新为一段口头表达（utterance）赋予形式，并且在实际事件的即时发展中将其标定为表演。如此一来，文本性就不再仅仅是一段再三重复的口头文学的预先包装（packaging），而且是一次话语的实现，一个将一段口头表达展演——包括再生产——为文本的实际过程。这就是“文本化”（entextualization）的过程。②

从这两段表述中，我们可以看出，如果说传统观念是将民俗学与民间文学的文本看成一种独立的、先在的、固化的文学性叙事，那么表演理论则是将其视作情境化的话语实现，凸显了它所具有的口头性特征。这里，我们需要强调的是，无论是既往研究中的“自主性的、传统性的、文学性的人造物”，还是表演视角下的“话语的实现”，其间最为关键的、起决定

---

① 〔美〕理查德·鲍曼：《作为表演的口头艺术》，杨利慧、安德明译，广西师范大学出版社，2008，第31～32页。

② 〔美〕理查德·鲍曼：《表演中的文本与语境：文本化与语境化》，杨利慧译，《西北民族研究》2015年第4期。

性作用的因素都是语言，若无语言，文学或话语都无从谈起。正如刘魁立所言："口头文学也罢，书面文学也罢，总是要形诸语言的，离开了语言，这种艺术本身也就不存在了。"① 这也就意味着语言之于文本，并非是一种可弃可用的工具，而是一种由以存在的方式，或者也可以说，文本存在于语言之中。

三 言即是行

马林诺夫斯基（B. Malinowski）在一篇长文《原始语言的意义问题》中，从功能主义谈对于语言的认识："语言的原始用法是协调人类活动的纽带，它是人类行为的一部分，是行动的方式，而非思考的工具。"② 并且特别强调："尽管所讨论的例子取自原始人的生活，但是，迄今所讨论的每个语用个案，我们都可以在自己的生活中找到确切对应的范例。"③ 马林诺夫斯基指出："只有在一个文明社会某些非常特殊的用法中，而且只有在最高级别的语言使用中，语言才会被用来架构和表达思想……将语言视作体现或表达思想的手段，只是对其功能中衍化程度最高和最专业者的片面认识。"以此，对于一般语言的本质性认识应当把语言理解为"一种行动模式（a mode of action）"，④ 而非"反映和认知的方式。"⑤

在这一点上，荷兰语言学家范戴克（T. A. van Dijk）的讨论亦可为马林诺夫斯基的观点提供支持。范戴克认为："语篇是一种交际双方'互动的形

---

① 刘魁立：《文学和民间文学》，《文学评论》1985 年第 2 期。

② B. Malinowski, "The Problem of Meaning in Primitive Languages," in C. K. Ogden and I. A. Richards (eds.), The Meaning of Meaning: A Study of the Influence of Language upon Thought and of the Science of Symbolism, New York: Harcourt Brace Jovanovich, 1923, p. 312.

③ B. Malinowski, "The Problem of Meaning in Primitive Languages," in C. K. Ogden and I. A. Richards (eds.), The Meaning of Meaning: A Study of the Influence of Language upon Thought and of the Science of Symbolism, New York: Harcourt Brace Jovanovich, 1923, p. 315.

④ B. Malinowski, "The Problem of Meaning in Primitive Languages," in C. K. Ogden and I. A. Richards (eds.), The Meaning of Meaning: A Study of the Influence of Language upon Thought and of the Science of Symbolism, New York: Harcourt Brace Jovanovich, 1923, p. 316.

⑤ B. Malinowski, "The Problem of Meaning in Primitive Languages," in C. K. Ogden and I. A. Richards (eds.), The Meaning of Meaning: A Study of the Influence of Language upon Thought and of the Science of Symbolism, New York: Harcourt Brace Jovanovich, 1923, p. 317.

式'，所谓互动，就是说某个人说话不仅是说出几个具有意义的句子，而是要给对方造成一定影响，更确切地说，就是要使交际双方通过语言的使用产生相互作用。他以法庭诉讼为例，指出法庭诉讼不是说出一系列意义连贯的句子，而是实施一种真正的具体的诉讼行为"。[①] 换句话说，言即是行，这也是奥斯汀（J. L. Austin）给出的著名论断。

四 事件构境 = 文本构境 = 语言构境

如果我们没有忘记鲍曼曾经说过的——"'事件'，是指由文化所界定的，有界限的（bounded）一段行为和经历中的一部分，它们构成了行动的一个富有意义的语境"，[②] 那么我们大抵可以做出以下推论。

（一）语境由人们关注的事件所建构，事件即是行为（亦即人的民俗实践）。（二）文本以语言为存在方式，亦即一种语言性的存在。（三）因为"言即是行"，所以事件建构语境，即为文本建构语境。又因为文本是在语言中存在的，所以文本构境亦是语言构境，在具体的语用实践中，也有学者表述为言语（speech）构境、言谈（talk）构境、话语（discourse）构境等。至此，由于马林诺夫斯基等学者对于语言本质的变革性认识，文本的意义，以及文本与语境的关系获得了不同于以往的新的理解。

对此，马林诺夫斯基已有详细的讨论。他曾举过两个极为生动的例子：譬如，迷信里"不可知论者对亵渎神明之语的恐惧抑或至少不愿使用这类语词，对污言秽语的极度厌恶，起誓的力量——所有这些都显示，在语词的常规用法中，符号与所指之间的结合不仅仅是一种习俗"。[③] 也就是说，特定信仰的人对某些语词的产生的情感并非来自习俗或传统，而是出于对语词所构语境的恐惧、厌恶或敬畏。

---

① 参见 T. A. van Dijk, News as Discourse, London: Lawrence Erlbaum, 1988，转引自朱永生《语境动态研究》，北京大学出版社，2005，第 31 页。

② 〔美〕理查德・鲍曼：《作为表演的口头艺术》，杨利慧、安德明译，广西师范大学出版社，2008，第 31～32 页。

③ B. Malinowski, "The Problem of Meaning in Primitive Languages," in C. K. Ogden and I. A. Richards (eds.), The Meaning of Meaning: A Study of the Influence of Language upon Thought and of the Science of Symbolism, p. 322.

又如，“当许多人聚在一起漫无目的地闲聊时，什么才是‘情境’呢？它就存在于这种社交氛围和这些人亲身交往的事实当中。但是，这实际上是由言语（speech）实现的，所有这类情况下的情境都是通过语词交换、通过形成欢乐合群的特定情感、通过拉家常时的你一言我一语创造的。整个情境存在于语言引发的一切。每个表达（utterance）都是一种行动，该行动的直接目的就是通过某种社会情感或者其他的东西将听者和说者捆绑到一起。语言（language）再一次向我们显现了它作为行动模式（a mode of action）而非思考工具（an instrument of reflection）的功能”。[①] 马林诺夫斯基在举这个例子之前特意强调，自己意在通过考察寒暄闲聊来探究语言和情境语境（context of situation）之间的关系，进而印证自己关于语言本质的看法。他指出，寒暄中的语词（比如“你好！”“嗨！”“你从哪儿来？”“今天真不错！”等）并不是在传达符号所指，而是一种行动，一种通过语词交换建立听说双方关系，并将他们联结在一起的行动；这种作为行动的言语建构了其间的情境语境，如马林诺夫斯基所言，它不是外在的情境，而是寒暄中双方共享的氛围和交流的现实。[②]

五　语言学中的言说构境

诚如马林诺夫斯基所言，“语词本身具有一种力量，它是一种创造事物的手段，是对行动与客体的处置而非对它们的定义”。[③] 这一思路也得到了语言学的认同与响应。“上个世纪六十年代中期，冈伯茨（John Gumperz）和海姆斯（D. Hymes）曾呼吁开展详细的研究，分析语言如何作为一种本

① B. Malinowski, “The Problem of Meaning in Primitive Languages,” in C. K. Ogden and I. A. Richards (eds.), The Meaning of Meaning: A Study of the Influence of Language upon Thought and of the Science of Symbolism, p. 315.

② B. Malinowski, “The Problem of Meaning in Primitive Languages,” in C. K. Ogden and I. A. Richards (eds.), The Meaning of Meaning: A Study of the Influence of Language upon Thought and of the Science of Symbolism, p. 315.

③ B. Malinowski, “The Problem of Meaning in Primitive Languages,” in C. K. Ogden and I. A. Richards (eds.), The Meaning of Meaning: A Study of the Influence of Language upon Thought and of the Science of Symbolism, p. 322.

地背景和事件中的本质特征，建构了世界上各个社会的社会生活。”① 正如鲍曼所总结的那样，言说民族志作为语言人类学的一个分支，“以这样的观念为前提：社会生活经由话语而得以建构，并且由情境性的行动所生产和再生产”……②

韩礼德（M. A. K. Halliday）也曾指出：“就其最普通的意义而言，语篇是一个社会事件，是一个表义过程。构成社会系统的各种意义通过这种社会事件和表义过程得到交换。每个社会成员因为自身属于社会的一部分而成为一个意义表达者。单个成员通过自己的表义行为和其他成员的表义行为创造、维持、不断构建并改变社会现实。我们这样表述也许并不过分，现实是由意义构成的……”③

现实由意义构成，语篇则是表义的事件，故此，我们也可以说，语篇构建了现实。这也就是说，现实的存在并不是物的杂乱集合，而是一个关乎意义的问题，这种意义来自语言；语言建构了有意义的现实，亦即我们只有在语言中才能发现和理解现实。在笔者看来，语言学家们的观点与哲学领域“语言转向”所带来的语言本质观有着密切的关联。

六 语言“让”世界存在

19 世纪末至 20 世纪初，西方哲学领域发生了从认识论研究到语言哲学研究的转变，哲学家们称之为“语言转向”，转向之后，哲学的中心问题是“语言和世界的关系”“语言的意义问题”。④ 本文以为，前述人类学、语言学和民俗学 - 民间文学等学科对“文本与语境的关系”“文本的意义”问题的关注与讨论，某种意义上都是对这一学术思潮及其中心问题的回应与衍生，而对这些问题最为深刻的思考，无疑来自哲学领域。

---

① Charles Goodwin and Alessandro Duranti, “Rethinking Context: An Introduction,” in Alessandro Duranti and Charles Goodwin (eds.), Rethinking Context: Language as An Interactive Phenomenon, Cambridge: Cambridge University Press, 1992, p. 1.

② 〔美〕理查德・鲍曼：《“表演”新释》，杨利慧译，《民间文化论坛》2015 年第 1 期。

③ M. A. K. Halliday, Language as Social Semiotic: The Social Interpretation of Language and Meaning, London: Edward Arnold, 1978, p. 138.

④ 陈嘉映：《语言哲学》，北京大学出版社，2003，第 15 页。

加达默尔曾经指出："语言并不是意识借以同世界打交道的一种工具，它并不是与符号和工具——这两者无疑也是人所特有的——并列的第三种器械。语言根本不是一种器械或一种工具。因为工具的本性就在于我们能掌握对它的使用，这就是说，当我们要用它时可以把它拿出来，一旦完成它的使命又可以把它放在一边。但这和我们使用语言词汇大不一样，虽说我们也是把已到了嘴边的词讲出来，一旦用过之后又把它们放回到由我们支配的储存之中。这种类比是错误的，因为我们永远不可能发现自己是与世界相对的意识，并在一种仿佛是没有语言的状况中拿起理解的工具。毋宁说，在所有关于自我的知识和关于外界的知识中我们总是早已被我们自己的语言包围。我们用学习讲话的方式长大成人，认识人类并最终认识我们自己。学着说话并不是指学着使用一种早已存在的工具去标明一个我们早已在某种程度上有所熟悉的世界，而只是获得对世界本身的熟悉和了解，了解世界是如何同我们交往的。"①

这就是说，语言不是我们可以随时拿起或放下的工具，不是我们去认识一个对象世界的中介，正如加达默尔所言："我们永远不可能发现自己是与世界相对的意识，并在一种仿佛是没有语言的状况中拿起理解的工具。"②如果没有语言，世界于我们不过是一片没有命名、没有指称的混沌的云团，毫无意义可言，自然也就无从理解，甚至不是一种真正的存在；只有在语言中，世界才会向我们显示为一种可以理解的有意义的存在。

加达默尔进一步解释道："语言并非只是一种生活在世界上的人类所适于使用的装备，相反，以语言作为基础，并在语言中得以表现的是，人拥有世界。对于人来说，世界就是存在于这里的世界，正如对于无生命的物质来说世界也有其他的此在。但世界对于人的这个此在却是通过语言而表述的。这就是……语言世界观……相对附属于某个语言共同体的个人，语言具有一种独立的此在，如果这个个人是在这种语言中成长起来的，则语

① 〔德〕汉斯-格奥尔格·加达默尔：《哲学解释学》，夏镇平、宋建平译，上海译文出版社，1994，第63页。

② 〔德〕汉斯-格奥尔格·加达默尔：《哲学解释学》，夏镇平、宋建平译，上海译文出版社，1994，第63页。

言就会把他同时引入一种确定的世界关系和世界行为之中。”[①]

世界只有进入语言的表述才对人存在，人只有在语言的表述中才拥有世界，就此意义而言，我们可以说，语言是世界存在的方式，甚或可以直接说，正是语言构造了我们周遭的世界。不过，虽然语言是由人来表述的，可人并不能完全掌控语言。马林诺夫斯基就曾指出，语言几乎不受思想影响，而思想却不得不向行为借用工具（即语言）。[②] 比如一个孩童和一个成人，纵然思想深浅有别，也无碍他们使用同一门语言；反过来说，无论是成人还是孩子，他的思想必须遵循所属语言的规矩和格式，无有例外。

对此，叶秀山先生在对海德格尔的讨论中给予了极为形象的解读：“在海德格尔看来，‘语言’本不是科学性、知识性现象，而是存在性的现象。……就‘话’与‘说’的关系言，‘话’是更为根本的，就传达性知识言，‘说’以及‘说话’的‘人’似乎反倒是一种表达‘话’的‘工具’，是‘话’让‘人’‘说’……因此，就本源上来说，‘语言’并非仅仅是客观描述性的、知识性的，而且是抒发性的，存在性的。”[③]

进一步言之，语言之所以是“存在性的”或曰“建构性的”，是因为它是一种活生生的过程，或者说是马林诺夫斯基所谓的“行动”——一种为我们开启世界的“行动”，一种将我们抛入世界并与之发生关联的“行动”。我们不妨设想，假若存在没有语言的状态（事实上我们甚至无法做这样的设想，因为设想仍旧要依靠语言，所以，此处仅仅是服务于阐释而做的一个蹩脚的假设），其间必是不可说、不可思、不可认知、不可理解的一片混沌，语言的存在就像一束光投射其间，原本混沌的一切豁然开朗，它们被命名、被指称、被认知、被理解、被赋予了意义，成为它们所“是”的东

---

① 〔德〕汉斯-格奥尔格·加达默尔：《真理与方法——哲学诠释学的基本特征》第一卷，洪汉鼎译，上海译文出版社，1999，第446~447页。

② B. Malinowski, “The Problem of Meaning in Primitive Languages,” in C. K. Ogden and I. A. Richards (eds.), The Meaning of Meaning: A Study of the Influence of Language upon Thought and of the Science of Symbolism, p. 328.

③ 叶秀山：《海德格尔与西方哲学的危机》，宋继杰主编《BING与西方哲学传统》，河北大学出版社，2002，第1033页。

西，就是那些被“语言所说的东西构造了我们生活于其中的日常世界……语言的真实存在即是我们听到它时我们接纳的东西——被说出来的东西”，[①]只有在语言中，世界才向我们显明为有意义的存在。

在这个层面上，我们可以更为深刻地理解马林诺夫斯基所说的语词（语言）本身具有的创造事物的力量[②]，这种力量就是“让”世界（包括人自身）存在。同样在这个层面上，我们窥见了人类学、语言学以及行将论述的民俗学-民间文学中的“语言（文本）构境”在本质意义上的思想之源。

七　民俗学-民间文学中的“文本构境”

人类学、语言学、哲学领域语言本质观的重大转折（从反映论到建构论）同样影响了美国民俗学界。在20世纪90年代出版的论文集《重新思考语境：作为交互现象的语言》序言结尾部分，编者这样写道：“我们现在认为，语境和言谈共处在一个互动的自反关系之中，语境不是静态的言谈环绕带中的一系列变量，在言谈及其所生发的阐释性工作中，言谈塑造语境和语境塑造言谈等量齐观。”[③]尽管编者认为言谈塑造语境和语境塑造言谈同等重要，亦即所谓“语言受社会行动和人类对这一行动的理解的限定，同时也用来塑造这一行动和理解”，[④]但是出于对传统观点单纯强调语境决定性的补充和纠正，该文集收录的文章都更侧重讨论言谈对语境的构建作用，这一点，我们从“重新思考语境”的书名中也可管窥一二。

---

① 〔德〕汉斯-格奥尔格·加达默尔：《哲学解释学》，夏镇平、宋建平译，上海译文出版社，1994，第22~23 [illegible]

② B. Malinowski, “The Problem of Meaning in Primitive Languages,” in C. K. Ogden and I. A. Richards (eds.), The Meaning of Meaning: A Study of the Influence of Language upon Thought and of the Science of Symbolism, p. 322.

③ Charles Goodwin and Alessandro Durant “i, Rethinking Context: An Introduction,” in Alessandro Duranti and Charles Goodwin (eds.), Rethinking Context: Language as An Interactive Phenomenon, p. 31.

④ Alessandro Durant “i, Language in Context and Language as Context: The Samoan Respect Vocabulary,” in Alessandro Duranti and Charles Goodwin (eds.), Rethinking Context: Language as An Interactive Phenomenon, p. 79.

赫夫德（Mary Hufford）在《语境》一文中指出：“在叙述的过程中，意义和真实性应运而生，随机的、分离的片段被一个个安置进想象的‘整体’当中。叙述是一种强大的资源，它将人置身于整体之中，将叙述主题放进一个连贯的，包括开始、中间和结束在内的时间框架之中，它还鉴定了其主题的真实性。许多叙述类型都可以建构出某个语境，令处于该语境中的文化作品具有意义，历史叙述就是其中最强有力的一种。”① 这意味着，文本不再是静态的书面材料，而是一种具有语境建构能力的语言行动或语言事件。

对此，赫夫德提供了一个非常典型的例子：

> 在本世纪初，在新河地区的斯图亚特镇发生了一次意外爆炸，夺去了85个人的生命，这场灾难使得当地出现劳动力匮乏的情况。该小镇遂被改名为“洛赫盖利”。改掉一个名字，抹去一段历史。针对这种现象，新河小镇的一位老居民是这样解释的，“你给它改个名字，人们便忘记了过去”。②

小镇原有的命名“斯图亚特”不仅仅是对地理意义上经纬坐标定位空间的指称，还意味着灾难之地的意义语境；以此，由“斯图亚特”更名为“洛赫盖利”也就不单单是一个三维空间的名字变更，同时也是对灾难之地的语境解构，意味着借此建构了一个没有灾难史的新的生活语境，并对当地居民的日常生活产生实际的影响（改变劳动力匮乏的状况）。“在不断地建构和解构语境的过程当中”③，我们可以看到“话语是如何不择手段地图谋同一个物理空间的”④。换句话说，小镇居民不仅是生活在一个时空延展的地理空间，而且是生活在一个由地名所建构的意义空间，正如赫夫德所言：“各种名字将物质的世界压缩进了文化当中。定位给他表演的地名赋予

① Mary Hufford, “Context,” Journal of American Folklore, 1995 (430).

② Mary Hufford, “Context,” Journal of American Folklore, 1995 (430).

③ Mary Hufford, “Context,” Journal of American Folklore, 1995 (430).

④ Mary Hufford, “Context,” Journal of American Folklore, 1995 (430).

了语境……名字的意义从想象流转到了现实当中，为讲述人提供了语境……语境是由片段组成的一个整体，它是有形中的无形。”[①]

文本作为一种具有构境能力的语言事件，对于民间文学的参与者而言也并无不同。对于这一点，刘晓春在语境研究的相关讨论中亦有所涉及，他指出：

> 在中国的广大地区，旧社会曾经广泛流传“长工斗地主”的故事。地主与农民，是旧中国社会的基本矛盾之一，相对于地主，农民在政治、经济、文化上都处于弱势地位，但广大农民通过讲故事的方式，表达自己的愤怒抗争。河北唐山的一位老人说：在旧社会，我们这些扛活的，最爱讲韩老大和五娘子整治地主的故事。我们讲这些故事，不只是为了开开心。我们有时也想，人家敢跟财主斗，咱们为啥就不能整治整治东家？所以我们就算计开地主了。“长工斗地主”故事中的“嘴会转”、“铁算盘”之类的母题，相对于社会生活现实，其实是民众在文本中建构出来的想象的“颠倒的世界”。通过长期的、不断地讲述，它们有可能对社会生活现实产生一定的影响。[②]

“长工斗地主”的故事并不是对农民外在生存环境的“客观”反映，而是由文本开启的一个与“真实”日常全然相反的生活语境。不过，笔者认为，与其将其称为对“现实生活的戏仿”[③]，不如视之为文本所建构的一种对现实生活具有影响的，指向道德、自由、正义、公平的意义语境，这也是语境研究自身所承载的价值诉求。[④]

至此，文本已不是完全取决于语境的被动性存在，而是以语言为存在

① Mary Hufford, “Context,” Journal of American Folklore, 1995 (430).

② 刘晓春：《从“民俗”到“语境中的民俗”——中国民俗学研究的范式转换》，《民俗研究》2009 年第 2 期。

③ 刘晓春：《从“民俗”到“语境中的民俗”——中国民俗学研究的范式转换》，《民俗研究》2009 年第 2 期。

④ 关于语境研究的价值诉求，参见拙文《民俗学 - 民间文学中的“语境”概念研究》，中国社会科学院民族文学研究所博士后研究工作报告，2017。

方式、具有语境建构能力的行为或事件，具有其独立性。[①] 这也就意味着文本在一定意义上有稳定性，有能力跨越时空性语境（客观语境），并在不同的时空中开启新的意义空间（主观语境）。这里并非否定客观语境研究的必要性与重要性，而是强调客观语境研究固然有其效度然而亦有其限度[②]，由此提出另一个此前我们重视不够，但同样值得关注的新的语境研究向度（亦是文本研究的向度），这一点是我们需要明确的。

① 实际上，当我们把文本视为一种能够构境的语言事件时，书面文学和口头文学之间的分野已不似我们先前认为的那般泾渭分明。无论口头文学还是书面文学，都是将我们裹挟其间的语言事件，而对文本的阐释，则是我们对文本开启的就某问题提问与回答的意义空间的参与。加达默尔指出："某个流传下来的文本成为解释的对象，这已经意味着该文本对解释者提出了一个问题。所以解释经常包含着与提给我们的问题的本质关联。理解一个文本，就是理解这个问题。"参见〔德〕汉斯－格奥尔格·加达默尔《真理与方法——哲学诠释学的基本特征》第一卷，洪汉鼎译，商务印书馆，2011，第 375 页。譬如，"一个古老的文本，例如索福克勒斯的俄狄浦斯王悲剧，具有双重的意义，一方面它是由某个过去流传下来的东西的见证，另一方面它涉及的不仅是个保存下来的古老东西，而且也是一个面向接受者如我自己的文本。文本对我攀谈，它是某个'你'向'我'进行传达的表现。这里古老的文本具有一种与当代的文本同样的作用。它试图说出某种东西，并让人倾听某种东西。这里适合任何其他文本的东西也适合于传承下来的文本：因此只有当我对它开放，当我已经在听取它对我要讲的东西时，我才理解了文本。单纯重构一个过去的接受者，这是不够的，情况总要求我试图去把文本理解为向我递交了某种东西的文本。因此对于同时代的文本适合的东西也适合于传承下来的文本：只有当我把传承下来的文本理解为对某个问题的回答时，我才能理解该文本，只有当我自己提出有关的问题，我才能把它理解为对某个问题的回答。因此为了理解文本所说的东西，我必须让自己进入文本问题域中。如果我想占有索福克勒斯的《俄狄浦斯王》，那么我就必须向我提出关于命运和过错的问题。光把传承下来的文本当作某个已结束的历史事件的部分，这是不够的，因为这可能被处理为像一个现成的对象。历史流传下来的文本乃是一个我自己处于其中的事件的部分。文本所说的是关涉我的东西。如果我想理解文本，我就必须让自己被它所攀谈（ansprechen），因为我参与了它的问题，这就是文本由之而提问和回答的意义视域（Bedeutungshorizont）。"参见洪汉鼎《诠释学——它的历史和当代发展》，人民出版社，2001，第 232～233 页。

② 杨利慧：《语境的效度与限度——对三个社区的神话传统研究的总结与反思》，《民俗研究》2012 年第 3 期。

九　热点话题

路径与方向："丝绸之路"沿线民间文学研究*

林继富**

摘　要："丝绸之路"沿线生活着操不同语言、使用不同文字的民族，这种复杂性、繁复性构成了"丝绸之路"沿线民间文学的多样性、交流性和融合性特征。民间文学在"丝绸之路"作用下形成的"道路"特质表现为文化共同体、历史发展和族群迁徙交互关系的彼此影响，充分表达了不同民族文明之间的包容、对话及求同存异、兼容并蓄的生活观念和文化观念。建立在此基础上的各民族传统民间文学形式多样，丰富多彩，因为"丝绸之路"连接着历史与今天，传统与现在，由此呈现出民间文学新特点。丝绸之路沿线成为跨越民族之间民间文学比较研究的重要基础，成为多民族整体性、谱系性知识生产过程中民间文学研究新方向。"丝绸之路"沿线民间文学研究需要观照多维民族关系，以及中国与周边国家文化交流宏阔的历史语境，这些不仅是解开"丝绸之路"沿线民间文学特性的基础，也是"丝绸之路"沿线民族社会历史发展的必然。

---

* 本文原载《云南师范大学学报》（哲学社会科学版）2018年第5期。基金项目：2016年国家哲学社会科学重大攻关项目"中国民俗学学科建设与理论创新研究"（项目编号：16ZDA162）；2015年度教育部人文社会科学重点研究基地重大项目"民间文学作为'一带一路'沿线民族交往桥梁的运行机制研究"（项目编号：15JJD850011）；中央民族大学2018年度社会学一流学科建设经费资助。

** 作者简介：林继富，湖北麻城人，中央民族大学教授，博士，博士生导师，湖北民族学院"楚天学者"特聘教授，研究方向为民俗学、民间叙事文学、非物质文化遗产研究。

关键词： 丝绸之路；民间文学；新趋势

"丝绸之路"指"陆上丝绸之路"和"海上丝绸之路"，是分布在中国西北、西南及东南地区的国际性交流通道。如果统计中国境内"丝绸之路"覆盖的地理范围，将丝绸之路的"草原之路""绿洲之路""海上丝绸之路"加起来，它几乎包括中国的北部地区、西北地区、西南地区和东部地区，覆盖中国历史上出现的农耕文明、海洋文明和游牧文明。本文将"丝绸之路"沿线民间文学独立出来，意涵在"丝绸之路"历史语境、现实语境下研究的必要性。为了讨论的科学性，笔者在此将中国西北段的"陆上丝绸之路"简称为"丝绸之路"，并着力讨论"丝绸之路"沿线民间文学研究的路径与方向。

一 "丝绸之路"沿线民间文学研究的三条路径

"丝绸之路"沿线民间文学是多民族组成的文化共同体，是在不同民族民众生活过程中诞生和发展的文化传统，其历史的久远性、文化的多样性、信仰的多元性，以及基于生活基础上的交往互动、排斥共融等现象，构成了"丝绸之路"沿线民间文学研究的多种可能性。

（一）共同体作用下的民间文学

"丝绸之路"沿线民间文学十分丰富，生活在这里的民众具有非凡的民间文学创造力，来自不同区域、不同信仰的人，他们共同缔造了"丝绸之路"沿线民间文学的多样性。"丝绸之路"是以中国向中亚、西亚地区和国家输出丝绸为主的商旅道路，但是，对于行走在漫长"丝绸之路"上的人来说，运输物资与文化活动是一体的。一些欧洲、中亚、西亚的商人往来于这条通道，他们常常携带金银、珠宝、药物、香料、奇禽异兽等到"丝绸之路"沿线出售，返程途中，又在中国不同地区购买丝绸、茶叶、瓷器、药材等。数千年来，"丝绸之路"上活动的是中国和国外的使者、朝贡者、商人、传教士等人群，他们与"丝绸之路"沿线民众相互往来，在朝拜、朝贡与商品交易结成伙伴的同时也在进行着文化上的沟通、理解和融合，在彼此交往中寻找利于生活的共同文化存在，从而形成了以"丝绸之路"

为核心的共同体。

"丝绸之路"沿线生活的民众是"丝绸之路"的主人，他们不仅开辟了"丝绸之路"，守护着"丝绸之路"，而且"丝绸之路"商贸交易关系的对象就是生活在沿线的居民，他们也是"丝绸之路"上活跃的商旅，是"丝绸之路"文化的创造者、传播者。更为重要的是，生活在"丝绸之路"沿线的不同民族之间形成了较为紧密的交往关系，他们围绕"丝绸之路"构建的文化共同特质成为生活共同体连接的纽带与基础。

"丝绸之路"不仅是一条商贸交易的道路，而且是一条文化交流的道路。各国、各地区和各民族多元文化在这条道路上碰撞交流，张骞出使西域走过的道路被认为是联结亚欧大陆的东西方文明形成、发展的交汇之路。"丝绸之路"沿线民族文化在交流过程中的接受、融合与拒斥形成的共同性，推动了"丝绸之路"沿线民族间的互相理解和彼此欣赏。

"丝绸之路"沿线许多民族生活的自然环境恶劣，戈壁大山多，干燥少雨，地表分布着粗沙、砾石和稀疏杂草。在这种条件下，民众主要从事畜牧生产，兼有狩猎业、农业和手工业及商业，在长期以畜牧业为主的多种生活方式中创造出丰富多彩的文化。从历史角度看，我国西北地区的文化地理在不断发生变化。早在秦汉时期，我国"丝绸之路"的疆土已延伸并影响到阿尔泰山、天山、喀喇昆仑山的绝大部分地区，这些山脉与河流构成了共同的文化生态，成为文化生长和发展的温床，成为传统文化共同性的基础，成为民间文学传承、传播的土壤。共同的自然生态和生活环境，培育了"丝绸之路"沿线民族共同的价值观念和审美习惯。比如，在"丝绸之路"沿线流传着大量英雄故事、英雄史诗和英雄叙事诗，流传着大量重友情、重诚信的伦理道德故事。

历史上，"丝绸之路"沿线生活的民族与中央政府建立了紧密关系，就是如今生活在"丝绸之路"沿线中亚地区的一些国家也在一定程度上受到中国不同朝代政策的影响。比如，隋唐时期，我国边疆实施的羁縻政策不仅使生活在中国境内"丝绸之路"沿线民族深受影响，而且远至波斯、安息诸国也是羁縻政策时期的"臣服国"。这在一定程度上加强了"丝绸之路"沿线民族之间有效关系的建立，影响了"丝绸之路"沿线民族在遵循共同政策下文化共同体的形成，强化了我国西北民族文化与中亚、西亚地区民族国家文化之间的联系，推进了“丝绸之路”沿线诸国、诸民族的相互吸收、相互借鉴和共同发展。

金辽元时期，中国国土面积横跨亚欧大陆，覆盖中亚、西亚和东亚地区，生活在“丝绸之路”沿线民族的人员往来，国家与国家、民族与民族之间的关系构建成日常生活的一部分。明清时期，中国领土北达巴尔喀什湖，西越里海等地，形成了以“丝绸之路”为核心的生活交往区域、文化往来区域。于是，“丝绸之路”沿线生活在中国境内的民族与中亚、西亚的不同民族之间无论在语言、信仰、文化上，还是心理上，均形成了许多共同的基础，增强了我国“丝绸之路”沿线民族与其他民族之间的关系。

当代中国境内“丝绸之路”沿线生活着许多民族，就西北段而言，就包括汉族、维吾尔族、哈萨克族、柯尔克孜族、乌孜别克族、塔吉克族、塔塔尔族、回族、蒙古族、锡伯族、达斡尔族、满族、俄罗斯族、裕固族、土族、撒拉族、东乡族、保安族、藏族等20多个民族，他们创造了多姿多彩的民间文学。生活在我国新疆的哈萨克族、乌孜别克族、柯尔克孜族、塔吉克族也分布在哈萨克斯坦、乌兹别克斯坦、吉尔吉斯斯坦、塔吉克斯坦等国家，并且成为这些国家的主要民族。这些民族具有跨越国境的特点，在民间文学上拥有许多共同的题材和主题，诸如柯尔克孜族的《玛纳斯》在吉尔吉斯斯坦有流传，维吾尔族的阿凡提故事在乌兹别克斯坦、哈萨克斯坦等国家均有流传。这些经典的民间文学并不因为国界而阻隔了它们的流传。

因为“丝绸之路”，因为经济商贸关系，形成了文化上的往来关系，“丝绸之路”作为文化共同体，许多文化在这里交流和融合。美国东方学家劳费尔曾说：“中国人的经济政策有远大眼光，采纳许多有用的外国植物以为己用，并把它们并入自己完整的农业体系中去，这是值得钦佩的。中国是熟思、通达事理、心胸开豁的国家，向来乐于接受外人所能提供的好事物。在植物经济方面，他们是权威。中国另有独特之处：宇宙一切有用的植物，在那里都有栽培。”① 斯塔夫里阿诺斯说：“欧亚大陆的历史基本上是

① 〔美〕劳费尔：《中国伊朗编》，林筠因译，商务印书馆，1964，第9页。

在游牧部族与定居文明相互影响的过程中形成的。"[1]"丝绸之路"是欧亚大陆的重要通道，由于"丝绸之路"的特殊作用，形成的以"丝绸之路"沿线民族为核心的民间文学，具有特殊的价值取向、审美取向和道德关怀。

"丝绸之路"沿线民间文学的共同性在很大程度上得益于"丝绸之路"的特殊作用。可以说，"丝绸之路"沿线民间文学表现出来的共同基础上的特殊性是他们的共同创造、共同传承，并且从未中断其发展，这些民族共同缔造了中华民族的文明传统。"丝绸之路"不仅是一条通往远方的道路，不仅是人员往来的道路，笔者更愿意将它看作是在文化共同体作用下不断生长、不断融合、交流互鉴的道路。"丝绸之路"文化共同体既是民间文学产生、发展的土壤，也是"丝绸之路"沿线的民间文学共同的根基。当然，将"丝绸之路"作为文化共同体并没有否认"丝绸之路"沿线文化的差异性。可以说，在"丝绸之路"文化共同体作用下形成了不同民族、不同地域民众的特殊性，由此导致民族文化、地域文化的多样性。因此，"丝绸之路"共同体既是"丝绸之路"沿线民族的命运共同体，也是"丝绸之路"沿线民族文化共同体。

中国境内"丝绸之路"沿线繁衍生息着许多古代跨境的民族，诸如氐、羌、乌孙、匈奴、肃慎、契丹、回鹘、突厥、党项、吐蕃等，这些民族与汉族一起创造、传承了中华多民族灿烂辉煌的古代文明，创造、传承了丰富多样的跨民族语言文字与文学，创造、传承了多姿多彩的民间文学。所以，如何开展"丝绸之路"共同体作用下沿线民族民间文学调查研究，将是未来以"丝绸之路"为中心的广大区域民间文学研究的重要内容。"丝绸之路"沿线的民间文学是多民族、多地域民众共享的文化生活，他们在生活中、信仰上的频繁交流，形成了民间文学的共同性，也因为历史传统、生活环境以及生活方式的差异，构成了民间文学的差异性。因此，"丝绸之路"沿线民间文学在跨文化比较研究上拥有更多的着力点。

（二）历史作用下的民间文学

"丝绸之路"上生活着许多民族，他们既有和谐相处的时候，也曾经出

---

① 〔美〕斯塔夫里阿诺斯：《全球通史·1500年以前的世界》，吴象婴、梁赤民译，上海社会科学出版社，2001，第59页。

现过战争和人口迁徙活动，在这条道路上政权更替，商旅往来频繁，使我们对“丝绸之路”历史的全面研究变得极为困难。于格说：“丝绸之路的历史也是一部不可思议和不可理解的历史。”[①] 但是，笔者更愿意认为“丝绸之路”的历史是一部人与人交流和理解的历史。

大约3000年前，西域诸国的马匹和战车就出现在中原地区，中原的丝绸和瓷器也传播到西域诸国，在这一定程度上证明了西域和中国境内的商人、传教士、朝贡者克服自然环境和人文生态的种种障碍，经历了多年的艰难险阻，开辟了一条连接西域与中原的道路，而生活在我国境内“丝绸之路”沿线的民众就是其重要成员，他们日夜兼程，艰苦跋涉，民间文学成为他们的生活伴侣，也是他们相互交流的重要内容。

《山海经》中记录的昆仑、黑水、玉山、积石山等均在“丝绸之路”上。以“昆仑”为例，《史记》卷一百一十七，张守第正义：“《括地志》云：‘昆仑在肃州酒泉县南八十里。《十六国春秋》后魏昭成帝建国十年。凉张骏酒泉太守马岌上言：酒泉南山及昆仑之体，周穆王见西王母，乐而忘归，即为此山。’有石室、王母室、珠玑镂饰，焕若神宫。”尽管战国时期“丝绸之路”还未开通，但是，这些山水组成的道路是“丝绸之路”沿线民族生活的自然环境，势必影响“丝绸之路”文化共同体的建立及其文化的交流。

魏晋南北朝时期，虽然战乱纷繁，但是对外的交通并未中断，“丝绸之路”沿线民族间的接触和融合也很频繁。北魏迁都洛阳后，北魏政权在洛阳设立“慕义里”，供西域商人经商。《洛阳伽蓝记》对此有生动描写：“自葱岭以西，至于大秦，百国千城，莫不欢附，胡商贩客，日奔塞下，所谓尽天地之区已。乐中国土风，因而宅者，不可胜数。”[②] 此时，中原民众将西域住民称为胡人，而中原民众穿胡服、住胡帐、睡胡床、学胡坐、吃胡饭的现象十分普遍，尤其在达官贵人中较为盛行。也就是从魏晋开始，大量西域胡人识宝传说广为流传，到了唐宋时期达到了高潮。可以说，“丝绸

---

① 〔法〕E·于格：《海市蜃楼中的帝国：丝绸之路上的人，神与神话》，耿升译，中国藏学出版社，2013，第7页。

② 杨衒之撰，周祖谟校释《洛阳伽蓝记》（卷三），中华书局，1963，第132页。

之路"正是这类传说从西域流传到中原，中原人认识西域人的桥梁，也是"丝绸之路"沿线民族共同的文化创造。

隋唐时期，中央政府加强了对西域的管理、经营，在"丝绸之路"沿线设立安西四镇、北庭都护府，确保"丝绸之路"沿线民众生活安定，他们的生活也得到了极大改善，行走在"丝绸之路"上的人越来越多，有使节往来，有域外留学生学习，有商人贸易交换，有宗教信徒传教布道，文学艺术的交流亦频繁多样，"丝绸之路"经济、"丝绸之路"文化更加繁荣，"丝绸之路"越走越通畅。在这些交流中，民间文学成为重要的内容在各类生活及场景中被讲述，并且成为建立"丝绸之路"沿线民族交往关系的重要方式。隋唐以来，西域战事不断，一定程度上影响了"丝绸之路"上的多种交流，尤其是唐朝后期，中央政府逐渐失去了对西域的直接管理，"丝绸之路"时断时续，然而，民族之间的交往没有断绝，民间文学的传承、传播、交流没有中断。

元代，由于中亚、西亚等地民族不断强大，尤其是奥斯曼土耳其人崛起之后，严重阻塞了中国到中亚、欧洲的贸易通路，民间文学的交流也就不可能顺畅。但是，此时有不少文人以"丝绸之路"为主题撰写了许多作品，如李志常的《长春真人西游记》、刘祁的《北使记》、刘郁的《西使记》。

明代的"丝绸之路"主要是明朝政府派出陈诚等人多次出使西域，与西域的诸藩建立了紧密联系。同时，明朝政府与西域各地方政权之间形成了朝贡、回赐关系。永乐十七年，哈密向明朝进贡，派出的使者及商人有290人，贡马3500多匹，以及貂皮、硇砂等物，明朝政府回赐的钞达3.2万锭，文绮百匹，绢1500匹。这些均在一定程度上加强了中国与西域之间的政府往来和文化往来。陈诚在《西域行程记》中记录了他4次远使西域，3次到达撒马儿罕及哈烈一带的经历。该书即作于永乐十二年他出使哈烈的途中，详细记载了自肃州出发一直到哈烈的行程及沿途的地理、气候、风俗、民情等。①

① 杨富学：《明代陆路丝绸之路及其贸易》，《中国边疆史地研究》1997年第2期。

《明仁宗实录》记载：西域商人“往来道路，贡无虚月。”朝贡、回赐活动因为“丝绸之路”变得通畅起来，强化了明朝政府与西域诸藩、诸民族之间的紧密联系，也形成了民间文学发生、传承和流动。

清代，中国境内的“丝绸之路”逐渐走向衰落，主要是西北地区动荡的政治局势导致“丝绸之路”时断时续。比如，甘肃曾发生多次回民反清斗争，清朝政府多次派兵镇压，甘肃段“丝绸之路”的阻断，“丝绸之路”上的使者和商人大大减少。为了加强对西北地区的管理，康熙率清军在乌兰布打败噶尔丹于昭莫多，平息了战乱，控制了天山南北。18世纪中期，乾隆派兵镇压大、小和卓叛乱，重新统一新疆地区。这表明，我国“丝绸之路”西北段沿线在清代并不安定，时而战乱，时而太平，因而，商旅往来、文化流动受到阻碍，但是，民间的文化往来仍在“丝绸之路”沿线民族中发生、发展。此时的海上“丝绸之路”则进入繁盛时期。中国民众走向西方就不仅仅依赖于西北段的“丝绸之路”了，以“丝绸之路”为交流通道的民间文学的传承、传播也出现了多样化的态势。

从历史高度将“丝绸之路”沿线民间文学进行讨论，应该建立在综合考虑的基础之上。也就是说，历史上每一个时代的“丝绸之路”沿线民间文学发生、传承和发展不仅要对该时间段与民间生活、文化、信仰有关的活动进行综合讨论，而且要将该时间段的民间文学放在历史进程中进行系统分析，由此认识该时间段民间文学在“丝绸之路”沿线民间文学发展史，乃至“丝绸之路”文化史、各民族民众生活史上的特殊功能和价值，由此探索“丝绸之路”沿线民间文学发生、发展的规律，以及诸多民族民间文学的互渗互融的规律。

（三）族群迁徙记忆作用下的民间文学

我国“丝绸之路”西北段沿线许多民族都是从中亚或北方蒙古草原迁徙而来，对于迁徙的历史，他们都有深刻的记忆，他们不仅将其作为族源历史来讲唱，而且将其作为信仰支撑着自己的生活。因此，对于“丝绸之路”沿线民间文学的研究，以族群迁徙记忆为讨论的维度是民间文学理论创新的路径。

对于早期人类来说，他们在迁徙的过程中，其实不知道远方的家在哪里，他们在充满未知和坎坷的道路上寻找新的"家园"，他们的迁徙往往经历了漫长的历程，有的民族的迁徙甚至经历了上千年。迁徙途中的种种困难，以及难舍的情感深深烙在移民的心里，他们一边走，一边讲唱迁徙生活中的事物、人物，讲唱迁徙生活中的各种经历，从而构建了民间文学丰富的迁徙记忆内容。

早在公元前60年，中央王朝在西域设置管理机构之前，西域地区就分布着羌、塞种、月氏、乌孙、伊兰等诸多族群。翦伯赞曾对羌人迁徙有过论述："在史前时代，诸羌之族，已由凉州再向西徙，进入塔里木盆地之内……羌族西徙，已由塔里木盆地西逾帕米尔高原，远至于中亚。……诸羌之族，遂布满帕米尔高原西南山谷之间，以及印度之西北。"[①]《汉书·西域传》称："出阳关自近者始曰婼羌。"[②] 羌人虽然以畜牧、游猎为生，逐水草而居，但是，羌人是西域分布最广的族群，在汉代以前，羌人已经大部分向东南迁徙，留下来的羌人则逐渐融入其他族群里去了。

塞种曾经是"丝绸之路"沿线活跃的族群。《汉书·西域传》记载："塞种分散，往往为数国。自疏勒以西北，休循、捐毒之属皆故塞种。"[③] 塞种原本为印欧语系中的白种人，大约在史前期就迁徙到伊犁河、楚河流域生活，并控制该区域，成为塞地。大约在公元前177年大月氏向西迁徙，迁徙途中占领了塞地，塞种人被迫向西南迁到帕米尔一带。塞种人先后建立了尉头国（塞王国）、疏勒国、于阗国、大宛、大夏、康居、奄蔡、罽宾等国。塞种人是西域的主要民族，一度辉煌，却在汉代以后融入其他民族之中。

月氏生活在"丝绸之路"沿线有很久的历史。《汉书·西域传》称：月氏"本居敦煌、祁连间"。[④]《魏书·西域传》称："月氏原出塞北，自金山而南。"[⑤] 这些史料记载说明"月氏"原来居住在塞北，后来经过阿尔泰山南迁到河西地区，居住在"敦煌、祁连间"。公元前174年，遭到匈奴人的

---

① 翦伯赞：《中国史论集》（第二辑），中华书局，2008，第427页

② （汉）班固：《汉书（卷九十六西域传）》，吉林人民出版社，1995，第2585页。

③ （汉）班固：《汉书（卷九十六西域传）》，吉林人民出版社，1995，第2591页。

④ （汉）班固：《汉书（卷九十六西域传）》，吉林人民出版社，1995，第2595页。

⑤ （魏）魏收：《魏书（卷一百二西域传）》，吉林人民出版社，1995，第1394页。

攻击，不得不迁徙到伊犁河（塞地）。公元前161年，匈奴、乌孙再次攻击月氏，他们则迁离伊犁河，“乃远去，过大宛，西击大夏而臣之。都妫水北为王庭”。[①] 尽管月氏多次因生活逼迫迁徙，但始终是沿着“丝绸之路”。

乌孙曾与月氏为邻。《汉书·张骞传》记载：“乌孙本与月氏具在祁连、敦煌。”这就是说，乌孙与月氏早年居住在河西走廊上，乌孙击败月氏，长期生活在伊犁河、楚河流域。汉代以后，乌孙渐渐融入哈萨克族中，生活在新疆北部草原。

如果说“丝绸之路”沿线诸多古代族群在不断迁徙中融合，形成了融合性的文化现象，那么，当代仍然活跃在中国“丝绸之路”沿线的民族则深深记忆着祖先迁徙的道路。撒拉族是古代西突厥乌古斯部撒鲁尔的后裔。“撒鲁尔”意为“到处挥动剑和锤矛者”，他们在唐代居住在中国境内，后西迁至中亚。元代取道撒马尔罕，又返回中国西宁地区定居。撒拉族传说祖先尕勒莽与国王有隙，遂率部众，牵了一峰白骆驼，驮着水、土和《古兰经》离开撒马尔罕，向东迁徙到循化定居，后来吸收循化的藏、回、汉等民族，逐渐形成撒拉族。

生活在“丝绸之路”沿线的民族因为多种原因迁徙，也因为多种原因在迁徙中融合，寻找适宜自己的生活方式。比如，历史上的土族有多种自称，互助、大通、天祝一带的土族自称“蒙古尔”，即蒙古人；民和县的土族自称“土昆”，即“土人”，为“吐浑”的音转；乐都县的土族自称“大夏人”，即西夏人；生活在藏族地区的土族自称为“霍尔”等。也就是说，土族文化以土族传统为根本，融合了蒙古族、藏族、汉族、回族等不同民族传统，由此也构建了土族多元、多层次的民间文学传统。

“丝绸之路”沿线民族尽管各自具有鲜明的民族特点，但是，许多民族共同杂居在一起，表现出多民族民俗传统的共同特征，因而有着明显的融合性。裕固族东迁之后，部分族众与藏族处在共同地域，随着藏传佛教的传播，藏族英雄格萨尔及其史诗讲唱等民间文学也传入裕固族地区，并进行了适合于裕固族口头讲唱传统的改编。裕固族生活在甘青河西走廊的核

① （汉）班固：《汉书（卷九十六西域传）》，吉林人民出版社，1995，第2601页。

心地区，1226年蒙古族将领速不台率兵至今甘肃、青海、新疆交界处，攻下了撒里畏吾儿。史载："帝（成吉思汗）欲征河西，以速不台比年在外，恐父母思之，遣令归省。速不台奏，愿从西征，帝命度大碛以往。丙戌年（1226），攻下撒里畏吾特勤、赤闵等部，及德顺、镇戎、兰、会、洮、河诸州，得牝马五千匹，悉献于朝。丁亥，闻太祖崩，乃还。"[①] 这是蒙古军队攻占裕固族先民撒里畏吾诸部的明确记载，撒里畏吾开始接受蒙古族统治，蒙古族文化也开始影响裕固族先民的生活传统。

族群迁徙记忆主要以早期先祖生活为核心，他们为了民族的生存和发展离开了祖居地，踏上了迁往异地生活的旅程。他们一路走，一路选择，从祖居地到定居地之间就有相当多的临时性居住地，每一个地方都会产生相应的文化，留下相应的记忆，这些文化记忆外化在民间口头讲唱、民间祭祀仪式之中。

"丝绸之路"沿线生活的许多民族早期没有文献记录，他们大多以民间文学记录历史，这就要求我们对民间文学与历史之间的关系有清晰的理解，需要对民间文学与相关文献记录、碑刻以及生活习俗进行比照，进而建构出民族迁徙的时间和路线图。同时，中国"丝绸之路"沿线民族的迁徙并非单一，而是与其他民族的历史、生活、文化联系在一起。在迁徙过程中，他们创造和传承了多姿多彩的民间文学。可以说，"丝绸之路"沿线丰富的民间文学是当地民众讲唱的民间文学与外来诸多民族民间文学交互作用的产物，是不同民族民众相互理解、相互协助的生活记录。

"丝绸之路"是一条人与人交往的道路，是不同民族因为某种原因行走在这条道路上踩踏出来的，它承载了各民族民众的思想、生活和情感。往来于这条道路上的主要是以货物交换、商业往来，迁徙异地生活的居民，从中国到中亚，到欧洲，其艰辛可想而知。各民族的生活中出现了多种多样的故事，这些故事既是他们度过艰难岁月的史料，也是他们记录生活、抒发情感的智慧创造。他们以各种手法吸收各类文化，通过民间文学的口头讲唱滋养身心、维系民族团结。所以，从族群迁徙角度讨论"丝绸之路"

---

① 宋濂、王祎：《元史·速不台传》（卷一百八），中华书局，1976，第2977页。

沿线民间文学的发生、发展及其关系应是民间文学研究的重要内容。

二 “丝绸之路”沿线民间文学研究的新方向

“丝绸之路”沿线民族是人类文明的创造者和传播者，“丝绸之路”成为民间文学重要的发源地，并依托特殊的地理位置和文化位置将民间文学撒播到世界各地，对世界文明产生重要影响。日本学者长泽和俊在《丝绸之路史研究》中认为，“丝绸之路”文化研究的学术价值表现在：“首先，丝绸之路作为贯通亚非大陆的动脉，是世界史发展的中心。欧亚大陆由蒙古、塔里木盆地、准噶尔、西藏、帕米尔、河中、阿富汗、伊朗、伊拉克、叙利亚、土耳其等地区构成；第二，丝绸之路是世界主要文化的母胎，尤其是在这条路的末端部分曾经产生了美索米达文明、埃及文明、花拉子模文明、印度河文明、中国文明等许多古代文明；第三，丝绸之路是东西文明的桥梁，出现在丝绸之路各地的文化，依靠商队传播至东西各地，同时又接受着各种不同的文化，促进了各地的文明。”①

长泽和俊将“丝绸之路”视为东西方文明的桥梁、世界文化的母胎和世界史发展的中心，从文化的视角肯定了“丝绸之路”的历史价值和现实意义。这意味着“丝绸之路”是许多民间文学孕育的“母胎”，因此，它对于世界民间文学起源、发生的讨论尤为重要。可以说，中国诸多民间文学样式和作品缘起于“丝绸之路”，从这个角度来看，“丝绸之路”民间文学研究的新方向不仅应着眼于民间文学的桥梁关系，更应强调“丝绸之路”与民间文学的“祖源”关系。

“丝绸之路”沿线民间文学类非物质文化遗产丰富，不仅在中国，而且在世界上产生了重要影响。但是，在我国公布的四批国家级非物质文化遗产代表性项目中，“丝绸之路”沿线民间文学类的项目相对较少。这些民间文学具有跨民族、跨文化传播的特性，它们并非独立存在，而是具有知识的谱系性，这种谱系性建立在民族关系和地域关系上。因此，加强这些非物质文化遗产的知识谱系性研究至关重要。

---

① 〔日〕长泽和俊：《丝绸之路史研究》，钟美珠译，天津古籍出版社，1990，第3页。

“丝绸之路”沿线非物质文化遗产是当地民众的生活，没有生活就没有遗产，它们不仅传承在生活中，而且为生活所用，记录了生活的内容。所以，从生活的维度理解非物质文化遗产，就是理解非物质文化遗产持有者、传承者的生活。对于“丝绸之路”沿线民间文学的保护更多要将这条文化之路作为文化共同体来看待，将这条文化之路作为对象，将文化之路上的非物质文化遗产传承人作为核心，建立整体性保护“丝绸之路”文化遗产的理念，或许能够起到事半功倍的效果。

在“丝绸之路”沿线民间文学比较研究中，对跨境民间文学的比较特别重要，从民间文学的比较中可以发现中华文明与其他文明之间的交融性、文化间性和排他性。比如，印度英雄史诗《摩诃婆罗多》《罗摩衍那》进入中国，与西北地区的英雄故事发生关系；印度的梵语文学、戏剧的传入对藏族文学、藏族戏剧的影响；印度《五卷书》《佛本生故事》传播到中国作用于西北地区诸民族的信仰和文化；尸语故事在藏族、蒙古族广为流传，影响了“丝绸之路”沿线民族同类型故事的基本走向。跨国界的喀喇汗王朝文学、中亚地区的各种史诗传说、广为传播的阿凡提故事、伊斯兰世界的木卡姆文学、融入西北民间的波斯文学，以及仍保持西北文化传统的东干族文学，卫拉特蒙古卡尔梅克族文学，西北地区诸宫调文学，河西变文、宝卷文学，藏族民间文学与佛经文学，伊斯兰教与穆斯林文学等，这些民间文学之间的关系水乳交融，无疑为繁荣我国“丝绸之路”沿线民间文学做出了巨大贡献。因此，加强“丝绸之路”沿线民间文学比较，尤其是加强对跨境民族民间文学的比较研究，成为理解不同国家背景下民众生活的窗口，成为研究跨境民族彼此融通和共同发展的重要内容。

“丝绸之路”上的多元宗教以自己的方式创造、吸收民间文学，并且采用民众普遍接受的文艺形式传播宗教。历史上，宗教对“丝绸之路”沿线地区产生巨大影响，留下了多姿多彩的宗教文化。在当代，“丝绸之路”沿线地区的宗教文化不仅是传统文化、传统信仰，而且成为一种传统资源，每一种宗教包含了众多的民间文学资源。“丝绸之路”是世界上最为悠久、漫长的文化走廊，是佛教东传中国的主线。沿“丝绸之路”佛教东传的路线上出现众多佛教寺院和佛教石窟，石窟文化成为文明碰撞交融的活化石。

"丝绸之路"沿线民族宗教信仰几次重大变化，都与西域民族的迁徙运动有关，这种变化促进了民族的融合与发展，并且形成特殊的地方性宗教信仰体系。

"丝绸之路"虽为东西方交流的交通线，但这条线路同时又是拥有丰富民间文化资源的文化走廊。"丝绸之路"是多元艺术诞生、嬗变和交融的地区，新疆"十二木卡姆"音乐流传区域是阿拉伯人、阿尔泰语系民族以及雅利安人迁徙所经之地，这些民族大多信仰伊斯兰教。木卡姆艺术得益于伊斯兰音乐的滋养，源头是阿尔泰人和雅利安人等游牧民族的音乐文化，成熟在西域维吾尔等民族的农耕文化氛围中。

"丝绸之路"上的民间文学离不开生活基础上的信仰。可以说，"丝绸之路"是信仰驱动下的想象和观念中的文化道路，东西方民间文学在这条道路上传播与汇合。各种民间文学在"丝绸之路"上融合了多种生活方式、历史传统和信仰仪式，这就需要我们对于"丝绸之路"沿线民间文学的本土化过程进行讨论。

长期以来，对"丝绸之路"沿线民间文学研究始终未能实现理论上的突破。目前"丝绸之路"沿线民间文学研究始终以影响研究为主，着重探讨中西文化的跨国民间文学的交流互动，而忽略了对"丝绸之路"沿线各民族民间文学内在关系的研究。即使对中国境内"丝绸之路"沿线民族民间文学的比较研究，也只是对其中个别民族的民间文学进行研究，未能将视野完全扩展到"丝绸之路"沿线各民族民间文学的整体范畴，这不能不说是一种遗憾。

生活在"丝绸之路"沿线的民族，如维吾尔族、哈萨克族、柯尔克孜族、蒙古族、回族、藏族、撒拉族、土族等民族民间文学研究都取得了不错的成就，但是，还没有以"丝绸之路"作为民间文学研究对象进行研讨。"丝绸之路"沿线民间文学既是谱系性的，也是独立性的；既是历史性的，也是现实性的。因此，重视将"丝绸之路"沿线民间文学放置在中国多民族国家，以及中国与境外文化交流的背景下，探讨"丝绸之路"沿线民间文学的特性，寻找其发展嬗变的规律，才能真正使"丝绸之路"沿线民间文学研究走向生活、走向世界。

结 语

"丝绸之路"沿线的民间文学研究，离不开民族民间文学的交流影响，离不开民族民间文学的碰撞融合，无论哪一种情况，民间文学在"丝绸之路"作用下，都形成了较为稳定的文化共同体，这个共同体的主体是"丝绸之路"沿线各民族的民众。我们研究"丝绸之路"沿线民间文学，意涵着文明之间的包容、对话及求同存异、兼容并蓄、共生共荣的生活观念和文化观念。也就是说，"丝绸之路"沿线民间文学之间的创造、流传以及由此带来的共同性和差异性就是文化的多样性表现。

"丝绸之路"沿线民族众多，语言和文字差异大，这种复杂性构成了"丝绸之路"沿线民间文学的多样性、交流性和融合性特征。因此，建立在此基础上的各民族传统民间文学形式多样，丰富多彩，成为跨越民族的民间文学比较研究的重要基础，成为理解"丝绸之路"沿线民族交流交往交融生活的重要内容。

"丝绸之路"沿线民族民间文学是民众生活道路的选择和文化共同体建立基础上得以产生和发展，是不同历史阶段诸多民族共同生活智慧的体现。今天"丝绸之路"沿线民族讲述、演唱的民间文学不仅继承传统民间文学，而且出现了许多新特点、新趋势，这就要求我们在"丝绸之路"沿线民族民间文学在"道路"作用下从新视角进行讨论，站在多维的民族关系，以及中国与周边国家文化交流宏阔的历史语境解开"丝绸之路"沿线民间文学特性的探研是当代民间文学学术研究的新方向。

“非物质文化遗产保护”与“民间文艺作品著作权保护”的内在矛盾[*]

施爱东[**]

摘　要：由于“非物质文化遗产保护”与“民间文学艺术作品著作权保护”的中文译名共同使用了“保护”一词，许多学者误以为这两种保护是同一性质，实际上其英语表述及内涵均有本质区别。前者是由联合国教科文组织主导的基于“人类共同遗产”理念发展出来的保护制度；后者是由世界知识产权组织主导的基于“私有制财产”理论建立起来的保护制度。我国在“非遗”保护中的杰出成就，以及在“民间文艺著作权保护”领域的踌躇不前，进一步证明了非物质文化遗产作为“人类共同遗产”理念的先进性，以及作为特定社区或群体“私有制财产”理论的局限性。

关键词：民间文学艺术作品著作权保护；非物质文化遗产保护；传统文化表现形式；世界文化多样性；人类共同遗产

本文主要讨论“非物质文化遗产保护”与“民间文学艺术作品著作权保护”的内在矛盾问题。两种保护公约的制定，分属于两个不同的国际组织，前者属于“联合国教育、科学及文化组织”（UNESCO），后者属于“世界知识产权组织”（WIPO）。

民间文学艺术作品与非物质文化遗产都是民俗文化中的主体成分，但是由于非物质文化遗产的外延大于民间文学艺术作品（也可以认为民间文

---

* 本文原载《中国人民大学学报》2018 年第 1 期。

** 作者简介：施爱东，中国社会科学院文学研究所研究员。

学艺术作品从属于非物质文化遗产），为了使论述更具针对性和有效性，以下讨论主要从民间文学艺术作品的角度展开，涉及非物质文化遗产的讨论，也特指其中的民间文学艺术作品。

另外，依据WIPO秘书处文件："'传统文化表现形式'和'民间文学艺术表现形式'被当作同义词使用，可以互换，可以简称为'传统文化表现形式'，英文常用缩写为'TCE'。"[①] 所以，本文引述中无论说到"非物质文化遗产"还是"传统文化表现形式"，均可替代为"民间文学艺术作品"（TCE）。

一　民间文学艺术作品的基本特征

在讨论保护之前，我们先要明确保护的对象是什么，也即"民间文学艺术作品"指的是哪类作品。WIPO的诸多表述中最新最简洁的表述是："传统文化表现形式包括各种动态的形式，在传统文化中创造、表现和表示，是土著当地社区和其他受益人集体的文化与社会认同的组成部分。"[②] 但是国际社会并未对这一概念达成共识，各国都是根据本国具体情况各自确定。

我们通常所说的"民间文学艺术作品"，泛指一切由民间艺人、文艺爱好者，或者普通群众创作、表演的，具有一定地域特色或族群特色的，可以不断重复生产的、非个性化的文学艺术作品。但是我们所讨论的保护对象没有这么宽泛，根据《民间文学艺术作品著作权保护条例》（简称《条例》），所有能够指认具体创作者、操作者或表演者的文学艺术作品，比如你从李大娘那里买来的剪纸、我从张大爷那里听来的故事，都不在《条例》的保护范围之内。《条例》所保护的"民间文学艺术作品"，特指那些找不到具体创作者或执行者的，"由特定的民族、族群或者社群内不特定成员集体创作和世代传承，并体现其传统观念和文化价值的文学艺术的表达"。[③]

① 世界知识产权组织：《知识产权与遗传资源、传统知识和传统文化表现形式重要词语汇编》，文件编号 WIPO/GRTKF/IC/34/INF/7，2017－03－02。

② WIPO：《保护传统文化表现形式：条款草案》，文件编号 WIPO/GRTKF/IC/34/6，最后访问日期：2017年3月14日。

③ 国家版权局：《民间文学艺术作品著作权保护条例（征求意见稿）》，中华人民共和国国家版权局官网，http://www.ncac.gov.cn，最后访问日期：2014年9月2日。下文《条例》的引文均出于此处，不再逐一标注。

这一表述在国家版权局的另一份文件中阐释得更为清晰。文件认为，民间文学艺术作品的特殊性具体表现为四个“性”：（1）来源的确定性，即民间文艺作品一般能确定来自某特定的民族、族群或社群；（2）主体的群体性，即创作者往往是一个群体，无法确定到具体的创作人；（3）创作的动态性，即作品在创作流播过程中一直在发生程度不同的变化和改动；（4）表达的差异性，即同一民间文学艺术作品在其被表现、呈现或者表达时存在程度不同的差异性。①

结合民间文学的“四性特征”，我们可以将“民间文学艺术作品”的基本特征进一步展开为如下五点。

（1）创作主体的集体性。其创作者和传承者不是特定的个人，无法像一般作品那样落实具体的创作主体，因此，也无法明确具体的权利人。

（2）创作和流传的动态性。民间文艺作品的创作流播是变动不居的，在传播和流传过程中一直在发生程度不同的变化和改动。

（3）表现形式的口头性。民间文艺作品多为口传心授，记忆保存。

（4）作品内容的变异性。民间文艺没有固定的脚本，可随机变异，同一民间文艺作品在不同的表现场合总是存在程度不同的差异性。

（5）超越时空的共享性。民间文艺自古以来就是一种全民共享的文化形态，可以被不同的社会群体甚至是不同的民族或国家所享用。

二　著作权角度的“保护”（Protection）

著作权属于无形财产权，具有知识产权的一般属性，而知识产权制度是基于私有制财产理论而建立起来的一套资源分配制度，也就是说，知识产权先验地预设了所有创造性的劳动成果都是一种私有财产。“各国著作权法都规定，著作权具有财产的性质，作者对其创作的作品享有财产权利，即作者可因其作品的使用获取一定的经济利益。”②

作为财产权的著作权具有明确的独占性和排他性，以及市场经济的商

① 国家版权局：《关于〈民间文学艺术作品著作权保护条例〉（草案）的说明》，载《民间文艺著作权立法资料汇编》，国家版权局印制，2014。

② 冯晓青：《著作权法》，法律出版社，2010，第6页。

品属性，表现为未经作者或作者代理人同意，其他任何人不得控制或使用其作品，否则就会构成侵权行为，需要承担侵权责任。著作权法是一种私法，用以规范因作品的创作、传播等而产生的财产关系和人身关系。针对民间文学艺术作品的著作权保护，WIPO 解释为：“‘保护’倾向于指保护传统知识和传统文化表现形式，反对第三方某种形式的未经授权使用。”[①]

所谓“民间文学艺术作品著作权”，是一个新兴的法学概念，是发达国家与欠发达国家之间政治博弈的产物。要理解这个问题，必须对其概念生产的国际背景有所了解。

20 世纪 60 年代，非洲掀起独立运动高潮，刚刚摆脱殖民统治的非洲国家为了争取确认其文化身份，进而确立其政治身份，纷纷颁布本国的知识产权法律。可是，发达国家几乎垄断了所有高新技术的知识产权，依据既有的知识产权制度，非洲国家注定了只有向发达国家交钱的命运，于是，他们开始向国际社会提出自己的知识产权诉求。1963 年，WIPO 和 UNESCO 在布拉柴维尔举办了一次非洲知识产权工作会议，有代表特别提出：“《伯尔尼公约》应当包含‘保护非洲国家在民间文学艺术领域的利益的特别条款’。”[②] 在 1967 年召开的斯德哥尔摩外交会议上，WIPO 开始认真考虑该项提议，并将之纳入会议议程。

《伯尔尼公约》第 15 条是关于作者身份认定的条款，1971 年公布的新增第 4 项是这样表述的：“对于作者不明的未发行作品，如果有充分理由推定作者是本联盟一成员国国民，该国的法律可以指定一主管当局作为作者的代理人，并有权在本联盟成员国保护和执行作者的权利。”[③] 这一经典条文中虽然没有出现“民间文学艺术”一词，但它被默认为是用于处理民间文学艺术作品的著作权保护。由于该条款并没有提出具体的认定标准和实施方案，因而在实践中并没有什么实际效用，它的意义只在于承认了民间文学艺术作品理应得到保护。即便如此，我们依然认为非洲代表的努力是

---

① WIPO：《知识产权与遗传资源、传统知识和传统文化表现形式重要词语汇编》。

② Slike von Lewinski 编著《原住民遗产与知识产权：遗传资源、传统知识和民间文学艺术》，中国民主法制出版社，2011，第 323 页。

③ 《保护文学和艺术作品伯尔尼公约（1971 年巴黎文本）指南》，中国人民大学出版社，2002，第 146 页。

取得了成效的。

1978～1982 年，WIPO 和 UNESCO 曾多次召开会议，研究民间文学艺术保护的国内选择示范条款草案，以及运用国际手段保护民间文学艺术的可能性，最终在 1982 年形成了《保护民间文学表达形式、防止不正当利用及其他侵害行为的国内法示范法条》。

不过，几乎所有的欧洲国家，以及其他地区的发达国家如美国、俄罗斯、日本、韩国、澳大利亚、加拿大等，都不认为需要对民间文学艺术进行立法保护。民间文学艺术通常被认为是公有领域的一部分，不能视作个别群体的私有财产。而对于欠发达国家来说，随着他们对于国际游戏规则的日渐熟悉，逐步认识到只要多国联手，反复申诉，任何“平权”诉求都有机会取得成果。从 20 世纪 70 年代开始，一些欠发达国家反复向 WIPO 提交文件，希望促成民间文学艺术作品的国际保护，同时在国内立法中订立了保护措施。

1999 年，WIPO 先后与非洲国家、亚太地区国家、阿拉伯国家、拉丁美洲国家联合举办了“保护民间文学艺术表现形式的地区咨询会议”。反复磋商的结果是一个崭新的永久性组织的成立：2000 年 9 月，“世界知识产权组织关于知识产权与遗传资源、传统知识和民间文学艺术政府间委员会”（IGC）诞生。该委员会主页的介绍为：“WIPO 知识产权与遗传资源、传统知识和民间文学艺术政府间委员会正在根据其任务授权进行基于案文的谈判，目标是议定一部或多部国际法律文书的案文，以确保传统知识（TK）、传统文化表现形式（TCE）和遗传资源（GR）得到有效保护。”①

该政府间委员会从 2001 年开始，平均每年召开两次会议，其主要目的是制定一部或多部国际法律文书，实现对传统文化表现形式和传统知识的有效保护，并处理遗传资源获取和惠益分享中的知识产权问题。截至 2017 年底，该委员会已经召开 34 次会议，形成了一大批诸如《保护传统文化表现形式/民间文学艺术的政策目标和核心原则草案》《保护传统文化表现形式/民间文艺表现形式：经修订的目标与原则》《保护传统文化表现形式：

① WIPO. “Intergovernment Committee（IGC）”. http://www.wipo.int/tk/en/igc/.

差距分析草案》《保护传统文化表现形式：条款草案》《关于观察员参与知识产权与遗传资源、传统知识和民间文学艺术政府间委员会工作的研究报告草案》等草案文件，还有数百万字的工作文件，以及会议论辩纪要，等等。

可令人遗憾的是，这些文件越分越细，一次又一次地反复修订，进展却极其缓慢，共识也越来越少。发达国家与欠发达国家在具体条文上很难达成共识，本该2015年召开的第29次会议拖到2016年才得以召开①，会议重启之后，各项条款和实施方案几乎没有任何实质性的进展。

从现有的、历经反复修订依然无法定稿的WIPO《保护传统文化表现形式：条款草案》来看，可以将民间文学艺术作品著作权保护方案大致区分为“积极保护”和“防御性保护”两个方面。

积极保护的条款包括两个方面：一是在明确了著作权人的前提下，防止第三方的未授权使用：“（a）防止其传统文化表现形式被盗用和滥用/冒犯性和诋毁性使用；（b）在必要时控制以超出习惯和传统范围的方式使用其传统文化表现形式。”二是促进著作权人或传统社区的获利使用：“（c）在必要时依据自由事先知情同意或批准和参与/公正和公平的补偿，促进公平补偿/分享因使用这些表现形式而产生的利益。”② 比如，著作权人可以利用这些民间文学艺术作品建立自己的文化企业，或者从他人的获利性使用中分享版权利益。

防御性保护主要是指“防止对传统文化表现形式授予错误的知识产权”。“防御性保护指一套策略，用以确保第三方不从传统文化表现形式、传统知识客体和相关遗传资源中获得非法的或无根据的知识产权。传统知识的防御性保护包括采取措施，事先阻止非法宣称先有传统知识为发明的专利或宣告其无效。”③

三 文化遗产角度的“保护”（Safeguarding）

与著作权的私有制保护理念相反，文化遗产强调了作为人类共同财富

① WIPO. “A Snapshot of Recent Developments within the IGC”. http://www.wipo.int/tk/en/igc/snapshot.html.

② WIPO：《保护传统文化表现形式：条款草案》。

③ WIPO：《知识产权与遗传资源、传统知识和传统文化表现形式重要词语汇编》。

的一面，因而其保护也更强调全人类对于这些文化遗产的共同拥有、共同维护。不过，从历史上看，文化遗产角度的保护是在民间文艺知识产权保护的工作推进中逐渐分化、演进而来的。

UNESCO《保护世界文化和自然遗产公约》（简称《公约》）于1972年在巴黎会议上获得通过，“当时就有一些会员国对保护非物质遗产（虽然当时并未形成这个概念）的重要性表示了关注”。[①] 1973年，玻利维亚政府曾在其《关于保护民间文艺国际文书的提案》[②] 中，建议在1971年的《世界版权公约》基础上增加一项关于保护民间知识的条款。虽然该提案当时没有被采纳，但正是在玻利维亚等国以及许多民俗学者和人类学者的推动下，UNESCO于1982年成立了保护民俗专家委员会，设立了非物质遗产处（Section for the Non - Physical Heritage）。这一时期，UNESCO对于民间文化的保护理念还是倾向于知识产权保护性质的，因而考虑与WIPO共同推进该项工作。

但是，随着民俗学者和人类学者的介入，以及非物质文化遗产概念的提出，UNESCO进一步认识到“民间创作在社会、经济、文化和政治方面的重要意义”。[③] 尊重不同族群或社区之间的多样性文化，以及多样性文化之间的相互理解和欣赏，而不是彼此隔断、封锁，无疑有助于人类开展更为广泛的团结互助。相互理解基于相互交流，相互交流基于顺畅的传播渠道，在不断深入的讨论和反复推进的调查中，交流、传播、抢救、互惠互助的理念逐渐偏离了“知识产权”或“财产权”“专享权”的预设轨道，民俗学者、人类学者与知识产权法专家之间的分歧也逐渐显露出来。

1989年，在联合国教科文组织第25届会议上通过的《保护民间创作建议案》（简称《建议案》）是一份里程碑式的文件，标志着UNESCO与WIPO的分道扬镳。该建议案一开篇就强调“民间创作是人类的共同遗产，是促使各国人民和各社会集团更加接近以及确认其文化特性的强有力手段”，

---

① 巴莫曲布嫫：《非物质文化遗产：从概念到实践》，《民族艺术》2008年第1期。

② Proposal for International Instrument for the Protection of Folklore. Intergovernmental Copyright Committee. 12th session, Paris, 1973. Ref. IGC/Ⅻ/12. Annex A.

③ UNESCO：《保护民间创作建议案》（Recommendation on the Safeguarding of Traditional Culture and Folklore），联合国教育、科学及文化组织大会第25届会议通过，1989年11月15日。

"认为各国政府在保护民间创作方面应起决定性作用，并应尽快采取行动"。这一定调与 WIPO 首先将民间文学艺术作品视作"私有财产"完全不同，UNESCO 首先将民间创作视为"人类的共同遗产"，因此，其"保护"的取向也完全不同。

那么，UNESCO 视野中的民间创作应该如何保护呢？《建议案》首先提出的方案是保存："保存的目的是使传统的研究者和传播者能够使用有助于他们了解传说演变过程的资料。"具体措施包括建立民间创作资料的国家档案机构或者博物馆、编制总索引、传播情报、培训工作人员、为制作副本提供手段等，"以此确保有关的文化团体能够接触所收集的资料"。其次是经济上的支持、帮助："必须采取措施，在产生民间创作传统的群体内部和外部，保障民间创作传统的地位并保证从经济上给予支［资］助"。[①] 这种资助包括：重视民间创作的教学与研究，保障各文化团体享用民间创作的权利，建立民间创作协调机构，为民间创作的研究、宣传和致力者提供道义和经济上的支持等。最后是民间创作的传播："为了使人们意识到民间创作的价值和保护民间创作的必要性，广泛传播构成这一文化遗产的基本因素很有必要。"[②] 传播措施包括：鼓励组织地区性的甚至国际性的活动，传播和出版其成果，为创作者、研究者和传播者提供工作职位，资助民间创作的展览，在媒体上为民间创作提供更大空间，为民间创作的国内和国际交流提供方便，等等。

不过，UNESCO 在 1995～1999 年组织的调查显示，这个不具法律约束力的国际文书几乎未对其成员国产生任何实质性影响。1999 年 UNESCO 与史密森学会在华盛顿举办了题为"《保护民间创作建议案》全球评估：在地赋权与国际合作"的国际研讨会，对《建议案》的实际效果进行全面评估。这次研讨会的参加者主要是文化人类学者，还有部分法律专家，论争达成的基本共识是：将非物质文化遗产视作文化的"最终成果"加以"保存"

① UNESCO：《保护民间创作建议案》（Recommendation on the Safeguarding of Traditional Culture and Folklore），联合国教育、科学及文化组织大会第 25 届会议通过，1989 年 11 月 15 日。

② UNESCO：《保护民间创作建议案》（Recommendation on the Safeguarding of Traditional Culture and Folklore），联合国教育、科学及文化组织大会第 25 届会议通过，1989 年 11 月 15 日。

的理念是有偏颇的，非物质文化是一种变化着、发展着的活态文化，应当把人类文化创造和实施的“活动和过程”视为非物质文化遗产本身。这次会议上，由文化人类学家主导制定的新概念和新保护原则，对随后《保护非物质文化遗产公约》的起草起到指导作用。[①]

1997～1998 年，UNESCO 启动“宣布人类口头和非物质遗产代表作”项目。2001 年，第一批 19 项代表作获得通过。同年 10 月，成员国通过《教科文组织世界文化多样性宣言》（以下简称《宣言》）。《宣言》中有两个特别值得我们注意的表述：一是“人类是一个统一整体”的表述：“希望在承认文化多样性、认识到人类是一个统一的整体和发展文化间交流的基础上开展更广泛的团结互助。”二是文化多样性是“人类共同遗产”的表述：“文化多样性是人类的共同遗产，应当从当代人和子孙后代的利益考虑予以承认和肯定。”正是基于这种“人类是统一整体”和“人类共同遗产”的观念，《宣言》主张每种文化都应该以积极、主动、开放的态度表现、宣传、对话、交流，并且指出：“每项创作都来源于有关的文化传统，但也在同其他文化传统的交流中得到充分的发展。因此，各种形式的文化遗产都应当作为人类的经历和期望的见证得到保护、开发利用和代代相传，以支持各种创作和建立各种文化之间的真正对话。”[②] 这与 WIPO 的“守阈保护”完全不同，甚至可以说是互相对立的。

2003 年 10 月，UNESCO 第 32 届会议正式通过《保护非物质文化遗产公约》（以下简称《公约》），明确指出：“‘保护’指确保非物质文化遗产生命力的各种措施，包括这种遗产各个方面的确认、立档、研究、保存、保护、宣传、弘扬、传承（特别是通过正规和非正规教育）和振兴。”[③]

根据《建议案》《公约》《实施〈保护非物质文化遗产公约〉的业务指

---

① 〔日〕爱川纪子：《文化遺産の「拡大解釈」から「統合的アプローチ」へ：ユネスコの文化政策にみる文化の「意味」と「役割」》，东京：成城大学民俗学研究所グローカル研究センター，2010。

② UNESCO：《教科文组织世界文化多样性宣言》（UNESCO Universal Declaration on Cultural Diversity），联合国教育、科学及文化组织大会第 20 次全体会议通过，2001 年 11 月 2 日。

③ UNESCO：《保护非物质文化遗产公约》（The Convention for the Safeguarding of the Intangible Cultural Heritage），联合国教育、科学及文化组织大会第 32 届会议通过，2003 年 10 月 17 日。

南》的精神，我们可以将 UNESCO 的非物质文化遗产保护理念归纳为“信息保存”和“动态保护”两个相辅相成、不可分割的方面。

信息保存是一种借助外在力量，使非物质文化遗产转化为物质文化遗产，将之存入资料库（数据库）或研究机构的保护方式。信息保存主要分为两个方面：一是建立非物质文化遗产文献中心、博物馆，并创造条件促进对它的利用，比如，借助文字、图片、录音、视频、电影，乃至相应物品，以存档的方式进行保存、利用。二是开展有效保护非物质文化遗产特别是濒危遗产的科学、技术和艺术研究，以及方法研究，通过研究、传播，为研究者和传播者提供工作职位等方式保存和理解非物质文化的遗产特性。

动态保护是在遗产所属社区或群体内部的生活语境中实施的复兴保护，旨在保障遗产的传承和再生产，使之焕发可持续发展的生命活力。动态保护主要有四个方面：一是通过遗产认定，使非物质文化遗产在全社会得到确认、尊重和弘扬。二是实施教育计划，在学校或有关社区和群体当中培养遗产传承人，鼓励世代相传和复兴无形文化遗产来保持它的活力。三是促进建立非物质文化遗产的管理机构，尽可能地为遗产传承提供活动和表现的场所和空间，或者吸收他们积极地参与有关管理，促使他们提高相关技能和艺术修养。四是确保社区或群体对于非物质文化遗产的自主享用，同时对享用这种遗产的特殊方面的习俗做法予以尊重。

无论是静态保护还是动态保护，UNESCO 都强调了政府在保护问题上的主导地位，并且倡导通过政府专项资金、国际援助、社会捐款等方式建立“非物质文化遗产保护基金”，对遗产项目实施保护，并且努力确保遗产传承人能够在保护中获取一定的利益。

四 分道扬镳的两种保护观

无论是 WIPO 的“民间文学艺术作品著作权保护”还是 UNESCO 的“非物质文化遗产保护”，在汉语表述中均使用了“保护”一词，这让许多学者误以为两者的保护理念是一致的。但在英语表述中，这是两种差异明显的“保护”：民间文艺著作权保护是基于对“私有财产”的保护，英文表述为 Protection，倾向于守护、防卫，使某物免受侵犯；非物质文化遗产保护是基于对“人类共同遗产”的保护，英文表述为Safeguarding，倾向于维护、预防，使某物免遭毁坏。

但无论哪种保护，WIPO与UNESCO对于民间文学艺术作品的价值理念是基本一致的：“承认土著人民、当地社区和民族/受益人的文化遗产具有固有价值，包括社会、文化、精神、经济、科学、思想、商业和教育价值。”[①] 不同的是，WIPO的相关讨论主要由知识产权领域的法律专家主导推进，而UNESCO的相关讨论主要由一批杰出的民俗学者和人类学者主导推进（比如芬兰著名民俗学家劳里·航柯就在UNESCO的文件起草中做了大量工作）。两者对于民间文艺作品的保护理念有明显分歧。

UNESCO非物质文化遗产总干事顾问、前联合国教科文组织非物质遗产处负责人爱川纪子作为主要当事人之一，在一份有关教科文组织文化政策的回顾文献中说：“早在1972年《保护世界文化和自然遗产公约》公布之后的第二年（按：即在玻利维亚政府建议《世界版权公约》增加民间知识保护条款之后），教科文组织就开始着手制定非物质文化遗产的保护计划。当时在非物质遗产的保护观念上有两种不同的观点，一是作为知识产权的财产来保护，二是作为文化遗产来保护。教科文组织试图与世界知识产权组织合作，综合两方面的观点建立一个统一的保护制度，然而，这两派观点经过了13年的辩论，最终的结果是无法融合。1985年，教科文组织决定放弃知识产权角度的保护话题，此类问题交由世界知识产权组织处理，与此相反，教科文组织把工作焦点放在如何对那些有可能迅速消失的非物质文化遗产进行全面保护的问题上。”[②]

UNESCO非物质文化遗产领域专家巴莫曲布嫫对此评价说：“这场在‘民俗与版权’之间左右颉颃、进退两难的立法努力，可以概括为历时长久、人力物力耗散巨大、辩论不断，而且收效甚微、影响不大，没有达到预期目标……《建议案》明智地强调了民俗保护的积极方面，比如以适当的方法维护和传播民俗；同时避开了消极方面，如‘知识产权’及其运用

---

① WIPO：《保护传统文化表现形式：条款草案》。

② 〔日〕爱川纪子（Aikawa Faure, Noriko）：《文化遺産の「拡大解釈」から「統合的アプローチ」へ：ユネスコの文化政策にみる文化の「意味」と「役割」》，第13页。

中的棘手问题。其结果是将民俗保护与知识产权问题加以分别对待的取向日益清晰起来，以期绕开长期的困扰和最后出现的僵局，在将来的行动计划中从方法上改善工作途径，在理论基石与预期的操作结果之间厘清观念上的认识，形成内在统一的解决方案。"①

在民间文学艺术作品或者说非物质文化遗产的保护问题上，分道扬镳之后的 WIPO 和 UNESCO 各自成立了自己的"政府间委员会"，前者叫"知识产权与遗传资源、传统知识和民间文学艺术政府间委员会"，后者叫"保护非物质文化遗产政府间委员会"，两者英文缩写都是 IGC。所不同的是，两者分手之后，各自遭遇了完全不同的命运。WIPO 政府间委员会在传统文化表现形式知识产权保护方面的工作推进得极为艰难，从 2001 年第 1 次会议至 2017 年第 34 次会议就一直争论不休，发达国家与欠发达国家之间的分歧越来越严重，问题越来越多，事情越搅越复杂，甚至可用一筹莫展来形容其工作进度。而摆脱了知识产权羁绊的 UNESCO 政府间委员会从 2006 年第 1 次会议至 2017 年第 12 次会议，在推进实施《公约》的各个方面都取得了突出成绩，吸引了越来越多民族国家的参与，截至 2017 年 9 月已经有了 175 个缔约国，可谓高歌猛进。

自 20 世纪 60 年代以来，国际社会就开始关切经济欠发达国家及其土著居民关于文化主权与身份认同方面的精神诉求及其知识产权诉求，确认了"每种文化都具有尊严和价值，必须予以尊重和保存"（《国际文化合作原则宣言》，UNESCO 第 14 届会议通过，1966）的基本原则，并逐渐由此形成了一套"政治正确"的国际政治话语体系。但是，国际政治本身就是个矛盾统一体，正如安德明所言："从更深层的意义上而言，亚文化民族或群体保护传统文化的动机中包含的知识产权诉求，实际上体现了西方资本主义价值观在这些民族或群体的文化中的渗透。'知识产权同占有欲及个人主义思想体系，构成资本主义社会的一个特性，是属于西方文化的范畴。'民族精神的独立要求与资本主义价值观的普遍渗透，就这样奇特地交织在一起，成了第三世界国家一种无奈的选择。"②

---

① 巴莫曲布嫫：《非物质文化遗产：从概念到实践》，《民族艺术》2008 年第 1 期。

② 安德明：《非物质文化遗产保护：民俗学的两难选择》，《河南社会科学》2008 年第 1 期。

政治很正确，可事实却很残酷，自从非洲知识产权组织的《班吉协定》发布以来，“至今没有获得任何关于其条款实际效果的信息”。[①] 非洲欠发达国家立法保护民间文学艺术 40 多年来，并没有因此从发达国家得到丝毫利益回报。在世界知识版权会议上被提及的相关案例，几乎都是发生在非洲本土本国境内的土著居民与文化公司之间的纠纷。1999 年，旧版《班吉协定》中的民间文学艺术作品著作权保护条款被删除，确立了新的保护理念，着重强调尊重民间文学艺术持有人的“精神权利”，这实际上等于正逐步向 UNESCO 的保护理念靠拢。

五 两种保护观在中国语境中的具体呈现

UNESCO 非常清醒地意识到非物质文化遗产保护与民间文学艺术作品著作权保护之间的分歧和矛盾，为了避免不必要的冲突，《保护非物质文化遗产公约》特别强调指出：“本公约的任何条款均不得解释为：影响缔约国从其作为缔约方的任何有关知识产权或使用生物和生态资源的国际文书所获得的权利和所负有的义务。”

与此相应，为了避免民间文学艺术作品的过度私有化，WIPO 也在其《保护传统文化表现形式：条款草案》“原则”中强调了保护公有领域的重要性：“承认活跃的公有领域和适用于所有人使用、对创造力和创新至关重要的知识体系的价值，承认有必要保护、维护和加强公共领域。”该草案在“第 7 条：例外与限制”中列举了许多应该允许的使用，如：“创作受传统文化表现形式启发，依据传统文化表现形式或借鉴传统文化表现形式的文学、艺术和创意作品。”以及对受益人不具有冒犯性或减损性的使用、不与受益人对传统知识的正常利用相抵触的使用，[②] 等等。

我们看到，一方面，WIPO 的私有财产观与 UNESCO 的人类共同遗产观在保护理念上存在明显分歧；另一方面，恰恰是因为双方都清楚地认识到了分歧，才会在法条的表述上尽可能地减弱这种分歧对于具体执行可能产

---

① Slike von Lewinski 编著《原住民遗产与知识产权：遗传资源、传统知识和民间文学艺术》，第 390 页。

② WIPO：《保护传统文化表现形式：条款草案》。

生的不良影响。

我们再来看看这两种保护观如何在我国的立法工作中落地生根。

我国早在1990年即颁布实施《中华人民共和国著作权法》，但是由于对民间文学艺术作品著作权拿不出切实可行的保护措施，所以只在第六条做了一个意向性的规定："民间文学艺术作品的著作权保护办法由国务院另行规定。"[①] 自此，制定一部符合中国国情的《民间文学艺术作品著作权保护条例》就成了全国人大常委会每年督促国务院相关职能部门（主要是国家版权局法规司）完成的一项重要任务。

可是，一个在WIPO论争了半个世纪都没有结果的议题，国家版权局法规司又如何能够完成呢？尽管困难，法规司的工作人员还是先后拿出了几套方案，可惜的是，它们都在讨论或公示的阶段遭到了民俗学者和部分知识产权领域专家的反对。于是"有人提出，这个条例既然这么长时间出台不了，干脆就把它废掉。自2011年启动的著作权法第三次修法活动中，也确实有人提出废除这个条文。在三个由学者提出的修法版本中，没有一个提及民间文学艺术作品版权保护问题"。[②]

可是，民间文学艺术作品的知识产权保护是一个由经济欠发达国家（第三世界国家）主导的"政治正确"的国际政治话语，如果没有充分的放弃理由，立法部门也只能知难而上。于是，WIPO与UNESCO的13年论辩场景就有了一个中国微缩版。在21世纪最初几年的《中华人民共和国非物质文化遗产法》起草过程中，"有关立法部门曾经酝酿写入非物质文化遗产著作权保护条款的方案，但由于种种原因未采纳"。[③] 之所以无法写入，根本原因还是两种保护理念的无法兼容。在国际层面无法融合的保护理念，具体落实到中国，一样无法融合。最后，《中华人民共和国非物质文化遗产法》对于知识产权问题的处理方式也与UNESCO《保护非物质文化遗产公约》相似，只是在第44条做了一个回避矛盾的笼统说明："使用非物质文

① 《中华人民共和国著作权法》，1990年9月7日第七届全国人民代表大会常务委员会第十五次会议通过。

② 周林：《简论"民间文艺"版权保护立法》，《中国版权》2015年第3期。

③ 国家版权局：《关于〈民间文学艺术作品著作权保护条例〉（草案）的说明》，《民间文艺著作权立法资料汇编》，第7页。

化遗产涉及知识产权的，适用有关法律、行政法规的规定。”①

2014年9月2日，国家版权局终于在官网发布《民间文学艺术作品著作权保护条例（征求意见稿）》，② 这似乎意味着“等待了20多年，我国亟待保护的民间文学艺术作品终于有了专门的保护法律”，③ 新华网等各大媒体纷纷转载这一消息，普遍认为：“加强民间文艺作品的著作权保护立法工作，不仅是推进社会主义文化强国建设的要求，还是参与国际规则制定，争夺国际话语权的要求。”④ 不过，这份“征求意见稿”并未获得多数民俗学者的认同，部分民俗学者认为该《条例》虽名为“保护”，实际上很可能起到“破坏”作用。由此可见，在WIPO举步维艰的民间文艺保护观，在中国的本土化过程中，一样遭到广泛质疑，《条例》征求意见稿最终没能如期颁布实施。

国际层面对于传统文化表现形式的知识产权保护，主要是发展中国家面对发达国家而实施的一种文化保护策略，具有明显的文化抵抗色彩。但要特别注意的是，我国是一个典型的多民族国家，地区文化发展极不平衡，如果依据同样的保护逻辑，简单地移用于国内民族民间文化领域，有可能影响到各民族间的文化交流，影响到民族团结。此外，仓促实施该项保护还极有可能引发或加剧地区之间的文化资源争夺，既不利于文化繁荣和文化融合，也会影响民间文学艺术本身的创新和传播。

反之，UNESCO将非物质文化遗产视为“人类共同遗产”，所以一再强调宣传、传播、弘扬、传承的重要性。相应的，《中华人民共和国非物质文化遗产法》既将我国非物质文化遗产视为“人类共同遗产”，也视为“中华民族共同遗产”，因此首先强调了遗产保护“有利于增强中华民族的文化认同，有利于维护国家统一和民族团结，有利于促进社会和谐和可持续发展”

---

① 第十一届全国人民代表大会常务委员会第十九次会议通过：《中华人民共和国非物质文化遗产法》，中国人大网，www.npc.gov.cn，2011年5月10日。

② 国家版权局：《国家版权局关于〈民间文学艺术作品著作权保护条例（征求意见稿）〉公开征求意见的通知》，中华人民共和国国家版权局，http://www.ncac.gov.cn，2014-09-02。

③ 姜旭：《民间文学艺术作品将获立法保护》，《中国知识产权报》，2014年10月17日。

④ 方圆：《〈民间文学艺术作品著作权保护条例〉征求意见》，《中国新闻出版报》，2014年9月18日。

（第 4 条）的根本目的，反复强调“国家鼓励和支持开展非物质文化遗产代表性项目的传承、传播”（第 28 条），“鼓励开展非物质文化遗产的记录和非物质文化遗产代表性项目的整理、出版等活动”（第 33 条）等，把传承、传播、宣传、普及、出版、利用视为重要的保护手段。

曾经参与《非物质文化遗产法》起草工作的刘魁立先生使用了“共享性”来阐释非物质文化作为“人类共同遗产”的特性：“不同的人，不同的社群、族群，能够同时持有共同享用共同传承同一个文化创造成果。这种对文化事象能够共同持有、共同享用、共同传承的特性只有在非物质文化领域才可以见到。”①

积极、开放、共享的非物质文化遗产保护获得了社会各界的广泛认同和支持，成为一项文化运动，迅速地在中华大地生根发芽，如火如荼地开展起来。我国在非物质文化遗产保护运动中的杰出成就，以及《民间文学艺术著作权保护条例》的反复修订和踌躇不前，进一步证明了传统文化表现形式作为“人类共同遗产”理念的先进性，以及作为特定社区或群体“私有制财产”理论的局限性。

① 刘魁立：《非物质文化遗产的共享性本真性与人类文化多样性发展》，《山东社会科学》2010 年第 3 期。

图书在版编目（CIP）数据

2018民间文艺研究论丛年选佳作. 民间文学 / 万建中主编. -- 北京 : 社会科学文献出版社, 2020.8
ISBN 978-7-5201-6144-2

Ⅰ. ①2… Ⅱ. ①万… Ⅲ. ①民间文学-文学研究-中国-文集 Ⅳ. ①I207.7-53

中国版本图书馆CIP数据核字(2020)第026408号

2018民间文艺研究论丛年选佳作·民间文学

主　　编 / 万建中
副 主 编 / 杨李佳

出 版 人 / 谢寿光
责任编辑 / 孙燕生　赵慧英

出　　版 / 社会科学文献出版社 · 政法传媒分社 (010) 59367156
　　地址：北京市北三环中路甲29号院华龙大厦　邮编：100029
　　网址：www.ssap.com.cn
发　　行 / 市场营销中心 (010) 59367081　59367083
印　　装 / 三河市龙林印务有限公司

规　　格 / 开 本：787mm × 1092mm　1/16
　　印 张：24　字 数：356千字
版　　次 / 2020年8月第1版　2020年8月第1次印刷
书　　号 / ISBN 978-7-5201-6144-2
定　　价 / 128.00元

本书如有印装质量问题，请与读者服务中心（010-59367028）联系